移動祝祭日

『凶区』へ、そして『凶区』から

渡辺武信

思潮社

kyoku

移動祝祭日——『凶区』へ、そして『凶区』から

渡辺武信

思潮社

畏友・菅谷規矩雄に
生き残った者からの遅れた返信として

装丁　桑山弥三郎＋思潮社装丁室

目次

第四章 『凶区』創刊

第五章　『凶区』における濃密な交遊と緊張の併存

第六章　遊芸化の季節

移動祝祭日

『凶区』へ、そして『凶区』から

序章　〝六〇年代詩〟のボディを求めて

同人誌『凶区』は一九六四年に創刊され、一九七〇年に終刊した。この雑誌は一九六〇年に創刊された『暴走』と六一年に創刊された『×』（「バッテン」と読む）の合併によって成立したので、その発行主体は最終号まで一貫して「バッテン＋暴走グループ」と称していた。したがって『凶区』はその前史までを含めると一九六〇年代全体をカバーしていることになる。

　一方、現代詩史の中には〝六〇年代詩〟という概念が成立していて、これは『凶区』同人に『ドラムカン』の同人、及びその他数名の詩人をまとめて指す呼称になっている。これらの詩人たちは、

①一九三〇年代後半（昭和一桁のはじめ）に生まれ、第二次大戦の終わりに国民学校低学年であった〝学童疎開〟世代である

②詩史的にその直前の世代にあたる五〇年代詩人（後述の第三期の詩人）の影響を深く受けている

③六〇年六月を頂点とする安保闘争（厳密には安保改訂反対闘争）に大学生として関わり、その体験が詩作に影響を及ぼしている

……という三つの特徴を共有しているとされている。「されている」という曖昧な表現をしたのは先の三項目のうち③については例外となる詩人もいるからで、それを正しく検証することも本書の役割の一つであろう。

　吉本隆明が提唱した戦後詩史の通例的区分（初出は「日本の現代詩史論をどうかくか」、詳しくは第十三章参照）では、第一期は戦前に知名度を確立していた詩人たち、第二期は『荒地』『列島』の同人を主とした、軍人として戦時体験を持つ戦中派詩人たち（彼らは戦時中から詩作をはじめていたが、知名度を確立するのは戦後である）、続く第三期は終戦時に中学か旧制高校に在学した勤労動員世代からなる。そして、

年月日表記、及び参考資料の扱いについて

　本書における暦年表記はすべて西暦とし、叙述が一九五〇～二〇〇〇年代のことに限られているので、下二桁のみとする。ただし過去の文献を引用する場合は原文の表記のままとする。

　歴史的叙述としての必要性から評論からの引用には雑誌等の初出年月を付した。これらの評論の多くは後に単行本に収録されているが、それらは巻末の参考文献リストに記し、引用箇所には参考文献番号（①、②、③……）のみを記した。評論は単行本に収録されるときに筆者が改訂加筆しているケースも想定されるが、改訂加筆後の方が筆者の本意を表していると判断し、引用は単行本収録のテキストから行った。また引用した評論の初出掲載誌が「六〇年代詩」

その次に〝六〇年代詩人〟が登場する。

このようなくっきりした区別は、歴史を整理するのに便利な一つのパラダイムに過ぎないので、その間にはさまざまなグレーゾーンが存在することは承知のうえだが、〝六〇年代詩人〟の後に〝七〇年代詩人〟という概念があるかというと、実際に七〇年代に活躍をはじめた詩人たちは少なくないのだが、一つの世代としてまとまって捉えられることは稀なようである。このような経過を考えると、戦後詩は一九六〇年代末において一種の飽和に達しており、その後は詩史的にくっきりとした世代的概念が成立しがたく、むしろ個々の詩人たちの特性だけが論じられるような、整理のしにくい、一種の混迷の時代が訪れて今日に至っているように思われる。しかしまた、先述のように〝六〇年代詩人〟も一つの仮設的概念に過ぎないことを考えると、それが本当に実体として存在するのかどうかを検証することが必要であろう。

本書は『凶区』とその前史を記録することを通じて、〝六〇年代詩〟のいわばボディのようなものを探り当てることを狙いとして書かれた。筆者は『凶区』とその前身である『暴走』『×』の創刊に関わり、それ以外のいわゆる〝六〇年代詩人〟たちとも深浅の差はあれ、何らかの個人的交遊を持った立場から一九六〇年代を回顧しつつ、その作業を行った。

しかしこれは厳密な意味で詩史的検証ではない。なぜならこれらの雑誌の創刊と活動に自ら参加した者の回顧には、どうしても個人的な感傷や郷愁が混入してくることは避けられないからである。私は本書の素材となった論稿を雑誌に連載している間に、旧『凶区』同人に協力を求め、自分の記憶の不確かな部分を訂正し補う努力はしたが、必ずしも積極的に協力してくれない旧同人もいて、彼ら、彼女らについては多少の不正確さは避けられなかった。また記録者としての役割を果たすために、できるだけ客観的な叙述に努めたが、部分的には個人的な思いを吐露した部分もある。これは長篇にわたる回顧録を執筆することが、かなりの持続的エネルギーを費やす作業であることを考えれば、その筆者には許されてしかるべき特権であろう。つまり本書は戦後詩史の一時代を当事者として記録した文書であり、読者はこれを、詩史そのものではなく、将来書かれるべき戦後詩の学究的正史の、一つの信頼に価する素材として受け取ってくだされば幸いである。

『凶区』など特定のテーマに関わる場合は、参考文献リストに加え、引用箇所には参考文献記号（Ⓐ、Ⓑ、Ⓒ、……）を記した。

なお『移動祝祭日』というタイトルは、アーネスト・ヘミングウェイが、いわゆる〝ロスト・ジェネレーション〟の一人として、パリで過ごした日々を回顧しつつ「パリはmoving fiestaだった」と語ったことに由来する。私にとってほぼ二十歳代にあたる六〇年代は、詩の逸楽と苦痛を味わったこと含めて、引き延ばされた青春であり、時を超えて今でも持ち歩ける祝祭であるのだ。

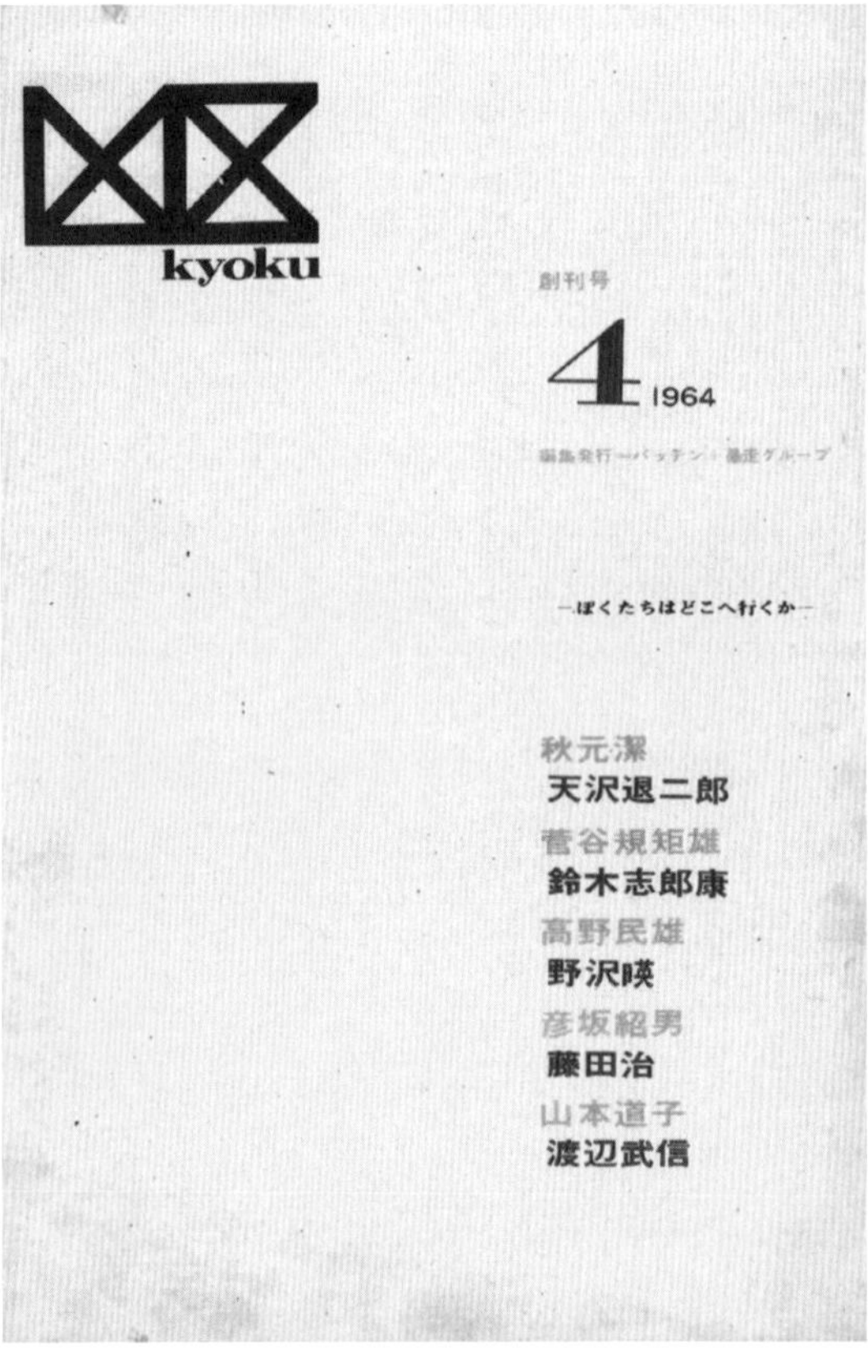

＞『凶区』創刊号書影

第一章　戦後詩との遭遇

〝六〇年代〟から見た五〇年代詩人

1　書肆ユリイカ版『戦後詩人全集』

私は高校三年の後半、受験校の恒例としてクラブ活動から身を引いて受験勉強に専念することになったとき、書肆ユリイカ版『戦後詩人全集』で現代詩に出会った。この書物は全五巻で一九五四～五五年にわたって刊行されているが、私が神保町の東京堂書店で購入したときは全巻を一度に購入できたから、高校三年の秋にあたる五五年のことだと思う。

私はそれまで詩に無縁であったわけではない。小学校の国語の中に「綴り方」という時間枠があり、当時の国語の教官であった田中義太郎先生は、なぜか常に私の綴り方を賞揚し、自信を与えてくださった。ご自分の編著である『小学生綴り方優作集』のようなもの（正確な書名は不詳）に私の作を収録してくださった。綴り方の時間は書き終えて先生のチェックを受ければ、教室の外に出て遊べる。そこで図に乗った私は早く書けるというので児童詩のようなものを思いつきで五分ぐらいで書いてしまい、田中先生に花丸をもらってサッサと運動場に出て行くことに味を占めた。中学・高校では作文はあったが「書き終えれば教室を出られる」という特権はなかったから、詩は全く書かず、美術クラブで絵を描くことに専念していた。しかし詩に全く関心がなかったわけではなく、『中学生全集』というシリーズの第四巻、吉田精一編『私たちの詩集』（筑摩書房・五〇年刊）で北村透谷から草野心平に至る戦前までの詩のアンソロジーを繰り返し読んでいた。中でも島崎藤村「初戀」の〈まだあげ初《そ》めし前髪の／林檎のもとに見えしとき／前にさしたる花櫛の／花ある君と思ひけり〉や、高村光太郎「道程」の〈僕の前に道はない／僕の後ろに道は出来る〉、北原白秋の〈からまつの林を過ぎて／からまつをしみじみ

＞書肆ユリイカ版『戦後詩人全集』書影

と見き／からまつはさびしかりけり／たびゆくはさびしかりけり〉などのいわゆる名作詩の数節は自然に諳《そら》んじていた。

しかし中学・高校時代の私の興味の中心は映画と美術クラブの活動（油絵を描くこと）にあり、ハードカバーとソフトカバーの二種で刊行されていた平凡社版『世界美術全集』の廉価なソフトカバー版を神保町の古書店街でバラ＝端本で買って揃えることに熱中していた。

また映画好きであったがゆえに『グレン・ミラー物語』（53・アンソニー・マン）、『ベニー・グッドマン物語』（55・ヴァレンタイン・ディヴィス）、『五つの銅貨』（59・メルヴィル・シェイヴルソン、コルネット奏者のレッド・ニコルズの伝記映画）などを見てからはジャズの魅力を知った。ジャズマンの伝記映画としては『情熱の狂想曲』（49・マイケル・カーティス）もある。これは、厳密には伝記映画ではないが、カーク・ダグラスの演じる主人公、リックは実在のトランペッターのヴィックス・バイダーベックをモデルにしている。[*1]

こうした映画に魅惑されると、その中で使われているスタンダード・ジャズ・ヴォーカルのレコードを買い、その歌詞を原語（英語）で暗誦することになるが、それは英語の語彙を増やす効果がある点で受験勉強の時期にも自己正当化できる趣味でもあった。そういう過程で、おのずから英語の歌詞における脚韻にも関心を持つようになった。これはジャズ的なフィーリングを持つポピュラーソングも含む。たとえば78回転レコード（今でいうSP）のドリス・デイの歌でヒットした「Sentimental Journey」（作詞・Bad Green／作曲・Les Brown, Ben Homer）を繰り返し聞き、たとえば、“why did I decide to roam ?”という一節のroam（放浪する）という動詞は、それが次行の末尾の“sentimental journey home”のhomeという基本単語の副詞と脚韻を踏んでいることを知れば、連想で覚えやすかったのだ（なおS盤というブランドで市販されたこのレコードのB面は確か『アニーよ銃を取れ』（50・ジョージ・シドニー）の挿入歌「I've Got The Sun In The Morning, Moon At Night」だった）。スタンダード・ナンバーの歌詞には脚韻の他にも語呂合わせ、アリタレーションが豊かだし、落語を通じて地口や駄洒落、回文にも興味があったから、言葉への関心は持続していたのだろう。

ちなみに私は幼い頃から「寿限無」の長い名

＊1　**ジャズマンの伝記映画**

これらの中で映画としては『グレン・ミラー物語』が断然格上である。監督のアンソニー・マンは、この作品より前に、同じジェームズ・スチュワート主演の西部劇『ウィンチェスター銃73』（50）で一躍有名になり、フランスのヌーヴェルヴァーグ派のジャン＝リュック・ゴダールが監督になる以前『カイエ・デュ・シネマ』を拠点とした批評活動の中でハリウッド映画を再評価したとき、マンについて『スーパー・マン』と題する賛辞を書いた（監督の名前の綴りはMannとnが二つあるが、ゴダールは語呂合わせで、彼をsupermanに擬したのだ）。グッドマンとニコルズの伝記映画は、それぞれウエルメイドではあるが、監督は共に本来は脚本家であり（ディヴィスは『グレン・ミラー物語』の脚本も担当している）、演奏場面に著名なジャズマンが登場すればなんとか格好が付くジャズ・プレーヤーの伝記物を小器用にまとめて見せたに過ぎず、監督としてはこれら以外に記憶に値する作品を前を暗誦できたし、子供向けの絵本で親しんできたルイス・キャロルの『不思議な国のアリス』や『鏡の国のアリス』を、大学受験期に原語（ジョン・テニエルの挿絵入りのペンギン・ブック版）で読んで、その言語遊戯の魅力や底知れない深さのようなものに初めて触れた気がした。*2

　そういう下地があって『戦後詩人全集』を買ったのだが、これは別に詩人になるという志があったわけではなく「これからは勉強で忙しくて小説を読めなくなるから、気分転換に詩なら短時間で読めるだろう」という極めて安易な動機と、同書の金茶色の別珍貼りに昆虫の姿を小さく型押しした装丁に惹かれたからに過ぎない。私は前述の美術全集集めで神保町の書店街に詳しくなっていたから、東京堂の入口のすぐ左に詩書の棚があることも知っていて、そこで同書を手に取ってみたのだった。ちなみに一冊の価格は三百円で五巻計千五百円は高校生にとって安い買い物ではなかったが、親には「受験参考書を買いに行く」と称してお小遣いをせしめたし、書店の領収書さえあれば親も書物の購入には寛容だった。

　しかし、いったん内容に触れると、私はこれまで全く知らなかった「戦後詩」というものにすっかり魅了されてしまった。中でも衝撃的だったのは大岡信と飯島耕一と谷川俊太郎である。飯島と同じ第四巻に収録されていた平林敏彦の作品にも感銘を受けたが、彼はこの全集の前に詩集『廃墟』（書肆ユリイカ・五一年刊）『種子と破片』（書肆ユリイカ・五四年刊）を著した後、長い沈黙に入った。そのために新作に接する機会がなかったせいで、私自身が詩作をはじめてからは、後述のように別荘の設計を依頼（厳密に言うと「業務委託」）されて交遊関係を築いたにもかかわらず、平林の作品をあまり意識しないまま過ぎた（こうした事情は、平林が〇四年に第二十三回現代詩人賞を受けた際に『詩学』〇五年六月号に寄稿した、祝辞代わりのエッセイに書いた）。また、彼らと同じ世代で、後に私の詩作に影響を与える入沢康夫、堀川正美、岩田宏は、この全集には収録されていない。

　ちなみに『戦後詩人全集』に収録された右記の三人は、飯島が三〇年、大岡、谷川が三一年生まれで、私が『戦後詩人全集』で戦後詩に出会った当時は二十四〜五歳、つまり大学を出たばかりか、大学院生であり（谷川は大学へ行かなかったことは知っているが、世代区分上はこう

撮っていない。もっとも後に出てくる『情熱の狂想曲』『夜も昼も』を手がけたマイケル・カーティスはメロドラマの名作『カサブランカ』（43・アカデミー監督賞）も手がけている稀代の職人監督である。なおこの部分で記す製作年はアメリカにおける封切り年で日本公開は数年遅れた。最も古い『カサブランカ』は敗戦直後の四六年に日本公開されたが、当時は二番館、三番館があり、名画座もたくさんあったから興行権の存続期間中、十年ぐらいは容易に見ることができた。『夜も昼も』も五一年、つまり私の中学二年のときの日本公開で、これは封切りで見た記憶がある。また『雲晴れるまで』は長らく日本未公開だったが七〇年代にパイオニアのレーザーディスクとして発売されて初めて見て驚倒した。現在では五百円の、いわゆるワンコインDVDとなって書店でも買える。

＊2　アリスは兎を追って行って穴に落ち、そのなかを墜落しながら次のように呟く（ここでDinahと呼ばれているのは彼

形容できるだろう)、私(三八年の早生まれで学齢的には三七年に属する)よりわずか六〜七歳上に過ぎない、いわば兄のような世代である。そういう年齢の人々が自分を魅了するような詩を書いていることにまず驚いた。私は予定どおり、受験勉強に疲れると就寝前に必ず飯島、大岡、谷川の詩を読み、大岡の「春のために」から

砂浜にまどろむ春を掘りおこし
おまえはそれで髪を飾る　お前は笑う
波紋のように空に散る笑いの泡立ち
海は静かに草色の陽を温めている

「詩人の死」から

真昼の井戸の底に輝く星のように
陽を照り返す葉の海のように
深みに生まれおもてに浮かびひろがりに生き

谷川の「木陰」から

とまれ喜びが今日に住む
若い陽の心のままに
食卓や銃や
神さえも知らぬ間に

飯島の「他人の空」から

空は石を食ったように頭をかかえている。
物思いにふけっている。
もう流れ出すことはなかったので、
血は空に
他人のようにめぐっている。

などの詩句を諳んじていた。

『戦後詩人全集』に収録されなかった入沢康夫は、同じ頃(五五年)に処女詩集『倖せそれとも不倖せ』を刊行していた。これは正編と補遺で二分冊になったユニークな形態の詩集であるが、その中でも「失題詩篇」の

心中しようと　二人で来れば
　ジャジャンカ　ワイワイ
山はにっこり相好くずし
硫黄のけむりをまた吹き上げる
　ジャジャンカ　ワイワイ

という不思議なお囃子入りの詩や「キラキラヒ

女の愛猫である)。〈Dinah, my dear! I wish you were down here with me! there are no mice in the air, I'm afraid, but you might catch a bat, and that's very like a mouce, you know. But do cats eat bats, i wonder?" And here Alice began to get sleepy, and went on saying to herself, in a dreamy sort of way, "Do cats eat bats Do cats eat bats" and sometimes, "Do bats eat cats?" for, you see, as she could't answer either question, it didn't much matter which way she put it.〉この一節の言語遊戯的興趣は、日本語で「ネコはコウモリを食べるかしら?」という訳からは分からない。興趣の鍵はcatとbatの音声的類似性にあるからだ。ここで音声的類似性と呼んだものはソシュールの「一般言語学」の定訳にしたがえば「音響イメージ」である。ソシュール理論によれば、記号(シーニュ)としての言語の意味は「音響イメージ=シニフィアン」と「概念=シニフィエ」の関係から生まれ

カル」と題された、文意に関係なく字数が揃えられ、カタカナがキッチリと長方形に組まれている作品（以下全篇引用）、

キラキラヒカルサイフヲダシテキ
ラキラヒカルサカナヲカツタキラ
キラヒカルオンナモカツタキラキ
ラヒカルサカナヲカツテキラキラ
ヒカルオナベニイレタキラキラヒ
カルオンナガモツタキラキラヒカ
ルオナベノサカナキラキラヒカル
オツリノオカネキラキラヒカルオ
ンナトフタリキラキラヒカルサカ
ナヲモツテキラキラヒカルオカネ
ヲモツテキラキラヒカルヨミチヲ
カエルキラキラヒカルホシゾラダ
ツタキラキラヒカルナミダヲダシ
テキラキラヒカルオンナハナイタ

には言語遊戯的な、当時としては独自の魅力を感じた。私は後に入沢康夫が著した『詩の構造についての覚え書――ぼくの《詩作品入門《イニシアシオン》》』（思潮社・六八年刊）には、その素材が『現代詩手帖』に連載されているときから瞠目して接し、『凶区』同人たちと論じ合ったが、結局、そこで提唱されている〝擬物語詩〟の概念からは影響を受けなかったと思う。一方、天沢退二郎の〝譚〟シリーズは明白にこの概念の影響の中にある。

私は入沢康夫の初期の詩篇は今でもときに読み直すほど好きだが、[*3]今日、あらためて現代詩に関心を持つ読者が入沢康夫に接するとき、〝擬物語詩〟の実現である『わが出雲・わが鎮魂』（思潮社・六八年刊）から入るのは、彼の初期の詩にあった魅惑を見失いがちになる懸念がある。あの戦後詩に一つの時期を画して聳える大作は、無視できない傑作ではあっても、気楽に記憶し愛誦する道へ導く言語遊戯的な楽しさが稀薄だからだ。この作品の中にも、活字の組み方による遊び（「キラキラヒカル」やルイス・キャロルに見られるような）も含まれていて遊戯精神の健在を示しているが、ルビ付きの古語混じりの詩句を膨大な自注を併せて読み解くのは、人によっては楽しい知的作業だろうが、少なくとも現代詩の入門者には気軽にできることではない。

なお『戦後詩人全集』には一五年生まれの野間宏や祝算之介、一七年生まれの峠三吉、一八

る。このシニフィアンとシニフィエの関係は先験的なものではなく恣意的だから、音響イメージが同じもの、あるいは似たものがまったく違う概念を指すことはありがちで、またそれらは入れ替えても文法的には誤りではない。つまり実際には「コウモリがネズミを食べることはなくても"bats eat cats"という文は成立し、言語の世界ではそれが「大した問題ではない」（"it didn't much matter which way she put it.）ことがしばしばあるのだ。『不思議な国のアリス』は『一般言語学講義』の刊行（一九一六年・ソシュール自身は生存中に著書をもたず、その講義録が弟子たちによって編纂された書物）に先立つこと約五十年であるが、キャロルはソシュール言語学が意識化した問題の多くを無意識のうちに、愛する姪のためのおとぎ話における言語遊戯として採り上げていたことになる。その意味では次の一節も同様である。

〈"You promised to tell me your history, you know," said Alice, "and why it is you hate

年生まれの中村真一郎の作品が収録されているが、私はこれらのずっと年上の戦前派とでも言うべき世代の詩人の作品には全く心を惹かれなかった。一方、五一年から年刊の『荒地詩集』で注目を集めていた『荒地』の詩人たち、特に二〇年生まれの鮎川信夫、二三年生まれの田村隆一には関心を抱かざるを得ず、『鮎川信夫詩集』（荒地出版社・五五年刊）や『四千の日と夜』（東京創元社・五六年刊）などを、現代詩に関心を持つと自然に噂で知ることになる渋谷・宮益坂上にある中村書店で購入した。

　後に知己をえた平林敏彦からの伝聞によると、多くの『荒地』派詩人の作品が、その前後の世代を網羅した『戦後詩人全集』からスッポリ抜けているのは、版元の書肆ユリイカの社主、伊達得夫が、当時は編集者として無名であったために、自分たちの詩作の成果に自信を持ち、荒地出版社という版元を創設していた荒地グループに、いわば敬遠されただけのことらしい（ただし黒田三郎、三好豊一郎、木原孝一は収録されている）。

『荒地』の詩人たちの作品も、まぎれもなく〝戦後詩〟だが、世代的には、多くの友人が戦死して、その〝遺言執行人〟（鮎川の詩句に出てくる表現）を自認している〝戦中派〟である。したがって三〇年代初めに生まれ、戦地には行かなかった〝勤労動員世代〟である飯島、大岡、谷川らとは詩作のニュアンスが全く異なる。その両者に同時に接した私は、映画で言えばヒッチコックとトリュフォーの、あるいはルビッチとワイルダーの映画に同時に接するような感じで、どちらもお宝物級であり、しかも共通点もあるが明らかに相違もある作品群を読み分けて消化するのに嬉しい悩みを抱いていた。これは後に知り合う所謂〝六〇年代詩人〟の多くも同じだったであろう。

2　駒場文学研究会での出会い

私は五六年三月に受験に失敗して五七年四月に大学入学を果たすまでの浪人生活の間に『詩学』の「詩学研究会」欄に投稿し、研究会にも時々出席して木原孝一、嵯峨信之らと知己を得た。また投稿した作品のうち二篇が入選した。一つは五六年十二月号の「あした」である。五六年の『詩学』投稿欄の選者は三好豊一郎、関根弘、谷川俊太郎、大岡信、藤原定の五人で、藤原を除く四人は前記の『戦後詩人全集』の収録詩人だった。もう一つの入選作は、後に処女

—C and D," she added in a whisper, half afraid that it would be offended again. "Mine is a long sad tale!" said the Mouse, turning to Alice, and sighing. "It is a long tail, certainly," said Alice, looking down with wonder at the Mouse's long tail; "but why do you call it sad?" And she kept on puzzling about it while the Mouse was speaking, so that her idea of the tale was something like this: —〉。ここには「おはなし＝tale」と「しっぽ＝tail」の同音異義語が効果的に使われ、以下アリスが受けとるネズミのおはなしの印象は、引用では再現できないような、うねりながらしだいに小さな活字になる、つまり先ほど細くなるネズミのしっぽの形に印刷されている。

　もちろん初めて英語でアリスの物語を読んだ頃の私は、ソシュールの理論などは知るべくもなく、ただ言語遊戯を、その最初の読者だった少女と同じよう

詩集『まぶしい朝・その他の朝』に収めた「夜」という作品のはずで、〈遠くから来た男は遠くに行かなければならない〉という書き出しが選者に好意的評価を受けた記憶があるが、その号は書庫の奥に埋もれていて確認できない。なお私は投稿時には「山村武」という筆名を使っていた。

とりあえず手元にある「あした」について記録しておくと、採点表では、私の憧れていた大岡信が評点ゼロで、関根弘が2点、谷川、三好、藤原は1点ずつ入れてくれ、計5点を獲得、全員から評価され8点を得て1位になった荒谷肇に次ぎ、長谷川安衛と並んで同点2位だった。講評を読むと、関根弘が「いい詩です」と切り出すと、大岡信は「絶対良くない」の一言のもとに撥ねつけて、三好と谷川と藤原が中間的な立場で弁護する形になっている。これは私の初恋の人と駅で別れるときの感情が原点となって、毎日のように駅で別れる恋人同士の感情を〝またあした〟という言葉の積み重ねで表現しようとした詩で、今の私から見れば表現は幼く密度も薄い作品だが、谷川俊太郎が「大岡・関根論争のごとく大げさなことをいわないで、別れるときに誰でも漠然と感じる感情だと思っちゃいけないの」「僕は最後に出てくるダムの比喩がきれいだと思った。〈いつも　はげしくつきぬけてゆく言葉を／きょうも空に向かって一つづつ積もう／ひとびと語るこの小さな言葉を／まっしろに高いダムに築こう〉という言い方はうまいな。それはやはり日常的なものだよ」と具体的な擁護をしてくれたのが嬉しかったものだ。

そして私は一九五七年四月、東京大学理科一類に入学するとすぐ、文学研究会というサークルに、内容もよく知らぬまま入会の申込をした。いくつかの詩を書いてはいたが、それを話題にできるような友人はなかったので、「文学」と名のつくサークルに入れば、詩を書いている人に会えるかも知れないと思ったのである。文学研究会で天沢退二郎と江頭正己に出会った（詩を書いている二年生はこの二人だけだった）。今でこそ会っても「天沢」と呼び捨てにしてもいい仲だが、大学の新入生と二年生の差は大きく、私は「天沢さん」「江頭さん」と呼んでおそるおそる話をした。

初対面の天沢の印象は決してよくはなかった。入会の申込に行くと顔合せのコンパがあるから来いと言われ、数日後にそば屋の二階かなにかの会場へ行った。指導教官（山下肇）の話の後、

に楽しんでいただけである。

*3　**初期の入沢康夫からの影響**　この他の入沢康夫の詩篇では「倖セ　ソレトモ不倖セ」（詩集題名の送り仮名はひらがなだが、詩篇の題名ではカタカナ）の「2ノウタ」の

アノネ
ハットシチャッタ
アメガフッテタノサ
ハネガヌレチャウダロ
スツパダカサ
アノネ
ジュズミタイニネ
イヤ
ジュズソノモノサ……

と続く会話体の詩句を非常に新鮮に感じた。〈〝擬物語〟概念の影響は受けなかった〉と記したが、初期詩篇については全く影響を受けていないわけではなく、例えば「うた」という全篇ひらがなで書かれた作品（『熱い眠り』所収）の、

もうあたしやめたいの　でも
やめないの　あのあめ

上級生も新入生も順々に立ち上がって自己紹介をしたのだが、そのとき、自分が何を言ったか全く覚えていないのに、蒼白い顔にメガネを光らせた上級生の一人が「私はしばらく、スランプ状態であまりいい詩が書けなかったが、最近一つだけ、非常に良い詩を書いた」と細い声で、しかしきっぱりと言い放ったことだけははっきり覚えている。これがつまり天沢退二郎であったのだが、とにかく、このときの彼は傲岸そのもので、周囲の状況に慣れていない新入生の私には、取りつく島もないという感じであった。この点ではもう一人の上級生で、後に文化放送のプロデューサーになった江頭正己も同様だった。コンパの後半になって、創作グループ（これはつまり小説を書く人たち）、仏文学研究グループ、という風に分かれて交歓がはじまったとき、詩のグループは上級生が右の二人、新入生が私一人の計三人だけで、しかも、新入生の私は何を言っていいかわからずオズオズとしているだけなのに、上級生の二人は、ろくに話しかけてもくれないのだ。創作グループは、当時大江健三郎が学生作家としてデビューして間もない頃だったせいか、参加者も多く、笑い声も起こるにぎやかさであるのにひきかえ、詩グループはただ顔を見合わせているばかりで、なんとなく気まずく、私は困惑しながらも、こんなとこへ来るのじゃなかったと思ったものだ。

　しかしとにかく、その席で新入生紹介の意味を兼ねてガリ版刷りの詩のパンフレットを出すことが決まり、私は数日後に文学研究会の部屋に行き「出発のために」という作品を提出した。そのパンフレットが出来てしばらくして、天沢は言葉少なにその作品を認める言葉をかけてくれたし、また私の方でも、同じパンフレットに掲載された彼の作品の冷え冷えとした透明感に、自分と全く異なる世界の魅惑を感じて畏敬の念も生まれたので、最初の気まずさは急速に解消していった。

　実はそれより前に、天沢から「どんな詩を書いてきたの？」と訊かれて「大岡信や飯島耕一が好きで、『詩学』に投稿して二度採用されました」と答えたら、彼は「あそこに二回も載ったの」と言い、にわかに認識を改めた様子で「こいつはできるな」と、初対面の剣客同士が相手の腕を認めたような表情をした。後でわかったのだが、天沢は『学燈』に、彼を通じて知り合うことになる秋元潔は『蛍雪時代』に詩を投稿していた〝投稿少年〞上がりだったのだ。

やめばいいの
あめやめやめあめ
……（中略）
ないても　はいても
みちはながいの　でも
けつしてけつして　さとらな
いで
やめないで
ゆめ　さめないで　まど　し
めないで

は、入沢の「2ノウタ」の影響下における無意識の模倣かも知れないと思う。

両誌はいずれも受験雑誌なので、それよりも一応は格が上の『詩学』に投稿して入選してきた後輩を、良い意味で手強いと思ってくれたのだろう。

なお私は、右記の『詩学』入選作「あした」のモチーフを長篇詩に書き直した「放送詩劇のためのエチュード・明日への別れ」を教養学部文学研究会の機関誌『駒場文学』8号（五八年十一月刊）に発表した。また入学後も山村武の筆名で『詩学』への投稿を続け、五七年九月号に「出発のために」が入選した。選者は阪本越郎、関根弘、那珂太郎、嶋岡晨、水尾比呂志に変わっていて、この時も唯一、前回から継続して選者だった関根弘が最高の評点である3点を投じてくれた。成績は水尾の1点が加わっての4点で入選七作中最下位だったが、自分としては前回より自信がついていたので、この作品は少し改稿して処女詩集『まぶしい朝・その他の朝』（国文社・六二年刊）の冒頭に収録した。また天沢が本郷へ進学した後、『赤門詩人』が創刊されるまでの間に書いた「雨の街」を本名で投稿し五九年三月号に入選した。このときの選者は安西均、清岡卓行、吉野弘、飯島耕一、鮎川信夫で、私の作品は吉野弘から3点、安西均からは2点の計5点で三位。後に親しくなる飯島耕一は無情にも？ゼロ評価だった。なおこのときの一位は高橋睦郎だった。この作品は〈何物も信じられなかった世界に生まれて／すべてを信じた一人の男が倒れた時／街は冷たい雨におおわれていた／世界の悪寒と黄昏を追いぬき／深夜のテレタイプに響きわたった……〉とはじまり、そのニュースが〈私たちの街では、雨の朝誰も起き上がらないから／軒下の新聞は雨にたたかれて溶け／湿った風の中で腐って行く〉状態を〈遠い国で開いた私たちの傷口〉としてとらえ直すことをテーマにしていて、吉野弘は「遠い国の死を一つの時代の共通性の中で起きた死だということを直感する」ことを評価し、安西均は「例えばアルジェリアで何人ものアルジェリア人が殺されたという事件があるとする。それをこっちで受けとめて詩に書く。そのとき事件というものが情報というものを通して入ってくる、その過程の陰湿な感じね……その屈折した扱い方がおもしろい」と好意的に解釈してくれている。しかし六〇年六月にもっと身近な死を経験した後の私には、例えば自作の「つめたい朝」と比べても不満が残るので、詩集には収録しなかった。

＞『駒場文学』8号書影

3　五〇年代末の高校生詩人たち

一方、当時の私は全く知らなかったことだが、すでに五四年に高校三年生の天沢退二郎は千葉一高に新入学してきた高野民雄に文学クラブで出会い、その詩篇を読んで「ついに本格的詩人あらわる！」と叫んだという伝説がある。高野は千葉一高における天沢との出会いを次のように記している。

〈その、岡の上にあったために戦争前から焼け残った旧制中学の、砂ざらざらにささくれ立った、木製の、ガランとした教室に、天沢退二郎が待ちかまえていた。ひとり、青白々と。という印象がぼくにはある。学校の制服は黒なのに、うす青い霜降りの学生服を着て、白い軍隊払い下げの木綿の靴下、のようなのをはいて、皮かあるいは皮まがいの厚紙製のスリッパをつっかけて。というのは手元の写真の一枚に、そういうなりをした天沢が写っているからなのだが。それにしても、そんなころからかれは、ぼくの眼には、旧制高校生というような伝説上の大先輩か、大学の先生といった風貌をそなえているように、見えた。ぼくは水脹れした小学生のようで。その時、天沢は三年生でかれの他にもう一人しかいない文学クラブ員で、ぼくはそこにわずか三人、入会した新入生の一人で、たぶんその前に、何か作品を出せというから書いて出したその後の、合評会のようなことだったと思う。あるいは上級生天沢としては、文学クラブ入会資格の、テストのつもりだったのかもしれない。とにかくその時、「ついに本格的詩人あらわる！」と、天沢退二郎は言ったのだ。その細い細い、血なんか流れていないような手首をガポガポのシャツの袖からのぞかせて、ピラピラと、ぼくの書いた原稿用紙をひらめかせながら。だから、つまりそれはぼくのことについてそう言われたのだと、おまじないのように今も半疑のまま、その言葉はぼくに残像としてあるのだけれど〉[*4]。

また同じ頃、高校の文芸クラブの相互交流を通じて秋元潔と彦坂紹男の交友が始まり、この二人が中心になった同人誌『舟唄』（五六年に彦坂が創刊し、2号から秋元が参加）に天沢が参加することになる。天沢は高校三年から予備校時代まで『魚類の薔薇』（後に『蒼い貝殻』と改題。巻末の「『凶区』関連同人誌一覧」参照）に参加し、持続的に詩作をはじめていた。彼の処女詩集『道道』にはこの時期の詩篇がいくつか収

＊4　**高野による「伝説」の検証**　Ⓖ「はじまりのはじまり」資料

録されている。また同時に彼は、投稿少年同士として、会わずに文通だけしていた秋元潔から別の同人誌への勧誘を受けたが、受験を理由に断った。

私自身は高三から浪人にかけての時期は美術クラブの級友、及び先輩大学生との関係は深かったが、高校生詩人との交遊は全くなく、孤独に詩作していたので、私より一年だけ年長である天沢の、高校〜浪人時代の〝詩的青春〟は、興味深く、少し羨ましくもある。時代は五四〜五六年、ちょうど私が現代詩の世界に魅せられた時期にあたり、その頃、初期の詩作を全く別の形で経験した少年たちのひと群れのあり方は、戦後詩史の前史として記録に価すると思うので、やや長めに引用しておく。

〈高校三年の終りごろ、青森市の樋口勇一という男から、千葉一高文芸部の私と鵜沢勝雄あてに『魚類の薔薇』という同人誌に加入せよという勧誘の手紙がきた。鵜沢は私と同学年、高野は二年下のまだ一年生で、鵜沢も高野も萩原朔太郎ふうの主題をじつに清新に処理した詩を書き、三人で競争のように受験雑誌の文芸欄へ投稿し、文芸部の雑誌『道程』のほかにガリ版で『麦』という詩誌をこしらえていたのだった。『魚類の薔薇』(この誌名はあとで知ったことだが瀧口修造の詩の一行からとられている)は、そもそも青森高校時代の寺山修司が創刊した詩誌で、寺山の上京後、後輩にあたる樋口や塩谷律子が中心になって続刊していた。樋口からの参加要請を、高野、鵜沢は歯牙にもかけぬというふうに一笑に付し、それに私はいくぶん恥辱を感じながら、参加する旨の手紙を樋口に出した〉〈……同人は樋口、塩谷の他に葛西洌、福島淳、島新太郎といった青森県の高校生たちが多く、他は正津房子(福井)、金子黎子(神奈川)、高橋秀一郎(埼玉)というふうにちらばっていたから、参加したといっても樋口、塩谷と手紙のやりとりがあるだけで、誰とも顔をあわせたり話をする機会があるわけではなかった〉〈その間に、編集者塩谷律子(当時高二)が津軽海峡で投身自殺するという事件が起った。いくども何かふるえるような文面の手紙をよこしたまだ見ぬセーラー服の少女詩人の死は、やはりある種のショックにはちがいなかった。またこの頃から、それまで才気で隅々まできらめくような詩を発表してひときわ目についていた金子黎子は、ぱったり発表をやめてしまう。とにかく金子の名と作品は当時の高校生詩人にとって憧れの的であり、寺山修司が金子の詩句を短歌のエピグラフに引用したりするのも美事で眩かった〉。そして大学に入って〈金だけはまるでなかったが、金など使わなくても、やりたいことをやれる時間と自由がはじめてどさっと私の腕の中へおちてきた〉頃から〈私の詩の圧倒的な乱作は、ひとつの同人誌では処理できなくなっていたし『蒼い貝殻』の詩風にも飽き足らなくなっていた。金子と塩谷がいなくなったあと、そこにあるのは青くさいモダニズム風の言葉細工だけだった〉〈五月のある夕方、東京駅ヨコスカ線の中央階段わきのベンチに私が近づいていくと、ジャンパーを着てゲタをはいた背の高からぬやせた少年と、黒い詰襟の学生服を着て眼鏡をかけた背の高い学生とが立ち上がった。ゲタバキは秋元潔、詰襟は彦坂紹男で、これが私と彼らの最初の出会いである。（私自身もやはり詰襟の学生服を着ていたにちがいないと思う）一年前に秋元から寺山修司や金子黎子や河野典生らを糾合した雑誌への参加要請のハガキをもらったことを覚えていた私が、秋元に手紙を出し、あの雑誌はダメになったが彦坂と『舟唄』というのをやっている、よかったら会おうという返事があってのランデヴーだった。彦坂は早稲田詩人会の女子学生を同伴していて、四人は歩いて銀座へ行き、地下のレストランで食事をし、どこかのバーでハイボールを飲んだ。バーというものに入ったのも、ハイボールというものを飲んだのも、何しろ私にとってこれが最初である。四人は何を話したのか、恋愛論であったか、よく覚えていないが、結局私は彼らが気に入ったのだった。同人誌というものに対する私の先入観と『舟唄』とは、何かが根本的にちがっていた。同人誌というものの功利性や、さまざまの思惑以前の、風の吹きかようような結びつき――いや結びつきという語のいやらしささえもない。（そのときは知らなかったが、彼らも『KOT』というかなり大世帯の同人誌を解体して間もない時だった）〉。*5

　さらに私が天沢と会った五七年には、早稲田大学で高野民雄と鈴木志郎康が出会っている。高野によれば〈そしてまたある日、こんどは早稲田の大隈講堂の前あたりで、そのあたりはいつも街中の雑踏のようなところなのに、これまた妙にガランとした感じの時、突然、「きみが好きだ」と、鈴木志郎康に言われた。これも実は初めて会った時であるはずはないので、二人で何度か喫茶店での長い退屈な時間を過した後

*5　**天沢と秋元、彦坂の出会い**　ここに引用した『魚類の薔薇』から秋元、彦坂の『舟唄』参加に至る頃の事情は「詩的青春」（資料⑨所収）に記されている。

でのことにちがいないのだが、好きだというその理由は、かれのいつ果てるとも知れないおしゃべりを、ぼくがわりにつまらなそうな顔もせず、あまり口もはさまず、聞いていることができるから、なのだった〉。[*6] また同年、同じく早稲田大学で、彦坂紹男と藤田治の交友がはじまっている。しかし、この二人ずつの二組は全く知りあっていなかったし、また当時早稲田に在学していた長田弘とも出会っていないのは不思議だ。長田弘は高野の一級下で、高野が二年で取るべき「一般体育」の単位を落として、三年生で取り直しをしたときに出会っているそうだ。また後に『凶区』同人と親しくなる映画評論家、山田宏一は鈴木、高野と同時に早大仏文科に入学したが、山田はすぐに早大を退学し東京外国語大学に入り直したので、『凶区』及び高野、鈴木と、山田との交遊は天沢がフランスに留学し、同じく留学中の山田と親しくなって帰国するまで延期された。

4　『赤門詩人』の創刊

　東大教養学部の特異性は三年になると大部分の学生は本郷の専門課程に移動してしまうため、基本的には一年生と二年生だけで成り立っていることである。そのため、運動部などでは対抗試合や練習の便宜上、かなり本郷と駒場の一体化があっても、文化系のサークルでは、本郷の上級生との関係が断たれ、新入生だった者が翌年には、そのサークルの指導者として君臨することになる。文学研究会もその例にもれず、私も二年生になると自然に詩のグループの責任者となった。同学年には先述のコンパに参加していない詩のグループの学生も数名いたが、その中では私が、美術サークルにウェイトを置いていたにもかかわらず、作品を会全体の機関誌『駒場文学』に発表した実績が多い点で一番積極的なメンバーだったのだ。

　新しい一年生には詩のグループへの参加者も多く、私は不可避的に大学のサークルの上級生特有の、グループ運営上の雑務をひきうけざるを得ないようになり、文学研究会の部屋に出入することも多くなった。私と同じときに創作グループの責任者となった福田章二（後の筆名、庄司薫）と、資金かせぎのダンスパーティなどをやって楽しみつつも苦労したのもこの頃である。当時の駒場文学研究会には、後にテレビ・ディレクター、映画監督として知られるようになる堀川敦厚《あつのり》（後の筆名は堀川とんこう、とかな

＊6　高野による鈴木との出会い　＊4と同じ、資料Ⓖ。

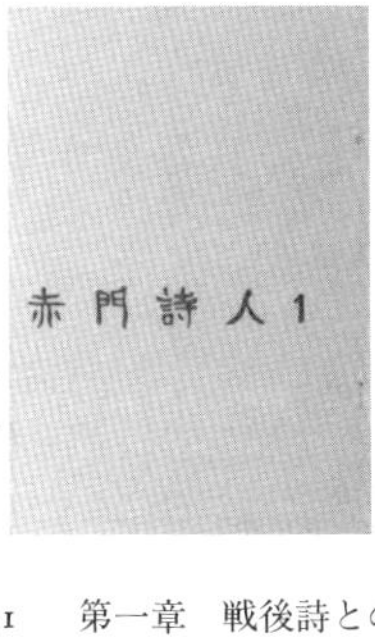

▽『赤門詩人』創刊号書影

た。

書きとなった）もいてさかんに小説を書いてい

二年生になった五八年の初夏であったろうか、仏文科に進学した天沢退二郎から電話があった。それは、本郷に行くと文学研究会のような学内公認のサークル活動はほとんどないので、新しく詩の同人誌を創刊することにしたから参加しないか、という申し入れであった。私は上級生の仲間に入れてもらえることのうれしさに一も二もなく承諾し、指定された日に本郷のルオーという喫茶店に行き、新雑誌創刊のための会合に加わった。こうしてその年の秋に第一号が出たのが『赤門詩人』である。この誌名は後々まで同人誌評などで評判が悪かったが、当時の私たちの気持としては、なにも一定の主義主張があるわけでなく、同じ大学にいるという縁だけの数人が集まってつくる雑誌だから平凡な名の方がかえって良いというわけで、東京大学の流通概念としての〝赤門〟を、一片の抵抗を覚えつつも採用したのだから、まあ確信犯的で無難な選択だったと思う。

創刊当時のメンバーは天沢、江頭、渡辺の他に内田弘保、大西広を加えて五人だった。[*7] 内田は天沢、江頭よりも上級生だったが、雑誌の運営についてはだいたい天沢がリーダーシップをとり、また発行毎にルオーで必ず行われた合評会でも司会進行は彼の役割であった。ルオーの奥まった一隅を占拠するのが、さまざまの学生グループの競合でなかなか困難であったことを、当時百円であったデミタス・コーヒー付カレーライスの味と共になつかしく思いだす。

私は美術サークルの中で私と同じように絵と詩の両方に関心を持っている少年と親しくなったが、これが後に『凶区』の一員ともなった野沢暎（本名・室井武夫、ひとときは「たけお」とひらがな表記を筆名にした時期もある）だった。野沢は入学当時は文学研究会に参加していなかったが、天沢が本郷へ進学して、私が詩のグループの責任者になった頃に入会し、文研の機関誌やパンフレットにさかんに詩を書いた。そして私を通じて天沢たちに会い、『赤門詩人』2号から同人になった。

つまり、前節に記した高校、浪人時代の交遊を含めると、『赤門詩人』が創刊された五八年には、後に『凶区』に集う十一人の内、秋元、天沢、鈴木、高野、野沢、彦坂、藤田、渡辺の八人が、天沢を人的交流の結節点としつつ、間接的につながりを持ちはじめていたことになる。

＊7 **『赤門詩人』創刊同人のその後** 江頭正己は文化放送に入社しプロデューサーになっても詩を書き続けていたらしいが、詩集を刊行することがないまま消息が絶えた。内田弘保は文部省に入り、後の文化庁長官となる。天沢が後に語ったところによると、投稿少年だった彼は内田弘保の名前を、自分も投稿していた『蛍雪時代』の神保光太郎選の詩の投稿欄で、常に第一席を占める優秀な文学少年として知っていた（資料Ⓖの座談会の発言より）。大西広は東大美学美術史学科大学院修了後、同学科助手となり、ニューヨーク大学教授、メトロポリタン美術館の学芸員（キュレーター）を経て、武蔵大学教授（日本美術史）。

しかし、この年には、菅谷規矩雄、山本道子、金井美恵子の三人は、間接的にも私の交友範囲に登場していない。後に東大に学士入学する菅谷規矩雄は、まだ教育大学独文科の四年生で、卒論になる「時禱書とリルケの地下の世界」（資料③所収）を書きつつあった。山本道子は翌五九年に発行される処女詩集『壺の中』の作品を書いていた。金井美恵子は小学校五年生で、学習研究社発行『小学五年の学習』を読んでいた。

5 〝五〇年代詩人〟への憧憬

ここで話は六〇年六月以降の『暴走』『×（バッテン）』時代に飛ぶが、この両者が合併して創刊される『凶区』の同人十人は、少しずつ好みは変わっても、あるいは影響を受けた程度の差はあっても、飯島耕一、大岡信、谷川俊太郎、入沢康夫らのファンであり熱心な読者だった。〝五〇年代詩人〟という概念は前述のように、吉本隆明の区分による〝第三期の詩人〟とほぼ重なり合う。二六年生まれの茨木のり子、三一年生まれの堀川正美、三二年生まれの岩田宏も世代的にも、また先の三人と同じく私たちの憧憬の対象だった点でも〝五〇年代詩人〟として視野に入れておきたい。

大岡信とは大学の文学研究会で天沢退二郎に出会ってから、彼を通じて知己を得て『記憶と現在』（この処女詩集は『戦後詩人全集』の完結から一年後に刊行された）に署名と短詩のような賛を書いてもらった（この署名入りの貴重な詩集は〝私の愛読書〟の類のコラムを何かの雑誌に書いたとき、書影の写真を撮るために貸し出したら、戻ってこなかった。返すように督促をしなかった私の怠惰のせいもあるが、誌名も忘れたので返却の要請もできない。しかし世の中にこの本が存在し、大岡信の直筆で扉の前の空白頁に「渡辺武信くん」と記されているのだから、いつかは私の手元に、たとえ有償でも、戻ってくることを願っている）。大岡信は『赤門詩人』や『暴走』の合評会にゲストとしてきてくれたこともある。

入沢康夫も（彼は飯島、大岡らと共に五四年創刊の『今日』同人でもあった）天沢退二郎を通じて知りあい、合評会に来てもらった他、後の章で記すように『新婦人』に『凶区』の創刊準備中だった私たちの過褒な紹介文を書いてくれた（第四章参照）。

茨木のり子は詩集『対話』（不知火社・五五年刊）で登場しているが、その後の『見えない配達夫』（飯塚書店・五八年刊）に収録されている「わたしが一番きれいだったとき」は、戦争に少女時代を奪われた女性の絶唱とも言うべき傑作である。茨木の作風は大岡信などに比べれば、口語的に平易で喩の飛躍も少なく、一見地味だが、ときには〈家々のひさしは上目づかいのまぶた〉（『対話』の「もっと強く」）、〈内部からいつも腐ってくる桃、平和〉（『対話』の「内部からくさる桃」）のような、像的にも鮮やかで意味的にも深い喩を提示する。『対話』の見返しのメモによると、私はこの詩集を五六年九月三十日、つまり受験浪人中に、『アンネの日記』の舞台を、たぶん俳優座劇場で、観た帰りに、宮益坂上の中村書店で購入している。それ以来、この詩人に憧れを抱いていた。そして幸いにも、大学で知り合った室井武夫の親戚の家に松永伍一が下宿していた時期があったことから、松永伍一に紹介され、松永が茨木と親しいというルートをたどって彼女に会えた。松永と共に茨木家を訪れ、持参した右の二冊の詩集に署名してもらうことができたのはファンとして望外の喜びであった。署名には日付が併記され、五八年十二月十二日のことであったとわかる。

『氾』に所属して早くから名を知られていた堀川正美の処女詩集『太平洋』は六五年刊行になったが、これは著者がそれまで無精して詩集を出さなかっただけで、三部に分けられている

＾右から茨木のり子、松永伍一、渡辺（五八年十二月十二日）

『太平洋』の内容は、それぞれ単独に詩集として早くに刊行されるべきだった三冊の詩集の集大成である。堀川正美とは、どういう経過を経てか思い出せないが、六〇年代半ばから、彼の名が「凶区日録」にしばしば登場するほど長く親しいつきあいが生じ、同人たちと深更に突然訪問しても、夫人の愛称・ジャキさんと共に歓待してくれたし、『詩学』六五年四月号の〝『凶区』特集〟に寄稿した「『凶区』への手紙」で、六〇年安保を引きずっていた私たち（全員ではないことは菅谷‐秋元の葛藤として第五章に記す）に対して〈われわれは三十八度線の上に生きてきた。これがわれわれの〝戦後〟の意味にほかならない。日本経済の復興は、われわれの親が朝鮮戦争の火と土と雪と血を、金にかえてなされたものである。われわれは三十八度線から金をもらって大学へ行き、遊んで勤務して旅をして逃げるわけにもゆかず生きている……そうして『凶区』きみたちは三十八度線の恥に生きてゆく子孫になるのではないでしょう？　生きぬくならば恥に貫通されるのか？　無名の輝く蛹になるのか？〉と書いて、自分たちの体験だけにこだわっている〝安保詩人〟に喝を入れてくれたのだった（資料⑮）。

岩田宏は、私が現代詩に関心を抱きはじめたばかりの五五年六月号の『詩学』で普通の投稿欄とは違う「懸賞作品」に「独裁」が第三席で入選して登場したときから注目し、愛読していた詩人だが、同名の処女詩集（書肆ユリイカ・五六年四月刊）は入手できず、第二詩集『いやな唄』（書肆ユリイカ・五九年六月刊）から入手した。しかし六六年四月に思潮社から出た全詩集的な『岩田宏詩集』には『独裁』も含めて四冊の詩集と未収録作品が集められているので、この詩人の全貌を見渡すことができる。私が『現代詩手帖』六二年一月号に岩田宏論を書いた後には、出版記念会やその後の二次会の酒場などで親しく話す機会を得るようになった。特に私が設計した平林敏彦の網代の別荘（というより東京のマンションが仕事の拠点で、こちらが週末ごとに帰って暮らす本宅）「海の見える家」を設計し、それが七七年一月に竣工した直後、引越が済んで落ち着いた二月頃だったか、内祝いに妻と招かれたときに同席し、彼はご機嫌で飲みつつ、ピアノに向かい、ポピュラーソングやジャズのスタンダード・ナンバーを巧みに弾きまくったので、以後ますます個人的に親近感を抱くようになった。

私個人の〝五〇年代詩〟体験の深さの傍証の一つとしては、かなり長い大岡信論と岩田宏論（共に『詩的快楽の行方』資料⑩に収録）を書いたことがあり、これで兄貴分に恩返しをしたつもりだ。飯島耕一論を書かなかったのは岡田隆彦の「センチメンタリズムの求心力」という優れた飯島論に先を越されたからで、谷川俊太郎、堀川正美についても短いながら評論兼オマージュを書いている。

私の大岡信に対する憧憬は、最近書いた次のような回顧にも現われている。〈（大学受験の）当時の私は現代詩やその評論に興味を抱いており、また語学は好きだったので、文学部の英文科か仏文科に学んだ後、新聞社に入ってニューヨークかパリの駐在特派員になることに憧れていた。ちなみにこれは高校三年のときに読んで魅了された詩集『記憶と現在』の著者、大岡信さんの実行された道である。大岡氏は東大国文科に学びながらフランス語に堪能で、若い頃からポール・エリュアールの詩を訳されたり、エリュアール論を書かれたりした後、読売新聞パリ特派員として活躍された。私が建築学科を目指したのは、父に「これからの世の中で食っていくには絶対、理系でなくてはだめだ」と強要された結果である。これは自分が技術系の商社を営んでいたこと、当時の日本が焼野原からの復興を脱しつつ経済の高度成長期に入り、理系の技術が異常に高く評価されていた時代相の反映でもあろう。私は中学、高校を通じて美術クラブに属し、絵を描くことは好きで、ある程度の自信もあったことから、父との妥協案として、理系のなかでも文系に近いと思われる建築学科を選んだのだった〉（『住まいのつくり方』中公新書・〇四年九月刊）。つまり堀川正美の言ったとおり、私も〈親が朝鮮戦争の火と土と雪と血を、金にかえ〉た結果として建築学科に進み、親の要請に従った代償として暗黙の内に大学院に居続けることを了承させて、十二年間も在学した後に建築家になったわけである。

6　〝六〇年代詩人〟の広がり

〝六〇年代詩人〟と言われるようになった詩の書き手としては、『凶区』同人以外に慶応大学出身者からなる『ドラムカン』の岡田隆彦、吉増剛造、井上輝夫、会田千衣子、早稲田大学出身の長田弘、京都大学出身ゆえ学生時代には会う機会のなかった清水哲男などが数えられるが、この詩人たちは三五年生まれの鈴木志郎康から四〇年生まれの会田千衣子まで、三〇年代後半生まれという世代的まとまりがあり（『凶区』後半期に同人になった金井美恵子は世代的観点から除く）、それに加えて〝五〇年代詩人〟に憧れて書きはじめた点でも共通点を持つ。これは近年、往々にして先行世代の詩人の作品をあまり読まず、したがって惚れ込む対象もなく、自己表現願望だけで詩を書き出す人が少なくないのと対照的だと思う。

〝六〇年代詩人〟は、〝教養〟というと語弊もあるが、とにかく兄貴分・姐御分にあたる詩人たちの作品を読み込んでいて、「〝学ぶ〟は〝真似ぶ〟に始まる」という箴言どおり、模倣から出発したのだった。例外として戦後詩を全く読まずに書きだしたという鈴木志郎康がいるが、彼も『×（バッテン）』に参加してからは、仲間と読書体験を共有しようとして〝五〇年代詩人〟の作品を読み込んだことは、彼と大岡や飯島の新作について語り合った経験からも確かである。もっとも鈴木はいったん自分の作風を確立してからは、菅谷規矩雄が言っているように〈戦後詩の獲得した手法を雪崩のように突き崩し〉てプアプア詩に到ることになったのは、それだけ〝五〇年代詩人〟への執着が少なかったのだろう。

詩を書きはじめた頃の私たちは、ちょうど人気歌手の追っかけをする感じで〝五〇年代詩人〟のファンであり、とくに感慨深いのは岩田宏の「グァンタナモ」が、詩誌ではなく週刊『日本読書新聞』の一面にトップ・ニュースのような形で発表されたときの思い出である。『凶区』の仲間は「あれ読んだか？」という感じで、会うたびに、そして会えなければ電話や手紙を通じて、お互いの昂揚感を伝え合ったものだった。別の喩えをすれば、憧れの詩人の新作に接することは、ヒッチコックの新作に、あるいはマイルス・ディヴィスの新アルバムに接するような歓喜と期待を伴ったものだった。これは菅谷規矩雄がいみじくも言った〝逸楽の季節〟であるが、後にそれが必然的に苦痛に転化する時期が来る。

7　逸楽の季節の終焉

これから記すことは〝六〇年代詩人〟、あるいは『凶区』に限っても一般化はできないが、少なくとも天沢、菅谷、野沢、私の四人は六〇年六月の安保闘争に遭遇しなかったら、〝逸楽の季節〟を持続させることができたかも知れない。ということは〝六〇年代詩人〟という概念が生まれず、あるいは〝七〇年代詩人〟というものが表現としてはあり得ても、それほどのインパクトを獲得しないのと同様の、存在感の稀薄なグループに終わったかも知れない。中でも私自身は、自分の資質からして、六〇年六月に遭遇しなかったら、〝五〇年代詩人〟、とくに大岡信、飯島耕一の優等生的エピゴーネンにとどまった可能性が強いのではないか、という自覚がある。

　周知のように、菅谷規矩雄は六〇年六月を背負ったまま、六八年以降の全共闘運動に対して造反教官としての立場を潔く保ち続けることによって、緩慢な自殺とも言える早世をした。彼はまさしく堀川正美の名フレーズ〈時代は感受性に運命をもたらす〉（「新鮮で苦しみおおい日々」の冒頭の一行）のとおりの運命を引き受けて生きたのだ。その菅谷は、『凶区』終刊直前から同人たちに、特に天沢と私に鋭く斬りかかってきたが、それに対して具体的な釈明（反論ではない）をする機会は後の章に譲ろう。しかし私も天沢もそれぞれの仕方で時代が感受性にもたらす運命に対処してきたのである。

　しかし逸楽はしょせん永続しないものだ。大岡信が自ら誇らしげに言ったところの〝感受性の祝祭〟は六五年に谷川雁の〈詩がほろんだことを知らぬひとが多い。いま書かれている作品のすべては、詩のほろんだことのおどろきと安心、詩がうまれないことの失望と居直りを詩のかたちで表現したものという袋の中に入れてしまうことができる〉*8という断言によって終わった。やや饒舌気味に感受性を謳歌していた〝五〇年代詩人〟たちは、詩句のうえで寡黙になって行く。

　その典型は谷川俊太郎である。彼は「鳥羽1」で

何ひとつ書く事はない
私の肉体は陽にさらされている
私の妻は美しい
私の子供たちは健康だ

本当の事を云おうか
詩人のふりはしてるが
私は詩人ではない

と「書くことはない」ことを〝書いて〟一種の居直りを示した。〈深みに生まれおもてに浮か

＊8　**詩がほろんだ……**　『朝日ジャーナル』六五年十一月七日号。なお谷川雁はこの発言を遡ること四年の六一年に「断言肯定命題」と題するエッセイの中で「詩はほろびた」と言っていた。それは谷川雁の先見性を意味する。つまり六一年には、谷川雁がその前年に自分の全詩集を刊行し、その「あとがき」で詩作から離れると宣言していたせいもあって、「ほろびた」という判断が個人的感慨として受け取られ、さしたる話題にならなかった。しかし同趣旨の発言が六五年には大きな反響を喚び起こした。つまり時代がようやく谷川雁の問題意識に追いついたわけである。しかし、これはまた谷川雁の問題意識が共有されたことだけを意味し、「詩はほろんだ」という結論が共有されたわけではない。なぜなら六八年のイベント「詩に何ができるか」のパネラーや司会者の多くが、それぞれの形で危機意識、問題意識を分かち持ちつつ、詩を書き続けていたし、それは本書が刊行される二〇一〇年にも及んでいる。もっとも菅谷は早

びひろがりに生き〉という詩句で光から闇へ、さらにまた光へと流麗に移る視野の連続感を言葉として定着させた大岡信は、マリリン・モンローの死に触発されて書かれた作品「マリリン」の終連を

マリリン
マリーン

ブルー

という消えゆくようなアリタレーションで閉じ、その急激な消散感は空白感にも通じる。またユーモラスで意地の悪いアリタレーション、例えば「いやな唄」の

ああいやだ　おおいやだ
夢みたくても夢みない
夢みなくても夢みたい

や「永久革命」の

すべての道は老婆に到る！　さもあらばあれ
文体よりも軍隊に気をつけてくれ　おさらば
だ

革命ばんざい　永久革命ばんざい！

というフレーズで読者を激しく挑発し続けた岩田宏は「あくるあさ」で

ゆうべは革命だった
今朝は
くらしだ

という短く区切られた一連で「くらし」の屈折感をあらわにする。

　岩田宏は小説と小笠原豊樹名の翻訳者に撤退し、堀川正美は詩集『枯れる瑠璃玉』以後、詩を書かなくなり、飯島耕一は定型詩に活路を見出そうとし、大岡信は国文科出身にふさわしく、世間では「折々の歌」の筆者としてのみ知られることが多くなった。

　今にして思えば、『詩の構造についての覚え書』で〝擬物語詩〟という手法を提唱した入沢康夫は、この戦後詩の語彙の豊穣の必然的な拡散感をいち早く察知しつつ、書くことの危機を巧みに回避したのではなかったか。

世し、鈴木は自己表現を映像中心にするようになり、岩田宏、堀川正美は沈黙し、私も八〇年の詩集『過ぎゆく日々』以降、詩作をしなくなったが……。

第二章　『暴走』創刊と『舟唄』との交流

1　『暴走』は突然生まれた

　一九六〇年、六月末、『赤門詩人』の刊行は遅れていた。これはつまり奇しくも『凶区』解散の日からちょうど十年前のことである。五八年八月に、天沢退二郎、江頭正己、内田弘保、大西広、渡辺武信を同人として創刊された『赤門詩人』は、その後、2号から室井武夫（＝後の野沢暎）、3号から久世光彦《てるひこ》*1、5号から内野祥子《さちこ》*2を同人に加え、六〇年四月の8号までほぼ季刊のペースで刊行されていたが、9号のための原稿が集まらず、刊行の予定が立たない状態になったのである。

　六月二十一日の消印のある天沢から私に宛てた葉書は、当時の状態を如実に示している。

〈前略、今日は念のためルオーに張り込み。内田、江頭、大西と都合四人集った。予期の如く、原稿持参者ゼロ名（僕も含めて）。相談の結果、原稿〆切を一応7月1日にのばすことに決めた。(それでも早すぎるかもしれないが…)。即ち、7月1日（金曜）午後6時、ルオーへ原稿持参。デモその他、障害は予測しがたいが、できる限り出席されたい。以上。〉

　このときはまた、安保闘争のピークとなった六・一五の直後のことで、大学構内から連日のように学生たちのデモの隊列が出ていった。しかしそのデモを「障害は予測しがたいが」というのはデモの直接的影響が赤門前にある喫茶店ルオーに及ぶという意味ではなく、五九年から六〇年にかけて、どんな小さなデモでも必ず出かけていった私や室井が、そのために同人の会合にしばしば欠席したことを指している。

　二十一日の消印の葉書に書かれているのがその前日、つまり二十日夜の会合のことだとすれば、私がこの会に欠席したのは、安保条約自然成立の十八日夜から十九日にかけて国会周辺で

*1　久世光彦《くぜてるひこ》　後にTBSテレビのディレクターをへて小説家、エッセイスト、演出家。二〇〇六年急逝。

*2　内野祥子《うちのさちこ》　内野は駒場の文学研究会の詩サークルに私より後から参加したが入学は同じ年で、五九年、つまり留年した私より先に、本郷の文学部に進学した。現在、左近寺《さこんじ》祥子、学習院大学哲学科教授。

*3　『赤門詩人』は活版印刷だったが『暴走』は東大赤門前の路地を入ったところにある千葉タイプ社による謄写印刷。

徹夜した後で、くたびれていたからだろう。もっとも、この頃の私は肉体的に疲労していたし、思想的にも混乱していたが、そのことで自分たちの同人誌に無関心になっていたわけではない。むしろその状態の中で、自分たちの雑誌を持つことの必要性を一層強く感じていたほどである。

その後、七月一日の会合でもやはり原稿は集まらなかった。こうして何回か締切を延期しつつ会合を重ね、何回目かに天沢と私だけが、とにかく一篇ずつの詩を持ってきた。そのことから、二人は二人だけで、臨時に小冊子を出そうと、どちらからともなく言いだして合意した。そのために二人はさらにもう一篇の詩を書いて持ちより、八月にタイプ謄写[*3]のパンフレットにまとめて一〇〇部を刊行した。これが『暴走』の創刊号である。

この間の詳細な事情は覚えていないが『暴走』というタイトルが決まったときの光景だけは今も記憶に鮮やかだ。それはたぶんお茶の水駅前の喫茶店レモンで、天沢と私が、思いつくタイトルをありあわせの紙に次々とメモしながらも、これといった言葉にめぐりあわず、ややくたびれて雑談に移っていったときだった。私たちは学生デモについてのマスコミがとりあげる際のセンセーショナリズムを難じていたが、ふと気がついてみると、天沢がマスコミが全学連主流派が孤立して行うデモを形容するのに使

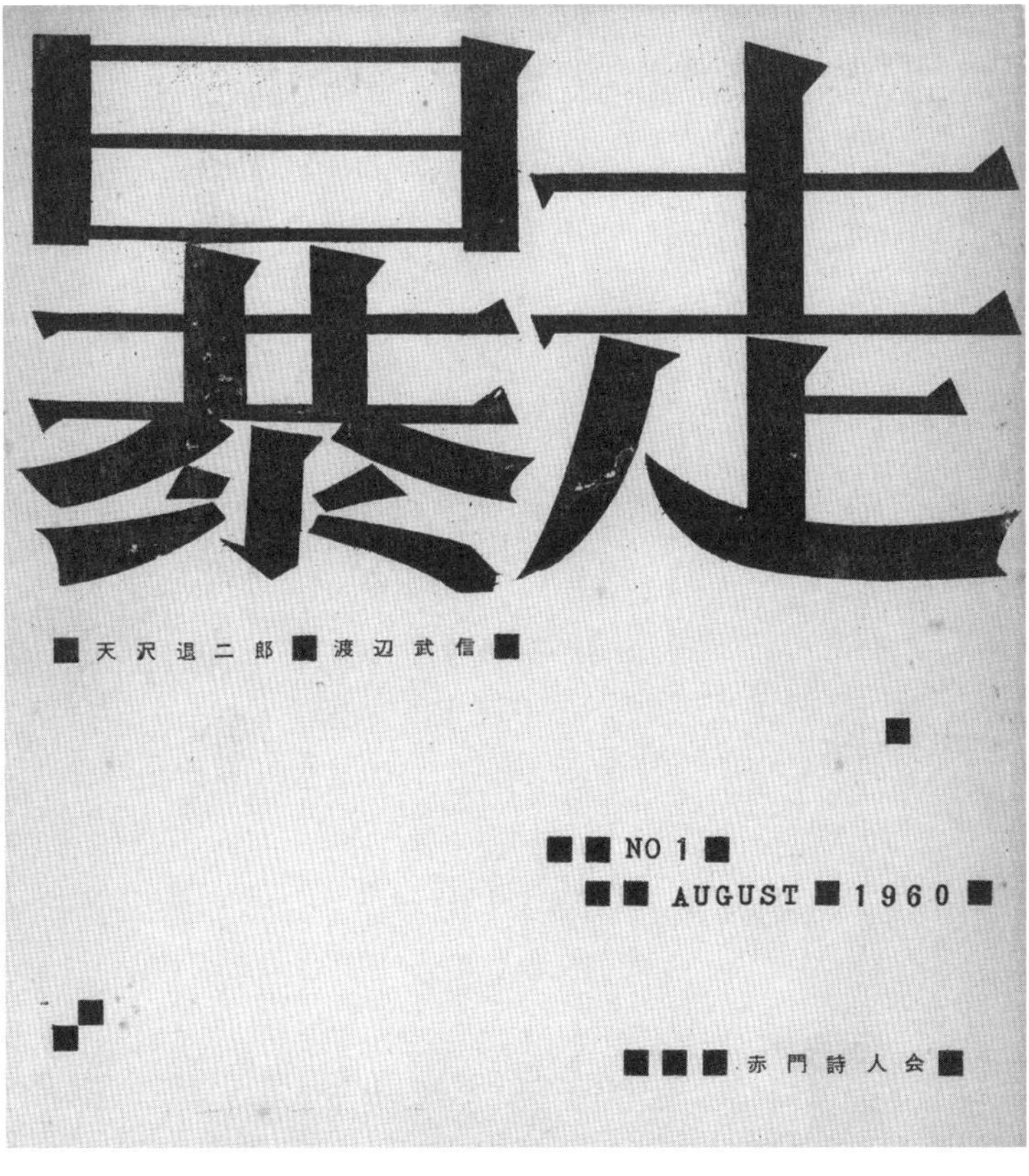

＜『暴走』創刊号書影

う〝暴走〟という単語を、ちょうど誰もが長電話をしながらメモ帳に落書きするときのように何度もなぞったりワクをつけたりしていた。私がそのことに気がつくと同時に、天沢もはじめて自分のしていることに気づいたようで、それから、二人は、ほとんど異口同音に「これにしよう」と言ったのだった。この日は七月半ばのはずである。なぜなら八月はじめ、軽井沢にいる私のところへきた天沢の葉書は、私の書いた〝暴走〟という題字が大きすぎて表紙の裁ち落しにひっかかるから、描き直してくれと、速達で告げている。この題字というのは雑誌のタイトルを、今ならレタリングと言うのだろうが、私が暴走という字を明朝体の活字を拡大した形で、表紙の大きさいっぱいに烏口《からすぐち》で描いたものである。その拙劣さは今見ると恥ずかしいが、私がこういうことをしたのは、当時建築学科に進学したばかりの私が、建築設計製図の課題を烏口で描くことを覚えはじめていたからだろう。

こうして八月末に刊行された『暴走』創刊号は、表紙をのぞいて本文12頁で、二人の詩作がそれぞれ二篇ずつ掲載されている。

記録にとどめておきたいのは、この時の『暴走』は、まだあくまで臨時刊行物であって、その発行者は「赤門詩人会」となっていることだ。つまり、雑誌『赤門詩人』はまだ終刊してはいない。私たち二人には、全体が停滞している時に、走れる者がルール違反を承知で〝暴走〟することは、ちょうど当時の全学連主流派のデモがそうであったように、正しいのだ、という気持があり、それがこのタイトルの意味の全部ではないにしろ、重要な一部だったのだ。だから、母船である『赤門詩人』が順調に運航しはじめれば、『暴走』の使命は終わるはずだった。創刊号の後記で〈他の連中が再び作品を書いて、ぼくらの暴走が終る日の近いことをまぶしい夏の空に祈ろう〉と私が書いているのも、この臨時的性格を示している。

天沢と私は続いて九月に、『暴走』2号を刊行した。[*4] この矢つぎ早の刊行がカンフル注射の役割を果したのか、六〇年十二月に『赤門詩人』9号が発行されたが、これが結果的に同誌の最終号になった。その後も長期的に継続の希望はなくなったものの、同人の一人内田弘保がエッセイを準備していたので、それを無にしないため、なんとか10号だけは出そうという努力が九月ごろまで続けられたが、他の同人に意欲がないため廃刊され、「赤門詩人会」は『暴走』

＊4　『暴走』と六〇年六月

『暴走』2号に天沢が書いた詩作品「眼と現在」は「六月の死者を求めて」というサブタイトルからもわかるように、あきらかに六〇年六月の社会的状況に触発されて書かれている。もちろんこれは直接的なアンガジュマンの詩ではないが、彼が『暴走』創刊直前の私信で六月十五日の事件を中心として〈ようやく僕にも、現実という動きの表層とその一枚裏のズレが日々実感され、思い切って近視眼的になることの絶望的必要性を痛感している次第〉と書いているような精神状況の彼なりの結実であったのだろう。私自身の内部では、この詩の終行の「帰るみちはもうわからなかった」という言葉が、以来十年間、つまり『凶区』の終刊まで、天沢の作風の発展や、彼の生活の変転と対応しつつ、さまざまなニュアンスを帯びて反響し続けた。

また、私の「つめたい朝」は、六月の状況へのきわめてストレートな反応を含んでいる。この作品には、私なりの愛着はあるものの、私に〝六〇年六月の詩の3、4号の表紙に名目的な存在を続けたまま、なしくずし的に解消していった。[*5]

2　『舟唄』『青鰐』同人との遭遇

これより先、『暴走』の創刊準備中の七月三十日、秋元潔詩集『ひとりの少女のための物語』の出版記念会が、銀座の米津風月堂で開かれた。私は秋元と面識がなかったが、天沢を通して受けとる『舟唄』という同人誌でその孤独なロマネスクにみちた詩にひかれていたし、会の案内状には、天沢が秋元以外の詩友たちにも紹介したいから是非出席するようにと添え書きしていたので、私は不貞寝をしていた軽井沢から帰って出席したのだった。そして私はこの日、後の『×(バッテン)』の、天沢以外の創刊メンバーの全員、つまり秋元、彦坂、高野に初めて会った。また彦坂の友人として参加した藤田治とも会ったが、彼の『×』参加は4号からである。

会は天沢の司会で出版記念会の型通りに終わった。この日の出席者の中に金子光晴と平野威馬雄がいて、それぞれ祝辞を述べたが、私はこのような長老たちの存在にかなり異和感を覚え、むしろ『舟唄』の仲間だった小川彰がギターを弾いて祝辞に代えたのが、秋元の詩風に似つかわしくて印象に残った。[*6]

私自身は、秋元を天沢と比較しつつ感想を述べて挨拶に代えたらしい。その直後に秋元からもらった葉書には〈(きみは) 天沢とぼくの作品を対照的だといいましたけれど、天沢は結局そのもと《ママ》抒情であるとぼくは思います。だから抒情でもあり方が違うというイミにとりました〉と記されている。私は自分の述べた言葉に記憶がないのだが、今にして考えるとこの二人の詩がその初期において、相似した抒情性を共有しているという意味では、秋元の指摘の方が正しいように思える。ただ、当時天沢が書きつつあった作品群(それは翌六一年に第二詩集『朝の河』に収録される)と、秋元の『ひとりの少女のための物語』を比べるなら、天沢が果敢な方法的飛躍を行いつつあったのに対し、秋元は一つの停滞を、それも無気力のゆえではなく、反対に意図的かつ方法論的な頑固さで追求していて、そこに彼の作品の魅力があった。おそらく私はこの点をとらえて〝対照的〟と言ったのではないか。

一方、秋元本人の印象は、というと、私は彼について横浜方面の詩を書く少年たち全体のボ

人〟的なレッテルを付すために便利なせいで、なにかというと引用されすぎたので、今や肩の重荷という感じもある。私にとっては、この詩が「恋唄」と同時に発表されたということで、そのストレートさを補う気持があるのだが、当時、そういう見方をして、この二つを一諸に論じてくれたのは、後の青土社の社主になった清水康雄だけだった。

＊5 **『暴走』の表紙**　なお「暴走」の表紙は創刊号以降も一貫して私が担当した。しかし2号以降は烏口で題字を書くことはなく、号毎に色の違うラシャ紙の上に題字や発行年月日だけを印刷し、製本したものを千葉タイプ社より受けとり、その上に私が自宅でガリ版を切ってカットのようなものを刷りこんだ。

△『舟唄』書影

ス的存在で気むずかしい男だと、かねてから聞いてひそかにおそれていたのだが、会の席上の秋元は物静かにはにかんでいる穏やかな青年で、その先入観との食いちがいに戸惑いつつ親しみを覚えた。この日、受付でぼくから会費（五百円）を受けとり、その他にもテキパキと会の裏方をつとめていた背の高い男が後から思えば彦坂だったのだが、彼とはあまり話さなかった。藤田治は、詩を書くにしては、やけに健康そうに肌の浅黒い人だなぁと思ってその顔を一度で覚えたが、それ以上の印象はない。この彦坂、秋元は、天沢と共に『舟唄』の同人でこの会の主催者側メンバーだったわけだ。なお藤田はまだ『舟唄』に参加していなかったが、この会より後に同人になった。[*7]

秋元以外で一番印象の強かったのは高野民雄である。会が終わりかけたとき、天沢が、やたらにニコニコしている少年を私にひきあわせたが、これが高野で、彼は「名刺がわりです」と言って表紙にアクビをしている鰐が小さく刷ってあるパンフレットをさしだした。[*8] 全体は白地に黒の単色なのだが、小さな正方形と矢印が鮮やかな朱色でアクセントになっている。私が「二色刷の表紙なんてすてきですね」と言うと、彼は「いえ、それはあんまりさびしいから、ぼくが消ゴムでつくったハンコに印肉をつけて押したんですよ」とうれしそうに言った。

帰る道すがら、このパンフレットを読んだ私は、高野の書いていた「ポジの世界」と題するコラムの短文に感銘をうけた。このコラムは鈴木が書いていたコラム「ネガの世界」の一対をなしたものだった。私が接した号の「ネガの世界」は「そうなんだ、私は壁の中にいる…」という書きだしではじまり、一種の自閉状態の独白であるが、その内容はともかく、大げさな観念的用語を一切使わず、平易な視覚的比喩を連ねつつ淡々とした文体で書かれているのが新鮮な魅惑だった。この自閉状態の記述は嫌悪と、

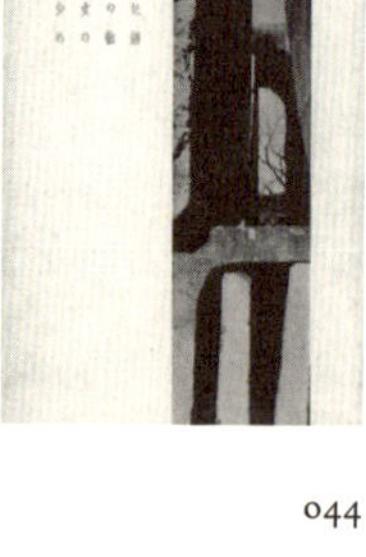

△『ひとりの少女のための物語』書影

*6 **秋元の出版記念会** 『ひとりの少女のための物語』（薔薇科社・六〇年四月刊）。平野威馬雄は『ひとりの少女のための物語』に跋に代えた詩を寄せている。秋元は平野、金子とそれぞれ別個に交際があり、秋元によればこの会で、暁星中学時代のクラスメートだった平野、金子が久しぶりの再会をしたのだそうだ。

*7 **『舟唄』** 『舟唄』は五六年一月、彦坂によって創刊され、2号から秋元が、後に天沢、藤田が加わった。五九年に一時休刊し、その間に天沢が『パテ』という個人誌（詳細は「『凶区』

その生温い居心地の良さとの相半ばする感情を伴っているが、それは同じパンフレットの中の高野の詩「とんぼとり」にも、印象的な詩句で定着されている。これも「しゃっぽかぶって／とんぼとりに／私はでかける」という風にはじまる独白体で書かれているが、この「とんぼとり」は詩行が進むにしたがって「しゃっぽの中へ／あたまの山へ」と、落語の『頭山』のごとく入り込んでいき、自閉状況の比喩として不気味に働きはじめる。この奇怪なとんぼとりに出かけた幼児の行動は、「しゃぽ　とんぼ　とまれ」という、わらべ唄風な、呪術的なリフレインをはさみつつ、無邪気な悦びと底知れぬ恐怖の交錯として綴られていく。そして、これらの書かれたものの印象と、その日会ったばかりの高野民雄の屈託なさそうな笑顔とを重ねあわせると、この小柄で童顔の少年（ほんとにそんな感じだった）のイメージは、にわかに複雑な深みを帯びてくるのだった。

　このパンフレットは、高野と鈴木志郎康が二人で刊行していた『青鰐』の17号であった。早稲田大学で出会った二人は五九年二月にこの同人誌を創刊し、それ以来、毎月一冊という、プライベートな雑誌としては驚異的なハイペースを維持してこのときに至っていたのだ。前章に記したように高野民雄は千葉一高の文学クラブにおける天沢の後輩としてこの会に来ていたのだが、『青鰐』における高野の相棒であった鈴木志郎康は、この会に招かれていないので、まだ高野以外の後の『凶区』メンバーと会っていない。

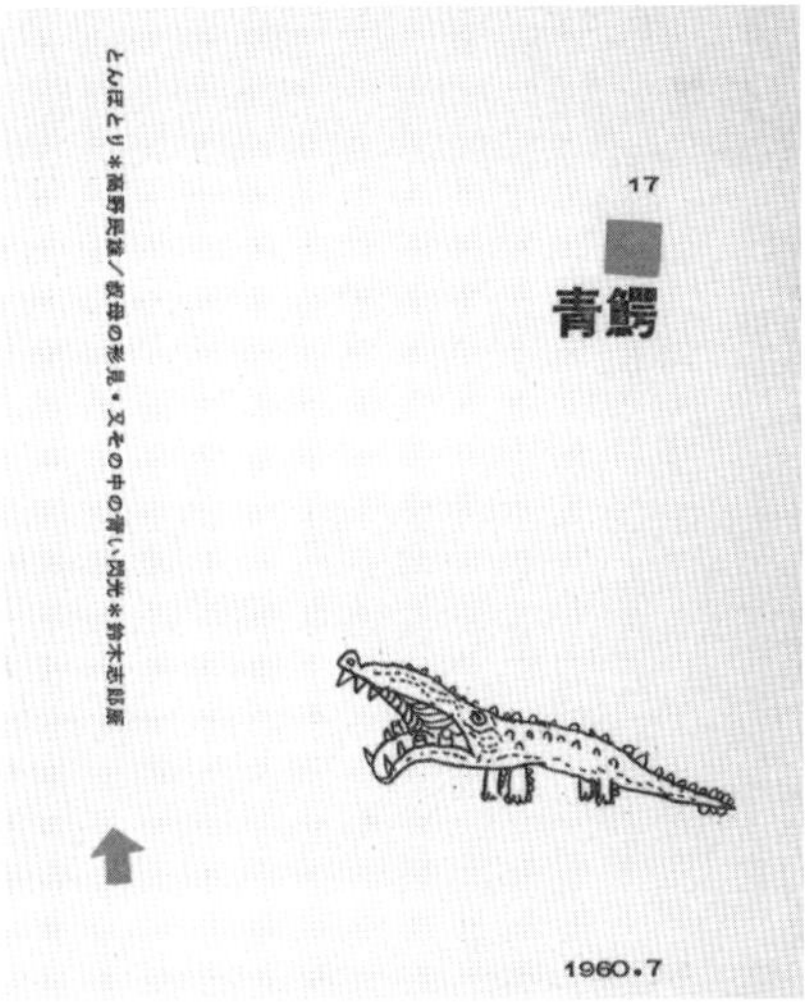

＜『青鰐』書影

関連同人誌一覧」参照）を出してつないでいたが、六〇年三月に復刊した。今にして思えば『パテ』は『舟唄』の停滞を打開するために天沢が〝暴走〟した結果であり、天沢はこの経験からして『赤門詩人』の停滞に直面したとき、『暴走』を刊行することをためらわなかったのだろう。

＊8　『青鰐』　この鰐の絵は高野の友人で後に『凶区』のプレイメイツの一人になる無名時代の井上洋介によるものである。なお『青鰐』は高野、鈴木が卒業までの二年間に月刊で二十四冊、発行する予定だったが、六〇年の十二月に卒論や試験のための多忙により休刊した以外は確実に月刊を維持し、六一年四月に24号を出して終った。その後、高野民雄はワラ半紙を縦長に四つ折した形の、無綴16頁建ての第二次『青鰐』を個人誌として27号まで刊行した。

第三章　『×』と『暴走』の併走期

1　『×』創刊への胎動

後に『×（バッテン）』に集まることになるメンバーの交友の結節点になっていたのは天沢退二郎だが、その創刊を推進したのは秋元潔である。秋元とは彼の本の出版記念会以後しばらく会わなかったが、天沢を通して彼の噂はたびたび聞いていた。彼が新しい雑誌の創刊を企てていることも、最初は天沢から伝え聞いたように思う。それが具体的になったのは、六一年の二月で、私は新雑誌の創刊について相談したい、という秋元の葉書を二月十二日付で受けとった。秋元はこれと前後して天沢、彦坂、高野にも新雑誌への参加の意向を打診していたらしい。私がただちに承諾の返信をしたのに対して、秋元はまた二月十六日の書簡で次のように書いてきた。

〈早速おへんじ頂き、うれしく思っています。ちょうど天沢から暴走をみせてもらったところです。ボクはいつも後記ばかりたのしく読ませて頂いています。作品は赤門詩人9にでていた方が、ボクは好きです。新しい雑誌のことで、いちおう、三月十六日か十七日に会うことにして、その前にもいちど会えたらいいと思います。八日か九日でもいいのですが、どこにしますか。天沢には月末に、いちど会うことにしています。あなたは、ボクや彦坂の、甘っこさが何か食い足りないと思うかも知れませんが、ボクはそれほど遠い距離にあると思っていません。もしこんど、新しい雑誌が出来れば、ボクラも発表態度が決まってくるわけですし、おおげさながら、いまの混とんとした詩壇の退屈さをかきまわしてゆく位の、足がかりにしたいという考えです。高野民雄や天沢それにあなたなんかがハナを切ってもらって、ボクは少しでもよい雑誌がつくれるよう、がんばっていくつもりです。またくわしく書きます。さようなら〉。

冗長さをいとわず、あえて全文を引用したのは、お互いに交流の手がかりを探りあっているような文体が、グループ結成直前の状況をよく示しているからだ。そして、このような交流のはじまり方は『×』から『凶区』へと発展する雑誌の性格の二面を大きく支配しているように思われる。詳細は知らないが、秋元はこのときまでに『KOT』『NOAH』などの創刊に参加し、また彦坂が創刊した『舟唄』でも、2号から参加したのにリーダー的な役割を果たしつつあった、言わば同人誌づくりのベテランである。そしてこのときの秋元は、その経験を踏まえて、今度こそ本当にいい雑誌をつくろうという熱意に燃えていることが行間から伝わってきて、私に期待を抱かせた。私の方は、それまでに『駒場文学』『赤門詩人』『暴走』に加わっていたものの、これらはいずれも、同じ大学に在学している偶然性を基盤とした雑誌で、作品を通して心惹かれあったもの同士が、交流の糸口を求めあうといった微妙な過程がほとんど不要のままに生みだされていた。後述のように『暴走』もだんだんに『×』と似たような内部交流をつくりだしていくが、それは『×』の創刊後のことであり、また創刊の契機が『赤門詩人』の一部メンバーの偶発的独走という形をとったために、創刊にまつわる微妙な探りあいの過程は持たなかった。だから、私にとっては、お互いが選びあって雑誌を作るという秋元の企ては、彼や他のメンバーとの出会いの経過を含めて考えると、文章の表面に現われている以上に新鮮に感じられたのである。今思うには、個々のメンバーがそれぞれ、いくつかの雑誌をつくったり、つぶしたりする間に、お互いの作品を知って認めあい、仲間として選びあうという、ある意味では厳しい準備期間があったからこそ、『×』や『凶区』の創刊以後の快い（そして少なくとも一定期間は実り多かった）慣れあいが生みだされたのである。

新雑誌の創刊に賭ける秋元の気持は〈詩壇の退屈さをかきまわす〉という一節にも現われている。しかし、それは彼の〝詩壇〟への反発と同時に、その内部の力学に敏感な政治性も現わしているようで、これにはかすかな異和感を覚えた。もちろん、私としてもいわゆる〝詩壇〟というかジャーナリズムに無関心であったわけはなく、自分の作品が同人詩誌評でとりあげられたり、投稿詩が入選したりすればうれしがったものだが、それはそれとして、既成の〝詩壇〟に、迎合することはもちろんとくに反発するつもりもなかった。と言うのは私は、何人かの戦後詩の俊秀たちの作品に魅せられて詩を書きはじめ、結局のところ、私の関心はそれらの詩人にしかなかったので、〝詩壇〟全体の存在感はきわめて稀薄であったのだ。そして雑誌をつくるとなれば、自分が心惹かれている同年輩の詩人と友人になれ、お互いの作品が一つの誌面にならぶことだけが楽しみで、その雑誌の反響は二の次という気持でいた。もっとも『×』の創刊にあたってはこの秋元の政治性は、雑誌の性格に私の反発を喚び起こすような感じはまったく持たず、かえってその推進力となった。同じようなことは『凶区』の創刊に際して菅谷規矩雄が果たした役割についても言える。ただ、秋元と菅谷の、ある意味で質を同じくしながら標的を異にする政治性はこの二人の間にお互いの作品への敬意や仲間としての交友と矛盾しない形ながら、微妙な緊張として存在し続けたように、私には感じられる。

　三月八日か九日と秋元が書いていた、私と秋元の二人だけの会談は結局実現しなかったが、その間に私は天沢と何回か会って新雑誌について話しあったし、秋元は他のメンバーと精力的に接触し続けた。この間の状況は『×』11号の年表によれば次のようである。

〈秋元、天沢あて新しくつくる雑誌の構想についての書簡。天沢、高野、渡辺とそれぞれ個別会談し検討。秋元、高野と東京駅・アートコーヒーで会う。秋元、渡辺に書簡。秋元、天沢、彦坂オパールで会う〉。

　このような個別会談のつみ重ねの後、創刊メンバーの全員の会合をすることになり、三月十六日、有楽町スバル街の「オパール」というジャズ喫茶に、秋元、天沢、彦坂、高野、渡辺の五人が集まった。私の記憶では、その日の内に『×（バッテン）』という誌名と、『鰐』をモデル

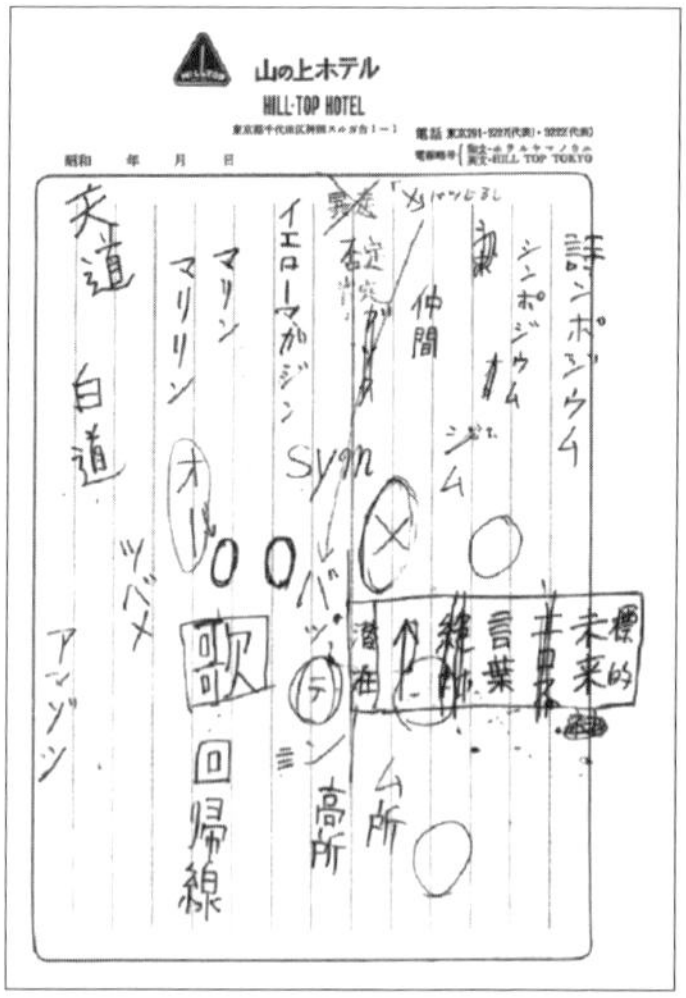

〈『×』誌名決定の際のメモ（六一年三月十六日）〉

にした作品中心の雑誌という内容、季刊という発行間隔などが決定したように思う。誌名については、たしか私が、自分たちの雑誌（『暴走』『舟唄』など）を含めて従来の同人誌のあり方を否定するという意図で『×（バツ）』という案を出し、それを高野が〝バッテン〟と読み替えた結果、それが全員の賛同を得たのである。その後、四月十五日（銀座「オリーヴ」）、二十日、五月一日（場所不明）と会合を重ねる間に全員が作品を持ちよって編集し、印刷を水道橋の文永社に頼んだが、その見積りが意外に高かったので、同人が再び集まって協議し、天沢の詩集の出版元としてつながりができていた国文社に印刷を頼むことになった。この五月十八日の会合（於「お茶の水喫茶室」）に私は出席しなかったので、その結果は天沢の葉書で知ったが、これで当時の印刷費の額がわかっておもしろい。〈昨日は君を除く四人が集ったけど、それに先立ちぼくが国文社へ行ったら、二〇頁上質紙で一万四千円、四頁へらせば、およそ五千円安くなるとのことだったので、四人で相談の結果、十六頁に編集しなおして国文社へ入稿した。御不満はないと思います。出来上りは六月五日。それまでにお金何とか御用意下されたく。以上とりあえず御報告まで〉。

　つまり当時の同人誌の印刷費用は九千円で五人均等負担すれば郵送費を含めて一人あたり二千円ほどであった。この後、国文社へ何回か行き、国文社のある池袋の喫茶店（「スカイ」や「マルグリット」）で校正をしたりしたのだが、そのあたりの記憶はなく、結局、創刊号は六月十日に出来上がって、その日の五時、喫茶「お茶の水」で全員が集まり、ひとしきり、自分たちの雑誌の感触を楽しんでから郵送その他の雑務をした。*1

2　『×』創刊号刊行

『×』創刊号は詩作品と、同人それぞれが書いた短い後記から成っているが、この号の詩篇には当時のそれぞれの力をつくした競い合いが感じられる。とくに秋元の作品の〈あなたの口のなかは血の海で／はしっているのは愛という白い帆前船だ〉という華麗な書きだしは、原稿で見た時から衝撃的で、その印象を天沢と話しあい彼が「秋元もはりきっているなぁ」と言ったことを覚えている。秋元は先の書簡の中で〈ボクや彦坂の甘っこさ〉と言っているが、それは彼らの作品の抒情性を、お互いに親しくなる以

＊1　**『×』創刊当時の状況**　後述のように、山本道子は『×』の創刊準備が進んでいることを知らずに同世代を糾合して新雑誌を創刊しようとして、私に連絡をしてきた。また私は六一年五月に『椅子』の同人であった山藤亮から、笹原常与などが参加する予定の新雑誌の創刊に誘われ、二人の作風を知っていたからかなり誘惑に駆られたが『×』の創刊が決まっていたので辞退した。つまり六〇年代初頭は安保闘争における挫折の空虚感を埋めようとするかのように、同世代の詩人たちの新たな連携が求められていたと言えよう。

前に必要な儀礼的謙譲を籠めて表現したものとして一応了解できるものの、私の印象とは必ずしも一致しない。とくに秋元の作品に真の甘さを、いい意味でもわるい意味でも、感じたことはなく、一見甘美な表層の下に、その甘美さを不吉なものに変えてしまおうとする悪意のようなものを感じ、その屈折性が彼の詩の魅惑であった。彦坂についても、甘さというより、甘さを抑制するような感性の存在を感じていたことで共通する。ただ彦坂の詩に対しては、その言葉のひだを削りに削っていく抑制力が、私自身の言葉と言葉のひだをからみあわせようとする語法と対照的であったせいで、なかなか親しめなかった。『×』初期の数号に関して言えば、私から一番遠く感じられたのは彦坂紹男だった。

　創刊号の誌面で秋元以上に強い印象を残したのは高野民雄の作品、とくに「死んだこどもたちへ」である。それは〈長い夜だ。いまもまだ明けない…〉と書き出され、〈同じ時にかれらと一緒に死んで行ったぼくのうちのこどもが、かれらと共に歌おうとし踊ろうとし、世界に笑いかけようとするのをぼくは感じた。ぼくが呼び求めようとするのは、ひとつの狂気だ。その狂気のうちに、こどもはこの世界の夜の中で眼醒める〉という詩句を経て〈死んだこどもたちが狂気のうちに眼醒めようとする。ひとつのかすかな身震いが、夜の幕をそよがせる。声が見出されるまで、狂気はぼくらのものだ。長い夜の中へ、溢れる朝を噴出させるまで〉と、静かな高揚を見せて終わる散文体の詩篇である。私はこの暗いトーンの中にも解放性を含んだ高揚

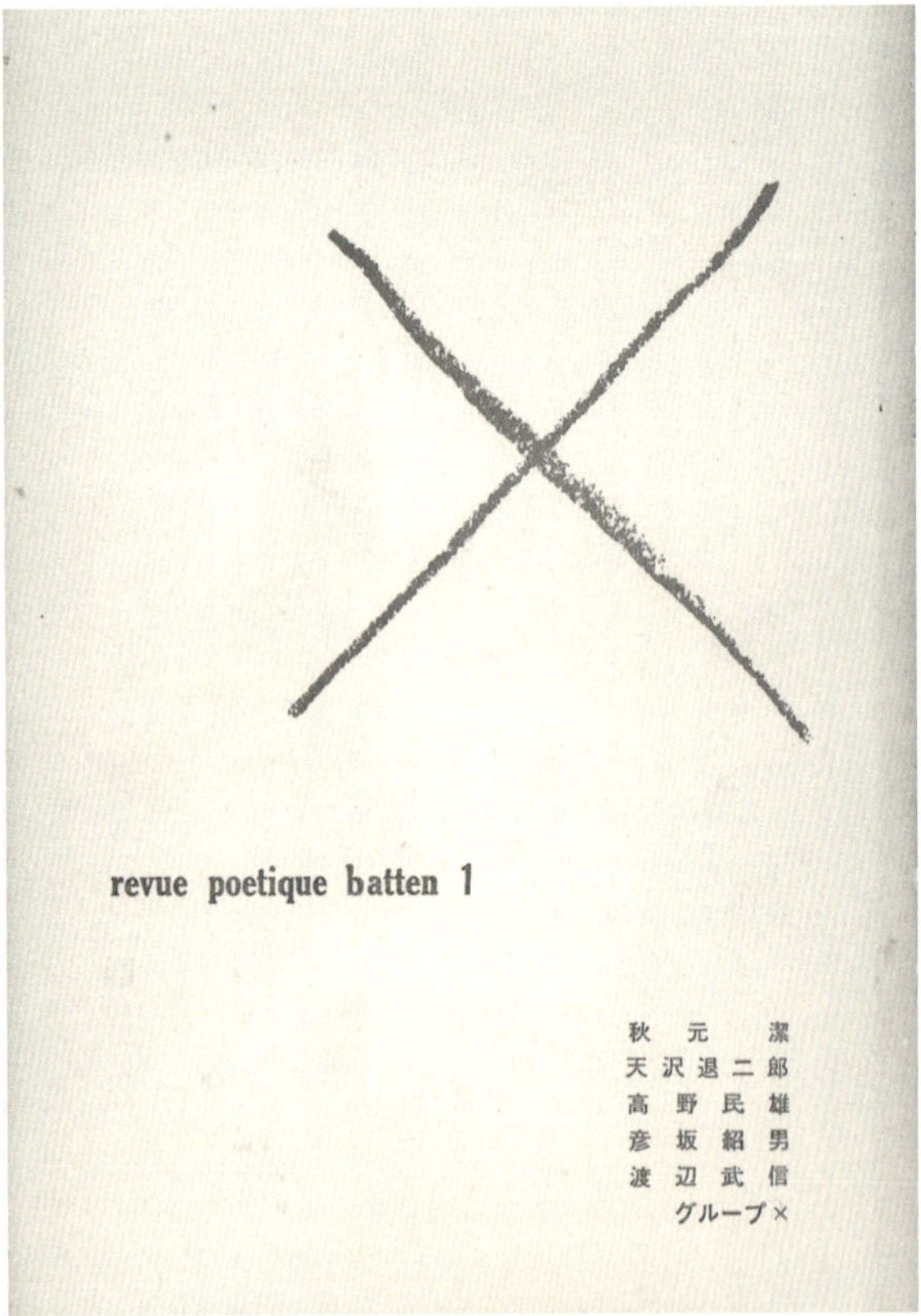

▽『×』創刊号書影

部に感動した。それまでも毎月発行され続けた『青鰐』の中の高野の詩には心惹かれていたが、それらは時代と青春の閉鎖性を暗いユーモアを籠めて唄う詩ばかりであった。*2 それがここで急にこのような解放と高揚を示したのは、新しい仲間と新しい雑誌に対する高野民雄の期待と歓びに対応したものであったと思われる。そして〈声が見出されるまで、狂気はぼくらのものだ〉という言葉は、必ずしも作者の意図したものではないにしろ、安保闘争がうやむやな終わり方をし、赤木圭一郎が事故死し、街には奇妙に明るい「上を向いて歩こう」の唄が流れる思想的空白の時期に、ようやく〝書く〟ことの自覚を深めつつあった私たち五人の感受性を代表しているように思われたのだ。この作品は、編集会議の席上、全員の賛同を得て、高野のもう一篇の作品と切り離されて創刊号の冒頭に掲げられ、なんらの明文化したマニフェストを持たない私たちのグループのひそかな創刊宣言の役割を果たす形になった。高野民雄はその後も詩作品を発表する一方、2号、4号、5号の最終ページに単独で印象的な後記を書き、『×』グループのスポークスマン的な役割をつとめたのである。

なお『×』の表紙のデザインは『暴走』に引き続き、主として私が担当したが、高野からの私信によると1号、4号、7号は彼が描いたとのことで、これはたぶん本当だろう。

3 詩集『朝の河』刊行前後

『×』の創刊が私たちの間で話題に上りはじめた頃、天沢は詩集『朝の河』の出版のため動きまわっていた。私は天沢を松永伍一にひきあわせ、松永氏が国文社の主、前島氏を紹介して出版元が決まったのが二月はじめ頃だったと思う。*3 詩集は『×』創刊号に先だつ四月初旬、順調に発行され、天沢から知らせを受けた私は、お茶の水の「レモン」で彼と会って本を贈られた。風呂敷包からとりだした詩集を手にとって二人であれこれ話しながら、紙のタテ目とヨコ目の取り違いで、本の開きがよくないのを残念がったことを覚えている。天沢はすでに『道道』*4というパンフレット状の詩集を出していたが、それは私たちが親しくなる前だし、秋元の『ひとりの少女の物語』もその発行をきっかけに知りあったわけだから、身近な人間が一冊の詩集を作りそれが生まれたばかりの書物として具体的に存在するのを目にする、というのは私にとって初めての経験で、新鮮でもあり羨ましくもあ

*2 『青鰐』 鈴木と高野による同人誌『青鰐』については第二章註7参照。なお私は高野民雄を四五年の敗戦を幼児体験として持つ世代の代表として論じた文章を『エスプリ』に書いたことがある（「『凶区』関連同人誌一覧」参照）。高野はその後も六〇年安保以上にこの幼児体験にこだわり続けているし、菅谷も後に、四五年は六〇年と同じくらい重要だと語ったそうだ（『あんかるわ』終刊号の「菅谷規矩雄追悼特集」による）。疎開時の敗戦体験は私にとっても重要であり、ときには、私たちの世代、つまりいわゆる「六〇年代詩人」をくくるには、安保闘争より敗戦時に小学校一年生から三年生であったという共通性のほうが、整理しやすいとも思うこともある。しかしそれでは、六〇年に日本の反体制運動の逆説的体制性の対峙、つまり吉本隆明の言う「擬制の終焉」の契機がこぼれ落ちてしまうので、本書では四五年より六〇年を重視する姿勢を保っている。

った。
やがて、秋元の提案で、結成したばかりの『×』グループが発起人となり、『朝の河』の出版記念会をやることになった。会は六月十八日、神楽坂の出版クラブで開かれ、すでに名を成した詩人としては詩集に跋文を寄せた大岡信をはじめ飯島耕一、小海永二などが出席してくれた。私は、これらの詩人たちと初対面だったが、当日は司会役をつとめて緊張していたので、親しく話す機会もなかったのが残念だった。当日の記念写真を見ると、後にしばしば会うことになる保苅瑞穂、蓮實重彥などが天沢の大学院のクラスメートとして、出席していたことがわかるが、この人たちとも、個人的な会話は交さなかったようである。しかし藤田治とは秋元の出版記念会以来二度目なので、このときから親しくなった。会はまあ出版記念会の型通りで平凡に終わったが、この会は天沢の本のお祝いであると同時に、発起人となったグループの御披露目のような意味あいも持っていたので、終わってからの二次会で喫茶店へ行った私たちは、意気揚々という感じであった。

この会の直後の六月二十一日に駿河台の山の上ホテルの喫茶室で優雅なる創刊号合評会を開き、急速に親密度を加えた五人は、七月になると後楽園アイスパレスで興行中のボリショイ大サーカスを皆でならんでポップコーンを食べながら見物したりした。

4　『暴走』、第一期から第二期へ

『×』の創刊と平行して『暴走』も刊行され続けていた。『赤門詩人』はやっと9号を出したが、その後の10号の予定がたたぬままに六一年二月に『暴走』3号が刊行された。この号には私と天沢の他に『赤門詩人』の同人だった室井武夫(後の野沢暎)と木村秀彦が詩作品を寄稿した。木村秀彦は私にとって駒場文学研究会の一年後輩で、私が本郷へ進学した後の詩グループのまとめ役であった。[*5] 文学研究会詩グループには木村と同学年の大崎紀夫、長谷川陽一、宮川明子、西尾和子などの詩の書き手がいた。天沢はこの学年と教養学部ですれ違ったのであまり関わりはなかったが、私と室井は二人とも留年したため、この学年の連中と二年間を同じキャンパスで過ごし、読書会や『Voyant』というガリ版刷のパンフレットの発行などをして、親しくなっていた。一方、木村秀彦は反安保闘争の時期の学生運動内部の党派で言うと、私や

*3　**松永伍一**　私と松永伍一との知己については第一章第五節参照。

*4　**『道道』**　五七年十一月、『舟唄』編集部発行。活版24頁。表紙は青灰色のラシャ紙に木版刷のラベル貼。

＞『道道』書影

＞『朝の河』書影

室井と対立する立場にあり、私はともかく、農学部副委員長の職にあって運動に打ち込んでいた室井は、木村とかなり激しい政治的議論をしていた。そういう関係にありながら、木村秀彦に寄稿を依頼したことは、二つの面でこの時期の『暴走』の性格を示している。第一は、当時の『暴走』に対する世評とは異なり、私と天沢が、詩の書かれる場を、少なくとも学生運動内部のイデオロギー対立という狭義の政治的な場とは切り離して考えようとしていたことであり、第二は、この時期の『暴走』はまだ「赤門詩人会」の一分肢であり、その誌面は東大内部で持続的かつ自覚的に詩を書こうとする人々に対し、比較的ルーズに開放されるのを建前としていたからである。もちろん母胎である『赤門詩人』もいわゆるサークル誌的な開放性はなく、一応同人制をとっていて、同人になりたいという申込を、同人の会議で拒否したこともあったが、その基盤が同じ大学に在籍しているという偶然性に関わっているため、大学外に対して閉鎖的であるだけに、大学内に対してはあまり厳しい同人資格を求めず開放的であるような暗黙の了解があったようだ。この点が文学研究会の機関誌である『駒場文学』、『赤門詩人』、明確な同人制をとる以前の『暴走』と、初めからお互いを選び合う形で創刊された『×』との相違である。

しかし続いて翌六一年四月に発行された『暴走』4号には天沢、渡辺、室井、木村の他に『×』の創刊準備中に親しくなりはじめていた高野民雄の詩作品が掲載された。つまりこの号で、同じ大学に在籍しているという寄稿者の枠が消滅したわけである。この号の後記に天沢が雑誌の性格の変化を次のように書いている。〈なお『暴走』はこれまで一応赤門詩人会発行ということになっていたが、次号からその名目をはずし、天沢、渡辺の自由な企画編集による身軽な機関としての本来の性格を強めていきたい〉。この号の表紙にはまだ「赤門詩人会」の名があるが、高野の参加を考えると『暴走』はここで第二期に入ったと言ってもいいだろう。これはまた4号発行の頃に私と天沢が『赤門詩人』の将来に見切りをつけたことを示している。

5　菅谷規矩雄の登場で『暴走』第三期へ

これより先、『暴走』3号の発行直後、私は東大独文科に在学中の菅谷規矩雄から手紙をもらった。それは『赤門詩人』に参加したいとい

▽『朝の河』出版記念会

う趣旨で、二篇の詩の原稿が同封されていた。先述のように、この時点では『赤門詩人』はまだ続刊される予定であった。この頃の状況は六一年三月八日付の天沢の葉書によって明らかである。

〈きのうは江頭も来ず、八時頃になって新宿から《忘れてた》と電話してきて、電話口でちょっと話しただけ。四月末締め切りで10号を出すという、さしあたっての案には彼も反対の余地はないけれど、とにかく君の風邪が直ったら私と三人で会いたいから連絡してくれと。その前に菅谷の作品を読むと云っているので、すぐ送ってやってください。江頭から内田さんにも回送されるように。江頭と三人で話し会う日取りは十六日に会ったとき相談すればいいと思う。試験以後、せっせと映画みています。『地下鉄のザジ』はすばらしく、一日と四日に二度みました。今までみた中で一番好きな映画。『濡れ髪牡丹』や『素晴らしい風船旅行』もよかったけれど、『ザジ』のポエジイの戦慄には及ばない。ぼくの詩集は経過順調。今日二度めの校正です。お聞き及びのことと思いますが、大学院は合格しました。念の為。では十六日までに必らず御快復とゲンコウとを〉。

ここに十六日と二回出てくるのは、先述の『×』創刊のための集まりの日のことである。また原稿と書かれているのは、二月末日であった『暴走』4号の締切日に、私が風邪をこじらせて原稿を持参せず、十六日まで締切を延ばしていたことを指す。つまり右の葉書の文面は『×』の創刊、『暴走』の続刊、天沢の詩集の刊行準備、『赤門詩人』継続の努力、菅谷との出会いなどが重複して進行しつつあった状況を示し、また私と天沢が二人とも映画をよく見てはそれを話題にしていたことも懐かしく思いださせる。

　私はまず菅谷の詩篇と手紙をたぶん『暴走』3号の刊行の集まりで天沢と室井に見せ、三人は菅谷の作品が気に入って、その後の他の同人の意見打診が右の形で進んだものと思われる。この回覧には時間がかかって、なかなか結論が出なかったが、天沢、野沢、私の三人は、その結論に関わりなく、菅谷に会ってみたくなり、四月はじめ、その頃ちょうど発行された『暴走』4号の合評会に彼を招いた。合評会は、本郷の「ルオー」で行われ、菅谷は、初対面にもかかわらずよくしゃべった。照れたような表情で低い声で切り出しながら、一度話しはじめる

＊5　**木村秀彦**　木村は後述の『詩人派』の編集発行人であり、六三年、東京大学東洋史学科卒業後、岩波書店に入社した。彼の詩作品は私家版非売品詩集『木馬』（六三年三月刊）にまとめられている。ひとときは『詩人派』同人の西尾和子と結婚したが数年で離別した。なお映画好きの彼は日活の助監督試験も受けて最終審査まで行ったが監督志望は叶わなかった。日活に入っていれば、曽根中生の一期後にあたり、ロマンポルノ時代には監督になっていただろう、と思うのは映画好き同士として楽しい空想である。

と、次第に声高になってとめどもなく言葉を吐きだし続け、それがまた論旨明快なので、私は少なからず圧倒された。[*6]

初対面と書いたが、私と天沢はこれ以前に菅谷と同席したことがある。それは六〇年秋に開かれた第十六次『新思潮』の創刊準備会の席で、この時、自己紹介のために立ち上がった菅谷は「今日は様子を見に来ただけで『新思潮』に参加するかどうかはこれから考える」と昂然と言い放った。しかしこのときは、学士会館の宴会場での多人数の集まりであったため、私も天沢も、菅谷と個人的に話すことはなく終わった。そして私と天沢はひとときは十六次『新思潮』同人に名をつらねたが、菅谷は結局、参加しなかったので、この『暴走』合評会の日までお互いに会う機会もなく過ぎたのである。[*7]

『赤門詩人』の同人たちが菅谷を参加させることに異論ないとわかったのは、この直後のことで、私はそのことを菅谷に知らせ、四月十二日付の葉書で、その礼状を受けとっている。しかしいずれにしろ『赤門詩人』の次の号が当分出そうもないと知った菅谷は、先の手紙に同封されていた二篇の作品を、その頃独文科の学生が中心となって創刊された同人誌『否定』に発表した。[*8]

その後『赤門詩人』の続刊の相談の会が五月十日に開かれたが、その席には私と菅谷しか来ない始末で、続刊の可能性はしだいに稀薄になってきた。『赤門詩人』10号を出そうという意向は同人の間で全く消えてはいなかったが、それは一種の未練がましい気持に過ぎなかったようだ。今や『暴走』と『×』という二つの雑誌を持った私と天沢は、この頃から『赤門詩人』に期待をかけることをやめ、菅谷に寄稿を求めて『暴走』5号を発行した。

この頃、先述の木村秀彦を中心とする東大内部の詩の書き手たちは『詩人派』という同人誌を創刊したが、これは『赤門詩人』の廃刊が決定的になった状況と無関係ではない。『赤門詩人』が続刊されていれば、その学内に対してやや開放的な性格から『詩人派』の同人たちも『赤門詩人』に加わる可能性が大きかったわけだ。彼らが自分たちの雑誌を持ったことによって、私と天沢は『赤門詩人』を続けていって後輩たちに引き継ぐという、曖昧ながら存在していた責任感から解放され気軽になった。[*9]

『暴走』は室井の他に『詩人派』の同人を寄稿者として招きつつ、6号、7号を発行し、この

*6 **高野と菅谷の対面** なおこの合評会には、寄稿者である高野民雄は出席せず、高野と菅谷の対面は先へもちこされる。

△『暴走』4号書影

*7 **『新思潮』** 十六次『新思潮』の準備会では来賓として参加した高見順が挨拶した。私も天沢もあまり参加に気のりしなかったが、本郷には統一的な文学サークルがなく、また『赤門詩人』も停滞していたので広く学内の書き手と会うチャンスをつくろうという気持で創刊同人に名をつらねた。この創刊号は設立されたばかりの品文社が出版元となって六一年二月に刊行され、私と天沢は詩を一篇ずつ書いた（渡辺「涙」、天沢「この朝を生者に」）。その他に私は表

間にも菅谷には合評会などに来てもらって、その圧倒的な弁舌にも馴れて親しみを増した私と天沢は、室井とも相談して『暴走』を8号から天沢、渡辺に室井、菅谷を加えた四人の同人誌として運営していくことにした。こうして『暴走』は完全な同人制となって第三期に入る。

この8号は安保闘争終焉後二年目の六月に発行されることもあって〝六月のオブセッション〟という特集を組んでいる。この特集のタイトルは巻頭に掲載された菅谷のエッセイからとられた。このエッセイは、新しく同人に加わった菅谷の気力の充実を感じさせられ、短いながら喚起力の豊かな一篇である。[*10] これはただちに私に衝撃的な印象を与えたが、その本当の影響力は長く長く持続し、やがて私に「詩と記憶」（『現代詩手帖』六三年十一月号）や「六月の記憶の彼方へ」（詩集『夜をくぐる声』所収）などの文章を書かせることになる。

これ以降、『暴走』は過渡的な性格を払拭し、文学的に信頼しあえる者たちが、お互いに仲間として選びあって一つの場をつくるという意味での、本来の同人誌として続刊されていくことになる。こうなると、私や天沢にとって『×』と『暴走』の性格の差は非常に少なくなってきた。約二年後の六四年に『暴走』と『×』が合流する素地は、この頃はじめてつくりだされたのだと言えるだろう。

6　山本道子の登場と『×』の同人拡大

天沢の詩集『朝の河』の刊行に刺激されたためもあって、私は六一年夏から自分の詩集の刊行準備をはじめた。詩稿を執筆順に整理してみると、自分の作品のタイトルに「朝」という言葉が多いのに気づいた私は、その頃愛読していて、タイトルも気にいっていたチャールス・ボーモントの短篇集『夜の旅その他の旅』にならって、詩集の総タイトルを『まぶしい朝・その他の朝』と決めた。私はこのタイトルについて、先に書いたボリショイ・サーカス見物の帰途、新宿の「ポルシェ」での雑談の間に『×』の仲間たちに話したことを覚えている。

詩集の印刷と発行元は『朝の河』と同じく国文社に委託した。これは全くの自費出版ではなく限定五百部の内、献本用の百冊ほどを著者が買い取る形の出版契約（もちろん口頭の約束）によるものだった。この発行日は秋に予定されていたが、国文社の事情で遅延を重ね、見本の一冊を手にしたのが年を越した六二年の一月十

紙デザインを担当した。六一年五月に刊行された2号には天沢は「詩と小説試論」という4頁の巻頭エッセイを書いたが、私は何も書かなかった。十六次『新思潮』はその後、4号まで発行されたが、私や天沢は3号以後自然に脱会した形となり、その後、なんの寄与もせず終わった。

＊8　**『否定』**　『否定』創刊号は六一年六月発行。タイプ印刷78頁。ここに菅谷は「からっぽの空」「空からの種たち」の二篇の詩を発表した。なおこの雑誌の創刊準備期には、創刊号に「その日のために」という小説を発表することになる郷正文から、私や天沢にも参加してくれないかという誘いがあったが、私も天沢も『×』の創刊準備中を理由に断わりの返事をした。

＊9　**『詩人派』**　『詩人派』は六一年十二月、東京大学教養学部文学研究会詩グループの機関誌として発行され、六二年三月発行の2号から同人誌形式となり六四年秋の刊行の7号まで続いている。

三日、実際に全部の製本が終わって受けとったのは二十日のことだった。この日、私は新宿のモダンジャズ喫茶「木馬」（当時の『×』のたまり場の一つ）に天沢、高野を呼びだし、受けとってきたばかりの本を献呈した。[*11]

　続く数日を、私はうれしさと照れ臭さの入り混じった気持ちを抱きながら見返しに献辞を書きこんだ詩集を持ち歩き、友人たちに手渡すことに費やした。処女詩集を出したときの通例だろうが、印刷物を通じて名のみ知っている詩人たちにも自分の詩集を郵送した。この詩集の反響はかなりあって、献呈した詩人の多くから好意的な礼状を受けたし、『現代詩手帖』『詩学』に肯定的な評価を含む書評が掲載された。そうした反響が定着した六三年の暮れに、私は望外にも朝日新聞文芸部の取材を受け、私の写真が同紙の翌六三年一月八日朝刊の紙面に「六三年のホープ」というタイトルのもとに学芸部記者の百目鬼《どうめき》恭三郎によるコメント付きで掲載された。[*12] これは詩ばかりではなく、さまざまな芸術ジャンルの〝ホープ〟を取材し、年初から一月二十二日まで十七人を採り上げ不定期に掲載されたコラムで、私は六回目だった。[*13]

　処女詩集を送った未知の詩人たちからの返信の中で、後の『凶区』の成立に重要な関わりを持つ結果になったのは、山本道子からの葉書だった。私は実は山本道子が既に『歴程』の同人として数多くの詩を発表していたことも、『壺の中』『みどりいろの羊たちと一人』『籠』（いずれも書肆ユリイカ刊）と三冊の詩集を出していたことも知らず、ただ『現代詩年鑑62』（六一年末発行）に収録されていた「幽閉」という作品に心を惹かれたので、その作者に敬意を表するために詩集を送ったのだった。

　この「幽閉」には、もちろん男と女の違いからくる主題の差はあるものの、その暗喩のつかい方において、私といくつかの共通点を認めることができる。たとえば、たまたま同じ現代詩年鑑に掲載された、私の「まぶしい朝」との比較を試みてみると、その書き出しは（／は改行を示す）、〈遠い空の中から／生捕りにされた野鳥が／わたしの胸に突然躍りこむ／朝は／いとけない密ごとを勇敢に破りさり／わたしを明かるい檻に誘う……〉（「幽閉」）

〈夜明けは　刃のように／白く光りながら滑りこんでくる／こまかくふるえる夜の磁界が裂かれ／網膜からすばやく切りぬかれてしまう／遠い祭日の鮮やかな映像／そのかすかなうずきに

＊10　**「六月のオブセッション」**　「六月のオブセッション」はその後同題の詩集（新芸術社・六三年八月刊）、及び『菅谷規矩雄詩集』（岡田書店・七〇年十月刊）に収録された。

＊11　**『まぶしい朝・その他の朝』刊行年月日**　奥付に六一年十二月二十日発行とあるのは事実と相違し、実際の発行日は本文にあるとおり六二年一月半ばである。

〉『まぶしい朝・その他の朝』書影

＊12　**百目鬼恭三郎**　二六年生まれ。東大文学部英文科卒業後、朝日新聞入社、報道部、学芸部記者を経て、編集委員となり、退職後は共立女子短期大学教授。

追われ／暗い汗のなぎさに浮かび上るまぶたを／朝の光がつめたくたたき／世界はふたたびぼくらを監禁する……〉（「まぶしい朝」）

　ここでは、比喩としての朝が、突然訪れるものであり、夜の濃密さを破り、裂くものであること、また、訪れる朝が「檻」であり、「監禁」であることなどが共通していると見ることができる。また「幽閉」の中の〈明かるすぎる幻惑〉や〈あまりにも明かるすぎる檻〉という形容は、「まぶしい朝」の中の〈まぶしい朝　青すぎる空〉というリフレインに対応する〝昼〟の感じ方がある。

　こういう比較は、山本道子が同じ雑誌の仲間になってから考えたことで、詩集を送る時に明確に意識したわけではないが、このような喩としての朝と夜に対する感受性の共通点があれば、私がこの詩に惹かれたとしても不思議ではない。一方、山本道子の方も他の同人誌には全く関心も持たず、したがって当時、限られた人々の間ではかなり知られていたはずの『×』や『暴走』も見たことがなかったらしい。ただ彼女も私の詩集が気に入って葉書をくれたので、それには〈若い詩人たちが集って新しい雑誌をつくりたいので相談にのってくれませんか〉という意味のことが書かれてあった。

　葉書に記されていた電話番号をたよりに連絡をとり、私は三月二十二日、お茶の水の「レモン」で山本道子に会った。葉書をもらったときから、私に彼女が『×』に加わる可能性を考えていたので、ちょうど別の用事で天沢に会う機会に合わせて三人で会おうと計画したのである。*14

　この日にはもちろん山本道子の『×』参加は話題にならず、ただ『×』や『暴走』のバックナンバーを渡し、天沢を交えて三人で雑談して別れたが、後で天沢に聞くと彼も山本道子を仲間に加えることに異存はなかった。この他にも『×』の同人を拡大しようということは、同人の間で相談されていた。藤田治は天沢、秋元、彦坂が以前から信頼している書き手であり、私もまた彼が『舟唄』復刊5号（六一年二月刊）に発表した「出血多量のブルース」その他の作品から藤田の詩風に敬意と関心を増しつつあったので彼の参加に賛成していた。高野もこれらの人々の参加に異存はなかったし、『×』同人は藤田といろんな催し物を一緒に見たりして会っていたので、六一年はじめには藤田の『×』参加が既成事実のようになっていた。もう一人は鈴木志郎康で、『×』のメンバーの大部分は

当時の私は知らなかったことだが、学芸部記者時代から博覧強記、かつ峻烈な書評家として知られ、『週刊文春』連載の「風の書評」は世評高く、また七九年『奇談の時代』で日本エッセイストクラブ賞受賞。私は遅ればせながら、書評集『解体新書』（文藝春秋・九二年刊）で、J・G・バラードからM・フーコーまで、家永三郎から椎名誠までに至る彼の書評の守備範囲の広さと短評の切れ味に瞠目した。九九年肝硬変のため逝去。享年六十五歳。

*13　**63年のホープのメンバー**
①宇野亜喜良（グラフィック・デザイン）、②高田一郎（舞台装置）、③杉本零（俳句）、④田中栄作（彫刻）、⑤久保陽子（ヴァイオリン）、⑥渡辺武信（詩）、⑦小松左京（SF）、⑧東君平（漫画）、⑨中川晴之助（テレビ演出）、⑩高橋和巳（小説）、⑪岡井隆（短歌）、⑫池田満寿夫（銅版画）、⑬高橋悠治（作曲）、⑭黒川紀章（建築）、⑮勅使河原宏（映画監督）、⑯白髪一雄（絵画）、⑰浦山桐郎（映画監督）。

'63年ホープ ⑥

わたなべ・たけのぶ。昭和十三年一月十日、横浜市生れ。東京教育大付属高校から東大へ進学。工学部建築科卒業。現在、大学院建築計画研究室に在学中。

この略歴をみた限りでは、恵まれた家庭環境に育ち、順調な人生コースをたどっているようだ。とかく世をすねたがる詩人とは、縁の遠い幸福な人生だろう。しかし、ここにもう一枚の履歴書がある。

東大に入学直前、一年間浪人。そのとき、大岡信の詩集「記憶と現在」を読み、心打たれるところ大きく、詩作をはじめる。東大教養学部時代は、岡田[illegible]二らの同人誌「駒場文学」に詩数編を発表。工学部に進んでは、天沢退二郎らと詩誌「赤門詩人」を興す。反安保の学生運動激化するころ、詩誌「暴走」を発刊、六・一五事件を記念して、「つめたい朝」「名づける」を発表。ユリイカ新人賞候補となる。現在、グループ「×」（ばってん）同人。詩集は「まぶしい朝・その他の朝」。

戦後の世代の息吹き

渡辺武信氏　詩

この履歴書の中からは、悶苦しいこの世代の息吹き、デモの怒号とシュプレヒ・コールがきこえて来るのである。もうひとつの、この人生からは、詩は書かれねばならない。なにかから自分を解放するため、この詩人の役割を借りるなら「自分と世界」の認識の手段として」詩は書き続けられねばならなかったのである。

渡辺武信は好んで朝を歌う。だから、ある批評家は、「夜つまり非現実と、昼つまり現実の接点として、彼は朝をとらえる」と分析してみせた。が、渡辺はいう。

「たしかに、ぼくは朝をよく使います。が、それはどういう意味を持っているかは、詩を書いた結果としてわかってくるので、はじめから、そんな主題をとらえているなら、なにもわざわざ詩を書く必要はないでしょう。以外たな」

まぶしい朝あおすぎる空
静かに麻痺した街々は
ひとつひとつの敷石の下に
えぐられた闇を隠している
ゆたかに流れる夜の川に
無数の旗を振りつづけた
ぼくの抵抗の針先は折れ
押しよせる朝の光に力なく流される
（まぶしい朝）

現代詩は難解だ、といわれる。それは、戦後の現代詩が、叙情詩の定型をくずそうという問題から出発したためであり、この破壊作用は、いまや自己破壊作用にまで進んで来ているためである。従って、詩壇はいま、この混乱を救う、ひとつのユニークなスタイル、新しい語り口の出現を待ちのぞんでいる。三年前、吉岡実に色めきたったのも、その語り口の新鮮さのせいだった。昨年、栗原まさ子の"かまとと詩"がさわがれたのも、同じである。そうして、いま渡辺武信が、期待を浴びてここに登場する。

「ぼくらは、伝統のなかから出発しなければならない、と思ってませんから、その気になって戦前の詩を読んだことがない」と、現代詩と伝統の断絶を問題にしている中村稔あたりがきいたらびっくりしそうな、現代詩生れの詩人である。

みんなの一日が終って行き
ひとりの夜が始まる
立ち上る男の前には乾いた河床がある
多くのやさしい流れを抱きながら
ついに
小さなこわれやすい過労を信じられなかったから　（夜）

《東京・御茶ノ水の駅頭で》

〈朝日新聞「63年のホープ」の切り抜き記事

『青鰐』における彼の詩風に注目していたので、問題はなさそうだった。山本道子についても、各同人の意見を個別に聞き、もちろん新しく加わるべき本人の意向も打診して調整した後、三月二十二日、銀座の「清月堂」でひらかれた同人会で、藤田、鈴木、山本の同人参加を決定し、『×』は4号から、この三人を加えた計八人で運営していくことになったのである。[*15]

7 『まぶしい朝・その他の朝』出版記念会

一方、私の詩集の出版記念会は私以外の『×』の創刊同人に『赤門詩人』の江頭正己を加えた五人が発起人となってくれて、六一年四月七日、銀座「米津風月堂」で開かれた。

この会には『×』『暴走』の同人の他に大岡信、岩田宏、武田文章、伊豆太朗、山藤亮、郷正文ら、及び駒場文学研究会の後輩たちが出席してくれて、まあ盛会だったが、著者当人としては、残念ながら照れ臭いばかりであまり楽しい思い出はない。出版記念会などというものは、どうせお祭だから、祭り上げられる本人は多少とも照れ臭いに決まっている。しかし会があるフォーマットに従ってスムーズに進行すれば、その形式性の陰に隠れることによってその照れ臭さに耐え、祭り上げられる立場を〝演じる〟こともできる。ところが当日は、司会役の江頭正己の方が先に照れてしまって「どういう風に進めましょうか?」などと、その場で言いだす始末で、私は最初から来てくれたお客さんに気づかいをせねばならず、くたびれはててしまったのだ。これに懲りてから、私は自分の本の出版記念会は、たとえ友人たちから好意的に申し出られても拒み続けているし、逆に友人の出版記念会や結婚披露で司会役を引き受けるときは、できる限りフォーマットに従ったスタンダードな司会をすることにしている。

というわけで、無我夢中の内に終わってしまったので、敬愛する大岡信や岩田宏がどんな祝辞を述べてくれたのか、全く覚えていない。ただ室井武夫が友人としての挨拶に代えて「この詩集の中には〝街〟という単語がいくつ、〝朝〟という単語がいくつ」という風に数えあげつつ、私の詩の基本的ボキャブラリーの限定性を分析してみせたことだけはよく覚えている。

私は詩集の総タイトルを決めるとき、すでに自分の詩の中に〝朝〟が繰り返し現われることを意識していたが、それはまだ曖昧なもので、基本的語彙の限定と自分の詩法との関係をはっ

＊14 **天沢と会った本来の用件** このとき、天沢と会ったのは、私が彼の少年小説『赤い夕陽を見て走れ』のために描いたイラストレーションを渡すためだった。

＊15 **藤田の同人参加** この日の会合にすでに藤田は出席していたことから考えて、藤田の同人参加は既定の事実に近かったことがわかる。なお秋元は欠席したが新同人三人の参加に異存がないことを彦坂か天沢を通して伝えていた。

きり意識しはじめたのは、このときの室井の発言がきっかけである。その後私は、徐々にではあるが、自分の基本的語彙を、いろいろなコンテキストの中で繰り返し使って、そのニュアンスを自分なりに拡大深化していく、という方法の自覚を強めていった。[*16]

なお『×』の新同人となった鈴木志郎康は仕事のため会に出席できなかったが、開会の前に会場へ来て、しばらく雑談を交していった。これが鈴木にとっては私とだけでなく、既に級友であった高野以外の『×』のメンバーとの初対面の機会であったと思う。

8 『×』内部の交流の深化

私の詩集の発行前後も『×』は順調に刊行を続け同年九月に2号、六二年二月に3号を出した。そして六二年四月十三日、『×』は同人拡大後の初の会合を東大前の「ルオー」で開き、4号の内容について打合せた。五人だった3号までは16頁立てだったが、この4号は新同人を含め八人全員の作品を網羅した表紙共20頁の雑誌となって五月十七日に刊行された。

先の叙述と重複するが、『暴走』が室井、菅谷を加えた完全な同人制を確認したのが、やはりこの頃（五月十五日、於「ルオー」）だから、将来『凶区』に合流する二つのグループがその前段階の体制を整えた時期はまったく一致している。

『×』は続いて5号の刊行準備にとりかかったが、この号には、今までのように詩作品ばかりでなく同人のエッセイを収録しようということになった。私はそれまで、編集後記の類の短文の他に、詩について文章を書いたことが全くなかったので、正直のところ、四苦八苦したのだが、それでも、敬意を持って接している友人たちへの競争意識が良い刺激となって、四百字詰め十五枚ほどの詩論のようなもの（「風の中から──書くことの位置づけの試み」）を書きあげて提出した。これは、文学に関心があっても、詩を論じることが苦手だった私には、厳しいが効果的な訓練の機会となった。[*17]

同人のエッセイは費用の関係で、タイプ印刷の別冊ということになり、『暴走』の印刷所である千葉タイプに依頼して七月末に出来上がり、やや遅れて完成した活版20頁の本誌と合わせて八月中に刊行された。このエッセイ集刊行の動機の一つは、ようやく自分たちの雑誌が3号雑誌を脱して軌道に乗ったという意識から、新た

>『まぶしい朝・その他の朝』出版記念会

>同右（左より大岡信、岩田宏、そのかげに山本道子。右はあいさつする天沢）

に参加した者も含めてお互いのことをもっとよく知りあおうとしたことにあったのではないかと、私は思う。

『×』のグループは創刊当時から、編集会議、原稿集め、割り付け、校正、再校、発送、という機会にほとんど全員が顔を合わせて、よく会っていたのだが、新同人を加えてから、雑誌の刊行に必要なとき以外にも、よく集まって遊ぶようになった。五月十三日には彦坂宅で新同人歓迎パーティをやったり（肝心の新同人の内、藤田、鈴木は欠席したが）、七月二十八日には私がその頃購入したばかりのステレオ・プレーヤーで、モダンジャズを聴く会をやったり（秋元は欠席）したのも、その例である。モダンジャズと言えば、天沢にジャズとジャズ喫茶の味を教えたのは『赤門詩人』時代の私だったのだが、私は好みが映画の影響によるグレン・ミラー、ベニー・グッドマンらのスイング・オーケストラからはじまって、マイルス・ディヴィスのプレスティジにおけるマラソン・セッション*18あたりまでにとどまっているのに対して、天沢はいきなり五〇年代ジャズから聴きはじめ、またたく間にそれらを卒業し、当時超前衛だったオーネット・コールマンやセシル・ティラーに熱中しはじめた。私の家での集まりのときも、酩酊してゴキゲンの天沢は、使われぬまま放ってあるわが家のピアノにかじりつき、セシル・ティラーばりの（とまぁ酔った当人は思っているのだ）演奏？ をえんえん二時間余続けて、雑談を続けている私たちを悩ませた。この頃から数年の天沢は新小岩のジャズ喫茶に入りびたってモダンジャズの音の渦の中で多くの作品を書いたことは、天沢自身も文章に記しているのでよく知られていると思うが、オーソドックスなコード進行とメロディ・ラインを破壊しつつ進行する前衛ジャズと、一行ごとにイマージュを反転させていく『朝の河』以後の天沢の詩法とは、たしかに感覚的な同質性があるようだ。

『×』の創刊の相談がジャズ喫茶「オパール」で開かれたことが示すように、ジャズへの愛好は同人の間に行きわたっていた。先に一寸触れた藤田治の「出血多量のブルース」という作品も、『舟唄』への発表当時は、たしか〈オーネット・コールマンに捧ぐ〉というサブ・タイトルが付されていた。レコードとしてはチャーリー・ミンガスの『ミンガス』、カーティス・フラーの『ブルースエット』などが、私を保守派とし天沢や藤田を前衛派とする幅の中に共有さ

*16 **自分の詩法意識**　このことは「詩の構造とトリック」（『ユリイカ』七二年三月号）に詳細に書いた。

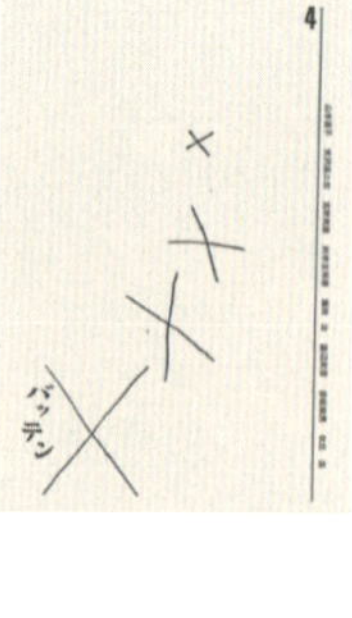

＞『×』4号書影

*17 **詩論を書けなかった時期**　当時の私が、いかに詩論の類を書き馴れていなかったか、ということは、六一年の秋に『現代詩手帖』から谷川俊太郎論を依頼されて一度は引き受けたものの、どうにも書けず、締切間際になって辞退した苦い記憶に象徴されている。

＞『×』5号別冊書影

れている皆の愛聴盤だった。

　しかし、この頃の『×』内部の親交を深めるのに最も効果的だったのは、山本道子の軽井沢の別荘における合宿である。この合宿は六二年八月十二日から十七日までの六日間、多少遅れてきたり、早く帰ったりした者もいたが『×』グループの全員と、当時の鈴木志郎康夫人の悦子さんが集まった。彼女の別荘は旧軽井沢の街からかなり離れた南軽井沢にあり、なにも遊興の手段はないのだが、私たちは、ただ皆が一緒に寝起きするのが珍らしかったり、うれしかったりで、退屈する暇もなく、澄んだ空気の下で、気ままに散歩したり、ゴムマリで野球をやったり、街で買ってきたモデル・ガンで西部劇ごっこをやったりして過ごした。夜になるとひたすら酒を飲んで、暁方までしゃべったが、ある夜はめいめいが自分の詩を朗読する試みも行った。このときのことでは天沢が『×』5号に掲載されている「弾機《バネ》なしラプソディー」という作品を、裏声もまじえて、突拍子もないリズムで朗読し、それがまた良くて、皆が唖然としつつも、感心したことは記憶に鮮やかだ。

　軽井沢から帰ってからも、一層親しさをました私たちの集まりは続き、雑誌発行のための集まり以外に、後楽園遊園地で遊んだり、山本道子の新詩集『飾る』の〝署名頒布会〟という名目で上中里の彼女の家に集まったり、千葉稲毛にある高野民雄の家で忘年会を兼ねて紅白歌合戦をみたり……という調子で六二年は過ぎていった。

9　鈴木、高野の転勤と『×』仙台版刊行

　六二年中に『×』にとって重要な出来事がもう二つあった。その一つは鈴木、高野が転勤して東京を去ったことであり、二つ目は山本道子詩集『飾る』と高野民雄詩集『長い長い道』の刊行である。

　話が前後するが六二年は『×』と『暴走』のメンバーの大部分が大学を卒業した年である。『暴走』の菅谷、室井も含めて十人になる私たちは、三五年四月生まれの鈴木から三八年八月生まれの高野まで前後四年の間に誕生しているのだが、それぞれ浪人したり留年したり、学部や学校を変えたりしているので、大学を出るのはこの年に集中している。その結果四月から鈴木、彦坂、高野、室井の就職と菅谷、渡辺の大学院進学が一緒になり、一年前に大学院に進学した天沢、すでに職業についていた秋元、藤田、

＊18　**マイルス・ディヴィスのマラソン・セッション**　歴史上有名なクインテットを結成したマイルスは、五六年にプレスティジ・レコードからCBSコロンビアに移籍する際、残った契約を消化するまで三日間に計二十八曲を連続レコーディングしたが、これはハード・スケジュールにもかかわらず名演ぞろいで、プレスティジはこの演奏を、間隔をおいて四枚のLPにして出して良い商売をした。それが『Workin'』、『Steamin'』、『Relaxin'』、『Cookin'』の四枚である。

それに山本道子の四人を別として、過半数の六人に生活に変化が起こったわけだ。

六二年九月、鈴木はNHK広島支局に、高野は博報堂仙台支社に、それぞれ転勤になり、相前後して東京を発った。やっと親しくなって、お互いの無償の接触を楽しんでいた時期だけに、二人が去ることは、当人たちにとってはもちろん、東京周辺に残った連中にとっても、さびしいことだった。この当時の状況や心理は、彦坂が『×』7号の後記として記した次の文章にかなりよく反映されている。

〈鈴木、高野が相ついで転居してから、もう四月になる。ぼくたちはしばらく全員顔合せはなるまい。もっとも上京してきた高野とは二度集りあったが。夏以後ぼくたちはもっと集りあうべきだと考えたのだろう、会う機会を心がけた。高野の精力的によこすハガキ、鈴木の長い手紙に応えるべく、集りの度に手紙を寄書するようになった。鈴木夫妻は東京を恋しく思う便りを寄こし東京の混乱を秩序と呼んで懐しく思うという。広島の通路の幅の広さとともに、地方人に有るサービス精神が欠けていて、相手のことを考えようともしないおそろしい他人の存在について、いくつかの事件を告げてくる。高野は、仙台駅前の河北新報を細い声で《ゆーかん》と歌うこどもたちの声について、書いてきた。そして、ぼくたちは東京で会い東京には展覧会にくるしかないと放語する横浜在の秋元は、欠席しがちだけれど、ぼくたちは、次号にむかい、次の年にそなえるべく身仕度をするようだ。思うとぼくたちは地理・風土的に微妙に差異を持

＜＞山本道子の軽井沢の別荘におけるる合宿のスナップ写真（六二年八月）

っているようだったのだろうが、ぼくたち八人にとっては最初の冬に、細心かつ大胆にむかいたいものだと思う。明日のことを誇るのではなしに。なにしろ、ぼくたちは、じっとしていればどんどん遠ざけられ切り離され、笑い捨てられて、なすところ少くして終ってしまわなければならないだろう。俗論や迷信を笑殺し、またされるのではなく俗論それ自体が破れ去るような気概を、沢山の作品のうちから見出し作品の中の歩みにみとっていかなければならない。というほどぼくたちは疲れ、気が弱くなってしまいたくない心中の願いがあるのだ〉。

右の彦坂の文にあるように、高野も鈴木も在京メンバーの誰かれにあてて、三日もあげず手紙や葉書をよこし、受けとった側ではそれを集まりのたびに回覧しては、個別に、あるいは寄せ書きの形で返信していたので、顔を合わせての雑談とは違うけれど、まあ、いつもおしゃべりしているようなコミュニケーションが保たれていた。それに高野がこの年内に、年末も含め、三たび上京し、それがまた皆の集まる理由になったりした。秋元は、これも右の文中にあるように、会合に欠席しがちで、それが、高野、鈴木の去った後ではとくにさびしく感じられ、彼にも会合の席から寄せ書きの手紙を出した。私個人も彼に、横浜からではたいへんだろうけどもっと会いたいものです、と手紙を書き、長い返信をもらったことがある。秋元の欠席には、もちろん距離的な問題もあったろうが、この頃私たちの間に生じはじめてきた親しさからくる無遠慮さと騒々しさが、秋元の繊細な気難しさにある種の抵抗感を与えたためもあるだろう、と私は今になって推測はしているのだが、これは当時わかっていたところで、どうしようもなかったことだろう。

必ずしも二人の離京だけが原因ではないが5号を出した後、十月に発行すべき『×』6号の準備は遅れがちだつた。仙台にいて、仕事は大変だったろうが、比較的自由時間の多かった高野は、この遅れに多少いらだって、仙台で『×』を発行する、と宣言した。

この宣言は、皆に対してアジテーションともなって原稿が仙台へ郵送され、並行して東京でも別の号を準備しはじめた。仙台が先か東京が先かは、一種の楽しい競争であったが、結果的には仙台版が一歩先んじて6号となり、東京版が7号ということになった。この二つは実際には共に十二月上旬にできたのだが、7号の方に

＞『飾る』書影

＞『長い長い道』書影

は5号と同じように、タイプ印刷の別冊エッセイ集があり、その印刷がやや遅れる見込だつたので6、7号の差ができたのだった。

二人の転勤は、このような仙台版事件や、手紙の交換の定着によって別の楽しさも生んだし、また広島、仙台での生活は鈴木、高野の文学的営為に少なからぬ影響をもったことは確かだから、『×』にとっても結果的には実り多かった宿命と言うべきだろう。

10 『×』と『暴走』の交流

一方『暴走』も順調に刊行を続けた。9号に入沢康夫、10号に高野民雄をゲストに迎えた後、11号を四人の同人の作品だけで構成した。そして次の12号には再びゲストを迎えようということになり、『×』の藤田治に招請状を送った。この12号では初めての試みとして書き手が集まって同席しながら各々一つの詩を書き、それをすぐに編集して印刷に回してしまうという方針が採用された。場所として選ばれたのは新宿のモダンジャズ喫茶「木馬」で、ゲストが藤田に決まったのは、『×』の中では彼が、しばしばモダンジャズに発想を得た作品を書いているからでもあった。藤田はこの招きによろこんで応じ、『暴走』のメンバーに藤田を加えた五名は六三年三月二十八日の午後二時から八時まで「木馬」のお腹に潜入して計五篇の詩を書きあげたのである。

もっとも、あり得べき誤解を避けるために言っておけば、私たちは皆が、いつもジャズを聴きながら詩を書いていたわけではない。この五人の中では、天沢だけがしばしば（それも〝いつも〟ではないだろう）ジャズ喫茶に籠もって詩を書いていたらしいが、他の四人はジャズ・ファンであったり、ジャズの刺戟を詩作の発想の一要素としたりすることはあっても、ジャズ喫茶内で、制限時間内に詩を書くということは初体験であった。私自身は、自分の部屋で好きなレコードを続けて聴いているならともかく、リクエストもせずに店まかせの選曲でジャズの音の渦の中にいるのは二時間が限度で、それ以上となると音たちに麻痺して、刺戟もなくなってしまう。この日も私は途中で「木馬」を脱けだし、歌舞伎町の実演付ジャズ喫茶「ラ・セーヌ」に行って中尾ミエのポピュラーソングを聴きつつ、数節の詩句を得て、また「木馬」に帰ってきた。こうして書いた私の作品「出発進行」に〈ジム・ダンディ〉や〈のっぽのサリー〉が出てくるところを見ると、この日に私の詩想を喚起したのは「木馬」のジャズ・レコードよりも、「ラ・セーヌ」の中尾ミエ・ショーであるらしい。一方、菅谷規矩雄の書いた「黒地図」には、ジャズ・ヴォーカルのスタンダード・ナンバーである"S'Wonderful""Yesterdays"の歌詞が原語のまま挿入されて、暗い運河や水死体を提示する詩句の陰うつなトーンとの効果的な対比を示している。しかしそれが、あくまで歌詞の引用という形で入っていることから考えると、菅谷もジャズの律動感を詩作に利用することは苦手なのではないかと思う。

こうして出来上がった「暴走」12号の表紙には"BOSO+1 IN MOKUBA 630328"というゴシック体の文字が大きく浮きだしている。この表示法は、ジャズ・コンボがゲストを迎えて演奏したときのライヴ・レコーディングのタイトルに摸したもので、全体として『暴走』の判型が正方形であることを利用しつつ、レコードジャケットに似た効果を狙ったものだ。[*19]

この集まりのあるのを知っていた山本道子は皆が作品を書き終えた頃を見はからって、友人の津田桂子という妙齢の長唄のお師匠さん[*20]と一諸に「木馬」に現われ、それから一同そろって近くの「トップス」へ行き、『暴走』の即日編集をしながらおしゃべりをした。

たとえばこんな風に『暴走』と『×』のメンバーが一緒に行動することは、この三月頃から、しばしばあるようになり、後述する新芸術社を中心とする集まりや、ジャズ・コンサートのときも、菅谷、野沢が『×』と合流することも多くなった。

六三年夏には、前年と同じように南軽井沢の山本家の別荘で『×』のメンバーの合宿があり、これには菅谷も参加して寝起きを共にし、皆で「軽井沢ニュータウン・ジャズ・フェスティバル」に行ったりした。六三年春から夏へ『×』と『暴走』のメンバーの交流が重ねられ、やがて秋になる頃から、この二つの雑誌を発展的に合体させようとする企てが、私たちの話題に上りはじめた。つまり『凶区』はやっと、その誕生の予感を孕みはじめたのだった。

11　山本、高野の詩集刊行と合同出版記念会

山本道子詩集『飾る』は思潮社から十一月一日付で刊行された（装丁は写真家の深瀬昌久による）。『×』の同人は先に触れたように十一月二十五日、山本道子宅で仲間のパーティを開き、

＊19　**『暴走』12号の表紙**　第二章註5参照。この号の表紙もタイトル、号数はLPのジャケットに似せたゴシック体の詩集題名だけはモノクロのタイプ謄写で主体の図柄は私がガリ版で刷り足した。

〉『暴走』12号書影

＊20　**津田桂子**　津田桂子は、山本の友人であると同時に、後の六四年四月に高野が実家から移り住んだ杉並区成宗にあるアパートの家主であり、『凶区』終刊までいわゆるプレイメイツの一人であり続けた。

その席上で著者からこの本を贈られた。この日は、高野が仙台から上京してくる予定に合わせて決められたので、広島の鈴木を除いた全員が出席した。午前零時の夜行で仙台へ帰る高野を私と天沢が上野駅まで見送り、ちょっと感傷的な気分になったことが思いだされる。

　高野民雄詩集『長い長い道』は年末に国文社から刊行された。奥付は六二年十一月十五日刊となっているが、実際に本ができたのは十二月も押しつまってからだった。仙台の高野から、本ができているはずだから、国文社から各人一冊ずつ受けとってくれ、という連絡があり、十二月二十六日「ルオー」で『暴走』の10号の発送事務を終えた後、天沢、菅谷とぼくは国文社へ行って本を手にし、その足でラーメン屋に行って空腹を満たしつつ、三人で高野の詩集を話の肴にした。その頃『暴走』の同人としての菅谷はまだ『×』のメンバーとそう親しくはなかったわけだが、この日発送したばかりの『暴走』10号は高野をゲストに迎えていたし、また『×』の各号は菅谷に送られていたので、菅谷を交えた三人で高野のことを話題にするのはごく自然になっていた。*21 装丁は『青鰐』の表紙でおなじみになっていた井上洋介のイラストレーションをレイアウトしたもので、表紙のペン描きの鼠はその長い長いシッポを裏表紙までのばしていた。全体にモノクロームのフランス装小型本で、その地味ながら瀟洒な造本が、いかに

∧>六三年の軽井沢合宿

＊21　高野作品に付されたメモ
高野民雄が『暴走』のゲストになったのは4号に続き二回目である。なお高野はこの号の作品に私的なメモを付けていて、それが天沢の後記の中に引用されている。この私的メモは、幼年期における戦争のおぼろげな記憶が、自分の詩作に対してもつ重要性を語っていて興味深い。

も高野らしくて素敵だ、というのが当夜の三人の一致した感想だった。

　高野は年末に上京したが、それに先立ち、皆に楽しい招待状を送り、千葉稲毛の高野宅へ招いてくれた。

もと『×』発行所、『青鰐』発行所、キョトビコ工房であった千葉市稲毛町2—10のぼくの部屋をあなたがまだ知らないことはとても残念に思います。そこでこんどぼくが家へ帰るのを機会に、グループ『×』の集りをそこでもちたいと思うのです。そこは四・五畳の大きさで四人以上が同時に入いった記録はありません。ですからこの集りはひとつの貴重な試みとして記録に残る事件となるでしょう。一九六二年の十大ニュースの最後のひとつがそこで起るかも知れません。楽しい集りとなることを期待します。出席者には『青鰐』25、詩集『長い長い道』進呈、などの特典があります。

　こうして十二月三十一日、午後二時に国電の稲毛駅に集まった同人たちは高野宅へ行って忘年会と、著者による詩集サイン会？を開いた。問題の四・五畳は、友人の少年期の秘密に触れる感じでのぞき見たが、実際に皆がたむろしたのは、少し離れたところにあって空家になっていた高野の兄夫婦の家だった。この日は広島の鈴木と、藤田が欠席したので総勢六名だったが、酒を飲みながら、六二年の映画ベストテンをつくったり、「バッテン、カレンダー・ガール」選出と称して、各人の好みの女優を季節にあてはめて並べるなど、夜おそくまで遊び続け、遊びたりない分は明けて正月三日に、私の家で予定されている新年会へ持ちこして、元旦の早暁、別れていった。[*22]

　この忘年会から新年会にかけて、山本道子と高野民雄の両詩集の出版記念会を合同でやろうという企画が出され、会は六三年二月九日に、「神楽坂出版クラブ」を会場として行われることになった。会の準備を進めている間に、当日の余興として同人の出演による詩の録音構成のようなものを聞かせようということになった。これは前年の軽井沢合宿で散々、詩の朗読をしたり、その一部を録音再生して聞いたりしたことの後遺症で、別に詩の音声化の実験というような意欲的なものではなく、楽しいお遊びの一部としておもしろいものをつくろうという程度

▷六二年十一月二十五日、山本道子宅訪問（右図は右から天沢、秋元。左図は右から彦坂、藤田、渡辺）

の気持ちだった。天沢が脚本（と言っても細長い紙テープに時間の目盛を刻んで、各人の台詞や受け持ちの音楽などを記したもの）をつくって皆で集まって録音した。録音しているときは楽しかったのだが、会場での効果は全く冴えなかったように記憶している。

当日は私と天沢が二人で司会を担当し、くたびれると相棒にバトンタッチして料理を食べたりしたので、お互いにかなりのんびりした気持で会を楽しめた。

会には高野、山本の個人的友人の他、詩人の来賓として、山本太郎、宗左近、宇佐見英治など、山本の属していた『歴程』の同人諸氏、大岡信、飯島耕一、岩田宏、入沢康夫、などが出席してくれたように思うが、記憶がさだかではない。終わってから神楽坂の寿司屋であらかじめ予定されていた二次会に中江俊夫が来てくれたようにも覚えている。また『暴走』の同人の菅谷、野沢も出席し、これが『×』と『暴走』の交流の一つの機会ともなったのである。

12 当時の状況を象徴する映画ベスト・テン

忘年会で行った映画ベスト・テンは翌六三年一月になってから、欠席した藤田、鈴木、それに『暴走』の菅谷もゲストとして投票を求め、あらためて集計しなおしてから、ワラ半紙をたて長に四つ折りにした形の「バッテン・ニュース――映画特集」として少部数（＝百部程度）が印刷され、友人知己に配布された。これ以来、映画ベスト・テンの選出は、私たちの間で年末の恒例行事となり、それは後に『凶区』がしばしば行った「映画特集」につながっていく。当時から『凶区』の時代に至るまで映画は常に私たちの主要な話題の一つであったし、この頃の私たちの関心のあり方を象徴的に記録する資料となるので、選ばれた作品名を左に列挙しておこう（なおこれは各人のベスト・テンのポイントを1位10点～10位1点として集計したものである。日本、外国の別は、後年されるようになるが、この年にはまだ一緒になっている）。

①『情事』、②『血とバラ』、③『尼僧ヨアンナ』、④『憎いあンちくしょう』、⑤『死んでもいい』、⑥『私生活』、⑦『太陽はひとりぼっち』、⑧『おとし穴』、⑨『生きる歓び』、⑩『もだえ』『夜』『斬る』（三作同点）、以下は『ニッポン無害任時代』『パリジェンヌ』『中山七里』『史上最大の作戦』『ウンベルトD』『椿三十郎』『破戒』『荒野の決闘』（リバイバル）『秋津温泉』までが

＊22 **新年会** 予定通り一月三日に行われ、鈴木を除く『×』の全員が集まった。

ベスト20である。

作品名で見るごとく、この六二年は、私たちにとって映画はアントニオーニの時代であった。その中で蔵原惟繕監督、石原裕次郎、浅丘ルリ子主演の『憎いあンちくしょう』が秋元、天沢、藤田、渡辺に支持されて、日本映画の最高位を獲得しているのが興味深い。私の見方では、この作品は愛や青春を、一つの自覚された虚構、神話としてとらえなおす視点を提起したもので、[*23]それはこの頃の私たちが、その頃濃密化しはじめたグループ内の人間関係を、引き延ばされた青春の虚構としてとらえていた立場と、どこかで響きあっていたようである。

六三年からの数年、私たちは年がら年中、週に数回というペースで顔を合わせ、お互いのことを知りつくすようになったが、それでも、不思議に私生活のことには触れあわなかった。大学を卒業して数年という時期には、それぞれ仕事や自分の将来について不安や懐疑もあり、一方ではそれぞれがぶざまで真剣な異性問題に引っかかっていたはずだが、それは、たまたま二人ぐらいで話されて、それが他人にも伝わってくることはあっても、グループの中での主要な話題には決してならなかった。私たちはお互いの日常的現実の痛点には触れず、もっぱら、映画や芝居や小説やジャズや絵画の話をしていたのだった。こういうグループのあり方には批判もあろうが、私は今、それで良かったのだ、と思っている。むしろ、それだからこそ、『×』『暴走』から『凶区』へと発展した私たちの関係は、同人雑誌としては異例で、しかもある意味で濃密な、実り多い持続を実現したのだろう。もちろん、今となって見れば、グループの内外の人間関係の下に潜んでいた不定形の生々しい事件が、時の力によっておのずから明らかになっているし、それが当時、私たちの気づかぬところでグループ全体の動きに影響を与えたことも推測可能になっている。その中には今、私が書きつつある文章で、書き得ないことが当然、たくさんあるのだが、私はそれらのことにあえて触れなくても、この回顧録が一定の役割を持ち得ると思うのは、右に述べたような、私たちのグループの内包していた虚構性の自覚によるのである。

13 本、芝居、ジャズ

私たちは本のことを話題にするばかりではなく、よく本の貸し借りをした。と言っても、誰

*23 **『憎いあンちくしょう』** 私は後年『日活アクションの華麗な世界』の中で、この作品を裕次郎の代表作であり、日活アクションの最高傑作であることを綿密に論じた。私の日活アクション論については第十二章参照。

でも読む評判の作品や、自分で所蔵したい好きな詩人の詩集などは、話題にしても貸し借りはしなかったわけで、その代わり、あまり知られていない本を自分がおもしろいと思うと、喫茶店などで集まるときに持ってきて、これは良いぞ、と宣伝しながら〝押し貸し〟をすることがよくあった。そして一冊の本が同人の間を順次に回転しはじめるのだが、順番を待ちきれない者が、自分でもう一冊同じ本を買って、それも回転しはじめるので、しまいには、どれが誰の本だかわからなくなり、返すにしても、これは誰に返すのだっけ？　ということになったりした。

こういう風に仲間の間を回転した本については『×』11号に記録が残っているので、それを私の記憶で少し補って、リストアップすると次のようになる（六一〜六三年のもの）。

カトリーヌ・アルレエ『わらの女』『死者の入江』、安部公房『けものたちは故郷をめざす』『砂の女』、佐野美津男『浮浪児の栄光』、富永一朗『ポンコツおやじ』、ラルフ・エリスン『見えない人間』、東野芳明『パスポートNo328309』、C・D・ルイス『オタバリの少年探偵たち』、A・ブルトン『ナジャ』、都筑道夫『飢えた遺産』、白土三平『忍者武芸帖』、A・テュテュオラ『ジャングル放浪記』、ブラッドベリ『火星人記録』、A・ランサム『ツバメ号とアマゾン号』、澁澤龍彦『犬狼都市』、H・ミラー『南回帰線』、手塚治虫『0《ゼロ》マン』、中原弓彦『喜劇の王様たち』、R・マクドナルド『ウィチャリィ家の女』、チャド・オリバー『時の風』、畑中武夫『宇宙と星』、L・ダレル『黒い本』、H・ロフティング『ドリトル先生アフリカ行』、深沢七郎『笛吹川』。

右はわざとジャンル別にこだわらず、順不同に並べたが、ミステリー、SF、純文学、マンガ、少年小説、科学解説書などが併存する混乱ぶりが、私たちがなにを「おもしろがった」のかを端的に示しているようで、今になるとかえって興味深い。このような貸し借りを通して自身の読書領域は、それまでに経験しなかったような奇妙に自由な拡がりを持った。この頃から『凶区』の活動最盛期までの数年間は、私の読書遍歴にとって一つの黄金時代だったと思うが、それは他のメンバーたちも、それぞれに感じていることではなかろうか。

映画や芝居や美術展にもよく一緒に行ったが、それよりも多勢がゾロゾロ連れ立って行ったのは、ジャズのコンサートやリサイタルの類である。これはたぶんコンサートなどの方が公演日が限られているので皆が都合を繰り合わせたからだと思う。六三年は海外ジャズマンの来日ラッシュだったが、その中でキャノンボール・アダレイ、ソニー・ロリンズ、サミー・ディヴィス・ジュニアなどにはほとんどのメンバーが一斉に行った（この年は他に、ジャズ・メッセンジャーズ、セロニアス・モンク、ルイ・アームストロングが来日したので、それらにも各個で行ったので、ジャズ・ファンは皆たいへんいそがしかったのだ）。

来日タレントのコンサートばかりではなく、弘田三枝子リサイタルや日劇ウェスタン・カーニバルにも、同じように多勢で行った。六三年のウェスタン・カーニバルはもはや往年の熱気を失っていて皆を失望させたが、弘田三枝子は整形によるイメージ・チェンジ前の絶頂期で、これはナマで聴くとほんとに素晴らしく、二階席しか買えなかった私たちは、途中の休憩後は一階へ下りてステージ近くの通路に座りこみ、「マック・ザ・ナイフ」や「アレタサンダーズ・ラグタイム・バンド」を生き生きと唄う弘田三枝子に熱烈な拍手を送ったのだった。[*24]

14 ペーパー・バックス自主刊行の企画

前節に記したように、『×』と『暴走』のメンバーは、その両者に属している天沢、渡辺を仲介にして、六三年以降、その交流がさかんになってきた。しかしジャズ・コンサートの類への同行を超えて、両者の交流をさらに深める契機となったのは、双方のメンバーの詩集が、新鋭詩人叢書というシリーズとして刊行されることになってからだった。

話を少し前に戻すと、六二年秋頃から、『×』の内部では、同人の作品をバッテン・ペーパー・バックスという廉価版のシリーズとして刊行することを企てていた。といっても最初は、そんなことができたらいいなぁという夢みたいな話で、実現を前提としない空想的なリストを作ったりして楽しんでいた。たとえば仙台で退屈していた高野民雄は、六二年の十一月に、空想的な、バッテン・ペーパー・バックスのダイレクトメール広告を色鉛筆で入念に描いて、私に送ってくれたが、それによれば第一冊目は山本道子の小説「笑わせる七人の息子たち」であり、第二冊目は天沢退二郎・案、渡辺武信・画によるマンガ「怪しい怪人」である。前者は、

*24　このコンサートとは直接関係ないが、『×』7号掲載の私の詩の中の「まちどおしいのはなつやすみ」という一行は、弘田三枝子が当時唄っていた「ヴァケイション」の歌詞の反響である。

仲間に加わったばかりの山本道子が、男どもが西部劇ごっこからポーカーダイスに至る遊びに子どもっぽく熱中する（それは先に書いたように、私たちが引き延ばされた虚構の青春にあって、お互いの中に良き遊び相手を発見していたからであるが）のを見ては、ことあるごとに笑いころげ「まるで息子が七人いるみたい」と言ったことをネタにしたジョークである。当時また山本道子は、軽井沢の彼女の別荘やその他の場所での酒宴の際など、男たちにやさしい心づかいを見せ、また男たちもそれに甘えていた気味もだいぶあって、高野などは自ら〝七人の息子の末っ子〟などとハガキに署名したりしていた（事情に疎い読者に一言ことわっておくと、山本道子は『×』の中で決して年長者ではなく、年齢的にはメンバーのほぼ中央に位置する）。また右の空想的リストの二冊目は、ある夜皆で、自分がモノを書きだしたのはいつ、どんな風だったか、と幼い頃を回想しあっていたとき、天沢が小学校時代にはじめて書いた冒険小説のタイトルが「怪しい怪人」という同義反復だったのに一同爆笑したことと、私が小学校時代、まだそう有名ではなかった手塚治虫の初期作品に接していて、それらを模倣したストーリー漫画ばかり描いていたことを一緒にして空想のネタにしたものだ。

このような空想的企画が、先に書いた高野宅における六二年忘年会の席で、酒の勢いもあって急速に具体化し、年があけて間もなくの六三年一月五日、天沢、渡辺の二人が思潮社を訪れ、バッテン・ペーパー・バックスを自主刊行する企画を小田久郎氏に話し、費用その他を問い合わせた。こうして企画が具体化しつつある頃、私たちの前に奇妙な（後から考えると一層奇妙という他ないのだが）人物が現われた。

15　新芸術社の出現と消滅

六三年四月はじめ、私は山崎悟という未知の人物から手紙を受けとった。手紙によると、今回新しく出版社をつくり、そこで発行計画中の〝新鋭詩人叢書〟というシリーズ詩集について相談したいので会いたい、ということだった。とにかく会うだけは会おうということで連絡をとり、東大前の「ボンナ」で会ってみると、意外に若い小肥りの人物が山崎悟と名のった。話を聞くと、彼は文学関係の出版をやることに憧れ、多少の資金を用意して地方から上京してきたばかり、という人で、出版する本を自社で印刷するために当時はまだ珍しかったタイプ・オフセットの印刷機を購入したと言う。推測するに、前歴はたぶん印刷関係の分野の人で、出版界の経験は皆無らしい。この点にかなり不安もあったが、とにかく彼の側には私をはじめとして若い詩人の詩集を出版したいという計画と熱意があり、一方、自主刊行するつもりだった私たちのバッテン・ペーパー・バックスは資金面で困難が予測されていたので、私はこの話を『×』の同人に伝え、皆で、バッテン・ペーパー・バックスを、山崎悟の手になる新鋭詩人叢書に合流させることを検討した。たしか二回目には、私と天沢と菅谷が「ルオー」で、そして三回目には、在京の『×』『暴走』メンバーのほとんどが駿河台下の「カナロ」で、山崎悟と会談して話しあいを続けた。

途中の経過を省略して結果だけを記すと、〝新鋭詩人叢書〟は、〝叢書・現代詩の新鋭〟と名称を変更して、六三年末までに、次の六冊が、山崎悟を社主とする新芸術社から刊行された。

①藤田治詩集『ブルー&センチメンタル』（解説・彦坂紹男、六三年六月刊）
②鈴木志郎康詩集『新生都市』（解説・高野民雄、六三年七月刊）
④菅谷規矩雄詩集『六月のオブセッション』（解説ナシ、六三年八月刊）
⑤渡辺武信詩集『熱い眠り』（解説・菅谷規矩雄、六三年六月刊）
⑥天沢退二郎詩集『夜中から朝まで』（解説・入沢康夫、六三年九月刊）
③彦坂紹男詩集『行方不明』（解説・藤田治、六三年十一月刊）

右は実際の刊行年月順に列記した。頭記の番号は当初の刊行予定だが、刊行順はそれとはかなり前後している。このうち、菅谷の詩集以外の五冊は六三年初めに、先に記したジョークに発する空想的企画ではなく、それがやや具体的に発展して、〝バッテン・ペーパー・バックス〟と名づけられ、前述の『バッテン・ペーパー・ニュース――映画特集』の余白に記載されていた書物が新芸術社によって実現した結果である。このシリーズには高野、秋元、山本の詩集も含まれる予定だったが、結局は刊行されず終わった。[*25]

こうして新芸術社とつながりを持った私たちは8号からの『×』印刷も同社に依頼することになった。印刷を国文社に依頼していた時代に

＊25　この他に⑦秋元潔詩集『ぼくの願い』、⑧山本道子詩集『橋は耐える』、⑨高野民雄詩集『眠り男の歌』、⑩アンソロジィ『われらの詩の所有』が予定されていた。

は、編集や校正のため池袋に集まることが多かった私たちは、今度は新芸術社のある文京区東片町附近に集まるようになってきた。もっとも東片町は交通不便なので、そこへの順路であるお茶の水附近で集まることもしばしばで、そうなるとお茶の水から東片町への途中には、私と天沢と菅谷が大学院に在籍していた東京大学があり、『暴走』の印刷をしている千葉タイプ社があり、『暴走』の会合の場所である「ルオー」や「ボンナ」がある、という地理的なつながりが生じる。かくて『×』と『暴走』のメンバーは、お茶の水から東大前を経て東片町に至る帯状の地域の、いろんな喫茶店酒場やおでん屋や蕎麦屋にたむろすることが多くなった。とくに新芸術社から、詩集を刊行することになった菅谷は、その打合せや校正のため、東片町に現われることも多く、その結果『×』のメンバーと頻繁に顔を合わせるようになった。

山崎悟は『×』『暴走』以外にも多くの若い詩人のグループとさかんに接触し、その詩集や同人誌の印刷を行った。出版の面では岡田隆彦『史乃命』、吉増剛造『出発』、山口昌子『出会い』、宮川明子『不確かな朝』、西尾和子『幻を分つものたち』、大崎紀夫『単純な唄』など『ドラムカン』『三田詩人』『詩人派』の若手たちの詩集や、諏訪優の訳詩と詩人論を集めた『アレン・ギンズバーグ』が刊行され、また印刷を引き受けた同人誌は、右に名があげられた雑誌の他『ぎゃあ』『コルサル』など多数にのぼる。

これらの人間たちが出入りしていた六三年から六四年前半の新芸術社はかなり賑やかで、夕方、大学の帰途などに立ち寄ってみると、たいてい誰かに会うという感じだった。私たちの多くは『ドラムカン』、『詩人派』の同人とは既に知り合っていたし、他の詩人たちとも、東片町でしばしば出会う内に、時には一緒に飲んだりするようになった。今思えば、新芸術社に出入りしていた詩人たちは、当時の活動的な二十代の詩人グループのメンバーの大半を含んでいたのだから、それらの人間の接触の機会をつくっただけでも一つのささやかな歴史的役割を果したとも言えよう。[*26]

こう書くと、新芸術社というのは、いいことづくめみたいだが、実情は、残念ながら、それとは遙かに遠かった。

根本的な問題は、社主の山崎という人が出版という仕事に全く未経験だったことにある。文

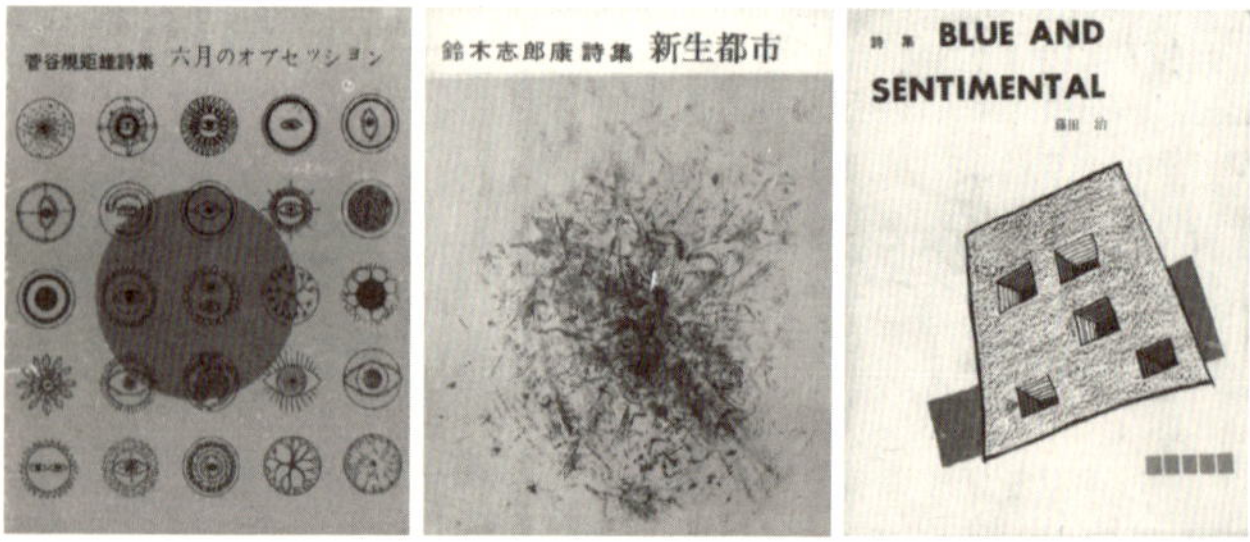

<″叢書・現代詩の新鋭″書影

学書の出版に憧れていただけあって、彼には熱意もあり、またタイプ・オフセットながら、自分で印刷機をもって印刷を兼業しながら、出版の経営を補っていくというアイディアも良かったと思うのだが、すべてがあまりにも無計画だった。スタッフの面でも彼の他には印刷関係の助手が一名、ときに二名という状態であり、これで右に述べたような多くの仕事をこなすのは無理であったわけだ。

『×』『暴走』のメンバーの詩集シリーズは〝叢書・現代詩の新鋭〟として具体化したのだが、それと平行して『三田詩人』のグループが同様の企画を持ちこむと、判型も装本も全く異なる本なのに同じ叢書の第二期と銘打って刊行しはじめたり、岡田隆彦の『史乃命』の前評判が高くなると、詩集としては空前絶後のテレビのスポット広告を出したり、という風で、山崎悟は、その場の思いつきで何でも派手なことをやるのが嬉しいというタイプの人物だった。そのため、私たちも詩集の刊行予定その他で彼に裏切られることが多く、いつもイライラしていた。中でも困ったのは、無計画の果てに、身動きがとれなくなった結果とはいえ最初に打合せた手続きを省略して制作を進行させ、既成事実をつくって後で謝ることで、詩集の装丁用のイラストレーションを写真製版するのをサボって自らトレースした描き版を作って印刷してしまい、後で露見することなども数回あった（菅谷の詩集『六月のオブセッション』のカバーになった私のイラストも描き版である）。その結果、〝叢書・現代詩の新鋭〟の各冊は、タイプ・オフセットの技術的限界はあるにせよ、それを遙かに下回る粗雑な仕上りになっている。結局山崎悟という人は、事業としての出版に憧れてはいても、一冊の本という存在に対する愛着が皆無だったようである。私たちと新芸術社とは六四年三月に『凶区』創刊号の印刷を依頼したときまで交渉を保ったが、その創刊号の印刷の粗雑さに激怒した私たちの方から絶縁宣言をして、つながりを断った。その後、新芸術社は負債を残したまま消滅したらしいが、詳しい事情はいまだにわからずじまいである。

16　詩集のシリーズ刊行の歴史的意味

けれども、今から思うと、新芸術社という奇妙な出版社の存在も、『凶区』の成立に重要な影響を与えた歴史のひとこまである。もし新芸術社が出現しなかったら、後の『凶区』の同人

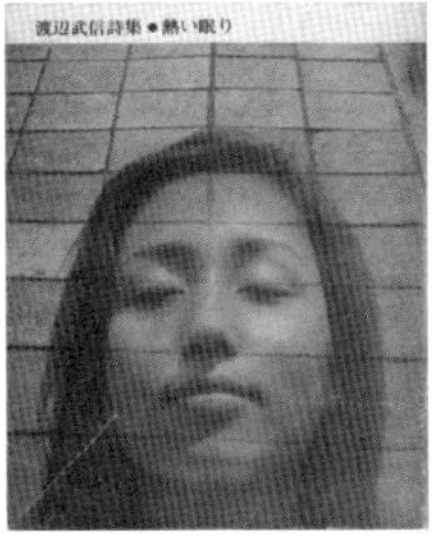

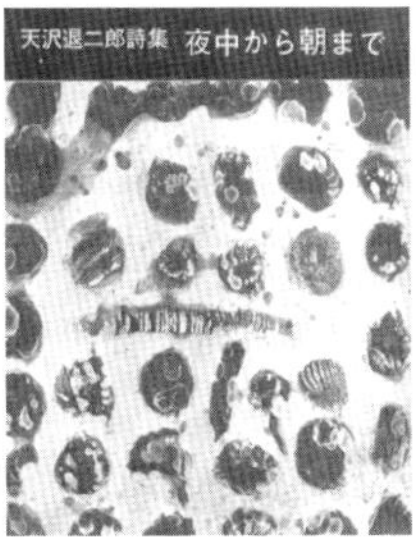

＊26　新芸術社は、これらの詩人たちを執筆者とする商業誌『エスプリ』をタイプ・オフセット刷で創刊した。これは六三年七月、八月、九月号を出して休刊した。その後六四年に編集委

たちの詩集が一年足らずの内にドッと出版されるというようなこともなかったに違いないのだから……。

　このシリーズ刊行と同じ頃、『暴走』の野沢暎は国文社から詩集『海の発作』を刊行した。つまり六三年中には『暴走』『×』をあわせて十人のメンバーのうち七人の詩集が刊行され、他の三人はすでに詩集を一冊あるいはそれ以上出版しているので、全員の詩集が出そろったことになる。これは、たんに対外的なデモンストレーションとなったばかりではなく、私たちのグループ内部にとっても大きな意味を持った。これらの詩集が自分の身近な友人の文学的な営為を、お互いに知りあう以前の作品まで含めて、対象化しあう機会となったからである。私個人にとって一番印象が深かったのは彦坂紹男の『行方不明』である。彼が比較的寡作だったせいもあって、この詩集には、かつて『舟唄』発行所から自費出版の形で出された『弱年』が全篇再録されている。私は前に書いたように『×』の創刊前後には彦坂の詩に親しめず、その存在を遠く感じていたし、合評会などで「この詩はぼくにはわからない」などと公言したこともあった。しかし『行方不明』で彼の初期からの作品を通読したとき、やっと彼の詩の世界が了解できたような気がしたし、その了解がやがて静かな感動に変わっていくのを覚えた。私はそれまで、言葉のひだをけずりにけずって無愛想に立っている彦坂の作品を、日常の多様性を安易に箴言風のもの言いに要約してしまう生活詩のように感じて反発していたのだが、初期の作品から通読してみて、それが魂の脆さをいとおしむような自愛と正確な観察との交錯する複雑な響きを持っていることがわかったような気がしたのだ。しかし、ここは彦坂紹男論を展開すべき場所ではないから多くは言うまい。けれど、詩集が一斉に刊行されたこの時期に、お互いの作品に対する右のような了解の深化はいろいろな形で、それぞれのメンバーの間に起こっていたに違いないと私は思う。

員制（諏訪優、天沢退二郎、井上輝夫、高野民雄、八木忠栄、吉増剛造）を採用して再出発した五月号一冊のみを出したが、この頃すでに新芸術社は末期症状を呈していて、雑誌の方もそれっきりとなった。

　また新芸術社とは関わりはないが天沢、渡辺、岡田、吉増、の映画評論誌『シネ』が創刊されたのもこの頃（六三年春）である。この雑誌の創刊のきっかけは六三年一月五日、鎌田忠良が発起人となって、名目は何だか忘れたが、新宿で開かれた若い詩人の集まりにある。この集まりの帰りに前記の四人が新宿のジャズ喫茶「汀」で六二年の映画の回顧、総まくりという形の長い長い映画談義に花を咲かせ、その勢いでタイプ印刷の映画雑誌をつくることになったものだ。『シネ』は六三年二月に1号、同四月に2号を出したまま途絶した（なお2号には菅谷規矩雄も参加）。

第四章　『凶区』創刊

1　出会いに費やされた歳月

これまで述べてきたことからもわかるように、『凶区』は〈志を共にする者を募るというような形で、或る日突然に創刊されたもの〉ではない。私たちの中の或る者たち、例えば天沢と秋元、天沢と高野、秋元と彦坂などは、遠く一九五〇年代初頭の高校生時代に遡る出会いを持っている。そのことは巻末の年表からも読みとれると思うが、自分たちの出会いの過程を時間的な前後関係がある程度はつかめるように整理して作り直してみたのが次々頁の「『凶区』同人出会いの過程図」である。太字で記されたのが後の『凶区』同人で、時間的にはほぼ上から下へと流れつつ、名前を結んだ線の中に出会いの機会が略記してある。『凶区』の前身となった同人誌も主なものは、その名称と刊行期間を記した。しかしこれは見取り図としてわかりやすいように最小限の要素を示しているので、人間関係の裾野（一般的にではなく、あくまで『凶区』を中心とした視点からして）を形成する雑誌とその同人名は、図があまりも複雑になりすぎることをおそれて記さなかった。それは例えば次のような雑誌であり、人間関係である。

（1）天沢が高校三年のときに参加し〈そこには秋元、彦坂は入っていなかったけれども、共通の友人たちが入っていた〉（第一章第三節、及び資料Ⓑにおける鼎談での発言）という『魚類の薔薇』[*1]。

（2）千葉一高の文芸部の機関誌『道程』と、そこで天沢の同級だった鵜沢勝雄の名。また高野も一緒になって『道程』とは別に刊行していた『麦』（第一章第三節参照）。

（3）秋元が創設した俳句中心の（詩も掲載）の同人誌『KOT』。

（4）寺山修司、河野典生、くろかわよしのり

＊1　『魚類の薔薇』　この雑誌については第一章第三節参照。天沢が鼎談で言っている〈共通の友人たち〉の一人は、後に『パテ』同人となる福井県の正津房子である。正津房子は正津勉の実姉であり、後に菅谷が神戸大学に在勤していた時期に神戸に住み、私を含む『凶区』同人たちがそれぞれの都合に合わせて菅谷を訪れる際の観光案内係であり、菅谷とその夫人、久子さんと一緒に飲む機会を持ったので、個々の同人とは頻繁な交遊関係にあった。

（後の筆名＝赤木三郎）が企画し、秋元も創刊に参画して、天沢、彦坂も誘ったが二人は参加しなかった『NOAH』。

（5）彦坂と藤田が出会った早大国文科のクラス雑誌、二人が属した早稲田詩人会機関誌『早稲田詩人』、そこで詩人会を彦坂と共に学内文化団体機関誌と同人誌との二重構造に改革した山県衛の名。

またこの図には次の注釈が必要である。

（イ）同じ枠内にある『舟唄』と『パテ』の関連については巻末年表、及び「関連同人誌一覧」参照。またこの枠内で『凶区』同人にならなかった六名のうち、正津房子は『パテ』のみに参加。

（ロ）内野祥子は一九五七年に入学して東大駒場文学研究会（通称＝文研）に参加し、つまりは私と同時に天沢に出会っているので天沢の人脈につなげた。線上に『駒場文学』の名を記すべきかも知れないが、駒場時代の彼女は文研内での活動に積極的には参加しなかったし、五九年に（留年した私より早く）本郷の哲学科に進学したのを機に『赤門詩人』5号から同人になったので、本郷で天沢が誘ったという風に記述しても間違いではないだろう。

「出会いの過程図」からは、『暴走』と『×（バッテン）』の双方に属しており、その点で後の『凶区』同人のつながりの核が、一九五七年における天沢－渡辺の東大駒場文学研究会での出会いにあることが読みとれるだろう。図の上下がほぼ時間系列を表しているのに対し、左右は、右が天沢の人脈で『×』グループ、左が渡辺の（そして東大内の）人脈で『暴走』グループになっている。ただし山本道子だけは最初の接触は渡辺への手紙だが、その直後に渡辺、天沢と一緒に会ってから『暴走』ではなく大学横断的な『×』に参加したため、右側になっている。

2　新雑誌創刊の構想

六三年九月、高野が一年余の仙台勤務を終えて帰京し、私たちの集まりはますます頻繁になった。『暴走』と『×』の合併が最初に話題に上ったのもこの頃のことである。九月十一日、鈴木志郎康詩集『新生都市』の見本刷を見るため新宿の「プランタン」に天沢、高野、彦坂、山本、菅谷、渡辺の七人と新芸術社の山崎悟が集まった（著者の鈴木はまだ広島勤務なので出席せず）。この詩集は前述の詩集シリーズの第二

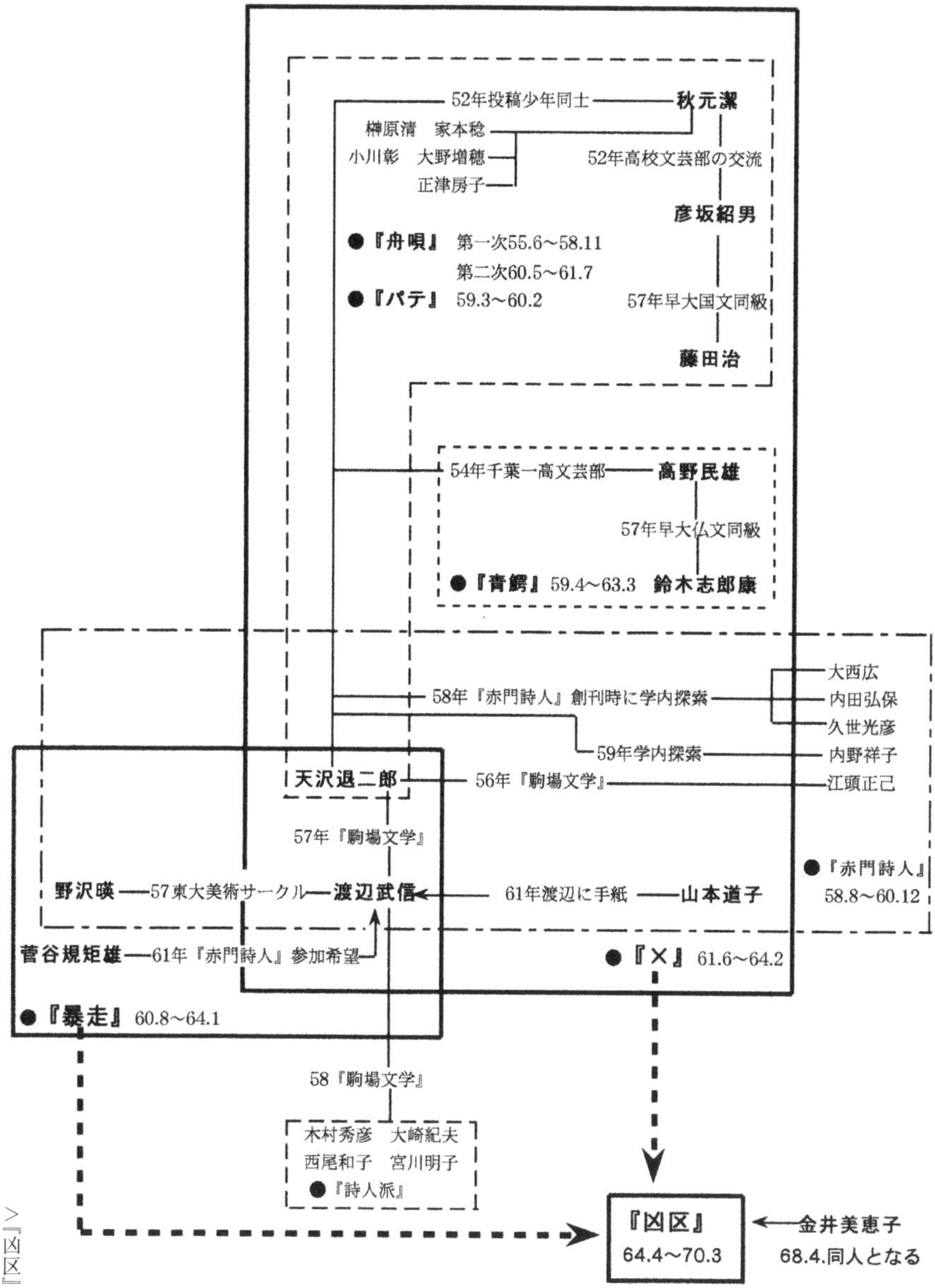
52年投稿少年同士
秋元潔
榊原清　家本稔
小川彰　大野増穂
正津房子
52年高校文芸部の交流
彦坂紹男
●『舟唄』第一次55.6〜58.11
第二次60.5〜61.7
●『パテ』59.3〜60.2
57年早大国文同級
藤田治
54年千葉一高文芸部
高野民雄
57年早大仏文同級
●『青鴉』59.4〜63.3
鈴木志郎康
58年『赤門詩人』創刊時に学内探索
大西広
内田弘保
久世光彦
59年学内探索
内野祥子
天沢退二郎
56年『駒場文学』
江頭正己
57年『駒場文学』
●『赤門詩人』
58.8〜60.12
野沢暎
57東大美術サークル
渡辺武信
61年渡辺に手紙
山本道子
菅谷規矩雄
61年『赤門詩人』参加希望
●『×』61.6〜64.2
●『暴走』60.8〜64.1
58『駒場文学』
木村秀彦　大崎紀夫
西尾和子　宮川明子
●『詩人派』
『凶区』
64.4〜70.3
金井美恵子
68.4.同人となる

＞『凶区』同人出会いの過程図

冊目だったが、発行予定日を大幅に過ぎていて、私たちはすでに新芸術社の仕事のルーズさに悩まされていた。この日も山崎悟を難詰しようという気分で集まったのだが、見本刷の現物を見ると簡単にうれしい気分になり、キリンビヤホールへ行って遠方の著者に乾盃し、そのまま調子にのって新宿二丁目の「カヌー」[*2]へ飲みに行った。ここへ電話で連絡のついた藤田治も来て一層にぎやかになったとき、『暴走』と『×』の勢力を結集する方法について討論がはじまり、それは一部の者が帰った後、「カヌー」の隣の「耕路」で暁方のコーヒーをのみながらも続けられた。

けれども、このときはすぐに新しい雑誌をつくるという具体的な提案がなされたわけではない。二つの雑誌のメンバーはそれぞれ自分の雑誌に愛着があったし、両方に所属していた私と天沢にしても、両者の性格の微妙な差は感じていて安易な合併はマイナスになるだろうと、むしろ消極的な発言をした。ただ、かなり遠い将来の予測として、個人的にも親しくなった二つの雑誌のメンバーが一緒に仕事をすることを想像するのは楽しいことで、同人のクラブ・ルームや出版社の設立などに至る空想的な企てが酒の勢いにまかせて次々と展開して夜を徹したのだ。そして新しい雑誌のことも、この夜はまだ、右のような空想の一つとして論じられたのに過ぎない。

しかし、今から思うと、『暴走』と『×』の合流のための条件はすでに熟していたのではないだろうか。なにしろ二つの雑誌のメンバーはつねに入り混りつつ、サミー・ディヴィスやソニー・ロリンズや八木正生のリサイタルに、あるいは『オッペケペ』(福田善之)や『瀕死の王様』(イオネスコ)のような芝居を一緒に観に行っていたし、その間に雑誌の編集、校正、発送、詩集シリーズの打合せなどがあって毎日とは言わなくても一日おきぐらいに四、五人が顔を合わせていたのである。こういう風に集まっている間に、一度は空想的に語られた新雑誌の構想が徐々に具体性をもってくるのは自然の動きで、最初は消極的だった私もしだいに積極的な気分に傾きはじめたのである。

ちょうどこの頃、日本楽器(後の「ヤマハ」)宣伝部に勤務していた山本道子が、同社で幼児から募集した「おたんじょうびのうた」の歌詞の予備審査するというアルバイトを私たちに紹介した。つまりこれは何万通とある応募歌詞の

*2 **カヌー** 新宿二丁目のバー「カヌー」については第七章で詳述する。

荒選り作業である。『暴走』と『×』のグループは前後三回にわたって、銀座の旅館やホテル・ニュージャパンの和室に泊りこみ、手分けしてこの仕事を行った。これは金銭的にもかなり有利なアルバイトだったが、それ以上に、皆がワイワイ集まって夜を徹することの楽しさが大きかった。夕方からはじめてビールなどを飲みながら七、八人がかりでやるとだいたい深夜には予定の仕事を終わる。するとくたびれはてた者は仮眠するが、思えばあの頃は皆若くて頑強だったのか、たいていはそのまま飲み続け、ダイスやトランプをした。ある朝(十二月一日の朝だったか?)などは徹夜の後、銀座の旅館から浜離宮へ行き、そこから水上バスで浅草へ行って遊び続けたこともある。そしてこのようなときに、新しい雑誌についての討論も続けられたのである。

3　構想の具体化とタイトルの決定

新雑誌への企てが具体的なものとして皆に意識されるようになった経過についての細かい記憶は私にもない。ただ六三年の十二月頃までには、新雑誌の創刊が、その内容の細部は別として、既定の計画となっていたことは確かである。なぜなら、この頃、後述する『新婦人』誌に私たちがお互いに連絡をとりあった後、一つのグループとして取材に応じたときは、まだ誌名『凶区』は決定しておらず、入沢康夫による紹介文には、一度は決まりかけたが後に消えた『詩空間』という仮の誌名が使われているからだ。

新雑誌について最終的な意見調整をするための集まりは十二月二日、銀座「ウエスト」で開かれた(これを私たちの間では〝ウエスト会談〟と呼びならわすようになった)。この集まりには広島にいる鈴木と、急病のため来られなかった山本以外の全員が出席した。それまでにも少人数での話しあいは重ねられてきたし、鈴木、山本も新雑誌の創刊に異議なしと伝えてきたので、討論は積極的な方向で進められたが、この段階でただ一人消極的な態度を持していたのは彦坂紹男だった。彼は当時、極端なスランプ状態にあり、そんなときに雑誌にしろ何にしろ、新しいことをはじめる気にならない、と言っていた。これは彼の自己診断に過ぎなかったから、他のメンバーは彼自身が言うようにに彦坂がスランプだとは思えなかったが、その気持を尊重しつつ話しあいを続けた結果、新しい雑誌のメンバー

>六四年夏、軽井沢の夜。『凶区』独得のルールによる、ポーカーダイスにふける同人たち(右から高野、天沢、秋元)

は必ずしも寄稿を義務づけられず、しばらく沈黙を続けるのも同人の権利である、というような了解事項をとり決めて、彦坂の個人的な問題と新雑誌の問題を調整した。これはとるに足らぬことのように見えるが、実際には『凶区』の性格づけにとってかなり重要である。つまり後述する『凶区』解散の原因にしても、他の同人誌にありがちなように、何人かの同人が単純に書かなくなったから解散した、ということではないのだ。彦坂自身について言えば、この時に自分自身に下した診断にもかかわらず、『凶区』創刊後の彼はむしろコンスタントな寄稿者であり続けたのだ。[*3]

　この日、新雑誌については……

（1）隔月刊。（2）A5判64頁程度でタイプ・オフセット印刷、印刷は新芸術社[*4]に依頼する。（3）詩作品と詩についての評論を中心とするが他の芸術ジャンルへの発言も含める。（4）評論については長期的展望に立った連載を歓迎する。（5）同人以外の寄稿を積極的に依頼する。

……などのことが円滑に決定された。

　右の内、新芸術社との関係は1号のみで終わり、2号以後は本文はタイプ印刷、表紙のみ活版という形に変わる。本文は千葉タイプ社、表紙はときに応じていろいろな印刷所に依頼するという形になった。表紙のデザインを担当した桑山弥三郎[*5]によると、初期の数百部程度の時期には、彼自身が事務所にある校正刷用の手回し印刷機で印刷してくれたこともあるという。

　つまり雑誌のタイトル以外のほとんどがこの日に決まったわけである。この後、皆は「内科画廊」へ行って『青鰐』以来の高野の友人の画家、井上洋介の作品を見てから、井上洋介も加えて新橋第一ホテルのヴァイキング料理で忘年会を行った。前日までの計画ではこの後、山本道子の実家の所有だが目下空き家になっている上野のマンションを借りて忘年会を続けるはずだったが、彼女の急病のために計画を変更し、お茶の水の山の上ホテルの一室を会議と称して借り、新雑誌の話を続ける一方、その頃、私たちの間で大流行だった独特のルールによるポーカーダイスをして遊んで夜を明かした。そしてその翌朝もホテルで朝食の後、お茶の水「あかね壺」でコーヒーを飲んでしゃべり、さらに新芸術社へ行って今後の詩集シリーズの打合せをしたのである（ヴァイキング料理をたべたり、ホテルに泊ったりというぜいたくができたのは、前

＊3　**彦坂のスランプ**　彦坂は、この頃のことを自ら回想して次のように書いている。〈凶区創設の際に私は発言して、作品を《書かない＝書けないかも知れない（一年も二年も）が、それでも同人として参加が認められるなら》といい、それは諒承された。もっともそれ以前に私はグループ・バッテンの同人ではあった。そして奇妙ともいえまいが、私は書き、書けるようになった〉（『凶区・廃刊宣言号』より）。

＊4　新芸術社については本章の『凶区』創刊号についての記述、及び「『凶区』関連同人誌一覧」の『エスプリ』の項参照。

＊5　**桑山弥三郎**　私が大学院に進学したばかりの六二年春、建築計画研究室（吉武・鈴木研究室）で国際デザイン会議（World Design Conference、通称WORDECO）のため、日本の建築の現状を示すパネル数十枚を製作することになり、桑山とは研究室の先輩がパネルのレイアウトとレタリングを担当者として引っ張り込んだときに知り

述の「おたんじょうびのうた」予選選定のアルバイトの報酬がプールしてあったからで、この日、私たちはグループの財政を豊かにした山本道子の功績を大いに讃えたものだ）。

雑誌のタイトルについては明けて六四年一月四日、先に述べた山本家のマンションで新年会が開かれ、その席で『魅惑』『魔法』『言葉』『潜在』『表現』などの案の中から『詩空間』が選定され、同時に、グループの名称としては元の雑誌名を生かして「バッテン＋暴走グループ」とすることに決まった（この発行元＝グループ名は『凶区』終刊まで維持された。したがって厳密に言えば『凶区』というグループは存在しなかったことになる）。

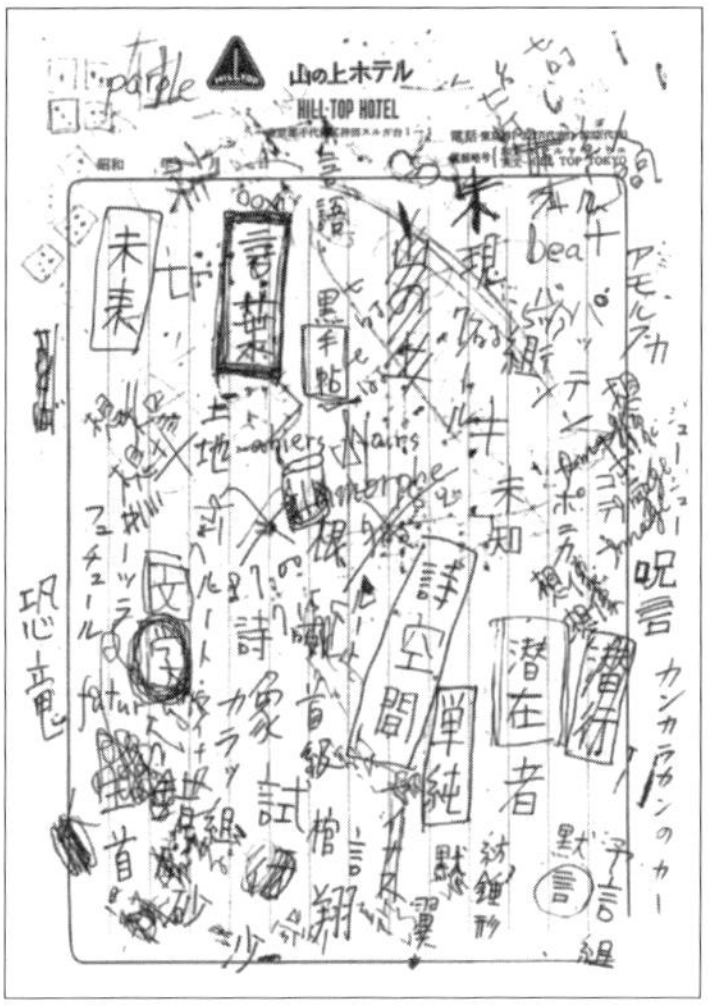

しかし、この日から数日経つと、私は、『詩空間』というタイトルが、その意味内容よりも音声の点でぎごちないように感じはじめ、同じ思いだった天沢と謀議して誌名の再検討を皆に呼びかけた。他の同人も、それぞれ不満だったらしく、この提案はすぐに受け入れられた。ちょうど一月末に先の〝ウエスト会談〟や新年会に来られなかった鈴木が上京してきたので、それを機会に誌名再検討の集まりが開かれた。それは一月の別の日のことで、山本道子が欠席した他は『×』『暴走』の全メンバーがお茶の水の「アミー」へ集まった（これを後に私たちは〝アミー会談〟と呼んだ）。この席で、いろんな案が出つくし、皆が楽しみながらもくたびれはてた頃、私が字の形から思いついて提案した『凶区』が皆の賛同を得て、ここに新雑誌のタイトルが最終的に決定した（「凶」の字を使ったタイトルはすでにいくつか提案されていて、私はその字を横に寝かすと「区」になることを思いついただけなのだが、視覚的な効果が皆の賛意を呼びおこしたようだ。また意味からしても、「凶」は『×』から否定の意味を継承し「区」は仮題だった『詩空間』から空間＝領域の意味を継承していることが、集まった皆の賛意を促したと思われる）。

合った。彼は武蔵野美術学校（現・武蔵野美術大学）在学中から日宣美展で受賞し、当時既にレタリング・デザインの新鋭として知られていた。彼は現在もレタリング・デザインの第一人者で、彼とそのグループの創出した写植字形〝タイポス〟は広く普及している。彼のデザインした『凶区』のロゴタイプと、表紙数点は後に『日本レタリング年鑑69』に収録されたが、これは、彼の功績ではあるものの私たちもうれしかった。

△『詩空間』にいったん誌名が決定した際のメモ（六四年一月四日）

それから約三週間後の二月十三日、私たちは「ルオー」に集まって（ちなみに長年の間、百円だったこの店のコーヒー付カレーライスは六四年から百三十円になった）。『暴走』15号と『×』10号の合同合評会を開き、これで二つの雑誌の活動を締めくくった。そして新雑誌創刊号の締切を二月二十九日（六四年は閏年）に決め、『凶区』としての活動を開始したのである。

4　『凶区』の誕生まで――日録風に

六四年に入ってからの『凶区』創刊号発行までの経過を、前章と多少重複するが日録風に整理してみると次のようになる（これはまた、当時の私たちがいかに日常的に接触していたかを例証する資料であり、このような形式は後に記す「凶区日録」のサンプルでもある）。

一月四日　『×』+『暴走』新年会（於、上野進興アパート、補注・後に上野ハイツと呼ばれるようになる）。新雑誌のタイトル『詩空間』と決まる。討論終了後、六三年映画ベスト・テン選出。『シベールの日曜日』『鳥』『夜行列車』『エヴァの匂い』『エレクトラ』など上位を占め日本映画振わず。新年祝賀ダイスに夜を明かし、翌朝早く旅立つ津田桂子嬢を上野駅へ見送った後、駅弁を買って上野公園で食べ、動物園の開門を待って入場。タツノオトシゴ、ゴリラ、コビトカバに感動して昼頃解散。

一月九日　深夜、天沢、渡辺は長電話で新雑

＞上野動物園の朝（六四年一月五日、右から野沢、秋元、菅谷、天沢）

＜『凶区』誌名決定の夜（六四年一月二十四日、右から渡辺、菅谷、秋元、野沢）

＊6　**年表**　このときつくった年表が後に『×』11号として刊行され『×』の終刊号となった。

誌タイトルの再検討に意見一致。その後数日の間に同人皆と連絡。

一月二十四日　天沢、菅谷、野沢、渡辺は「ルオー」にて『暴走』15号発送後「アミー」で『×』の同人と合流（山本道子欠席、鈴木悦子同席）。討論の結果、タイトル『凶区』と決定。「ミロ」に移り『×』の年表作成。*6

二月十三日　『暴走』『×』合同合評会（於「ルオー」、秋元、藤田、鈴木は欠席）。終わってから池袋「喜文」で終刊した両誌の回顧談がプロ野球と映画女優の回顧談義に発展。川上、大下、藤村、平山、木塚やエリノア・パーカー、パトリシア・ニールの噂や品定め。

二月二十九日　『凶区』創刊号の原稿集めは「ルオー」で開かれたが、原稿持参者なし。締切を三月四日に延ばし、天沢の下宿へ行き『夢で会いましょう』を皆で見る。その後天沢、菅谷、高野、彦坂、藤田、野沢、渡辺は白山菜館で夜食。そこの焼肉がうまくないというので新宿、太陽館へ夜食のはしご。「カヌー」へ行くと映画好きのホステス、りっちゃんに『スパイ対スパイ』（ジョルジュ・ロートネル監督）の話をされたが誰も見ていなかったので一同自己批判する。「カヌー」閉店後、りっちゃんと共に「第一トンネル」で飲み、暁方、始発まで某喫茶店でおしゃべり。創刊宣言の代わりに皆の今まで書いたエッセイの一部をモンタージュして巻頭にのせることになり、モンタージュ係を菅谷がひきうける。山本道子、日本楽器を退職。

三月四日　一同、ヤマハホールのコンサート（トシコ・マリアノ）に行き、仕事で来られなかった高野と「キャリオカ」で落ちあい、原稿を集めたが、集まり悪く、締切を再延期。

三月七日　「ルオー」で原稿の最終締切。大部分は集まって、めでたく、また天沢の下宿で『夢あい』を見る。

三月八日　クレイ、リストンに勝つ。

三月十日　一同『四大ドラマ――世紀の競演』を見てから「カヌー」で飲む。天沢は明日が試験（フランス政府給費留学生試験？）のため珍らしく早く帰る。

三月十二日　渡辺は旧知のグラフィック・デザイナー桑山弥三郎に凶区の題字（ロゴタイプ）のデザインを依頼、快諾される。

三月十四日　創刊号の原稿、編集、割付を終えて新芸術社へ入稿。

三月十七日　渡辺は菅谷、彦坂、高野、山本を桑山の事務所（Doccoデザイン研究所）へ伴

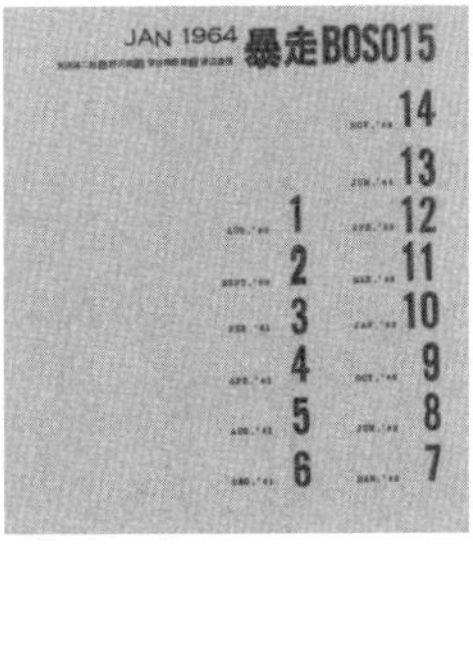

＞『暴走』終刊号（15号）書影

＞『×』終刊号（11号）書影

い、引きあわせる。

四月一日　『凶区』創刊号校正、「新宿アートコーヒー」。同時に、予約読者獲得のための「凶区創刊のお知らせ」のチラシを千葉タイプ社へ入稿。

四月四日　創刊号最終校正（天沢、彦坂）。

四月五日　高野が千葉稲毛の生家より東京へ出て下宿することになり、その引越の手伝いに藤田、彦坂、山本、渡辺が行く。終わってから家主の津田桂子を交え『シャボン玉ホリディ』を見、引越祝賀ダイス。

四月六日　「創刊のお知らせ」校正。

四月十日　菅谷、山本、渡辺、新宿でなんとなく会って「チポリ」で食事して「カヌー」で飲む。

四月十一日　『凶区』創刊記念の小旅行で池袋を出発したのは天沢、菅谷、藤田、山本、渡辺の凶区メンバーに津田桂子。一同、円良田湖畔にいると高野が忽然とボートの上に出現。

四月十二日　円良田湖畔の安宿に一泊の翌朝、対岸に忽然と彦坂出現。附近の小山を征服し「ボケ山」と命名。一同ボケて帰京。池袋「チーズドール」で夕食後「シャンゼリゼ」でおしゃべりして解散。

四月十五日　大学院を出て神戸大学講師となった菅谷は第一こだまで神戸へ。藤田が見送りに行く。

四月十八日　新宿「アートコーヒー」に藤田、高野、山本、渡辺が集まり「創刊のお知らせ」を各所へ発送の後「カヌー」から「ジャズ・ヴィレッジ」。高野、藤田は渡辺宅へ行き、三人で終夜ダイス。

四月二十一日　東中野の同盟商事（新芸術社の別会社）で天沢、渡辺は山崎悟と対決。『凶区』1号の印刷の遅れや刷りの汚なさなどについて難ずるがラチあかず。

四月二十二日　『凶区』1号の部数の余分が渡辺宅へ届くが、印刷も汚なく、製本ミスも多く、満足なのは、さらにその半分以下。

四月二十三日　新宿「アートコーヒー」に一同集まって創刊号発送。「カヌー」で飲みながら、新芸術社と手を切ろうと決議。

　というわけで、散々、難行の末に『凶区』創刊号は刊行された。この号の後記には同人の会合の様子や見た映画、読んだ本の記録が付されているが、これは次号からは後記とは別に、「凶区日録」という項目となり、だんだん量が増して『凶区』の特徴の一つとなった。

＞桑山弥三郎による『凶区』ロゴ

＜『新婦人』掲載写真

THE
sun
群像 '64-3
100

創刊号は二百部印刷の予定だったが、半分の百部が届いた後、少数の追加は納品されたが、残りがウヤムヤになったまま、新芸術社が消滅し、社主の山崎悟は行方不明となった。しかも出来上がった百数十部も、先述のように乱丁、落丁が多くて完全本が少ないため、同人の間にもごく数部ずつしか行きわたらず、現在では私の手もとにも三部あるだけの貴重な存在である。将来、文献としての古書市場で取引されれば、『凶区』は創刊号の有無が、いわゆる〝効き目〟になるだろう。とにかくこうして『凶区』は誕生したのであった……。

5 誌名決定の前の記念写真

話は六三年秋に遡るが、山本道子のもとへ『新婦人』（版元は華道の池坊流系の文化実業社）から取材の申し入れがあった。同誌には各界で活躍する女性の友人や仲間をグラビア写真とその解説で紹介する「群像」という連載があり、その一人として山本が着目されたのだった。婦人雑誌という性格からすれば、もし時期がもう少し後だったら山本は女性だけの同人誌『うぇが』（六四年秋創刊）の同人たちに声をかけたかも知れなかったが、この取材申し入れはちょうど『×』『暴走』の合併が決定し、両グループの交流が盛り上がっていた頃だったので、彼女は誌名未定の新雑誌の同人を仲間に選んだ。グラビア頁のための集合写真は新宿歌舞伎町の映画館に囲まれた広場の中央にある獅子の銅像のまわりで行われた。私の日記の十二月二十四日に〈夕刻、「マロニエ」で秋元、天沢、高野と共に『新婦人』の写真原稿を見る〉と記されているので、撮影はたぶん十二月上旬に行われたものだと思う。それが前頁のような形で掲載されたのは六四年三月号である。グラビア頁の次に、入沢康夫による私たちのグループを紹介する文章が掲載されているが、その原稿の依頼は写真が撮られてから、私たちと編集部が相談したうえでなされたので、その執筆時間を含めて撮影と掲載の時期が離れたのだろう（彼は六二年十月刊行の『暴走』9号にゲスト参加し、合評会にも出席してくれるなど、私たちにとってきわめて親しい関係の先達詩人であったので、「入沢さん」と呼ばれていたが、回顧録という性格上、以下敬称を略す）。

入沢の文章は「『詩空間』のグループ、あるいは詩的真実の狩人たち」と題された三段組2頁にわたる懇切なものだが、そのタイトルからこの原稿は、新雑誌の題名が一次的に『詩空間』と決まった六四年一月四日から『凶区』に変更され最終決定した同月二十四日までの間に執筆、入稿されたことがわかる。

この文章は「Kさん」という外国の詩人に日本の現代詩の状況を報告する手紙の形式をとっているが〈ここでことさら『詩空間』の創刊をお知らせしようとするのは、ひょっとしたら――全くひょっとしたらなのですが――これが、戦後詩の歩みの中で『荒地』『列島』『鰐』『氾』などがそれぞれ果たしたと同じような、いや、あるいはそれを超える重要性を担うことになるかも知れないという予感がするからなのです〉と期待を語り、その期待の根拠として『×』『暴走』における旺盛な制作力、発表力、〈宮澤賢治やブランショをはじめ古今東西の文学を論じ、安保闘争その他の社会的現実を論ずると共に、彼らの詩人としての発言は、映画・演劇・美術、さらにはロカビリーやモダンジャズ、そしてコメディアンの谷啓や歌手の弘田三枝子、畠山みどりにまで及ぶ〉広い関心を指摘している。そして最後に〈このような現象面での特質を超えて彼らを根本的に特色づけているもの、それは彼らの《詩についての原理的自覚の正当さと、それをうらづける方法的追求の真剣さ》であると言えそうです〉。

今日になって振り返ると、入沢の語る期待と、その根拠になった『×』『暴走』における旺盛な制作力、発表力、諸分野にわたる広い関心、つまり〈現象面での特質〉については、紹介文という性格上の過褒はあるにせよ、ほぼ事実に即していると思う。ただし現象面を超えた《詩についての原理的自覚の正当さと、それをうらづける方法的追求の真剣さ》については多少の留保が必要であろうと思う。

6　入沢康夫の予言

入沢は続けてこう記す。〈日本の詩はこれまで程度の差はあれ《だれにでも書ける》という言葉の呪縛にかかっていたような気がします。だれにでも書けるその中で、特にうまいかへたかの差があるだけであって、そのうまい人、抜群の才を持つ人を詩人というだけのこと――いや、こういえば極端すぎるようですけれど、せんじつめれば結局はそこに帰着するわけで、この場合、《詩はだれにでもは書けない》と言い直してみたところで、五十歩百歩なのです〉〈ところで『詩空間』のメンバーはこの呪縛からようやく身を振り切ろうとしています。それというのも、彼らの出発点には、いわば《詩はだれにも書けない》があるのです。この《だれにも書けない》という認識、つまりは「詩の不可能性」の認識が、彼らの制作の原動力になっているというのは、一見はなはだしい逆説的事態ですが、実はこれこそ、こと芸術に関してはこの上なく正統的な在り方なのではありますまいか。この「詩の不可能性」の認識を、彼らは当代のすぐれた批評家ブランショやバタイユに負うていると思われますが、その認識を「不毛性」と全く逆の地点へ追いつめようとしている所に、彼らの「現代性」があります〉。

そして入沢の期待は次のような、不吉と言っても良いような予言で締めくくられている。〈今しがたぼくは「正統的」という言葉を使いました。しかし、この言葉をぼくは、期待と共に若干の懸念を含めて用いたつもりでした。そうなのです。彼らはひどくまっとうです。外面的な異端性・反逆性・破壊性にもかかわらず、いや、それらの故になおさら、世界の詩の流れの上では正統的なのです。この正統性(これはいわば精神の育ちの良さ由緒正しさに通じます)、それが彼らの今日の光栄と悲惨、そしていちはやく予言的発言をすることを許していただけるなら、明日のいっそうの光栄と悲惨の源となるでしょう。正統性の故に彼らは遠くまで行くでしょう、多分同世代のどんなグループより遠くまで。そしてその《遠い所》で、彼らは他ならぬ彼らの正統性によって、こっぴどい復讐を受けるに至るのです。同封の彼らの写真を見て下さい。正統性のデモンにとりつかれている彼らの一人一人の顔を。そのデモンをわれとわが肉で養いながら、やがてたどりつかねばならぬあの《遠い所》で、このうちの誰が、果たして、九死に一生を得ることでしょうか〉。

この最後の部分の《遠い所》で起こるであろうとされた「復讐」は、四十年余を過ぎた今日から振り返ると、菅谷規矩雄の早世を頂点としつつ『凶区』をさまざまな形で襲ってきて、入沢の予言の恐るべき正確さを示しているが、それら、個々の同人の宿命についていずれ記すことにして、ここでは『詩空間』=『凶区』の出発時点における同人たちの詩作上の絆に関することだけを述べておきたい。

7 天沢の「不可能性の彼方」の影響力

入沢が私たちが〝詩の不可能性〟の認識を共

有しているると書いているが、それは厳密に言えば正鵠を射てはいない。入沢がこのように書いたのは、誌名として『詩空間』が採用されたときの状況に関して記したように、天沢が新雑誌の前身である『×』5号（六二年八月刊）別冊に、モーリス・ブランショに多くを負いながら「不可能性の彼方——ぼくらが詩を書くことの意味」という詩論を書いているからだと思われる。そしてその末尾で天沢が〝必読の詩論〟として推奨しており、間もなく邦訳が刊行されたブランショの『文学空間』が、後の『凶区』の同人全員（一人一人に確認したわけではないが）に読まれていることは、ほぼ確かだから、ブランショの文学観が、知識としては新雑誌の同人に共有されていたと言えるだろう（なお天沢は六三年八月刊行の『×』9号別冊にブランショの論文「ヘルダーリンの聖なる言葉」を訳載していて、これも同人に影響を与えた）。しかしブランショ及びジョルジュ・バタイユなどの「詩の不可能性」の理解や共感の度合いは同人ごとに異なっているので、入沢が「詩の不可能性」の認識を新雑誌の共通理念とするのは、誤りではないが、好意的ながら「少し出来過ぎ」の読み込みだと思う。

実は右記の天沢の論考は『東京大学新聞』五月十六日号に「不可能性の追求」と題して発表されたものを、題名だけ変えてそのまま再録したものであり、天沢は〈このテーマについては、『現代詩手帖』九月号で、もう少し詳しく論じさせてもらう筈だ〉と記しており、その言葉どおりに同誌に「詩はどのように可能か」が掲載されたので、以下はそちらをベースにして論を進めたい。それは「詩はどのように可能か」を収録した批評論集『紙の鏡』には「不可能性の追求」＝「不可能性の彼方」は収録されていないし、「あとがき」に〈この本に収めた文章の中でいちばん古いものは「詩はどのように可能か」であって……〉と記されているので、天沢が『東京大学新聞』及び『×』に掲載された文章を「詩はどのように可能か」の習作または下書きと見なしていると推測され、当時の天沢の考え方を知るには『×』別冊の文章より、その直後の『現代詩手帖』掲載の文章による方が適切と思われるからだ（なお本書は二回刊行されているが、以下に引用するテキスト及び頁表記は復刻版＝資料⑥—2による）。

天沢の「詩はどのように可能か」の核心は次のような部分にある。〈詩が深みでのコミュニケーションであることに疑いの余地はない。このコミュニケーションは「真の」それであって、日常的なそれの断絶したところから始まる〉〈一般にコミュニケーションは送り手と受け手と、その間の媒体の存在によって成立つ。詩も、書かれることのみならず、読まれることによって初めて作品として成立つのだが、この場合、書かれること自体に既に読まれることが最初から胚胎されていて、詩は単なるコミュニケーションの手段・媒体ではなく、コミュニケーションそのものである。つまり、ぼくらが詩を書くとき、ぼくらは見えざる不在の読者との間に、奇跡的なやり方で、まさしくけいいれん的に心をかよわせあう。(ここに不可能性の影が見てとれることは、もう云うまでもないだろう。)このことと詩作品とは、目的・手段といった主従関係にあるのではなく、ブランショも指摘したように、イコールであり、同一のものである。そう考えれば、場合によっては、作者の意図する内容が効果的に読者へ《伝達》されるということがあっても、なくても、そのこと自体はどちらでもかまわないことになる。それらをひっくるめて、詩はもっと深層でのコミュニケーションなのだから。そこで、もう少し具体的に、ひとしくぼくらの求めているこの奇蹟的な、けいれん性のコミュニケーションを構成し支えている実質は何であろうかと考えてみると、それは一応真実あるいは真理としか名づけようがないもののような気がする〉(126〜127頁)、〈詩はたしかに詩人の真実である。だが詩の真実の方は既にそれと別のものであることに、詩人はなかなか気づくことができない。なぜなら詩人は自分の真実にしか関わることができず、詩の――作品の真実の方を読解することができないからだ。逆に読者の方は、本来、作品の真実にしか触れることができず、従ってそれ以外にコミュニケーションに関わるすべはないのに、専ら作品から作者の真実を読もうと(あるいは読みとったと)考える。……詩におけるこの矛盾、欺瞞性の原因は結局真実が匿されてしか存在しない――というよりも、匿されてしか真実としての力をもちえないというところにあるのだろう〉(128〜129頁)。

この文章のはじまり近くで天沢は私が『×』の論考に対して示した反応を次のようにいなしている。〈例えば友人の渡辺武信は、たしかに詩の不可能性をつねに感じはするが、ひとつひとつの作品を書きあげるたびごとに、「それを書きあげたのだから」その詩の不可能性はそのとき克服されたと感じてウレシくなるのだとぼくに語った。しかし「書きあげた」とはどういうことなのか。これは恐らく詩人の幸福な錯覚である。たとい作品に実現されたとしても、詩は依然として不可能なまま残る。これは、単なる盲滅法な「実践」で克服される障害なのではない〉(121頁)。

このくだりは、天沢の言わんとしている「詩の不可能性」に対して私の理解が本質にまで及んでいないことを示しているし、今日でもそのことを認めるのに吝かではない。つまり天沢と私の間に詩観の違いはあるのだが、ここでは違いを強調するよりも、天沢の考え方に私が啓発され、対話が成立するだけの共通点があったことを記録しておくことの方が『凶区』の歴史にとって意味深いと思われる。当時の私は、この論考で天沢が言う〈詩人がまず表現したいものを持ち次にそれを読者と共有するために作品化しようとして「表現」に努める――といった意味での表現では詩はないというのは、実はあたりまえのことだし……〉(122頁)という次元までは認識を共有していた。天沢が〈あたりまえのことだし〉と記していることが、あまりあたりまえでなかった日本の詩の世界では、これは同人としての絆の根拠とするには充分な共通認識である。当時の私は詩を、何かを表現したいと思って書きはじめるのではなく、喩の断片を書き連ね、それらを組み替えることを重ねているうちに、書きはじめには思いもよらなかった形が出現することをもって「書きあげる」ことと見なしていた。それは、自分のうちに確かにあったかも知れないが自覚していなかった何かを大袈裟に言えば奇跡的に発見することであり、それが〈不可能性はそのとき克服されたと感じてウレシくなるのだ〉という言葉になったのだろう。当時の私は「詩は自己表現ではない、自己探求だ」と言っていたように記憶している。

また天沢は〈真実が匿されてしか存在しない〉という事態に対処する「詩の技術」についても従来の日本の詩論を超えた仕方で論じている。〈……ぼくは詩人がもっとも誠実な人種に属していると書いておいたが、こう考えてくると、詩と真実の矛盾は、通り一遍の「誠実さ」ではどうにもならないことは明らかだ。真に誠実な詩人は、誠実さにしがみつくことの不毛な欺瞞よりも、詩の欺瞞性をわしづかみにするペテン師としての、あえていえば悪の誠実さを選ぶにちがいない。これが、不可能性によってのみ支えられた唯一の可能性の選択である〉〈真実を匿し、匿されたものとしてそれを現出させる――これは、従って高度のペテン師的技術の問題である。匿すこと、消失させること、それだけならさほど難しいことではない。匿されたものとして現出させることが問題であり、しかも現出させたから現出するかどうかはつねに疑問符の向う側にしかないのだ。すでに述べたように、可能性の手前にはつねに不可能性の試練が待ちかまえている。この試練に際してぼくらが揮わねばならない技術は、無感動に反復される職人のそれでもなければ、厳しい修練によって着実に研磨され高められていく「芸」でもない〉〈ひとしく襲いかかってくる不可能性を前にして、詩の技術は、詩を書く者に共通する匿れた主題を構成するはずのものだ。それは蓄積されるもの、「伝授」されるものに頼ることを認めない。詩人はつねに素手で、書くたびに始めから自分でやり直さなければならない。この、ある意味ではあらゆる技術の消滅する地点にしか見出されえない詩の技術は、「小手先き」の器用さや、スマートな才気などで手におえるものではないだろう。技術の問題を意識的に匿れた主題にするというのは、「技法にとらわれ、新奇さのみをひけらかす」ことではないし、いわゆる技術のための技術、技巧のための技巧に走ることともちがう。それは詩のことばの本質へかえって、「語ることは不可能だ、だが語る」ことの深い意味を最初から身をもって捜りなおすことなのである……もっと具体的にこの本質的な詩の技術の正体を明らかにすることはぼくのこのエッセイの意図ではない。それは今までもこれからも実際に詩を書くという行為の中で、作品そのものの中でさぐっていく他はない……それに、ここからさきの問題の様相は恐らく非個性的であって同時に各人各様であろう。数多くの、信頼するに足る未知の詩人たちが、詩の不可能性の試練に対し、それぞれ全く自分なりの対決を選びとっているにちがいない。ぼく自身の現在の方法が絶対唯一だとは考えていない〉（129〜130頁）。

8　〝非個性的であって各人各様〟の共通認識

ここで天沢が論じている〝詩の技術〟の本質は、『凶区』に結集した同人の共通意識の一つであったと思う。たとえば、ここで引用した「詩はどのように可能か」の下書きと目される

＊7　**『凶区』の刊行費と同人費**
初期の実際の印刷費は不明である。印刷費は当然、部数と頁数にもよって違うし、創刊案内に約50頁と記された頁数は、終刊号までチェックすると12号の38頁から21号の114頁までの幅があり、部数は末期には千二百部に達していた。またしばしば別冊を付けたからその費用も無視できない。実際の印刷費を推定するには、たまたま発見した彦坂が私宛に出した葉書が参考資料になる。それは六七年七月刊行の『凶区』17号（本文54頁）についての文面だが、印刷費はタイプ謄写の本文が三万一千円、活版の表紙が六千円で計三万七千円、郵送費三千百五十円を加えた総計は四万百五十円である。六七年の郵送料は定形外百グラム弱で三十五円だから、三千百五十円は九十部の郵送費にあたる。創刊当初はともかく、サブ・カルチャーの一端としてかなりの注目を浴びていた当時の『凶区』の予約購読者が九十人であるはずはないので、これは献呈用の郵送費だろう。創刊時の『凶区』の予算は三百部刊行する前

「不可能性の彼方」が掲載された『×』5号別冊『試論集・ぼくたちはどこにいるか』には、「風の中から――書くことの位置づけの試み」という、私にとって最初の詩論めいた文章も掲載され、その末尾近くに次のような一節がある。〈ぼくは書くだろう。あらゆるペテンにうったえても書くだろう。死にさからい、見えないきみを見るために。それは、ぼくたちが生きていることと同じように避けられないことなのだから〉。

　この中の〈あらゆるペテンにうったえても〉という表現は天沢論文の引用中にある〈高度のペテン師的技術〉に呼応している。しかしこの別冊に同時に載った「不可能性の彼方」の時点では、天沢は「ペテン」という言葉は使っておらず、この比喩は後の「詩はどのように可能か」に初めて出てくる。つまり、私は天沢の文章の影響ではなく〈ペテン〉という言葉を使ったわけである。その言葉は、詩は「表現」ではないことだけでなく、「表現ではない表現」が〈真実を匿し、匿されたものとしてそれを現出させる〉ものとしての誠実な欺瞞性によって初めて成り立つものであることを、私も認識していたことを示す。もちろんそれは、天沢も言うように〈非個性的であって同時に各人各様〉であるがゆえに、彼とは違う位相においてだった。

　こういう観点で〝影響〟という意味を広く取れば、天沢がブランショの文学観を拠点にして唱導した〝詩の不可能性〟の認識も〈非個性的であって同時に各人各様〉な形で同人たちに共通していた。

　私は先に引いた文章の前の部分で次のように書いている。〈世界を変えること、それは言うまでもなく、歴史的現実の中の行為のつみかさねによってなされる。そして、世界は死に対抗する力を拡大する方向に変えられなくてはならない。死に対抗する力とは何か？　それはあのさけられない希望をつくりだすものだ。そして、それはたぶんエリュアールがあの有名な詩の中で恋人の名の代りに書いてしまった「自由」のことだ。ぼくは、ぼくの中に渦巻きつづけるイメージになれないイメージの群体の奥を見つめつづける。ぼくの中で、それはしだいにひとつの形をとりはじめる。それは、きみに結像する。……ぼくは書くだろう。それはうたがいもなくきみに会うためだ。ぼくたちの時代にぼくたちが会う場所はそこにしかない。おそらく、ぼくたちの地下道は地獄のように幾重にも重なって

提で算出していたが、毎号部数が増加して終刊間際には千二百部に達していたことから考えると、17号も三百部は遙かに超えていたと思われるが、具体的な部数は不明なため、一部あたりの印刷単価は分からない。仮に三百と千二百の中間値として七百五十部を印刷していたと仮定すると、単価は約五十円である。そしてこれも仮定だが予約購読者も増えて五百人ぐらいになっていたとしたら年間五十万円、隔月刊として一号あたり八万三千三百円余を得ていたことになる。予約購読者に対する経費は、郵送費三十五円を加算して八十五円×五百部、つまり四万二千五百円だから、それに献本用の郵送費を加算しても『凶区』は同人費なしでも黒字で運営が成り立っていたはずだ。しかし実際には前述の彦坂からの葉書は同人費の請求書でもあり、四万百五十円を端数切り捨てして同人十八人で均等割りした四千円の送金が要請されている。つまり予約購読料が全く算入されず、印刷実費と献呈分の郵送費が同人負担になっているのだ。時期

深く深くつづいている構造を持つのだ。ぼくたちが会うのは別れるためでしかない。そして、それはもう一つ下の地獄で再び会うためだ。けれど、どこまで降りて行っても、ぼくたちはほんとうには会えない。……きみにほんとうに会うためにはやはり、まぶしい地上に出る他はない。しかし今日、地上ではきみの影すら見えず、ぼくの記憶さえ不確かになり、すぐにうすれていく。ああ、だから、書くことによっては何事も起らない、と言うモノワカリのよさは呪われろ！　きみに会うために、ぼくにはどんな狂気も許されるはずだ〉。

　また同じ別冊で藤田治は〈完璧な告白を熱望して、自己表現に熱中するけれど、告白不可能な塊が存在する。そして、この塊を滌浄する魔法が、明晰な狂気でしかないことに思い当る……文学とは、この狂気の権利を正当に行使することなのだ〉と書き、山本道子は〈女性には偏狭な感受性を武器にしてやたらと人を惑わす罪や、作家的とさえ思われる告白癖の罪があるらしいけれど、詩には告白などなんの役にもたたないことを知っている。いくら魂が解放されることを希っても、一体どこへ飛びたちたいというのだろう。それは告白などというじらしい自慰的なことで身軽にとび立てるものではない。また顕示性にあおられて無邪気に内側の絨毯をひろびろと広げてみたいわけのものでもない。どうしても回答を得られない自我の変則的な鼓動に摑まれてしまった今となっては、遁れることもできないし見棄てることも恐しい〉と書き、高野民雄は〈声はとどかず、ことばは理解されない。沈黙する他、手はないとかれは感ずる。しかし沈黙は重たいので、かれは沈むばかりだ。かれの沈黙は、かれの苦痛に変る。そしてこの苦痛に、かれは耐えられない。なぜなら孤独にとって、苦痛はあまりにも重すぎるからだ。そして他人の存在が現実であるように、かれの存在もまた現実なのだから。かれは力を回復し、現実に達しなければならない。不可能な答えを答えることが必要なのだ〉と、秋元潔は〈ぼくがいまこの弁明をおぞましく慣習的な「言葉」でしなければならないこと――ぼくにはどうしても妥当とはおもえない記号の組み合わせによって、ぼくの考えを伝えようとしていることに深い悲しみと憤りをおぼえる〉と書いている。

　以上、いずれも傍線は引用者が付したものだが、その部分は〈非個性的であって同時に各人

によって異なるが、17号の頃は『凶区』全体の資金を会計士事務所勤務の藤田が管理し、同人費の出入りは彦坂が担当していた。今さら会計の責任を問うつもりは全くないが、ある程度は確実にあった有償購読者からの入金が記されていないのは、歴史的事実の細部を知ることが出来ないという意味で残念である。もっとも、具体的な記憶はないが、有償購読者からの入金はプールされて、前記のような各号ごとの印刷費の差や別冊付録の印刷費などをある程度平均化する役割を負い、かつ後述の四谷凶区の家賃負担などにも使われていたと考えれば一応了解可能ではある。

＊8　長谷川堯と「space'30」
長谷川 堯《たかし》（親しい友人の間では「ぎょうさん」と呼ばれている）は武蔵野美術大学教授（〇八年三月まで）で、彼とは大学院進学直後の六二年、東京大学建築学科の同級生だった高瀬忠重を通じて知り合った。当時の私は大学院で委託研究の下働き、長谷川も建築雑誌編集部の非常勤嘱託をしつつ、時々建築評論を

各様〉な形で〝詩の不可能性〟と、不可能にもかかわらず書かざるを得ない姿勢を表しているようだ。

9 自立したメディアを目指して——二百人の予約購読者を求める

創刊号の刊行と前後して、私たちは「創刊案内」というチラシのようなものをタイプ印刷でつくって、配布したり郵送したりした。それは私たちが『凶区』を従来のような〝内出血的な同人誌の発行方法〟から免れたもの、決して金銭的な利益は期待しないが、自分たちが書くものを読むのに応分の費用を負担することを厭わない読者を持つ自前のメディアにしようとする自負であり希望の表れであった。なおこの「『凶区』創刊案内」の印刷と郵送には前述のヤマハのアルバイトでプールされた資金が使われたのだと思われる。

チラシの具体的な形は、A4版の紙を二回縦折りした、縦長の冊子で、表紙には「凶区　創刊案内1964・4」とあり（この「凶区」は既に桑山のデザインにより字画の縦棒が合体したロゴになりkyokuとローマ字で読みが示されている。88頁参照）、タイトルは下部に印刷され、上部に宛名を書き、折り目を透明テープで軽く留めて切手を貼れば、そのまま郵送できるようになっていた。これは前述の『バッテン号外・映画ベストテン』のスタイルを踏襲したもので、その源をさらに遡れば、高野が単独で編集発行していた25～27号の第二期『青鰐』にあった。「創刊案内」の中を開くとA4版が縦に四分されたうちの三区画に次の文章と同人連名がある。

〈凶区〉創刊にあたって——予約購読のお願い——

私たち旧バッテン・暴走両グループの同人十名は、こんどあらたに詩誌〈凶区〉を創刊いたします。すでに昨年来、両グループの活動は実質的に一体化しており、ここにその活動をひとつの雑誌に集約的に表現することが至当であると結論するにいたりました。

一九六〇年八月の創刊から十五号を数えた暴走、一九六一年以来十一号を数えたバッテンでのそれぞれの詩的体験をもとに〈凶区〉によって私たちの時代の文学に新しくすぐれた空間を展くことと、私たちはそこに私たちの自負と冒険を見出そうとしています。バッテン・暴走の読者として私たちへの関心、支持、

書いている若者に過ぎなかったが、後に『神殿か獄舎か』（相模書房・七二年八月刊）で大正時代の建築家、後藤慶次を再評価して近代建築史学者として認められ、『都市廻廊』（相模書房・七五年七月刊）で毎日出版文化賞を、『建築有情』（中公新書・七七年六月刊）でサントリー学芸賞を、総合業績で八六年建築学会賞を受賞した。高瀬は、私たちの世代の学部卒業と同時に開設された都市工学科大学院に進み、同学科博士課程を修了し、助手、専任講師を経て、現在山口県立大学環境工学科教授。私は大学院進学とほぼ同時期の一九六二年春に、高瀬に誘われて、長谷川をリーダー格とし、建築、グラフィック・デザイン、彫刻、テキスタイル・デザインなど造形分野にまたがる同世代のグループ「space'30」に参加し、早稲田大隈会館の会議室で毎月催していた相互研修会に参加するようになった。このグループには早稲田出身の建築家で後の芝浦工業大学教授、相田武文（八二年日本建築家協会新人賞受賞）もいた。長谷川は早大の美術史

批判をよせて下さったかたがたすべてとの緊密なつながりが確保され、そして新たに〈凶区〉を読んで下さるかたがたの強い支持がえられることによってのみ、それは可能になると信じます。

　私たちのまずねがうところは、〈凶区〉の持続的な発行を可能ならしめる基盤を充分につくりあげることであり、そのためにはなによりも、私たちの雑誌と日本の詩とに関心をもたれる多数のかたがたに、〈凶区〉の予約購読をお願いしたいのであります。私たちの周囲に慢性化しているところの内出血的な同人誌の発行方法から、〈凶区〉をまず経済的にぬけださせること、それはとりもなおさず、私たちの詩をそこからぬけださせることであると信じます。約二百人の予約があれば〈凶区〉は経済的に自立しえます。皆様の支持を私たちは心からまちのぞんでおります。

一九六四年四月

バッテン・暴走グループ

秋元潔・天沢退二郎・菅谷規矩雄・鈴木志郎康・高野民雄・彦坂紹男・藤田治・野沢暎・山本道子・渡辺武信

（ひらがなの多い表記は原文のママ）

　そして残りの四分の一区画に予約購読料金と振込先が次のように記されている。

詩誌〈凶区〉

A5タイプオフ・約50ページ・隔月刊・150円

半年分〒共500円・一年分〒共1000円

振替東京四九四九八

新宿区下落合一の三一〇渡辺方・凶区発行所

　また裏表紙にあたる部分には創刊号の目次があり、さらにと第2号の予告目次が〈6月中旬発行〉と註記されて掲載され、「FOCUS・藤田治」と、天沢の「宮沢賢治の彼方へ」、菅谷の「詩の終わり　あるいはハイデッガーの〈言葉〉についての批判的ノート」の二つの連載が開始されることを告げている。

　この「創刊案内」の内容から推定すると、当時の私たちは、三百部を刊行して、そのうち二百部を予約購読者の分とし、残り百部を自分たちの手持ち分と、ジャーナリズムや同人が共通に尊敬する先輩詩人、同年代の詩人への献呈分にあてる目算であったらしい。二百人から年間千円、合計二十万円の払い込みを受ければ、隔

学科、相田は建築学科で、学生時代は縁がなかったが、長谷川の近代建築に関する卒業論文がそのまま、当時最もモダンな雰囲気を称えていた建築誌『国際建築』に、そのまま連載されているのに接し「こんな凄い奴が身近にいる」と感銘を受け〝ラブレター〟を書いて、出会ったのだそうだ。グラフィック・デザイナーの高田修地《のぶくに》もこのグループに属していた。後にトランプ型詩集『都市の休暇・抄』のデザインをしてくれた石岡瑛子への橋渡しをしてくれたのは高田である。彼は私の『日活アクションの華麗な世界』の装丁もしてくれた。

「space'30」創設時は右記の人々以外に、美術史家の有馬宏之、彫刻家の綿引孝司、テキスタイル作家で、新しい織機を開発した岸田光悦、グラフィック・デザイナーとして東京プリンスホテルのロゴマーク、コースター、マッチ、紙ナプキンなどを統一してデザインした後、家業の繊維問屋を継承するために退職して八日市市に帰郷した藤井進がいたし、後には私の中

月刊の一号あたりは三万三千円余になるが、これで印刷費と郵送費が賄えて〈内出血的な同人誌の発行方法〉を脱して〈経済的に自立〉できると読んでいたわけだ。もちろんそれは、既に述べたタイポグラフィック・デザイナー、桑山弥三郎の無料奉仕と、編集、校正、発送などに関わる同人の膨大な時間に渉る無償労働を前提とすればであるが、それらは私たちにとって楽しい遊びの延長であったから眼中になかった。

創刊号の印刷費については記録がないし、別記の事情で新芸術社が実際に印刷したものは百数十部なので考察の例外になるが、2号以降は三百部印刷して、二百人の予約購読者に送付していたと考えられる。年間千円で六冊の送付を受ける予約購読者は、一号あたり千円の六分の一、約一六七円を支払っていたことになる。一九六四年には定形郵便料金は十円、現在の冊子小包という呼称はなく「第五種（開封されたもの）」が50グラムあたり十円だった。『凶区』創刊号は100グラム弱だから郵送料は二十円で、雑誌本体の頒価百五十円との合計は百七十円となり、予約購読料は読者側にとってほぼ妥当な額になる。[*7]

10　幸運なスタートをもたらした紹介記事

しかしこの「創刊案内」はこれまでに『×』や『暴走』に関心を示してくれた詩人たちと、同人の個人的友人たちに送られただけで、その総数は三百ぐらいだろう。私の場合には、これまで「ただ読んでもらえればいい」という気持ちから『×』や『暴走』を贈っていた建築学科の友人たちや高校時代の美術研究会の仲間、或る酒場の常連として出会って結成した「Space'30」という建築家やデザイナーのグループ（私の現代詩文庫版詩集に人物論を書いてくれた建築史学者・長谷川堯もその一人）に「こういうわけだから、今度から購読料を払ってくれ」というような含みで手渡したり郵送したりして二十人ぐらいの予約購読者を個人的に確保した。[*8] ほかの同人たちもほぼ同様のことをしたから、皆が二十人確保したと仮定すれば、それで二百人になる。その結果、『凶区』は最初から同人費というものを徴収しないで成り立っていた。これはもちろん前記のように執筆、編集、郵送の手間など、同人の膨大な無償労働を前提にしてのことで、つまりは印刷製本費、郵送費だけは予約購読料で賄えたという意味である。

学高校時代を通じての親友で、共に美術クラブで油絵を描いていた早稲田出身の建築家、木島安史も参加した。木島はエチオピアのハイレ・セラシエ一世大学で建築学科専任講師を務めて帰国後、熊本大学に赴任し、助教授、教授を務めつつ、旧熊本工業高校の講堂を阿蘇山中に移築して、自らの住まい「孤風院」（この名はcoffin＝棺に通じる）としたことで知られ、また「球泉洞森林館」の設計で八六年日本建築学会賞を受賞したが、九二年に早世、享年五十五歳。

「space'30」は月例研究会の他に、新宿区河田町近くの通称・抜け弁天にあった「エコー」というバーにしょっちゅう集まっていた。特に土曜の夜は皆が競馬予想紙を持ち寄って集まり、翌日曜日のレースの予想をして、枠連の馬券を注文しておくと、マダム井上淑子の妹でアシスタントの総子＝フサチャンが、日曜朝に場外馬券売り場に行って買って置いてくれるので、私も一時は土曜の夜は、『凶区』の集まりより「エコー」における「space'30」のレース予想会を優

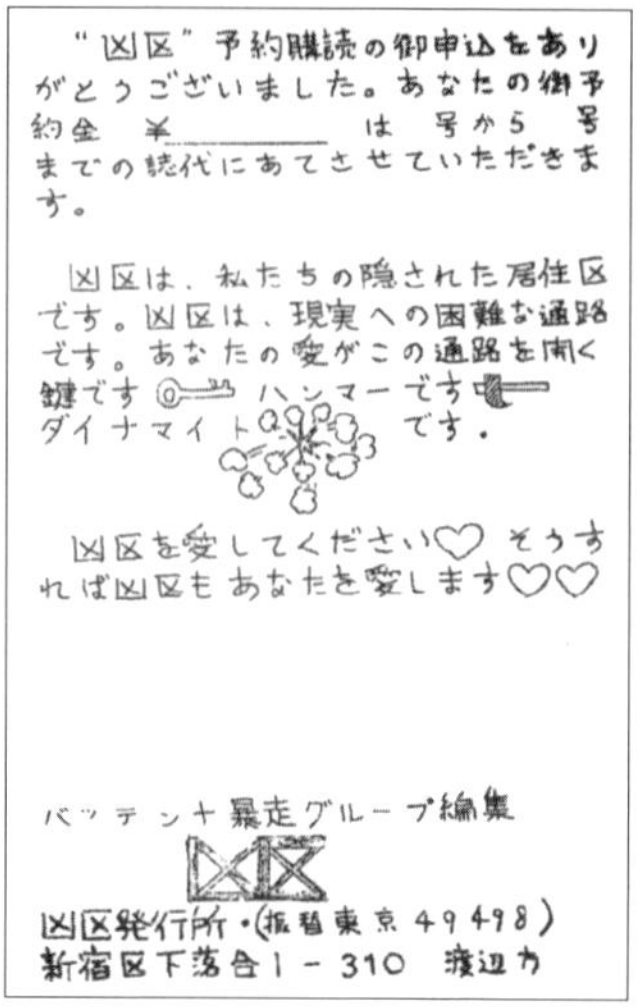

また、同人がめいめい獲得した購読者の他に、意外にも全く未知の若者たちから、そう数は多くはないが予約購読の申し込みが続いた。後で知ったのだが、未知の予約購読者の獲得には私たちのささやかな広報活動より、新聞の紹介記事の方が有効であったらしい。創刊時の『凶区』発行所は私の自宅になっていたので、初期の予約購読申し込みの手紙や葉書が手元に残っていて、その中には何の縁もなかった若き日の粉川哲夫さんの葉書も混じっている。その後の私は粉川さんの専門分野の著書（訳書『フッサールの現象学』や、現象学に関する論文）の読者ではなかったが『シネマ・ポリティカ　粉川哲夫映画批評集成』（作品社・九三年刊）は耽読した。

それとは別の、五月十四日の消印がある手紙は、或る十八歳の女性が五月十日の毎日新聞夕刊によって『凶区』のことを知った、と書きだしている。当時の私たちは誰もその記事を見ていなかったが、後に同紙の縮刷版を繰って探し出したところによれば、それは次ページに掲げる〈〝日本詩壇のホープ〟大学の詩人たち〉という見出しの記事であった。未知の方には前記の「創刊案内」は送れないし、毎日新聞も予約購読料金等までは紹介してくれなかったから、この女性の手紙には〈学生の身である私達はお金にはあまり縁がありません〉と記したのに続けて〈三百円以下で、これ以内だったら〉と書いてきている。〈隔月刊・一年分送料共千円〉の『凶区』は、一冊百七十円ぐらいで、この女性の要望以内だから彼女は多分、予約購読者の一人になってくれたのだと推察できる。

11　予約購読者として登場した金井美恵子

これと同時に、後に同人として迎え入れられる金井美恵子も予約購読の申し込みをしてきた。彼女の『ピクニック、その他の短篇』（講談社文芸文庫版）の巻末に付された自筆年譜には〈一九六三年（昭和三八年）一五～一六歳。群馬

先していた。また長谷川以外の「space'30」の仲間は大部分『×』『暴走』の読者であり、『凶区』創刊と同時に有償予約購読者になってくれた。長谷川に関しては「凶区日録」に〈（六九年）三月一日　渡辺夫妻、漬物とお醤油、割り箸を持ち「四谷凶区」の高野を訪問。十二時過ぎ三人で渡辺の馴染みのバー「エコー」に行く。渡辺友人で凶区愛読者の一人、長谷川氏あらわれ、同窓（早大――引用にあたって補遺）のよしみで高野ともしゃべる〉という記録もある。

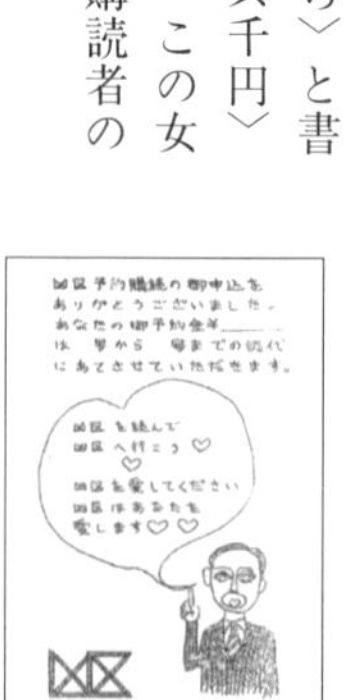

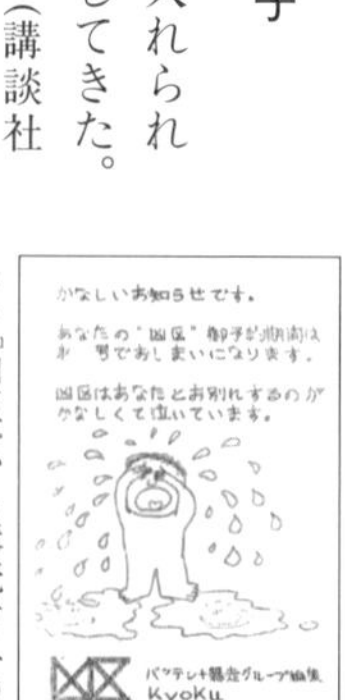

〈〉『凶区』から購読者への連絡
〈六四年五月十日の毎日新聞夕刊

日本詩壇のホープ

大学の詩人たち

「私たちの時代の文学に、新しくすぐれた空間を展くこと」をめざす詩の同人誌「凶区」（きょうく＝隔月刊）が、このほど創刊された。結集した十人の同人たちの"身分"は、大学院学生、大学の助手、サラリーマンなどだが、いずれも大学時代に詩を書きはじめて、日本の詩壇でも注目されているホープである。そこで彼らが"めざすもの"を中心に、最近の学生詩人たちのうごきを展望してみよう。

まず「凶区」に集まった十人の顔ぶれをみよう。秋元潔、天沢退二郎、菅谷規矩雄、鈴木志郎康、高野民雄、野沢暎、彦坂紹男、藤田治、山本道子、渡辺武信——いずれも自分の詩集を一－二冊刊行し「現代詩手帖」など詩の専門誌にも何回か登場した"新鋭詩人"である。しかし同人たちの特色は、むしろ、大学時代にいくつかの詩の雑誌を創刊し、そこで息の長い活動をしてきたということだろう。"大学で育った詩人"といってよい。

たとえば東大系の天沢、渡辺は「赤門詩人」（昭33－35）や「暴走」（昭35－39）などで活躍し、また早大系の高野、鈴木は「青鰐」（あおわに・昭34－36）で注目されてきた人。さらに、これも早大系の彦坂、藤田と東大の天沢らは「舟唄」（昭30－35）の同人だった。これらの人たちが、それぞれ"交流"しはじめたキッカケはさまざまだが、昭36年創刊の「×」（バッテン）＝同人は天沢、彦坂、秋元、高野、渡辺）のはたした役割が、かなり大きかったようだ。

> ▽おもな詩のグループの連絡先。❶「凶区」＝新宿区下落合一の三二〇・渡辺武信方❷「ドラムカン」＝港区赤坂氷川町一七・岡田隆彦方❸「三田詩人」＝大田区馬込町西四の二三・岡庭昇方❹「詩人派」＝世田谷区東玉川六一・木村秀彦方。その他は、各大学あてで連絡がつく。

"孤独"に耐え、続く活動

希望もたせる同人誌「凶区」の創刊

今回の「凶区」発足は「×」「暴走」の両誌が"発展的に解消"した結果によるのだから。ところで"大学の詩人たち"には、もう一つ有望なグループがある。やはり同じ時期に活躍しはじめた慶応大系「三田詩人」（昭35－）「ドラムカン」（昭36－）の同人たちだ。すでに大学を卒業して実社会に出た人も多いが、岡田隆彦、吉増剛造、井上輝夫、会田千衣子、岡庭昇などが注目されている。

詩人の大岡信氏は「いくつかの炎が燃えあがっているのが見える。×、暴走、三田詩人、ドラムカンといった雑誌のことについて、ぼくはこれまでにも関心を表明してきたが、これらの若い詩人たちへのぼくの期待は、ますます強まっている」（週刊読書人・昭38年2月18日号）と好意的。そして彼らの世代的な特質は「戦後日本の精神的自立の、もっともナイーヴな達成」（同上紙）ともいっている。もちろん、彼らの「作品に共通したいちばんの欠点は、彼らの作品が意志によって配述され構成される部分をあまりに多くもちすぎ、またそれに頼りすぎていること」（詩人の中江俊夫氏＝現代詩手帖一月号）といった批判も、一方にはある。しかし彼ら自身の"問題意識"はどこにあるのか。「暴走」15号の「休刊の辞」によれば、こうなっている。

——ぼくらの「暴走」はまず、全学連の（安保闘争における）政治的ラジカリズムを、その本質面から、詩意識の次元で全体的に獲得・発展させる試みだった——と。つまり彼らは"安中派詩人"なのだ。彼らの作品の中に"6月"あるいは"6・15"といったことばが多く使われているのをみても、それがわかる。「その行動よりも、思想の面で、ぼくらは全学連の安保世代と近い立場にある」と、同人の一人、渡辺武信君（東大大学院博士課程＝建築）も語っている。

ところで現在、大学生を中心にした詩の同人雑誌は、どのくらいあるだろう。北大詩会「反世界」明大現代詩研究会「駿台詩人」中央大詩友会「中央詩人」早大詩人会「早稲田詩人」が目につく程度で、詩だけの同人雑誌の数は少ない。一般的には、大学の文芸部を母体にして、詩を書くグループが年に一－二回、小冊子を刊行しているようだ。中央大ペンクラブが「白門文学」のほかに詩誌「Le Blanc」を出し、国学院大文芸部が「若木文学」と「わかぎしじん」を出しているといったぐあい。あるいは大学文芸誌の片すみに、そえもの的に掲載される程度だ。それでも九州では昨年度、佐賀大系の「鉄声」や「あんち郎」の同人が、九州大のグループと合流して「詩とデザイン展」を開くなど、なかなか活発だった。また同人雑誌ではないが、京大の「京大詩集」の活動も注目されている。

「が、全体としてみるとき、詩はまだ親しまれないものという傾向が強い。ひどく孤独な作業です」と「凶区」同人の天沢退二郎君（東大人文系大学院博士課程）は語っている。詩の同人誌は、いま"五百部発行"が限度というさびしい実情だそうだ。そして大学時代に詩を書いたグループが、卒業後もそのまま同人活動を続ける例は、ほとんどなくて、先の「暴走」「×」「ドラムカン」のほかには、東大の「詩人派」があるくらい。その意味からしても、今回の「凶区」創刊と今後の発展は、学生詩人たちに希望を与えるものとして注目されよう。

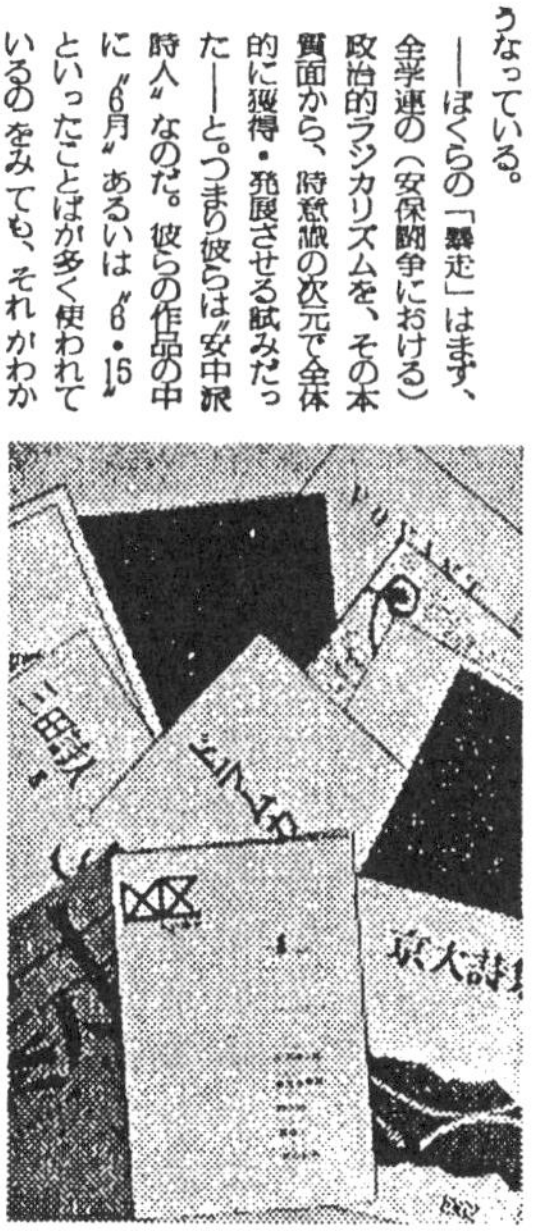

大学の詩人たちが作っている詩誌

県立高崎女子高校に入学。ゴダールが好きになる。石川淳、坂口安吾などを読む。現代詩を読み始める。ジャスパー・ジョーンズ、サム・フランシス、中西夏之、赤瀬川原平などの展覧会、ジョン・ケージ、クセナキス、武満徹などの音楽会に通った。天沢退二郎・菅谷規矩雄・渡辺武信らによる同人誌『凶区』を定期購読〉（傍線は引用者）という記述がある。

前述のように『凶区』創刊は六四年だから、この年譜には事実誤認がある。と言っても全く間違っているわけではなく、傍線部分に記された三人の名前からしてもわかるように彼女は『凶区』ではなく、その前にまず『暴走』の読者になったのだ。彼女からの『凶区』予約購読申し込みの葉書は残っていないが、昭和三十九年（一九六四年）一月四日付けの葉書はあって（これは同年四月の『凶区』創刊の直前である）、〈『暴走』ご恵贈ありがとうございました。十五号で休刊というのは何だかさみしい気がしました。『暴走』を十五分の一しか読んでいない訳ですが、十五号から逆に読みはじめようという計画に今のところ夢中です……〉と記されているので、私は彼女の要請に応じて『暴走』15号（終刊号）をプレゼントし、同時に『凶区』の創刊予定と予約購読のお願いをしたのではないかと思われる。*9

年譜によればこの年の四月に高校に入った金井美恵子は、前記の葉書を書いた時点では中学三年である。裏表が鉛筆書きの細かい字で埋め尽くされた葉書には、

〈受験生という年齢に嫌悪と焦燥を感じるときのニガミは、大岡信の「かれは模倣によって育ち／幻をひろげて視野を作ってゆくだろう／だがかれの愛が／肉に食い入るナイフの手ごたえさえ得られれば／かれの眼が／移動をつづける秩序の砂に食い破られるとき／かれは渇き／かれは叫び／戦争を要求するだろう」を思いおこさせるのですが、私のもう一つのニガミは正に「おくれてきた子」の意識じゃなかったかという考えです〉

という一節もあり、私自身が現代詩に触れて魅了されたのが大学受験を控えた高校三年時であることも考え併せると、中学三年生だった彼女がいかに早熟な少女だったかを思い、今さらながら感嘆する。

＊9　この頃の金井美恵子は、手紙や葉書に署名代わりに猫の顔を描いていた。ただし、当時、私たちが愛読していた赤塚不二男の漫画に出没する「ニャロメ」ではニャかった。

第五章　『凶区』における濃密な交遊と緊張の併存

1　『凶区』の歴史的区分

本章から主題は『凶区』の歴史に移るが、以降は『凶区』の創刊から終刊までを三つの時期に区分して叙述を進めたい。この区分は本稿を雑誌連載している間に試行錯誤によって揺れ動いたが、本書では以下の三区分を一つの試みながら決定案として示す。

【第一期――蜜月・交遊期】　創刊から天沢がフランスから帰国した直後の六六年三月刊行の『凶区』11号まで（6号と7号の間に位置する『詩学』六五年四月号の雑誌内雑誌〝これが『凶区』だ！〟を含む十二冊）。その根拠は11号〝FOCUS・山本道子〟で同人の相互評価は一応一巡し終えたこと、天沢が常時会える存在に復帰したことにある。

『暴走』『×』のメンバーが合流する新雑誌の構想が最初に浮かび上がったのは六三年九月十一日のことだが（80頁参照）、それより前、二つの同人誌のメンバーが交流し始めた六二年初頭から、ここで言う〝第一期〟の終わりである六六年三月までの同人の動きを年表化すると119頁のようになる。ここから読みとれるように、この時期に同人全員の処女詩集あるいは第二詩集が刊行されているし、そのうち新芸術社刊の〝叢書・現代詩の新鋭〟では同人、あるいは天沢の場合のように先輩詩人が「解説」という形で著者の作品論を書いている。

また『凶区』は創刊後、2号から〝FOCUS〟という同人の一人に焦点を結ぶ特集を連続企画して、同人や親しい先輩詩人がFOCUSされた者の詩を論評している。それがおおむね好意的であるのは、お互いにファン同士であったから当然としても、決して単純な仲間誉めに終わってはいない。

十一冊の中には〝広島特集〟号や〝ゲスト・

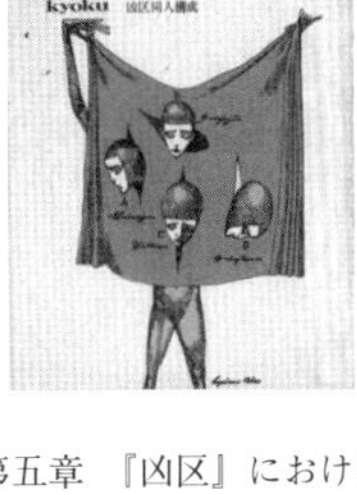

>雑誌内雑誌〝これが『凶区』だ！〟を収載する『詩学』六五年四月号書影

吉増剛造〟号が挟まったので、FOCUSされた同人は八人にとどまり、菅谷と天沢は“FOCUS”の直接の対象にならなかったが、菅谷については5号で野沢啓が「潜水夫の発見——菅谷規矩雄と六月のオブセッション」と題した菅谷規矩雄論を書いているし、天沢については“FOCUS”より後になるが、『現代詩手帖』六八年九月号が〝特集・天沢退二郎〟（資料Ⓐ）を組んだときに、同人八人が「退二郎錯誤——凶区による天沢退二郎論」という座談会を行った（座談会のタイトルは思潮社・六六年刊行の天沢の第四詩集『時間錯誤』に因む）。そこでも後に記すように、基本的な肯定や賛辞と、批判とがきちんと併存している。

【第二期——逸楽・収穫期】六六年五月二十五日刊行の12号から六七年十二月二十九日刊行の19号まで。その根拠は、〝逸楽〟について言えば、『凶区』の周囲にいわゆるプレイメイツとして多くの男女が参加し（21号から同人になる金井美恵子のゲスト寄稿、その姉の画家、久美子との交遊の濃化を含む）、一緒に遊び、合宿まですることがさかんになったからであり、またこの間には、六八年から激化する全共闘運動が、その兆候は既に現われていたにせよ、未だ同人（とくに大学教官となった菅谷と天沢）の行動を厳しく制約するほどではなく、〝逸楽〟を脅かすには至らなかったことも区分の指標になる。〝収穫〟について言えば、この間に『凶区』の〝三大連載〟と呼び倣わされていた作品の全て、つまり16号（六七年六月刊）で天沢の「宮沢賢治の彼方へ」が、18号で山本のレシ「蛇がそこ

＞『詩学』六五年四月号、雑誌内雑誌『凶区』の附録頁

にいる」[*1]が、19号で、菅谷の言う〈書物としてあらわれてくる〉『凶区』（後述126頁参照）の典型である菅谷自身の「詩の原理あるいは埴谷雄高論」が終わった。また後に詩集に結実する同人の詩篇の多くが『凶区』に発表され、いずれも単行本の刊行は少し後になるが、成果が〃収穫された〃と見なされる。

【第三期——遊芸・拡散期】六八年三月十四日刊行の19・½号から七〇年三月二十日刊行の27号（終刊号）まで。この時期は全共闘運動が激化し、菅谷が自分で言うところの〃無言〃を強いられる一方で、その立場から鋭い内部批判を展開しはじめた。〃遊芸〃とは菅谷が主として私を指して〈快楽の遊芸化、6・15的記憶の消失〉と書いた一節に由来するが、私は後に論じるように、この遊芸という言葉を必ずしも否定的にだけ捉えてはいない。〃拡散〃の面について言えば、野沢暎は社命による海外赴任のせいもあってか詩作から遠ざかり、山本、金井は詩よりも小説に力を注ぎはじめ、渡辺は映画演劇論に傾いて、詩の雑誌であった『凶区』を詩篇の全く掲載されない映画特集19・½号（12号に先例があるが）、演劇特集21号、詩篇も含むが映画論、演劇論中心の映画特集・24号、27号、を編集したことは、その最終的な評価はさておき、現象的には詩の原点からの拡散と捉えられてもいたしかたない。そしてこの時期を決定づけたのは言うまでもなく終刊の引き金となった鈴木の脱退宣言である。

なおここでの論議は解散決議後の七一年に秋元、彦坂、藤田が刊行した「廃刊宣言号」を除外している。これは後に記すが、この号の刊行に対する単純な否定的評価ではなく、ただそれが『凶区』の歴史的区分の考察の対象外にならざるを得ない性格の刊行物だからだ。

『凶区』解散の原因に関しては、しばらく年月を経てから、同人の一部が公式の場で率直に語りあった記録が二つある。一つは『現代詩手帖』八七年九月号の天沢、菅谷、鈴木、渡辺が行った座談会「パンドラの匣を開いたのは誰か?」であり、もう一つは『現代詩手帖』〇三年七月号から本書の素材となった「凶区とは何か」の連載がはじまるにあたって、天沢と私に聞き手として福間健二が加わって行われた「詩的六〇年代から現在へ——多様性の発火点」である。この二つの座談会の発言は、これからもたびたび引用するので前者を「八七座談会」、後者を「〇三座談会」と略称することにしたい。

*1　レシ　レシ（récit）は強いて和訳すれば「物語」（英語ではstory, narrative）で、作者の分かっていない神話、伝説までも含む最も古く広い上位概念である。その下に「物語文学」（roman, romance）があり（例えば『源氏物語』）、近代の「小説」（novel）はさらにそこから分化したものとされる。

＞『現代詩手帖』の「八七座談会」「〇三座談会」収載号書影

2 『凶区』同人の相互意識

『凶区』は創刊以来、『×』『暴走』の時期には必ず行っていた、各号の合評会という行事を全くやめてしまった。この理由の一部はFOCUSが同人相互の位置づけの役割を果たしつつあったことにあるだろう。しかしそれ以上の理由はお互いの文学的営為の基本的方向を知り、認めあった私たちには、仲間の一つ一つの作品の出来、不出来をことさら論じあう必要がほとんど感じられなくなってしまっていたことにある。だからといって、私たちがお互いの書くものにその時々の関心を薄れさせていたのか、というとむしろその反対で、私たちにとって「彼が次に何を書くか」ということは、『凶区』以外の広汎な文学の世界の出来事以上に関心の的となり、また、作品を読んだ後では、合評会などという形式をとらずとも、数人で感想を述べあうことは多かった。その機会は、発行後よりも、原稿で作品に接した編集や校正の集まりの後が多く、反応はむしろ敏速だった。感想は、ことさらその作品を論じるという形ではなく、もっと手短かに日常的な会話の一部として行われたが、年がら年中しゃべりあっていた私たちには、そうした言葉のニュアンスが確実に伝わった。たとえば私自身について思いだしても、自分の作品が天沢から「おもしろい」と言われるのと鈴木から「おもしろい」と言われるのと、同じ言葉でもどれだけニュアンスが違うのかということがわかっていたつもりである。またこうした感想は当人に面と向かって発せられるよりも、当人のいない席で数人が話しあい、それが迂回して当人に伝わるというケースが多かったが、これは別に陰口とか欠席裁判というようなものではなく、前述のように基本的な方向をお互いに認めあった状態の中では、当人に何を言ったって仕方がねぇや、という気分からだったように私は思う。

つまり、私たちはお互いの作品の熱心な、良い（そして怖い）読者だった。そして書き手としての私たちそれぞれは、『凶区』同人を読者として強く意識せざるを得なかった。このように一つのグループ内部で書き、読むという行為が一次的にせよ完結していたことが、文学的立場としての『凶区』の虚構的なひろがりを生み、やがてその功罪が問われることになるのである。

同人を読者として意織しあった当時の状況について鈴木は後に次のように書いた。

〈私は『凶区』の同人たちの存在を頭において作品を書いた。しかしそれは『凶区』の同人たちの作品に似せるとか、彼らの考え方に合わせるとかしたのではない。それは私自身の作品のあり方に同人の関心を集中しようとした仕方で、頭に置いていたのである。つまり、私の書く作品の現実の場として『凶区』の同人たちが存在していたということである。……その場合、私と他の同人との関係が、お互いの作品を通しての関係であることが主要であったのは、私にとって非常に幸運なことだった。つまり、私の現実にしろ、私の考えにしろ、とにかく作品にしなければ、同人の関心に持ちこむことが出来なかったので、私は何が何でも自分の文学的な営為を作品化することに努めたのである。私にとって、『凶区』とは全く絶えず宿題が出され、その回答を提出し続けなければならない学校だったのである[*2]〉。

鈴木は右の引用の前後で自分だけが広島に住んでいて他の同人と会う機会が少なかったことを強調し、同人＝読者という意識の源をその物理的な距離においているようだが、私の思うには、東京で常時出会っていた仲間にとっても、鈴木の描写はかなり正確にあてはまる。というより、鈴木はその物理的距離を利して、私たちが当時はあまり意識せずに過ごしてしまった状況を敏感に感じて言いあてているようだ。彼は自分が広島から東京へ移り住むと、お互いが〈読者以上のもの〉〈遊び友達〉になり、気がかりになったと述べているが、それは鈴木自身の感想としては当然であるものの、そこには東京においても時が流れていたことが見過ごされている。つまり、常時会っていた東京とその周辺の同人たちは日常的に親しくなりやすく、〈遊び友達〉的になってはいたが、それと矛盾しつつも読者として意識しあっていたのであり、鈴木がやや批判的に述べている〈遊び友達〉の意識が拡大し、その矛盾を無視できなくなってきたのはむしろ時期的な問題であると思う。

少なくとも、『凶区』の初期に、私自身にとって決定的に重要だったのは、『凶区』の同人が私の書くものの読者として存在したこと、また他の同人の作品に対して私が鋭敏な読者であり続けたことだった。

〈学校〉とは言い得て妙で、私は同人たちの発言や手紙、そして『凶区』の誌面に現われる作品や評論など全てが私にとっても、つねに挑発的、喚起的な〈授業〉であった。同人の誰彼か

＊2 **出典** 鈴木志郎康「極私的、「凶区」との別れの辻褄合せ」(初出『他人の街』14号、七〇年十一月刊、後にエッセイ集『純粋身体』思潮社・七二年九月刊所収)

ら何を得た、というのではないが、自分も参加している一つの場の緊張（とくに『凶区』の第一期におけるそれ）から私の受けとったものは測り知れない。

しかしだからといって、相互批判がなかったわけではない。それはむしろ『凶区』の誌面で具体的に展開された。

3　同人相互批判の実例・秋元の渡辺論

特に強調しておきたいのは、第一期とした蜜月・交遊期にも、同人相互の作品への愛着は単純な党派性や仲間誉めの域を脱していたことである。その状況については、自分のことを例に引くのが一番気楽なので記すと、〝FOCUS・渡辺武信〟では秋元が「ヒーローはなぜ死なないのだろう」と題した論稿で、私の幾つかの作品を賞賛した後ではあるが、かなり辛辣な批判を展開している。彼は私の「つめたい朝」という作品の、

たとえば　きみのみじかい髪の香りや
幼い日のひそやかな身ぶり
を知らないぼくが
泣くほど世界はうつくしくない

という一節を引用してから、次のように論じる。

〈〝六・一五の記憶のために〟という副題がうたれたこの作品のなかの「きみ」は、国会デモで死を遂げた樺美智子であるはずなのだ。しかしそうでなくともよいのだ。交通事故で死んだ少女でも、小児マヒで死んだ少女でもだれでもよいのだ。ここにあるのは「死」ではなく、「きみのまなざしの跡をみつけだす」作者の愛の表白である。作者としての姿勢はここに明確だけれども、行動参加者として、反体制のたたかいの中の死を屈折点とする彼自身の姿勢が全くうかび上ってこない。だから、「きみ」との論理的現実的連携をみいだすこともついにできない〉〈おのれの死のありどころと、そのかなたを望見し、自己を決定的な一つの坐にすえ、はじめてたしかな現実を把握することができる。しかしここには彼自身の死がないのだ。世界という言葉はあいまいである。それは形而上的観念的空間をさす、彼の小宇宙にすぎないのか、それとも国家と対立する世界なのか。それならば何故日本とおきかえてはならないのか。日本とおきかえたときに、にわかに卑近となるイデオロギーとの区別のためなのか。そういう区別

は何故必要なのか。「世界」という言葉は、鮮烈な説得力をもたない。行動参加が自分自身の死のすて場を知ってなされるのではなくて、どうしてそれを詩に書けるだろう。彼は危機へもう一歩をふみださず、不安を抱きながら、一歩安全な場所に身をひいて書いたのだろうか？　菅谷規矩雄の「街頭デモに快楽をみいだす」とは無節操なうまい云訳で、それならば転身も拘束されまい。もし、それがほんとうなら、もっと走り、もっと燃やし、もっとコテンパンされ水をぶっかけられればよかったではないか。そして快楽という言葉が、そのように観念的に用いられてよいのなら、戦争こそ最高の快楽ではないか。直截に、戦争が欲しいと書きしるした者を、ぼくは知らない。ヒーローにとって死はタブーである。渡辺は犬死も自決もしてはならないから、死の絶対価値をみとめまいとする強い意志の働きかけが起り、行動をチェックする。「ひとつの死は記憶であるか？」という美しすぎる自問を発しながら、観念的世界に後退することになる。彼をふくめて彼らは、走り叫ぶことに無邪気なよろこびを感じながら、ひたすら自己の観念とたわむれる若者たちにすぎなかったのだろうか〉（『凶区』10号）。

　しかしこのような批判を受けたからといって私と秋元の間に感情的軋轢が生じることは全くなかった。それは『凶区』が一つの教義の下にある結社ではなく、ただお互いの詩作に、反発も含めて興味を抱き合う人間がつくった〝自前のメディア〟であり、菅谷の言葉を借りるなら〈自立ということは、自己対象化への欲求にもとづくものであり、それを可能とする前提はあくまでも対自意識のなかにその本質をおいている、したがってそれは必然的に思想集団たらざるをえない。そのようにして成立した『試行』や『あんかるわ』を一方に確認しつつ、凶区の存在理由をなお考えうるとすれば、それは凶区が、現在ほとんどただひとつ可能な即自的集団だという点にあるとおもう〉（「北川透への手紙の代わりに――感想的断片」『凶区』14号、後に資料②）であったという事実の傍証にもなる。そしてまた確かなことは『凶区』の前身である二つの同人誌は性格が異なっており（81頁の図でわかるように両グループに属していたのは天沢と私だけ）、菅谷はこのことを後に次のように的確に指摘している。

〈『暴走』の最終的なメンバー、天沢退二郎、渡辺武信、野沢暎（それに筆者である菅谷規矩雄

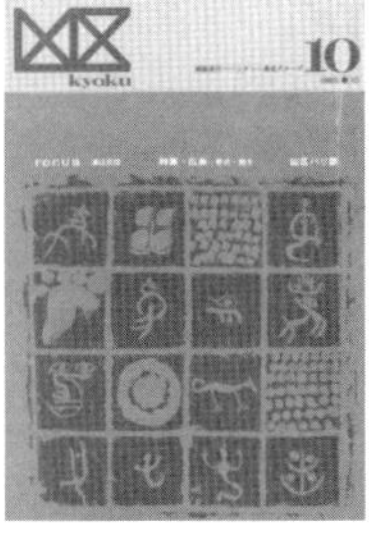

『凶区』10号書影

——引用者補足）は、一九六〇年代はじめに、おなじ大学の学生だった。この四者に共通するモティーフをもとめるなら、一九六〇年六月の、国会デモにおける樺美智子の死を、みずからの時代にたいするイメージの本源としてかかえこんだ、というところにある。『暴走』が『バッテン』と合流して『凶区』にいたる経緯は、自然な流れであったが、その自然さのなかには、『凶区』前史としての『暴走』が、みずからのモティーフを完了して、イメージのモードを転位させる——というプロセスが内在されていた〉（「『凶区』あるいは一九六〇年代の思想的ゼロ準位」『現代詩手帖』八七年九月号、後に資料④）。

　この見方に従えば、『×（バッテン）』側に属した秋元は元『暴走』のメンバーの思想的モチーフに関しては、反発とまではいかないにしても了解を拒む位置にいたと言えよう。

4　同人相互批判の実例・菅谷の秋元論

『暴走』と『×（バッテン）』が〝即自的集団〟を組んでも、思想的な根拠が異なることを意識していた菅谷は、先に引いた文章にある菅谷批判についても、その直後は反論を保留して、上京したときには秋元とも仲良くおしゃべりして一緒に酒を飲んでいた。しかし『凶区』の末期になってから「詩的情況論序章」（『ユリイカ』七〇年八月号、後に資料③）において〈菅谷規矩雄の「街頭デモに快楽をみいだす」とは無節操なうまい云訳で……〉という一節に対しての釈明（必ずしも正面からの反論ではない）を試みている。秋元によって引用された菅谷の言葉はもともと私について発せられたのではなく、「FOCUS・野沢暎」に書かれた「快楽の背と腹と——野沢暎論」（『凶区』5号、後に資料②）の中にあり、引用部分だけ抜き出すと安直に見えやすい。だから菅谷の釈明の意図を了解し易くするために、〈街頭デモに快楽をみいだす〉という表現を含む一節全体を以下に引いておく。

　菅谷は野沢暎論の中でこう書いている。〈安保闘争時の街頭デモを充たしていた情念の熱さは、戦後世代に個有の共通性である。粗雑ないいかただとおもう人びとは、それでもいい。エルヴィス・プレスリーからモダン・ジャズにいたる熱狂とエクスタシイを、われわれのものだとあえていってみて、ぼくはそれを少しも粗雑ないいかただとおもわない……ひとは野沢瑛の詩に渦まいている欲望と快楽とを、セクシュアルなシンボルとして読んではならない。むしろ、あらゆる欲望と快楽とをわずかにセクシュアルなそれへと収縮させたうえでなければ、快楽を予感することさえできなくなったものたちへの、強烈なアンチ・テーゼである。ほんとうの戦後世代のパトスというべきものは、快楽を、セックスのシンボルにたよらなければ詩として表現できないものたちの快楽ではないのだ。街頭デモに快楽を見出すとは、あえていえば世界をわがものとすることの快楽にほかならない。それは、セクシュアルなイメジをシンボルとするものたちの詩が、現実の性的関係へ無限に接近することしかできず、また現実の性的関係のせまいあなをつきぬけなければどのような視界へぬけでることもできないのに対して、たとえば野沢暎の詩には、ある種の超感性的な不可知性が含まれていて、かれの詩はむしろアレゴリカルな不可知として、突如として、全体的快楽へと超越的に飛躍するかであるのだ〉（資料②24頁）。

そして菅谷の秋元に対する釈明は次のように綴られる。〈この一節をわたしは批判としてうけとってはいない。いわれのないひぼうだともおもっていない。六・一五のわたしは、秋元によってそのように非難され、そしてそれによって傷つかざるをえないものとして、存在した。なぜ批判ではなく非難なのか――秋元はみずからを、決して反権力闘争に荷担することのない〝生活者〟と仮構して、その立場からこれを書いている。だからわたしは、「もっと走り、もっと燃やし、もっとコテンパンされ水をぶっかけられ」それでも快楽をみいだすと断言し、しかもそのような「観念的な」ことばの用いかたにおいても、「戦争こそ最高の快楽ではない」と言いきれば、非難を無効にすることができる。秋元は「世界をわがものにすることの快楽」に、権力意志をみとめることしかしない。そこにかれの反権力思想が非政治化し（反政治化ではない）、したがって生活化せざるをえない限界がある。この思想的無効性がたえきれなくなるとき、かれのパトスは、空想内で反乱の現実行為をなぞってみるほかなくなる――ある種の解毒作用にもにて〉（資料③163頁）。

5　凶区日録とは何だったか

『凶区』の活動の全期間を通して隠然たる重要性を持っていたのは「凶区日録」の頁である。この欄は同人たちの日常の行動を日を追って記したもので、そのスタイルは先に凶区創刊号誕生までの過程を「日録風に」書いて示した（なお「凶区日録」は字数を節約するため、同人の名前を句点なしに続けて記すのが慣例になっており、本書での引用も原文のママとする。ただし店名はカギ括弧に入れたり入れなかったりして不統一なので、読みやすくするため括弧入りとした）。記録されるのは、もちろん『凶区』のグループとしての動きが中心だが、随時、同人他人のプライベートな行動も挿入される。個人行動の情報源は主として本人の提出するメモにある。つまり「俺はこんな映画を見た」とか、「誰もこなかったがあの酒場にいたんだぞ」とか、ごくトリヴィアルながら他の同人に知らせたいことがメモとして集まってくるのを編集担当者が整理するわけだ。いつも会っている仲間なら、その類のことは会話として話し済みだが、それでも日付順に記録されると、同じ時刻に誰がどこで何をしていたかが新たに奇妙なコントラストとして現われたりしておもしろい。東京から遠い同人の動きも加わると、このおもしろさは一層大きくなる。

ここで「日録」の内容の信憑性について一言しておくと、それはおもしろおかしく書かれてはいるが、基本的には事実ありのままの記録である。メモを整理して日録にするのは他の部分の編集が終わったときで、編集担当者は酒を飲みながら書いたりするので集まった情報にからかい半分の註釈を挿入したり、表現を誇張したりする。一方、個人的に都合の悪いことはもともと情報メモとして集まってこないから伏せられてしまう。しかし、なかったことがあったように記録されたことはないので、「凶区日録」は『凶区』周辺の現象の表面的な通史の資料としては信頼してよいものだ。だから日録を資料として活用すると、『凶区』創刊後のエピソードはいくらでも書きつらねることができるのだが、それは冗長になるばかりで、かえって日録をそのまま読んだ方がおもしろい、ということになりかねないのでやめることにする。

とにかく、ほんの埋め草のつもりではじまった日録つくりは、私たちを次第に熱中させた。創刊号では編集後記を一体化していたこの欄は2号から独立し、それもはじめは2～3頁だったのが号を追って拡大して内容も詳細になり、25号では何と11頁にもわたっている。この成行から考えても「日録」という記録形式は、私たち自身にとって、当時の本人たちが意識していた以上の重要性があるようだ。また、正面切って論じられることはなかったが「凶区日録」は同人以外の一般読者からもかなり愛読されていたらしい。先に〝隠然たる重要性〟と書いたのは、このように必ずしも意識されなかった意味の大きさを指してのことである。

その意味とはどのようなものだったのか。高野民雄は『凶区』5号の後記で次のように書いている。

〈切れ切れな伝聞をつないでみると、ヒヤカシ七分ぐらいにしろ、《日録》は、もっとも興味を持って読まれるページとなっているらしい。これはウレシイことだ。ぼくらは日録に非常な偏愛を持っている。ぼくはといえば、ぼくらの持ちえたすべての日付を持ち、時刻を刻まれた関係の記録を釘付けにしたいとさえ思う。しかし、日録は日録として、ごらんのとおり、それはぼくらと現実の斥力の釣合う面での上澄みみたいなものとして止まるだろう。いわば精神的なヴァン・アレン帯……そしてその放射能はといえば、ひとりひとりの磁場を通って、《作品特集》にあり、というつもり……作品と日録にはさまれた凶区の86ページ、日録の他も読んで下さい〉(文中……は原文のママ)。

ここには『凶区』第一期における同人の日録についての感じ方をかなり正確に言い表わしていると思う(これは同人の皆に聞いてみなければわからないことだが、少なくとも私自身の当時の感じ方とはほぼ一致している)。

右の文章は結局、次の三つのポイントで同人内部の〝日録意識〟を表現している。

①〈偏愛〉。つまり、日録をつくるのも公表するのも読むのもたいへん好きだが、その感情は公けに正当性を主張できるものではないことを知っている照れ臭さ。

②〈現実の斥力と釣合う面での上澄み〉。つまり『凶区』という場は現実と拮抗する一つの虚構であるが、「日録」は『凶区』そのものではなく、そのあり方を示す一つの〝表示〟に過ぎないこと。

③〈その放射能は《作品特集》にあり〉。つまり日録の下に沈潜している本質的な〝場〟である『凶区』を支えているのは、結局ひとりひとりが作品を書くことだ、ということ。

新しい雑誌をつくったばかりの私たちはますます頻繁になった同人相互の日常的交流を楽しみ、それをかけがえのないものと感じていたが、書くものを通して現われてくる〝場〟としての『凶区』と、日常的交流とを混同してはいなかったと思う。ただ、その交流は、日常的とはいっても、すでに書いた『×』や『暴走』の時期と同じように、書物や映画やジャズや演劇や美術を媒介とし、各々の生活の痛点には触れないことで、一種の虚構性をもっていた。そして、その虚構性がプラスもマイナスもひっくるめて、「凶区日録」の内容をなしていた。日常的交流の記録がたとえ〝上澄み〟としてでも、本質的な〝場〟である『凶区』に対応し、その部分的な表示として機能したのは、この虚構性のゆえであろう。また、日録が外部の読者の関心をひいたのも、この対応のためだったのではないだろうか。

「日録」のおもしろさは、ある危険な均衡の上にあったことになる。日録の下に沈んでいる〝場〟が緊密さを失なうと、〝場〟と日録のひそかな対応が形骸化することは明らかだ。

『凶区』解散直前の七〇年、菅谷規矩雄は『凶区』の危機を、次のように表現した。〈いま凶区に凶区日録以上のなにがありうるか?〉[*3]

しかし、別の観点からすれば「凶区日録」それ自身は、はじめから終わりまで一貫して一つの質を保ったので、それを形骸化させたのは、その基底にある本質なのだ。だから「凶区日録」そのものは直接、どんな批判の対象ともなり得ない。それは最後まで、私にとって無邪気な〝偏愛〟の対象であり続けたのだった。

6　第一期の同人たちの動静

六四年夏も八月九日から十六日までの八日間、軽井沢の山本家の別荘で合宿が行われた。これは『×』の時代から数えると三年目である。参加したのは秋元、彦坂、藤田、野沢、菅谷、高野、山本、渡辺の八名と数名のプレイメイツ。菅谷はこの合宿参加のため、神戸から上京した。また野沢は軽井沢合宿の初参加だった。

この年でとくに思い出すのは、十四日の夜のバーベキュー・パーティが果てた後の十五日早暁、高野民雄が誰かのハーモニカに誘いだされて「さらば、ジャマイカ」を唄ったときのことである。この時、皆は飲み続けしゃべり続け遊び続けた末に、すっかり満ち足りてくたびれ、何人かは半分眠りこんでいたのである。その時、突然、細く響きはじめた高野の声は、決して美声でも巧みな歌唱でもないのに、その場の空気にふさわしい豊かな感傷に満ちていて、私を泣かせた。このときの感想を端的に言語化することは、今となっては困難だが、強いて説明すれば、私はこの唄のセンチメンタルなメロディに

*3　**出典**　菅谷規矩雄「詩的情況論序章」(資料Ⓔ。後に資料③所収)

*4　**ネイヴィ・クラブ**　これは渋谷仁丹ビルの中にあった旧海軍体験者の会員制クラブ。会場として貸し切りで借りられたのは、当時同クラブの支配人をしていた吉原幸子の尽力による。

>天沢のフランス留学歓送会(六四年八月二十日、右から大岡、吉岡、天沢)

誘われて、今の私たちのお祭りのような日々が、やがて過ぎ去っていくこと、そしてそれゆえにかけがえのないものであることを感じていたようだった。

軽井沢合宿の頃、すでに天沢のフランス留学が決定していた。八月二十日、渋谷のネイヴィ・クラブで天沢の歓送会が開かれ、『凶区』同人の他、飯島耕一、入沢康夫、大岡信、吉岡実、清岡卓行、堀川正美、吉増剛造、吉原幸子らの詩人たち、桑山弥三郎、旧『舟唄』の同人たちなどが出席してにぎやかな一夜を過ごした。[*4]

八月二十五日、天沢はMM・ベトナム号という貨客船に乗りこみ、横浜港から、香港・サイゴン・コロンボ経由でマルセイユ行の船旅に出発した。桟橋では『凶区』同人の秋元、鈴木、高野、野沢、藤田、山本、渡辺、旧『舟唄』同人の小川彰、大野増穂、『凶区』プレイメイツの正津房子、林のり子らが見送った。[*5]

ここに『凶区』同人が首都圏から離れて暮らした歳月を表にして一覧してみる。この表によると、高野は『凶区』創刊前に仙台勤務を終えて帰京したし、天沢は一年半でフランス留学を終えたが、鈴木の広島局勤務と菅谷の神戸大～名古屋大勤務はかなり長く続いてことが改めて想起される。神戸には個々の同人がしばしば訪問して（神戸行は天沢一回、高野、野沢は二回、私は三回）、菅谷夫妻及び神戸在住だった正津房子に歓待を受け親密な交流の機会を持てたし、菅谷もたびたび上京したから、あまり遠ざかっている感じはなかった。

天沢は六六年一月に帰国するまでの約一年半をヨーロッパ（主としてパリ）で過ごす。この期間は『凶区』史では、4号から11号までの間にわたる。本書では11号までを『凶区』の第一期として区分しているが、天沢はこの期間の大半を仲間から離れて暮らしたことになる。しかし物理的距離の大きさはいささかも彼の『凶区』誌面への参加の障害にはならなかった。『宮沢賢治の彼方へ』の連載は確実に継続したし、詩作品もパリから送られてきた。また彼の日常的な行動は「凶区日録」をにぎわし続けた。10号には巻末とじこみ付録のような形で10頁の天沢の編集による『凶区・パリ版』が登場した。このパリ版には天沢の詩篇、訳詩（ドニ・ロッシュ）、映画・演劇評などが掲載されたうえ、「凶区パリ日録」まで付いていたのである。

その他の同人の個人的な動静を略記すると、秋元は六五年一月に結婚、山本道子は六五年の

▷天沢の乗ったMM・ベトナム号の出航を見送る友人たち（六四年八月二十五日）

*5　**林のり子**　正津房子については第四章註1参照。林のり子は東京大学建築学科で一級上にあたる林泰義の実妹で、私は友人の妹として知りあい、ひとときはステディの仲にあった。林泰義は都市工学科大学院を経

はじめから、両親の家を出て上野ハイツで一人暮しをはじめ、私は六五年十一月に第三詩集『夜をくぐる声』(思潮社)を刊行した。同じ二年の間に『凶区』の周辺のプレイメイツについて記せば、鈴木悦子の個展が二回(六四年十一月、六五年十月、いずれも銀座ルナミ画廊)、鈴木悦子の友人で後に藤田治夫人となった守屋千恵子の個展(六五年七月、銀座ルナミ画廊)、井上洋介の「ナンセンス展」(六五年三月、吉田画廊)及び「エロティシズム展」(六六年一月、梅花亭ギャラリー)が開かれた。『凶区』の最初の二年間は、こうしてにぎやかに過ぎていったのである。

7 〝ヒロシマ〟に対する鈴木の屈折

しかし菅谷の神戸とは違って、鈴木の暮らす広島に同人が訪問することは殆どなかったので、鈴木はかなり孤立感を感じていたようだ。たまに上京すると「広島で暮らすと広島市ではなく、原爆を受けた〝ヒロシマ〟につきあわされざるを得ない」ことをしきりにコボしていた。『凶区』10号の〝特集・広島〟で「ヒロシマの生命」と題したエッセイで鈴木は〈ヒロシマは例え広島市に住んでいる場合でもかなり離れたところにある……〉〈私はやとわれた身で、殆ど全くこの都会に住みたいとは思わなかったのに、住まわされてしまったので、広島に対して私は積極的になれる筈はない〉〈私はやはり広島市を去って、生れ育った東京に早く帰り住みたいと思い続け、私はやたらに関心を移して(〝ヒロシマ〟からという意味か――引用者註)、関心のおもむくままに本を買い込んで、多くの場合自分の関心の遂行の困難さと職業に奪れる時間の大きさとに悩み続け、時として妻の肉体をやたらに求めたかと思うと、彼女の意識の横溢をきらったりする日常生活を続けている〉と書いている。

鈴木は『凶区』10号の〝広島特集〟の前から広島勤務に対する嫌悪感を表明していた。例えば5号(六四年十二月刊)の連載エッセイ「定思考3」では同年十一月二十日に三日間の東京滞在を終えて広島に帰るときのことを書きながら〈……都電で八重洲口。地下の雑踏と私の東京を離れなくてはならないことの悲しみとすし。そしてアートコーヒーのブリオッシュ、コーヒーロール、チーズロール、小型フランスパン各2個……〉という一節があり、また鈴木の乗る列車が発車直前のプラットホームで〈突然清さ

て現在計画技術研究所・所長。彼とは教養学部では同じクラスに属し、電気、機械、応用化学などを志望する級友が多かったクラスで、共に建築科志望ゆえに親しい友人になったが、私が留年したために建築学科では上級生になった。林のり子は日大建築学科卒業後、フランスに留学して帰国し、フランス語に堪能であったので、仏文出身の天沢や高野と話が合い、私との個人的な交遊が途絶した後も、かなり長期間『凶区』のプレイメイツであり続けた。六四〜六五年頃の彼女は磯崎新アトリエのアシスタントであったが、後に磯崎と結婚、離婚を経て、七三年に建築の世界から離れ、自宅で「パテ屋」という店を開き「《食》研究工房」の主宰者として名を知られるようになった。『かつおは皮がおいしい――パテ屋の店先から』(晶文社・八七年刊)などの著書がある。

年	月					事項
1962	1					渡辺武信詩集『まぶしい朝・その他の朝』
	2					「×」3号
	3					「暴走」7号
	4					『まぶしい朝・その他の朝』出版記念会で「×」「暴走」同人が山本と会う。
	5					「×」4号（藤田、鈴木、山本を同人に迎え入れる）
	6					「暴走」8号（菅谷、野沢を同人に迎え入れる）
	7					
	8					「×」5号
	9	高野・仙台勤務	鈴木・広島勤務			
	10					「暴走」9号
	11					山本道子詩集『飾る』、高野民雄詩集『長い長い道』
	12					「×」6号・仙台版、「×」7号
1963	1					「暴走」10号（ゲスト・高野民雄）
	2					『飾る』『長い長い道』合同出版記念会
	3					「暴走」11号
	4					「×」8号、「暴走」12号（ゲスト・藤田治）、野沢暎詩集『海の発作』
	5					
	6					「暴走」13号、藤田治詩集『ブルー＆センチメンタル』（解説・彦坂紹男）
	7					鈴木志郎康詩集『新生都市』（解説・高野民雄）
	8					「×」9号、菅谷規矩雄詩集『六月のオブセッション』（解説なし。著者自身によるあとがき「詩に向かうための試み」）
	9					天沢退二郎詩集『夜中から朝まで』（解説・入沢康夫）
	10					渡辺武信詩集『熱い眠り』（解説・菅谷規矩雄「対話風のコメンタリー」）
	11					「暴走」14号、彦坂紹男詩集『行方不明』（解説・藤田治）
	12					「×」10号
1964	1					「暴走」15号（終刊）
	2					「×」11号（終刊）
	3					
	4			菅谷・神戸大学勤務		凶区1号（創刊宣言に代えて「オルフェの鏡・ぼくたちはどこへ行くか」）
	5					
	6					凶区2号（FOCUS藤田治／秋元+渡辺の藤田論対談「藤田治あるいは乱交の至福」）
	7					
	8				天沢・フランス留学	凶区3号（FOCUS秋元潔／天沢の秋元論「わが屠殺人の恋唄」）
	9					
	10					
	11					凶区4号（FOCUS鈴木志郎康／大岡信「鈴木志郎康についての断片的なことば」）
	12					凶区5号（FOCUS野沢暎／菅谷の野沢論「快楽の背と腹と」+野沢の菅谷論「潜水夫の発見-菅谷と六月のオブセッション」）
1965	1					
	2					
	3					凶区6号（FOCUS彦坂紹男／藤田+野沢の彦坂論対談「彦坂紹男の詩と日常」、秋元の彦坂論「弱年をめぐって」）
	4					凶区臨時増刊号（「詩学」4月号）
	5					
	6					凶区7号（FOCUS高野民雄／鈴木+渡辺の高野論対談「高野民雄あるいは胎児型爆弾の優雅」）
	7					凶区8号（渡辺「凶区とは絶え間ない現在である」、菅谷「すでに凶区はひとつの位置である」）
	8					
	9					
	10					凶区9号（ゲスト・吉増剛造+"戦後"特集）
	11					
	12					凶区10号（FOCUS渡辺武信／秋元の渡辺論「ヒーローはなぜ死なないのだろう」、堀川正美「渡辺武信についての感想」）
1966	1					
	2					
	3					凶区11号（FOCUS山本道子／吉原幸子「山本道子への手紙」、秋元の山本論「そこに何があるのか」）

<『暴走』『×』同人の詩集と『凶区』の"FOCUS"一覧表

ん（仙台から鈴木に会うために上京した高橋清）は、二年前以来（六二年九月に広島に赴任して以来という意味か？）私のあらゆる渇望が込められ、私が夢想し、私が冷静では絶対にいられなくなる行動を含んだ言葉をいった。私はその言葉を保証するものが何であるかをしきりに考えながら、デッキの上から、ＥＫＯ（当時の鈴木夫人、悦子さんの愛称）と彼が手を振るのを見ながら、デッキを離れて、走る車内の席に戻った〉（括弧内は引用者・渡辺の補註）という一節があり、ここで〈私のあらゆる渇望が込められ、私が夢想し、私が冷静では絶対にいられなくなる行動を含んだ言葉〉と表現されているのは〈早く東京へ帰って来いよ〉というようなものでないかと思われる。また9号の詩作品「私小説的プアプア」（これは鈴木の所謂〝プアプア詩〟の第一作である）の中には〈何とも二十年も連続して生きて来た広島の人たち／広島を一日も早く、東京へ立ち去りたい私〉という二行がある。

ここで〈何とも二十年も連続して生きて来た広島の人たち〉というのは同年八月六日が被爆二十周年であったからだ。しかし鈴木は原爆問題に拒絶反応だけを示していたわけでは決してない。〝広島特集〟そのものが被爆二十周年に広島を訪れた野沢が鈴木と共に取材をした結果の共同企画として実現したものだし（ただし10号の表紙に〝広島特集〟の執筆者として名が記されている野沢は〈多忙に次ぐ熱風邪で原稿未完成のうちに、本誌割付けが進行し、鈴木の原稿枚数を考え違いしたこともあって遂に掲載を断念。読者の方々に深くお詫します。次号をお待ち下さい〉という「編集者付記」がある。

野沢の広島論は次号にも掲載されなかったが、彼が被爆二十周年を記して広島を訪問したのはかなりの意欲を伴っての行動だったらしい。9号（六五年十月刊）の「凶区日録」を見ると六五年八月には次のような記述がある。

〈四日　野沢20年前の閃光を求めて広島へ抽象的な旅。五日　野沢、鈴木夫妻の寝込みをおそい歓待される。ヒロシマあれから20年を三人でルポ。炎天下の街、ＥＫＯ倒る。……六日　広島原爆20周年。野沢イカリに燃えて取材。戦後20年に反逆を決意。鈴木野沢共同して〝かくも長いヒロシマの不在〟を探る〉（文中〝かくも長いヒロシマの不在〟という形容は当時、同人の間で好評であり、5号に菅谷の映画評も載っているアンリ・コルピ監督の映画『かくも長き不在』のモジリであろう)。
前述のように野沢の広島ルポは掲載されなかったが、この日録がある9号の野沢の詩「可能な限り昏に」には明らかに広島取材に触発されて書かれた作品である。以下にほぼ全篇を引用してみよう。

紛失する街、分泌する街。
あれを待つ私たちの真珠層は濡れていて。
あの街は私たちの情事でゆるむ。ひろがる私
たちの肉声が叫びのひびきで伝播するとき、
油断してどうしようもなく隆起する街、抱擁
されて眼をとじて息を吐くように弛緩する街、
私たちは声をひそめて、おおきく口をあけた
その割れ目に泌みこんで流通する。狂気の水。
私たち。官能の全体、その時間と体積を測る。
粘液的な、危機的な、突発的な、その現象を
私たちの行為で再現する。私たちは犠牲者で、
加害者で、予見者で、告発者だ。私たちはそ
の全体に付着して、粘膜により接触面積を最
大にする。
事実、
私たちは路面電車にゆられてやってきたのだ。
太陽は実に触発的だった。
私たちはあの街で見えなくなった。ただ慢性
的な頭痛が、街という巨大で奇妙なエロティ
ックな容器のなかでタプタプゆれて、事故や
犯罪にことごとく関わってきた。私たちは朝
すでに爆発してしまったはずだった。だから
夜、私たちは透明な路地をぬけて、やわらか
い、しっぽり濡れた公園に来たのだ。半月形
の公園の一角で私たちは下着を脱ぎ捨て、最
後の形をなくす。森は溶解して私たちの病棟
になり、闇は私たちの病巣をやさしく包む。
私たちは長い間ガーゼに包まれ、やられるま
まになる。
うかつで
不発だったけど
おお　私たちは孵化する。
私たちは卵割する分裂する。姿勢だけはその
ままでじっとして、悦びをそのままで。官能
の波、その機能のような巧妙なくり返しはも
うごめんだ。私たちにはしずかで分析的で増
殖的な狂気があるばかりだ。それを可能にす
る内科的な愛があればいい。内科医たちが好
んでするように、私たちは街の患部を打診し
て、果実のひだの色調や形状をたんねんに調
べあげ、反応をめんみつに読む。浅い眠りへ、

可能なまでの冒瀆に近接し、しずかに逆上するのだ。しずかに。

ここに描かれた〈街〉が六五年八月の広島だとすれば、野沢と鈴木の取材がジャーナリスティックなものにも社会科学的なものにもほど遠い、限りなく感性的な〈私たちは声をひそめて、おおきく口をあけたその割れ目に泌みこんで流通する〉類のものであり〈私たちは犠牲者で、加害者で、予見者で、告発者だ〉という自認からから、患者であると同時に〈内科医〉である立場でなされたことがわかるだろう。

8　〝凶区刷新連盟〟と山本脱退宣言の後始末

先に『凶区』には合評会がなかった代わりに誌面上で相互批判があり、仲間誉めを超えた域にありながら、詩作を超えた領域では実に頻繁に合う仲良し組の遊び仲間でもあったことを記したが、そのように至福に見えた前述の第一期にも、同人解体の契機が全くなかったわけではない。

9号の日録には〈七月二十六日　藤田野沢「ポルシエ」で会い凶区刷新連盟事実上発足。その後千日谷会堂で彦坂高野と合流、発見の会の『立体詩の試み』『戦場のピクニック』を見て、ブツブツ文句を言いながら「キリンビヤホール」、「ビザール」。／二十八日　8号再校のハズ。カンジンの彦坂行方不明で、高野野沢藤田は新宿へ流出。凶区刷新連盟の前途を祝う。インポ菌保菌者を隔離せよ！と宣言。……二十九日……野沢東大前「ボンナ」に渡辺を呼びだして猛烈にアジルが渡辺負けずにアジリかえし二人とも凶区への愛に燃えて官能的気分で別れる〉。

この七月末から数日後に、前述の野沢の広島探訪の旅がなされるわけだが、彼はその翌日、広島から神戸に赴いている。日録によれば〈七日……野沢鈴木夫妻と別れて神戸へ。菅谷夫妻に歓迎される。神戸大学の研究室を見学、夜マヤ山展望台から夜景を見渡す。菅谷宅での宴は、正津房子嬢を混えて朝まで続く。刷新連盟神戸決議文をエハガキで同人に配布〉とある。この〈エハガキ〉が、古い手紙をわりときちんと保存している私の函からも見つからないのだが、日録の文面から見て〝刷新連盟〟は藤田と野沢によって発足し彦坂、高野の賛同を得たが、〈渡辺負けずにアジリかえし〉との記述から、私は立場を異にしていたらしい。しかし〈神戸決議文〉には菅谷が加わっているわけだから同人十名の内五名、しかも親しく連絡を取れたのは滞仏の天沢、広島勤務の鈴木を除いた八名だと考えると、〝刷新連盟〟の事実上の確信的不参加者は私と秋元と山本の三名だけということになる。〝刷新連盟〟の主張の内容は不明だが『凶区』の現状に対する批判が含まれていたことは確かで、これはある種の内部葛藤の存在を示唆している。

さらに重大なのは同年八月末になって山本道子が『凶区』をやめると言い出したことである。これも、すぐに撤回され彼女は終刊まで同人であり続けたのだから、今となってはその動機は不明だが、9号の日録には次の記載がある。

〈二十六日……「小島屋」で藤田、8号ゲスト吉増と会い原稿貰う。吉増帰った後、彦坂山本秋元高野野沢来る。そろって食事に行き、山本凶区脱退宣言に一同静まる。「蘭」で延々六時間にわたりゴネるが、しかし野沢のやさしい弁舌によりまるめこまれる。渡辺現われ翌日の遊ぶ相談。秋元彦坂帰った後、一同は「一力」へ行ってよく飲みよくしゃべる〉。

この日の参加者を見渡すと、後から来た私も数えて天沢（滞仏）、鈴木（広島）、菅谷（神戸）を除き、横浜から出てきた秋元も含め首都圏在住同人全員が集まったことになる。また〈まるめこまれる〉という表現には山本は不満かも知れないが、前述の〝刷新連盟〟の首謀者の一人である野沢の〈やさしい弁舌により〉と記されていることから見て、山本は自分が抱いていた不満が〝刷新連盟〟による刷新で解消されることを期待して脱退宣言を撤回したのではないか。

また〈渡辺現われ翌日の遊ぶ相談〉というのは二十六日木曜日の零時を過ぎて二十七日（金）になってからのことで、〈翌日〉とは二十八日（土）を指すと考えて良い。

二十八日には鈴木が上京することが決まっていたから〈遊ぶ相談〉が必要だったのである。再び日録によれば〈二十八日　鈴木上京。上野に出むかえるはずの高野は遅刻して逆に出むかえられる。二人は東京駅「アートコーヒー」で広島のことを雑談。午後一時「小島屋」へこの二人と渡辺藤田野沢集る。何用か？渡辺ひとり別れ、[*6] 他の四人は野沢宅へ。野沢の部屋からナチスドイツの8ミリフィルムとツアイスの骨董的映写機を持ちだし一同上野ハイツ（山本宅）へのりこむ。彦坂山本加えて、広島討論と映写会に夜はふける〉〈二十九日　渡辺上野ハイツ

＊6　**渡辺の辞去の理由**　これは私の中学高校の同級生で、美術クラブの仲間としても親密だった建築家の木島安史がアメリカから帰国したばかりだったので、わが家に招いて話を聞く先約があったためだった。

へ現われ、一同の攻撃を受け低姿勢。一同どこ行きゃいいんだとつぶやきながら銀座へ。ウナギをたべて一同やや元気をとりもどしたが、銀ブラ中野沢藤田行方不明になる。五人は納骨堂のごとき親和銀行（白井晟一設計）をながめてから「ジャズギャラリー8」へ行き沢田駿吾クインテットを聴き、京橋「アートコーヒー」でダベり、丸ノ内松竹で『いかすぜこの恋！』のプレスリーにシビれ、三笠会館で食事をして日本語論〉〈三十日　高野渡辺山本藤田、赤坂プリンスホテルのプールで水とたわむれる。藤田帰った後、三人は新宿で生ビール。高野は『ヤァヤァヤァ』を見に行く。凶区の健康さを物語る連日であった〉。

この数日の記録を通読し、当時の自分の日記と併せ読むと、八月二十六日の木曜夕刻からから二十七日金曜の朝まで夜を徹して遊び、翌二十八日土曜に（私は一夜抜けたものの）また夜を徹して翌二十九日日曜の昼間も銀座でウナギの昼食、ジャズ・ライブを楽しみ（私の日記によればツー・ステージ聴いたとある）、さらにプレスリーの映画を見て夕食も共にし、翌三十日はプールで遊んでからビヤホールに行き、高野に至ってはそれから映画を見に行ったのだから、木曜から日曜まで四日間群れ遊びを続けたことになり、最後の一行にあるように、まさに〈凶区の健康さを物語る連日〉だった。そして山本も脱退宣言をした翌日には、フィルムと映写機を持ち込んだ同人を自宅に受け入れ、その次の日にはプール遊びと生ビールにつきあっているのだから、脱退までを考えた気持ちのわだかまりは急速に解消したものと思われる。

9　第一期を締めくくる11号

前述のように私は、同人への“FOCUS”がほぼ一巡した11号（六六年三月十四日刊——これは裏表紙に印刷された名目上の刊行日、六五年十二月二十五日からすれば大幅に遅れているが実際の刊行はこの日である）で『凶区』の第一期は終わったと考えている。その11号の編集は菅谷が担当した。もちろん彼は神戸住まいなので編集割付までをやって東京へ送り、校正、納本受け取り、郵送などの事務は在京同人（この号については主として天沢と彦坂）に託したわけだが、菅谷による編集後記は、前節までに記したような葛藤も承知の上で、約二年間に『凶区』が積み上げてきた実績に対する自信にあふれていて、今読んでも頼もしい感じがするので、第一期の位置づけの締めくくりとして、その一部を引用しておく（／は改行を示す）。

〈ぼくらのひとりひとりは、ほとんど凶区に身をゆだねてしまっている。そこからどのようにして自分自身にゆきつくことができるか、そこにしか凶区の真のモティーフはないのだ。一篇の詩において凶区であるとき、そののちぼくはどのようにぼく自身でありうるか――そのようにしてひそんでいるモティーフをひとは、あまりみとめてくれてはいないようだ〉。

〈凶区批判のようなものが、いくつかあらわれてきて、凶区がひとつの対象性として存在しはじめたという感じをひろげているというべきなのだろうが、それらのどれもが、むしろ凶区が対象性として存在してしまっていることへの異和の表明であるにすぎず、ぼくらが凶区に身をゆだねているほどには、凶区への没入はまだありえていないのかと、いささか気がおもい。／そしてまた、凶区のそれぞれが、にもかかわらず、凶区への最も鋭い批判者であるほどには、それらの異和感の表明が真の批判へのオリエンテイションを示していないものたりなさ。反批判への意欲がとんとわいてこない。／「情熱は虚思の反対なり、情熱は執なり、放にあらず。凡そ情熱のあるところには必らず執るところあり」／こう書いているのは北村透谷、情熱は執なり、という一句に、まさにかかわりあってくるものの根源の手ごたえのようなものがある。そこからはほとんど一直線に、悲劇への途はみえている。いま、だれが、ぼくらにそれをみせるのか〉。

　菅谷規矩雄による11号の編集後記は次のように続く。〈凶区からゆきつくべき自身とは、書かれるべき一冊の書物としてあらわれてくる。渡辺武信は凶区からの最初の書物、『夜をくぐる声』をつくった。これは非常にすぐれた詩集だ。パリから一月にもどった天沢はいちはやく詩集の刊行を予告しているが、それとともに、『宮沢賢治の彼方へ』こそ、かれにとって真の、ある意味では唯一の書物としてかれにあらわれているはずのものだ。山本道子の『蛇』もまた、そこにおいて彼女が、一冊の書物とはなにか、をあきらかにしえたとき、それはひとつの統一態としての首尾を、つまりレシとレシとがかかわりあうロマネスクをあらわすだろう。鈴木志郎康の、非連続への執着もまたそのようなものだ。ぼく自身は、ひどく切迫した感じで『ゲニウスの地図』を書きはじめ（どうやらそれは半

＞『夜をくぐる声』『宮沢賢治の彼方へ』書影

ばに達した）また『詩の原理……』を書きだした。これははたして、ぼくにとっての書物となるだろうか〉。

ここで書名を挙げられている『夜をくぐる声』（思潮社・六五年十一月刊）は私にとって『まぶしい朝・その他の朝』『熱い眠り』に続く第三詩集だが、『凶区』創刊以後について言うなら確かに同人の最初の書物ではあった。しかしそこに収録された詩は『暴走』『×』に初出の作が多く、『凶区』に発表されたのは「深夜劇場」（1号）、「夜の帆」（2号）の二作に過ぎない。菅谷の言うところの〈凶区からの最初の書物〉という呼び名に真にふさわしいのは天沢の『宮沢賢治の彼方へ』だろう。

10 〈書物としてあらわれてくる〉『凶区』

『宮沢賢治の彼方へ』は16号（六七年六月刊）の宮沢賢治特集で最終回（「その9」と「異本文の問題」を併載）を迎え、それを加筆改訂した単行本が思潮社から六八年一月十五日に刊行された（私への贈呈の署名が三月十三日になっているので、実際の刊行は奥付記載の月日よりかなり遅れたのではないかと思われる）。また山本道子のレシ『そこに蛇がいる』は『凶区』3号（六四年九月刊）から連載が始まり18号（六七年九月刊）の第九回で終わり（『詩学』の雑誌内雑誌的臨時増刊掲載の番外篇を含めて全十回）、その単行本が思潮社から六八年十月十日に刊行された。これらはいずれも〈書物としてあらわれてくる〉『凶区』と呼ぶにふさわしい。

鈴木志郎康が9号に発表した詩作品「私小説的プアプア」は、彼の作風の転換を鮮やかに示すと共に、スキャンダラスな題名や詩句に使われる語彙で一躍話題をさらい、10号「続・私小説的プアプア」、11号「続続・私小説的プアプア」、13号「私小説的処女キキの新登場」、14号「売春的処女プアプアが家庭的アイウエオを行う」を経て、15号では〝プアプア特集〟が組まれて「羞恥旅行で処女プアプアは凍りそして発芽する」を始めとする五篇のプアプア詩が掲載される。それらを中心にして編まれた詩集『罐製同棲又は陥穽への逃走』（季節社・六七年三月刊）は六七年度のH氏賞を受けた。このような経過は菅谷が11号の編集後記において行った予測をかなり確実に実現していると言えよう。

『凶区』から現われた他の成果について記録しておけば、私の第四詩集『首都の休暇・抄』（思潮社・六九年十一月刊）や第五詩集『歳月の

＞『そこに蛇がいる』『首都の休暇・抄』『歳月の御料理』書影

御料理』（思潮社・七二年六月刊）が『凶区』を主要な発表メディアとした書物である。また、天沢退二郎の第四詩集『時間錯誤』（思潮社・六六年五月刊）は『凶区』創刊以前の作品を二篇含むものの大部分は六三年～六六年の作品で編まれ『凶区』に発表された作品が多いし、彦坂紹男の第三詩集『ことば変わり』（詩学社・七八年七月刊）も、ほぼ発表順に並べられた三十九篇のうち前の十二～三篇は『凶区』に掲載されたものであり、高野民雄の第二詩集『眠り男の歌』（駒込書房・七九年十二月刊）は『×』『暴走』時代の詩や書き下ろしの新作も含むが、四十篇中十六篇が『凶区』に掲載された作品である。

なお『凶区』時代の秋元潔は、天沢の宮沢賢治論ほどきちんとした連載ではなかったが、尾形亀之助についてしきりに書いた。14号「尾形亀之助試論」、19号「尾形亀之助試論――2」、それに20号の「雑感」（秋元はこの中で尾形亀之助全集の編纂に携わっているため〝試論〟の続きが書けなかったと釈明している）、22号の「幸福について――尾形亀之助の大きな空無を証明するために」があり、さらに前掲の16号における〝宮沢賢治特集〟の一部をなす「不思議な交遊――亀之助と賢治」もあり、23号〝深沢七郎特集〟の中の「階級に独占された文学を解放せよ！」と題されたエッセイでも〈深沢七郎を、その超階級性において尾形亀之助、木山捷平、川崎長太郎らとならべて考えることができる……〉と述べて、主題を尾形のほうに引き寄せていて、これらは『評伝尾形亀之助』（冬樹社・七九年四月刊）の淵源になったとも言える。しかし秋元の場合はこの大冊の著書の主たる内容は『凶区』解散後の七五年二月から秋元が主宰者となって刊行された研究誌『尾形亀之助』（七八年六月までの三年間に13号まで刊行された）によっているので、『凶区』が生み出した書物と位置づけるのは少しためらわれる。

11 節目としての六七年――『凶区』第二期の「逸楽・収穫期」へ

先述のように、私は12号から19号まで、年月としては19号の刊行が年末（六七年十二月二十九日）であることも考えて、六六年四月から六七年末までを『凶区』の〝第二期〟と規定している。その観点から『凶区』年譜を見渡すと、六七年は『凶区』にとって節目となるさまざまな出来事が起こっている。

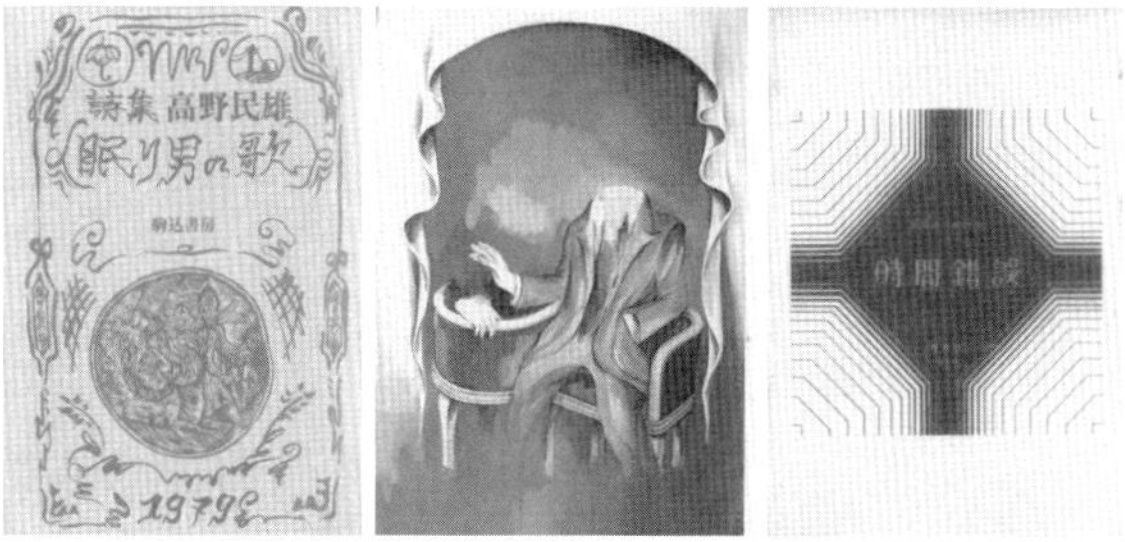

＞『時間錯誤』『ことば変わり』『眠り男の歌』書影

（1）この年の最初の刊行である16号は〝賢治特集〟であり、ここで天沢の『宮沢賢治の彼方へ』の連載が終わり、同時に鈴木の〝プアプア詩〟が特集され〈書物としてあらわれてくる〉『凶区』の準備を終えている。

（2）また現象的に注目すべきなのは、その前の15号は六六年十月二十五日の刊行で、六七年三月十六日刊行の16号とは半年の間隔があることだ。これは創刊以来の最長の空隙である。ちなみに六四年は四月に創刊して5号まで五冊、六五年は『詩学』の雑誌内雑誌的臨時増刊を含めれば六冊、六六年は右記の空隙を含みながら十月までに五冊で、大まかに言って『凶区』は隔月刊のペースを保っていた。しかし半年の空隙を経た後の16号の編集後記（無記名だがたぶん彦坂?）には〈宮澤賢治特集はかねてからの企画であり、グループ外の人たちにもいくつかの画期的論文を書いてもらえるはずであったが、入沢氏以外は未聞の多忙のためいくど日を遅らせてもついに実現せず。同人高野民雄もまたせっかく『賢治マジック』最初の数枚を書き出しながら、ついに多忙のため間に合わなかった。賢治特集に限らず、凶区は数人を除いてだんだん原稿を書かなくなっている。この傾向がどの程度深刻であるかは、すぐ次の17号（作品特集）の出方できまる。この間の事情に鑑み、凶区は隔月刊の原則は無理となり、今号を含めて年間四冊程度のペースになることを予約読者諸氏のためにお断りしておく〉という嘆き節が記されている（実際にその後六七、六八年は四冊、六九年は三冊だが、七〇年二月には26号が出たので、季刊のペースは保てた。そして、三月には前号に接して27号が出たが、これで終刊となった）。

（3）〝作品特集〟になるはずだった17号は七月二十四日に刊行されたが、詩作品は四人の五篇にとどまり、その内の一篇はゲストとして招いた金井美恵子の「心臓乱舞」だった。創刊時に中学三年で予約購読者になった金井は、前年（六六年）三月に高崎女子高校を卒業して本格的に執筆活動を始め、また行動の自由を得て姉の画家・久美子と共に頻繁に上京するようになり、天沢の詩集『時間錯誤』の内輪の出版記念会（六六年七月二日、藤田治宅）で『凶区』同人の一部（主役の天沢＋藤田、彦坂、野沢、渡辺）の他、入沢康夫、蓮實重彥、桑山弥三郎、吉行理恵、八木忠栄、大崎紀夫とその夫人の（旧姓宮川）明子（ともに元『詩人派』同人）などと会う（その前に天沢は旅のついでに高崎の金井家を

△『凶区』13号、14号、17号書影

訪れて初対面を果たしていた)。いま問題にしている六七年に金井は、ゲスト兼プレイメイツとして『凶区』17号の編集会議(四月十七日、新宿小島屋)に参加し、『現代詩手帖』に投稿した「ハンプティ・ダンプティに語りかける言葉についての思いめぐらし」という詩が選者の関根弘の強い推挙によって同誌五月号に投稿欄ではなく〝推薦作〟として本来の詩作品と同じ扱いで掲載され、さらに『展望』の太宰治賞に応募した「愛の生活」が、受賞は逸したが候補作として八月号に掲載された。

(4)六七年は同人の私生活にも多大の変化があった年で、これが16号編集後記の執筆不振にも影響している。まず渡辺が前年、六六年も押し詰まった十二月二十八日に結婚したこと(山本も前年の五月に結婚して主婦になっていた)。また三月に大学院を満期退学した天沢は明治学院大学仏文科の講師といういわゆる宮仕えの身となり、野沢は一月に婚約して五月に結婚。八月には鈴木が待望の東京帰任を果たした。

(5)六七年の節目は、翌六八年の出来事とも関係している。六八年一月には金井は第八回現代詩手帖賞を受賞し、20号(五月二十四日刊行だから原稿受け取りは後述の同人となる前)にゲストの立場のままエッセイ「西遊記論控」連載第一回を執筆し、四月二十七日の『凶区』総会で彼女を21号から同人として迎え入れることが了承された。

(6)政治状況についても触れておくと、ヴェトナム戦争が六七年十二月、米軍の北爆再開を契機に激化し、六八年一月にはベトコンの反撃(二回にわたるテト大攻勢)もあって、イントピレットの四人を含む七人の米兵が脱走してスウェーデンに亡命する。

(7)国内でも全共闘運動がはじまり、これは大学教官である天沢、菅谷にそれぞれの勤務先で学生側に立つことで、様々な形の重荷を背負い込ませることになる。渡辺も大学院博士課程で、専ら「委託研究」の形で行われる実際の設計に携わって一種の給与を得ていたが、産学協同への批判が高まって大学の建築計画研究室が休業状態になったため、やむを得ず大学院在籍のまま後輩と共にモルタル・アパートを借り、アトリエ事務所・渡辺設計室を開設して両親や親戚や親の友人の住宅などを端緒に設計を業《なりわい》とするようになる。通常は六八年からの出来事とされる大学の全共闘運動は、そういう名称で呼ばれなかったにしろ、六七年に既に萌芽してい

＞『愛の生活』の会(六八年十月十二日)金井美恵子が『凶区』17号にゲスト参加、21号から同人となる。

た。例えば六七年五月二十八日には十一年ぶりの砂川闘争再開で五十二人が逮捕され負傷者多数を出したこと、七月十一日に東京地裁による国会デモコース変更命令執行停止に対して政府が異議申し立てを行ったこと、八月十七日に新宿駅構内で米軍ジェット機燃料を積載した輸送貨車が爆発炎上したこと、九月四日、前橋における高崎大学紛争の公判に白覆面の学生がデモを行ったこと、同月十三日に法政大学の学内紛争が激化して学生が学長を監禁し、警察が出動して救出したことなどが凶区日録に記されている。つまり天沢や菅谷が〝造反教官〟として全共闘に関わるのは翌六八年からであったにしても、世相は六七年からその方向に向かっていたのだ。

（8）天沢がパリ留学時代に知り合った山田宏一がこの年に帰国してプレイメイツに加わって、これが私を含む一部の同人の映画熱を一層煽り、以後、『凶区』内部に、後に菅谷が言うところの〝遊芸性〟が高まったことは確かである。そういう意味では第二期に続く六八年以降の第三期は遊芸期と呼ばれてもいいだろう。しかしそこには逸楽の終わりと苦痛の自覚が併存していたこともまた確かである。一方、〝遊芸性〟を菅谷のように否定的に評価するのではなく、逆に少なくともその一部に肯定的な要素を読みとる選択もないではない。これは私自身の身の処し方に関連して後に論じたい。

12　逸楽から苦痛へ

書物として姿を現わす『凶区』の素材が蓄積された12号（六六年四月刊）以降、19号（六七年十二月刊）までは、同人の相互批判、相互認識が一巡して、一層仲良く遊ぶようになり、また予約購読者も増えて部数も多くなり、財政的にも楽になった逸楽の時期であったが、その終わりはやや苦い味がしたことも確かだ。

菅谷のいう〝書物〟の中でも彼自身の著書『詩の原理あるいは埴谷雄高論』の素材となった論考は11号から25号まで、とびとびに計七回連載された。[*7] それ以外に16号（六七年五月刊）の〝宮沢賢治特集〟の一部としてではあるが、菅谷自身が〈『詩の原理あるいは埴谷雄高論』の補注のつもり〉と記している「無言とダイアローグ——詩の十字架」も加えてもいいだろう。またさらに細かく言えばこの連載は第五回までが生み出されるべき書物の第一章とされ、平行して『日本読書新聞』六七年五月八日号から十

＊7　菅谷の連載『詩の原理』掲載号　13号（六六年五月刊）の「連載2」、15号（六六年十月刊）の「連載3」、18号（六七年十月刊）の「連載4」、19号（六七年十二月刊）の「連載5」、22号（六八年六月刊）の「連載6」、25号（六九年十月刊）の「連載7」。

一回にわたって連載されていた「埴谷雄高論——ロマネスクの反語」が第二章の草稿と規定されて、『凶区』連載の第六回は〝第三章〟と題されている。また三回掲載された「詩の終わり——ハイデッガー《言葉》についての批判的ノート」も同書の序説となっていて、これら全てを加筆訂正し、順序を入れ替えるなどの編集を経た単行本が『無言の現在——詩の原理あるいは埴谷雄高論』として刊行された[*8]（資料①）。

　しかしながら、詩集やレシ以外の評論集は、いずれも著者にとって幸せに完結した書物とはならなかった。その典型が『無言の現在』であり、その「あとがき」には次のような一節がある。

〈同人誌『凶区』に《詩の原理あるいは埴谷雄高論》を書きはじめたモティーフのひとつは、萩原朔太郎から埴谷雄高への〝詩〟の脈絡をさぐりだそうとすることにあった。凶区の連載を中断したまま、ここに一冊の評論集をまとめることにしたのは、右のモティーフにもとづく作業にひとつの区切りをつけておきたいためである。したがってこの《無言の現在》は、なお書きつがれるべき《詩の原理……》の第一部であるとかんがえていただきたい。……とうぜん第二部さらには第三部に相当するつぎの一冊を書きつぐつとめをわたしはおっている。しかしそれがどのようなかたちをとるかを、ここでのべておくことができない。というのも、昨年からの大学闘争がわたしにとってはまだおわっておらず、げんざいわたしがもとめていることは、従来じぶんがとらえていた詩的言語を、情況のおくそこからまったくべつの位相においてつかみなおすことのできるような、情況主体としての自己確認だからである。いまわたしは容易に詩をかたりだしえない無言のなかにある。《詩の原理……》を書きつぐことができない理由もそこにある。もちろん無言とは言語喪失ではない。むしろ言語とのあらたな合体をもとめるゆえの無言である。ただわたしには、かんたんにおのれの〝文学〟に復帰し〝正常化〟しえないような、情況のなかでのたたかいがつづいていることを、しるしておきたい〉と書かれている。

　また『宮沢賢治の彼方へ』の末尾に付された「覚え書き」には〈雑誌『凶区』での三年余にわたる連載を一応ここで打ち切って、このようなかたちで一冊の書物にまとめることにしたのは、べつに私たちがついに宮沢賢治の彼方へたどりついたためではないことは云うまでもない。

＊8　菅谷の連載『詩の終わり——ハイデッガー《言葉》についての批判的ノート』掲載号
この論考は『凶区』3号（六四年九月刊）、4号（六四年十月刊）、5号（六四年十二月刊）の計三回掲載された。

△『無言の現在——詩の原理あるいは埴谷雄高論』（資料①）書影

それは《彼方》という概念自体のある変質にもよるが、それ以上に「読者への意見」に記した如き内的構成が、ついにひとつの破綻に近づいたからである……〉（傍点は原文）とある。

　菅谷と天沢の自著への言及は前者が七〇年、後者が六八年、いずれも二人が大学教官の立場で大学闘争に関わっている時期に書かれている。つまり『凶区』の第二期は確かに収穫期ではあるが、その後にあってしかるべき収穫の祭典は催され得なかった。それは右の二つの自著への言及が示すように、その素材を書いていた時期に存在した〝書く者〟の逸楽が、書物としてまとめられる時点では既に危うくなり、苦痛に転化していたからである。

13　退二郎錯誤――同人による天沢論

　前述の同人が天沢を論じた座談会「退二郎錯誤」は、天沢本人と海外に赴任していた野沢以外の同人八人（これは、同人になったばかりの金井美恵子を除けば、集まれる同人全員で、菅谷はこの座談会のために神戸から上京した）によって、六八年七月二十七日、鈴木宅で行われた。

　この座談会はもちろん基本的には好意的な論調で、そのことは山本の〈みんな天沢さんの詩をよく読んでいるわね。今日はみんな天沢さんのことを親切に話したと思う〉という発言に集約されているが、各同人はかなり率直な天沢批判も展開している。

　例えば菅谷は〈天沢はとにかく人を一生懸命にさせる詩人なんだよ。ぼくはそれが解けなければ、永久に借りが残るみたいな感じだね。ぼくは本当に天沢に拮抗しうる批評家になりたいと思うな、彼の詩に対しては〉と言い、それに対して山本が〈天沢さん恵まれているわよ……そういう人が同世代にいるということはたいへんなことよ。「気持悪い」とか「偉いな」とか「よくこうも考えが及ぶものだ」とか、その程度にはみんな読んでくれるかもしれないけど、とことんまでえぐって……〉と応じている。

　しかし一方で菅谷は〈女性のことになると、天沢はまだ女を知らないよ、詩で書かれている限り。「女を知る」というのは悪い言い方だけど、女は女で、知ることは知ることなんだ。天沢の女の知り方は紆余曲折を経ているけど、女の人が眼の前にいるとすれば一対一でいるわけで、向うが女ならこっちも男でしかない。そういう見方を詩のなかで絶対にしない。天沢の詩のなかの女は非常に矮小だよ。向うが矮小なら

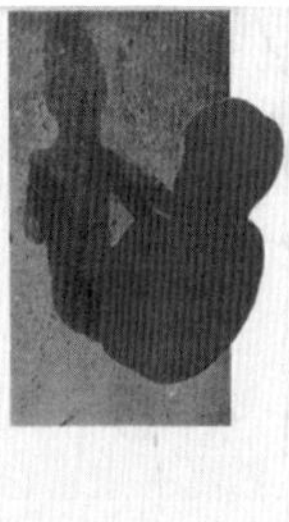

▷『現代詩手帖』の「退二郎錯誤」収載号（資料Ⓓ）書影

こっちも男でしかない矮小さということが身に沁みていない。それが面白くない……彼の詩を女のイメジで見ていくと、殆ど娼婦的だね〉とも言っている。

　また私は〈天沢退二郎がいなかったらどうかを考えればよくわかるわけだ。いてもたいしたことはないけど、いなければたいへんなんだよ〉〈グループの成立にとっても、天沢退二郎は人間関係の上でも中心的な存在なんだ〉と彼のリーダーシップを強調する一方で、〈彼は「どういう映画を見たらいいか」とか、「ジャズはまず何を聴いたらいいか」とか非常に熱心に聞くわけよ。ところが、たちまち追い越しちゃう。この前初めて彼に歌舞伎を見せたんだけど、おそらく一年ぐらいで追い越されるね。ああ損した！（笑）……それで彼がジャズや歌舞伎を享楽できるかどうか。享楽する間もなく、自分のなかにあるパッションみたいなもので追い越しちゃう…アッという間に消化して下痢しちゃって、次のものに喰いつく。良い意味でも悪い意味でもそうなんだ〉と天沢の詩以外のジャンルに対する嗜好のあり方を批判している。

　私のこうした天沢観は今も同じで、彼は歌舞伎やジャズを追い越してしまっているだろうが、私は現在でも歌舞伎を見続けているし、この原稿も、Machintosh に付属している Itunes という装置でアニタ・オディの『ANITA SINGS THE MOST』（伴奏はオスカー・ピーターソン・クァルテット）を聴きながら書いているのだ。

　金井美恵子はこの座談会が掲載されたと同じ号（資料Ⓓ）に「序奏・天沢退二郎あるいは汁への導入部の手前で」を書いている。またそれに先だって、『凶区』同人ではないが、駒場文学研究会において私と天沢の後輩にあたる宮川明子が、詩集『夜中から朝まで』に付された入沢康夫の解説に触発され、同人誌『詩人派』7号（六四年秋）に「天沢退二郎論」を書いている。[*9] 金井美恵子は、右記の天沢論の中で、宮川の天沢論が彼の詩の最も特徴的なモチーフが液体にあることを〈まるで夢をはしらせる媒体であるかのようにあるときはほとばしりあるときはぐにゃぐにゃ気味わるい原形質めいて、あるいは胎児のように眼をつむりまるくひざをかかえた作者をひたひたと養い続けているようにおもわれます〉と描写している部分を引用し、宮川の論考を〈わたしの知る限り唯一の天沢退二郎の作品を本当に論じた文章である〉としてコメントしている。

＊9　**宮川明子**　彼女は私にとって駒場文学研究会詩グループの、天沢にとっては仏文科の後輩で、『詩人派』同人として詩集『不確かな朝』（新芸術社・六三年十月刊、カットは渡辺武信）を刊行、後に『詩人派』同人の大崎紀夫と結婚して大崎姓となり、天沢と同じ明治学院大学の仏文科教官として同僚になり、全共闘時代の造反教官としての行動を共にすることは後述する。現在はアルフレッド・ジャリなどフランス前衛劇を中心とした講義・演習を行っているそうである。

第六章　遊芸化の季節

1　プレイメイツの広がり

『凶区』プレイメイツに加わった山田宏一は六三年に渡仏して映画学校（IDEC）に通ったが、それ以上にちょうどその年にシャイヨー宮に新しい試写室を設置した「シネマテーク・フランセーズ」に通い詰め、そこで天沢と知り合い、同時にジャン＝リュック・ゴダールやフランソワ・トリュフォーと親交を深めて、日本人として唯一の『カイエ・デュ・シネマ』同人となった。六七年に帰国してからフランス映画の輸出振興機関である「ユニ・フランス」に勤務しつつ、天沢を通じて『凶区』同人たちと知り合い、よく一緒に行動した。彼の名前が「凶区日録」に初めて登場するのは6号に天沢が滞仏中の六四年十二月十一日の出来事として〈仏全土24時間ストのため天沢どこにもでられず、山田宏一と9時間ぶっつづけに映画を語る〉という記述である。何の説明もなしに山田の名が出てくるのはおそらく同人宛の私信の中で彼と知り合ったこと、どういう人物であるかを書いてきていたからだろう。山田は11号の「凶区パリ日録補遺」にも登場しているが、六七年帰国後、東京での交流は同年十一月十九日の記述、〈銀座「アートコーヒー」で表紙小説の相談、高野と鈴木夫妻。天沢ちょっと顔を出し、気もそぞろに草月へかけつけスコリモフスキー『バリエラ』を見、感激して山田宏一と青山《さち》……〉に始まる。そしてその後は複数の同人と、主として映画を一緒に観た後、映画論を戦わせることが多くなった。例えば19・½号（六八年三月刊）の後記（文責・渡辺）には〈二月の草月シネマテークの四日間にわたるやくざ映画特集では、連日凶区のメンバーや山田宏一、読書新聞の山根君などが顔を合わせ、終映後「アドリブ」「サンドリア」で夜おそくまで映画について話し込んだ〉と記されている。またこの後記の上段には〝「シネマテーク・フランセーズ」の創立者・事実上の館長アンリ・ラングロワ氏〟の更迭についてフランス政府・文化省に対する「抗議声明」が「日本国凶区・映画への異常な愛情」という呼称で掲げられている。[*1]

前記の草月シネマテークの項で登場する〝山根君〟とは、現在、日本映画に関して最も精力的に書いている映画評論家、山根貞男のことである。彼は『暴走』『×』時代から六六〜六八年頃まで『日本読書新聞』編集部にいて、天沢、菅谷、渡辺に頻繁に執筆の場を提供してくれた。それも本来の同誌の柱である書評ばかりではなく、最後の頁の映画・演劇評も多く、菅谷の埴谷雄高論が十一回連載されたことは既に記したが、私も書評の他にセロニアス・モンク来日コンサートの批評を書く場を与えられたことがある。彼は原稿を受け取るため、天沢、渡辺が大学院に在籍していた当時は東大付近の喫茶店「ルオー」「ボンナ」[*2]などに来ることが多く、そうした機会には必ず映画・演劇・漫画などについて長談義を楽しんでいき、そのうちにおのずから『凶区』プレイメイツになったので、これを第三期＝遊芸・拡散期（逸楽と苦痛が併存し、それからの逃避として拡散が起こった時期）への転換を示す九番目の根拠としても良いだろう。

資料ファイルから捜し出した『日本読書新聞』によると、私がセロニアス・モンク来日コンサートの評「拡大する餓えのやさしさ」を執筆したのは六六年六月六日号の最終面（8頁）だが同じ号の4頁には『凶区』13号の広告が誌面の下部を占める広告スペースの左右の端の上に、いわゆる「突き出し」という有利な位置に掲載されている。この広告料がいくらだったにせよ、突き出しの位置の提供は山根の尽力があってのことだろう（左記広告）。

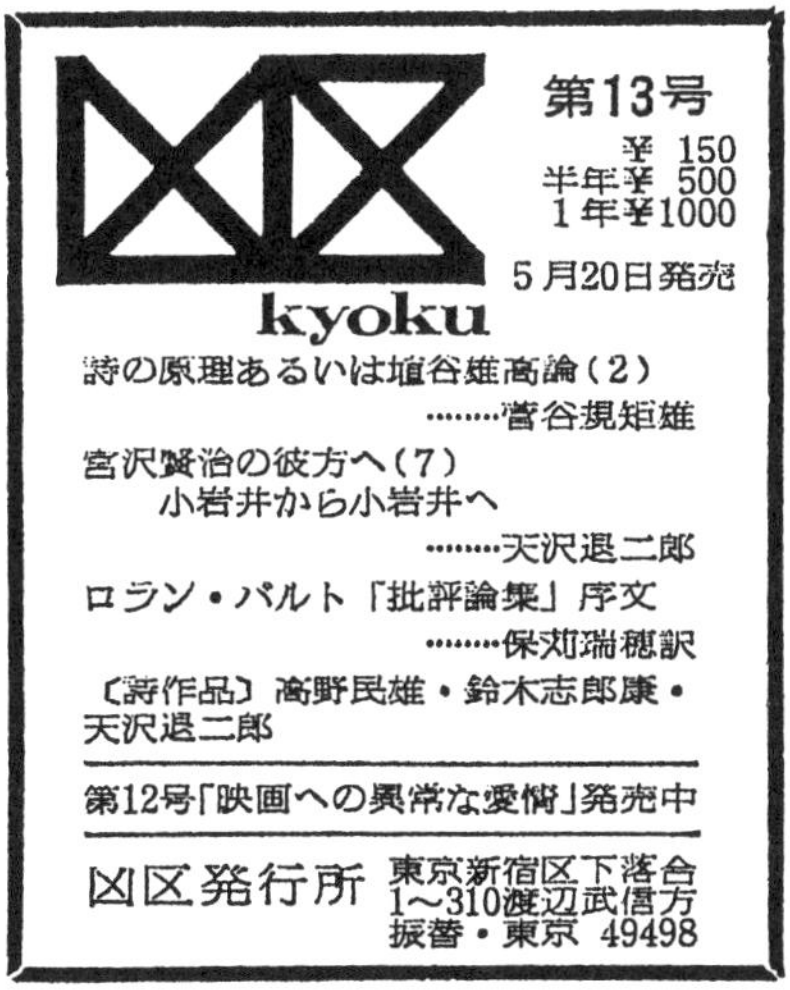

山田宏一と山根貞男はこうして『凶区』を通

＊1　**ラングロワ**　映画好きの人ならご存じと思うが、「シネマテーク・フランセーズ」は日本のフィルムセンターと同様、国立の施設ではあるが、その基幹となる映画のコレクションはラングロワ個人のものだった。彼がフィルムを集める際の情熱は、時には不道徳スレスレになる強欲かつ狡猾なものであったと伝えられている。また巻の欠けたものでも大切にし、〈ミロのビーナスに腕が欠けているからと言って、その価値を認めない人があろうか〉という名言を残している。

＊2　**東大前の喫茶店**　『凶区』の創刊号は新芸術社によるタイプオフセット印刷だったが、同社と断絶してからは本文は『暴走』で印刷製本を担当してくれた千葉タイプ社にタイプ謄写を依頼し、表紙だけは装丁担当の桑山経由で活版印刷したものを千葉タイプ社に届けて製本してもらっていた。この千葉タイプ社も本郷にあったので校正、発送などを同社近傍の「ルオー」「ボンナ」で行うことが多かっ

じて出会い、後に『マキノ雅弘自伝・映画渡世・天の巻／地の巻』（平凡社・七七年刊）という大著を共編することになる。この本は自伝など書く気持ちは全くなかったマキノ雅弘を、この二人がいわばアジテイトして書かせた本で、マキノ自身によるあとがきには〈私の破れかぶれの映画屋人生を、とにかく面白いから日本映画の興亡裏面史として本にまとめてみたらどうかと云ってくれたのが、先ず山田君で、「そんなこと云われても、わしは文章など書いたことないんや」と云ったら、「じゃあ僕らが助監督になりますから」と、山田君と山根君がずっとつきあってくれたのである〉〈東京・渋谷道玄坂上の旅館「乃川」に三ヶ月近く閉じこもって、その間、山田君がべったりくっついてくれて、私が書き散らした下手な文章を清書してくれたり、私が書きくたびれて指が動かなくなった時などは「口述筆記」を引き受けてくれたりした。私の文章がまずぃと、「ここはもう少し書き込んでいただかないと……」などと文句は云うし、女の話になるとやたらに面白がって聞くものだから、つい調子に乗せられて、あらぬことまで告白させられてしまう結果になり、ほんまにひどい助監督やった！ここのところは「マキノ節」になっていない、いや、これでいいんだと、私と山田君がもめていると、山根君が時々顔を出して私の書いた文章を読み「うん、これでいける、いける」。こんな調子で、私は両君におだてられたり、すかされたりして、書きあげることが出来たのだった〉〈山根君は、映画でいえば、主としてプロデューサーの仕事を引き受けてくれて、本造りのために杉浦康平氏および杉浦デザイン室の若いスタッフと一緒になって色々とがんばってくれた〉と記されている。こういう状況で作られた本書は、「天の巻」、「地の巻」二巻が各千二百円の当時としては高価な本であったが、私の所有している本でも半年のうちに五刷となっているほど売れ行きが良く、今は文庫本になって一種の古典化している名著である。

『凶区』を出会いの場として、同人と同人以外の人々が協力して創出した成果は他にも多々枚挙できるが、それらは六六年三月刊の11号から六七年九月刊の18号までと規定した第二期のだいぶ後に発生してくるので、いずれしかるべき時期の叙述の中でまとめて記録することにしたい。

た。とくに「ボンナ」は東大近くに数多い喫茶店の中でおのずから生じた学科別の棲み分けの中で建築学科、都市工学学科の縄張りとなり、私は毎朝ここでモーニング・サービスのトースト付きコーヒーを飲んでいた。そうした常連の特権として、山根貞男や思潮社の編集部にいた八木忠栄と会う時間の調整がつかないときは、原稿をレジに預けて編集者に渡して貰うことも少なくなかった。なお〇四年四月に通りかかった際に確認したら「ボンナ」は元の場所にあってマスターも健在であり、「ルオー」は赤門よりから正門近くに移転したが内部の椅子やテーブル、店名の由来であるルオー作のピエロ像は四十年近く前と同じであったのは、懐かしく、めでたい限りである。

2　お互いが『ぴあ』だった

第二期のはじまりは渡辺が編集を担当した12号〝特集・映画への異常な愛情〟（六六年四月刊）であり、この号は詩作品が全く掲載されず、全頁が映画評と「六五年映画及びノンセクションのベストテン」で占められている。ベストテンは6号に続く二回目で、本誌とは別の小冊子形式だった『×』時代から数えると四回目だが、詩の雑誌として創刊されたものが映画を〝全巻特集〟とするのは初めてで、こういうところにも自分たちのメディアを自由に操作できる自信と逸楽の気分が表れている。もっともこの号は38頁と比較的薄めだが（創刊以来50頁以下になったことはなく、それまで最高は6号の96頁、通巻では21号・演劇特集の114頁が最高記録）、私はそのことについて編集後記に次のように記している。〈最近の凶区には少し疲労の色が見える。この号の原稿の集りが遅れたのもその現われの一つだろう。もっとも、メンバーの半分ぐらいは寝ていてもあとの半分の連中がカッカとしていれば雑誌が出ちゃうというのが凶区のイメージで、眠たい時には寝ていてもいい（ただし同人費は払え！）ということが創刊当時からの申しあわせであったことを思いだせば、今の低迷状態は皆のちょっとした眠気の周期が偶然に全部一致してしまったための一時的状態だとも考えられる。そのうちに皆それぞれのリズムで眠気からさめれば、また原稿が集りすぎて悩むことにもなりかねない〉。そして実際に次の13号は60頁になっている。

この時期の『凶区』同人とそのゲスト、プレイメイツは、ノン・セクション、つまり映画以外の演劇、小説、舞踊、絵画、漫画、ラジオ、ジャズ、流行歌など、ジャンルを問わないベスト・テンを作成したことに現われているように、詩以外の分野について広範な関心を抱いていた。そしてそれらの分野についてベスト・テンのときだけでなく日常的に情報交換をして刺激を与え合っていたものだ。例えばここで言う第二期の直前になるが、『詩学』六五年四月号の雑誌内雑誌〝これが『凶区』だ！〟（全40頁でノンブルも本誌と別に振られている）には日録の余白に「この頃凶区内をよく回転した本」として小松左京『復活の日』『地には平和を』、光瀬龍『たそがれに還る』、星新一『夢魔の標的』、ニコラス・ブレイク『雪だるま殺人事件』、赤塚不二夫『おそ松くん』『まかせて長太』、岡村昭彦

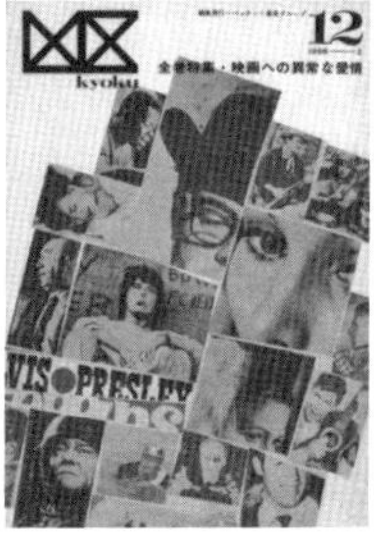

▷『凶区』12号書影

『南ベトナム戦争従軍記』、久里洋二漫画集『女は便利な動物』が列記されている（本の〝回転〟については第三章第十三節参照）。

このような状況については後年『現代詩手帖』の天沢、菅谷、鈴木、渡辺による「八七座談会」（107頁参照）の中に次のような発言がある（資料Ⓜ）。

渡辺〈書いた内容とは別に、あの頃みんなから情報が入ってきたでしょう。僕なんかは少年文学について天沢からよく教えられて、あれなんかも『凶区』の友達に会わなければあり得なかったことでね。本以外でも、藤田治がモダンダンスが好きで、よくみんな連れられて見に行ったとか。『凶区』の演劇特集というのもあって、天沢とその友達（註・プレイメイツであり頻繁なゲスト寄稿者でもあった保苅瑞穂）が歌舞伎を初めて見て僕と三人で座談会をやったりね。あれなんかも内容はともかくとして、『凶区』的現象ではあったよね。だから、みなそれぞれ好みは違うんだけど、誰かが行こうと言い出してキップを買ってくるとつき合いでついて行くという感じで、文化的視野が広がったというといやらしい言い方だけど（笑）、知的刺激を受けたね〉／鈴木〈『ぴあ』みたいなところがあったね（笑）〉／渡辺〈今みたいに『ぴあ』なんてないし、情報もいろいろなところから伝わってきて、キップを買うにしてもどこで買っていいかよくわからなかったりするんだよ……〉／渡辺〈映画もそうだったけれど、他にもいろいろ行ったよ。唐十郎にも行ったし、モダンジャズにも行ったし、みんなで弘田三枝子に行ったこともあったね〉／天沢〈弘田三枝子のコンサートに行ったらちゃんと堀川正美さんが来ていたりね（笑）〉／鈴木〈それから、マンガを大人になってから見るというのも、『凶区』の影響だね〉／菅谷〈子供時代から延長しているはずのものが、何かしら一度切れるんだけど、ちゃんとそれを続けていくというのは『凶区』のおかげかな。活劇《アクション》映画なんていうのはだいたい子供の頃しか見ないのに、あらためて大人になってから見たりね〉／渡辺〈つまり、『凶区』というのは、決まり文句的な言い方だけれど、教養の公認のランキングをはずしたよね。ジャズよりクラシックの方が上だとかいうランクがなくなって、漫画より小説の方が上だとか、そういうものは面白いし、つまらないものはつまらない。額縁に入っているものは信用しないという感じはいまだにあるものね。それに、「おそ松くん」

にしても唐十郎にしても、流行りだしてから見たわけじゃなくて、誰かが見つけてくるわけだよ〉／鈴木〈本だけじゃなくて、必ずそれを読んでいる人の肉体を通してその本に接近するんだよね。観念が観念だけで行き交わないで、その人の趣味とかしゃべり方につながって入ってくる。その辺は五〇年代の人たちとは決定的に違うと思うね。あの人たちは基本的に本で、いろいろ広く読んでいるんだけれども、『凶区』同人になると、それぞれの人間を介して受け取っているから、そこのところがすごく違うと思う〉。

3　遊戯心から生まれた〝ポスター兼用表紙〟

　第二期の終わりとなる19号には転換期にふさわしく、従来と全く印象の異なる表紙で包まれている。その前の18号は広島で鈴木が編集する予定だったせいで（実際は編集企画に手をつけたばかりのときに、鈴木の東京帰任が決まったために、東京で編集、印刷、製本されたが）、当時の鈴木夫人の画家、悦子（愛称・ＥＫＯさん）が友人のやべみつのりと共作した三色刷りのシュールレアリスティックな絵が、表紙裏の折り返しから裏表紙まで判型の三倍の幅でつながっている。この18号では桑山による凶区のロゴは使われているが、桑山のアイディアは加わっていない。しかもそれには通常号以上の印刷費用を要したことに同人内部からソフトな批判もあった。

　しかし一度味を占めたＥＫＯさんの制作意欲は抑えようがなく、19号では表から裏に続く表紙を、費用節減のために黒と青の二色刷りにし、しかも次の20号分と一緒に刷って切断し、余分に刷った分はＡ５判の『凶区』の四倍、つまりＡ３判のポスターになるから、それを売って印刷費を一部を回収しようというアイデアを提示した。しかも今回は絵はＥＫＯさんによるが、全体のデザインには桑山が参画し、彼のアイデアで絵の背景には同人全員の名前を全部読み込んだストーリーが散りばめられている。「編集後記」（高野）によれば〈デザインに桑山ハッスル。同人名読み込みストーリーの難題に鈴木・高野が競作して、高野分が採用された。思うに、民間放送に奉仕する高野と、公共放送に仕える鈴木の、職業的サービス精神の差が思わず表れたに違いない〉。

「凶区日録」には〈（六八年）一月四日　……「小島屋」へ高野藤田鈴木野沢夫妻。小田急ス

＞『凶区』19号、20号書影

カイタウンから新年の空を望み、藤田は風邪の妻看病に帰った後、八王子の野沢家へ。調布から桑山宅で凶区ポスターをパネル張りしていた鈴木悦子も合流。高野は夜道を一人帰り、鈴木夫妻は泊る〉とある。私はこの席にいなかったので、19〜20号の表紙を合わせてパネル貼りした実物を見ていない。したがって全体の姿は二つの号の表紙を縦に並べて、想像で補って思い浮かべることしかできない。二つをつなげて見ると文字が表紙の端からはみ出しているので、実際はA3判より大きいB3判の絵がポスターとして印刷され、二冊の表紙はそこから端を切断して作られたのではないかと思う。19号の巻末には〈凶区ポスターは、新宿西口・ギャラリー新宿、新宿・椿近代画廊、渋谷・喫茶エクラン、銀座・ルナミ画廊で直接お求めになるか、または、凶区発行所へお申し込み下さい。頒価六〇〇円、〒共。〉という案内が掲載されているが、私は今日までそのポスターがどのくらい売れたかも知らないまま過ごしている。

4　凶区の財政状態と「四谷凶区」

『凶区』六四年四月の創刊に遡っても、財政的には比較的豊かな状態にあった。『暴走』『×』の時代には、大学院生も含めて大部分が学生で、同人誌の印刷代の捻出にも苦労していたが、『凶区』創刊の前の六二年には高野が博報堂に、鈴木がNHKに、野沢は日本水産に就職し、藤田は会計事務所、彦坂は出版会社（それぞれの家業）に勤務し、六四年三月には菅谷が大学院修士課程を修了して神戸大学独文科助手の職を得たし、私は六四年四月から建築計画研究室・博士課程に進学し、委託研究の形で受注する実施設計を担当し、研究費という名目による給与のようなものを得ていた。その額は私が博士課程に進んだ六五年で月に一万五千円だった（修士課程時代はもうちょっと少なかったが）。朝日新聞社刊の『値段史年表』によると六五年（昭和四十年）の公務員（国家公務員上級職試験合格者）の初任給は二万一千六百円だから、それよりは低いが、親元に暮らして〝住〟を確保している限りは、並のサラリーマンより可処分所得が多かった。天沢は博士課程の院生だったが、給費留学生としてフランスに行っていたから基本的生活費は保証されていたし、翻訳書の印税や原稿料もあったろうし、帰国後の翌年、六七年四月に明治学院大学仏文科専任講師となって定職を得る。山本は日本楽器のPR課に勤務し

『凶区』創刊の直前の二月末に退職したが、やがて小説家として名を上げる助走期に入っていく。彼女は日本楽器在職中に、既に第四章第二節で述べたアルバイトを〝バッテン＋暴走グループ〟に紹介し、その稼ぎの半分は新雑誌の創刊のための資金としてプールされていた。結局、創刊当時、定職についていなかったのはフリーで宣伝・広告関係の仕事をしていた秋元だけになる。

　財政問題に関連して、話を第二期以後に飛ばすと、全共闘が全国的に広まった六八年には『凶区』は定期購読者の他に東大、及び早大の生協書店、神保町の東京堂、新宿の紀伊國屋に販売を委託し、末期には同人誌を含むミニコミ雑誌のコーナーでは優遇されて平積みにされ、印刷部数も千二百部になった。これは同人の間で〈千部を超えたから同人誌の域を脱したな〉という会話が交わされた明快な記憶があるから、確かだと思う。六八年以後の封鎖された学園の中では、漫画雑誌やセクトの思想誌と同様に人気が高く、さかんに回し読みされたと伝えられている。

　前述のように17号（六七年七月刊）における同人費の徴収があったにしても、かなりの余剰金の積み立てがあったことは確かだ。というのは六九年二月に高野が阿佐ヶ谷のアパートから勤務先に通う時間を節約するため、都心居住を決意したとき、広めの場所、すなわち高野の寝室兼書斎を居間とは別に確保できるいわゆる2DKを探し、そこを『凶区』事務所に兼用し、その家賃の一部を同人費積立金で負担する財政的ゆとりができていたからだ。これは「四谷凶区」と呼ばれ、玄関の鍵を複製して皆が持つようにした。以下「凶区日録」から関連箇所を引用しておく（……は中略を示す）。

〈（六九年）二月八日　……四谷「イーグル」で五時半、高野渡辺秋元集り、高野の住居兼凶区の事務所探しのため不動産屋めぐり。……二、三の有力候補を見つけた後「鳥藤」でやきとりとお酒。いいごきげんで田町へあらわれ、千恵子さんのかんげいを受ける〉（引用者註・「田町」とは藤田の自宅である。藤田と彦坂は印刷製本を終えた『凶区』23号を千葉タイプから田町に運び、高野、渡辺、秋元が集まっていた「イーグル」に電話したが既に出た後だったので、二人で銀ブラしていたのだった。同日の日録は翌日まで次のように続く）。

〈藤田彦坂と別れ十一時帰宅。十二時すぎ秋元帰る。一方、京浜詩の会で〝暴力〟について話した金井と、学園闘争に奮斗した天沢、目黒「ミッシェル」で飲んでから田町へ現われ、金井は秋元とのすれちがいを残念がる。（まだ一度しか会ったことがない。）渡辺が競馬の話をして帰った後、[*3]高野藤田は競馬の話をつづけ、いつの間にかトイレの話。（金井曰く、藤田サンプラス高野サンに会うと何故かトイレットの話になるの）〉。

〈二月九日　藤田宅に泊った天沢金井高野は藤田特製オムレツの朝食を食べてから、藤田夫妻を加えて五人、ルナミ画廊の合田佐和子展を見てイタリー亭で食事……さらに並河恵美子を加えて「ロータス」で一年先までの遊びの計画をいろいろした後、銀ブラして本屋のハシゴ〉。

〈二月十日　高野一人で不動産屋めぐり。事務所の有力候補皆つぶれてフリダシにもどる〉。

〈二月十一日　午後一時「イーグル」で高野渡辺会い、二軒見分した後、「イーグル」にもどって藤田と会い「ロン」で相談する。念のため三人で飯田橋、市ヶ谷周辺を見て……「セカイ」で再度検討した後、左門町七番地に決める。仕事に行く藤田と別れた高野渡辺は家主宅へ行き手付を払う〉。

5　映画への関心の拡大

〈二月十三日　草月で「エクスパチンデットシネマ」を見てきた渡辺夫妻と山田学、[*4]青山サンドリアでベストテンコメントを書いていた高野と会う。やがて彦坂、青学での明学全斗連集会に出ていた天沢があいついで現われ、渡辺夫人と山田は別席でおしゃべり、凶区は四谷凶区の家賃分担についての渡辺案を審議……〉。

〈二月十五日　四谷「イーグル」に五時、天沢彦坂高野集る。高野は大阪の出張からひかりで着いたばかり。高野一人で家主宅へ契約に行き無事完了。一同とスナック「しゃん」で会うことにしていたが同店は開店前のため行きちがいあり。高野は遅れてきた鈴木と地下鉄入口でばったり会い、探し歩いた末、開店した「しゃん」で三人と再会。（彼らは同じ建物二階のスナック「いろり」に居た。）五人はさらに新宿「カトレア」へ行き、引越、家具の相談など。高野は二十三日引越を決意。渡辺は、ひどい風邪をひき参加できず……〉。

〈二月十八日　四谷「イーグル」で菅谷（ブロッホの翻訳を完了させるため、カンヅメになりに上京中）、高野、渡辺（かぜひきのためはじめ

＊3　**競馬の話**　一九六九年二月九日は土曜日なので私が「競馬の話をして帰った」のは午前零時を過ぎても営業している「エコー」（第四章註9）のレース予想会に行くためだった。

＊4　ここで渡辺夫妻と記されている相手は、私が一九六六年五月に婚約し、同年十二月に結婚したが、約二年半後の六九年六月に別離し、七〇年二月に正式に離婚した女性である。「凶区日録」には個人名も記されているが、文学にも建築にも縁のない男性と再婚して幸せな歳月を送っている彼女のプライヴァシーを尊重して、ここだけ表現を変えた。また山田学は、私と同じく前記の高瀬を通じて「space'30」に加わり、『凶区』の予約購読者であったから、『凶区』のプレイメイツでもあり、一緒に芝居、映画、コンサートに行くこともしばしばあった。

てズボン下をはいた）集り、菅谷は引越前の事務所を見てうれしがり、三人は四谷三丁目の「ガーデン」でおしゃべり。菅谷は十月より都立大へ移ることを語る〉。

〈二月二十三日　一週間以上続く雨天曇天雪天の間隙を縫う晴間にめぐまれ、高野は電話帖で探した武藤運送店のいすずエルフでお引越。四時新居着。早すぎて助っ人一人もなく荷おろし。彦坂五時に現われ荷ほどきを手伝う。金井は新宿から電話して六時ごろ現われる。作業の雰囲気すでになく、家主の出してくれたオセンベイ、お歳暮のサントリーオールドと一緒に阿佐ヶ谷時代の想い出にじむ小型電気ゴタツにすわりこむ。金井生まれてはじめてザルソバをたべる。鈴木到着……天沢は目黒のアパートに活動家学生の訪問を受けた後に四谷に現われ明学闘争の報告……〉。

しかし、この「四谷凶区」はごく一時的だった。なぜなら高野が同年七月ごろ職場の同僚、村上良子と婚約し（村上の名が「凶区日録」に登場するのは〈六九年五月十五日　草月ホール「フリッツ・ラング特集『クリームヒルトの逆襲』に渡辺夫妻と高野、村上〉とあるのが最初）、「四谷凶区」から結婚後に住む竹の塚に引っ越すことになったからだ。高野の引越は八月三日、『凶区』バックナンバーなどを田町に運び「四谷凶区」が閉鎖されたのは八月三十一日、つまり「四谷凶区」の存在は二月下旬から八月末日のわずか六ヶ月余りであった。高野と村上の結婚披露宴は同年十月十四日に目白の椿山荘で催され、『凶区』関連では天沢、金井姉妹、菅谷、鈴木夫妻、彦坂、藤田、渡辺が出席した。

その後間もなくして、新宿の場末、二丁目付近の裏通りにアパートを借りて新『凶区』事務所が開設された。その日付は、はっきりしないが「凶区日録」に〈十一月九日　金井は天沢と目白ピーコックで凶区事務所用のじゅうたんを買って……〉という記録があるから十月頃から部屋を探し始めて、十一月一日に賃貸契約を結んだのだろうと推測される。しかし『凶区』自体が翌七〇年三月の27号で終刊しているから、この「新宿凶区」の存在も四ヶ月余りに過ぎなかった。

6　逸楽・収穫期、再論

前節は『凶区』の財政状況との関連で、終刊間近の「四谷凶区」「新宿凶区」の開設に話を飛ばしたが、ここで再び同人への "FOCUS"

彼は高瀬と同じく都市工学科大学院に進み、コンピューターを駆使した数理解析で博士号を得て、東大助手から助教授となり、後に名古屋工業大学教授になったが、一九九三年一月に享年五十三歳で早世した。

が一巡した11号までの第一期の後の、12号（六六年四月刊）から19号（六七年十二月刊）に至る第二期、約一年八ヶ月の状況について述べる。

この時期の『凶区』の状況が比較的安定していて〝逸楽の季節〟と呼ばれるのにふさわしいことは、五章で述べたように、将来〈書物としてあらわれてくる『凶区』〉となる「三大連載」が続いて誌面の軸となり、鈴木志郎康の〝プアプア詩〟が連続的に発表されて話題になったこともあって、詩の世界でますます注目されるようになり、広く一般誌（たとえば『アサヒグラフ』）からの取材などもあって世間的知名度も上がった結果、定期購読者数も刊行部数も次第に増え、大学生協、新宿・紀伊國屋書店、神保町・東京堂などの委託販売も好調になったからである。また、金井美恵子を同人に迎え、フランスから帰国した山田宏一がプレイメイツに加わるなど、同人及びそれに付随する人の輪が広がり、一緒に遊ぶ機会も仲間も増えた。

一方、世情から見ると、いくつかの大学では全共闘運動の萌芽があったものの、六七年末までは、菅谷が助手から専任講師になった神戸大学とその後の名古屋大学、天沢が専任講師として就職した明治学院大学、渡辺が卒業延期を繰り返して博士課程に在籍していた東京大学では、学内に問題が顕在化せずに推移していたことも〝逸楽の季節〟を可能にした要素だろう。

既に記したように、第二期のはじまりである12号は、本来詩のメディアとして出発したにもかかわらず、映画論とベストテンで占められ、詩作品が一篇も掲載されていない。さらに15号（六六年十月刊）は〝プアプア詩特集〟がある一方で「凶区映画採点表・八～九月」という折り込み頁を付け、編集担当の彦坂が後記に〈さて今号から二カ月づつの映画採点表を企画した。お許しを得なければならない遅刊でタイミングがずれてしまった。映画案内の役も果したかったのでその点失敗だったろうけれど、同人にとっては（そして読者にも）これは得るところがあるべきはずのものなのだ。凶区同人は（ゲストもある）年が明ければ一年の内外のベストテンを選ぶ資格があるので中間試験みたいなつもりでもある。できるならその年の話題作またいい映画を見残さずにいたいのは、随分共通したものといえよう。そのうえに、ぼくらは、みた人から、評価や見どころを聴いて自分がすでに見ているのに、きづかなかったことや考えなかったことを知らされることもある。人と映画とのかかわりにかかわるし、映画とのかかわりも変化し（これが対象が映像であって、言語でないことに、客観性を帯びる不思議があり）自分の中の何かが衝激を受け気持がゆらぐことがある。奇妙なよろこびのように〉（傍点および「みた人」「見どころ」「見ている」などの表記の不統一、衝撃を「衝激」とした表記なども原文のまま）。「一カ月づつの映画採点表」はこれ一回にとどまったが、書いているのが私や天沢に比べれば、それほどの映画好きではなかったと思われる彦坂であるだけに、この後記には当時の〝逸楽〟気分の自然な発散が感じられる。

ちなみに16号（六七年五月刊）の「お待たせしました・一九六六年凶区選出ベストテン」の結果（投票者は天沢、菅谷、鈴木、高野、彦坂、藤田、渡辺の七名で、秋元、金井、野沢、山本、及びゲストの参加はなし）を『キネマ旬報』の選出と比較すると次のようになる。

日本映画

【凶区】

①『人類学入門』

②『とべない沈黙』

③『沓掛時次郎・遊侠一匹』

④『他人の顔』

⑤『帰ってきた狼』

⑥『刺青』

⑦『赤い天使』

⑧『日本侠客伝・雷門の決闘』

⑨『８９３愚連隊』

⑩『白昼の通り魔』

【キネマ旬報】

①『白い巨塔』

②『人類学入門』

③『紀ノ川』

④『湖の琴』

⑤『他人の顔』

⑥『アンデスの花嫁』

⑦『本能』

⑧『こころの山脈』

⑨『白昼の通り魔』

⑩『女の中にいる他人』

（『凶区』の⑤～⑦、⑨～⑩は同点で、高点票獲得作優先順）

外国映画

【凶区】

①『大地のうた』

②『昼からナイフ』

③『小間使の日記』

④『市民ケーン』
⑤『ナック』
⑥『幸福』
⑦『男と女』
⑧『アルトナ』
⑨『砦の29人』
⑩『引き裂かれたカーテン』
【キネマ旬報】
①『大地のうた』
②『市民ケーン』
③『幸福』
④『奇跡の丘』
⑤『男と女』
⑥『パリは燃えているか』
⑦『マドモアゼル』
⑧『小間使の日記』
⑨『ドクトル・ジバゴ』
⑩『戦争と平和』
(『凶区』の⑥~⑦、⑧~⑨は同点で、高点票獲得作優先順)

この対比を見ると、意外に共通した作品が多く、『凶区』のベスト・テンで『キネマ旬報』では10位までに入っていなかった作品でも、キネ旬の11位以下を見れば『とべない沈黙』が12位、『893愚連隊』が22位、『赤い天使』が28位、『刺青』が29位、『帰ってきた狼』が35位に入っている。ただし『沓掛時次郎・遊侠一匹』(マキノ雅弘監督)、『日本侠客伝・雷門の決闘』(加藤泰監督)はキネ旬では一票も得ていないが、これら二作の今日における評価(名画座などで繰り返し上映され続けている)を考えると、『凶区』の選出にはある偏りと共に先見性もあったと言えよう。外国映画について同様に見ると『アルトナ』はキネ旬の14位、『ナック』は21位になっているが、『昼からナイフ』(ジョセフ・ロージー監督)、『砦の29人』(ラルフ・ネルソン監督)、『引き裂かれたカーテン』(アルフレッド・ヒッチコック監督)はキネ旬ではゼロ票である。この三本のうち『砦の29人』を除く二作は、今日では評価が確立しているので、日本映画と同じく『凶区』の選出には一種の先見性が感じられる。

第七章　『暴走』『×』『凶区』のたまり場

1　東大前、お茶の水、有楽町から新宿へ

東大生が同人である『赤門詩人』と『暴走』の合評会には東大正門前の「ボンナ」、赤門前の「ルオー」がよく使われた。「ルオー」はデミタス・コーヒー付きのカレーライス（六〇年当時は百円）があって、空腹を満たすこともできたし、この付近には食事もとれる店として「白十字」「郷」もあった。二十歳そこそこの私たちは主としてコーヒーと食事で満足しており、あまり酒は飲まなかった。つまり喫茶店文化を満喫していて、コーヒーだけで数時間ねばれる店をよく知っていた。

東大生以外を含む『×』が創刊されると、その会合は皆にとって交通の便がいい点で、有楽町のジャズ喫茶「オパール」、お茶の水の「レモン」「アミー」「カナロ」、新宿の「小島屋」もよく利用した（「小島屋」の他に凶区日録には「松竹パーラー」が出てくるが、これらは現在「新宿ピカデリー」のある松竹会館地下の「松竹パーラー・小島屋」という同じ店ではなかったかと思う。ここは店内がダダッ広く、隅のほうに席を占めると三時間も四時間も粘っていても店員が気にしないので便利だった）。ジャズ喫茶としては新宿の「木馬」「きーよ」「DIG」「DUG」「OLD BLIND CAT」「bizzare」、渋谷百軒店の「ジャズビレッジ」に入り浸った。『×』の創刊は有楽町の「オパール」における通称〝オパール会談〟で決まったし、『暴走』『×』の発展的合併の話し合いは六三年十月に新宿「プリンス」ではじまり『凶区』という誌名はお茶の水の「アミー」から「カナロ」に移動しつつ決まった。また後に結集するメンバーは、こうした集まりの場所以外に、個人的な暇つぶしの喫茶店を確保していて、例えば鈴木は東京駅ビル内の「アートコーヒー」、天沢は千葉の自宅への帰途

にある新小岩のジャズ喫茶を愛用していたが、それ以外のメンバーは、こうした個人的隠れ家を侵すことは滅多になかった。

しかし私が大学院に進学した六二年以降は、喫茶店での会合の後、一緒に酒を飲むことが多くなり、バーにも行くようになった。ちなみに当時は「トリスを飲んでハワイに行こう」という名コピーに象徴された時代（「寿屋＝サントリー」の宣伝部に山口瞳や開高健が勤めていた）で、盛り場にはハイボールがコーヒー並みの五十円前後で飲める「トリス・バー」が乱立していたが、私たちは、そういうところに行きたくないという変なプライドがあって、新宿の「ナジャ」「カヌー」「詩歌句」「ユニコン」など文学者、編集者が常連である酒場を嗅ぎつけて通った。また東大久保にある「エコー」は主として私と建築家やデザイナー仲間のたまり場だったが、ときには『凶区』のメンバーと行くこともあった（第四章註9参照）。また別記のように、吉原幸子さんの縁で渋谷の「ネイヴィ・クラブ」にもよく行った。

『凶区』の編集、校正などが、2号以降、本文印刷が東大前の千葉タイプ社であった関係で、その周辺の店で行われたことは第六章で述べたとおりである。しかし校正以外の原稿集めなど、つまり印刷会社に近くなくてもいいときには、新宿で集まることが多くなった。

また新芸術社の山崎悟とのつきあいがはじまり、「叢書・現代詩の新鋭」、諏訪優を編集長とする『エスプリ』の印刷と刊行が同社で行われていた時代、具体的には一九六三年五月から『凶区』1号の印刷の不備で縁切りをする六四年四月までは、同社のあった東片町（現・向丘一丁目）の近くのおにぎり「赤城屋」、おでん「大野屋」、喫茶店「蘭」が、『×』『ドラムカン』『コルサル』『詩人派』『ぎゃあ』所属のほぼ同世代の詩人たち（もちろん年長の諏訪優も常連だったが）のたまり場になり、これはわずか一年弱だったが特に賑やかで愉しい時期であった。

2　「カヌー」に通いはじめた頃

『凶区』が酒を飲んだ店として特に思い出深いのは「カヌー」である。このバーは新宿二丁目靖国通りに面する角にあって、そもそも私はジャズ喫茶「きーよ」にはよく通っていたので（天沢、岡田、吉増と『シネ』の創刊を決めたのもこの店）、その隣の「カヌー」を名前だけは知

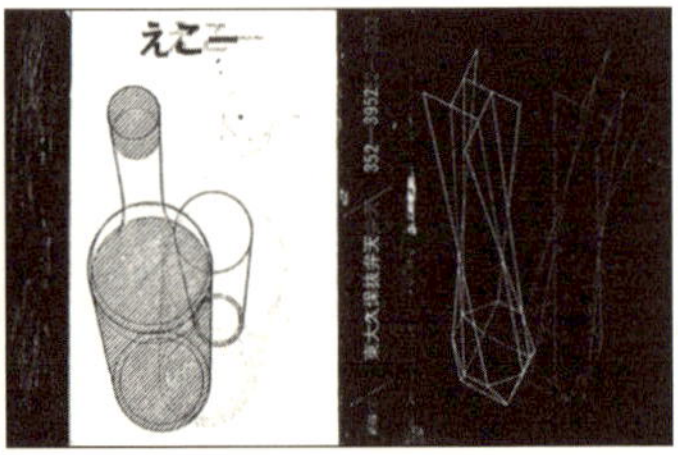

っていた。しかし最初に「カヌー」で飲んだのは建築学科大学院に進学してから一級上の井山武司に連れて行かれたからで、つまり六二年四月以降になる。ここは元・日劇ミュージック・ホールの踊り子だった関根庸子が[*1]一九五九年某月から一九六五年四月まで約六年間経営していたバーである。初めの裏通りにあった店は「第一次カヌー」と呼ばれ、六二年六月五日に靖国通りに面した「第二次カヌー」に移った。私は「第一次」にも行ったが、前述のようにすぐ移転したので、記憶は「第二次」店に偏っている。

マダムの関根庸子は小説家志望のインテリで、森泉笙子《しょうこ》という筆名で小説を二作出版した後、『新宿の夜はキャラ色』(三一書房・八六年刊)という「カヌー」時代の回想録を出した。「カヌー」は大学院生にとっては高い店で、[*2]私たちはかなり無理して通っていたのだがそれは本書にあとがきを寄せている埴谷雄高をはじめとする数々の有名文化人が常連だったからだ。

回想録を書く場合「凶区日録」は有効な資料で、誇張やジョークは混じっているが「だれが、いつ、どこで」といういわゆる三つのW(who, when, where)に関しては虚偽はない(ただし「廃刊宣言号」の日録は一種のパロディであって資料としては無効である)。しかし「カヌー」に通いはじめたのは『凶区』創刊以前なので「日録」に頼ることはできないため、私の個人的記録に頼るしかない。私は五二年以来、ずっと日記帳を買っているが、記載は気まぐれで、映画や演劇の感想はたいてい書いてあるが、特に何もなかった日や試験準備で忙しかった期間は空白が多い。そういう記載漏れの多い日記でも、「カヌー」のことは時々記されている。日記の六二年四月十六日の項に「ルオー」[*3]で『詩人派』の合評会に出た後、康芳夫、木村秀彦、西尾和子[*4]、姓名不詳の木村の友人と私の五人で〈「カヌー」へ行き小一時間飲む〉という記述がある。この『詩人派』同人らと飲んだのが最も古い日付であるが、「カヌー」は詩人たちと並んで東大建築学科大学院生、及び私の卒業時に新設された都市工学科(したがって第一回の院生は私と同級の建築学科卒業生)の大学院生の縄張りであったことはほぼ確実だ。なぜなら七月二十三日に同期で都市工学科の大学院に進んだ南條道昌と〈「カヌー」で飲む〉という記述があるからだ。この夜には中学・高校を通じて美術研究会の仲間で、東大文学部には同じ五七年に入ったが、私の留年のため先に卒業してNH

＊1 **関根庸子** 踊り子と言ってもヌードダンサーではなく、ビンボー・ダナオという、今は覚えている人も少ない在日外人歌手(フィリッピン出身、本名ロドリゴ・コストディオ・ダナオ、五五年から六五年まで淡路恵子と結婚していた)のバックできちんと訓練を受けたダンスをしていたそうだ。また作家、森泉笙子《しょうこ》としての作品には『新宿の夜はキャラ色』をはさんだ前後に『天国の一歩前』(三一書房・八四年刊)、『ブーゲンビリアの花冠』(三一書房・九〇年刊)がある(共に小説)。

＊2 **「カヌー」の飲み代** 森泉の著書には、開店当時の「カヌー」の酒代は〈サントリー角のボトル千五百円、水割り一杯百円〉だったと記されているが、私が通った時期はもう少し高くなっていて、とくに、りっちゃんがねだるのでよくご馳走したドライ・シェリーは高かった覚えがある。

K教育放送＝第三チャンネルのディレクターになっていた高島秀之とも偶会しているから、彼も私の紹介でこの酒場に通うようになったのだろう。具体的な日付はないが『新宿の夜はキャラ色』に登場する文化人の中では、田村隆一、関根弘、埴谷雄高、白井健三郎、長部日出雄、栗田勇、澁澤龍彥、松山俊太郎、色川武大（まだ阿佐田哲也名義で麻雀小説を書く前で、後に和田誠を通じて親しくなった頃よりずっと痩身だった）及び大島渚と創造社グループ（石堂淑郎、田村孟、佐藤慶、小松方正、松田政男、戸浦六宏、渡辺文雄ら）との面識を得た。と言っても創造社の人たちはいつも自分たちばかりで議論しており、私たちと言葉を交わすことは少なかった。大島渚とは後に『季刊・フィルム』の依頼でインタビューをしたときに顔見知りであったことが多少役だったこと、田村孟とは、これもずっと後の八一年の湯布院映画祭で、根岸吉太郎監督、荒井晴彦脚本の傑作『遠雷』をめぐるシンポジウムで、私が根岸の前作のいくつかと比較してやや否定的論調で〈主人公が「家」を継承する結果になるのは疑問だ〉と発言したのに対し、彼が〈馬鹿野郎！　やむを得ず家を継ぐ主人公の立場を考えているのか〉と殆ど罵倒されたのに、それが感情的対立として残らずに一緒に温泉に入って親交を深める契機になったことぐらいが「カヌー」の恩恵である。[*5]

　しかし埴谷雄高、白井健三郎、栗田勇は私たちに好意的でよく話しかけてくれたし、栗田は『暴走』や『×』を贈呈していたお返しのつもりか、当時訳したばかりのロートモレアン詩集『マルドロールの唄』を署名入りで贈ってくれた。ちなみに六〇年代半ばの栗田は建築雑誌にもよく論考を寄せていたから、建築学科、都市工学科の院生に対しては、その面での親近感もあったのだろう。ただし京都大学から東大大学院の丹下研究室に進学した黒川紀章は、ひととき常連だったらしいが、私は学内でも会うせいか、とくに「カヌー」で親交を得たという印象はない。[*6]

　前記の四月十六日と七月二十三日の間になるが、五月二十日の五月祭で仏文科の企画である「サドは有罪か？」というシンポジウムが催され、その講師として澁澤龍彥、石井恭二、白井健三郎、栗田勇が大学に来た際に、その企画に関わりのない私は天沢と共に正門前の喫茶店「ボンナ」で、「カヌー」で顔馴染みになっていた講師たちと親しく話した、という記述も日記

＊3　**康芳夫**　康は、留年を繰り返しつつ大学のあらゆる文化活動グループ（文学研究会、同人誌、学内劇団など）に出入りしていた〝学内有名人〟の一人である。当時の東京大学にはこういう、留年という形のモラトリアムを積極的に使いこなした「学生文化オルガナイザー」とでも呼ぶべき人物が何人かいて、『赤門詩人』同人の久世光彦や、長年東大新聞の編集長を務めた池田信一もそういう感じだった（池田については第八章註1参照）。康はやや大言壮語癖はあったものの、興味深い人物だった。例えば池田が編集長になり、大学の枠を超えた学生の書き手（院生も含む）だけに執筆させ〝学生総合誌？〟と称した『思苑』が企画され、私が表紙のデザインをし、彦坂が学生による詩の同人誌評を担当することになり、その企画会議が四月三十日にお茶の水「フランセ」で開かれたが、「アジア財団」なる団体をこの雑誌のスポンサーとして取り込んできたのは康だった。『思苑』は結局実現しなかったが、後に康は一種の「呼び屋」にな

に残っている。つまりこの頃までに既に何回も「カヌー」に行っていたらしい。東大周辺に数ある喫茶店はだいたい学部ごとに常連が決まっていて、「ボンナ」は文学部仏文科ではなく工学部建築学科と都市工学科の縄張りだったから（もっとも仏文科及びその大学院時代の天沢は、私との関係で『暴走』の編集、校正などのため、ここに出入りしていた）、初期の「カヌー」通いの私の実績の大部分は、後の『凶区』の仲間より、建築学科、都市工学科の院生たちと一緒だったに違いない。

3　田村隆一の〝品位〟ある借り倒し

『新宿の夜はキャラ色』のスターの一人は田村隆一で、著者は冒頭部分で田村の名作の一節〈四千の日と夜から／一羽の小鳥のふるえる舌がほしいばかりに／四千の夜の沈黙と四千の日の逆光線を／われわれは射殺した〉を引用した後、それを巧みにパロディにしてこう綴っている。〈四千の夜、新宿ばかりでない東京の何処かのバーを飲み歩いて、バー・カヌーにも百夜ぐらいきたが、その百夜とも借りていったのだった。「一羽の小鳥のふるえる舌のように」、庸子も、もう貸せないわ、といえず、とうとう七万七千八百八十円にまでなってしまった。田村隆一の名前が記された淡いブルーとピンクの罫の帳尻を見て請求書を贈ったが、この「射殺」のうまい詩人には無駄だった〉（8頁）。彼は出版社からの印税が出るからその社から直接取り立ててくれてもいいと言われたこともあったが、実際に著者が行くと一足違いで田村が支払いを受けた後だったりした。ただし一回だけ、田村が東京を暫く離れていた時期に五万円だけ取り立てに成功したことがあり、後でそのことを田村に告げると「よくぞ取ってくれた、ありがとう」と言われ、頭を下げられて、著者は〈彼が本当にすまなく思っている奥底からの気持が真直ぐ伝わってきて、つい庸子は「まだ三万円近く残っているけど、あれおまけしてもいいわ……その代わり今後はつけを一切しないってお約束にしましょう」〉と言ってしまうのだが、〈その固い約束は、次の機会に脆くも崩れ去り、もとのもくあみ〉（12頁）になったのだ。その後の〈来店が次第に少なくなって……つけ六回分二万六千九十円は、そのまま時効になってしまった〉（14頁）という記述があるから、田村隆一がどのくらい飲んだかは分からないが、一回の平均は約四三五〇円で当時の新宿のバーと

り、海外から大物タレントを招いた興行を何回か実行したので、彼の大言壮語の少なくとも一部は〝有言実行〟だったことにはなる。

＊4 **木村秀彦、西尾和子**　木村については第三章註5参照。西尾は木村と同じく東京大学駒場文学研究会の後輩にあたる詩人で、仏文科に進学したときに本郷では駒場文研の受け皿になるべき『赤門詩人』が事実上廃刊になっていたので、同級の宮川明子、大崎紀夫、木村秀彦と同人誌『詩人派』を創刊し、在学中の六三年に詩集『幻をわかつものたち』（新芸術社）を刊行した。東京大学仏文科修士課程卒、博士課程満期退学。七三年から八四年まで天沢、宮川と同じ明治学院大学の非常勤講師を務めたが、八四年帝京大学仏文科助教授、八六年同教授となり、『シャルル・ノディエの文学――想像力の勝利』（駿河台出版社・〇一年刊）他、数冊の著書がある。

＊5 **田村孟との論争**　私は根

しては決して安くはなかったことがわかる。

〈「つまりあなたはしけた時にしかこの店に来ないのね」と、少し出すぎたと思いながら、尋ねてみた。皮肉ではなかった。すると、彼は大きく頷き返した。「そうなんだよ。金がないときにしか、こういうところに来ないのさ。僕はやせ我慢が嫌いでね」と言った。やせ我慢が好き、というのは日本人的なニュアンスでわかりやすい感覚だが、きらい――という正直な言葉の贅沢さに、自分がマダムであることを忘れて庸子は感動した。すると、彼が高名な詩人と知って、自然とそういう興味で寄ってきた若い男と彼は声高く熱心に語りだした。その二人のやりとりの中に「品位」という言葉がしきりに取り交わされているのがテーブル席の傍らにいる庸子の耳を打つ。「要するに、それは、ダンディズムということですか？」「ばか言っちゃいけない、きみ。うまくいえないがね、人間が最悪の時それは出なければならないものだと、いいたいのだよ」。さもいまいまし気にいう田村のそれほど高くない声に、庸子は、田村のいう「品位」を秘かに汲み取った思いがした。五万円の金を取り立てたとき、よくぞ取ってくれたといって頭を下げ、握手を求めて、それまでつけを払おうとして払わなかった図々しさから「ヴェルレーヌ風純真」への変わり身の早さを目の前に見せてくれた田村の行為が、彼の言う、最悪の時こそ出なければならない「品位」と同質のものだったことを、その若い男との会話のとき、庸子に気づかせたのだった〉（13〜14頁、傍点は原文）。

4 「カヌー」の支流の一つ「カミーラ」

もっとも私のような若僧は、国産ウィスキーのオン・ザ・ロック二～三杯と、映画好きで話題が豊富なホステス、りっちゃんに一杯奢るぐらいで、千円から多くても二千円ぐらいを現金で払っていて、つけにしても次に行ったときにすぐ清算していた。りっちゃんはジョルジュ・ロートネルの『スパイ対スパイ』（62）を偏愛し「あれを見ていない人には映画批評を書く資格がない」と繰り返し言うので閉口したものだった。ちなみにこのフランスの監督はコメディタッチのアクションものが得意で『女王陛下のダイナマイト』（66）という傑作は後に見て感心したが、しょせんはB級監督なので、肝心の『スパイ対スパイ』は当時はテレビ放映枠も少なくレンタル・ビデオもなかったので長年のあ

岸＋荒井コンビの、これ以前の作品に比べて（『キャバレー日記』『狂った果実』など）やや批判的な発言をしただけで、田村に説得されたからというわけでは決してないのだが、結果的に『キネマ旬報』八一年のベスト・テン選考で『遠雷』を一位に推した。それゆえに湯布院映画祭の実行委員たちから、〝変節〟したと誤解を受けたのは、いまや笑い話に属する懐かしい思い出である。

＊6 **「カヌー」で出会った建築家** 建築家で言えば東大の先輩であり、なぜか私の卒論の指導教官だった鈴木成文助教授の部屋に出入りしていた有田和夫（四六年卒）にもよく会った。もっとも有田と本当に親しくなるのは、ずっと後の七五年に私が日本建築家協会に入会し、関東甲信越支部広報委員会に配属されたとき、その委員長が有田さんであり、委員会が終わると必ず協会が入っている建築家会館（協会会員が株主になって設立された別会社）のクラブ・バーで一緒に飲むようになってから

いだ見られなかった。ずっと後、『凶区』解散後の七一年五月にテレビ放映があり、山田宏一と和田誠の家に行き――和田家のテレビが一番で大きかったので――三人で一緒に見た（この頃は三人とも独身だったので、こういうことをしょっちゅうやっていたのだった）。

『新宿の夜はキャラ色』には、りっちゃんが独立して、いかにも映画好きらしい「商船テナシティ」というバーを開き、古い外国映画のポスターを張り巡らせたインテリアに手回しの蓄音器をおいて映画主題歌のSPを鳴らしていた、と書かれているが、このバーは私の記憶にない。その後になるのだろうか、彼女が赤坂一ツ木通りに「カミーラ」（ドラキュラと対比される女吸血鬼の名前で、これも映画好きらしい店名だ）を開いていて、「カヌー」廃業後はそっちに『凶区』の仲間とよく通った。前記の『スパイ対スパイ』についてのお説教は「カミーラ」時代にも継続したが、前記のように七一年までは見られなかった私は答えようがなく、「またかい？」と彼女の執念に呆れつつ感心した。なお「凶区日録」では天沢がフランス留学から帰国した直後の六六年二月二十一日の項に〈ボンナに集った天沢渡辺山本彦坂高野、ナポリで晩餐。彦坂帰り、四人は〃世界一暇な〃「カミーラ」へ。天沢リッちゃんと感ゲキの再会〉と記されている。また前記の南条と同じく都市工学科大学院に進学した同級生、高瀬忠重は雑誌連載中の本稿を読んで〈ママの他に神戸出身の「カコちゃん」と呼ばれていた魅力的な女性が居て、早い時間には彼女が一人で店を切り盛りしていた〉と知らせてくれたが、この女性は私の記憶によると比較的早く独立して新宿から遠い場所（中野か？）に自分の店を開いたので、古い馴染み客としての礼儀上、数回訪れたことがあるが、場所柄か長続きはしなかった。またヘンリー・ミラーの恋人だったという伝説をまとった女性、ホキ徳田がピアノの弾き語りをしていたことも、短期間ながらあった。

5　黒木和雄の撮影現場へ――新宿文化の一断面

また映画監督、黒木和雄も常連客の一人で、『新宿の夜はキャラ色』には次のような逸話が記されている。〈ちょっと気むずかしそうなで近寄りにくい印象の黒木を、庸子は律子が進んで応対に出るのに任せていた。その黒木は、埴谷雄高と新宿歌舞伎町の「ナルシス」で偶然一

のことだった。

緒になったりするとき、少し口を利いたことがある程度で、その後、カヌーで会った埴谷と、さらに親しく口を利くようになり、自分の映画に軽い気持で出てくれませんか、と一歩踏み込んだ声がかかったのだった。[*7] その話がカヌーで出たとき、たまたま傍らに居合わせた大学出たての若い渡辺武信を誘うことになった。T大建築科出身で詩人の渡辺と「極北の作家」と言われている埴谷が（ロケの現場であるキャバレーの――引用者補足）ソファの両端に、真ん中に庸子と律子が腰掛け、中心部のフロアに注ぐ四人の視線のなかに、加賀まり子が真っ直ぐ歩いてくると、そのままカメラの据えられている方へ曲がって行く。「まぁ何回も何回も、同じことをやるんですねぇ」。呆れた律子の言葉通り、加賀まり子のカットはもう三回も同じことの繰り返しを撮影しているのだった。「俳優って、何度も同じことを繰り返す以外、あとは、待つのが仕事っていう、時間をむだに過ごす人種なんですね。こちらは本物の酒を飲んでいるからいいようなものの……」。ふたたび律子が言った。庸子はカヌーから持参したウィスキーを四個のグラスの底に残り少なくなるまで注ぎ足していると埴谷が呼応する。「それに、こんな時間でないと、キャバレーも借りられないわけだから、大変な時間外労働をする人種ということにもなるね。律ちゃんのホステス稼業どころじゃないね」「ほんと、私、ホステスでよかったわ。もっと美人に生まれていたら、ひょっとして女優になれても、到底、こんな深夜業は務まらないわ」。加賀まり子の撮影が終わったらしく、ラテン歌手坂本スミ子が中央の一段高い円形の一人のり舞台の上で、エネルギッシュに「ラ・クンバンチェロ」を唄いはじめた。これも繰り返し三回、同じ歌をうたい、ようやく全部終わるまでに、約三時間以上の間、四人はソファに座って過ごしたのだが、黒木の助手が四人に撮影機を向けたのは、ラテン歌手の出番も終わるころだった。黒木は向こうの端の壁際から腕組みして立ったまま四人の方を遠くから眺めていただけで、直接タッチはしなかった。そして解放された気分で外に出ると、すでにあたりは朝靄が立ち込め、夜が明けかけているのだった。その後、ラッシュを見せてもらいに目黒まで埴谷と庸子はわざわざ出かけていった。撮影現場になったキャバレー内部の撮影に必要な空間以外は「暗転」に似た暗さのつづく印象が庸子の頭のなかに強くあったので、四人のくつ

＊7 **黒木和雄の映画** ちなみにこの映画は『飛べない沈黙』(66)である。またこの時の私は〈たまたま傍らに居合わせた〉から楽しくおつきあいしただけだから、黒木さんはこのときの私のことなど覚えていないに違いないが、後年やはり湯布院映画祭で一緒になり親しくお話をする仲になった。記録映画（岩波映画社）出身ゆえか、大衆娯楽映画にあまり詳しくない黒木さんに、私が『拳銃《コルト》は俺のパスポート』(67・野村宏)を「ハードボイルドの傑作ですから絶対見るべきです」と勧めたら、深夜まで宴会と二次会があった翌朝の最初の番組（十時から上映）にもかかわらず、「眠いですねぇ」と言いながらも律儀に見て、その後に「いやぁエライものを見てしまいました。全然知らなかったから、渡辺さんの勧めで見てほんとに良かった」と感謝されたので親近感を増した。黒木は二〇〇六年春に急逝。

ろいで映像化された黒白の矩形のスクリーンを見たとき、そこに感じられるはずの酒場的雰囲気がむしろ明るい人間らしさをただよわせているのに驚かされた。やがて完成された映画を試写会に招待されてみたが、ラッシュでは写っていた四人の姿はカットされていた。ちょっとがっかりしなくもなかったけれど、考え直してもみると、何処かのフィルム倉庫を探してみれば、いまより遙かに若い作家と詩人と、それに庸子と律子の四人が、顔も姿も「動いたかたち」で残っており、後年の新宿文化研究者は、その酒のボトルを前にした貴重な資料の古い映画の「発見」を喜ぶのかもしれないと、庸子は思ったのだった。やはり生真面目な先生型の黒木和雄は、生の一断面という一つの「記念」を残してくれたのだ〉(133～135頁)。

6　『凶区』創刊後の「カヌー」

『凶区』が創刊されてからは「日録」に「カヌー」がたびたび登場し、例えば2号の「日録」では四～五月のうちに、九回、つまり週一回以上、会合場所になっている。

〈六四年四月十日　菅谷山本会う。夕刻より「木馬」で渡辺と合流、三人で「チボリ」から「カヌー」へ〉。[*8]〈四月十八日　「アートコーヒー」に集る（山本藤田高野渡辺）。凶区創刊案内発送→「カヌー」→「JAZZ VILLAGE」（渡辺ガスライター紛失泣く）。高野藤田、渡辺宅で終夜ダイス〉。〈四月二十三日　新宿「アートコーヒー」。凶区発送後「カヌー」へ。吉原氏を加え「耕路」から「オカズ」へと流れる〉。〈四月二十八日　「カヌー」で高野渡辺すれちがう〉。〈四月三十日　凶区の「いつものところ」であった新宿「アートコーヒー」閉店で、「ブラジル」へ野沢渡辺藤田集る。山本迷子となる。藤田渡辺新宿某所で灰皿を盗む。その所有権をダイスで決めて藤田勝つ。「カヌー」へ（山本高野天沢吉原現わる）。「耕路」で深夜の編集会議後→「JAZZ VILLAGE」→「突風」。（この日「カヌー」の岩ちゃん四谷へ転職）〉。〈五月四日　野沢藤田、渋谷の「DIG」で落ち合い「仲間」から「カヌー」へ……〉。〈五月七日　「JAZZ VILLAGE」で原稿あつめ。高野藤田山本渡辺『夕陽の丘』最終回を新宿日活でみる。後天沢と「プリンス」で会い、2号の印刷はタイプにすることに決める。天沢山本渡辺は「カヌー」へ〉。〈五月九日　天沢 avec 律子[*9]〉。〈五月十五日　新宿小島屋に渡辺藤田高野集る。2号の割

＊8　**菅谷と埴谷**　菅谷も何回かは「カヌー」へ行っているのだが、すぐに神戸大、続いて名古屋大に赴任したため、同店に通う機会は少なく、常連であった埴谷雄高と出会うことはなかった。菅谷自身が望んだかどうかはわからないが、私は、彼が後に「詩の原理あるいは埴谷雄高論」を『凶区』に連載したことを考えると、出会いの機会を設定してやればよかったのにと悔やんでいる。

＊9　**律子**　律子とは「カヌー」で『凶区』同人を映画談義でもてなしてくれたホステスのりっちゃん。avecとは天沢が彼女とデート、と言っても一緒に映画を見るぐらいの抜け駆け、をしたのだろう。既述のように彼女は「カミーラ」のマダムとなり、天沢がフランス留学から帰国後、二月二十一日に〝感激の再会〟をしている。

ツケ編集後、「カヌー」へ。渡辺藤田は苦心して手に入れた『砂の女』のポスターをシカゴダイスで高野に奪われ泣く〉。

同書には『凶区』についても〈詩の同人誌『凶区』の集会がよくカヌーで行われ、そのメンバーは天沢退二郎、山本道子、渡辺武信らだった。まだ若々しい未知の詩人たちが、その後、それぞれ立派になり、山本道子は芥川賞作家、学生だった渡辺武信は、卒業後、設計室をもち、新聞一面いっぱいのスペースに彼の顔写真入り広告[*10]が使われるほど名のある建築家に成長したのだった〉（141頁）という記述がある。

「カヌー」が閉店したのは六五年八月のことだった。『新宿の夜はキャラ色』には、〈このたび、「カヌー」が八月二十四日をもちまして閉店いたすことになりました。就きましては翌、二十五日に「カヌー」を愛し、育ててくださった六十一人の殿方に集まって頂き、ささやかなパーティを催したく存じます〉という挨拶状が収録され（191頁）、六十一人の発起人の名前が末尾に記されているが、その中には私の名前はないし（いわゆる文壇関連で見れば錚々たる顔ぶれだが、詩人の名は岡本潤、関根弘ぐらいしか見あたらない）、この会費二千円のパーティに出席した記憶もない。この発起人の名前はマダムである著者が〈発起人の名前は、案内状を受け取るのと引き替えの事後承諾とし、思い浮かぶままの客の名前を〉（193頁）記したのだから、私にも、他の『凶区』の同人も、このパーティの開催そのものを知りようがないわけだ。

7　「カヌー」二代目としての「ユニコン」

このパーティの案内状が『凶区』同人に送られなかったのは、当時の私たちは「カヌー」にとってマダムが閉店にあたって思い浮かべるような客ではなかったからであることは確かだが、それ以上の理由としては『凶区』の同人は前述の「カミーラ」や、「カヌー」の名バーテンで、私のような若僧にも分け隔てなく接してくれた謙ちゃんこと松本謙一が、「カヌー」の閉店に先立つ六四年九月に、「ユニコン」という店を開いたので、そちらに通うことが多くなったからでもある。「カヌー」時代の謙ちゃんは、客が閉店後にマダムを食事に誘い、口説こうとする懸念のある場合は、埴谷雄高だけを除いて、必ずボディガードとして同行した忠実な部下だった。

『新宿の夜はキャラ色』には〈謙ちゃんがカヌ

＊10　これを〈新聞一面いっぱいの〉と形容するのは大袈裟で、ここで述べられているのは八四年十一月二十一日から八五年四月四日まで、広告局企画により朝日新聞夕刊の頁の上半分に掲載された私に対するインタビューの採録「渡辺武信さんに聞く」シリーズ」であろうと思われる。下半分は不動産会社や住宅メーカーの広告に占められていて、私の顔写真はごく小さい。掲載は一ヶ月に一回の計六回（①「住まい方入門」、②「入る」、③「集う」、④「食べる」、⑤「納める」、⑥「憩う」）だった。この広告が設計受注の契機となった例はな

ー二代目として新宿文化史に残る新宿御苑通りの路地裏でスタートを切ったのは、詩人の関根弘が「鳥小屋ユニコン」と名づけたほど狭い二坪半の店であった〉（130頁）と記されているから、「ユニコン」は「カヌー」のマダムから〝二代目〟として認められていて、いわば〝のれん分け〟のような形でもあり、広い店に移ってから「カヌー」のもう一人のバーテンを雇い入れたのも、多くの客を引き継いだのも、マダム公認の事実だったのだろう。〝鳥小屋〟「ユニコン」は約一年後の六五年九月二十三日（すなわち前述の「カヌー」閉店の直後）に、同じ御苑通りながら表に出て〝鳥小屋〟ではない広い店に移った。

謙ちゃんが「ユニコン」を開くことになったのは、『新宿の夜はキャラ色』によれば〈大島渚が「カヌー」にいた謙ちゃんを「発見」し、応援することになったのだった……より大きな店に移るとき、あそこなら、いいんじゃないの——と大島は、新しく引っ越す店の下見分まで買って出てくれたのだった〉（130頁）〈会員制にするための趣意書を客たちに配り、権利金、約百万円にあてるため、入会金を一人二万円とした。この二万円は、一年後に全額返却するものとする。謙ちゃんの店で働くことになった南《みなみ》ちゃんの給料がこのとき三万円、大島監督は「ユニコン」への出資金を四十万円、大口出資者のもう一人は、富永弁護士の五十万円、そして庸子も十万円出している……映画監督としての大島渚の成功と世界的名声が増大して行くのに比例して謙ちゃんの店も大きくなり、次々と新しい店を拡張して行くことになるのだった。[*11] この二軒目の「ユニコン」の誕生を応援してくれたのは、大島渚のほかにもう一人いた。後に直木賞作家になる長部日出雄で、彼は金は貸してあげられないけれど、客は連れてくるから——といい、実際によく連れだってくるなかに、一晩中語り合う熱心な映画評論家の佐藤重臣もいた。「僕は夜ごと飲む酒の飲み方を長部から教わったのです」と、後年「ユニコン」で偶然出会った彼から庸子は聞いている。長部日出雄も佐藤重臣も青春時代を「カヌー」で飲み、「ユニコン」へと酒の道はそのまままつながっていた〉（131〜132頁）。

8　「ユニコン」と『凶区』

最初の「ユニコン」は余りにも狭く、しかも大島渚を中心とする創造社グループが連夜のよ

かったと思うが、過去のクライアントの何人かは、自分の設計者選定が間違っていなかったとの傍証として受けとめ、喜んで祝福のお便りをいただいた。

*11　**ユニコンの発展**　〈次々と新しい店を拡張して行く〉状況の詳細は私の守備範囲外だが、少なくとも数年後、やはり新宿「カプリコン」という姉妹店を出したのは確かで、そこには訪れたことがある。

うに占拠して、激論（ときには同席する仲間の一人の吊し上げ的批判）を展開していたために、こちらだけで話していても声を大きくしないと聞こえにくいような状態がしばしばあったので、『凶区』同人はやや敬遠気味で、まだ存在した「カヌー」にも行っていた。しかし旧「ユニコン」にも行かなかったわけではなく、例えば〈六四年十二月五日　小島屋で彦坂高野、５号表紙について桑山と打合せ。桑山帰ったあと野沢山本来る。「ユニコン」で渡辺と落合い、お座敷を求めて「一力」へ……〉。〈十二月二十二日「ルオー」で藤田野沢、凶区発送のため超人的に奮闘、遅れて彦坂。「ユニコン」で渡辺と会いお茶漬屋へ……〉。〈十二月二十五日　菅谷夫妻上京。渡辺藤田高野、菅谷歓迎会。新宿凶区名所を案内して「ユニコン」へ、キャンドルサービスでごきげんムード。一同帰ったあとロビンフッド帽の野沢スレチガイにつく……〉などの記載もある。また既に引用したことがある部分だが、旧「ユニコン」時代の暮れには〈十二月三十日　新宿「木馬」に集り、二幸で食料買出しをしてから、上野ハイツで凶区忘年会……深夜「ユニコン」の謙ちゃんと松本君来る。三十一日正午解散〉という記録があって、謙ちゃんと『凶区』の関わりの深さを示している。

再び『新宿の夜はキャラ色』から引用すると、新「ユニコン」の〈開店の四十年（昭和四十年つまり六五年――引用者註）九月二十三日は運悪く台風二十三号と重なり、客足が八時すぎまで、まったくなかった。「誰もいないの？」と、大島渚が現われ、開店日なのに、客の来ない謙ちゃんの不安と緊張をほぐしてくれることになる。大島ひとりで、店の真ん中に陣取って、謙ちゃんに話しかけつづけてくれたのだった。日頃は近寄りがたいと思われていた大島のもつ性格的なやさしさを見る思いがした、と、謙ちゃんは後で庸子に話してくれた。細い急な階段を上がって二階の「ユニコン」のドアを押して、客たちは次々と九時頃からやってきはじめ、遅くなるにつれて、店から溢れだした人々で階段の途中まで行列ができたほどであった。「グラスの数が足りなくて、サワーグラスで水割りをつくったほどだったんですよ」と、謙ちゃんは開店の混雑ぶりを説明した〉（130頁）。

私も他の同人も、若僧ゆえに新「ユニコン」の出資者ではないが、この移転祝いには遅く参加して、多分この〈階段の途中まで行列ができ

た〉状況の中にいた。「日録」によれば〈六五年九月二十五日　九号初校で「ルオー」に高野彦坂山本渡辺藤田集る。藤田帰りあとの四人は「ユニコン」の移転祝いに行く。大入り満員の渦からいつの間にか彦坂消えた後、三人は埴谷雄高、「カヌー」のママ、関根弘などと「カミーラ」へ行って律ちゃんに再会。ふたたび「ユニコン」へもどって三時解散〉。つまり大混雑の時間に『凶区』の三人は「カヌー」のマダムや多少親近感のある埴谷、関根らと「カミーラ」に避難して、さすがに空いてきた頃に戻ったのだろう。

移転後の広い「ユニコン」は「カヌー」の客の多くを引き継ぐ中で『凶区』や『ゔぇが』の吉原幸子たちが盛んに出入りする店になった。例えば新「ユニコン」開店の九月末から翌年初めにかけての『凶区』の「ユニコン」通いは次のようである。

〈九月二十六日　「びざーる」で高野渡辺会い、埋草原稿を書く。「ユニコン」へ行って十一時別れる〉。〈十月二日　彦坂高野藤田そして守屋千恵子サン、アニメーションフェスティバルを見ようと草月ホールへ行くが、満員で入場できず、「カミーラ」へ横流れ。思わぬ余暇にうれしがり、新宿でスロットルマシン、「ユニコン」……〉。〈十月十二日　彦坂高野藤田、守屋さん、DOCCO[*12]の久野さん、アニメーションフェスティバル見に、草月ホール。終って「ユニコン」へ。山本、吉原幸子サン、金森マヨさんと現れる。さらに連日のデモ疲れの野沢「もう水分が無いよ」と現れる。野沢スパゲッティを食べて帰り、藤田二人の妹のお守りに帰った後、神戸から帰った渡辺来て、凶区の子どもらは『ゔぇが』の姐御にひきいられて、モンキーダンス講習会〉。〈十月十六日　「ユニコン」で藤田、守屋サンとデート中、高野現る。やって来た埴谷雄高氏に藤田、9号の作品「エンディング・テーマは愛」について、えんえんと講義をうけたまわる〉。〈十一月六日　高野は『シェナンドー河』を見た後、藤田は残業の後、渡辺はクラス会の後、それぞれ「ユニコン」に現れ、『網走番外地・望郷篇』『関東破門状』のクリカラモンモン二本立て深夜興行を見に行く。一方この夜国会では、デモと議場混乱の中で、衆院特別委は日韓案件を強行採決〉。〈十一月十日　渡辺、『現代詩手帖』座談会の後、堀川正美サンとネービークラブへ行き、吉原サンと新しいクラブをつくろうかと相談。ともに風邪気味の二人は

＊12　DOCCO　創刊から終刊まで『凶区』の装丁を担当してくれた桑山弥三郎の事務所名。

「ユニコン」へ行き、うどんをすゝりながら冴えない口調で戦後論〉。〈十一月十三日　中江俊夫詩集出版記念会で山本渡辺会い、「ユニコン」へ。帰りがけに高野、友人と現れる〉。〈十一月二十六日　「小島屋」で十号編集のため、彦坂山本野沢会う。連夜遅い仕事の藤田が電話して皆に会いたがり、「ユニコン」で会う。渡辺来て、詩集『夜をくぐる声』を配る（編集はできず！）〉。〈十二月三日　夜、集る約束をしたのに中止でフテクサレた渡辺『水で書かれた物語』を見てから「ユニコン」で一人飲む〉。〈十二月四日　「ルオー」で高野彦坂編集。高野はパチンコをしてから「ユニコン」に行き渡辺と会い日録の編集のため勤勉に働く。やがて元気ない藤田現れ、三人でダメな話。勉強をしようよと言って別れる……〉。〈六六年一月四日……渡辺オスカー・ピーターソン公演をみた後「ユニコン」で菅谷高野藤田彦坂山本野沢に会う。彦坂野沢帰る。「むら上」へ行き飲む。菅谷藤田高野は渡辺の部屋に泊る〉。〈一月十七日改めて天沢歓迎会（天沢は一月十五日にフランス留学から帰国し、一部の同人が羽田空港で出迎えた——引用者註）。「ボンナ」に藤田を除く在京メンバー集り、「ユニコン」から「一力」へ。ここで藤田現る。さらに天沢藤田高野は「OBキャット」へ〉。

第八章　逸楽から苦痛と拡散へ

1　菅谷の『凶区』内部批判

『凶区』の逸楽・収穫期である第二期は19号（六九年十二月刊）で終わるが、その時期の柱になった〝三大連載〟の一つ、菅谷の「詩の原理あるいは埴谷雄高論」（資料①）は、19号の連載第五回の末尾に完結を暗示する文章があるにもかかわらず、間隔を置いて22号に第六回が、25号に第七回が書き継がれる。しかしこれは菅谷自身が読者に詫びているように、連載の単なる継続とは性格を異にしたもので、彼が名古屋大学で造反教官としての立場を貫くために強いられた思考と体験の報告であり、そのことによって〝逸楽の季節〟の終焉を示している。

一方、本来は20号の別冊付録として企画されたが、同号の刊行が遅れそうであったため、表紙がモノクロームの薄い冊子として刊行された19・½号は「臨時増刊・映画特集」であり、〝一九六七年映画ベストテン〟と菅谷と渡辺の映画評から成っていて、菅谷の視点からすれば遊芸化と拡散の兆候を典型的に示している。私はこの号に「俠客たちの夢――六八年一月封切全やくざ映画総評によるやくざ映画論」なる長篇評論（四百字詰原稿用紙換算約五十六枚）を書き、その中で〈傑作と呼ばれ得るのはその独自性によってプログラム・ピクチャーの大群から離脱したものではなくて、それらの大群の中に没しながら、その見えない中心にもっとも近づいたような作品なのである〉という論理で『博奕打ち・総長賭博』（68・山下耕作）を稀有の傑作として賞賛したが、その評価は世間に先行したものと自負している。[*1]

菅谷の文章は間接的ながら、『凶区』の遊芸化と拡散に対する内部批判を含んでいる。しかし彼の『凶区』における真の意味でのイデオローグ、つまり外部に対しては徹底的に擁護の論

＊1　**『映画芸術』誌**　当時の『映画芸術』の編集長・小川徹とは「カヌー」の常連の一人として面識はあったので、『凶区』を毎号送っていた。彼はこれを読んで、なんと大学の研究室に電

陣を張り、内部の弱点は厳しく指摘する者としての役割は、『凶区』14号（六六年八月刊）の「北川透への手紙のかわりに――感想的断片」に始まる。

菅谷は北川透の〈凶区が、どうしても存在しなければならないという内的モティーフは次第に稀薄になってゆくような気がしてならない〉という批判を〈客観的事実として、それをみとめよう〉としつつも、〈凶区が、現在ほとんどただひとつ可能な即自的集団だ〉と述べて、とりあえず『凶区』の拠点を確認している。*2「即自的」とは言うまでもなく「対自的」と対をなす形容で、北川が言うところの〈内的モティーフ〉を共有しなくてもあり得る状態だ。つまり、菅谷VS秋元、あるいは鈴木VS渡辺のような対立軸を含みながらも、お互いに愛読者であり合い、一緒に居ることであり、それは後に引用する野沢啓の論説が指摘しているように、菅谷が神戸や名古屋に、高野が仙台に、鈴木が広島に、というふうに居住地が散在している期間によって影響されたことはなく、継続した。私たちは〝日録〟が示すように、離れていても日常を共有することを楽しんでいた。具体的にはお互いに文通したり、在京者が遠隔地を訪問したり、地方転勤者が頻繁に上京したりすることを通じて会っていたからだ。つまり「即自的」とは、ざっくばらんに言えば、第五章第三節に記したように〝仲間誉めを超えた仲良し組〟である状況だ。

2　入沢康夫の凶区観「きみたちという作品」

この状況は『詩学』六五年四月号の雑誌内雑誌〝これが『凶区』だ！〟（この特集は6号と7号の間にあたり、いわば6・½号である）に入沢康夫が寄せてくれた「『凶区』への手紙」（堀川正美も同じ号に同題の寄稿をしていることは第一章で触れた）の中に記してくれた次のような屈折した賛辞が見事に言い当てているものでもある。〈きみたちは、ぼくにとって、一つの「事象」である（にすぎぬ）のであって（これはきみたちが単なる詩壇的一現象にすぎぬという意味ではない、念のため）、その「事象性」がぼくを落ち着かなくさせる……きみたちは実にうまくできた「事象」だね。きみたちくらい目的性と手段性とが野合したグループはない。きみたちくらい有効性をはらみ、しかも有効性と遠いグループはない。……きみたちくらい悪がしこく、しかも誠実なグループはない……こんな

話して原稿依頼をしたので、私が詩作ばかりではなく映画評論にも手を染めていることが研究室中に知れわたってしまった。私は同誌に、東映やくざ映画で敵役から主演級に進出しつつあった「若山富三郎論」を書き、それが同人誌以外の映画ジャーリズムへのデビューになった点では小川徹に感謝しているが、もらった原稿料は東大新聞の四百字一枚あたり三百円より安かった。文学者好きの小川徹は三島由紀夫を場末の映画館に伴って『総長賭博』を見せ、〝ギリシャ悲劇的傑作〟という形容を伴う絶賛論を書かせるのだが、これは私が『凶区』に書いたときより数ヶ月後である。なお東大新聞の編集長、池田新一は天沢、蓮實重彦と私に映画評を書く機会を与えてくれた（天沢は「天兵」、蓮實は「鬼蓮」、私は「渡り鳥」という筆名で書いた）。彼は『×』『凶区』の映画ベストテンに一度ならずゲスト参加した。

*2　**即自的集団**　「北川透への手紙のかわりに」『凶区』14号。後に「感想的断片」と改題

対句が次々といくらでも作れ、しかもそのことがそのまま、これら対句仕立ての定義の企てのむなしさを示しているという点に、きみたちのグループのよくできたところがある。要するに、これほどまで多様な両義性を身に鎧ったグループは、まず見渡したところありそうもなく、この多様な（無限の）両義性こそが「事象」の「事象」たるゆえんだ。そういうわけで、ぼくは好んでこんなことを考えてみる。きみたちの一人一人であるところの単語を使って、きみたちのグループであるところの作品が成立して、それが『凶区』なのだ、とそして、この作品は、さしあたって、どうやらきみたちの一人一人が紙に書く作品よりも――「失礼」――一段とよくできているようだ〉（傍点は原文）。

3　菅谷の〝一般学生ファシスト性〟論

菅谷の『凶区』批判が公然と展開されるのは『ユリイカ』七〇年八月号の「詩的情況論序章」（資料Ⓔ、後に資料③所収）である。『凶区』は同年三月の27号で終刊しているから、菅谷の論評は今になっては後追いにも見えようが、当時は『凶区』の終焉が決定的であったわけではない。そういう事実を考え併せると、〈《凶区》はいま危機である〉と書き出されるこの評論は、私を含む同人それぞれに対する厳しい批判を列記した、事実上の『凶区』への訣別宣言でもあり、菅谷がここで、特に終刊告知もせずに刊行されなくなった『凶区』の臨終を看取る役割を果たしたことは否めない。

しかしその一年弱前、菅谷は『凶区』24号（六九年五月刊）の冒頭に「状況論――または無言の現在をふきあげる拒否の生活」と題する六頁にわたるエッセイで、大学闘争の中でいわゆる「一般学生」が無意識に果たしているファシスト性を次のように批判している。これは『凶区』同人の日常性への埋没、言い換えれば「一般大衆」への埋没の指摘にもつながっていく点で、彼の即自性の肯定から対自的批判への転換の先駆となった論考とも言えよう。ちなみにこの号は〝映画特集・一九六八年ベストテン〟号でもあるので、『凶区』の逸楽性と菅谷の政治的に強いられた苦痛とが同居していることになる（当時東京大学の大学院に在籍し、学内の全共闘運動に、やや距離を保ちつつも関わっていた私には、菅谷の東大「一般学生」に対する批判には異論がないでもないが、そのことは後述する）。

〈（東大での）入試実施を合言葉にし……七学

されて資料②所収。なおこの部分のより詳細な引用は第五章第三節にある。

＞『凶区』24号書影

部集会へと動いた《一般学生》の合言葉の《意味》は、いうまでもなく、《卒業＝就職》そのものに他ならない。しかしそれは《意味》であって、動的な本質ではない〉〈……《機動隊導入》は、三つの集団からなる現象である。すなわち警察、大学当局、民青プラス一般学生――これら三つの集団は、同一現象の場にあらわれる多数の人間の集合だから、そこにはとうぜん、そのすべての人間に共通する心的因子が（表にあらわれないまでも）潜在していなければならない。それは憎悪である。《全学共闘》にたいする憎悪である。もちろん憎悪の本質は、それが対他（他の人間の具体的存在に対する）感情だという点にある。したがって《全学共闘》への憎悪とは、他ならぬそれを構成する人間への憎悪であることは言うまでもない。思想的憎悪なるものはほんらい存在しない。ではどのように憎悪が発生・成立するか、べつの側面から考えてみる。《教官》という存在からである〉〈ここで学生の出身層について、一応普遍化しうる部分を求めるなら、国立大学のいわゆる教員養成学部、つまり教育学部に例をとればいい。ほぼ一様に、中層下層の下限における現実の生活意識を、職業的選択に附す《良心》の意味によって補償しようとする。そして学生運動において特にこの学部で、民青が不動の支配力を保っていることに注目せよ〉〈ストライキによって《教官》は否定される。否定されたかれは、《教育》の思想においてそれに対決するだけの根拠をもたない。また《研究》の自立を対立させうるだけの思想も……つくりあげていない。そこで一挙に実体たる《私生活》に還元されるとともに、それは《大学当局》なる名目に吸収される。すなわちかれの《私生活》はそれをまもってくれる《制度》と完全に同一化する。そのあとかれのしごとは、せいぜい文部省の下級官僚程度の雑用を《代行》することだ。しかしこの《代行》には、それなりの《前衛組織》が必要である。ここに民青が登場する。ファシスト的暴行は、まず学生大会、七学部集会等々、圧倒的な数量支配（民主的！）の手続きをふむ。《民主的》《数量支配》は、ファシストの主要な属性である。ヒトラーでさえ総選挙による圧倒的勝利という必然の手続きをふんで、支配の仕上げをしたのだ〉（傍点は原文）。

　また菅谷は民主主義者によるファシズムへの危惧について、まず柴田翔による次の文を引用する。〈反民主主義的な燃素と書く時、私が考えているのは直接に右翼的な人々のことばかりではありません。私は、反代々木系全学連の学生たちの一部に見られる思想的頽廃を主に考えているのです……元より私は、彼らが「米日支配層の手先」だとも、「客観的にはその役割を果している」とも、思っている訳ではありません。しかしまた、現在の反代々木系学生運動のなかに、ファシズムにもなりうる心情がまじっていることも、また否定できないと思います〉。

柴田翔は六〇年に東大独文科の修士課程を終えたゲーテ研究者で、菅谷の先輩にあたり、六四年に中篇小説『されどわれらが日々』によって芥川賞を受賞した作家でもある。この作品は〈共産党の六全協以後、戦後左翼運動の転換により生きる方向を見失った学生たちの苦悩を抒情的に書いた小説で六〇年安保直後だったこともあって、とくに若い人々によく読まれた〉(『現代日本・朝日人物事典』による形容)ので、私も発表当時に読んである種の感銘を受けたのだが、そのように「戦後左翼運動の転換」を知悉している文化人である柴田が六八年には、かくも無惨な、菅谷の言う「一般学生」論を「反代々木系全学連の学生たちの一部」に適用するという〝頽廃〟に陥っているのには驚く他はない(右記の文章は『ノイエ・シュテンメ』という独文系の学術誌に発表されたので、一般人の目に触れることはなく、私も菅谷が引用した部分以外は知らないから、厳密なテキストクリティークを行う資格はないことを自認したうえで敢えて言うのだが……)。

菅谷は柴田の文章について〈ファシスト的素因は、じつはむしろ《民主主義的》なものに潜在していた――とだけ指摘しておく。少くとも一九六〇年以後、《民主主義神話》と訣別したものには、右のようなうらがえしの危惧は存在しない〉と一蹴している。

4 〝『凶区』は一つの過程〟という予感

野沢啓は『現代詩手帖』八七年九月号の「特集・現象的六〇年代詩を『凶区』に読む」の一環をなす「『凶区』的六〇年代詩論覚書」(資料Ⓜ、後に資料⑬所収)において、『凶区』8号(裏表紙の記載によったとすれば無理もないものの、野沢啓が六五年六月刊と記している実際の8号の刊行年月は八月十七日)における私と菅谷の文章を引用しつつ次のようなコメントをしている。〈まだ創刊のころの熱気が残っている時期のものだが、『凶区』のメンバーの自己意識が明確にあらわれたものではないかと思われて興味深い。（以下一行空きで野沢啓が引用した文）《労働はぼくたちを切りはなす。ぼくたちは特別に反社会的な集団ではないけれど、生産の組織としての社会の中では出会えない……けれど、どうしてだろう、社会的〝現実〟の中でぼくたちは自分の存在に奇妙な稀薄感をもち、凶区の中で出会うとき、ぼくたちは自分たちが生き生きとしているのが自分でも解るのだ。凶区とは、つまりどこにもない場所だ。それは、ぼくたちの余暇から時間の軸に垂直に深まる異次元空間なのだ》（渡辺武信「凶区とは絶え間ない現在である」）。（改行）《――どこへ、という問いであれば、凶区へ、というこたえが必要であろう。ぼくは、凶区へゆく、そのために書く。凶区はそれゆえ書かれたものによって、くりかえしさだめられているひとつの位置である。……あなたが、凶区へゆく、そのために読むものであることを、そしてあなたがどのように凶区を見出し、あるいは見出さないかを、告げ知らせる批判者であるかぎりにおいて、凶区は、どこへ、という問いに意味を与えることができるであろう》（菅谷規矩雄「すでに凶区はひとつの位置である」）。（以下一行空きで本文に戻る）ここには渡辺と菅谷の資質のちがい以上のものがすでにあらわれている。のちに『凶区』の仮借なき批判者となる菅谷は、このとき神戸にいて、「凶区日録」に記されているような連日の同人交流からは離れていた（ちなみに、同時期、天沢退二郎はパリに、鈴木志郎康は広島にいた）。首都の喧噪、そしてとりわけて自分たちの騒々しさのまっただなかにいた渡辺にくらべて、それだけ自己抑制がきいていたのだろうか。渡辺の自己意識が全き自己肯定だとすれば、菅谷のそれは、すでに他者の批評のまなざしを受けいれている。にもかかわらず、この時点では、両者ともいぜんとして六〇年代的ノンビリ・ムードに滲透されて、七〇年ごろの深刻な対立には至っていない〉。

菅谷が〈のちに『凶区』の仮借なき批判者となる〉のは確かだし、〈七〇年ごろの深刻な対立〉も事実である。しかし後者は〝深刻な〟と形容するのが適当かどうかは、その人の見方によるだろう。秋元が渡辺論の一部をなしながら、かなり苛烈な菅谷批判になる文章を書いたときに、菅谷はそれを当面は受け流して、上京したときには仲良く一緒に飲んで歓談していたことは既述した（第五章第三～四節参照）。またこの野沢啓の評言が掲載されたと同じ号に天沢、菅谷、鈴木、渡辺による座談会（「八七座談会」）が掲載されて、そこでは、もちろんそれぞれの立場の違いが主張されているが、同時にお互いの宿命のようなものの相互了解も現われていて、〝深刻な〟雰囲気は全く感じられない。そのこと、つまり〝深刻な〟雰囲気がないことは、座談会の後の「追記」で私が次のように記していることからも分かるだろう。〈……思い出を語れば話しは尽きず、充実した時間を過ごした思いがする。しかしながら会が終った後で、明日の授業の準備があると言って帰った天沢を除く二人とちょっと飲んだ時は、なんとなく盛り上らず、つまりは現在ではお互いの位置にかなりの距離が生じていることを改めて感じた。これはまぁ寂しいことだが、だからと言って悪いことではない。それはぼくたちが創り出した『凶区』というワンダーランドがそのポテンシアルを消費し尽くして終ったことを暗示する現象としてめでたく受け取るべきではないか。座談会の発言にもたびたび出てくるように、『凶区』同人は誌面に現われた活字を遙かに超えて実に多くのものを受け渡しあった。今は遠く離れていても、自分の物の考え方、感じ方の重要な一部が彼らと過ごした感性の共和国の中で培われたことは忘れようとしても忘れられない個人史の一章である。思えば、これほど違う個性の持主が『凶区』の前史を含めれば約十年、a decadeにわたって共に過ごす歳月を持てたのは、抛物線軌道を描く彗星が十数個出会うようなもので、一種の引き延ばされた青春の奇跡であったとしか思えない。お互いの距離を確認するにあたって、そのことだけは覚えていよう〉。

また私と菅谷の間には〈資質のちがい〉があることは自明だが、この時期に二人が自分たちのメディア＝『凶区』に対して抱いていた気持ちに〈資質のちがい以上のもの〉、つまり〈渡辺の自己意識が全き自己肯定だとすれば、菅谷のそれは、すでに他者の批評のまなざしを受けいれている〉とまで言う野沢啓の判断は後の相互批判から遡って行われた過剰な推測であると思われる。

なぜなら前述の『詩学』六五年四月号の雑誌内雑誌の編集後記で、私は次のように記している。〈……ぼくたちは一九三五年から一九三八年の間に生まれているのだが、その十人が出会うために平均二十六年を要したことになる。このようにして成立した凶区は今や言わば蜜月をたのしんでいるように見える。けれど、この凶区と言う場もまた一つの過程であることは確認しておくべきだろう。六号を重ねた凶区の誌面では、すでにさまざまの表現でくり返されていることではあるが、ぼくたちはこの凶区が永遠に続くものとは思っていない。ぼくたちの間の幸福で危険な関係のバランスが崩れる時、凶区は消滅するだろう。と言っても、今はその兆はまったくないし、ぼくたちが凶区を愛し、凶区ができるだけ長く存続するように、とぼくたちひとりひとりが願っていることもまた、たしかなのだけれど〉(傍点は引用にあたり付加)。

　この記述は、私は〈全き自己肯定〉ではなく菅谷と同様に、野沢啓の表現による〈他者の批評のまなざしを受けいれている〉状態にあったことの傍証にならないだろうか?

▷菅谷規矩雄(六七年八月、志賀高原で)

第九章　六〇年六月とは何であったか

1　〝イデオローグ〟菅谷の論陣

『凶区』20号からはじまる第三期において、菅谷規矩雄は肯定的な意味でのイデオローグ[*1]の役割を担い、外部からの同人批判に対しては擁護の論陣を張った。これは後の内部批判とは矛盾するものではなく、空疎な批判から自分を含むグループを守るためであり、外部への反批判も行間を読みとれば同人に対する単純な仲間誉めではなく、一定の留保を伴った評価になっていた。例えば菅谷は第五章で扱った『凶区』同人による天沢論座談会「退二郎錯誤」でも、そこに要約されているように、天沢に対する賞賛と批判をきちんと併立させて語っている。菅谷のこうした戦略的両面性は、野沢、山本、鈴木、菅谷自身、天沢、渡辺、秋元、金井など（同人名は『ユリイカ』七〇年八月号掲載の「詩的情況論序章」と題する『凶区』批判の指摘順）に関しても共通している（資料③）。

ここでは、私についての菅谷の擁護と批判を引いておこう。誰を例にしてもいいのだが、自分のことは一番気兼ねなく記せるし、私に関する菅谷の論説を、批判も含めて懐かしく思い出しながら書けるからだ。これは序章に記したように記録者という役割を引き受けた筆者には許されてしかるべき選択であろう。

菅谷は座談会「退二郎錯誤」（『現代詩手帖』六八年九月号）で、二人で一緒に『暴走』を創刊したために、ワンパックにして論じられがちだった私と天沢の資質の差を、次のように指摘している。〈女を鏡にして自分を見てしまうということが、まだ天沢にはないよ。天沢と対蹠的なのが渡辺だね。渡辺は「きみ」という抽象的な幻から始めたんだけど、それがだんだん具象化されて、最後に名前がついて一対一になる。ところが、天沢はまったくその逆なんだ〉。

＊1　**イデオローグ**　〈もと抽象的な議論にふける学者をナポレオンが軽蔑して呼んだ語で、空論家の意。のちマルクスによって歴史的、階級的なイデオロギーの創始者・代表者の意味を与えられた〉（岩波書店『広辞苑』）

そして彼は、もっと早い時期、六三年に私の第二詩集『熱い眠り』の解説として書かれた「対話風のコメンタリイ」（資料②）の中で、私にとってほとんど最初の詩論である「風の中から」（『×』5号別冊・六二年九月刊に掲載後、資料⑩所収）から〈……風に触れてぼくは世界のやさしさを発見する。風はぼくの頬をかすめぼくの肺を満たす。やさしさはそうした触感を通じてやってくる。《世界のやさしさ》とは言いかえれば、世界との直接的な交流の感じであり、広い意味でエロティックなものでさえある。風はぼくの中にさまざまな過去の記憶のイメージをよみがえらせる……〉という一節を引いた後で次のように論じる。

〈ぼくらはまず、言語としてここに成就されぬまま、なおも背後で詩集をささえている濃密でアモルフなかたまりをたどることからはじめたいのだが、しかしそれはいつもあの意識のはじまりというきっかけのおくに、非在としてあるいは過去として、にげこんでしまっているから、ぼくらの言語にはただその痕跡だけしかみえない。からだに触れている風——触れる、とはまた、そこからはなれてあることの意識のはじまりであり、ぼくらの意識は、そのはなれめをもとめてぼくらのからだのどこかにあつまってゆくことになる。頬か、唇か、あるいはまぶたか。そのあたりに、どうやらイマージュになろうとして身をふるわせる原形質がある。とはいえ、最初の言語はすでに《ひらかれる眼と唇のために》なのであり、詩集はその識別されたイマージュを、はじめからいとも鮮明にしるしづけている。そう、それが眼でありかつ唇でもあるような未分化の実在感は、言語のうらがわにしか存在しないところの、イマージュ以前の質感なのであり、そしてそれは風や光がぼくらにさわるあのはじめての感受にむすびあって、ぼくらの官能を、ほとんどからだごとふるわせるかである。そのときぼくらは、外界との関係という運動のそとにいて、そのままある純粋な空間での運動にひきよせられている。それゆえ、それをとらえようとすれば、ぼくらは自身の肉体と意識とを、あえて実験的にそれにゆだねるしかない。とらえるというよりは、自らがそうなるというふうに。……詩集は、すでにひらかれた眼としてである。ひらかれた唇から声がではなくて、ひらかれた眼からまず視線がそとにのびて、世界をみてしまう。この、声よりさきに視線がはしるという傾向は、やがて宿命的にこの詩集

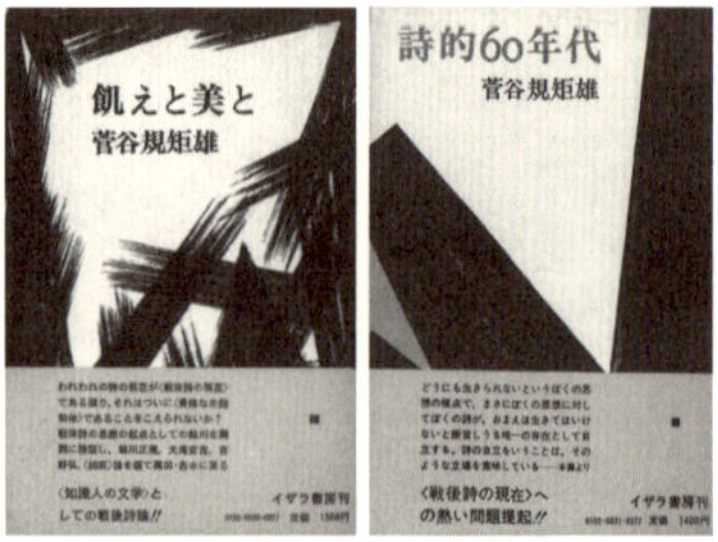

∧『詩的60年代』（資料②）『飢えと美と』（資料③）書影

の苦痛となるだろう〉（傍点は原文）。

2　視覚と触覚――大岡信のケース・スタディ

ここに示された感覚器官の分裂、あるいはズレの指摘は、後の六九年、私が現代詩文庫『大岡信詩集』のために書いた「大岡信論――あるいは感覚の至福からのいたましき目覚め」（資料⑩）とかなりの共通点がある。それは私は大岡信の詩集『記憶と現在』の圧倒的な影響下に詩を書きだし、模倣からはじめて何とかそれを超えようとしていたことから考えて、当然の帰結である。

私は大岡信の「春のために」の一連を例として〈視像からの視像への動きが、たたみかけるような詩句の呼吸と一体化して、ほとんど官能的な視覚的運動感をつくり出している。次々と提示される視像は決してあらかじめ予定されたスタティクな構図の中にはめこまれることはない。言葉たちは一瞬一瞬に視像をよびおこしては、流れの中に消えていく。その結果、読む者は、一つの風景を見るように自分の視点を定めることができず、むしろ自分の視線が流れの中にとらえられて、移動撮影のカメラのように、次々と視像を追っていくような感覚をもつ。運動が官能的にすら感じられるのは、この詩が戦後の恋愛詩の傑作であり、《おまえ》と呼びかけられているのが恋人であるというような主題からくるのではなく、読む者が言葉にとらえられて一緒に動くというこの感覚からくるのだろう……ここで、ずっと《視像》という言葉をつかって、あえて《イメージ》と言わなかったが、それは……詩の言葉によるイメージとは、たんに視覚的なものではなく、したがってそれのもつ運動もたんに視覚的なものではないことを考慮したからだ。もちろん、ここの詩句の言葉も、そうした視覚を超えたイメージをよびおこすのだが、それらがきわめて視覚的なアクセントが強いことは、ごらんのとおりである。そのため、ぼくたちに感じられる運動は、最初、視覚的映像の運動であるかのように感じられるのだ〉（127～128頁、傍点は原文。引用頁は現代詩文庫版で示す）と書いた。

さらには私は大岡信の世代の詩人たち（初期の飯島耕一や入沢康夫や堀川正美など）を、その先行世代と対比させて次のように記した。〈荒地グループの詩人たちは、戦争を通過することによって、思想形成をとげて、戦後の現実に対していたのにくらべて、五〇年代の詩人たちは、

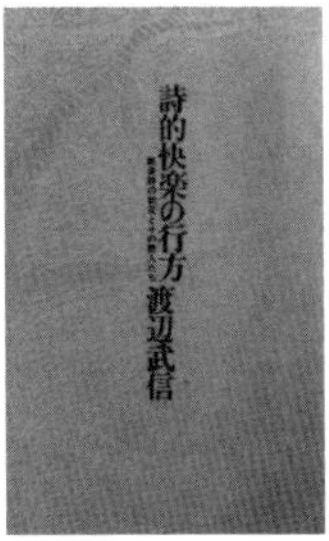

▷『詩的快楽の行方』（資料⑩）書影

感性をも含めて自らの思想を形成しつつある途上で詩を書いていた。つまり、前者は、すべてを見てしまっているのに対し、後者にはまだまだ見るべきものばかりがたくさんあったのだ。すべてが眼新しく、それらを感じとることに専念する時、次のような卒直な感官の肯定が生ずることは了解出来る。《生きる　そこに何の不思議があろう／ぼくの朝はひとびとの朝にくるまっている／十本の指　それがぼくの世界をたしかめ／二つの眼　それがぼくの窓となる》（「夢はけものの足どりのようにひそかにぼくらの屋根を叩く」）。すでに指摘したイメージの視覚性は、このような感官への肯定の特殊化として、生じてきたものと考えられるだろう。と言うより、世界から感覚与件の豊かさだけを受けとっている詩人にとって、視覚は諸感覚の王として、他のあらゆる感覚を代表しているのだ〉（同前130〜131頁）。

しかしその後、大岡信は「いたましい秋」の中で、

立ちどまれ
生には与件が多すぎる
今こそぼくにはわかりはじめる
必要なのは眼そのものをぬりつぶすことだ
世界の上に見開くためには
苛酷に夢みる心こそ必要なのだと

という詩句を生み出す。これについて私は〈感覚器官の全面的肯定の内で《十本の指》が《二つの眼》と調和している時期はごく短かい。指と眼、つまり触覚と視覚は詩人によってそれぞれの特殊な意味を担わされて分離していく……即自的に肯定され、見ることの快楽の中に融けていた視覚に、いまや一つの反省がしのびこむ。眼は、自分の役割を意識しはじめる。それは、多すぎる与件の中から選択すること、無意識に拡散していく視線を否定して、見ないことによって、《苛酷に夢みる》ことだ〉（同前131〜132頁）。〈視覚の対自化は視覚の陶酔の終りである。いまや、見ることは自己と対象の直接的合一ではなくて、反対に分離を、対象からの距離を前提とする。この時、かつて《十本の指　それがぼくの世界をたしかめ》とうたわれた触覚も、必然的に意識化され、視覚と対立するもの、つまり対象との直接的交流という役割をメタフォールとして担わされて感官の全的調和から分離していく〉（132頁）。しかしながら『記憶と現在』

の巻末に置かれた長詩「Présence」は、私の評価では〈大岡信の《固有時との対話》であり、ぼくたちは、この中に詩人の感性形成の歴史を、少なくともそれが詩人自身にとってどのように把握されていたかということを、読みとることができる。

まことにおれは、甚だしく開花を夢みてさまよった。甚だしい感性の開花、時間のみごとな空間化を……

まさにこの《開花を夢みてさまよう》道すぢが、一巻の詩集を貫いていることは、詩人によって、ここではっきりと自覚されている。そして、開花は次のように高らかに宣言されるのだ。

しぶきをあげて落ちてゆく陽の内側に歩み入って、おれは盲いた。だがおれは、体全体、眼になったのだ。手になったのだ。あらゆるものを太陽の位置でおれは見た。見たものはすでに触っていた。おれははげしく開花したのだ。

(二つの詩句は共に基本的に改行なしの散文詩形である「Présence」第四歌より)

〝開花〟は、それを予告する前のフレーズで《時間の空間化》として、次いで開花の瞬間には、《見たものはすでに触っていた》という状態として考えられている〉(同前134頁)。

しかし私はまた、次のように〝開花〟の実現に疑問を投げかけてもいる。〈回帰的、退行的な触覚への下降として解決されようとしていた感覚の分離が、詩集の終りにあたって記憶の再把握をバネにして、一つの至高点に向って上昇的に総合されようとしているのを、ぼくたちは見る。しかし、この開花の宣言が、まことに開花そのものであったか、開花の意識にすぎなかったかという問題は、この詩集以後にもちこされるのだ〉。

この疑問は『記憶と現在』以後に発表された詩篇によって実現する。これについて私は次のように論じた。〈外部世界を過剰な感覚与件の集りとして捉えた幼い自己意識は、感覚性の充溢を通して自己の存在証明を獲得する他なかったのだ。けれど、感覚を通しての自己証明の極点、つまり開花の点として夢みられたあの至高点にとどまりつづけることは、反省的意識をもつ精神には不可能なことである。視線はつねに、筋肉の運動より早い。視覚と触覚の分裂は、処女詩集の終りを超えて、微妙な陰影を新たに加えながらも、一層激しく自覚されつづけた。やがて、それは、「さわる」という作品に集中的にあらわれる。それはこう書き出される。

さわる。
木目の汁にさわる。
女のはるかな曲線にさわる。
ビルディングの砂に住む乾きにさわる。
色情的な音楽ののどもとにさわる。
さわる。
さわることは見ることか　おとこよ。
……
名前にさわる。
名前とものとのばからしい隙間にさわる。
さわることとの不安にさわる。
さわることとの不安からくる興奮にさわる。

ここで、ぼくたちは、この《さわる》意識が、かつて視覚からの離脱として夢みられた《皺のよったみごとな素裸の手》(『記憶と現在』中、「Présence」に先立つ詩篇「帰還」より。この詩を論じた部分は省略した）の触覚とは異るものであることを知る。と同時に、《見たものはすでにさわっていた》という至高点が、《さわることは見ることか》という反問によって、第一連で早くも疑われているのを知る。反省的意識にとらえられた触覚は、さわっている状態においても、対象と自己を明確に分離してしまう。それは、もはや、一つの直接性、対象との同一化ではない。つづいて出てくる《さわることとの確かさをたしかめることか》という詩句の示すように、この作品の主題は、触覚の直接性への憧憬ではもはやなくて、それすらも確実な存在証明ではないという懐疑に移っている〉(同前138〜139頁)。

3　五〇年代詩人と『凶区』を分かつもの

さて初期の大岡信について長々と論じたが、ここでやっと菅谷の渡辺論に戻ることができる。「さわる」の雑誌掲載の初出ははっきりしないが、現代詩文庫版詩集には『転調するラヴ・ソング（1956〜1959)』の一篇として収録されているので一九六〇年以前に書かれたことは確実である。「風の中から」は「さわる」を読んでから（十分に咀嚼したかどうかは別として）書かれている。菅谷の解釈のポイントは〈触れる、とはまた、そこからはなれてあることとの意識のはじまりであり、ぼくらの意識は、そのはなれめをもとめてぼくらのからだのどこかにあつまってゆくことになる〉（傍点は引用者）という一節にある。これは大岡信における触覚あるいは〈皺のよったみごとな素裸の手〉が、視覚との対比において〈対象との直接的交流という役割をメタフォールとして担わされて〉いたのに対して、私たちの世代、少なくとも私と菅谷にとっては、〃さわる〃、〃触れる〃が〈そこからはなれてあることとの意識のはじまり〉になっていることを意味する。それは、大岡信の世代によって対象との直接的交流、あるいは同一化というメタフォールを、いわば過剰に担わされた触覚観を超え出たとまでは言えないにしても、それと明らかに異なるもの、新たなものになっていることは指摘しておくに足るポイントだろう。

その違いを作りだしているものこそ、一九六〇年六月の体験に他ならない。すでに私は第一章で、天沢、野沢、菅谷、私の四人は六〇年の反安保改訂闘争と、その中における既存左翼神話の崩壊を体験しなかったら〃逸楽の季節〃を持続させ、〃六〇年代詩人〃という概念は生まれなかったかも知れず、既に私は私自身について〈自分の資質からして、六〇年六月に遭遇しなかったら〃五〇年代詩人〃、とくに大岡信、飯島耕一の優等生的エピゴーネンにとどまった可能性が強いのではないか、という自覚がある〉（第一章第七節）と記している。

では、六〇年六月とは何か？　その政治的意味を問うことは、ここではひとまずおいておこう。しかし私の「風の中から」には次のような一節もある。〈しかしぼくは一瞬の後、この風からめざめなければならない。めざめる現実には矛盾がある。陽炎の中に身をおくような《やさしさ》の感触の中でも、ぼくはこのみじめなめざめを予感しつづける。だからこそ、ぼくは風に触れながらもかすかにいらだつのだ。世界と交わるのはこんなにも簡単なのだ。こんなにも直接的なのだ。ただ、この一瞬を求めつづければいい。言葉も、方法もいらない……。ぼくにはぼくがいつも信じているものの空しさが見えてくる。ぼくが絶えず言葉を手がかりにして組みたてている方法のようなものの間接性がやりきれなくなる。とくに、こんな文章なんか！ぼくはくるしい方法を通して世界と交わろうとする企図を放棄して直接的な交流を選びたくなる。しかし、ぼくが、いやぼくたちが選べるのは直接性そのものではなく《直接的な方法》でしかない。その中にも、同じようないらだちとめざめがあるだろう。あきらかに、ぼくはずっと以前に選択を終えたのだ。ぼくはやはり書くだろう〉。

つまり〈選べるのは直接性そのものではなく《直接的な方法》でしかない〉という意識、これは六〇年代詩人に固有のものではないか？ 菅谷はこうも言っている。〈つぎつぎにひらいてゆく唇も、まぶたも、瞳孔も、記憶も、すべてそれらはひとたびひらいてしまえば、そこに詩篇として、枠組みのようにしるされ、いまだ意識のなかにひらかれずにあるかたまりの周辺を、幾重にもかこみ、それをかざることになる。ひらかれるものも、またそれをくぐっておくへむかうものも、それにさからうように、ひらかれぬままで外にあふれでようとするかたまりも、いってみれば、書く・という行為がぼくらの意識にひきおこすところの仮象の運動の形態にほかならないが、にもかかわらず、それは、ぼくらに、意味を問うことを要求している。たとえば、きみにあう、というイマージュの意味を〉。

言い換えれば、これら書かれたものが〝いまだ意識のなかにひらかれずにあるかたまりの周辺〟の縁飾りにしか過ぎない、という意識は、すでに第四章第七～八節に記述した、〝詩の不可能性〟の一端である。それは天沢がモーリス・ブランショに拠って提唱したものよりも厳密性を欠き、拡散的ではあっても『凶区』に結集した詩人に共通するものであったと思う。つまり〝五〇年代詩人〟は〈まだ見るべきものがたくさんあった〉ゆえに感官の全面的肯定から出発したのだが、私たちはそれらに憧れを抱きつつ詩を書きはじめたものの、六〇年六月と遭遇することで何かを〈見てしまった〉のだ。これは荒地の詩人たちが〈見てしまった〉ものとは違うが、世代的・宿命的なものである点で共通性もあろう。それは〝詩の不可能性〟でもあり、左翼神話の崩壊でもあり、戦後民主主義の限界の自覚でもあるという意味で政治性と文学性が絡み合った何かである。

4　〝ぼく〟〝ぼくたち〟そして〝きみ〟

菅谷の『凶区』ボディガードとしての戦力が最も典型的に発揮された一例は、六八年における岡庭昇の「歌と荒廃——六〇年代の詩のノート」（『詩と批評』六八年六月号）に対する批判であろう。

岡庭は〈ひとつの大きな出来事がもたらす体験、つまり安保改定期の昂揚に出会った、という出会いの意味が詩人にもたらす意味は、真に深い意味で問われなければならない〉というふうに問題を設定し、直接には天沢と私を標的としつつ、〈安保という大きな出会いすらも、このような形で足元をすくわれた抒情をしか成り立たせることができなかった、まさに私達の同世代の責任と、そして置かれている困難な様相〉を論じている（厳密には「論じようとしているが〝論〟になっていない」状態）。ここでは菅谷の文章を引けば岡庭の論考の性質は明らかなので、批判対象になっている原文の引用はしないが、要約すれば、岡庭は旧態依然たるプロレタリア詩の観点から、また私の詩を〝四季派〟の抒情詩、とくに三好達治のある時期の詩の継承と見なし、「つめたい朝」を事例として〈安保も、雪の降る村里の遠望のように《歌われた》のである〉と評したのだった。一方では天沢退二郎の作品を戦前の〝モダニズム〟（北園克衛、春山行夫など）の再現と見なしてもいるが、主目標は「つめたい朝」にあり〈雪の降る村里の遠望のように〉という形容は多分三好達治の初期詩集『測量船』所収の〈太郎を眠らせ、太郎の屋根に雪ふりつむ。次郎を眠らせ、次郎の屋根に雪ふりつむ〉という詩句をイメージしつつ、彼がそれと同じ手法で戦争讃歌を書いたことを念頭においての批判なのだろう。

岡庭はこの論考で「つめたい朝」[*2]を現代詩年鑑一九六三年版の年間代表作に拠って引用し、原典を読んでいなかった。そして年鑑には、詩にとっては重要な一字空きがなくなり、〈炎の予感〉が〈表の予感〉とする重大な誤植があった。菅谷は真っ先にこの点を衝き、特に〝炎〟を〝表〟とした誤植については〈渡辺の作品の語のえらびかたに注意を集中したことが一度でもあれば、とうぜん誤植のうたがいがわいてくるはずのものである〉と最初のジャブを入れている。しかしこれは、岡庭の鈍感さを示すものの、時を経てみれば岡庭にとって不運なことでもあったわけで、問題の本質はそこにはない。

岡庭の論考の根本的な空疎さは〈この詩における主格は「ぼく」という言葉であり、文法的には明らかなのにも関らず、きわめて正体不明の感がある。「きみ」という呼びかけもそうである〉という部分にある。菅谷はまず〈「つめたい朝」において《主格》が《ぼく》であるとは、そんなことを明らかにする《文法》がどこ

＊2「つめたい朝」　この詩篇は六〇年六月の直後、九月刊行の『暴走』2号に掲載された。ずっと後に刊行された樺美智子遺稿集の『人知れず微笑まん』という題は、彼女自身の文章の一節からとられているが、それと「つめたい朝」の〈こんなつめたい朝のことだろう／ぼくたちがつかれはてた視線をあげ／東の地平を滑ってくる／きみのかすかなほほえみをよむのは〉（傍点は引用者）という一節との類似は、偶然ではあるものの不思議な符合である。

にあるのか。文法的に明らかなるのは《ぼく》が一人称代名詞だということだけじゃないか。まるで中学生以下だ。日本語で《格》をきめるのは、代名詞ではない、格助詞だ。《ぼく》は主格にもなれば、所有格にもなるじゃないか。岡庭には、《文法的》にさえ、なにも明らかになってはいない〉と一発ボディブローを繰り出してから本論に入る。

あえて私が注記しておけば、岡庭の最大の鈍感さは、この作品において一人称代名詞の「ぼく」と「ぼくたち」という単数型、複数型が使い分けられていること、そこにこの詩のいわば言語表現としての価値があることに全く気づかなかったことである。菅谷は言う。〈どんな読者にだって、この作品で、人称代名詞に対応する意識、表現主体の自己意識と、他者への意識が、正確に測定され設計されて用いられていることは明白である〉。

菅谷による「つめたい朝」の人称代名詞の分析は次のように具体的に展開する（ここに引用する菅谷の論考、「岡庭昇《歌と荒廃》は空疎な文章である」及び「クリティックの領域」は『現代詩手帖』六八年九～十月号に掲載された後、資料②所収）。

〈ちなみに、この作品の六つの節に番号をつけて、人称代名詞に対応する意識の相をたどれば、こうだ――

(1)あらゆる記憶が
告発の形してかがやくぼくたちの街で
ひとつの小さな死の重さを測ることは
ほとんど無意味だ
だから　ぼくたち測るまい
記憶の中のきみのまなざしの重さを

(2)ぼくたちが耐えた時間の重さに
ついに夜明けにむかってくずれはじめた空
それを見上げるぼくの瞳に
きみの死は　ひとつの記憶に過ぎなかった
か?
ぼくたちの傷口は　いっせいに
つめたい朝の光にうたれ
血は　じょじょに固まりはじめていた

(3)たとえば　きみのみじかい髪の香りや
幼い日のひそやかな身ぶり
を知らないぼくが
泣くほど世界はうつくしくない

記憶の奥できみの肖像ははげしく溶け
ぼくの瞳に熱い風となる
ぼくは親しい街々の曲り角　あるいは
ふるさとの低い山々に
きみのまなざしの跡を見つけだす

(4)渦巻き燃える夜を映したまま
閉ざされてしまった瞳の中で
世界は決して冷えることはない
街はいつまでも熱くふるえ
道はしなやかにうねりながら
空にむかって無数の指を出し
そして　きみが
最後に吐いた息にくるまれ
世界は　いまでも苦しげにもだえている

(5)ぼくたちの視線の下で
歴史は静かに乾ききり
朝は　いつも遠くから
炎の予感を持ってくる

(6)やはり　こんなつめたい朝のことだろう
ぼくたちがつかれはてた視線をあげ
東の地平を滑ってくる最初の光の中に
きみのかすかなほほえみを読むのは〉

　このように「つめたい朝」全篇を節ごとに番号を振って引用した後、菅谷は作者である私が無意識であった領域にまで踏みこんで分析を行う。今の私には、過去の岡庭昇の誤読をいまさらあげつらう意図はないので、ここでの目的は六〇年代詩が〝見てしまったもの〟の例示としてこの詩を利用することにある。したがって菅谷の論考から岡庭に対する個人的批判の部分をできるだけ削除して（……は中略のしるし）、彼の分析を引用する。

〈(1)で人称代名詞がまず《ぼくたち》と《きみ》であることに注目せよ。……ぼくではなくて、ぼくたちから発したモティーフが、では主題としてどこまで、ぼくたちであることに耐えきれるか、を問うことによって、この作品はなりたっている。最初の自己意識は、昂揚の場ぜんたいとして発生した（ぼくたちの街で）。しかし自己意識の発生は、区分であり分裂である。すなわち昂揚とは、パッションである。受動と能動の相関である。自己意識とは他者への意識でありそれゆえの自己への意識だ。かくて(1)では、即自としての《ぼくたち》は、《きみのまなざし》（死を背後にしたきみからのまなざし）に照らされて、対自への分裂をせまられる。そこから(2)の節だ。《ぼくたちが耐えた時間》、《ぼくの瞳》、《きみの死》、《ぼくたちの傷》というように、《ぼくたち》のなかでの、《ぼく》と《きみ》との対位の発生は正確にたどられるのである。そして《ぼくたち》の即自性が、なにを契機に分裂するのか。したがってその分裂の相の実体たる《ぼく》と《きみ》との対位は、なにを媒介にして、必然の対立をせまられるのか。さらにいえば、詩作品において一人称単数の代名詞が用いられたことには、どのような主体意識の表出があるのか……このような問いかけが、(3)における《ぼく》ときみの対位をもたらすのである。そしてこれがまさに《きみの死》のかげを逆立させた形で書かれている……それとの前後関係によって(3)はいうまでもなく成立する。《たとえばきみの……ひそやかな身ぶり　を知らないぼくが》という逆説こそが、まさに作者の認識である。……ここには作者の認識が、ふかい屈折と生きるものの重みとをあわせてこめられている。すなわち《ぼくたち》という昂揚が、まさにそれじたいパッションﾞ（受苦）であった。《ぼくたち》の分裂、対自意識をうながすのが、他ならぬ《ぼくたち》のただなかでの死、《ぼくたち》のひとりであるものの死であったがゆえに、この対自意識は、この関係のなかでの極北をしめすものであった。ひとりの他者の死にたいして、《ぼく》とはなんでありうるか、なんであるかが、極北に至るまで問いつめられねばならないのである。《きみ》と《ぼく》との対位が、一方の極である《きみ》の死という、代用も交換も不可能な、それこそ絶対であるとすれば、この《絶対》との関係を、関係としてなりたたしめうる相対の根拠、《きみの死》につりあう《ぼく》の所在が求められねばならない。この唯一の根拠は、《きみの死》が、きみのものでしかありえない、そのところに存在している。すなわちぼくもまた（やがて）だれに代ってもらうことも、ゆずることもできないぼくの死を死ぬ、という事実だ。この一点でのみ、生と死とは、《ぼく》（生）と《きみ》（死）との、正確に一対一の対位たりうる。いま《ぼく》が生きているように、《きみ》も生きていた、そして死が代用しえないということは他ならぬ生が代用できぬ《きみ》のものであり、したがって《ぼく》のものだということである。ではそれをなにが《ぼく》に証しするか。《きみのみじかい髪の香りや　幼い日のひそやかな身ぶり》を、ぼくが知らない、それは逆に、《ぼくのみじかい髪の香りや　幼い日のひそやかな身ぶり》、だれにも代理のできないたしかな《ぼく》の所在、ひそやかさを告げている。このひそやかさを、デコレーションと片づけられるひとは、そもそも詩を読む必要がない。充分幸福そうに、他人の死を死ぬまでである。しかしまた、それがひそやかさであればあるだけ、そのような生の根拠はまた、直接は他人と共有しえない。それが、表現の限界をさだめるのだ。パラドックス、イロニイ、逆説の必然性はそこにある。そしてこの渡辺武信の作品のメリットは、あの安保改定反対闘争のはげしさ、そこで殺された樺美智子にむかって、にもかかわらず、はげしさをではなく、ひそやかさを記し、墓碑銘として刻みこむことのできた、その感性の鋭敏さにある。これは、あの当時にもまたその後にも、他のだれにもよくなしえなかったことであり、渡辺武信の作品の存在理由なのである。かれはそこで、このひそやかさに、《きみの死》と、そしてそれに対位しなければならないおのれの生きる根拠のすべてをかけたのである》。

5　〝六〇年代詩〟のボディ

ここで私は空疎な批判に対して菅谷が行った擁護論を盾に、過去の自作を自賛するつもりはなく、ただ「つめたい朝」とその菅谷による分析を通じて〝六〇年代詩〟を五〇年代詩（感受性の祝祭の世代）、及びそれ以後とを区分しているボディの一端を示そうとしているだけである。

さきに〈作者である私が無意識であった領域にまで踏みこんで〉と記したが、無意識と恣意とは違う。私はこの作品以前から〝きみ〟に呼びかける詩を書いていたが、それは幼い日の片思いの恋人にはじまり、その時々の具体的な異性の相手に触発されながら、〝ぼく〟という存在を映す鏡を求め続けた結果であったと思う。

菅谷はこの論考とほぼ同じ頃、既述した座談会「退二郎錯誤」の中で、私の〝きみ〟という表現について〝抽象的な幻から始まった二人称がだんだん具象化され、最後に名前がついて一対一になる〟ことを指摘している。

また堀川正美は「渡辺武信についての感想」（『凶区』10号・六五年十二月刊〝FOCUS渡辺武信〟への寄稿。後に資料⑫に所収）の中で〈渡辺武信は谷川雁同様に、ユングの集合的無意識を考えているようです。快楽と記憶、それが一致しないものではないかというぼくの疑問は、じつはユングの考え方のほうから逆に渡辺武信に対して出てくるのですが、集合的無意識は記憶と関係はあっても快楽とは関係がない。その点を誤ると単なるナショナルなロマンチシズムに堕する危険が存在します……ユングは「老賢者」と「大いなる母」を集合的無意識の元型として、「アニマ」「アニムス」に次いで重要なものと考えましたが、アニマについていえば一見それが快楽を予想させるような働き具合を男性にあって惹き起こす、女に魅かれる男の魂であるところのもの、そのあたりが渡辺武信に〔集合的無意識を――引用者補注〕快楽と思わせたのではないでしょうか〉と、一刺しを加えてくれている。この論理の少なくとも一部は適切な批判として受けとめたが、一方、私の詩における〝きみ〟が、快楽の対象ではなく、究極的な〝ぼく〟を対自的に確立するために必要とされる「アニマ」の探索であったことは、詩を書くことを断念した今だからこそ、はっきり自覚できる。

以上のような私の詩の書き方からすれば、一九六〇年六月十五日に死んだ樺美智子が詩の中の〝きみ〟となるのは必然でもあったのだ。彼女は私に起こったかも知れない死を死んだという意味で忘れられない。ちなみに私は樺美智子をデモンストレーションの中でしばしば見かけたが、個人的な関わりは全くない。当時の全学連のリーダーの中では教育大付属高校の先輩であるＭ（旧姓）という女性が私の憧れの対象だったから、もし殺されなければ樺美智子を意識することはなかっただろう。したがって〈きみのみじかい髪の香りや／幼い日のひそやかな身ぶり／を知らないぼくが／泣くほど世界はうつくしくない〉という数行はごく自然に発想されたものであった。そしてそういう発想からして、〝きみ〟はデモの仲間として〝ぼくたち〟に含まれていても、〝きみの死〟が〝ぼくの死〟ではありえない以上、〝ぼくたち〟は〝ぼく〟と〝きみ〟とに分離するのは当然であり、菅谷はそれを適切な論理と文脈で第三者に対して解説してくれたに過ぎない。

菅谷の論考は、擁護一辺倒では決してなかった。そのことは雑誌連載時評だったこの論評の次回で、菅谷の擁護論を《結社的情熱》という単純な党派性としてしか理解しなかった岡庭に対して〈「つめたい朝」に関するぼくの分析が、じつはその結論でどれだけきびしく鋭いクリティックになっているか、その箇処をもう一度ひいておく。「かれ（渡辺）はそこで、このひそやかさに、《きみの死》と、そしてそれに対位しなければならないおのれの生きる根拠のすべてをかけたのである」――では、このひそやかさにかけられた根拠のすべてを、どこまで作品としえたか、詩的言語としえたか、という根源的な問いかけは、渡辺武信の《詩》の心臓部につきささっているのだ〉と記し、この時点で既に私への批判を抱いていて、とりあえずそれを留保しているに過ぎないことを宣言している。この点を考え併せれば、私が菅谷による「つめたい朝」の擁護を、単なる自賛の材料にしえないことは明らかだ。

　むしろここで自賛の意味合いを超えて記録しておくべきなのは、菅谷が私の詩作品を論じつつ述べた〈自己意識の発生は、区分であり分裂である。すなわち昂揚とは、パッションである。受動と能動の相関である。自己意識とは他者への意識でありそれゆえの自己への意識だ〉という一節だろう。これもまた、前に大岡信の「さわる」に関連させて引用しておいた菅谷の言葉、〈触れる、とはまた、そこからはなれてあることの意識のはじまりであり……〉とほぼ並行的な関係をなしつつ、五〇年代詩人と六〇年代詩人を分かつもの、私たちが逸楽の季節を過ぎて〝見てしまったもの〟のありかを示している。

　つまり五〇年代詩人にとって自己意識とは、自らの感受性の主体として他者への意識と関わりなく疑いもなく存在した即自性であるのに対し、六〇年代詩人における自己意識とは、少なくとも六〇年六月十五日以降は、〈触れるとは……はなれてあることの意識のはじまり〉であるのと同じ形で対自性を孕んだものであったのだ。

　福田善之が明らかに六〇年六月を意識して書いた戯曲、というよりミュージカル（作曲・林光）『真田風雲録』[*3]の幕切れに響く「佐助のテーマ」の歌詞に、〈ひとりでないと／いっしょになれぬ／いっしょじゃないと／ひとりになれぬ／ひとりがいっしょで／いっしょがひとりで／ホイ／ホイのホイ……〉という一節があるが、それはまさに、自己意識が既に対自性を含み、〝きみ〟があってこそ〝ぼく〟が発生し得て、また双方を含んで成立する〝ぼくたち〟から〝きみ〟と〝ぼく〟が分離せざるを得ないという六〇年代的〈受動と能動の相関〉の様相で

＊3　**『真田風雲録』と福田善之**
この戯曲は六〇年十二月に三十分のラジオドラマとして生まれ、六一年春に四十五分のテレビドラマとなり、六二年四月、俳優座系の若手劇団の合同公演として都市センターホールで上演された。その舞台は私、及び一緒に観た『凶区』の仲間を笑わせ泣かせ、強いインパクトを残した（佐助は池田一臣、むささびのお霧、つまり霧隠れ才蔵は女

ある。福田は世代的にはむしろ五〇年代詩人の仲間（終戦時中学二年、つまり一九三二～三三年生まれ）であるが、彼の感受性のあり方は六〇年代詩人と共振しているように感じられる。

6　六・一五へのこだわり

六〇年六月十五日の国会南通用門における全学連と機動隊の衝突、そしてその中における樺美智子の死は、社会的である以上に思想的事件であるが、それは、ここまで書いてきたことからわかるように、六〇年代詩人と呼ばれる者がすべてがこだわりを持っている出来事ではない。それは主として『凶区』の中の『暴走』出身者、天沢、菅谷、野沢、渡辺にのみ強く関わることである。また予め断っておくが、これは六・一五を思想的にどう受けとめるかという問題であって、その現場に実際に居合わせたかどうかが問題なのではない。例えば菅谷規矩雄は、彼自身が〝現場〟には居なかったことを、次のような形で率直に記録している。

〈六・一五にぼくは国会構内にいなかった。アルバイトの帰りに駅前のコーヒー店でTVのニュースと《実況》とをみながら、国会へかけつけるにいたらなかった。その身うごきならぬおもい、一・一六の羽田で折れ屈したものはなになのか、デモや集会をともにしつつも、いわば六月への道をわがものとなしえなかったひとりの、その夜そこにいないということは、いかなる敗北であったか。一月と六月のあいだにすべてをみること、果てしもない離脱へと時をかたむかせないための、ほとんど絶対の支えを、ぼくは吉本隆明の文章におこうとしていた。安保闘争のあいだ、闘争からの本質的離脱つまり敗北は、そのどの時期にも、あらゆる形でひとりひとりにおこりえた――ではおまえのばあいは？　という視線のインテグラルのなかに、そしてひとりひとりがいる〉[*4]。

だから私は自分が六・一五の現場に居合わせたことを、居合わせなかった者に対して誇るつもりはない。なぜなら、私はただ警視庁第四機動隊（通称四機）に追い散らされ、裏道をたどって遁走したに過ぎないからだ。これは、別の群に属して現場にいた野沢も同じ考えだと思う。当日のことについては、建築学科大学院で同じ研究室に属していたが、九二年に五十五歳で早世した宮内康の追悼文の中で率直に書いたつもりである[*5]。

〈私が彼に出会ったのは本郷の建築学科に進学

性で若き日の渡辺美佐子が編みタイツ姿で演じた）。また加藤泰による同名の東映映画（63）も（佐助は中村錦之助、お霧は舞台に引き続き渡辺美佐子）カルトムービーの一つとなっている。

*4　**出典**　「自立の思想的拠点」。初出『日本読書新聞』一九六六年十一月七日号、後に資料③所収。

*5　**宮内康**　本名は康夫。彼については「〇三座談会」でも

した一九六〇年である。彼は……私と一緒に大学に入ったのだが、私が駒場で留年している間に追い越して、本郷では上級生になっていた。……デモや政治集会によく来る上級生とは親しくなったが、その中に宮内の姿はなかったように思う。彼が安保闘争に熱心に参加していたことは後に知ったが、私が進学した頃の建築学科のデモ隊の中では見かけなかったので、たぶん学科ごとの隊列と別のグループで動いていたのではないか。しかし六月十五日の夜が明けた朝、彼は機動隊に殴打されて負傷し、頭に包帯を巻いた姿で学科の集会に現れ、現場の報告をしつつ、強烈なアジテーションを行い、ここで私は宮内康という四年生の顔と名前を覚えたのだった。自分も少なからず興奮状態にあった私は、このときの宮内の言葉を具体的には覚えていないが、この状況下では頭の白い包帯が一種の光背であり、集会で語る彼の姿には生け贄にされることを選んだ者だけに許されるアウラがあった。しかし周知のように六月十八日の自然承認によって事態は急速に鎮静化し、弛緩の季節が訪れる。私自身について言えば、六月十五日が私に残したものは、一種即物的な恐怖であった。宮内のように機動隊とわたりあうことはなく、国会前から日比谷方面に蜘蛛の子を散らすように逃走する学生の群の中にいた私は、街角にたむろしている機動隊員がたまたま近くを走りすぎる学生を無差別に捉えて集団で殴りつけるのを注意深く避けて逃げながら、心底から怖かったのだ。しかしそれは同時に、権力とはいかに飾り立てても要するに、このようなチャチなむき出しの暴力なのだと思い知った一種の悟りのようなものも招いた〉（『怨恨のユートピア——宮内康のいる場所』れんが書房新社・〇〇年六月刊・548〜549頁）。

　要するに私は、国家というものは、このような事態に遭遇すると、しょせん暴力であるという本質をあらわすもので、その本質を視覚的に引きずり出しただけでも国会デモの意味はあったのではないか、と感じたのだった。そのときの肉体的危害に対する恐怖は〝肉体的危害に対する恐怖〟を〝恐怖に過ぎない〟と言い換えることもできるから、なおさらその感が深いのだが、私がその後、自分が再度、同じ恐怖に耐えられないことを悟って生きてきたのも事実である。私は後に、

　そして　ぼくたちには

話題にしたので雑誌には記録されているので簡略に記す。宮内は修士課程修了後の六〇年代後半に東京理科大の建築学科講師として、菅谷と同様に〝造反教官〟の立場をとって苦闘し、大学に対して民事訴訟を起こし、地位保全の裁判には勝ったが、一九九二年十月、菅谷よりちょっと後に早世してしまった（享年五十五歳）。宮内は『凶区』の購読者だったし、菅谷と親しい松下昇と知己でもあったが、私はあえて紹介の労をとらなかったので、宮内と菅谷は直接に出会ってはいない。

耐えられるだけの　わずかな恐怖を……

という二行を書いたが、この詩句が出てくる作品のタイトルは「恐怖への迂回路」[*6]であり、私は恐怖を迂回して生き続けたことを自認している。

六・一五の現場に居合わせなかった者が、それを率直に告白したうえで、その事実からより深い思想的意味を汲み上げることがあり得るのは当然であるし、菅谷はまさにその典型的な例である。しかしながら樺美智子が殺される時点で流れ解散をした者も含めて、現場に居なかった者が、そのことを曖昧にして六・一五を語ることには憤りを覚える。とくに日本共産党とその指導下にあった全自連（全日本学生自治会連合）及び同じ路線にあった労組の指導層が、自分たちの隊列と座り込んでいる全学連主流派との間に厳重な人垣を作って両者を遮断しつつ、粛々と現場を去らせて行った事態を目撃した私は、彼ら彼女らが立ち去らなければ樺美智子が殺されることも、私が生涯にわたって迂回し続けざるを得ない〝恐怖〟を味わうこともなかったであろうと思うと、日本共産党と全自連＝民青を許すことは決してないだろう。

7　管理社会に対する抗議としての安保闘争

ここは反体制運動の路線について政治的論議を交わす場ではない。しかし詩的感受性に関わることについては最小限の発言は記録にとどめておきたい。

私にとって、安保改訂反対闘争の本質的に政治闘争ではなかった。長野県諏訪で明治から続く製糸業を営んでいた地主階層、つまり女工哀史の敵役の家庭に生まれた私が、小学校の社会科で習うデモクラシー以上の過激な社会改革の思想に染まる契機はないに等しい。私の安保闘争は、終戦直後の小学校における解放感から、中学、高校と進むに連れてあらわになってきた秩序の整備に対する反発と滑らかに連続している。それはたぶん菅谷にとっても野沢にとっても、同じだったのではないかと思う。

たとえば敗戦直後の都心の焼け野原とバラックは、小学生であった私にとって自由な遊び場であり、地面を手当たり次第に掘ると綺麗なタイルの破片のような宝物が出てくる採掘場でもあった。貧しい資材で再建された東京教育大学付属中学の木造校舎の教室は、床板が簡単に外れるので、冬には目立たないところを剝がして

＊6　カード形式の詩集『首都の休暇・抄』に収録の後、二、三の作品を加え『首都の休暇・全篇』を現代詩文庫版『渡辺武信詩集』に収録。

ストーブにくべることも黙認されていたし、文化祭のとき縁甲板《えんこいた》貼りの壁に一寸五分角の材木で組んだ骨組みを釘で打ち付け、その上に南京袋のような麻布を貼ると教室は美術クラブの展覧会場として、非日常的空間に変貌した。また運動部の部室は校舎に寄りかかる形で生徒の手で築かれたバラックだった。その壁は現在のホームレスの手作り住居のごとく、しばしばダンボール製だったが、こうした茸のように〝生えて〟いる仮設建築は教官に黙認されつつ増えていった。こういうことを少年少女たちが自発的に行えるという自由（それは石坂洋次郎の青春小説、例えば『青い山脈』の世界でもあるが）は、一度味わったら忘れられない甘露である。ところが高校に進学すると、同じ敷地内に新築された鉄筋コンクリート造校舎は、壁に釘を打つことはできず、ダンボールハウスの部室も許されず、大人の世界では、警察予備隊が生まれそれが保安隊、自衛隊と名前を変えて拡大していく。それと共にかつて小学校の社会科で教えられたデモクラシーそのものがむしろ反体制的な、過激なものとみなされるようになる。

どんな社会でも幼な子には無限の自由が許されるが、青春前期（アドレッセンス）に至ると、少年少女は社会の規則に従うことを強いられ、〝おとな〟になっていく。これ自身が幼な子特有の自由の剥奪であるが、私たち、つまり六〇年代詩人の少年少女期は、どんな世の中でも強いられる社会への馴致が、政治的反動化、管理社会の強化と波長を合わせて、いわば二重の桎《しっ》梏《こく》となっていた。

これは終戦時に小学生であった、言い換えれば疎開世代に共通の体験と言えるだろう。美術クラブの課外活動の時間には主としてすぐ近傍にある教育大学に進学したクラブの先輩が訪れて、デッサンやクロッキーの技術、明朝体とゴシック体の違い、美術史的な教養などを教えてくれ、しばしば美術の枠を超えて、今井正の『また逢う日まで』や木下恵介の『女の園』、そしてジョン・フォードの西部劇を見るべきものとして推奨した。先輩の中には学生運動に参加している者もいて、岩波新書程度の社会科学の知識をもたらし（たとえば私は先輩に勧められてスウィージーとヒューバーマンの共著『資本主義経済の歩み』上下巻を読んだ）、また警職法反対闘争、砂川基地建設反対闘争に参加した体験を、特にオルグするような態度ではなく、一つの常識として語ってくれる「もう一つの学校」であった。その体験が大学入学後、全学連主流派と反主流派＝民青との区別もわからぬままの私（あるいは後の〝ぼくたち〟）を街頭デモンストレーションに誘い込んだのだった。

一九六〇年六月はこうした反体制勢力の間の亀裂を私の目の前に突きつけた。日本共産党は反体制陣営の中での自分たちの〝支配体制〟を守るために国会デモを撤退したのであって、私を息苦しく感じさせていた国家的反動に対して戦う意識は二の次だったのだ。もっとも、私は共産党員またはそのシンパであっても、好ましい人柄の人間とは私的な交遊を拒んでいなかったし、今でもそうである。以前に『詩人派』同人として名をあげた木村秀彦などもその一人だ。しかしながら、当時全自連の指導者であった者が、左翼神話の破綻が明らかになった後で、学生時代の自分が果たした役割を、あたかも〝なかったこと〟にしたような言説を操ることは許せない。それに比べれば全学連の主流派の指導者たちは、香山健一のようにプラグマティズムに基づいて「未来学」を提唱し、中曽根内閣のシンクタンクに参加して、明確な体制派に転向したにしても、島成郎のように僻地の医師となってひっそりと生涯を終えたにしても、納得のゆく生き方をしている。彼らは誰にでもわかる形で自分の青春の結末をつけたからだ。

また六〇年当時「ブント」*7におけるリーダーであった長崎浩（三七年生まれ、東大大学院中退後、六三～七〇年東大物性研究所助手として全共闘にも参加、以後は勤務医）が『1960年代・一つの精神史』（作品社・八八年刊）を著し、長崎と共に「ブント」の指導者であり、東大教養学部自治会委員長でありながら安保直後に保守派に転向した西部邁《にしべすすむ》（三九年生まれ、横浜国立大助教授を経て東京大学教養学部教授）さえも『六〇年安保――センチメンタルジャーニー』（文藝春秋、八六年十月刊）を著した。この両書の論旨はそれぞれ違うものの、共に私を納得させるものではない。しかし思想的立場は別として生き方に注目すれば、自分の過去をきっちり清算しているのは潔いと思う。

とくに確信犯的に保守派に転向した西部は、右記の著書の「あとがき」で〈六〇年安保およびブントについて回想するのは、これが最初であり、また最後でもあるだろう。六〇年をめぐる事柄は私が大人になるためのイニシエーションであった。そしてこの書物は私の壮年期のターミネーションであり、それは直ちに老年期の

＊7　ブント　ドイツ語のbund＝同盟を意味し、共産党から除名された学生党員が五八年十二月に結成した「共産主義者同盟」の略称。ブントは革共同（「革命的共産主義者同盟」の略称）と共に、互いに葛藤しつつも、対代々木では連携して六〇年安保時の全学連主流派を形成した。なお私は単純なノンポリラディカルで、ブントをはじめいかなるセクトにも属さなかったが、駒場の美術サークルの部屋の隣に社会主義研究会の部屋があり、そこにたむろするブントの論客とは顔見知りであった。六〇年安保においては全学連と日本共産党及びその影響下にある労働組合が見解、戦術で対立していた。私が教養学部に入学した五七年における全学連委員長は香山健一（ブント所属、私が大学院に進んで最初に配属された実施設計チームのジョブ・キャプテンとなった香山寿夫さんの実兄）、都学連委員長は塩川喜信（革共同所属、五八年から全学連

イニシエーションでもある。老年期にはまだ早すぎるという気がせぬでもないが、自分たちの老いから死に至る過程を明瞭に意識しはじめたという意味で、いわゆる六〇年代世代は、いま、死をいかに死ぬかという課題を、引受けなければならないような生の周期に入りつつある〉[*8]（傍点は引用者）と記しているのが感銘深い。西部は一九三九年早生まれで一九三八年早生まれの私より一つ年下にあたる。彼は六四年東大経済学部卒業だから、浪人と留年を経て六二年工学部卒業の自分と比較して考えると学生運動のためにかなり寄り道をしたと推測される。私と西部は共に寄り道が少なければ六一～六二年頃の同じ年に学部卒になる可能性もあったのだ。しかしこの書物が刊行された八六年に西部は四十七歳、素材となった回顧録の『諸君！』連載が始まった年には四十六歳だから、その年齢で〈老年期のイニシエーション〉と書いているのは達観と言う他ない。

私はといえば、六〇年安保は〈大人になるためのイニシエーション〉ではなく、幼年期から続いてきた秩序の整備に応じて強まる規制（ヘルベルト・マルクーゼの言う、快楽原則の一般的な抑圧を超えた、その時代の社会体制による時代性を負った過剰抑圧の重なり）に対する抗議であり、それは壮年期に至っても衰えることはなかった。八〇年に詩作を断念したときには〝引き延ばされたアドレッセンスの終わり〟を感じたが、西部のように〈老年期のイニシエーション〉は意識しなかった。その後、菅谷、東大建築科同窓（学部では一年上級だったが留年したため大学院では同級）の宮内康、中学高校の美術サークルの仲間で早大卒の建築家だった木島安史が相次いで歿した九〇～九二年、つまり五十二歳を過ぎてからも、日活アクション映画への執着と、『住まい方の思想』など一連の住宅論において、抑圧されている戦後的〝個〟＝私《わたくし》性《せい》をいかに擁護するか、つまり〈いかに生き得るか〉を探求していて、老いのはじまりを意識したのは、六十歳を過ぎて神経性胃潰瘍を患って半年間入院してからである。強いて関連づければ、いま私が記録者の役割を敢えて引き受けて書きつつある本書は、六〇年安保についての立場は全く立場は違うが、〈死をいかに死ぬかという課題を、引受けなければならないような生の周期〉を意識している点で、私のライフサイクルにおいて、西部のこの著書にあたるものと似た位置づけをされるのだろう。

委員長となり、六〇年以降は東大農学部助手を経て神奈川大学経済学部非常勤講師）で、この二人のアジテーション演説はそれぞれ個性的な名調子で、二十歳になったばかりだった駒場時代の私を魅了する力を持っていた。

第十章 六〇年から六八年へ

1 『現代詩』廃刊の政治性

菅谷は一九五八年七月に関根弘を中心として結成された「現代詩の会」と、その機関誌として創刊された『現代詩』（飯塚書店刊）が、六四年十月に廃刊されたときの政治性的側面について論じる中で、〝六〇年代詩人〟と目されている長田弘と、同世代の評論家、野口武彦を厳しく批判している。[*1]

『現代詩』の創刊と廃刊は、現在四十歳代前半の読者が生まれる以前だから、菅谷の批判に接する前に、歴史的存在に過ぎなくなっている同誌の性格について説明しておかなければなるまい。『現代詩』はそれ以前にいくつかあった同名の同人誌とは別物で、砂川基地反対闘争から[*2]警職法反対闘争を経て安保闘争に至る反体制運動の高揚期に、いわゆる〝民主主義文学運動〟の拠点として、それなりのイデオロギー的制約はあったものの、幅広く多くの詩人たち（例えば大岡信から私までに）に誌面を開放する詩壇ジャーナリズム誌＝商業誌であった。言い換えれば同誌は、『詩学』及び第一次『ユリイカ』と並ぶ存在だった（投稿誌『文章倶楽部』を前身とする『現代詩手帖』の創刊は翌五九年）。

しかし『現代詩』及び版元の飯塚書店が代々木共産党の影響下にあったことは、創刊当時は不詳だったが、廃刊後には誰の目にも明らかになっている。菅谷は同誌の編集長であった関根弘（後に除名されたが、当時は日本共産党員）の意図を次のように要約している。

〈(1)……《ひとことでいえば、民主主義文学運動内における詩の類型化をいかにして打破するか？》[*3]……ただし一応額面通りにこの字句をうけとるとしてである。(2)より具体的に《民主主義文学運動》の展開に添っては、(a)戦争前のプロレタリア詩の否定克服(b)そのための規範とし

＊1 「離合集散」『現代詩手帖』六八年十月号、資料②所収

＊2 **砂川闘争** 砂川基地反対闘争が国民的支持を得ていたことを示す傍証の一つは、この闘争をドキュメンタリータッチで描いた『爆音と大地』（関川秀雄）が五七年九月二十九日、・時代劇の東映・のプログラムピクチャーとして『若さま侍捕物帖・鮮血の人魚』（深田金之助）と二本立て封切りされていることであろう。

＊3 関根弘評論集『狼が来た』（書肆ユリイカ・五五年刊）所収

てのシュルレアリスム――レジスタンス詩(c)つまりシュルレアリスムの左翼的克服としての、アレゴリカルなドキュメンタリイ（別名これをアヴァンギャルド主義という）。(3)このアヴァンギャルド主義文学運動をプロパガンダすべき大衆的な場処として関根が考えていたのは、サークル詩運動および生活記録運動。(4)ただし地道な活動家でも、また谷川雁のごとき《工作者》的イデオローグでもなく、ほとんど先天的なまでのジャーナリストたる関根弘は、商業誌ベースでこのプロパガンダを展開しようとした。つまり花田清輝流の（アヴァンギャルド）芸術大衆化路線にとびついたのである〉。

〈……関根弘の決定的な限界は、安保闘争期において党の路線は充分ふみはずしつつも、結局は当時の全学連主流派にたいするシンパサイザーの（かつまたジャーナリストの）域をでることができず、この闘争にたいしてなんら本質的な理論を提示しえなかったことにある……この自称アヴァンギャルドは党からは批判され……孤立しかけ、かつまた安保闘争の真に前衛的な部分のなかには自らの場をついに見出しえなかった。この孤立を、現代詩の会というひろがりの中で糊塗せざるをえなかったのである〉。

〈さて、一九六〇年五月十九日[*4]以後、《民主か独裁か》という踏絵をつきつけられて、自覚してにせよ無意識的にせよ、詩人を自称するものまた他称の詩人たるものの大多数は、民主主義文学運動に結集することになった、つまり現代詩の会に。この結集の度合は、さまざまな側面で関根のもくろみを超えていたと考えられる。ワンマン編集長関根を追いだせという圧力が代々木の党から雑誌の発行所たる飯塚書店にかかってきた。そしてこの圧力は、他方での現代詩の会のそれなりのもりあがりとマッチした。そこで『現代詩』の編集は、（長田弘や大岡信を含む――引用者補足）編集委員会の手にうつった……ここでしばらく除名・脱党派（文化人）の勢力のひとつを抑えたうえで時をかせぎ、それが安保闘争以後の党員拡張運動の波にのって代々木の党はセッセと『詩人会議』を育てあげ、どうやら一本立ちする見通しがついたところで、党＝飯塚書店は、『現代詩』をつぶしにかかった。そこで現代詩の会の主要活動メンバーはなにをなしえたか。このような政治勢力の圧力にあっては、ひとたまりもなくつぶれた――まさに長田の書いた通り、結局は政治ブロックの性格をもちえなかったことが「認識」された。

＊4　**五月十九日**　安保改訂法案が衆議院で、警官隊を導入して強行採決された日。

いや、そこに至ってはじめて事の本質にふれるなにごとかについて認識をせまられた。この事実こそがむしろそれまでの無自覚的政治ブロックの所在をおのずと語っている。すなわち、安保闘争期の衝撃によって多かれ少かれ内的な崩壊を余儀なくされたものたちが、自立と頽落のどちらをもあえてえらびきれずに、しばらくの滞溜の場を求めた。そしてこの内的な低滞を、派手な外的活動によって補償しようとしたのである〉[*5]。

菅谷がここで問題にしている現代詩の会の政治的圧力に対する無力さは、彼の言うとおり、この会に関わっていた者すべて（菅谷自身や私も含む）が多かれ少なかれ責任を負うべき事象だろう。菅谷の論旨は「詩人会議」というグループが一九六二年に党員詩人の長老、壺井繁治を冠にいただいて結成され、翌六三年一月から同名の雑誌を刊行し始めた事実に裏付けられている。つまり菅谷が〈党は……時をかせぎ〉と記した期間は、具体的には一九六三年初頭から六四年十月までの二年弱を指す。

2 〈ぼくたちの六十年の死者たち〉への疑問

次いで菅谷は具体的に長田弘への批判に移っていく。〈……ここにはさまざまな傾向の崩壊過程が流れこんだ。スターリニストくずれのアヴァンギャルド派、抒情詩くずれ、シュルレアリスム経由のブルジョア文化派、生活記録くずれの声なき声派、そして全自連くずれの構改派もいたにちがいない――たとえば長田弘である。ぼくの言いたいのは内的崩壊の傾向であるから、じっさいのデモで長田がどこにいたかとはひとまず別である〉。

〈関根‐長田という脈絡をここに仮定することは、関根弘がついに全学連主流派のシンパにすぎなかったことの説明になる。安保闘争を臆面もなくおのれの《青春》だと言いきる長田に、スネに傷もつ左翼くずれのおじさんたちはいかれたのである。『朝日ジャーナル』誌上での座談会[*6]でも、安保闘争においてもっとも反動的な役割をはたした全自連の指導メンバーのひとりであった野口武彦と（まさに全自連くずれの構改派ながれ的存在だ）、同席した長田弘は、なんら野口のありかたに対して批判をなしえない（少くとも基本的な対立を明示しえない）のである。そしてまた、かれの詩作品や批評的文章のあちこちに、安保闘争に言及している箇処は数えきれないほどだが、それでいてかれが闘争

＊5　**引用全体への補註**　これらの引用は、仮名遣いや漢字のひらき方、「頽落」「滞溜」「低滞」などの菅谷独特の造語（常識的には「頽廃」「滞留」「停滞」であろう）も含めて原文のママとしたが、括弧については、私が引用部分を〈〉で囲んでいるので、原文の中の〈〉は《》にするなどの改変をせざるを得なかった。また本書を通して書名、雑誌名や映画の題名は、地の文でも引用文中でも、二重カギ括弧＝『』にするという原則を貫徹している。

＊6　**朝日ジャーナルの座談会**　六八年一月七日号「安保と羽田の落差」。これは六七年十月八日、十一月十二日と二回にわたって起こった羽田闘争の歴史的意味を六〇年安保世代と、その上下の世代に語らせた企画で、出席者は私と同世代の長田、野口の他に、劇作家・秋浜悟史（三四年生まれ）、文藝評論家・松原新一（四〇年生まれ）、小説家で早大在学中の氏原工作（四七年生まれ）の計五人である。

過程のどこに・どのようにいたか、いなかったかは、事実のみならず思想態度としても、およそあいまい、不分明である。むろん自己批判のかけらもないし、闘争じたいへの批判もかれの文章にはない。かれのよくいう《無名》なんてものではないのだ。かれじしんの個的な所在、えらびとった場の関係が欠落しているのである。これはかつての全自連のはたした役割、そこでの自らの役割にまったく口をぬぐったまま、学生運動に発言をつづける野口武彦と、どこか共通していないか？　そうである。ぼくはあえて推測する――長田弘は全自連のデモのなかにいたのかもしれない。そして六・一五が過ぎるや、とたんに乗りかえて、樺美智子や岸上大作[*7]を私物化し、《Kという同じ頭文字をもつぼくたちの六十年の死者たち》（『われら新鮮な旅人』）などと、時流に乗った代弁者ぶりを発揮する（もし長田が当時全自連のデモにいたとすれば、それは樺美智子を殺した側にいたことにもなる。この一点だけは、そうではないと長田は証明しておくべきだ。しかし『探究としての詩』[*8]一冊を読んでも、この事実さえ確かめようがないのである）。《それが歴史といえるならば、ぼくたちは／むしろためらわず失敗に加担しよう！》（『われら新鮮な旅人』）というのが、長田の荷担の論理か？　これを逆用すれば、どんな荷担に失敗しても、それが歴史とはいえないものだから、と弁解して済ますことができようというものだ。去年の、羽田闘争に関するアピールにしても然り……長田のみならず、『現代詩』廃刊をきめた当事者すべてが、それをひとつの卑小な政治過程への荷担であったことを、しかもその卑小さにもかかわらず、ひとつの本質的な問題であり、かつその問題での敗北であったことを、認めようとしないかぎり、ブルジョア文化のカテゴリイのなかでの（詩という商品の大量流通の過程での）隠微な脱落現象はなおつづいてゆくのである〉。

　ありうべき誤解を避けるためにあらかじめ記しておけば、ここで私が行おうとしているのは、一九六〇年以降における長田弘の詩的行為への批判を今さら蒸し返すことにはない。結果的にはそういう側面も含まざるを得ないが、現在の私は六八年当時の菅谷とは若干立場を異にしていて、長田の業績、とくに読書論における成果に一定の評価を持っているので、昔のことで彼を追い打ちするつもりはない。私の目的は〝六〇年代詩〟という概念のボディを、言い換えれ

＊7　**岸上大作**　歌人（三九～六〇）。六〇年安保闘争当時、國學院大學国文科学生として全学連主流派のデモに参加し、頭部に裂傷を負う。彼の学生運動における役割がどれほどのものであったか、私はよく知らないが、〈血と雨にワイシャツ濡れている無縁ひとりの愛うつくしくする〉などの歌には共感を覚える。この歌を含む安保体験を詠んだ歌集『意思表示』が『短歌研究』新人賞に推薦されたことで〝六〇年代歌人〟と認知されるが、同年十二月五日縊首自殺。没後『岸上大作全集』（全一巻、思潮社・七〇年刊）が刊行されている。

＊8　**引用された長田の著書**　詩集『われら新鮮な旅人』（思潮社・六五年刊）、評論集『探究としての詩』（晶文社・六七年刊）

ば〝五〇年代詩〟や〝七〇年代詩〟との差異を明確にすることにあり、そのために長田の詩的行為に留保をつけざるを得ないのだ。既に第九章に書いたように六〇年六月と遭遇することでなにかを〈見てしまった〉ことが〝六〇年代詩人〟の固有性だとすれば、長田弘が、彼の政治的立場や詩的業績の評価はさておき、私が再確認しようとしている〝六〇年代詩人〟という概念の外にあることだけは指摘しておきたい。

菅谷は〈じっさいのデモで長田がどこにいたとかはひとまず別である〉と言いつつも、〈かれが闘争過程のどこに・どのようにいたか、いなかったかは、事実のみならず思想態度としても、およそあいまい、不分明である〉と言っている点には私も同様にこだわりを持つ。少なくとも私も菅谷も、そして後に論じるように天沢退二郎も野沢暎も、六・一五において〈どこに・どのようにいたか、いなかったか〉を明らかにしたうえで発言している（安保闘争には殆ど無縁であった鈴木志郎康でさえ「闘争の現場にいなかった」という形で自分の立場を明確にしている）。

また私が樺美智子に思いを託すのは、あくまで〈きみのみじかい髪の香りや／幼い日のひそやかな身ぶりを知らないぼくが／泣くほど世界はうつくしくない〉存在に六・一五に遭遇した限りにおいてであって、そのような遭遇をしていない岸上大作を、長田のように〈ぼくたちの六十年の死者たち〉として一括する感性は、菅谷や私が自他共に認知している〝六〇年代詩人〟と無縁のものであると言わざるを得ない。

3　全自連の指導者から江戸学への転進

『朝日ジャーナル』の座談会で長田と同席した野口武彦は、一九三七年生まれで、私と同じ学齢世代に属し、早稲田大学から東京大学大学院に進学し、東京大学大学院博士課程中退後、神戸大学文学部で教職に就き、教授になる一方（現在は定年退職して名誉教授）、〝江戸学〟研究者として多数の著書を刊行し、九一年に『江戸の兵学思想』で和辻哲郎文化賞を、〇三年には『幕末気分』で読売文学賞を得ている碩学である。彼は長田と違って、六〇年代を特に現在の研究や創作の主題とはしていない点で罪は軽いかも知れないが、私は六〇年当時の野口が、早稲田の学生として全自連＝民青において指導的立場にあったことを知っているので、彼が自分の六〇年について「なかったことにしている」

ことには、菅谷と同様、今日まで人間的不信感を抱いていた。

もっとも本稿の雑誌連載中に、信頼できる同世代の友人から得た情報によれば、野口武彦は六〇年安保体験を『洪水の後』[*9]という小説を書いていることがわかったので、彼が全自連＝民青の指導者であったことを「なかったことにしている」と断言するのは早合点かも知れないと考えるに至った。その後、幸いにも読むことができた『洪水の後』は、同題の小説を含む中短編集で、ここには確かに六〇年六月の自分の立場について、自己批判とまでは言えないものの、一種の釈明があった。

巻末の略歴によると、野口の作家としてのデビューは、六七年の『価値ある脚』で銀杏並木賞受賞にある。この賞は東大在学者を対象としたものだから、野口は六九年まで大学院にいた。私と同時期に本郷の哲学科大学院にいたことになり、学生による安田講堂占拠の状況にも、なんらかの形（支援、反発、傍観のいずれにせよ）で関わっていたものと思われる。

とはいえ私は、野口武彦とは一切個人的関わりを持たず、面識さえもないが、一度遭遇しかけたことがある。「しかけた」という形容は野口が遁走したからである。これは『凶区』が終刊し、私が建築家協会に入会した一九七五年直後のことだが、その頃の私は協会が店子として入っている「建築家会館」のラウンジ・バーでよく飲んでいた。しかしそこは午後十時閉店なので、若かった私には飲み足りないこともしばしばあり、七五年には新宿の「カヌー」も抜弁天の「エコー」も閉店してしまっていたし、「ユニコン」からも足が遠のいていたので、帰途にあたる新宿付近でたまり場を探していたところ、先輩会員の縁で末広亭周辺の「華」を知った（この会員は集合住宅の設計で知られた建築家だが、プライヴァシーに関わるので名は伏せる。なぜなら彼が数年後そこのマダムと結婚した結果、「華」は閉店したからである）。ある日、私が友人と新宿で会った時、「華」が満席で、金曜日のせいか他のバーも混雑が予想されたのですぐ近くにある第二候補の「倫敦」に「四〜五人で行くけど席はあるか」と電話で問い合わせ、大丈夫との返事を得たので訪れたら、マダムが「今まで野口武彦さんが居たけれど、渡辺武信と仲間が来ると聞いたら、殴られるかも知れないと慌てて出ていった」と言うのだった。当時の私は菅谷同様に彼の過去を許せない気持ちを抱い

＊9 『洪水の後』河出書房・六九年刊

ていたが、暴力に訴えるようなタイプの人間ではないから、偶会してもせいぜい冷淡な視線をそそぐ程度にとどまっただろうし、しかもその時の連れは六〇年安保や『凶区』に関係のない私より若い建築家仲間だったから、そうした可能性すら少ない。したがって、これは野口側の被害妄想なのだが、全学連主流派と全自連の出身者のあいだには、そう思われるくらい対立の根が深かったことの一つの傍証としては、興味深い逸話であろう。

『洪水の後』の中で、六八年に書かれた同題の中篇は、早稲田とは明記されていないが、明らかに全共闘運動の先駆けの一つであり大浜信泉《おおはまのぶもと》総長を退陣させるに至った早大の学費値上げ反対闘争（六五年十二月〜六六年四月）をモデルにした小説である（巻末に〈参考資料として『早稲田をゆるがせた一五〇日』・現代書房刊、その他を使用した〉と註記あり）。その中にヒロインである仏文科三年生の西沢玲子の婚約者として、六〇年安保闘争を経験して、今は大学の助手になっている高木俊一という人物が出てくる。あくまでフィクションであるから登場人物の見解がそのまま作者の見解であるとは言えないにしても、高木は玲子が学園闘争に深入りして心身共に傷つくことを懸念しつつ次のように語る。

「安保闘争があった年の六月十五日の夜に、当時の全学連主流派が国会に突入して女子学生が一人死んだ事件があったことは知っているね？　そしてそのとき、日本共産党が国会の衝突現場から立ち去れという指令を出したこともだれかから聞いたことがあるだろう。」「ぼくはその頃ぼくらの大学細胞の指導委員をやっていた。いや自治会のリーダーなんていう華々しい役じゃなく、文化サークルの方がぼくの担当だった。ところで、ぼくの当時の恋人は学生劇団の一つに所属していたんだよ。彼女は女優志望だった。」「（彼女は党員ではなく——引用者補足）いわばまあシンパというところだった。ともかくその夜、ぼくは指導委員として党組織の決定を文化サークルの党員グループに徹底させなければならなかった。影響下にあるサークルを全部国会周辺から遠ざけろってね。」「（彼女は——引用者補足）ぼくの言いつけにしたがわなかった。短い時間、ぼくらは激しく口論したよ。しかし彼女は非党員だから指令で拘束するわけにはゆかないし、ぼくには彼女の説得だけにかかりきりになることはできなかった。けっきょくぼくは彼女を殴り、彼女は劇団の意志決定にしたがって国会に戻って行った。」「国会に行きついたのと警官隊が実力行使をはじめたのとがほとんど同時だったらしい。彼女はそこでひどい怪我をしたんだ。その後女優になることを断念せざるをえないほどのね。」

そして玲子が、なぜ彼女と一緒に国会に戻らなかったのか？　と問うのに対して高木は「ぼくは何人もの人間に国会から遠ざかるように指令を伝え、事実そうさせたんだ。そのぼくがどうして個人的理由でもどったりできるというんだい？」。玲子がさらに、そうしてまで党の決定にしたがうことが人間としての責任を取る唯一の仕方だったのか？　と問うと、高木は〈ほとんど怒りを込めて私を見つめ、明らかに感情を抑制した声で〉「少なくとも、ぼくはそのとき、それが唯一の仕方だと信じていたんだ。……しかし、彼女はそのことでとうとうぼくを許さなかった。」と答えるのだ。

先述のように、高木を野口武彦と同一視することは、文学的常識から逸脱する。しかしこのデモで怪我をして女優志望を諦めた女性は、これより先に書かれた処女作『価値ある脚』にも登場しているので、作者自身の私生活に似たことがあったと推測してもそう的外れではなさそうだ。

また『価値ある脚』の直後に書かれた『ピケットライン』には、まさに六〇年六月十五日当日、日本共産党主導の国民会議の腕章を付けて、国会突入をはかる全学連主流派の国会構内集会と、全自連の学生、国民会議に属する労組の労働者の誓願デモ（当時は〝お焼香デモ〟と揶揄された）との間に二列のピケットラインを張り、国民会議のデモ隊を国会周辺から遠ざける役割を負わされた学生（ぼく）が出てくる。彼は党の地区委員から、党派性の強い奴を出せ、といわれて、選り抜かれてきたメンバーだったが、全学連の国会突入で女子学生が死んだことを口伝えで知り、主流派の学生が多数の重傷者の応急手当のために包帯代わりのハンカチを集めに来ると、党の地区委員に逆らってそれに協力し、ついに党議に反して国会内集会に参加して、主流派学生と共に警官に殴られ逮捕されるに至る。この主人公もまた作者と同一視はできないし、野口武彦自身が党議に逆らって主流派の国会内集会に参加したとは思えないが、少なくとも当時の日本共産党の方針が市民感情に反していたという反省だけは明確に感じられる。

既に書いたように、私は野口の江戸学の業績は認めるに吝かではないし、六〇年当時の彼の行動を批判することは直接の目的ではなく、〝六〇年代詩〟の輪郭をくっきりさせるために引き合いに出しているだけだから、野口との感情的な対立は避けたい。『洪水の後』に収められた小説を読む限り、彼が当時の自分の立場を「なかったことにしている」のではないことを了解するに至った。彼が哲学科博士課程を経ながら、近代政治哲学などの現状に関わる領域を避けて、江戸学を専攻したのは、本章の第七節に記すように、安田講堂を占拠していた建築学科学生・院生から、建築史学の俊秀が輩出していることに似ている。つまり彼らは全共闘体験によって現代建築に関わることを心情的に回避したのだが、野口の江戸学選択も同様の動機によるものと考えると、むしろシンパシーを感じる。

4　〝六八年革命〟はあったか？

前々節まで引用してきた菅谷の、「つめたい朝」の分析と『現代詩』廃刊の政治性暴露を通じた『凶区』擁護のイデオローグ活動は『現代詩手帖』六八年九月号〜十月号の月評として行われている。ここで六八年という時期の意味に注目しておこう。言うまでもなくこの年は全共闘運動の高揚期であり、日本の多くの大学で、いわゆる〝全共闘〟運動が起こり、学生による校舎占拠、大学側によるロックアウト的な学園封鎖が蔓延した。それは翌六九年一月の安田講堂陥落によって終焉する。私はその直後の六九年三月に、東京大学事務局の用語で言うと博士課程を〝満期退学〟した。

一方、六八年は、前述の「〇三座談会」で聞き手を務めた福間健二の発言にあるように、『凶区』同人たちより約十年後に生まれた彼の世代にとっては〝革命〟として意識されている。この〝革命〟概念は、絓《すが》秀実《ひでみ》の『革命的な、あまりにも革命的な――「1968年の革命」史論』、彼が稲川《いながわ》方人《まさと》と共に加わっている雑誌『重力02』から、当時高校生だった四方田犬彦の『ハイスクール1968』までに及んでいる。また一世代下の坪内祐三の『一九七二――「はじまりのおわり」と「おわりのはじまり」』は、七二年を一つの革命と見ているから、世代による〝革命〟観はさまざまである。[*10] そうした世代について正面からコメントするのは、私の力に余ることだが、世代による感性の差だけは記しておく。

＊10　**六八年革命関連文献**　絓《すが》秀実《ひでみ》（一九四九年生まれ、文芸評論家、近畿大学国際人文科学教授）著『革命的な、あまりにも革命的な――「1968年の革命」史論』（〇三年五月・作品社

六八年が世界史的な観点からして大きな節目、革命と言ってもいい変化のはじまりであることは、絓秀実の論考を待たずとも、それを遡ること九年に、今村仁司『近代性の構造』（講談社叢書メティエ・九四年二月刊）が明快に指摘しているから、私も承知している。しかし、歴史を歴史哲学による俯瞰ショットで見ることと、それを個人史的に体験することとは、別の次元に属する。いわゆる六〇年代詩人＝『凶区』世代にとって、六八年は学生時代に六〇年六月を体験した者が大学の教官になって、志を貫こうとすればいわゆる造反教官にならざるを得ない状況に追い込まれたという意味で重たいが、〝革命〟とはほど遠いイメージの年である。今にして思えば、私にとって六〇年六月は、第九章で述べたように、小学校、中学校で戦後的常識として教えられたデモクラシーと戦争放棄が、警察予備隊、保安隊、自衛隊と名称を変えつつ拡大した軍隊の出現によって、いつの間にか、異端であり過激なことになってきた連続的な抑圧感の帰結であった。それはヘルベルト・マルクーゼの言う「過剰抑圧」と「実行原則」の支配下に、具体的には朝鮮動乱以降の日本の保守政権によって強化された反動化の中で、成長した少年少女の抗議申し立ての着地点であった。

ここで「過剰抑圧」「実行原則」という用語を説明するためにマルクーゼの『エロス的文明』（南博訳・紀伊國屋書店・五八年刊）から、やや長い引用をすることが必要となろう。

マルクーゼは、フロイトの抑圧を伴う心的構造の発達に関する分析を〈（a）個体発生のレベル。抑圧された個人が、幼児期から、意識した社会的存在へと成長すること。（b）系統発生のレベル。抑圧的な文明が原始ホルドの時代から、完全につくり上げられた文明状態まで発展すること〉（17頁）に二分したうえで、フロイトのいう現実原則の非歴史性を、全否定するのではなく、次のように発展的に修正する。

〈現実原則は、外界に存在する生体を支持する。人間の場合、この外界とは、歴史的な世界である。成長している自我が直面する外界は、どのような段階でも、現実の、ある特定的な、社会的・歴史的組織であり、社会的影響を与える特定の機構と人間を通じて、心的構造に影響するのである。フロイトの現実原則という概念は、歴史上の偶然を生物学的な必然性とみることで、この事実を無視するものであるとされてきた。つまり、本能は、現実原則の影響によって抑圧

刊）。『重力02』（作品社・〇三年四月刊）。後者はムック形式の書物で、私と年齢の近い一九四一年生まれの映画評論家上野昂志や、稲川方人《いながわまさと》（一九四九年生まれ、詩人、編集者、映画監督）、当の六八年生まれで、ヴィデオ・ドキュメント『レフトアローン』を撮った井土紀州《いづちきしゅう》までが加わっている。四方田犬彦（一九五三年生まれ、明治学院大学の映画史担当教授）著『ハイスクール１９６８』（新潮社・〇四年二月刊）。坪内祐三（五八年生まれ、書評家、コラムニスト）著『一九七二――「はじまりのおわり」と「おわりのはじまり」』（文藝春秋・〇三年四月刊）。ちなみに彼らに近い史観を持つ福間健二は一九四九年生まれ、詩人、映画評論家、映画監督、首都大学東京教授。

また六〇年代末を描いた作品としては村上龍（五二年生まれ、ということは六九年当時の作者は四方田と同じく高校生）の小説を宮藤官九郎が脚色し、李相日監督が撮った映画『69シックスティナイン』（04）も高校生の全共闘的行動を描いている。

され、変形をこうむる、という彼の分析は、或る特定の歴史形態としての現実を、純一な現実へと一般化するものだ、と批判されてきたのである。この批判は妥当である。しかし、それが妥当だからといって、フロイトの一般論にふくまれる真理、つまり、本能の抑圧的組織は、文明における現実原則のあらゆる歴史的形態の基礎になっている、という真理を損なうことはできない。もし彼が、一次的な快楽原則と現実原則とは、まったく両立しないということで、本能の抑圧的な組織を正当化しようとするならば、文明は、組織化された支配として進歩してきた、という歴史的事実を、表明しているのである。この認識から、彼は、系統発生理論の全体を導きだした。その理論は、原始社会の集団の家父長的な専制主義が、兄弟によって支配される部族の内在的な専制主義に置きかえられることを、文明とみる考え方に導いた。まさに、すべての文明が組織された支配だったからこそ、歴史的な発達は、普遍的な生物学的発達の厳然たる必然性をしめしているのである。フロイトの概念の「非歴史的」な性格は、こうして、それとは反対の要素をふくんでいる。つまり、彼の概念の歴史的実質は……ある社会学的な要因を加えることで回復されるのではなくて、彼の概念がふくんでいる内容そのものを展開することによって回復されなければならない〉（29頁、傍点は原文）。

∧天沢［中央］と菅谷［左］（六七年八月、志賀高原で）

〈本能の生物学的変遷と、社会的・歴史的変遷とを十分に区別していない、フロイトの術語は、特定の社会的・歴史的な構成分子を指す術語と、ぴったり一対になっていなければならない。つぎに、この二つの術語を述べよう。(a)過剰抑圧・社会的支配によって必要とされる制限。これは(基本的な)抑圧、つまり、文明において人間が永続していく上で必要な、本能の「変容」と区別される。(b)実行原則・ある時代に支配的な現実原則の形態〉(30頁、傍点は原文)。

私たちの世代は、特別に政治的な関心はなくても、大人になること=社会に適応することを超えた二重の抑圧、つまり「過剰抑圧」を受けつつ成長したのであって、その世代が六〇年反安保改訂闘争をノンポリ・ラディカルとして支えたのではなかったか。*11

5 菅谷と天沢の訣別

『凶区』とその周辺では菅谷が神戸大学、名古屋大学で、天沢と『詩人派』の大崎(旧姓・宮川)明子が明治学院大学で、その立場に追い込まれた。東大建築学科の学友では先述の宮内康が、東京理科大学で同じ宿命にさらされた。菅谷は『詩的60年代』の中の「天沢退二郎=序説」(一九七四年九月刊行の本書のための書き下ろしで、文末に「七二年十一月末」と記されている)で、次のように天沢と〈訣別〉している。

〈わたしは天沢退二郎という詩人を、もっぱら論理の究極性において論じてきた——まさにその徹底によってかれは一九六〇年代の詩に最大の可能性をひらいてみせたからであり、わたしじしん実に多くのものをその点でかれに負っているからである。一九六九年の夏から秋、天沢は入院し、そののちみずからの大学における闘争を撤回して《授業》に復帰した。そのときわたしはこころのなかでかれと訣別した。この文章を序説と題したのは、わたしの本論はたぶん天沢を対象として書くことがないだろうことを意味している。北川透があえてみずからをぬきさしならぬ地点におしだしていどんでいる論戦を、天沢が根柢において回避するなら、天沢の内心はいっそうくらく陰さんになるばかりだろう〉(傍点は原文)。

一方、天沢は「〇三座談会」で、遅ればせながら菅谷の批判に答えてこう言っている。〈ぼくは……七五年に「目に見えぬものたち」という連載詩を始めたわけだけど、あれは菅谷のぼ

*11 **マルクーゼとの接点** 精神分析学の歴史上「フランクフルト学派」と呼ばれるホルクハイマー、アドルノ、マルクーゼ、フロム、ベンヤミンらは三〇〜四〇年代に密度の濃い集団的研究を行った。今村仁司は前掲書で〈これらの別々の思想的成果が一つのまとまりをもって受けとめられる条件が、一九六〇年代に用意されていた。個別的にとりあげれば、思想の内容は異なるばかりでなく、対立しさえするだろう。しかし、近代精神を疑い、できればそれに代わる思想の軌道を作ってみようという課題意識は、これらの思想潮流に共通している。まさにそのように思える視座をつくったのが、とりわけ六八年前後の文脈であった。六八年革命はそうした視座をさらに強化した〉(19頁)という位置づけをしている。

今村はまた〈ドイツあるいは日本では、一部の知識人が比較的早く、彼らの思想を勉強しはじめていたことはあった。しかし、ドイツ以外のヨーロッパ諸国で、多くの翻訳が出て、人々に共感を持って読まれはじめる

くの詩に対する批判への答えでもあったし、その書き出しは死せる馬が水の中で泳ぐことから始まるんだけど、「死せる馬」というのは菅谷の批判をある程度受け入れて、ぼくは「死せる馬」であるという自己規定から再び詩を書きだした。それは結局八〇年代、九〇年代からいまに至るぼくの詩というものに通じている。だから菅谷の影響というのは大きいんだよね〉。

また天沢は全共闘の学生について、こう言っている。〈全共闘系の集会にぼくが呼ばれて、菅谷と一緒に学生たちと飲んだりしたことがあるんだけど、そのときのぼくの実感としては、菅谷のやっていることは倫理的には正しいことなんだけど、ぼくにとっては息苦しかった。ぼく自身の無力感とは別に、やっぱりぼくは倫理的に息苦しいのはいやだった……いま考えると、「正しい」ということは息苦しいし、「正しい」ということはファシズムなんだよね。それがぼくの実感で、正しいと思うと正しくないことに対して正しさを突きつけるでしょう。そうするとどうしても押し付けることになる。どんな正しいことでも押し付けるとファシズムになってくる。だからぼくは「正しい」のは嫌だという気がつねにしていた〉。

天沢の〈「正しい」ということは息苦しい〉という実感は、次のようにして彼の文学観と通底している。〈六〇年代末から七〇年代に入って……宮沢賢治の仕事をやっていて痛感したのは、ひとつの正義ではなく、多様性ということだよね。六〇年代末にぼくらは造反教官と言われて、あちこちの大学から来ている人にしゃべる機会があったけれど、その時に一度、宮沢賢治のことを取り上げた。全集はそれまで賢治の弟である宮沢清六さんがやられていたわけだけれど、清六さんの校訂の仕方も実は歴史があっていろんな曲折を経て、あの頃はすでに主なバリアントを全集の終わりに出し始めていた。ところが主なバリアントということは、全部じゃないということです。賢治の原稿を持っている人が、あるオーソリティとして選択しているわけです。ぼくはそれは全部公開されるべきだと思う、と造反教官の集会で言った。そしたら、その数年後に、全部ぼくは見せられちゃったわけだよね。ということは、ぼくの言ったことが宮沢清六さんによって聞き届けられたということでもある。逆にぼくは、一種特権的に全部見せてもらって、全集を作ったけれど、そこでぼくはオーソリティにはなりたくないと思ったわ

のも、六八年の経験がなければありえなかった。その意味で六八年の一こまとしてフランクフルト学派の再発見を見逃してはならない〉(21頁)と述べているが、私は既に大学二年で留年中だった五八年にマルクーゼの『エロス的文明』を耽読し、六一年に書いた建築学科の卒業論文『団地における子供の遊びと配置計画』において、子供の遊びの本質を、よく論拠とされるロジェ・カイヨワではなく、『エロス的文明』と、その中に引用されているシラーの言説に頼って論じた。当時の私のマルクーゼ理解は、今思うと汗顔ものの浅薄さではあろうが、今村のいう〈六八年の経験〉に遙かに先立っていたことだけは確かだ。私がマルクーゼの論説に惹かれたのは、六〇年安保を契機として教条的かつ国家社会主義的マルクス主義理論が破綻した結果である。

私は五七年に東大教養学部理科一類に入学したが、教養学部では二年前期までの成績によって本郷の学部への進学が決まるので、足切り点が比較的高い建

けです……あのすごい原稿からどういう本を作るかということになるんだけど、ひとつの正解はなくて、たくさんのテキストが作れるわけだから、それぞれのテキストにもまた読み方が何通りも出てくるわけでしょう……そうなってくるとひとつの正義でがちがちにやっていくということは耐え難い……〉。

こうした天沢の実感は、後述する私のアカデミズムに対する信頼の持続とも通じるところがある。思うにどんな学問でも、真摯な探求がされる場では〈ひとつの正解はなく〉、多様性が許容されるのである。数学でさえもユークリッド幾何学が限定的で、多様な体系の中の一つの解に過ぎないとすれば、いわんや文化性が高い建築学では、一つの正解はありえず、むしろ多様性の中にこそ学問の快楽があるのだ。

6　安保闘争と全共闘運動の違い

六〇年代末の全共闘運動と、一九六〇年の安保改訂闘争とは、学生運動史では一連の動きとして記述されるが、当事者にとって両者はかなり性格を異にする。ここは政治的議論をする場ではないので、大局的にその是非を論じるのは避けるが、私自身の心情だけは簡略に記録しておきたい。私が建築学科に進学した一九六〇年は〝六〇年安保〟の年であった。教養学部時代からノンポリ・ラディカルであった私は、五九年十一月二十七日、全学連を先頭とした国会突入にも参加していたから、本郷へ進学後も当然のように連日のようにデモに参加した。建築学科では全ての学生が積極的にデモに参加するわけではなかったが「講義」という教育体制に対する懐疑が強く、設計製図の課題の締切近くになると製図室にはこもったが、授業には殆ど出なかった。大きなデモのある日には授業の成立が不可能なことを予測して休講にする教授も少なくなく、教官たちも、少なくとも東京大学建築学科では、学生運動に好意的であった。また東大では授業をする教官の著書を読んでおけば、講義に出なくても試験で高得点をとることも可能だった。私がよく覚えているのは、当時建築学科主任教授だった高山英華先生が学生を呼び集めて「君たちは授業に出ないが、それはいいとして、下宿や自宅に閉じこもっていてはいかん。とにかく毎日大学の近所に来ることだけは心がけるように」(傍点は筆者)と訓辞をなさったことだ。この訓辞は当時の大学の雰囲気を鮮やかに象徴している。

築学科に進むために計画的留年をした。その間に苦手な理数系の必修課目を最小限に絞り、語学と社会科学系の選択科目の単位を沢山取って、全体の平均点を上げたのである。こうして取った単位の中に、当時助教授だった若き日の城塚登（二七〜〇三）の「初期マルクスの思想」があったのは、よく内容を吟味せぬまま片っ端から受講した課目の一つとしてだから、その講義に感銘を受けたのは偶然で、かつ幸せな出会いだったと言えるだろう。城塚は既に五五年に『社会主義思想の成立――若きマルクスの歩み』を刊行していたが、それは後に大幅に加筆改訂されて『若きマルクスの思想――社会主義思想の成立』(勁草書房・七〇年刊）という、本題と副題が逆になった著書になった。五七年の講義はこの二著の間にあって、彼が思索を深めていた時期に当たったためか、充実した講義であった。マルクーゼの名前もこの講義の中に出てきたので、私がマルクーゼの訳書(前記の他『理性と革命』・桝田啓三郎、中島守男、向来道男高山教授は戦前の東京高等師範附属中学、成蹊高校を経て東大建築学科に入られた。当時は治安維持法のもとで特高警察が左翼学生を監視する一方、当時の東京大学法学部、経済学部は天皇機関説を唱えた美濃部達吉、マルクス主義経済学の大内兵衛らが教授で、「新人会」などの学生マルクス主義グループが活躍していた。高山教授は学生時代「新人会」に関わりはなかったものの〈読書会やってたんですよ、建築の中で。夜、菊坂の下宿で特高に追っかけられて逃げたりしてね……《資本論》持っていただけでパクられた。それからエンゲルスの住宅問題ですね。だからずっとやってんですね〉と語られている、いわば学生運動あがりだから、「若い者は頭のいいやつほど騒ぎを起こすもんだ」というように達観されていたようだ。一方、成蹊高校でバスケット部に属されていた頃〈選手制度反対というマルクス主義があったんだよ。……インターハイていうのがあったでしょう。ぼくらは負けたことなかったけど、サッカーでも何でもお正月かなんかに全部あったんだよ。[*12] で、それを反対っていうから、そこでまず最初にぼくはマルクス主義とぶつかり、どうもおかしいと。こんな一所懸命やっておもしろいものを、畜生め、何が悪いんだと。それで、後、ソヴィエトがステート・アマっていうなお悪い制度つくっちゃったでしょ。帝国アマチュア。プロじゃないけど、オリンピックに勝てば勲章もらえる。それで三階級特進なんとか。当時、共産主義のくせに、ね。それで、この矛盾は、宮本顕治みたいに運動してないやつにわかるかと……〉とも語られていて、ソ連のスターリニズムに対する反発も持たれていたから、反代々木の全学連にいくばくかの共感を寄せられていたのだと思う（引用は『建築家会館叢書・都市の領域――高山英華の仕事』、株式会社建築家会館・九七年刊より）。なお高山先生は文中に出てくる宮本顕治とは同級生だったそうである。

私は高山教授の訓示に忠実に従い、毎朝、建築学科の縄張りであった正門前の喫茶店「ボンナ」でトースト付きのモーニング・サービス・コーヒーを飲み、デモのない日は四人集まると麻雀屋に行くのを日常としていた。そして設計課題の締切近くだけ製図室にこもるのである。

また、岸内閣は国会の会期を延長し、衆議院で議決後一ヶ月を経れば参議院の審議なしでも法案が自然成立する法規を利用し、五月十九日に国会に警官隊を導入して衆議院で安保条約改定

訳・岩波書店・六一年九月刊などに接する契機となった。なお城塚には訳書としてマルクスの『経済学・哲学草稿』（岩波文庫）がある他、編著『拒絶の精神――マルクーゼの全体像』（大光社・六九年十月刊）がある。前者は従来、『経済学・哲学手稿』のタイトルで知られ、田中吉六訳の岩波文庫、藤野渉訳の国民文庫がいずれもその題名を踏襲していたが、城塚は六四年に田中訳を改訳するにあたって〈「手稿」という訳語が普通あまり用いられない（『広辞苑』にはない）〉という理由で「草稿」と改めた。この訳は従来の訳本より詳細な訳注が付され、訳語も吟味されているので非常に分かり易いと思う。

*12 **東京高等師範学校**　同校は戦後、東京教育大学となり、その後、つくば大学になった。私は東京教育大学付属小学校か

の採決を強行した。この事態にはノンポリの一般市民も反発し、竹内好・東京都立大教授、鶴見俊輔・東工大教授は政府に抗議して辞職した。こういう雰囲気の中で、東京大学の教官が、個人差はあれ、一般的に学生運動に好意的であったのはごく自然な成り行きである。

六〇年当時の全学連と日本共産党の違いを、難しい議論を抜きにして具体的な戦術の差として示すなら、前者は日本の政権が独占資本主義の実力をすでに蓄えているとする国際的一段階革命説をとって国会議事堂や首相官邸にデモをかけ、後者は日本政府はアメリカの独占資本主義の支配下にあるとし、まずアメリカの独占資本主義を倒してから日本で革命を起こすというナショナリズムを内包する二段階革命説に従ってアメリカ大使館にデモをかけた。六〇年六月三日に首相官邸に突入した主力は全学連主流派であり、同十日にアイゼンハウアー大統領訪日の地ならしのために来日した大統領秘書官、ハガチーの車を包囲したのは代々木日共派の全自連（全国学生自治会連絡協議会）である。

話を東京大学に戻せば、六月十五日以後、安保改訂法案が自然成立する十八日には何十万という規模の市民や学生も国会の周囲に座り込んだが、そこへは東大教官の有志が多数、学生に飲み物や食物を差し入れにやってきた。しかしその日の深更、十九日零時に自然成立をすることが周知の事実であったから、集会は規模の大きさにもかかわらず投げやりな雰囲気だった。

7　私の一九六九年一月

六〇年代末の全共闘運動は、私が留年を繰り返しつつ大学院博士課程に在籍中に起こった。中心は日大で理事長の使途不明金をめぐって起こった闘争だったが、東大でも六八年二月の医学部学生による医学部中央館の占拠、卒業式の中止、同年六月の学生による安田講堂の占拠が起こった。

ここで私は菅谷の〝一般学生ファシスト論〟を引用したとき（第八章）に予告しておいた、当時の私のあり方を釈明しておこう。

大学院博士課程で留年中の私は、幸い教官ではなかったが、さりとて〝一般学生〟でもないという微妙な状況にあったので、闘争に関心は抱いたものの、何の行動にも参加しなかった。

前述の高山教授は私の学部卒業と同時に新設された都市工学科に移籍されたが、大学院進学後に親しく接するようになった吉武泰水《よしたけやすみ》教授は、

ら、中・高を経ているから、高山先生の後輩に当たる。なお旧高師付属はリベラルな学風を一貫し、国立でありながら第二次大戦中も〝敵性文化〟である野球やサッカーを続けたことでも知られ、また職業にばらつきが多く、先輩後輩には実業界で活躍される方も少なくないが、他校に比して建築家（先輩に林昌二、岡田新一、三輪正弘、私の在学当時の東大建築学科助教授で恩師にあたる鈴木成文、同級には木島安史、後輩には足立丈夫、共に現・芸大建築学科教授の益子義弘、片山和俊、象設計集団を率いる富田玲子など）をはじめ、医師、弁護士、会計士、報道人など、職能性（profession）を有する（つまり利益追求より倫理を要請される）仕事に就いた者が多い。また作家の小林信彦も私の四年先輩で、学芸会で創作西部劇をやって舞台で拳銃を連射し、教官会議を紛糾させた、という伝説がある。

建築計画学（今は建築設計計画学とも呼ばれる）という、新たな学問的領域を創成された方で、その影響下にあった私は、アカデミズムに対する信頼をかなり強く抱き続けていたのだった。この恩師については『住まいのつくり方』（中公新書・〇四年九月刊）に詳しく書いたので、ここでは重複を避けるが、吉武先生は好奇心と興味が幅広く、読書に限っても、ルイス・キャロルからソルジェニーツィンまで、ユングからガストン・バシュラールまで、芭蕉七部集から横尾忠則まで、銭形平次からディック・フランシスまで……というような形容はいくらでも続けられる……を縦横に引用されて建築計画学を論じられる、いわばルネッサンス的、レオナルド・ダ・ヴィンチ的な天才だった。先生はまた、晩年に自分の夢を何千と採集、記録し、それを空間の型に置き換えて、夢の〝場〟を、生まれ育った住まいや遊び場に応じた「原環境」、現在の生活に応じた「現環境」、そしてそれらを超えて万人に共通する「元環境」（いわばユング的「元型」）の三つの層に分ける仮説を帰納的に提唱された。

このような師に接しつつ、建築計画学の現実的成果、例えば学童の履き替え状態を観察し分析して提案された、履き替え線に代わる〝履き替え面〟が、その後の小中学校の平面を実際に劇的に変えた状況を現在進行形で目撃していると、経済学部、法学部などで起こった学生による建物の占拠や、学術文献の焼却など考えることすらできず、それらの事態を焚書坑儒や六〇年代半ばから起こっていた中国の文化大革命同様の愚行と感じていた。

しかし全共闘の安田講堂占拠に反発ばかり感じていたわけではなく、具体的な行動には参加しなかったが、助手を中心とした学生救援対策委員会、略称〝救対〟には加わって、チェ・ゲバラの肖像をシルクスクリーンで刷った製作実費百円ぐらいのポスターを五百円で売る形でカンパを募ることに協力した（『凶区』の同人もこのカンパに応じてくれたと思う）。六九年一月に機動隊の攻撃によって〝落城〟するまでの安田講堂は東大以外の学生も多数含む自治区であり、内部だけではなく講堂前の広場のテントにも学生が泊まり込んでいた。しかるべき人脈を通じれば出入りの自由で、私は後輩ながらすでに助手となっていた松川淳子さんの依頼でカンパ金を講堂内に届けに行ったこともある。このとき、私がお金を渡したのは、今思えば後の東大建築学科建築史教授の鈴木博之であった。鈴木の前後の世代、つまり安田講堂占拠と〝落城〟時代に在学した人は、当時の学部一年生から博士課程三年生までを考えると、学部六五年卒から七二年卒までにわたり（大学院でも留年、休学、卒業延期を繰り返していた六二年卒の私は例外に属する）、その中には長尾重武、陣内秀信、藤森照信、布野修司、三宅理一などの建築史の俊秀が固まっている。これは、この世代に、全共闘体験によって、設計という〝もの造り〟や、現代に関わる研究領域に携わることを断念し、歴史にいわば〝避難〟した優秀な学生が多かった結果だと思う。これは六〇年安保の世代に官僚になった人が少ないことと似ている。六〇年に建築学科に進学した私の世代には、毎年必ず一人ぐらいは東大から出る建設省や東京都の官僚がいない。その結果、旧帝大を核とする官僚のいわゆるキャリア人事に、その功罪は別として、空白ができている。大学院に進学しなかった級友には大手ゼネコンに就職した者が多く、社内で出世していくうちに官庁に同級生の人脈がないので不便だと洩らしていた。また大学院に進んだ者の多くは教職者になった。

安田講堂の落城の現場に居合わせた私は、『文藝春秋』の求めに応じて「証言・日本の黄金時代・1964〜74・著名人332名衝撃の記憶」（二〇〇三年九月号）というアンケートに、この日のことを答えた。対象となる十一年間、四千十数日の中で一九六九年一月十八日を選んだ者は、団藤重光（当時東大法学部教授、後に最高裁判事）、町村信孝（当時、東大経済学部闘争実行委員会書記局長、通商産業省を経て八三年自民党衆議院議員、文部大臣、外務大臣等を歴任）、加藤尚武（当時、東大文学部哲学科助手、現在鳥取環境大学学長）、浅野史郎（当時東大法学部三年生で安田講堂内に立てこもった一人、厚生省を経て九三〜〇五年宮城県知事）、高山宏（当時東大教養学部学生、民青派、文学部英文科修士課程修了後、現在首都大学東京教授、文藝評論家）など私を含めて十三名にのぼるが、私の回答は〝著名人〟度が低いせいか、かなり省略して掲載された。これはこの種のアンケートにありがちなことなので別に憤慨はしなかったが、残念なことではあるので、当時の私の心境を説明する資料として全文を引いておく（掲載されたのは傍線部分のみ）。

〈安田講堂落城当時の私は、建築学科博士課程に学位論文を書く気持ちもなく漫然と在籍していた。学部時代に六〇年安保闘争を経験したが、それは焼け跡で遊んで育ち、反動化以前の六三制教育で自主性を学んだ私が、世の中の秩序が次第に整備され、自由が制約されて行く中で感じていた閉塞感を打破するために加わったごく自然な戦いだった。しかし六〇年代末の全共闘運動は、六〇年安保とは雰囲気が異なるものゆえに、私は曖昧な立場をとっていた。同世代の親しい友の何名かが、教師として全共闘運動に巻き込まれ、造反教官として苦しい立場にあった（神戸大学の菅谷規矩雄、明治学院大学の天沢退二郎、東京理科大の宮内康など）のを知っていたので複雑な気持ちであったが、心中にアカデミズムに対する信頼を残していた私は、全共闘が文献を焼却したりするのを、六六年以来の中国の文化大革命に似た野蛮で愚かな行為と判断せざるを得なかったのだ（ちなみに建築学科では文献焼却は起きなかった）。一方では、助手クラスからなる学生救対委に協力する程度の共感は抱いていたので、建築科の後輩が籠城している安田講堂に自由に出入りしてカンパを届けたりしていた。十八日から十九日に至る攻防戦では傍観者の立場であったが、「時計台放送」が「……真に再開する日まで、一時、この放送を中止します」という言葉で終わったときには、歴史的瞬間に立ち会ったと思い感慨無量であった。〉

8 産学協同批判の結果、アトリエを開設

全共闘運動は建築家としての私の生き方にも影響を与えた。というのは建築学科では文献焼却や建物の破壊などの過激な行動は起こらなかったが、全大学に波及した産学協同に対する批判によって、その一環である委託研究の形で行われていた実際に建設される建物の設計監理が研究室で行えなくなったのである。継続中の設計は吉武先生が発注者側に学内の事情を説明して、担当者個人が引き継ぐ形を取り、私と宮内康が担当した私立明照保育園も第二期工事はそういう仕事になった。しかし研究室からの給与に似た支給金は断たれたので、三十歳に近づいていた私は研究室から引き継いだ仕事の他に定収入を必要とするようになっていた。

一方、私の両親は戦争直後の資材不足の時代に建てられ、三人の子供の成長と共に建て増しを続けてようやく維持していた自宅を建て直す計画をしていて、私が一度失敗した後、どうやら一級建築士資格を得ると、息子への愛情から

だろうが「早くお前が設計しろ」と急かすので、結局、自宅近くのモルタル・アパートを借りて、大学院博士課程に在籍中からアトリエ事務所を開設することになった。自分のアトリエ事務所を開設した者は学部の同級生、四十五名中、私を含めて二名しかいない。

建築設計事務所で修業した後に独立する者は、一種ののれん分けのような形でいくばくかの顧客ルートを師からゆずられるものだが、大学の研究室で、しかも学校と幼稚園と病院の設計実務だけしか経験していない者には、親や親戚、親の友人しか頼る縁がない。これはよくあることで、私の処女作は親と弟二人が一層ごとに独立して住む三世帯住宅だった。六八年から設計を始めたこの住宅は、約二年半を要して七〇年初夏に竣工した。その竣工披露宴（六月二十八日）が『凶区』解散決議の場になるのだが、それはずっと後の話。その後、私は親戚の大叔父（母方の祖母の弟）の隠居所『大屋根の家』、父の仕事上の友である老夫妻の小住宅『白い中庭のある家』を設計したが、これらが建築専門誌（二つの別の雑誌）の七二年の八月号に同時に掲載されるという幸運に恵まれ、建築家として社会的に認知されることになった。当時の私は三十四歳、多くの優れた建築家に比べれば遅めのデビューである。なお処女作である前述の三世帯住宅は約一年遅れて七三年七月刊の『都市住宅・住宅第四集』に『館の幻影』と名づけられて掲載された。また『住宅建築』八〇年七月号が既発表の処女作を含めた五作品を、同じように開口部が道路側についてはすべて縦長で、釉薬を施さないタイルを貼って組積造（煉瓦積、石積）の「西洋館」のイメージを持つ一連のシリーズ「館の幻影」として特集してくれた時、そこに付されたかなり長い同名の住宅論の冒頭に、私は自分の詩「日々幻々」の一節、

　たとえば風に揺れるカーテンの影や
　コップの中の氷のきらめきのように
　生きていくことに必要なやさしさの細片を
　幻影ときみが呼ぶならば
　ぼくたちのはげしい夢は
　たえず幻影の盃ではかられている

をエピグラフとして掲げ、さらに、終末近くに畏友・和田誠と山田宏一の対談形式の映画論集『たかが映画じゃないか』（文藝春秋・七八年十二月刊）の中の同名の章を引用して〈ヒッチッ

コックは、彼の映画に初めて出演したイングリット・バーグマンが緊張しきって演技ミスを繰り返したとき、「イングリット、気を楽にしろ。たかが映画じゃないか」と言ったと伝えられている。しかしこの「たかが映画」が私たちを目くるめく映画的快楽に誘い込むおそるべき力を発揮したのだ。人生に映画が必要でないとすれば、住宅（の幻影）もまた必要ではない。それは映画を文学や音楽に置き換えても同じことである。私は幻影において住宅を、さらに言えば建築を信じている。（そうでなければ、なんでこんなしんどい仕事をするものか！）そしてまたその幻影が絶対的超越性まで膨張せず、私たちの生を優しく庇護してくれることを願っている。幻影はたとえば永遠という絶対性を志向した途端に、私たちの日常を卑小化し、そのことを通して私たちの魂を、どこかここではないところ、つまり彼岸に押しやろうとする。わたしはあくまでここにとどまりたい。そのためには幻影は、ときとして安ワインに酔い痴れることで充実感に輝く日常のスケールにとどまって、人間を此岸につなぎとめなければならない。つまり私にとって住宅とは、神なき時代における等身大の信仰であり、その設計はささやかな信仰告白である〉と記した。

私のように博士課程まで進んで単位取得を済ませた者が、学位論文を提出せず、大学の教職に就かずに町医者的アトリエ建築家になるのは、学術的な観点からすれば、そこまで育ててくださった恩師に対する裏切りであるが、時代相の特殊性も手伝ってか、吉武教授、鈴木助教授は幸いにも私の逸脱を快く許してくださった。またこれは一方では、菅谷や天沢、そして前述の宮内康のような造反教官になる道を避けたという意味で、状況からの遁走者であると言われても仕方がないだろう。そういう選択を暗に批判した菅谷に対して釈明する心の備えはあるが、それは菅谷の『凶区』同人批判の本格化する時期の叙述に譲ろう。

第十一章　『凶区』解散への道程

1　遊芸化・拡散期の様相

『凶区』第二期、つまり収穫・逸楽期の後に来る第三期、つまり19・½号（六八年三月刊）から27号（七〇年三月刊）までの九冊は、遊芸化・拡散が併存する終末期であるが、全く成果を生まなかったわけでは決してない。二年間に九冊（夫君のオーストラリア赴任に同行する山本道子に同人たちが贈呈した肉筆・限定一部・16頁の22・½号も含めると十冊）という刊行ペースは季刊を超えており、雑誌としての勢いはいささかも衰えがない。中でも21号「演劇特集」は、歌舞伎好きの私と、しばしば翻訳を寄稿した天沢の級友でプレイメイツの一人、保苅瑞穂が、歌舞伎を見たことのない天沢を国立劇場の「摂州合邦辻」通し上演に連れていった後、四谷三丁目のレストランで交わした自由な会話、約二時間を、ワインや料理のオーダーまで録音し、編集せずテープ起こしをした三段組28頁を含む、114頁の大冊である。中心となった鼎談は、今読み直してみても、会話が歌舞伎から、イオネスコやベケット、唐十郎、ワインの味と価格などにまで逸脱し、また本筋に戻るという繰り返しの、未編集ならではの遊びの部分が、いま読んでも実におもしろく、菅谷には非難されるかも知れないが、「ああ俺たちは、懸命に遊んでいたんだ」という感慨がある。

またこの六八〜七〇年の間には、現代詩手帖賞を受賞した金井美恵子が20号にゲスト参加し、21号から同人となって誌面を賑やかにし、菅谷は六八年に一年間、『現代詩手帖』の時評を担当し、渡辺と組んで思潮社主催のシンポジウム「詩に何ができるか」の共同司会を務め（天沢、鈴木もパネラーとして参加）、鈴木は『罐製同棲または陥穽への逃走』でH氏賞を受賞、授賞式後に『凶区』同人と共に『アサヒグラフ』の取

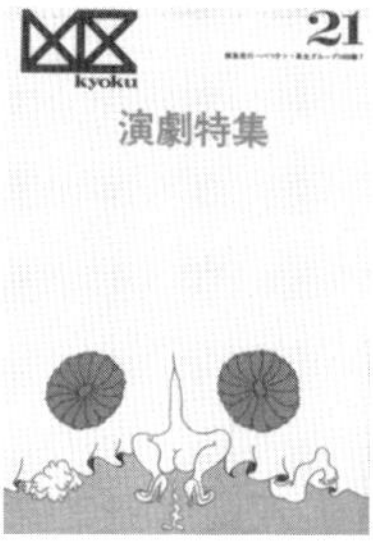

＞『凶区』21号書影

＊1　**アサヒグラフ**　このときの取材記者は天沢と私にとって『駒場文学』の後輩であり、『詩人派』同人として詩を書いていた大崎紀夫で、詩集『単純な歌』（新芸術社）がある。彼は明治学院大学講師として天沢と造反運動をともにした大崎明子（旧姓、宮川）の夫であり、また後年には写真に打ち込み、『アサヒカメラ』の編集長を務めた後、写真批評家としても活躍した。

*1材を受けるなど、ジャーナリスティックにも認知度が高まった。出版物を見ても、現代詩文庫版詩集が鈴木、天沢、渡辺の順で刊行、天沢の評論集『宮沢賢治の彼方へ』『紙の鏡』『作品行為論を求めて』、詩集『血と野菜』、鈴木の詩集『純粋桃色大衆——空想への逃走』、菅谷の評論集『無言の現在——詩の原理あるいは埴谷雄高論』、詩集『六月のオブセッションおよびそれ以後の詩集』『菅谷規矩雄詩集・1960〜1969』、渡辺が桑山弥三郎のタイポグラフィック・デザインに既存の詩句を素材として提供する形で成ったタイポグラフィック実験版『夜をくぐる声・抄』、渡辺のカード型実験詩集『首都の休暇・抄』、同じく評論集『詩的快楽の行方』、金井の短編小説集『愛の生活』『夢の時間』などが矢継ぎ早に刊行され、『凶区』のロゴデザイナー桑山はその分野の大著『レタリングデザイン』を著して、それらが常に世間に話題を提供し続けた。

　一方、同人やいわゆるプレイメイツの間の交遊も、菅谷は都立大赴任により東京の同人と会いやすくなり、目白に移り住んだ金井姉妹、山田宏一は、先住者の渡辺とその友人でグラフィック・デザイナーの高田修地《のぶくに》、千枝子夫妻、言語学者の西江雅之夫妻と〝目白組〟的親好を深め、天沢の明治学院大学バリケード内における結婚式及び『凶区』主宰の「退衆団交衆退成」と名づけられた祝宴（ちなみに新婦の名は衆子）、高野の住まいを兼ねた「四谷凶区」（第六章第四節参照）の開設と高野の結婚によるその閉鎖、渡辺の円満協議離婚（それ以前から別居していたから、解放感があった）などがあって、密度が濃くなった。独身に戻った私は山田と共に、ウィスキーなどを手土産にして週に二〜三回は高田宅、金井宅を訪れ（この二組は同じアパートの隣り同士だった）夕食をご馳走になっていたのである。

　しかし一方では山本道子が海外に移住し、野沢が詩作を全く断ち、六九年末には風邪で忘年会を欠席した鈴木が脱退を通告するなど、表面的な盛況の裏に末期的症状も現われてきていた。実は私はそのことを自分が編集当番になった24号「特集六八年映画ベストテン」で感じていた。というのは、この特集は映画演劇評のコラムをもっと充実したかったのだが、原稿の集まりが遅く、しかも当てにしていた天沢が詩作品を提出しベストテン投票はしたが、映画評を寄せてくれず、同じ時期に『海』に映画評を書いてい

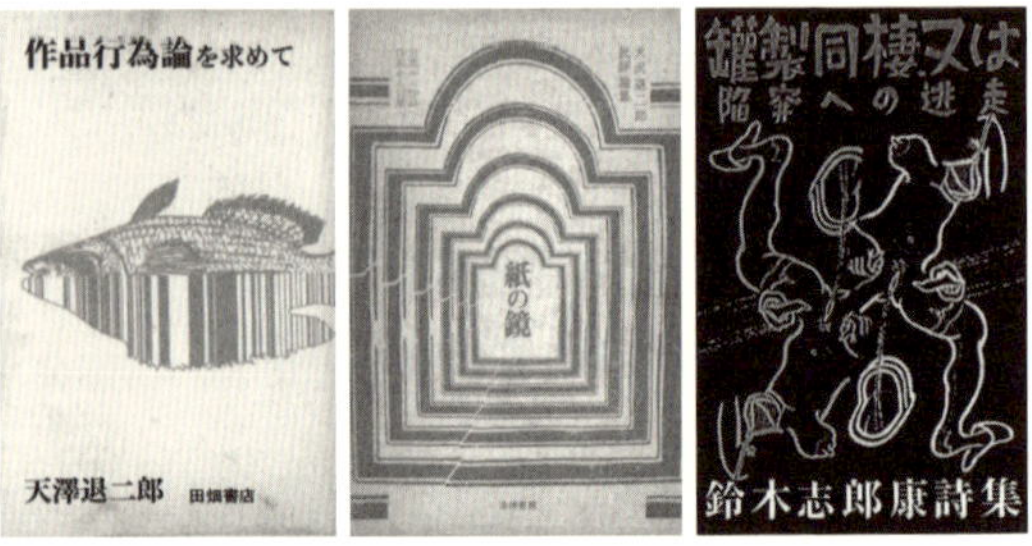

＞『罐製同棲または陥穽への逃走』『紙の鏡』『作品行為論を求めて』書影

たことが後でわかったからだ。これは天沢に対する非難では決してないが、一般誌への寄稿を、とくにそれが共に映画評である場合、自分の同人誌、というか自前のメディアを二の次にするようでは「そろそろ『凶区』もヤバイか?」と感じざるを得なかったのだ。

　そうした末期的症状を公の議論の場に乗せたのが菅谷の「詩的情況論序章」(『ユリイカ』七〇年八月号・資料Ⓔ、後に資料③所収)である。

2　闘争を伴わない解散

　菅谷が「詩的情況論序章」を発表した『ユリイカ』八月号の刊行は、おそらく七月中旬であり、その原稿締切は六月中旬から下旬であろうから、『凶区』の解散決議がなされた六月二十八日の直近にあたる。つまり、菅谷が「詩的情況論序章」を解散宣言を知ってから入稿したかどうかは微妙なのだが、少なくとも原稿を書きはじめてはいたであろう。また他の同人たちが、菅谷の文章を読む前に解散決議をしたことを思うと、以下に引用する菅谷の情況判断は肯綮《こうけい》に当たっていたと言える。

　「詩的情況論序章」は〈『凶区』はいま危機である〉という決定的な言葉ではじまる。菅谷は次いで〈このクリシス(さけめ)に詩的情況の一断面が象徴的に反映している……『凶区』がみずからの危機にどう対処するかは、この序章とはべつのもうひとつの主題である〉とも言い、『凶区』の解散を直截に唱えているわけではない。また結果的に終刊号となった27号に掲載された鈴木の「凶区同人を止める私の事情」についても〈もんだいのラディクス(根)は、同人相互の私的関係にあるわけではないはずだ〉と最初に確認している。つまり菅谷は自分が行おうとしている批判の根拠も〈同人相互の私的関係にあるわけではない〉ことを暗に読者に伝えている。

　私に言わせれば、これは『凶区』が一つの詩

〈〉六八年五月の軽井沢合宿(上図、鈴木。右図、右から高野、渡辺。左図、右が鈴木、中央が天沢、左が渡辺)

的論理や手法によって結ばれた〝結社〟ではなく、戦後詩の享受者という緩い枠組みの中で、いくつもの同人誌を創刊、廃刊し続けた末に、互いに選び合った者たちが共同して作りだした自前のメディアであったという性格から、必然的に導き出される結果である。

『凶区』という場は仮の宿りであり、そうであるにしては長期間持続したと言えるだろう。『凶区』はお互いの書くものに関心を抱き合う者たちの〈仲間誉めを超えた仲良し組〉(第五章第三節参照)であり、その求心性が含んでいたポテンシャルを費消し尽くして消滅したのだ。つまり、解散は喧嘩別れでも内部闘争による分裂でもない。今から思うと、私たちはお互いに〝もう十分楽しんだ〟ことを感じ合っていたので、解散決議に悲壮感や惜別の念はなく、解散後の交遊も、対立感がない一方で未練もないためか、淡々としたものになった。『凶区』同人としてはあんなに頻繁に顔を合わせていたのに、それがなくなると、他の詩人の出版記念会などで偶会すれば仲良くしゃべるが、とくに約束して会おうとはせず、誘い合って映画演劇を観ることもなくなった。

ここでもう一度、「詩的情況論序章」の発表

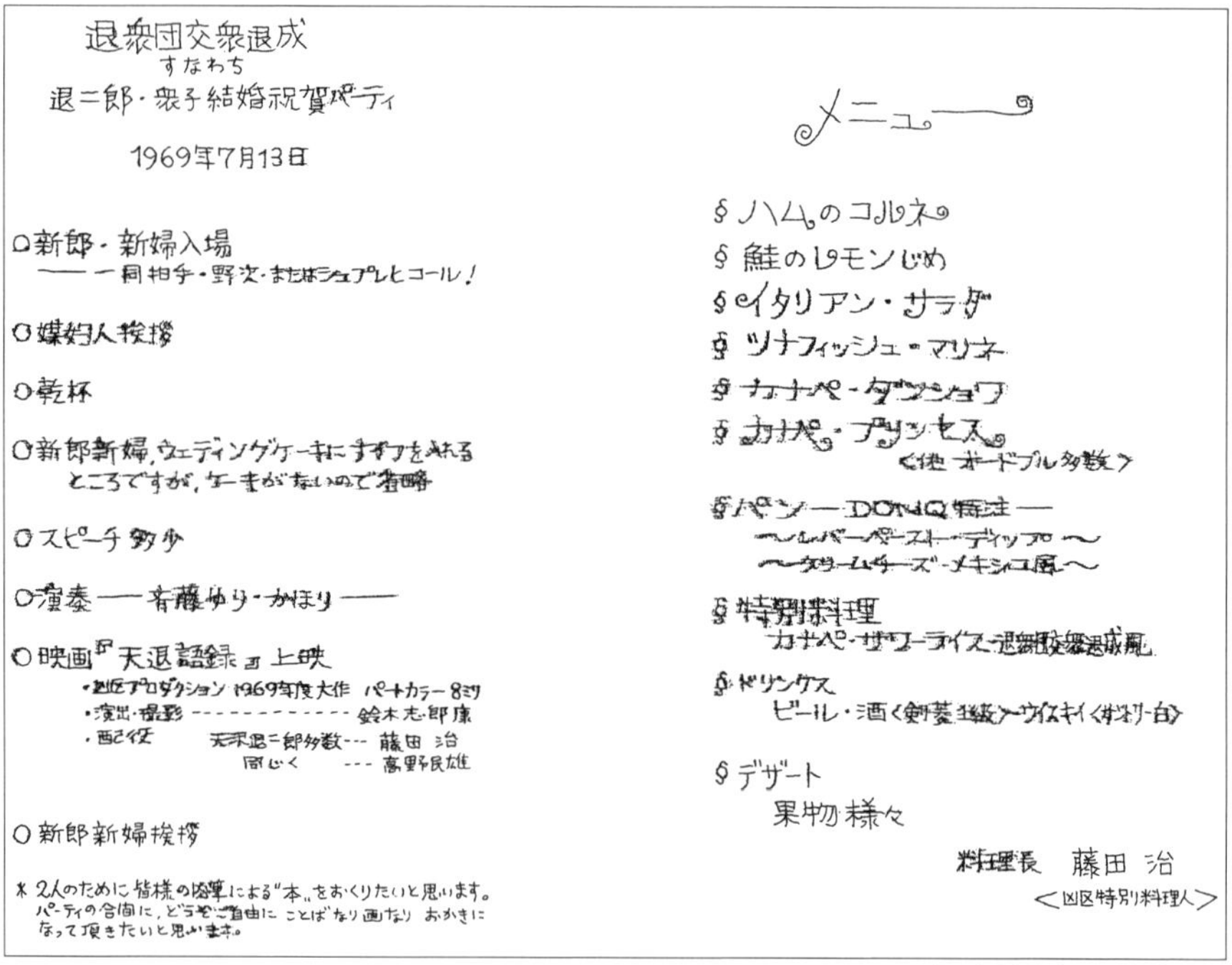
退衆団交衆退成
すなわち
退二郎・衆子結婚祝賀パーティ

1969年7月13日

○新郎・新婦入場
——一同拍手・野次・またはシュプレヒコール!

○媒妁人挨拶

○乾杯

○新郎新婦, ウェディングケーキにナイフをいれる
ところですが, ケーキがないので省略

○スピーチ 数人

○演奏——斉藤ゆり・かほり——

○映画『天退語録』上映
・凶区プロダクション 1969年度大作 パートカラー 8ミリ
・演出・撮影 ------------- 鈴木志郎康
・配役 天沢退二郎多数--- 藤田 治
同じく --- 高野民雄

○新郎新婦挨拶

* 2人のために皆様の協筆による"本"をおくりたいと思います。
パーティの合間に, どうぞご自由に ことばなり 画なり おかきになって頂きたいと思います。

メニュー

§ハムのコルネ
§鮭のレモンじめ
§イタリアン・サラダ
§ツナフィッシュ・マリネ
§カナペ・ダンショウ
§カナペ・プリンセス
＜他 オードブル多数＞

§パン —DONQ特注—
〜レバーペースト・ディップ〜
〜クリームチーズ・メキシコ風〜

§特別料理
カナペ・サワーライス・退衆団交衆退成風

§ドリンクス
ビール・酒＜剣菱特級＞・ウイスキイ＜サントリー白＞

§デザート
果物 様々

料理長 藤田 治
＜凶区特別料理人＞

△「退衆団交衆退成」案内状

は『凶区』の解散後であったことを確認しておきたい。解散決議をもたらした引き金はあくまで鈴木の脱退宣言であった。その前に鈴木以外の同人の間に、『凶区』の存在に対する飽和感のようなものが瀰漫《びまん》しはじめていたことは確かであり、私自身、前述のように「そろそろヤバいか?」という感を抱いたものの、それがすぐ解散につながるとは思ってはいなかった。他の同人の心境は、多分私に近いものだっただろう、という程度に推測するしかない。『凶区』の終焉までの出来事を時系列に整理すると次のようになる。

(1)一九六九年半ば、25号の頃、同人の間に飽和感のようなものが漂いはじめる。

(2)一九六九年十二月二十七日、天沢宅における忘年会に風邪で欠席した鈴木が、電話で「脱退」を通告する。しかしその後一九七〇年一月、既に編集中であった26号が鈴木抜きで刊行された。

(3)一九七〇年三月、結果的に終刊号になった27号に鈴木の「凶区同人を止める私の事情」と菅谷の「編集長への手紙」(共に具体的内容は後述)が掲載される。

(4)同年六月中旬から下旬、菅谷が「詩的情況論序章」を書き始める(推測)。

(5)同年六月二十八日、渡辺宅における『凶区』総会で解散が決議される。

(6)同年七月中旬、「詩的情況論序章」が掲載された『ユリイカ』八月号が刊行される。

3　菅谷の状況判断の的確さ

菅谷の「詩的情況論序章」は『凶区』に対する内部批判であるが、それは〈書けない苦痛のただなかに、わが詩的情況はすでに一年あまり、ゆきどまっている〉という自認を前提にしている。ここで〈書けない〉とは造反教官としての生き方や、闘争派学生とのしがらみによって、詩作や、彼の文学批評の原点である「詩の原理あるいは埴谷雄高論」が中断していることを意味し、いわゆる情況論については健筆をふるい続けていたのだが、それは彼にとって、不可避的でかつ辛い情況であったのだろう。

「詩的情況論序章」において菅谷は、今後の自分に課した宿題を四つに分けた「メモ」として提示しているが、それら全体を引用することは敢えて避け、『凶区』解散につながるエキスだけを抽出するなら、次の二つのメモが本稿に緊密に関係する(／は改行を示す)。

〈メモIII　凶区にかんするいくつかの仮説／（1）凶区とは凶区日録である／（2）凶区の連続性を内的に支えているのは保守性である／（3）集団としての凶区の共同性は、文学的・思想的なものではなく、遊芸的なものである／（4）凶区はすでに情況の核心をはなれ、脱落した〉

〈メモIV　凶区同人の現在――その痕跡／（1）野沢暎――凶区にたいするながい沈黙（14号）／（2）山本道子――凶区からの失踪（24号）／（3）鈴木志郎康――凶区脱退（27号）／（4）菅谷規矩雄――《書くこと》の解体過程（24号～27号）／（5）天沢退二郎――アジテーションの終了／（6）渡辺武信――快楽の遊芸化＝6・15的記憶の消失（27号）／（7）秋元潔――反思想パッションの拡散（26号）／（8）金井美恵子――詩から小説への、《書くこと》の転向／註――これら各項は、無言の核――危機のメルクマールを意味するまでであり、同人それぞれの詩的・文学的営為にたいするわたしのトータルな評価とはひとまずべつのものである。したがって、藤田治、彦坂紹男、高野民雄には、危機の及ばぬある種の恒常的な存在感が象徴されるということも、凶区の《対自＝対他》的全体性のなかに、位置づけられるべきことである〉。

「メモIII」は全体的な状況判断であり、それはその後の経過（すんなり解散決議をした個々の同人の判断）を考え併せても、正解と言う他ない。私自身も『凶区』解散の約十七年後に、それが必然的な終焉であったことを追認している（「八七座談会」の後記）。

しかし「メモIV」は個別的な同人に対する言及であり、〈同人それぞれの詩的・文学的営為にたいするわたしのトータルな評価とはひとまずべつのものである〉と注記してあっても、菅谷の見解に対して個々に対応せざるを得ない。今にして思えば、このときの菅谷の苛烈な同人批判は、先に引いた私の『凶区』観、つまり〈これほど違う個性の持ち主が……共に過ごす歳月を持てたのは、抛物線軌道を描く彗星が十数個出会うようなもの〉という視点からすれば、期待の過剰、あるいは一種の〝ないものねだり〟であったと判断せざるを得ない。その期待の過剰が当時の菅谷自身の苦闘と孤立感、具体的には神戸大、名古屋大を経て都立大に至るまで一貫して、いわゆる造反教官の立場にある一方で、彼以外の同人が、少なくとも積極的には全共闘闘争へのアンガジュマンを回避していた七〇年当時の現状からすれば了解は可能であるにしてもである。

4　内部批判と過剰な期待の表裏性

ここで私は自分以外の旧同人の代弁をする責を負っているとは思わないが、ひとときは造反教官の立場にあった天沢が〈授業に復帰した〉ことに関して菅谷が次のように書いているのは、やはり資質の違いへの配慮を欠いた〝ないものねだり〟のひとつであると考える。

〈天沢退二郎は『凶区』27号の《一九六九年ノンセクション・ベストテン》の一項目に《一月十八、十九日（乱）》としてしるしている。これはふたつのことを《意味》しているとかんがえられる。第一に東大闘争がブラウン管の映像以上のものではないということ。『凶区』の《ノンセクション・ベストテン》が、いわば日録のまとめであることからすれば、《凶区日録》じたいが、テレビ芸能（たとえば11PMやナイトショウなど）と、もはやまったく同一化していることをも、ここから読みとることができる。／第二に、天沢にとって大学闘争はかれの60年代ノンセクション・ベストテンの一項目としてすでに過去のものではないのか。七〇年代にこだわりつづけるべき、どんな思想主題をつかみだしつつあるのか、この点にかんして……『凶区』誌上においてはまったく無言である〉。

もっとも菅谷の批判が一定限度の正当性を持っていたことは天沢自身が後に認めているので、長い時を経てみると、そう簡単に割り切れることではない。それは「八七座談会」における菅谷と天沢のやりとりからも読み取れる。

第十章で引用した天沢の〈正しいということは息苦しい〉という発言は「〇三座談会」におけるものだが、その前の「八七座談会」で、既に天沢はまだ元気だった菅谷に向かって、七〇年代の初頭に〈菅谷から訣別の辞を書かれたようなことがあって（笑）、あれはやはりショックで……〉と言い、菅谷が〈その頃はお互いしんどかったんだよ。七〇年代というのは、そこから自分の居場所がどんどんわかんなくなっていくからね〉と答え、天沢が〈『凶区』が終わったあとでは、そういうきっかけをもらったことで、今では菅谷に感謝しているけどね〉と言い継いでいる。

またその席で鈴木が〈ああいうふうなかたち

で、時代の様相が確かに変わってきているわけでしょう。そのなかでは、ちょっと遊んでるばっかりじゃ駄目だなっていう感じを、それぞれがみな持ち始めたということはあるよね〉と発言したのに対し、七〇年当時は厳しい同人批判を展開していた菅谷が〈それをひどく深刻に考えちゃうってことと、考えなくても実は済んだんじゃないかってことがあってさ。今から見れば、あの時の対応は駄目だったなという気がする。学園紛争の時代だけれども、そういうものにそっぽ向いちゃって、もっと東京を遊んじゃえばそれでもよかったんだよ。ただそういうことが出来るためには、今みたいなフリー・アルバイター的な職業がたくさんあればよかったのかも知れないけれど、俺なんか大学教師でしかも公務員だったから、それはどこかで縛られちゃう。つまり、顔が見えてきた読者というのが、学生運動の学生たちというような、変なかたちで現われてきて、そのあたりが『凶区』にとっていちばんの境い目だったんじゃないか……〉と言っているのは、早世によって今や一部でカルト化している菅谷像には欠如しがちな柔軟な一面である。ここで彼は決して自分の過去の言動について反省や否定をしているわけではないが、他の道もあり得たことを容認しているのであり、それは私にとっても救いである。

これは吉本隆明が、この「八七座談会」の少し前に、正津勉のインタビューに答えて次のように言っていることとも符合する。〈初期の『凶区』で詩としておもしろかったのは鈴木志郎康さんのプアプア詩。(中略)だけど、ほんとうにおもしろかったのは〝日録〟なんです。あの人たちは喫茶店から喫茶店を点で日常的に繋ぎながら都市の中を回遊している。それはとても印象深かった。(中略)あれは戦後社会の、新時代の低等遊民の発生を象徴しているんですね。いまはそれがもっと拡散しているし、もっとおもしろいかも、すさまじいかもしれないですね。先駆的な感受性があそこのなかにありますよね〉[*2]。私は吉本隆明に〈先駆的〉と評されたからといって「凶区日録」が全面的に肯定されたと考えるほどおめでたくはないし、それは菅谷も同様だろうが、「八七座談会」の発言から推測すると、吉本の思想に多くを負っていた菅谷も、この頃には、七〇年に自分の行ってきた批判は撤回しないにせよ、日録に象徴される〈新時代の低等遊民〉の遊芸性を少し肯定的に捉え直しはじめていたのではないか?

＊2　**吉本隆明の発言**　『東京詩集』(作品社、一九八六年刊)より。なお私自身はこの書物に接しておらず、引用は天沢の「一九六八年——私自身による私自身」(「言語文化」18号、〇一年二月)の註からの孫引きである。

そういう前提に立って「メモⅣ」における私についての〈快楽の遊芸化＝6・15的記憶の消失（27号）〉という記述を見直すと、それが一定の正当性を持つことを認めつつも、選ばれた素材がなぜ27号なのか？ に疑問を持つ。結果的に最終号となった27号は私の編集担当による「映画特集」で、「一九六九年ベストテン」も掲載されているが、映画特集も映画ベストテンも既に数回行っていることだから、菅谷の言う私における〈快楽の遊芸化〉がここにはじまるとは思えない。詩作品についていうなら、その前の26号に発表された「連続大活劇」が大衆娯楽映画の無垢の輝きをモチーフにしているがゆえに〝遊芸的〟と評されてもやむ得ない要素を含んでいる。その第一連はこうはじまる。

時は遠い嵐を集めて早く流れ
夢はひびわれた唇を侵して
夜明けの海岸線を少し変えたが
なぜだろうか
疾走する縞馬の背のように
ゆれうごく昼と夜のつらなりの中で
皆が若くなっていく
長い休暇！

第一行は明らかに六〇年六月から七〇年までの経過を意味しているが、それが〈夜明けの海岸線を少し変えた〉（傍点は引用に際して付加）という認識に終わり、しかも「が」という逆接を介して〈皆が若くなっていく／長い休暇〉とみなされていることが、菅谷の眼には、情況の転換に対応しきれていないと映じたのかも知れない。ちなみにこの作品には連続活劇映画、とくにサイレント時代の週替わりの短篇が、ヒロインが危機に陥る場面で終わったときに出る字幕「continued to next week＝次週に続く」をもじった〈continued to next decade〉という副題が付されて、六〇年代は次の七〇年代と連続するという認識を示しているが、そのことも、菅谷の情況判断に逆行していたと言えよう。*3

『凶区』はその前身である『暴走』『×（バッテン）』まで遡れば六〇年から七〇年までの十一年間、つまりほぼa decadeにスパンを張った同人誌あるいはメディアであったが、それがそのまま次のa decadeに連続するという私の認識は、情況の転換を感じ取っていた菅谷には肯定できないことであったのだろう。

27号に掲載された菅谷の「編集長への手紙」

*3 **連続大活劇** 私はサイレント時代から五〇年代までアメリカで人気を博していた連続大活劇（serial）に直接に接したことはないが、連続大活劇の女王、パール・ホワイトをベティ・ハットンが熱演した『ポーリンの冒険』（47・ジョージ・マーシャル監督）で知ったし、それをホワイトの伝記、Manuel Weltman & Raymond Lee著『*Pearl White, The Peerless Fearles Girl*』や、Alan G. Barbour著『*Days Of Thrills And Adventure*』、Kalton. C. Lahue著『*Ladies In Distress*』などの本から得た知識で補うことで、その魅惑について想像できるようになっていて、憧れてもいたのだ。またこの詩篇の後に観た、『ニッケル・オデオン』（76・ピーター・ボクダノヴィッチ監督）も映画草創期の狂乱を描いた点で記憶に残る佳作であった。

は編集担当である私宛に〈この手紙を映画特集の原稿としてあつかうかどうかは、あなたの判断にまかせます〉と前置きして、映画特集に参加できない事情を釈明したものだが、実は、そのことを通じて『凶区』のあり方を批判し、〈われわれみずから凶区解体をスローガンとすべきか、そうでないのか〉という決断を迫った文書で、ここに私と菅谷との情況判断の決定的な違いが示されている。だからこそ私は、共感したからではなく、むしろ異和感を覚えつつも、その重要性を感じ取ったがゆえに、私信の体裁をとったこの文章を原稿として扱い、映画特集とは分離して掲載したのだった。

この「手紙」は前置きの次から、映画を離れていきなり情況論の本質に入っていく。〈げんざいぼくにとって詩は《無言》として存在しています。書くことは、この《無言》をむりじいに切りさくことのようにかんじられます。しかもあえて切りさいても、ながれだすのは血でもことばでもなく、やはり《無言》であり、《詩=無言》が存在していることを告げるだけです。そしてこの《詩=無言》は、その存在を証明するために無言のまま《大学》でたたかいをつづけている——それいじょうのことは、闘争の《場》のそとでは語りえない内在性です。／わが肉体は《私》のバリケード——／《もうどこまでも生きる》／と言いきりたいのだ——そう断言して詩は《無言》と合体しました。それが《私》です。そして《私》は、いまなお大学闘争の《場》に内在するパッションにほかなりません〉〈どこへ行くか——ゆくてには《詩=書くこと》がまちうけています。ぼくにとってたたかいとは、《無言》を《書くこと》とふたたび合体せしめるための決意を、いくたびもくりかえし、持続する行為にほかなりません。それなくして、大学闘争が、授業拒否が、いったい《私》のなんだというのでしょう。すべて《情況》をつきぬける詩のたたかいなのです。それが凶区と《私》のげんざいの関係です〉。

菅谷の陥った《無言》は、私自身の情況判断と、どこかで通底しながらも、少なくとも一九七〇年当時は、大きく隔たっていた。菅谷は〈……凶区前史を構成する一方の要因としての『暴走』は、かんぜんにその意味をつかいはたして、凶区の内的構造から消失した。渡辺武信において、『暴走』すなわち6・15的記憶は、東大闘争にたいしてついにあらたな関係をつくりだすモティーフたりえなかった〉（前掲「詩的情況論序章」）と書いたが、東大闘争における私の立場は建築学科において建築計画学という新しい学問領域を創成した吉武教授、及び優れた先輩、後輩に囲まれていることによって、おのずから医学部や文学部の学生、院生、助手とは異なっていた。[*4] そのことは既に釈明済みである（第十章第七節）。この点でも菅谷は私に、というか渡辺武信というかつての同志に、資質の違いを無視した過剰な期待を抱いたことになる。

しかし一方で私は、27号における映画『ジョンとメリー』（69・ピーター・イエーツ監督）評を〈二人が結ばれようが別れようが、この映画の与える現在時のかけがえのなさのようなものは、消えることはない……それはまた、言い換えれば、現在時というより、あくまでなまなましさを保ったまま出現した《もう一つの時間》である。やがて眼を覚ました女が言う。「一日中、何もしなかったわ。すてきな一日だった……」。ぼくがこの映画を愛するのは、なによりも、この《何もしなかった》午後の持つ、充溢感のために他ならない。《何もしないこと》、それは、ぼくたちが今、忘れかけている何かである〉と結んで、菅谷の指摘した〝凶区日録〟的な饒舌性、言い換えれば日々を〝何かすること〟で埋め尽くそうとする努力への懐疑を表明している。これは菅谷の苦しい選択としての《無言》とは次元が違うが、なにがしかの共通性を持つ屈折感の感受の表明ではなかろうか。つまりこの点では私も日録的遊芸性のあり方の限界を悟りかけていたのである。

5　鈴木の脱退宣言の意味

鈴木の「凶区同人を止める私の事情」は、十七年後の「八七座談会」で彼自身が〈僕も自分のやめる事情というのを読んでさ、よくわからないんだよ（笑）〉と発言しているように、明確な理由を全く開示していない混乱した文章である。ごく核心的な部分だけ引用すると〈私の理由は全く個人的な感情によるものでした……「凶区の同人の中に私がいることは、ある人にすまない。」という気持でした。しかし、一九七〇年の二月現在、その気持は私の馬鹿々々しい思い上りの上の誤解によるものだったことがわかりました。私が右のような感情を懐いたのは、その「ある人」の言葉を一方的に信じ、自分の立場（それは文学的なものではなく、人間関係の上でのこと）を都合よく運ぼうとしたた

＊4　**建築計画学**　この五〇年代にあらたに創成された学問の役割については、『住まいのつくり方』（中公新書・〇四年九月刊）で述べたので、ここで説明することは避けるが、ごく要約的に言えば、それは原子物理学や医学のように技術の先端を切り開く学問ではないものの、観察と統計処理を通じて見出される建築室内機能の規則性を論理的に提示する学問である。

＊5　**木葉井姓の由来**　鈴木と別れたEKOさんが姓を「木葉井」としたのは旧姓に戻ったのではなく、アフリカをたびたび訪れて絵の素材を探索するなかで、「キバイ族」という部族と親しくなり、その族長の養女になったからだと言われている。そうだとすれば『アニーよ銃を取れ！』のヒロインがシッティング・ブルの養女になる話と似ていて、私のような映画ファンにとっては素敵な生き方である。

めです。私はこゝに、凶区の同人の中の一部の人に対して非難の気持を懐いたことに、心から慎しんで謝罪するものです。そして、私の思い上りから引き起されたこととはいえ、今ではその「ある人」によって私は自分が愚弄されたものと感じ、全く怒りを禁じ得ません。これら一切の個人的な事件にまつわり凶区同人にかけた迷惑は私の優柔不断と利己心と保身の下劣さによることを認めます。私は恥かしい。／しかし、それでは最早凶区同人を止める理由はなくなったではないか、というようには私の気持は進まず、やはり止めたいという気持が残ってしまうのです〉。

この「ある人」が誰かわからないが、〈それは文学的なものではなく、人間関係の上でのこと〉という但し書きと、当時彼が同人全員のプレイメイツでもあった画家の悦子さん（通称EKOさん）と離婚し、麻理さん（私は彼女に会ったことはない）と再婚[*5]したことを考え併せると、別れた木葉井悦子さんの友人ではないかとも推測できる。しかし本質的な問題ではないだろう。鈴木が〈やはり止めたいという気持が残ってしまう〉と書いていること、また〈よくわからないんだよ〉という発言の前に〈集まって創刊されるときは、みんなけっこうひとつに向かっているけれども、終わるときというのは、たぶんみんなそれぞれの『凶区』に対する意識の持ちようは全然変わっていただろうね〉と言っていることのほうが、『凶区』同人の間に漂いはじめつつも、〈個人的な事情〉がなければ脱退や解散につながらなかったであろう〈飽和感のようなもの〉の現われであり、それゆえに事態の本質に触れているのではないか。

菅谷自身も〈『凶区』はいま危機である〉と書いたにもかかわらず、危機がただちに解散につながるとは考えていなかった。「編集長への手紙」の中で菅谷は〈鈴木志郎康が凶区をやめたいということをきいて、ぼくは一瞬、息をのむおもいでした。なぜなのかはすでにのべたことからわかっていただけましょう。鈴木がかかえこんだ危機意識と、ぼくのそれとが反応しあったのだと説明できます。鈴木はそこで凶区をやめるという結論をだしたが、ぼくはそうはおもってはいなかった。しかしやはりこれは、凶区ぜんたいのクリシスとかんがえるべきではないのか。／鈴木が語りたがらないやめる理由を、ぼくはかれがどのようにあきらかにしても、それをうけとめて、ぼくじしんのもんだいとする

＊6 **和田誠**　イラストレーターにして映画監督、エッセイスト。彼の知己を得たのは『凶区』の末期の六九年であるが、谷川俊太郎と交遊のあった和田誠は戦後詩の世界と無縁ではない。当時の和田誠は、最初に勤めた「ライトパブリシティ」で担当した煙草「ハイライト」のパッケージや社会党のシンボルマークで知られ、独立してからますます名を上げつつあった。私は谷川俊太郎の詩と和田誠のイラストーレションがコラボレートして成った私家版・限定五百部の絵本『しりとり』（モノクロ印刷だが、一ヶ所テーブルの上の「オムレツ」だけ、あきらかに手仕事で黄色に塗られている）を、谷川俊太郎に手紙を書いて購入したほどのファンであり、旧草月会館で催されたジャズや映画の会でしばしば見かけて顔は知っていたが、話しかけるには遠すぎる存在であった。後に羽仁進が、六〇年代末に人気絶頂期に「ピンキーとキラーズ」を使って初めてのアイドル映画を撮る仕事を東宝から受けたとき、彼は当時の羽仁夫人の妹、額谷

用意があります〉と書いているからだ。

6 『凶区』解散以後の四十年

私は「連続大活劇」の副題でみずからが予知したように、次のa decadeをなんとか乗りきったが、やがては「詩を書くこと」を断念せざるを得なくなった。しかしこれは政治的情況とは一応無縁の個人史に関わること、つまり長男の小学校入学によって自らのアドレッセンスの終わりを自覚せざるを得なかったことにあるので、挫折感はなく、むしろ穏やかな諦念のようなものがつきまとうだけだ。私は詩集『過ぎゆく日々』(矢立出版・八〇年刊)を契機に詩作から離れ、以後、今日までに私が書いた詩とそれに準じる仕事は、一般誌の依頼でカット代わりのような短詩が二つ、羽仁進監督の映画『恋の大冒険』(70)の共同脚本参加を通じて知己を得た和田誠と、彼の交友範囲にある永六輔らに誘われて書いた、デューク・エイセスの歌う四つの歌曲の歌詞、[*6] 建築家の中で真に畏友と呼ぶにふさわしい存在であった宮脇檀の早世に際して建築専門誌に寄稿した追悼詩だけで、作品数はこれら全てを合わせても両手の指に満たない。

前述の「八七座談会」「〇三座談会」を参照すればわかるが、旧『凶区』同人は、野沢暎は優秀な企業人に回帰し、大手水産会社をカナダ支社長として退職した後、自分の設立した会社を成功させ、それも売却して、夏季半年はカナダに保有している住まいに避暑に行くという悠々自適の生活をしている。六〇年安保を最も現実的に戦った彼の詩的文学的隠棲は誰にも批判できないであろう。また藤田治は詩作から遠ざかり、現在健康を害しているそうだが、金井美恵子は一九八七年に〈凶区同人で、今でも時々会うのは藤田治だけである〉[*7]と書いているから、実際に自己表現の文学的結実から身を引いたにしろ、『凶区』解散後は他の同人との出会いをむしろ避けている彼女に接触を保たせるだけのアウラを持ち続けたのだろう。

この二人を除けば、旧『凶区』のメンバーは八九年十二月三十日の菅谷の死を超えて、現在まで少なくとも二十年、つまり『凶区』解散後四十年、それぞれに広義の表現活動を続けた。天沢は宮沢賢治遺稿のヴァリアントを入念に校訂し収録した『校本・宮沢賢治全集・全十四巻』(筑摩書房・七七年十月完結)の刊行を入沢康夫他数名と共にやりとげたし、秋元は『尾形亀之助全集』(思潮社・七〇年九月刊)の編纂を

喜美子と親しかった山田宏一に、プロットだけは出来ている脚本をミュージカル・コメディに仕立てるために助けを求めた。そこで山田は『季刊・フィルム』に『パイ投げから世界の崩壊まで』という長いスラップスティック映画論を書いたばかりの私を「ギャグのアイデアを出せる映画好きの詩人」として羽仁に紹介し、共同脚本に誘い込んだ。これは商業映画のクレディット・タイトルに羽仁進、山田宏一と並んで渡辺武信の名が出る唯一の作品である。この映画ではヒロインのピンキー(今陽子)がアニメーションのカバと一緒に唄い踊るシーンがあった。これにはジーン・ケリーがアニメーションのネズミと踊った『錨を上げて』(45)という前例がある。このシーンを提案してアニメーションの原画を描いたのが『ブワナ・トシの歌』(65)のタイトルデザインで羽仁と知りあっていた和田誠だった。彼は脚本にはクレディットされていないが、実際には脚本の打ち合わせに常に同席し、さまざまなアイデアを出した。考えてみれば、

行った後、研究誌『尾形亀之助』の刊行を主宰し続け、その成果として『評伝・尾形亀之助』(冬樹社・七九年四月刊)を著わした。鈴木は構文破壊的なプアプア詩から一転して一見平明な作風の詩(現代詩文庫版『続・鈴木志郎康詩集』の解説で富岡多恵子が〝マリ詩〟と呼んだ、再婚した麻理さんを対象とする詩)を量産し続ける一方、映画や写真を撮り続け、写真の個展を毎年催す一方、東京造型大学非常勤講師などを経て、彼のホームページから知り得た情報によると、九八年から二〇〇六年まで多摩美術大学造型表現学部映像演劇学科教授として映画を教えている。山本道子、金井美恵子は小説に転換し、それを書き続けて山本は『ベティさんの庭』で七三年の芥川賞、金井は『プラトン的恋愛』で七九年の泉鏡花賞を受賞した。純文学小説読みではない私にはこれらの賞の重みが実感できないにしろ、その創作力の持続には賛辞を呈したい。

菅谷が「メモⅣ」に〈危機の及ばぬある種の恒常的な存在感が象徴される〉記した藤田治、彦坂紹男、高野民雄のうち、藤田については前述したが、彦坂はコンスタントに詩を書き続けて、『ことば変わり』(詩学社・七八年刊)、『迷図』(駒込書房・八〇年刊)、『影唄』(砂子屋書房・九一年刊)という三つの詩集に結実させた。高野は博報堂のテレビCM制作部に勤務中、資生堂などのCMを担当し、コピーを書いてきた実績に基づき、山本道子の仲介でNHKラジオ深夜放送番組『夢のハーモニー』のために朗読コピーを書き続け(公共放送だからもちろんCMコピーではない)、その中で一九七五~七六年の間に使われた作品を集めた『放送詩集・あいうえお』(駒込書房・八〇年刊)を著した。しかもその後、博報堂を定年退職すると「詩人になるほかない」と嘯いて、前述の『夢のハーモニー』の一九六九年~七四年にわたる放送用コピーを〝詩の素《もと》〟として書き直した詩集『木と私たち』(思潮社・九九年刊)を刊行、次いで〇三年には個人誌『私詩・私信』を、なんと月刊で刊行しはじめたが、それによって『現代詩手帖』などのメディアに再度登場の機会を与えられ、一種の〝復活〟をとげた。結果的に『私詩・私信』は中絶したが、それはそれとして、〝少年〟との乖離により詩作を絶った私に比べると、彦坂、高野の〈恒常的な存在感〉は、彼らの私的にはやわらかい人柄からは見て取れないふてぶてしさを感じつつ、敬意を表するしかない。

この出会いは渡辺-天沢-山田-羽仁-和田という人の縁を経ているので、『凶区』から生まれた映画と言って言えないことはない。この映画の縁で彼と親しくなった私は、以後、映画評論集『映画は存在する』(サンリオ出版・七四年刊)『映画的神話の再興』(未來社・七九年刊)の装丁、中公新書の住居論四部作の挿絵を彼に頼んで嬉しい思いをしたし、彼の人脈で永六輔、黒柳徹子、渥美清、中山千夏、小沢昭一などの芸能人、灘本唯人、山下雄三、矢吹申彦、山口はるみ、小池一子などのイラストレーターあるいはグラフィック・デザイン界の俊秀、八木正生、佐藤允彦、後藤芳子などのジャズ・プレーヤーと知りあうことができた。デューク・エイセスの歌の企画への参加も永六輔が誘ってくれたもので、作曲はこれも和田誠の縁で出会った櫻井順、大野一雄、八木正生で、その録音に立ち会って自分の言葉がメロディに乗った状態を知ったのは楽しい体験だった。

私自身については次節以降に記すが、それにしても『凶区』は、菅谷の、生命を賭して宿命を生き、〈言葉の表記が、音韻と意味とにわかれる直前のところで、聴覚と視覚を根源的に調和させる領域があることを、詩の実作によって発見した〉（前掲の菅谷追悼特集・資料Ⓝに再録された吉本隆明の弔辞より）作業を含めて、解散以後も旧同人がそれぞれの感受性の運命に対応して文学的・芸術的生産力を保ったことは確かである。

＊7　**金井美恵子のエッセイ**
資料Ⓜの一環である「ささやかな感情教育」より。

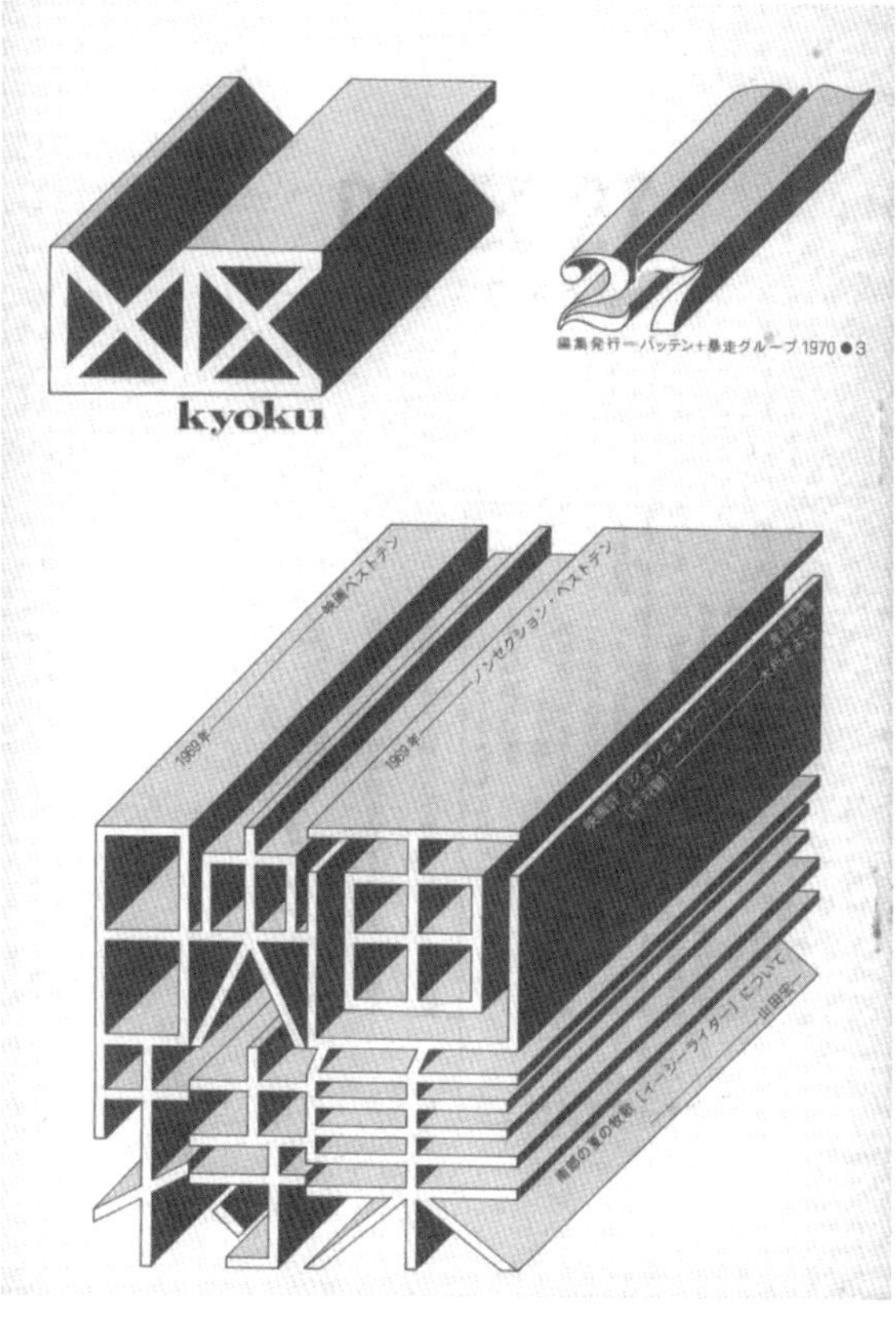

＜『凶区』27号（最終号）書影

第十二章　〝無言〟VS〝暮らしの肯定〟

菅谷規矩雄と私の岐路

1　〝私〟とは何か

文学論における〝私〟について言えば、私は菅谷とは違って、むしろ映画を見続けることによって〝私＝自己〟を再確認し得る道を見出した。『凶区』の解散直後の一九七一年、日活が事実上倒産し、ひらがな書きの「にっかつ」として再生されロマンポルノの製作に路線を転換した。戦後製作を再開した後の日活映画史は一九五四年～七一年にわたり、それは奇《くす》しくも私を戦後詩に出会わせた書肆ユリイカ版『戦後詩人全集』の刊行から『凶区』解散までとほぼ一致し、裕次郎登場以後のアクション路線の始動を一九五六年からとすれば、それは私が浪人して、詩を書き始めた時期に一致する（第一章参照）。私は日活アクション崩壊の一年後、つまり『凶区』解散の二年後の一九七二年、『キネマ旬報』に場を与えられ、同年三月下旬号から七九年七月下旬号まで約七年半、一六一回にわたる長期連載で『日活アクションの華麗な世界』を書き続けたから、私の一九七〇年代はほぼこの長期連載と共にあったことになる。*1

　私は大衆娯楽映画である日活アクション映画（青春映画を傍流として含む）の十七年間に〈北極星のように決して動かなかった核心〉として〈「我々には誰にも譲り渡せぬ〝自己〟というものがある」という信念〉〈あるいは「あるはずだ」という憧憬〉（同書序論より）を見出し、それを具体的に例証するのに四百字詰千七百枚の量と、加筆訂正期間を含めて約十年の歳月を賭したのであった。

　私の日活アクション論における〝自己＝私〟の概念は次のように展開されるが、それは決して詩における〝私〟（実際に私の詩の中では〝ぼく〟）とは無縁でない。〈日活アクションのヒーローは最後まで自分をとりまく世界と合体する

＊1　**『日活アクションの華麗な世界』**　この連載が加筆訂正を経て未來社から上中下三巻の書物として刊行されたのは八二年であった。なお同書は〇四年六月、絶版後も需要の多い本を再刊する〝書物復権〟という出版社八社連合企画の一環として、一冊に合本した復刻版が刊行されている。

＞『日活アクションの華麗な世界』書影

ことはない。それ故に、たぶん故郷を捨てた農村の次男坊であるはずの渡り鳥は浅丘ルリ子の涙を振り切ってさすらい続けなければならないのであり、ニュー・アクションのヒーロー、藤

竜也や原田芳雄は、ライフルの望遠照準の中で、孤独な、世界と断絶した死を死ななければならないのである。彼らにとって自己とは世界と調和したものではなく、世界に拮抗し、あるいは世界から奪回しなければならぬ何ものかである。

カール・マンハイムは「ユートピア意識とは、まわりの〝存在〟と一致していない意識である」という名言を吐いたが、その表現を借りれば、つねに自己の生きるべき空間を探し続ける日活アクションの主人公は、楽天的であれ、悲愴であれ、つねにこのユートピア意識を生きたのである。そしてそれはぼくたちの世代が、幸か不幸かそのほとんど無傷のアドレッセンスを生きた焼け跡の六三制校舎で、イデオロギーと言うより、むしろ生理的に受けとった、ある明るさの感覚と、どこかでつながっているように感じられる。この明るさとは、今思えば、自己のアイデンティティを、身のまわりの世界に求め難いし、また必ずしもそこに求めなくてもいいのだという、不安感と自由感のアマルガムであったようだ〉(同前)。

菅谷はしばしばマルクスの『経済学哲学手稿』から次の一節を引用する。〈対象的感性的本質存在としての人間は、圧迫をうける本質存

〈右から渡辺、彦坂、菅谷(六七年八月、志賀高原)

在である。そして、圧迫を感じる本質存在であるがゆえに、情熱的な本質存在なのである。情熱つまりパッションは、対象にむかってエネルギッシュに努力をかたむける人間の本質の力なのである〉。そしてそれを注記する形で〈むろんマルクスのパッションは圧迫から現実化へとむかい、詩は、実現するべき全現実をその対象としてうばわれている意識のなかに、パッションと逆立するところにはじまる〉と書く。

ここで菅谷が、常識と考えたためか、ことさら言及していないが、読者に注意を喚起しておきたいことがある。それは、パッション（passion）のpasという接頭辞は文法的な受身（passive）の接頭辞と同じであり、パッションは情熱ばかりではなく受難を意味することである。とくにキリスト教圏においては大文字で始まるPassionはそれだけでキリストの磔刑《たっけい》＝受難を意味する。（私はラテン語を語源とする英語について論じているが、マルクスの原典であるドイツ語ではleidenschaftlich）。それを踏まえてマルクスの言葉を考えると〈圧迫を感じる本質存在であるがゆえに、情熱的な本質存在〉という表現の後半は〈受難的な本質存在〉と読み替えることも可能なのである。[*2]

日活アクション論で私が引用したマンハイムの言葉[*3]は菅谷の引いたマルクスの言葉と通底し、そのユートピア意識に導かれて自己を〈世界から奪回しなければならぬ何ものか〉と捉える日活アクションのヒーローの行動は、菅谷の言う〈パッションと逆立したところ〉である詩の根拠に通底している。強引に関係づければ、私は日活アクションのヒーローをこう解釈することによって、ほぼ詩を書く根拠を論じていたとも言えよう。

それゆえに、と続けてしまうことは、またしても媒介項をいくつか脱落させることにもなろうが、私は菅谷が「詩の終わり――ハイデッガー《言葉》についての批判的ノート」[*4]でエルンスト・ブロッホを拠点として展開したハイデッガー流の〈言葉とは・言葉である〉という自同律を批判的に乗り越えることにも、あるいは天沢のように主としてモーリス・ブランショに発する「書くことの不可能性」を突き抜けることにも、思い悩むことは少なかった。これは菅谷、天沢の両者からそれぞれの立場で批判されてしかるべき私のアキレスの踵でもあるが、私には私なりの根拠が、いわば生理的に内在しているのだ。言うなれば詩を書き続けていた頃の私の

＊2　**『経哲手稿』の訳文**　菅谷はこの一節をたびたび引用し、訳者が指示されていないし、語句も少しずつ違うように記憶している。これはドイツ語が堪能である彼がそのたびに原典にあたっていたためだろう。ここでの引用は「詩の逸楽・詩の苦痛」（初出『文芸』一九六七年六月号、後に資料③所収）からである。ちなみに第十章の註で触れた城塚登訳の六四年版岩波文庫では、菅谷の引用部分は次のようになっている。〈それゆえ、対象的な感性的存在としての人間は、一つの受苦的（leidend）な存在であり、受苦的存在であるから、一つの情熱的（leidenschaftlich）な存在である。情熱、激情は、自分の対象にむかってエネルギッシュに努力をかたむける人間の本質力である〉（208頁、傍点は原文による）。菅谷の引用部分を城塚訳と比較すると〈圧迫を感じる〉が〈受苦的（leidend）〉に、〈圧迫を感じる本質存在であるがゆえに、情熱的な本質存在〉が〈受苦的存在であるから、一つの情熱的(leidenschaftlich)な存在〉と原

詩句の「ぼく」「ぼくたち」は懐疑の余地なく存在する一人称であった。

　能天気と言われればそれまでだが、私は、菅谷がハイデッガーの〈言葉とは・言葉である〉という自同律を、ハイデッガー自身のゲオルク・トラークル論の弱点を衝くことにより、36頁を費やした果てに達した乗り越えた境地、つまり〈トラークルが自らをひとつのさけ目として、苦痛として、表現したことから、ハイデッガーもまたついにのがれきることはない。あらゆる論理上の危険をおかしても、この苦痛が、言葉の根源的なはたらき、《相違》をもたらすものと本質的に一致することを認めざるをえない。言葉が・語る――なぜに？　ゲオルク・トラークルというひとりの詩人の苦痛が言葉をうながすからだ。自らをひとつのさけ目として存在させなければならないからだ〉（前掲書44頁、傍点は原文）という結論に似た地点に、ごく自然に、言い換えればドイツ観念論に対する無知のうえにいわば居直って、到達していた。それは六八年に思潮社の主催で行われ、事前には思いもかけなかった多数の聴衆を集めたシンポジウム「詩に何ができるか」（この場では菅谷と私が二人で司会進行役を務めた）にさきだって、二百字程度という制限の中で問われたアンケートの回答に示されていると思う。〈現在のぼくたちにとって、自分とはふと振りかえればそこにあるというようなものではないことは明白です。つまりぼくたちは古典的な意味で内省的であることはできません。ぼくがぼく自身でありはじめるのは、不定形の欲望と世界との間の亀裂のようなものとしてなのですが、それは同時に、ぼくであってぼくでない、他者の予感に満ちた一つの曖昧な領域で、そこへ視線を向けようとすると、すべてはかき消すように見えなくなります。ただ詩の言葉だけが長い長い迂回路を通って、そこへ還ってくるように思われます。詩にできること、それは、このぼくであってぼくでない領域に名づけること、あるいは名づけることを試みることではないかと思います〉（傍点は引用にあたって付加）。ここに記された自分の始まりとしての〝亀裂〟は、菅谷の述べた〝さけ目〟と通底していると言えないだろうか。

　私は詩作における〝私〟の問題をこのようにして、もしかしたら最も低い鞍部においてかも知れないが、いわば生理的な自然さで越えた。したがって私の詩は、その中の〝ぼく〟が、私生活における私自身とは弁別されても、強い関

語併記で訳されているので、私が補った英語（語源はラテン語）でも、passion が〈情熱ばかりではなく受難を意味する〉ことが明快になっている。したがってこれは先に〈城塚の新訳が分かり易い〉と述べた私の印象の具体例でもある。

＊3　**マンハイム**　『イデオロギーとユートピア』（中央公論社版『世界の名著・マンハイム／オルテガ』）による。

＊4　**出典**　『凶区』3号、4号、6号掲載の論文を加筆訂正して資料①に所収。

わりを保ちつつ私の中に居る少年として揺らがなかった一人称であり、その〝ぼく〟が見る、語ることで成り立っているという意味では、基本的に述志の詩である。だからこそ私は、第一章第一節に記したように、入沢康夫が『詩の構造についての覚え書』で提示した〈詩は表現ではない〉という命題や〝作者〟〝発話者〟〝主人公〟の弁別に知的作業の精密さを感じたものの、そこから導き出される〝擬物語詩〟を手法として取り込む必要を感じなかったのだろう。

2 菅谷における埴谷・吉本の呪縛

また菅谷は『凶区』解散後の自分の選択について次のように記している（／は改行を示す）。

〈……わたしはいまや『凶区』からも自由だ。／いまさらここで、なにゆえ自由云々……になるのか。理由はこうである――わたしは『凶区』にすべてを托していたか。そうすることができなかったモティーフは、いまにいたるまで残るからである。一九六〇年いらい、わたしの眼前には、眼をそむけることのできないひとりの作家とひとりの詩人が存在していた。埴谷雄高と吉本隆明である。ひとりはイメージの本源を体現してあらわれ、ひとりは思想の本源を体現してあらわれた。『凶区』という鏡に、埴谷雄高というイメージの本源を映してみることはできた。けれども吉本隆明という思想の本源をこの鏡にうつすことは、ついにできずじまいだった。できなかったのは、わたしじしんの、思惑のゆえである。『試行』の毎号の後記のきびしい表情は、『凶区』日録のあそびの表情と映りあうわけもない――当時はそうおもいこんでいた。／ここから、ひとつの位置がひきだせる――一九六〇代後半に、『凶区』は、当時の現代詩のほぼ全域に、みずからの視界をひらくことができていたが、吉本隆明という存在をその視角の正面に据えたことはなかった。／これが、『凶区』を、その前史において六〇年安保闘争体験のもつ意味から評価しようとするばあいの、その《意味》のゼロ化の位置であるということができる。／言いかえれば、六〇年安保闘争を、思想的なゼロ準位にまで仮構化すること（戦後左翼思想の動向にたいしてノンシャランスを保つこと）によってはじめて、バッテン＋暴走グループという、自生的（スポンテニアス）な集団が可能になった。思想的ゼロ準位の仮構という、無意識的な操作は、わたしにはひつようなことだった〉。[*5]

＊5 **出典** 「『凶区』あるいは一九六〇年代の思想的ゼロ準位」（資料Ⓜ、後に資料④所収）

もちろん私も埴谷雄高、吉本隆明から少なからぬ影響を受けた。埴谷の未完の哲学的超長篇小説『死霊』はさすがに敬遠してやり過ごしたが、『濠渠と風車』『墓銘と影絵』『鞭と独楽』『垂鉛と弾機』のような対句の題を持つエッセイ集や『幻視のなかの政治』『不合理ゆえに吾信ず』のようなアナーキズム的政治哲学論集は今もわたしの書架の一郭を占めている。吉本隆明についてはたびたび書いたし、吉本隆明特集におけるアンケートにも真剣に答えた（『現代詩手帖』〇三年十月号）。この号には長い吉本論もいくつも掲載されているが、「吉本隆明という存在」の題されたアンケートに答えた二十人の中では、三段組二頁を少し越えた私の回答が二番目に長かった（最長だったのは三頁余だった湯浅博雄の回答）。長さは決して質を保証しはしないが、応じた者の真摯さにはかなりの確率で対応しているだろう。しかし私にとって、吉本隆明の存在は菅谷ほど絶対的ではない。吉本の詩は愛読したが（とくに「佃渡しで」に関しては小論を書いたこともある）、影響を受けたという点では吉本が「第三期の詩人たち」と呼んだ世代、つまり大岡信、飯島耕一、谷川俊太郎、岩田宏、堀川正美が、時系列的にも深さにおいてもほぼこの順序で、圧倒的に重要な存在であり続けている。

これに関連して言うと、同じアンケートの中で清水昶が『言語にとって美とはなにか』について疑問を呈していることが印象深かった。清水は、その疑問を菅谷と吉本の関係にまで及ぼして〈……そうこうしているうちに熱烈な吉本信奉者にして詩人、言語学者の菅谷規矩雄が自殺同然の死を遂げる。彼は吉本隆明の言語哲学に強く惹かれ、そこへ深入りしていった。今でも菅谷規矩雄の死の源は何処か間違った吉本言語論に、その端を発しているような気がするが今はその理由を書く余裕がない。菅谷規矩雄の葬儀で吉本隆明が「私より菅谷さんの方が優れて言語世界を探求した。安らかな昇天を祈る」といった意味の弔辞を読み上げたときは、さすがに愕然とした覚えがある。思想は人を殺す！とさえ思った〉と書いている（ただし清水が記している吉本の弔辞は彼の〈……といった意味の〉という表現に表れているように、印象であって正確な引用ではない。それは『現代詩手帖』九〇年三月号に再録された吉本の弔辞を参照すればわかることであり、ここでの問題と本質的関連はないので敢えて訂正はしなかった）。

菅谷の葬儀に参列した私は、吉本の弔辞に格別の異和感は抱かなかったが、菅谷の吉本言語論に対する聖化とも言うべき姿勢には疑問を持っている。前記のアンケートで私は、吉本の数多い論考の中から『言語にとって美とはなにか』『共同幻想論』を挙げているが、前者についてはその基本である〈指示表出と自己表出という二つの側面の設定〉と、従来の喩の定説、すなわち〈暗喩と直喩〉に分けて前者に優位を与える位置づけ（主として鮎川信夫の『現代詩作法』によって流布した）を、〈像的な喩と意味的な喩〉に分け直して均等の価値を与えたことの重要さ、それも一般的言語論の問題としてではなく、自分の詩作にとっての実践的な影響の強さを記した。

　しかし、私は吉本言語論にそれ以上の深さ、つまり菅谷が晩年まで熱烈に追随した〈土謡詩→叙景（叙事）詩→抒情詩〉、〈土謡詩→儀式詩〉という二つの上昇形式の分析などには、それほどの関心を抱かなかった。理論家ではなく実作者である私にとって、詩の原点の探求欲は『言語にとって美とはなにか』に先立つのに、あまり言及されることのない名著、西郷信綱『詩の発生――文学における原始・古代の意味』（六〇年・未來社刊）でほぼ満たされていたからである。吉本は『言語にとって美とはなにか』（六五年・勁草書房刊）の中で西郷の別の論考（『古代歌謡論』『日本古代文学史・改稿版』など）を繰り返し批判的に引用しているが、それは逆に言えば引用に値するだけの価値、あるいは吉本言語論を刺激する要素が、西郷の論考に含まれていたからであるとも言えよう。

　『詩の発生』は、短歌だけでなく長歌、旋頭歌を含む和歌＝やまとうたを主題にしているが、現代詩にも通じる論理を含む。例えば〈比喩は呪文以来のものだが、決して飾りなどではなく、内と外を質的にしかも迅速に結びつける固有の方法である。詩が意味とひびきの調和した、身体を通したことばを求め、主語と述語の配列を倒置したり、くりかえしを用いたりするのは、決して世間でいわれているように、たんに「強め」のためなどではない。「強め」そのものが入り用とあれば、獣のごとく叫べばケリがつく。詩の言語のこういう特質は、リチャーズにならって、喚情的《エモーティブ》とよぶのが、やはり一ばん適切のようだ。それは論理的・実証的に事物を指示するのではなく、情緒をよびおこし、イメージを喚起するのであり、その点、言語の原始的・魔術的用法が、多くの媒介を経ながらもここになお生きているということができる〉（31～32頁、傍点は原文）という記述は、吉本の指示表出と自己表出という概念の原型を示しているようだ。また、〈社会の階級分化がさらに進み、それぞれの領域の言語が分化し、そしてコトダマが来世に向かっての宗教的祈りのなかに儀式化されてしまうとき、もはや詩的な意味でのコトダマ信仰は成立しなくなるわけで、だから、このようなときになおコトダマへの信頼をよせうるとしたら、経験的な秩序や現実への屈服以外のものではありえない。呪文の力で自然を直接的に支配し変えようとした、ないしは変えることのできた時代とはちがって、自己を――自然をではなく――変えようとすることによってのみ、詩人は詩人であることができる〉（32頁）という記述の〈自己を――自然をではなく〉という註記的一節は、吉本隆明がマルクスの『ドイツイデオロギー』の〈言語とは他人にとっても私自身にとっても存在するところの実践的な現実意識であり、また、意識と同じく、他人との交通の欲望及び希望から発生したものである〉（傍点は吉本）という一節を重視したことに通じる。すなわち吉本は、スターリンの『言語におけるマルクス主義について』や、それに追随する通俗マルクス主義者たちが〈言語は人間の交際の手段として奉仕するために存在し、創造されたと改ざんする〉ことを批判し、その一節を〈自己自身の交通の欲望及び必要から発生した〉と敢えて言い替えることによって（『言語にとって美とはなにか・1』16～18頁）吉本的な自己表出の概念を導き出したので、その過程は右記の西郷の詩の発生論に近いと私は思う。

さらには西郷が万葉集と新古今集（双方の代表として柿本人麿と藤原定家）を比較対照して、〈三十一文字の形式としてはほとんど可能なかぎりの技法が新古今で発展した……しかし技法の発達が逆に芸術内容の貧困化を結果することも大いにありうるのは、絵画や音楽だけではない。新古今も実はそうした矛盾をもっており、若干の作品が万葉や古今に絶対見出されぬ独自のものとして定着している一方、文学が空虚な修辞学に墜ちてしまった弊も大きいといえるであろう〉（234～235頁）と述べているのは、吉本が『戦後詩史論』（資料⑭）で戦後詩の技法の成熟を評価しつつも〈修辞的な現在〉という概念でその限界を指摘したことにも通じるのではないか。

3　暮らしの肯定

『凶区』解散が決議された七〇年六月から間もなく、同じ年の十一月二十五日に、作家・三島由紀夫と彼の率いる疑似軍団「楯の会」が市ヶ谷自衛隊本部に乱入しクーデターを煽った末に、三島自身が幹部の一人と共に割腹自殺をした。これは文学的にも社会的にも大きな話題になったが、この事件に関して『朝日ジャーナル』から寄稿を求められた私は、三島由紀夫の小説の忠実な読者ではあったが[*6]、追悼するほどの親近感を抱いていなかった者として、「ぼくたちが共有する魂の餓え」と題した左記の文章を書いた。これを敢えて全文引用するのは、その結論である「日常への回帰」という選択が、菅谷の私に対する批判のうち〈6・15的記憶の消失〉という部分に関しての答え、というか釈明であり、建築（主として住宅）の設計を生業《なりわい》とすることを選んだ人間につきまとう職業的前提である〝暮らし〟の肯定の必然的選択を示していると思うからだ（／は改行を示す）。

〈悲惨な死であった、と思う。それはなにも彼が檄で訴えた政治的主張が達せられなかったからというのではなくて、彼のきわめて表現的な死が、それを支えうけ入れる美的な背景を欠いていたからである。／それにもかかわらず[*7]この事件が世間に与えた印象は美的であるよりも酸鼻な、むしろ猟奇的なものですらあった。そうなることによって事件の持つ衝撃力はかえって大きくなったかもしれないが、それは三島由紀夫が望んだことであったとは思われない。ぼくは切腹それ自身が野蛮な習慣であるとは思わない。それどころか歴史的には腹を切ることが、たしかにすぐれた意思表示の手段であり得たこともあると思う。けれども、それは切腹が、制度や価値観から服装や立居振舞の習慣に至るまで一貫した象徴表現をもつ一つの文化の中に位置づけられていたからこそであろう。しかし、切腹がそれらの文化的背景を失ったとき、あえて行われるとすれば、それは意思表示の手段というより、むしろ切腹それ自身への憧憬の表現を含んでしまう。自衛隊総監室の床に転がった二人の首が新聞紙面の網版となってぼくたちの貧しい文化の中に拡散した時、それはその異様さにおいて象徴的表現力よりも、むしろ即物的衝撃力をもってしまう。この光景は死者のどのような思いをも越えてユーモラスまでにグロテスクであり、それだけにまた悲惨である。美し

＊6　**三島由紀夫**　私が〈忠実な読者ではあったが〉と記したのは、大江健三郎の登場以前は三島由紀夫が最も若い有名作家であり、文学少年として必読の作家であったというほどの意味で、愛読者であったわけではない。しかし映画化作品も数多く、ちょっと思い出してみるだけでも『潮騒』『永すぎた春』『美徳のよろめき』『金閣寺』『愛の渇き』『午後の曳航』などは、原作小説も映画も論じるに足る佳作と言えるし、〇五年には行定勲監督の『春の雪』が封切られた。ちなみに試写でこの映画を見た私は、確かにウェルメイドで、たとえば群衆の中をカメラが横移動しても常に構図が安定している動的フォトジェニーとでも言うべき美は感じるが、そうした画面を得るために何十回ものテイクを行ったと伝えられる行定の演出には疑問を持っている。なぜなら同じ演技を繰り返す俳優たちのノリが消耗した結果、ストーリーテリングに必須の呼吸の継続やダイナミズムが喪われたように感じられるからだ。ましてここには、たとえ無意識

いのは死をとりまくきらびやかな観念だけであり、それらの文化的装置をとりはずされた死そのものは、いつも悲惨であることを、この事件は典型的に示したのだ。／しかし、この自決の悲惨さには、目をそむけようとしてもそむけられぬ深い誘惑のようなものがある。それは「真の日本」という虚構が、ともかくも二人の人間を自発的な死に誘うだけの牽引力を持っていたという厳然たる事実があるからだ。彼らの言う「真の日本」への挺身は、結局、自分の肉体と精神を規制し、調和させてくれる強力で統一的な文化への憧れに発していると言えるだろう。その「真の日本」の内実は大部分、ぼくの感覚領域を越えたところのあるようだが、その虚構を生み出した魂の餓えのような感情は、疑いもなく、ぼくの中にも存在する。そうだとすれば、どのようなイデオロギー的、感覚的な異和感にもかかわらず、彼らの狂信を、ぼくにとっての可能性のひとつとして考えないわけにはいかないのだ。彼らのグロテスクな死は、ぼくたちが共有する魂の餓えの鬼子である。／ぼくはこの事件の必然的に持ってしまう猟奇性を嫌悪する。しかし嫌悪するのは、無意識のうちに彼らの死と自分とのつながりを感じているからにほかならないだろう。そしてこのことを自覚した今では、嫌悪感は重たくて深い憂鬱に変わりつつある。／こうした感情の中で不愉快に思うのは、一部のジャーナリズムが彼らの死を「壮烈」「ああ三島由紀夫」というような形で哀悼することである。これは別にぼくがイデオロギー的に反発を感じて言うのではない。心情的に三島由紀夫が殉じた「真の日本」の虚構に接近できる右翼陣営の発言はそれなりに筋が通っているから、ぼくにとって少なくとも了解可能なのである。しかし、その虚構を肯定できない者が、彼らの死をドラマティックに描写して飽きぬことは、かえって自分を死んだ者たちの狂気とは無縁の者と考えて安心しきっていることを示しているようだ。この無責任な哀悼は「気がふれたとしか思えない」と言った政治家の場合と同様に、彼らの死を自分たちの宿命と切り離しているところにしか成立しないだろう。／ぼくは、彼らの政治的主張にも、それを支えていた「真の日本」という虚構にもまったく共感しないので、あえて哀悼の意を表しない。けれど、彼らの行為の源となった餓えを、たとえわずかでも共有すると感じる限り、彼らの死を軽々しく考えることができず、ちょうど自分の傷痕を見つ

にでも、主人公自らが障害を設定しておいた後、悲恋を〝演じる〟三島の滅びの美学が通俗化され、せいぜい家同士の対立や人種の相互差別の障害を乗り越えようとする『ロミオとジュリエット』『ウェストサイド物語』に迫る迫力さえもなく、結局、行定の前々作である『世界の中心で愛を叫ぶ』の純愛路線の延長しかないからだ。一方、三島の戯曲『近代能楽集』『サド公爵夫人』、先代勘三郎のために書いた歌舞伎『鰯売り』などは実際に公演に接して、演劇の魅力をよく心得た構造に感銘を受けた。私の好みからすれば、文壇的評価があまり高くなくて著者を落胆させたと伝えられている『鏡子の家』(59)が傑作だと思う。別居していたヒロインの夫が帰宅することになって、知的サロンとしての鏡子の家が崩壊するとき、彼が猟犬の群れと伴っているので〈七疋のシェパードとグレートデンが、一度きに鎖を解かれて、ドアから一せいに駈け入って来た。あたりは犬の咆哮にとどろき、ひろい客間はたちまち犬の匂いに満たされた〉

めるように、彼らの美的に敗北した死を見つめ、恐怖に近い感情を覚えるのだ。そしてぼくは、たとえどのように飢えても、制服や制度やシンボルのためになんか死んでやるものか、というかねてからの選択をあらためて確認することで、かろうじてこの恐怖と拮抗するひとつの情念を自分の中に探りあてる。こうして、ぼくはやっと、彼らの死が支配する静まり返った空間から、食器の触れあう響き、蛇口から水道のほとばしる音、遠くの階段をのぼる足音、冷蔵庫のかすかなうなりが満ちた空間に帰ってくるのだ[*8]〉。

4　宇宙に対抗する武器としての住まい

『ジョンとメリー』評で私が述べた〈何もしないこと〉は、後の私の住宅論につながっている。私は『住まい方の思想』(八三年)から『住まい方の演出』(八八年)、『住まい方の実践』(九七年)、『住まいのつくり方』(〇四年)という中公新書四部作において〈「住む」とは、本質的に「ただ居る」ことである〉ということを根源的な思想として提唱し続け、既にその第一作で次のように書いた。〈今日の住宅における居間は、……常識的に優先的な位置を与えればそれでよい、というものではない。そこには〃居る〃、〃生活する《リビング》〃という呼称に、元の言葉以上の意味を加えるような積極的意識がなければならない。言いかえれば、そこには超越的観念の支えなくして生きて行かねばならない大多数の人々の無為を無為として充実させようとする、信仰にも似た哲学が必要なのではないだろうか?〉。

　また私は同書の最終章で次のように述べている。〈人間の文化や文明、そしてぼくたちの意識でさえも、すべて幻であるという本質的立場からすれば、私性も、その具象化である家族も、また一つの幻影であることはほとんど自明である。しかし、こうした純理的なニヒリズムは、ぼくたちが生きていく時に味わい続けるこまやかな感情のリアリティを捨象する。そして、ぼくたちが自らの生に何らかの意味を与えるためには、すべてが幻影であると知ったうえで、小さなリアリティに賭けるしかない。まして自分のつくりだすものに意味を与えようとすれば、人間はあれかこれかの幻影に頼らざるを得ない。そうだとすれば、ぼくは、自分が選んだ住宅の設計という職能の手がかりとして、社会という幻影より私性という幻影を、国家という幻影よりも家族という幻影を選び、それに賭けるので

というクロージング、映画でいえばラストショット、は或る時代の終わり、つまり六〇年安保闘争直前における時代の転換を象徴する描写として鮮やかな印象を残し、時代相を鋭く象徴していた点で、本人にとって意欲的な遺作（書き終えた直後に自決する）『豊饒の海』四部作よりも優れていると思う。

＊7　**接続詞の問題**　今にして思えば、この接続詞は前からのつながりからして逆接ではなく、例えば「だからこそ」という風に順接であってしかるべきだが、敢えて原文のママとした。

＊8　**追悼文掲載誌**　『朝日ジャーナル』七〇年十二月十三日号。同じ号に筒井康隆、饗庭孝男、酒井角三郎、加賀乙彦の追悼文が掲載されている。

ある。つまり、私性、あるいはマイホームとは、ぼくが人間として生きていくうえでも、設計者として働くうえでも、最小限にしてかけがえのない一つの信仰、そして、人間を超えないという意味で言えば、等身大の信仰であるとも言えよう〉。〈住宅が第一に本来の自然に対して、そして第二に荒野に似た都市文明の社会性、公共性に対して〝私としての人間〟を守る役割を担っていることを述べてきた。しかし、住宅の役割は右の二つに終わらない。人間がなぜか生きていかなければならぬ時の感情のディテールを一つの信仰として選びとる立場からすれば、住宅は第三の、いわば存在論的防衛性を本質的に持っている。神にしろ仏にしろ、人間を超えた超越性、彼岸性を生きる人は、住宅にこのような大げさな役割を求めないだろう。なぜなら、その人にとって、住宅はこの世の仮の宿りにすぎないからである。しかし、ぼくのように、民俗信仰としての神や仏はそれなりに尊重するにしても、それらを生きる支えにはしきれない俗人にとっては、たよりになるのは、今、ここに生きているという此岸性《しがんせい》にしかない〉。〈住宅は、本来の自然も、荒野としての都市文明も超えて、ぼくたちが、時として直面する宇宙の存在論的空虚に、ささやかな抵抗をすることができるのだ。ガストン・バシュラールが見事に言い放っているように「家は宇宙に対抗する武器」(『空間の詩学』)なのである〉。〈バシュラールはまた、同じことを裏返して「宇宙は非家(ノン・メゾン)である」とも言っている。この一節のなかには宇宙の虚無に対する鋭敏な存在論的脅えと、人間の生のよりどころとしての家に対する信仰が、分かちがたく融けあっている。バシュラールの言葉は、建築家ル・コルビジェの「家は住む機械である」という有名な命題と明確な対称性を示す……コルビジェの断言の中に感じられるのは、全宇宙をも合理主義によって割り切ろうとする、傲岸とも言える明晰さである。そして、この傲岸さは、宇宙が、神であれ仏であれ、なんらかの超越者の手によってつくられたものと考える信仰者の謙虚さと全く異なるようでいて、一面では通じ合う性質を持っている。つまり、合理主義者にとっても、信仰者にとっても、宇宙が、人間のものであるか、父なる神のものであるかの差はあれ〝家〟(メゾン)なのである。しかし、右の二つの立場のどちらにも立てないままに、日常生活の具体性の中に生の支えを見出そうとする人間にとっては、

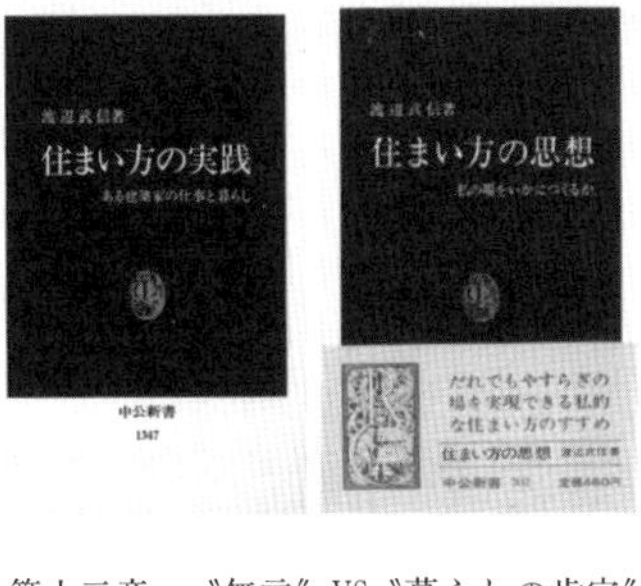

▷『住まい方の思想』『住まい方の実践』書影

宇宙は、バシュラールの言うとおりに〝非家（ノン・メゾン）〟でしかない〉。〈具体性とは、……不可避的に〝物〟との交わりを含むものだ。ワインを飲むことが、たんに滋養分を摂取することではなく、生の幻影を支える行為の一端であるならば、そこにはひそかな儀式性が潜在している。その場合、ワイングラスは、たんなる飲む道具ではなく、一つの聖具でもある。家は、このようにして日常の具体性に関わる〝物〟の中で最大であり、また、さまざまな物に統括性と場を与える存在だ。ワイングラスがたんなる道具ではないように、家はたんに住む機械ではなく、魂の容器でもあるのだ〉。

このとき私の考え方の基盤の一つになったのは、この住宅論が書かれる約三十年前、つまり私がまだ大学の教養学部にいて建築学科に進学すらしておらず、ようやく詩を書き始めた頃に読んだ飯島耕一の評論集『悪魔祓いの芸術論』（弘文堂・五九年刊）所収の「ジャック・プレヴェール論」[*9]だったから、青年期＝アドレッセンスの読書体験の影響が長く深くとどまり、いつか開花するかわからないものだと、つくづく思う。飯島はフランスの詩人であり、『霧の波止場』（39）、『悪魔が夜来る』（42）、『天井桟敷の人々』（45・共にマルセル・カルネ監督）などの名作映画の脚本家でもあるプレヴェールが、無神論者（atheist、フランス語では athée）であることを「われらの父よ」という詩の冒頭〈天にましますわれらの父よ／天にとどまりたまえ／われらは地上にとどまろう／時にはこんな美しい地の上に〉を引用し、またプレヴェールが〈Les jeux de la Foi ne sont que cendres auprès des feux de la Joie〉つまり〈信仰の遊び＝ジュードラフォアは、よろこびの火＝フードラジョワの側の灰に過ぎない〉と書いていることを指摘して、〈信仰＝Foi という大文字に対して、よろこび＝Joie も大文字になっており、この語呂合わせで、彼は信仰と、人間のよろこびの肩を並べて見せた〉〈彼は、Vox populi vox Dei と書くかわりに vexe Dei と書く。「民の声は神を困らす」ということになるのだろうか。この神は一切の、人間を抑圧する権威の謂《いわれ》であり、青年を罠にかけ戦争に追いやるくさったイデオロギーのことでなければならない〉と論じている。私はこれほど真剣なアテイストですらないが、〈われらは地上にとどまろう〉という一節は、私が主張し続けてきた〈此岸性《しがんせい》〉そのものの表現であると思いつつ、

＊9　**プレヴェール論**　最近のみすず書房版『飯島耕一・詩と散文』全五巻にはなぜか、この佳作評論は収録されていない。

プレヴェールと、このように彼を論じた飯島耕一とに、深い共感を覚えつつ私の住宅論を探り当てたのだった。

5　菅谷はなぜ〈生きることをやめた〉か?

八九年十二月三十日、突然の訃報に接したときは、悲しみや惜別の念よりも、衝撃と驚愕の思いが圧倒的であった。なぜなら私は、菅谷規矩雄を、このような死とは凡そほど遠い、陽性で明るい人格の人間として受けとめ、交遊してきたからである。天沢退二郎が弔辞でいみじくも述べているように、『暴走』『凶区』の同人としての菅谷は〈たとえ自分に対立する意見にたちむかうときであろうと、不満や不快をおそらくは伴うときであろうと、つねに君はにこにこと、喜々として、身体全体から快いリズムに揺れ立つことばと口調で語り出した〉友であった(資料Ⓝ)。既に繰り返し述べたように、旧『凶区』解散後の同人の交遊は、刊行中の頻繁さに比べて、劇的なくらい間遠になり、滅多に会わなくなった。これは『凶区』という集団(厳密に言えば「バッテン+暴走グループ」)が、その成員それぞれにとって果たすべき役割を果たし終えて解散したからだと思われ、そのこと自体は現象的に納得している。しかし菅谷が早世してみると、もっと会っておきたかったという思いが強まる。私が最後に彼に会ったのは、おそらく「八七座談会」の行われた八七年六月二十九日のことだった。その席でも彼は、討論において彼独特の闊達なリズムを保ち、また身体から発散される雰囲気も健康そのもので、二年半後に緩慢な計画的自殺を遂げるような様子は全く感じられなかった。

彼の死の衝撃は、いま思い起こすと三つの段階を経て重層化して私を襲った。最初は言うまでもなく訃報に接したときで、これは翌年一月四日の葬儀に参列したことも含む。この段階の私の印象は「なぜだ!」という思いだけで、天沢、吉増、吉本の弔辞や葬儀委員長、北川透の挨拶を聞いても、その謎は解けなかった。

第二段階は『現代詩手帖』九〇年三月号「追悼・菅谷規矩雄」において、前記の弔辞や挨拶の記録と共に菅谷の遺稿の一部に接したときである。とくに未完のエッセイ「死をめぐるトリロジイ」の冒頭の、〈生きることをやめてから/死ぬことをはじめるまでの/わずかな余白に/自一九八九年三月/至……〉という五行の書き出しを読んだときだった。「至」の後の……は、自分で書くことのできない年月日であるがゆえに空白である。

　北川透は「菅谷規矩雄の〈遺稿〉についての註」で、〈《生きることをやめてから／死ぬことをはじめるまで》ということばは、メタファーの次元ではめずらしいものではないし、いわば《死後》の自覚として、わたしなども共通にもっているものだ〉と記しているが、私＝渡辺は〈共通にもって〉はいない概念であるだけに、菅谷がなぜこのような姿勢で死について考えだしたのかわからず、謎が一層深まった。しかも北川によれば、菅谷は、このエッセイを書き始める十一年前にあたる七八年に、尾形亀之助に関する論考で同じ言葉があると述べているから、こうした発想の根は時間的にも深い。

　そして第三段階は、菅谷の遺稿のほぼ全体が『詩とメーロス』（資料④）『死をめぐるトリロジイ』（資料⑤）という二冊の本に収められたのを読んだときだった。菅谷の音韻論を中心とした『詩とメーロス』は、それはそれとして興趣深い書物だが（八七年に『現代詩手帖』に掲載され、菅谷の『凶区』論としての重要性ゆえに、本書でもたびたび言及した「『凶区』あるいは一九六〇年代の思想的ゼロ準位」もはじめて単行本に収められた）、菅谷の生と死の境界をめぐる考察の根を探ろうとするなら、『死をめぐるトリロジイ』を中心にせざるを得ない。

　『死をめぐるトリロジイ』は内容の全部が私の関心をそそるが、中でも特に、発表を予定しないで書かれたと思われる「手記（80.11.10〜80.12.12）」と講演記録「《言葉》と死」の二篇が、私自身との発想の違いを示す点で衝撃的だった。

　前者は、日付の入った断章の連鎖がとびとびに書かれた日記のような形を取っている四百字詰原稿用紙約百枚の文章だが、まずその年月日が彼の死の九年前で、私が最後に彼と面談した「八七座談会」よりも前であることから、彼の死に関する発想が、私の推測を超えて遥かに溯ることを知って、その時間的深さに改めて驚かされた。菅谷は私が観察した限りの陽性の人格の背後に、こうした死の影を長年にわたって隠し持っていたのだ。

　一般に、死への想念、精神医学の用語の「自殺念慮」は、鬱病の症状として現われるものだが、私が感じていた菅谷の性格は、病い以前の「気質」にあてはめるなら、躁鬱型ではなく分裂型に属していた。これはクレッチマーが提唱した体型や顔色を基準にした古典的概念であり、

〈『詩とメーロス』（資料④）『死をめぐるトリロジイ』（資料⑤）書影

今や通俗的な血液型による性格判断程度の信憑性しかないものではあるが、躁鬱型が周囲の環境に関係なく自分独自のリズムで躁状態と鬱状態を示すのに対して、分裂型は周囲の環境が良ければ陽気になり、環境が悪ければ陰気になる。この「周囲の環境」は「接している他者との人間関係」と言い換えてもいい。私は菅谷が『暴走』や『凶区』のメンバーと会っているとき常に陽気だった（天沢が言うように〈たとえ自分に対立する意見にたちむかうときであろうと〉）のは、彼が私たちとの人間関係を好ましいと思っていたからだと感じていた。それは『凶区』を〝移動祝祭日〟と規定した私も同様で、好きな友達と会っているとよくしゃべり、陽気になり、親しい相手に広い意味で甘えること多い自分自身も、どちらかと言えば分裂型に属すると思っている。

　なおこれも「手記」で知ったことだが、菅谷はアルコール依存症になってからも、朝から酒を飲むことはせず、むしろ知的活動、つまり執筆をした。「手記」の「17.11.'80」によると〈わたしの日常のパターンを、ひとつのモデルとしてえがいてみるならば、一日の経過はおおよそこうである。9時から12時までの3時間に、400字詰めで5枚の原稿がかければ、そのあとは、ジンの水わりをのみながら、ありあわせのなにかをつまみ、3時すぎまでは、テレビなどをみている。その間の酒量は、35度のジンでボトル¼弱。4時までにはマーケットに買いものにいってきて、それから、夕食の支度にかかる。途中、ひとやすみ（?）しながら、テレビをまたみたりして、作業はとぎれとぎれである。夕食は6時、7時、8時……等々、細君の帰宅の時刻によって、まちまちである。10時すぎに床に入って、7時すぎに起床（教師として出勤する久子夫人のために朝食を用意して送り出すため――引用者補足）。これが一ヶ月のうちに10日間あれば、私は月に50枚の原稿を書いたことになる。多くて15日。月に20日以上こうなることは、まずない。あとはなまけていて、なにもしない。1日にタバコ（セブンスター）3箱、35度のジン約⅗、コーヒー約5杯。この三つが、白紙現象（原稿を書かない状態――引用者補足）の、周辺状況である〉（傍点は原文）。

　このような一日の過ごし方は、酒量こそ肝臓に負担をかけすぎてはいるが、精神医学的に見ると、朝には鬱状態が重く、夕刻からは症状が軽快しやすい鬱病の症例には当てはまらない。

そういう状態だった菅谷が、十年弱にわたって自殺を、実行しないまでも、〝念慮〟しているかのように酒を飲み続けたのは、鬱とは異なる、私の理解を超える何らかの諦念、あるいは放心の結果であるとしか考えられない。

もっとも私は、この「手記」を未だに十分読み込んではいない。読み込むのが辛すぎるからである。となると、この文章の性格を提示するためには、私の浅い読みからの思いつきでいくつかの部分を引用して要約するよりも、とりあえずは、北川透の巻末の解説「[ケリ]に至るまで――菅谷規矩雄、最期の詩と遺稿への註」に手がかりを求めた方が良さそうだ。北川はこう書いている。

〈この「手記」を、彼は自殺を決意して書いたのか。それはわからない。はっきりしていることは、少なくとも試みのはじめの方では、「自殺者の手記」というモティーフが仮装されたということである。しかし、書きつづけている間に、それは稀薄になり、空白の意識の現象を記述するというモティーフだけが、リアリティをもっていった。はじめに死に向かっていた意識が、《すでにおのれの死後をあらかじめ生きるのである。それが虚体の生だ》という、折り返し点を通って、《虚体の生》を生きる方向に転回した、と言えるのではないか〉。

《虚体の生》という概念も簡単には了解できないものだが、ここではとりあえず北川の読みにしたがっておくとすれば、菅谷はとにかく八〇年以降、〈折り返し点〉を通って、一応は「生」に復帰したと考えられ、そのことは、それ以後の旺盛な執筆活動によって裏付けられている。

6 「いる」と「居る」――菅谷と私の生死観

次に、私に第三段階の衝撃を与えたもう一つの文章、「《言葉》と死」について論じたい。これは彼が八八年に吉本隆明、竹田青嗣、芹沢俊介らと共に行った講演会の記録で、菅谷が生きている間に共著『人間と死』(春秋社・八八年刊)にも収められていたが、それは後で知ったことで、私が接したのは遺稿集においてである。以下、菅谷の死の謎をいくぶんかでも解くために引用が長くなるし、講演記録という性格上、菅谷の言葉にも念押し的な繰り返しが多いので、少ないスペースで文意を伝えるために、かなりの省略を行った。引用中の「……」は「中略」という註記の代わりである。

菅谷は〈死ということは、「いなくなる」ということなんだ、という話をしたいわけです〉と語りだし、〈私たちの日本語では、存在を表す言葉として、「ある」という言葉と「いる」という言葉、このふたつを使いますね。私はここに**いて**しゃべっていますけれども、コップはここに**ある**わけですね。コップが**いる**と言ったら、たぶんこのコップは、手足を出して歩き出したり踊り出したりするんじゃないか。そういう面では、この「ある」と「いる」という言葉をひじょうに厳しく使い分けている〉(93頁)。

このあと菅谷は「いる」のは有情のもの(人を含めた動物)であり、「ある」のは無情なものであるという仏教の「六道」思想から説明しかけるが、それをすぐにひとつの仮説に過ぎないと否定し、「花が咲いている」「川が流れている」というふうに無情なものに「いる」を使う場合、「お子さんがおありですか?」という問いのように人間に「ある」を使う場合があることを指摘して、本論に入る。

〈「いる」ということの反対は、いうまでもなく「いない」ということですが、「いない」「いなくなる」ということは、究極的には《死ぬ》ということなんだから、《死ぬ》という側から見て、「いる」ということは何かということ……をつぎに考えていきたいと思います。……「いる」という言葉は、しごく当り前のものですから、その「いる」という言葉をことさらに意識しないほうが、じつはうまくその場に溶け込んでいるということになるんです。「いる」ということを、ことさら意識しなければならないというふうになったら、その時その場での《今、ここ》というのは、自分にとってはけっして居心地のいいものにはなっていないということです。「いる」ということをことさらに言い立てる言葉というのは、たいていのばあい、あまりいい意味を表わしていません……人間の一生というのは、つまり「いる」ことの連続なんで、《死ぬ》ということは「いなくなる」ことなんだから、われわれは一生、この「いる」という言葉には付き合っていかなければならないんです〉。〈《居心地》という、居心地がいいか悪いかというのは決定的な問題なわけですね。だけど、居心地というものも、これを「いい」とことさらに感じないですむほうが、うまくその場にいられている状態なんじゃないでしょうか。やっぱり、居心地が悪いから、と使うほうが多いようです〉(100〜104頁)。

ここから菅谷は「いない」「いなくなる」こ

と、つまり《死ぬ》ことについて語り継ぐのだが、ひとまず引用をここで中断して、彼の〈人間の一生は「いる」ことの連続〉という一節が、そんな話題を交わしたことのなかった私の考え方と濃密に相似していることを確認しておきたい。ただし私が「いる」を暮らしの肯定の文脈で考え、菅谷は死との対比で考えたという方向性の違いはある。

私は漢字で「居る」と表記したが、六〇年代末からその意味を考えていた。〈「住む」とは「居る」ことだ〉というのは、全共闘運動の余波で大学において委託研究としての設計ができなくなり、自分のアトリエを設立した当初から、明確な表現を獲得するまで数年を要したにせよ、私の住宅観の核心でさえあった。私は『住まい方の思想』における「居間」の章で「居る」ことの重要さを論じていて、その部分はさらに数年遡る雑誌連載の加筆改稿である。それは本章四節で引用済みなので、ここでは、一層明確な表現がみられる『住まい方の実践』(中公新書・九七年刊)から引用してみたい。そこで私はこう述べている。

〈私は住宅を、本質的には生産(労働力の再生産——引用時点での補足)の場ではなく消費の場なんだと考えています……消費とは何の消費かというと時間の消費ですね。つまり住宅は「時を経たせる」場所だと思います。それもできれば豊かに経たせたい。豊かにとはどういうことか、というと結局「ただ居る」ということで、住宅で一番大切なのはそれができるかどうかでしょう。言語学のほうでは「住む」という言葉は、水が「澄む」と共通の語源とされていますが、そうだとしたら、澄んだ水のような場で心安らかに「居る」のが住宅の本質とも言えるわけです。料理のしやすい台所とか、騒音を防いだ寝室とかの機能的な充足はもちろん重要で、それすらできなかった時期は「居る」なんて呑気なことは考えられなかったのでしょうが、その面が一応満たされた今日は、住宅の本質をあらためて思い出すべきでしょう。しかしこの「居る」ということが分かる人と分からない人がいて、建築家でも分からない人がいます。「ただ居る」というのは文字どおり「何もしないこと」ではないんです。好きなテレビ番組を一生懸命観ているとか、大事件があって新聞を読んでいるというのじゃなくて、何となくテレビをみているとか、何となく新聞を読んでいる、音楽を聞いているんでも集中しているんじゃなくて、居る場の時を経たせる手段として聞いている時は「ただ居る」ことになる。だから、より厳密に言えば「とくにこれといったことはしていない」状態ですね。これは実は少し退屈なことなんで、それを楽しむ余裕があるかどうかがポイントですね。逆に「ただ居る」ことを知らない人は常に何かをしちゃうんですね。勉強しちゃうとか、ゴルフしちゃうとか……することがないということを勿体なく思い、マイナスに考えちゃう。これをプラスに考えられるかということです。何かしちゃうというのは高度成長期の必然でもあって、お父さんが一生懸命働いて給料がどんどん上がるという時代には、テレビ、洗濯機、冷蔵庫の「三種の神器」から始まって、自動車（car）、冷房（cooler）、カラーテレビ（color television）の「３Ｃ」＝「新・三種の神器」までは、家電製品を新たに一つ獲得することが生活の向上だという意識が日本の社会を支配しました。これは誰も悪いわけじゃないですけど、日本の文明の方向がたまたまそういう不幸な巡り合わせになったんで、私自身もその恩恵にあずかって大型テレビを買って喜んでいるんですからひと様のことは言えませんが、家電製品の機能は「ただ居る」ことと一応べつの次元のことです。なぜ欲望が「ただ居る」場につながらなかったかというと、場をつくるということは目に見えにくいんですね。冷蔵庫を買うとか、物がドカンと来るのはよく見えるからでもあるでしょう〉（237～239頁）。

先の引用箇所で菅谷は〈「いる」という言葉は、しごく当り前のものですから、その「いる」という言葉をことさらに意識しないほうが、じつはうまくその場に溶け込んでいるということになる〉と語っているが、それは私が「ただ居る」を〈より厳密に言えば「とくにこれといったことはしていない」状態〉と形容したことと通底しているように感じられる。

また菅谷は講演の後半で「いない」「いなくなる」について、次のように語る。

〈「いない」ということは、身内で死んでしまった人のことを考えてもいいんですけれども……自分にとってだれかがいなくなってしまったと感じる、そういう意識の本質なんですね〉。〈「いる」ということは……人のこととして考えたいと思うんです。人間以外の動物については考えないで、なぜかというと、「いない」ということがわかるのは人間だけだからです。「忠犬ハチ公」の話というのがありますけれども、犬には自分の主人（飼い主）がいなくなっちゃった、死んじゃったということがわからないわけですね。わからないから毎日同じ時間に渋谷の駅前まで行く。要するに、それは単なる条件反射だと言えばいえます。だけど人のばあいだと……そういう「いない」ということは、当然に、というべきか、なぜか、というべきか、それを了解できるわけです。了解しきれるかどうかは問題ですけれども、とりあえずわかるわけです……「いる」ということの本質は、たがいに言葉を交わすことができるということです。たとえ自分が独りきりのばあいでもそうです。そのばあいには、自分が自分と言葉を交わしているわけです〉。〈言葉を交わす、ということでいうと、「いなくなる」というのは、言葉を交わせないということでしょう。死んでいく人と生き残る者とのあいだで、言葉を交わすことができなくなる……そういう最後の瞬間が、つまり、いなくなること、死ぬということだと思うんです〉。〈自分にとって自分がいなくなる、そういうことの究極が死ぬということだし、それが、いうならば《死の完成》ということではないかと思うんです。そして、いかにしたら、死を完成することができるか、それが結局いま、われわれが死について考えているいちばん根本の動機なんじゃないでしょうか〉。〈……考えても、たぶんわからないんですね。だから、それは考えたくない。それが、死ぬということをあまり考えたくない、ということにつながっているわけです。自分が死ぬということを考えても、答えは出てこないから……だからこそまた、すべての人が、一人ひとりがですね、自分の死をどのように完成させることができるかを、生まれた時から死ぬ瞬間まで考えつづけてはいるわけです。意識的に考えることを拒んだとしても、考えざるをえないんです。夢がそういうことをわれわれに考えさせてしまうからです〉（111～115頁から抜粋）。

〈私たちはだれもが、自分が死ぬということは避けられないということを十分よく知っているわけです。……納得できてもできなくても、自分が死ぬということは避けられないことだということは認めざるをえないわけです。……そのことによって、私たちは《世界》というもののなかにいられるんだ。このばあいの《世界》というのは、地球全体という意味の世界ではないのです。自分が「いる」ということができる場所、それが《世界》だといってもいいと思うんですけれど、じゃあ、その場所にどうしたらいられるかというと、それは、自分が死ぬということを知っている、それを認めている、そのことによって《世界》というもののなかにいられるんだ。これは人間にだけにできること。それをハイデッガーふうにいえば、人は死ぬことができる唯一の存在だ、ということになるわけです。死ぬことができるというのは、自殺するということではないです。死ぬということを知ることができる、あるいは了解することができる、ということです。死ぬということを認めざるをえない、その前提において、生きるということをいわば学んでいくというか、知っていくというかね。……死ぬことが避けられないという、そのことを認めることによって、私たち一人ひとりはだれでも内面的に在るわけです。内面的に在るということは、「いる」ということなんですけれど、そういう根拠をわれわれは持っているわけです。人はなぜ生きているか、その理由がもしあるとすれば、生命を持っているからではないと思うんです。それなら犬だって生きているといえるわけです。しかし、死ぬということが避けられないものだということを知っている、そのことによって人は生きているわけです〉。〈「自分が死ぬ」ということを、自分自身ではついに経験することはできないわけです。「ここに花が咲いている」ということを経験する、そのように《世界》を経験することはできるけれども、「自分が死ぬ」ということを自分で経験することはできない。なぜならば、そのときに自分は死んでいるからです。《世界》はそこで終わっているからです。これは、死ぬということの意味のいちばん難しいところです。自分がいなくなるということとして死を経験した瞬間に、もう、いなくなることもなくなっていれば、《世界》もなくなっている。ただ、だれそれが死んだという事実が残るだけです。残っているのは、《私》でもなければ《世界》でもない。その意味で、死ぬということは虚無だということがいえるわけですけれど、そういう経験しようがないことを、われわれはどうやって了解（納得）するのかです。他人が死ぬということをどれほど経験しても、その経験は「自分が死ぬ」ということを了解することについては役に立たないわけですから。死を完成させることがすなわち生を完成させることだと、そういうふうにでも考えるしか道がないんですね〉。〈私たちは、だれもが他人（他者）の死に出あい、その人が永久にいなくなってしまうという体験を重ねているわけです……《今、ここ》に自分がいるということに対して、《今、ここ》にだれそれがいない、もう永久に帰ってこないんだということです。そうすると、「いる」ということと「いない」ということは、いわば横並びですね。自分の席の隣りにその人がいないという、横並びです。ところで、《今、ここ》に自分がいるということは、いったいどういう根拠を持っているか。《今、ここ》に自分がいるということは、永久にここにいるわけではないんですよ。いつかどこかの《今、ここ》を限りとして、自分はいなくなっちゃう。将来のいつかどこかで、最後の《今、ここ》で自分の命が果てる、自分はいなくなっちゃう……ですから、《今、ここ》に自分がいるということは、いつか、どこかで、自分がいなくなる、ということに裏打ちされてはじめて成り立つ、そういう姿だということになるわけです。それは、自分自身の「いる」と「いない」が二重に重ね合わされていることになりますね。横並びではなくて、二重に重ねられている。《今、ここ》にいるということは、「いない」、「いなくなる」という由来を持っている……しかも、「いない」ということが実現されるのは将来のことである。そして、その将来と由来に支えられて、《今、ここ》に自分がいる……それが「いる」ということの、いわば根拠である。この根拠を、ハイデッガーは、根拠ではなくて無根拠（虚無・深淵）だというわけです。だからハイデッガーは、《今、ここ》にいるということは、虚無（深い淵）のなかへ身を投げることなんだ、という言い方をしますけれども、まあ、そこまで言わなくとも、「いる」と「いない」の重ね合わせで、われわれは《今、ここ》に姿を現している……〉（120〜123頁より抜粋）。

この引用の中で菅谷が論じている生死観のほとんどは、〈残っているのは、《私》でもなければ《世界》でもない。その意味で、死ぬということは虚無だということがいえる〉という一節を核として了解可能であり、共感すらできる考え方だ。しかし菅谷と私が、不可避的に微妙に異なってくるのは、こうした了解可能な生死観が一定の結論に達した後に向かうベクトルにある。私は菅谷のように〈死は虚無である〉ことから〈死を完成させることがすなわち生を完成させることだと、そういうふうにでも考えるしか道がない〉という方向に考えを進めなかった。

それが菅谷が指摘するように〈考えても、たぶんわからないんですね。だから……死ぬということをあまり考えたくない〉からであるかも知れないにしても、私は彼の言う《今、ここ》に自分がいるということ〉が、「いなくなる」、つまり死に〈裏打ちされてはじめて成り立つ〉と考えるより、本章第四節に引いたように〈今、ここに生きているという此岸性《しがんせい》〉によってのみ成り立つ、あるいは、成り立たせたい、と考えているのだ。

この講演の終わり近くで菅谷は、自分の「いる」「いない」論がハイデッガーの『存在と時間』に依拠していることを明かしている。そして同時に、ドイツ語を含む印欧語には「いる」と「ある」の区別がなく、ドイツ語ではどちらも"sein"（英語のbe動詞）という言葉で、人も物も区別なしに「ある」というしかないことを論じている。「いる」ということを、言い換えれば「いなくなる」つまり《死ぬ》ことを背後に秘めた存在を、表す方法がないため、人が死ぬことの意味を考えにくいことに気づいたハイデッガーは、人間だけが自分で自分を「ほら私だ」と言えることを根拠に、「ほら……」にあたる"da"を"sein"につなげて"Dasein"という言葉で「いる」人を、つまりは死ぬことを自ら考えられる存在としての人間を指す言葉を創ったのであった。それが「現存在」と訳されているため、『存在と時間』は非常に難しく感じられるが、ドイツ語で読めば大学一年生でも一応はたやすく理解できることしか書かれていないと言い、ついでにsich befindenに対応する「情態性」という訳語は、自分が論じた〈「いる」ということをことさら意識しないで「いる」ことができている状態〉と読み替えればいいとも解説している。つまり私が言うところの〈「とくにこれといったことはしていない」〉ことも、ハイデッガーの「情態性」と多くを共有する概念であると言えないこともない。

こういう訳語の問題は英語でもあるので、和英辞典で「虚無」を引くと、nothingnessという訳語が出てきて、その平明さは感動的ですらある。私はこの英語の平明さに触発されて次のように書いたことがある。

〈私は積極的な無神論者ではないし、建築に関わっていると自然に郷土神というか氏神様を大事にするようになり、地鎮祭では神主さんと会話を交わすし、近所の神社に初詣でにも行きます。しかし神も仏も絶対存在として、つまり宇宙の創造主としては信じられないので、宇宙は私に無関心だし、人類に無関心だと感じます。見える星はまだいいですけれど、その外にさらに広がっている巨大な無とでもいうべきものは怖いものです。これを虚無というとかえって神々しく意味ありげになっちゃうので、もっと希薄な感じを出して「何にもないこと」という意味でナッシングネス（nothingness）と呼びたい。このナッシングネスから私性《わたくしせい》を守るというのが存在論的な守りで、それが住宅の根本の役割だと思います……ナッシングネスというものは普通は意識されないでしょうが、誰でも潜在的には持っているはずで、それは言い換えれば「おびえ」ですね。生活者は気付かなくてもいいし、それでかえって幸せかも知れませんが、ものをつくる人で、この存在論的「おびえ」を感じていない人は鈍感だと私は思います。おびえを感じないと、ナッシングネスからの守り方も分かりませんから、そういう人のつくる家は、まぁ機能的には住みやすくても、安心して「ただ居る」ことができないでしょう〉（『住まい方の実践』258～259頁）。

　つまり私は住宅の設計を業《なりわい》としてから一層意識的になって、「ただ居る」というキーワードを探り当てたが、その前から、つまり大学受験生時代に詩を書き始めた頃から、〈おびえ〉に〈今、ここに生きているという此岸性《しがんせい》〉だけで対抗しようとする人間だったのだ（そういえば私は小学生時代に小型ながらかなり本格的な天体望遠鏡で物干し台から星を見るのが好きな天文少年で、今でも主な星座を識別できるが、星空を魅力的であると同時に怖いものと感じていたのだった）。

　そういう私の〈今、ここ〉はハイデッガー的な〈無根拠（虚無・深淵）〉ではなく、あくまで人間（建築家）の操作によって、バシュラール的な〈宇宙に対抗する武器〉になり得る対象として感知されている。それが菅谷の抱いていた深いニヒリズムとでも言うべきものと拮抗できるかどうか、それはわからないが、緩慢な自殺としての死を意識的に選び取った亡き畏友に、「おまえはどこかで踏み間違ったんじゃないか？」という問いかけをしつつ、私が構想し実現してきた〈今、ここ〉の具体性について語っておきたい。

　〈では「ただ居る」場はどのようにつくられるか。それは一言でいうと「囲う」ことなんですね。別の言い方をすると、居る場所をそれ以外の場所と区分する。建築の世界では分節化する(articulate)と言いますが、要するに囲うことによって外と内を分ければ、内に「居られる」わけです。これは一つの住宅全体と外の社会との関係でもありますが、住宅の中で誰かが居る場所とそれ以外の場所との関係でもあります。分かりやすくするために極端な例を挙げると、見渡す限り砂しか見えない砂漠はどこにも区分がない。だからいくら歩いても、これだけ歩いたということが確認できない。つまり分節化がないわけです。そういうところには、たとえ食料と水が十分あっても落ち着いて居られません。しかし木が数本立っているオアシスがあると、そこに水があるということだけではなく、その近傍が砂の広がりと別の分節化された場になります。これは岩が一つだけあっても効果は同じで、その傍にいると、砂しか見えない場所にいるより落ち着く。これが住まいの、あるいは建築一般の原点だと思います。木や岩の傍にいると、そこが「ここ(here)」になり、砂漠が「あそこ(there)」になる。でも「あそこ」は漠然としていて稀薄です。ところが木や岩を遠くから見ると、そこへ行きたいので、目的地としての木や岩が強烈に「あそこ」になり、自分の居る場所の「ここ」は希薄になります。つまり「ここ」性(here-ness)と「あそこ」性(there-ness)は一対で強弱の関係になります。オアシスに行こうと歩いている時はhere-nessが弱くてthere-nessが強いわけで、それは「居られない」状態です。つまりthere-nessが弱くてhere-nessが強い場所にいる時が幸せなんですね。砂漠の中の木や岩は囲いとは言い難いんですが、他に何もない広がりの中で目立つ物は、その存在が周囲をいわば磁化して、その磁気が人を囲うとも言えます。たとえば幌馬車隊が草原で野営する時は輪をつくって内側を「ここ」にし、「あそこ」と分け隔てます。するとボイドが「場所」として見えてくる。[*10] これが発展すると住まいになるわけです〉(『住まい方の実践』241〜243頁)。

7 多様な価値観の許容

六〇年代の本質を主題とした「〇三座談会」の終わりに天沢が菅谷の造反教官としての立場について〈菅谷のやっていることは倫理的には正しいことなんだけど、ぼくにとっては息苦しかった。……「正しい」ということは息苦しし、「正しい」ということはファシズムなんだ

*10 **ボイド** 引用部分以外のところで、建築の本質は柱や壁や床のような物体(solid)ではなく、その間にできる隙間(void)であることを論じている。また括弧付きの「場所」は一般名詞ではなく、これも引用外の節で論じている現象学的地理学者、イーフー・トゥアン(Yi-Fu Tuan)が「空間(space)」と一対で使っている人間的な「場所(place)」を指す。

よね〉と発言したことは既に詳述した（第十章第五節「菅谷と天沢の訣別」）。私はそれをフォローする形で〈ぼくだって浅間山荘事件みたいに、人を殺してまで正義を貫くというのは、安易に批判はできないけど否定的ですね……内ゲバすら六〇年安保のときにはなかったよね。だから六〇年代は決して裁断する世代ではなかったと思う。相互批判はするけど。それを裁断したのは全共闘世代でしょう……ぼくたちはマッカーサーが連れてきたアメリカのデモクラティック派進駐軍の、日本国憲法の原文を書いた人たちのデモクラシーというものを信じているのね。憲法が最初に英文で書かれたものであろうがぼくは憲法を信じるということはあるし、デモクラシーというのは主義ではないと思っている。主義というのはイズムであって、コミュニズム、キャピタリズムである。でもデモクラティック・コミュニズムもあるし、デモクラティック・キャピタリズムもある。だからイデオロギーでないデモクラシーというのを（という制度を――引用者補足）ぼくは信じていますね〉と言った。

それに対して、聞き役の福間健二が〈渡辺さんも、天沢さんも、そこから挫折も転向もしていないんですね。実は北川透さんと話していても、それをものすごく感じます。当然のことなのかもしれないけれど、やっぱり感嘆しちゃいますね。唯一の正義を認めないことが、しぶとさ、強さになっているんでしょうか。波を作った方と波をかぶった方では、それだけ差があるのかなと思いますが、ぼくなんかは、七〇年代の前半には苦しいところに追い込まれ、それから六〇年代に見た夢を棄てるという意味で挫折もしたし、転向もしてきたと言わざるをえないんですよ。もちろん、それだけに六〇年代の夢と可能性を取り返したいという気持ちもつよい〉と言ったのが印象的だった。

私だって六〇年以降、時代の閉塞感から発する無気力の時期や、アトリエ運営の精神的負荷による心身症的胃潰瘍を患った時期もあって、まったく悩みがなかったわけでないが、それらは確かに挫折や転向とは言えない。「〝私〟とは何か」の節にも書いたが、私にとっては、天沢の言う多様性の容認も大切だが、それ以上に対自性と対他性の融合、言い換えればエリック・エリクソンの言うアイデンティティの維持と発展が肝要であり、その概念に頼って自己の軌道を自主的に修正してきたおかげで、挫折や転向を免れたのだろう。

8　アイデンティティの統合

アイデンティティ＝identityは、identification card、略称ID card＝身分証明書と同じ語源のことばだから、厳密に訳すと「自己であること」「自己同一性」になるが、これは英語圏では決して哲学の専門用語ではなく、小説やエッセイの中にもよく出てくる。私の経験からするとそういう軽い文章におけるidentityは「自信」と訳すとわかりやすくこなれた日本語になる場合が多い。それはアイデンティティとは結局、自分が或る文化、集団、信仰に属していること、あるいは、より厳密には「属していると思っていること」によって得られる「自信」だと言ってもいいからだ。

しかし人は、会社において有能な社員であり、家庭において父親であると同時に夫であり、近隣社会において福祉活動のボランティアやクリスチャンや仏教徒や社会主義者であることができるから、アイデンティティは単一のものではない。それらを或る時点で、いわば空間的に、統合しなければ肯定的なアイデンティティは成立しない。分裂したアイデンティティは、否定的であり精神的苦難を伴う。また一方、挫折や転向を免れるためにはアイデンティティの時間的統合も必要だ。

私はかつて、九二年に放映されたニッカ・オール・モルト・ウィスキーのテレビCM「家で飲む贅沢」について〈これは日本の社会体制にとって非常に危険なメッセージで、その危険度はヘアの露出の比ではない。私が独裁者ならこんなのは即時放送禁止にするね……〉と書いたことがある。[*11]〈非常に危険〉というのは逆説的冗談で、実はこれは非常に魅力的で斬新なCMとして感銘深く、記憶に値する創作物だった。

このCMは、夫婦がそろって自宅に居て、宣伝対象のウィスキーを飲んでいる状態を共通の背景にしていくつかシリーズになっているが、その第二弾では、妻が飲みながら「夜更かしはドキドキするわね」と言い、夫が「おいおい、あした仕事だぜ」とたしなめると、妻は「会社休んじゃえば」と実に屈託なくサラリと応じる。私が冗談でも〈危険〉と言ったのは、このとおりに日本中の夫が皆〈会社休んじゃえば〉、日本経済は崩壊するからであり、優れているのは、ここに、仕事に主たるアイデンティティを求めている会社人間の多かった時代、つまり高度成

＊11　「家で飲む贅沢」『住まい方の実践』（中公新書。九七年刊・77〜84頁）。

長期、が終わって、仕事と家庭の双方の場にアイデンティティを求める人が登場し始めた時代が先取りされているからだ。これがアイデンティティのその時点における空間的統合を示唆しているものと解釈できる。

一方、これに先立つ第一弾では、夫婦が酒宴の最中に、妻が「さ、そろそろ帰りましょ」と言う。夫が「えーっ、ここ、うちだぜ」と言うと、妻は「だから帰りましょ、あの時に！」と応じるのだが、こちらには、アイデンティティの時間的統合性を示唆しているという解釈も成り立つ。CMがたまたま示してしまったこの時間的側面について、私は次のように書いた。〈ここで帰っていくのは新婚時代か恋人の時期か、いずれにしろ幸せな記憶の中へであろう。連続性がそういうもので満たされていれば理想的だが、記憶の中には辛い体験、思い出したくない出来事もある。辛かったことを細部まで思い起こしてこだわりつづけるのは愚かだが、その反面、まったくなかったことにして自分の人生から消去してしまうことはできない。それも自分の一部だったとして引き受けていくことによってアイデンティティの時間性、つまり人生の連続感が保証されるのではないか。私が自分の内側と感じる時空間の片隅には「少年」が依然として息づいている。私は彼を大切にしてやりたい。一九六〇年六月、国会を包囲した群衆の中にいた少年と今の私とは、考え方も感じ方も大きく変わっているが、それでも、私は、国を愛する気持ちを抱きながらも、権力が時に非情に、酷くなり得るものだということを決して忘れない〉。

住宅を論じる書物で、しかも初出が『日本経済新聞』という、六〇年六月を〈思い出したくない出来事〉と感じる読者が少なくないであろうメディアの連載コラムだった文章の中に、敢えてこう書いたのは、それを書くこと自体が私のアイデンティティの時間的統合をはかる自己確認の一環であったからだ。

エリクソンは、先述のマルクーゼなどが属するフランクフルト学派（第十章註11参照）とは異なるが、源をフロイトに発する臨床精神医学者であり、フロイトの学問を批判的に発展させた点ではマルクーゼやエーリッヒ・フロムなどと同じ視野に入ってくる。エリクソンは人間の一生を八段階に分けて、その段階的発展を円滑にするには何が必要であるかを示す「発達心理学」を創成した。彼は円滑な発達の過程を「漸成的」と名付けたが、その原語のepigenesisについて、彼自身が次のように語っている。

〈epiとはuponを意味し、genesisとはemergenceを意味します。ですから、漸成とは、一つの項目が時間的空間的に、他の項目の上に発達することを意味します〉[*12]。

私は文学の理論家でも、精神医学の専門家でもないが、既存の宗教を信じることができない身で、しかも〝暮らしの肯定〟を意識的に保つために、ユング、マルクーゼ、エリクソン、バシュラールなどの精神分析や哲学に根拠を求め続けてきた。これら、さまざまな学問の概念を問題に応じて使い分けるのは、ご都合主義と言われても仕方がないが、それは私が基本的には、国家神道以前の古神道《こしんとう》（神仏混淆のアニミズム）に支えを求める人間なので、八百万《やおよろず》の神々を使い分けるのと同じ感覚で、精神分析や哲学の概念を使い分けてきた結果である。超越的概念に頼らずに、しかも世の中には人智の及ばぬ領域があることを認め、それに対処するためには、それ以外の道を見出せなかったのだ。

そういう言い訳付きで論じるなら、菅谷規矩雄の緩慢な自殺は、造反教官時代の孤立が引き金となって、エリクソンが提唱した漸成的発達をなし得なかったゆえの悲劇、と解釈するのが妥当なのではなかろうか。

＜菅谷規矩雄（七〇年六月二十八日、『凶区』解散決議の日）

＊12　**エリクソン**　R・I・エヴァンス著、岡堂哲雄、中園正身訳『エリクソンは語る』（新曜社・八一年刊）25頁。

第十三章　『戦後詩史論』と六〇年代詩

1　〈かきたいことをかく〉詩人が敢えて行った史的展望

かつて吉本隆明は「日本の現代詩史論をどうかくか」[*1]で、現代詩をそれぞれの詩人が自分の表現を確立した時期に対応させつつ、第一期（一九二〇年代後半から三〇年代末まで）、第二期（一九四〇年代はじめから一九五〇年頃まで）、第三期（一九五〇年頃からはじまり、または、はじまろうとしている）という三つに区分した。言い換えれば、第一期は戦前から詩作をはじめていた、モダニスト、プロレタリア派、四季派を指し、第二期は戦中に自己表現を確立した、つまり『荒地』『列島』に代表される戦中派にあたり、第三期は純粋戦後派で、おおよそ『鰐』『櫂』『氾』に属した詩人たちと言っていいだろう。この論考が発表されたのは五四年だから、いわゆる〝六〇年代詩〟が視野に入っていないのは当然のことである。

ここに私が挿入した凡例は流派や雑誌名だけで、そこから落ちこぼれる詩人たちも少なくないことは承知のうえである（例えば世代的には明らかに第三期に属する入沢康夫は右記の三つの雑誌と無縁だった）。この三区分はその後の詩史でかなり頻繁に応用されて、有効な概念になったことは確かであるが、吉本によって第三期の詩人たちに分類された大岡信は、自らの戦後詩史論を含む『蕩児の家系』（思潮社・六九年刊）を著したときに、自分たちの世代に「第三期」という概念を適用せず〝感受性の祝祭の時代〟と呼び、また吉本が第三期に区分した谷川雁を『荒地』と同じ時期、つまり吉本的に言えば第二期に区分している、というような微妙な差異はある。そして何よりも、六〇年代以降をどのように捉えるかについては、効力が及んでいない。

＊1　**詩史的区分の初出**　『現代詩手帖』〇四年十月号「特集・〔第三期〕の詩人」における佐々木幹郎の発言による。ここには初出の掲載メディアは記されていない。

しかし吉本隆明は、七八年の『戦後詩史論』において、六〇年代以降、七〇年代に登場した詩人までを扱っている。しかしそこでは、第四期や第五期というナンバリングによる区分はされず、彼の言う第三期以降の詩人たちの多く（清岡卓行、大岡信、飯島耕一、谷川俊太郎）を、六〇年代詩人やその後に登場してきた荒川洋治、平出隆までも一括りにして〝修辞的現在〟という概念で論じている。私が第九章で予告したように、本書の狙いの少なくとも一部が、単なる回想録を超えて〈六〇年代詩のボディを探る〉試みであるとすれば、それは必然的に、このような大きな括り方に対する異議申し立ての様相を含んでいることは否めない。それが、有効な申し立てになっているかどうかの判断は本書の読者にゆだねられることだが、私にとっては自分たちの世代のアイデンティティを確認するために避けられない作業であったのだ。

『戦後詩史論』は、五九年から六〇年にかけて刊行された書肆ユリイカ版『現代詩人全集』全六巻に分載された「戦後詩史論」に「戦後詩の体験」「修辞的現在」というあらたに書き下ろされた二つの論考を加えて成ったもので、第一部にあたる「戦後詩史論」が書かれてから、単行本としての『戦後詩史論』が刊行されるまでにおよそ十八年の歳月が経過している。*2 著者は全集分載の詩史論をいつか改稿するからという気持ちで放置しておいたのを、編集者の薦めで加筆しはじめたが〈手を着けてはみたものの決して気楽には進まなかった〉と「あとがき」に記している。それは以下のように続く。〈自分自身に不満なように戦後詩に不満だというのが最もいけなかった……つまらないと思っている詩を論じたとて面白かろうはずがない。だいいちに戦後詩がみなつまらないとおもえる視点にはどこかに欠陥があるのではないか。どういうふうに頑張ってもこれだけなのだということを肯定し得ない論は成り立たない。こういうふう

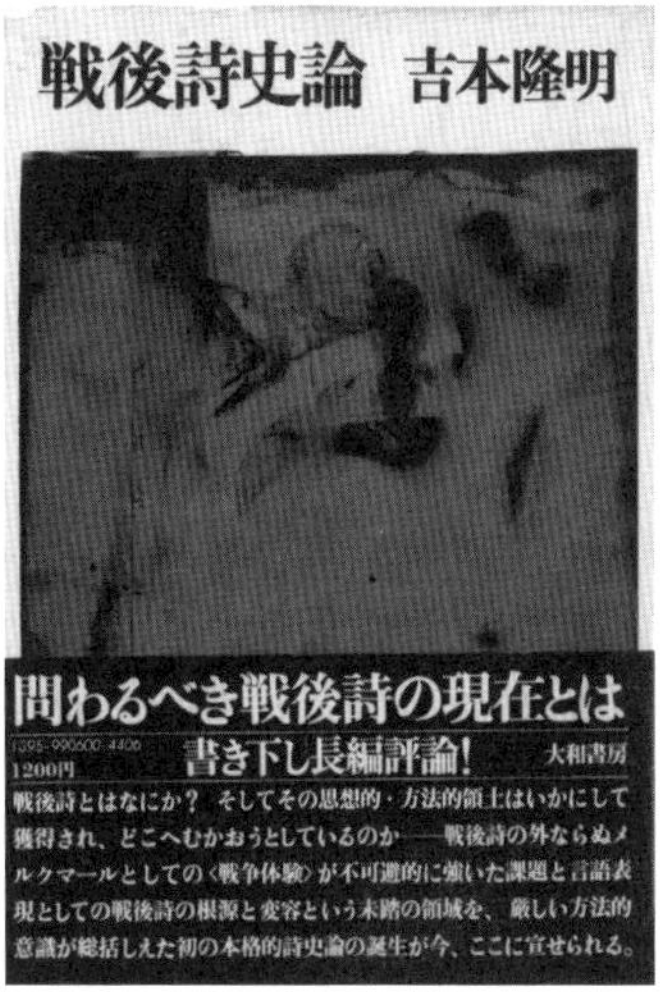

△『戦後詩史論』（初版）書影

＊2 **増補版について**　『戦後詩史論』はその後、四部として「若い現代詩」を加えた増補版が刊行されているが、ここで私が参照しているのは、第三部で完結している初版である。ちなみにこの書物の素《もと》になった『現代詩全集』の解説が、単行本未収録の〝掘り出し物〟であることを、大和書房の編集者に教えたのは、菅谷規矩雄だった。そのことは当時の編集者・小川哲生が自ら語っている（『現代詩手帖』〇三年十月号掲載の齋藤慎爾との対談）。

に自分を説得しては何べんも思い直しては戦後詩の課題に立ち返った。詩を手段として社会現象としての戦後を論じようかとさえおもった。けれど詩はあくまでも詩であるということを抜きにした詩論を書いても仕方がないし、詩人たちの詩を解説して並べるような詩史論も書きたくない。このような均衡が成り立つ未知の点を求めてほとんど油汗を流すような思いをしながら「戦後詩の体験」とことに「修辞的な現在」とを書いた。「修辞的な現在」という論考が辛うじて成り立ったときはじめてわたしは本書を出版してもいいという気になった〉。

　吉本隆明は、言語論や政治論、そして個々の詩人を論じるときには、したたかな膂力を発揮してきたが、現実に存在する詩を全体として詩史的に論じることは必ずしも、彼の本領ではなかったようだ。今にして思えば、吉本隆明は、この全集の分載解説から単行本の出版までの間に、次のような文章を発表している。

〈わたしのように、かきたいことをかく、といった無自覚な詩作者のばあい、詩の体験はいつもさめたあとの夢ににている。そのあとに意識的な光をあてておぼろ気な筋骨のようなものをとりだすことはできる。だが、詩的体験からひとつのさめきった理論をみちびきだすことは、とうていおぼつかないのである。いまわたしは詩についてある転換のとば口にたっている。予想もしていなかったことだが、自覚的な詩作へというかんがえがときどきこころをかすめてゆく。詩作の過程に根拠をあたえなければ、にっちもさっちもいかない時期にきたらしいのである。ここ二年ほど、あたらしく詩をかく機会は数えるほどしかなかった〉[*3]（傍点は原文）。

　つまり彼は実作者としての自分を〈かきたいことをかく、といった無自覚な詩作者〉と規定しているのである。そして事実、精密な論理で貫かれた「固有時との対話」と、抒情に満ちた「佃渡しで」との間にある幅広さは、彼が詩人として〈かきたいことをかく〉タイプであり、引用文の中にあるような〈自覚的な詩作へというかんがえ〉は、或る時期に限った迷いとして現われたに過ぎないと思われる。そしてだからこそ、彼が「修辞的な現在」という論考を書き上げたことは、私がその括り方に異論を保留しているにせよ、戦後詩史にあらたな一閃の光を投じるものであり、十八年の歳月は無駄ではなかったと思う。

＊3　「詩とは何か」（初出『詩学』六一年七月号、後に『模写と鏡』春秋社・六四年刊所収）。なおこの単行本は大部分が評論の集成であるが、詩篇も七篇収録されており、その中で「佃渡しで」「沈黙のための言葉」「信頼」「われわれはいま――」の四つは、この時点の未発表作だった。

2 〝非大衆性〟の擁護

近代詩と言われているもの、つまり吉本隆明が第一期に分類する詩人のコアになる人々、たとえば中原中也、三好達治、立原道造など、に比べて、戦後詩は難解になった。実は読者の側に読み込む努力が少しあれば全くそうではないのだが、少なくとも世間では難解だと思われている。『戦後詩史論』の中で吉本は、そうなった原因を次のように鮮やかに分析している（以下の引用では「なか」と「中」、「ふくむ」と「含む」などの表記の不統一は原文のママ）。

〈戦後詩と呼ぶものは、戦争をくぐりぬける方法を詩のうえで考えることを強いられた詩のことであるといえば、いくらか当っている。べつの言葉でいえば戦乱によって日常の自然感性を根こそぎ疑うことを強いられた詩といってよかった。認識ないしは批評をたえず感性や感覚のなかに包括しながら詩が展開されるので、日常の自然感性に類するものは、すくなくとも表面からは影を払ってしまった。それが日常の自然感性に慣れて、それを詩とみなす人々にとって（戦後詩を――引用者補足）難解なとっつきにくいものにした。詩に安堵感をもたらすよりも、詩に考え込むことを強いるという具合にならざるをえなかった（この部分は「詩に」を「詩は読者に」とし、二つめの「詩に」を省略しないと、主語がなくなって了解しにくい――引用者補足）。戦後詩はその尖端の感性的な水準でいえば詩から慰安をうけとろうとするもの、詩とはリズムに乗った言葉による解放感や快感であるとするものを、みずから拒んだ世界へ入りこんでしまったのである〉（135頁）。

しかし吉本はこの〈解放感や快感であるとするものを、みずから拒んだ世界〉を時代相の必然として擁護する。〈中原中也や立原道造や三好達治のような詩人たちの詩は一種の大衆性を、つまり誰にでもわかる要素を詩の中にふくんでいる。また単に、大衆性をふくんでいるだけでなく詩的なもののうち、永続的なものを、つまり古代の詩から今の詩に至るまで、少しもかわらない核にある何かをふくんでいるようにみえる。これを自然の諧調に同化するところの感性といったらいいのか〉（138頁）。

そしてまた、戦後詩の未来の評価についても、必ずしも永続性がなくてもいいと言い放つ。〈こういった意味からすると戦後詩のもとにある核心は、逆に現在性ということで、つまり現在に生きている人々が感ずるだろう、無意識にあるいは理屈はつけられないが漠然と感じている不安とか苦しみとか、あるいはある意味の喜びであるとか、そういうものを鋭敏な形で象徴している点にあるといえるかもしれぬ。しかしこの性格の中に永続的な意味で詩的なものが含まれているかどうかはたいへんむずかしい。この疑問を審判するのは依然として十年あとか百年あとかしらないが歴史が濾過する眼である。つまり戦後詩の中に永続的に詩的なものというのがふくまれているのか、あるいは戦後詩人の誰か一人の中に、そういうふうなものがふくまれているのかは依然として現在の関心に属するので、けっして審判の問題には属さない。十年なり五十年たったのちに戦後詩ないしは戦後詩人のうちに、現在的なものと同時に永続的なものをふくんでいる詩ないし詩人は誰一人おらないという審判が下されるかもしれない〉(138~139頁)。〈中原中也や立原道造やあるいは三好達治などの詩が愛好者のあいだに流布され愛誦、愛読されている仕方が詩の優れている標識になるかかんがえてみると、逆にひとつの疑念を生じる。これらの詩の中にはたしかに詩的なものとはこういう感性だという通念に積極的にはたらきかける要素はふくまれている。しかしその中に詩として現在的なもの、現在に生きているものが現在に対して精一杯これを感性的にうけ入れ、感性的に悪闘し、そして感性的にこれを思い悩み、という要素があるかどうかをつきつめてゆけば稀薄な部分でしかそれは存在しないのではないか。そうするとこれらの詩が何を切りすて、何を詩的なものとしてかんがえたかは明瞭で、自己自身の感性ないしは感受性に、あらかじめ枠組をこしらえそれを巧みに書きつづければ、詩の本質が得られるとかんがえた形跡がある。しかしこれはたいへんな思いちがいに属する。詩として自然的なものは生きていることあるいは、生命が重要なように重要だがしかし、百年たらずの一時代生き、呼吸し、そして死んでしまう、そういう同時代、つまり現在を精いっぱい感じ、思い悩み、も掻ききってゆく生きざまとしてみれば、たぶんそれらの詩は最少限度しかそれを感性の課題としていなかった。その意味では、詩のある決定的な要素を欠いていたとかんがえることもできる。詩とは何かという問いに、永続的に流れる時間的なものとそれからいわば永遠に滞留する現在的なものの二重性がいつでも生きてなければならないとすれば、どうしてもそうならざるを得ない。この詩的なものにてらして戦後詩がどういう運命にあるのかは依然として未知数に属する。同時代における、つまり現在に存在するということ、生き、精一杯存在することにおいて当然感じなければならない多くの問題を、じぶんの一身にひきうけている詩人を想定してみる。そういう詩人が精一杯感じているもの、それは当然現在における多くの人々が、無意識のうちで感じているものを尖鋭な形で象徴している。そういう詩人たちの存在は、同時期の多くの人々にうけ入れられるとか、多くの人々に流布されるということにはならない。これは問題意識の先鋭さにかかわるとおもう。同時代の人々は、無意識のうちに現在を感受していても言葉にあらわすことはできない。人々にとって同時代とは現在を、つまり自分が生まれ存在し死ぬという時間そのものである。生きざまそのことが人間はどう生きるかということである。そうしたプラスとマイナスにふりわけることのできない核というものが、人間の生涯、この百年足らずの個の生涯というものをかんがえるばあいに基幹になっている。それが無意識のうちに現在を感じている大衆の生きざまの意味だとかんがえてよい。そして大なり小なりそういう生きざまの基準から外れていかざるをえないのが人間の、つまり個の生涯の運命みたいなものである。つまり無事平穏に生きて、そして年になったならば結婚し、そして子どもを生み、それから子どもにそむかれ、それから老いさらばえて死ぬという生き方が最も価値ある生き方であって、大なり小なり具体的な個々の人間は、そうしたいにもかかわらずそれからそれて生きざるをえない。これを人々の生きざまの典型的な同時代的なありかただとかんがえれば、そこに詩的な感性が根強く培養されてゆく基盤がある〉(139~141頁)。

〈詩において根強く底に潜んでいる感性は価値あるものの核にほかならないが、どんな詩人も大なり小なりそこからそれ、詩において永続的なものを犠牲にして現在的なものに固執せざるをえない。これが詩を書く行為の中に当然不可避におこってくる問題であろう……戦後詩人のたれ一人として詩の愛好者たちの間に流布されていない。だが流布されていないからだめなのではない。それから流布されていないからいいのでもない。現在の重さのために詩において永続的なものからそれていかざるをえない運命を、不可避的に辿らされているのが戦後詩人の生きざまである。そうかんがえれば大衆性のない戦後詩人とは詩において大衆性自体を尖鋭に実現しようと試みているものを指している〉(141頁)。

右の引用はこの書物の第二部からだから、出版時の七八年九月より少し前、あるいは「あとがき」に現われている著者の苦渋を考え併せれば数年遡るときに書かれたのだろう。二四年十一月生まれの吉本は、刊行時でも五十三歳である。その若さ?(とにかくも現在の私より十八歳も若い)で、〈人々にとって同時代とは……自分が生まれ存在し死ぬという時間そのものである〉〈人間の生涯、この百年足らずの個の生涯〉というふうに、人間の生命の限界を考えつつ、詩の価値を論じているのは、彼が天才であり努力家であることを差し引いて考えても、達観と言う他ない。

3　世代的体験の普遍化

当然のことだが吉本隆明の戦後詩史は、同世代の詩人と、もっと局限すれば『荒地』の詩人たちと共有する体験に価値の基盤をおいている。

この世代の体験を吉本は次のように要約している。〈いま戦後詩人たちの体験の意味を、《強者》として振舞った論理が敗北しそれと対照的に、《弱者》のように強いられた論理が勝利したことを、とことんまで身体に刻みこんだ体験というところでとらえてみる。《強者》の論理というのはたとえば近代日本の軍隊の思想である。ある戦闘目的があるとすれば、その戦闘目的を成就するためには人間の生命《いのち》は軽いものだ、つまり命をすててしまってもその目的をとげなければならない。そして命をすてないのはいわば《弱者》であり、だからある目的のためには命をすてうることはいわば、《強者》なんだというかんがえ方とうけとってみる。戦後詩人たちの出発の体験はそういう《強者》の論理のるつぼの中にいちどは叩き込まれ、そこから出てきた体験だとかんがえたらわかりやすい。残念なことに、命をすててもある戦闘目的を成就しなければならないという掟に支配された軍隊は、まったくでたらめな敗北の仕方をした。そういう敗北の仕方を、装備や物質力が貧弱だったというような別の要因をもってきてもわたしには基本的に信じられない。それは思想が思想として負けたのだとかんがえる。つまりある目的意識を貫くために命を安くしてよいのだという論理は、本質的な意味で弱いものだったとうけとめる。これが必ず負けるものの論理だったことをとことんまで、戦争は体験させた。事実、鉄砲のかつぎ方一つでも横っちょにかつげばすぐにひっぱたかれ鉄砲なんかさかさまにのっそりのっそりかつごうものなら営倉に入れられるとか、階級を下げられるとか、規律といったら足の持ち上げ方から手の振り方まで全部揃っている、そういう日本の軍隊なるものがじつは弱いものだったことが戦争によって、まことにみごとに証明された。わたしが戦後にかんがえたことはそれであった。そういう《強者》の論理はほんとうは脆弱で圧政に虐げられたものが身につけた貧困な論理だというのが戦後にかんがえたことの一つであった。人間の生命は重要である、個人は重要なものでいざとなったら逃げて手をあげちゃえばいいんだ、ガムをクチャクチャ噛んでいようと鉄砲をさかさまにかつごうとそんなことは、どうだってよろしい、それで命があぶなくなったらどこまでも生き延びよという論理を、対照的に《弱者》の論理とすれば、それを本質的に身につけた西欧近代的な軍隊こそ強靱であった。そしてみごとにかれらに打負されたのである〉(142～143頁)。

この部分を書き写してきて著者が執拗に鉄砲のかつぎ方のような細部にこだわっていて、文章の凝縮力を薄めていることを感じるが、それがかえって興味深い。吉本自身は勤労動員体験はあるが、軍隊体験は持っていない。そのことがかえって少し上の世代からの伝聞による軍隊の論理の愚劣さに対するこだわりを深めたようである。

〈これは大なり小なりすべての戦後詩の始まりに共通だった。それを典型的に表現したのは『荒地』に結集していた詩人たちであった。その体験の核は日本の詩の歴史の中に、新しい次元を導き入れた。それは限られた世代体験の共通性だから、普遍性がないといいえばいえたろう。だが方法的にはまったく新しい地平に詩的動機を押し上げたのである〉(147～148頁)。

この後、著者は黒田三郎の「賭け」、鮎川信夫の「繋船ホテルの朝の歌」を引いて、戦後詩の体験のはじまりのあり方を具体的に解析してみせるが、ここではもっともその解析手法が最も典型的に示される田村隆一の「幻を見る人」の第一連に触発された戦後詩論だけを引いておこう。

空は
われわれの時代の漂流物でいっぱいだ

一羽の小鳥でさえ
暗黒の巣にかえってゆくためには
われわれのにがい心を通らねばならない

これについての吉本の解析はこうである。

〈「空」とはもちろん戦後の空であり、戦争をへて来たのちも空は上を見ればみえる。何一つない澄んだ青空であり、何一つ障害物のないような空である。じっさいにはその空はちっともあおくなかった。それは「幻を見る人」つまり幻影を透視する目をもっている人ならばすぐにわかることだがその青い空に目に見えない形で、何かわからないが漂流物がいっぱい漂っていた。それを澄んだ青空とみたひとたちはたくさんいるだろう。……ほんとうは一羽の鳥でさえもその空を過ぎるとき人間はもちろんのこと空に漂っている漂流物にぶつかり、それをよけたりそれで傷ついたりして飛んでいかなければならない。それがじぶんの心を横切っているほんとうの問題なのだ……そういういい方で戦後体験の《はじめ》といったものが詩につなぎとめられている。《強者》の論理をくぐってきた魂が《弱者》の論理に入るときに軋みを発している。これは不思議な体験だ。罰する外部が崩壊したときに、かえって内部が罰しようとする。外部の崩壊が解放だとすればこれは不条理である。けれどはじめての不条理を実感しながら戦後の出発をしなければならなかった最初の詩の表現は、そう存在した〉(157〜158頁)。


つい引用が長くなってしまったが、それは『戦後詩史論』の功績の一つとも言える次の数行に具体性を与えるための前置きであった。

〈こういう詩に、はたしてもうすでに通過してしまった一時代しかないのか、あるいは現在も依然として存在し、これからあとも存在する時代がふくまれているかどうか、深く落着いて感受するに価する。喰わず嫌いにならないですこし心をひらいてみれば、それはじぶんのことにどこかで接続するであろう。それはかつて立原道造も中原中也も、そして三好達治も表現したことはない詩の空間であった。あるいは外圧の強いあいだだけ存在し、瞬間の時代に消えてしまうかもしれぬものであった。強いていえば日本の近代詩はかつて、一度もこの詩の空間を定着したことはなかった。それを戦後詩人は初めて実現した。取っつけば決してむつかしい世界でもないし、また局所的な世界でもない。またじぶんの私的な感性といったもの、あるいは文学的感性といったものから遠いものでもない。最初の障害を突破すれば、これもまた誰もが読むに価する詩ではないのか。いいかえれば体験してきた体験ではないのか〉（158頁）。

この数行では先に著者自身が記した〈それは限られた世代体験の共通性だから、普遍性がないといえばいえた〉という規定を逆転し止揚して、〈限られた世代体験〉が普遍化できるものだと断言されている。特に〈喰わず嫌いにならないですこし心をひらいてみれば、それはじぶんのことにどこかで接続するであろう〉という一節には戦後詩全般に適用できる、また適用するべきでもある、メッセージが含まれている。

4　ニュートラルな視点

本書の執筆意図からして、ここでは『戦後詩史論』を、六〇年代詩をどう扱っているかという観点からチェックしておくことにする。六〇年代詩の主要な舞台は第三部の「修辞的な現在」だが、第二部の「戦後詩の体験」の終わりにも長田弘、吉増剛造、そして私の詩が手短かに論じられている。

長田弘については、「愛について」から

くちびるのうえに懸けられた
無名の世界にむかって
沈黙し、さけび、みずからの
重みのかかるほうへすこしずつ足を踏みだし
　てゆき
ついに行為そのものになってゆく、
それがたとえどんなにぶざまことであるにし
　ろ。

という一節が引かれ〈もう日常性しかない。そこでは生死の境がみえ、歴史が露骨にじぶんを包みという体験なんてありようがなくなっている……いずれにしろ自己体験を深めていくとか、それを思想化していくというふうな時間はもうありようもなくなってしまっている……行為そのものが自己であるというような生きざまよりほかいたしかたがなくなっている。それはたいへん現在的な体験の仕方だ。そこがとらえられているようにみえる。たしかに現在人々は行為そのものの差異によってしか自他を区分けすることができないのではないか〉（166〜167頁）。

この論評の中には、後に来る「修辞的な現在」で著者がとる姿勢がすでに明確に現われている。先に引いた「あとがき」からも読みとれるように、本質的には詩史家ではない資質の吉本隆明は、全体としての〈戦後詩に不満〉であったが、〈戦後詩がみなつまらないとおもえる視点にはどこかに欠陥があるのではないか〉と思い直して、しかも〈詩を手段として社会現象としての戦後〉を論じること、および〈詩はあくまで詩であるということを抜きにした詩論〉に陥ることを避けて、〈どういうふうに頑張ってもこれだけなのだということを肯定〉する姿勢で書いている。世には「修辞的な現在」という表現を、否定的評価と捉える人が多いようだが、私は、自分に対して下された判断も含めて、そうは感じていない。「修辞的な現在」とは、否定的でも肯定的でもない、いわばニュートラルな概念で、それは著者が、必ずしも好きにはなれない作品群を、自らも詩作する者だけが持てる眼で内側からみつめ、その意図をできる限り汲み取ろうとした結果、生まれた一つの文学史的概念である。この長田弘作品に対するコメントにも、多少皮肉っぽい調子ではあるが〈それはたいへん現在的な体験の仕方だ。そこがとらえられているようにみえる〉という、丁寧に読み込んだ視線の痕跡が見られるではないか。

吉増剛造からは「燃える」の一節が引かれ、〈韻律と化する自我という情況の暗喩〉〈長田弘とは別な意味合いで、《もの》そのものになってしまうより生きざまもなければ倫理もない現在の感性を言葉にしている。詩もまた成就された意味を構成し、意味ある思想にまで定着させることはすでに方法として不可能にちかくなっている。それゆえにただ韻律そのものと化すればいいんだ……それが意識の配列と秩序に叶うことがあるとすればただ呼吸の仕方にあるはずだ。息をつめて持続するところと息を継ぐところに韻律が生理のようにあらわれる。それが自我だといえばそう呼んでいい唯一の要素だ。これは詩そのものであるとともに詩法の説明でもあるものなのだ……たいへんよく吉増剛造の詩じたいになりえている。現在の状況がもっている根本のところに詩がふれる仕方をあらわしている。ふれている状況がいいのかわるいのか、ふれている仕方がいいかわるいか問われえないが状況そのものにふれている〉（167～168頁）。

引用詩句は略したが、この評言は、吉増自身はどう思っているかは別として、彼の初期の詩の特徴をあたう限り好意的かつ適正に捉えていると、私には感じられる。

そして私については、第二部の終わりに、行分けなしの本文中における引用を伴って次のような叙述がある。〈渡辺武信の「名づける」という詩に「あけてくる朝のかくしている　さけられない希望　それが　ぼくたちの不幸のはじまりだ」というのがある。今日も無事平穏、たぶん明日もあさっても無事平穏、そういう日常性のくり返しを強いられることにどうやって適応するのか。なにごとも不幸でないし、凶事でもない。命を奪われることもおこらない。そういう生きざまを希望だとすれば、避けられない希望だ。つまり向うから配給されてくる。つまり現実の秩序が配給してくれる希望なのだ。希望だといえばそれは希望かもしれない。その希望は……じぶんが望み、苦心して手に入れたものではない。……不幸としかいいようのない希望あるいは、希望としかいいようのない不幸だ。これは戦後詩の体験の終結宣言のようにもかんがえることができる。終りとは現在性にほかならない。たぶんすぐれた詩人たちの詩の中に大きく切実に潜在している〉(168〜169頁)。

この詩を書いた当時の私は決して〈今日も無事平穏、たぶん明日もあさっても無事平穏〉という気分ではなかったが、それでも、引用部分のコメントに異論を唱える気はない。むしろ未熟な若僧(この詩を書いた頃の私は天沢と共に『暴走』を刊行してはいたが、まだ詩集を持たない一学生だった)の作品を、彼の立場から可能な限り丁寧に読み込んでくれたと思うくらいだ。つまり吉本隆明は、同世代の詩人たちに対して行った〈喰わず嫌いにならないですこし心をひらいてみれば、それはじぶんのことにどこかで接続するであろう〉という論理を、彼自身にとって親しみにくい六〇年代詩に対してできる限り応用してみようと努めているのだ、と言ってもよい。

もちろん、書いた者としては不満がないわけではない。それは傲慢というものだろうが、六〇年代詩のアイデンティティという観点から、言うべきことは言っておきたい。

まず、詩篇の一節だけ(発表形式では四行にわたる)を採取してコメントしたことには、戦後詩史を展望するというこの書物の性格上、仕方のないことではあるが、おのずから読みの限界とでも言うべきものを生み出している。「名づける」は六二年一月刊の私の処女詩集『まぶしい朝・その他の朝』に収録されたもので、初出は未確認だが、詩集の入稿は刊行の遙か前であること、ほぼ制作順に配列した記憶のある詩集の前半部に位置することを考え併せると、六一年前半までに書かれたと思われる。そして「一九六〇年六月の記憶のために」という副題を持っていて、明らかに安保闘争の余韻を伝えている。そのことは終連に〈日の落ちる時／すでに　ぼくたち／暮れて行く稜線を明日へ駈けぬけて行く／血まみれの巨大な足を見るのだ〉という、流血を予感させる暗喩もあることからも読み取られて当然だと思う。その予感が現実性を持っていたかどうかということ、あるいは喩の巧拙ということを別にすれば、この詩篇が定着した、あるいは定着しようと試みた、想像力の世界では〈平穏無事〉よりも動乱への希求が表れているのだ。

しかし一方、この詩句を部分的に採り出した限りでの文脈において、吉本隆明の読みに誤謬があるとまでは言えない。作品は見られる限り、読み取られる限りの存在でもある。揺籃期の六〇年代詩は、吉本隆明という年齢的にも思想の凝縮度においても、遙かな高みにある視点からの俯瞰ショットで写し撮られると、こういう画面になるのだろうと諦観するしかない。

5　六〇年代詩の〝不可能〟な概念の構成

第三部の「修辞的な現在」は、〈戦後詩は現在詩についても詩人についても正統的な関心を惹きつけるところから遠く隔たってしまった。しかも誰からも等しい距離で隔たったといってよい〉（172頁）と書き出され、あきらかに著者が、或る時期以降の戦後詩に、同世代の詩と同じようには共感できない立場を表明している。続いて〈感性の土壌や思想の独在によって、詩人たちの個性を択りわけるのは無意味になっている。詩人と詩人とを区別する差異は言葉であり、修辞的なこだわりである〉（傍点は原文）という一節が出てきて〝修辞的な現在〟という概念が予告される。

著者は、こういうことは昭和初期のモダニズムにもみられたことを指摘した後で、それと戦後との違いを〈戦後詩の修辞的な現在は傾向とか流派としてあるのではなく、いわば全体の存在としてあるといってよい。強いて傾向を特定しようとすれば《流派》的な傾向というよりも《世代》的な傾向とでもいえばややその真相にちかい。だがほんとうは大規模だけれど厳密な意味では《世代》的ですらない。詩的な修辞がすべての切実さから等距離に遠ざかっているからだ。どの詩人がどの場所に佇っても詩的な修辞は切実さの中心から等距離に隔たってみえるのだ〉（172〜173頁）というふうに切り分ける。そして〈この修辞的な現在も源泉が求められないこともない〉として、清岡卓行の「愉快なシネカメラ」から

かれは眼をとじて地図にピストルをぶっぱなし
穴のあいた都会の穴の中で暮す

という二行を引き、〈こう表現したときに、すでに戦後詩の修辞的な彷徨は開始されたのではなかったか〉（173頁）、〈地図にピストルで穴をあけてその穴のなかで生活するという表現にたいする驚きの根源には《生活を個性的な構造をもったものとして把みえなくなった》そういう意味では生活に入り込めなくなった感性的な体験が横たわっている〉（174頁）と解釈する。

このような解釈が清岡の他の詩句や吉岡実の「僧侶」を事例にして連ねられるが、その過程は省略して、同じ解釈が六〇年代詩人に及んだ部分をみることにする。

具体的な事例としては渡辺武信、吉増剛造、鈴木志郎康、天沢退二郎、菅谷規矩雄が、この順で採り上げられているが、まず最も典型的な天沢の詩句の解釈をみよう。著者は「陽気なパトロール」全篇を引いているが、ここでは紙幅を節約するために、解釈に直接関わる部分だけを挙げておく。

ぼくたちは出発した旗を旗竿に巻き
煉瓦にキスを投げジュークボックスを堕胎させ
小学校に顔そむけ蜜をたべ電車を轢き
青ぞらに殺され
少女たちのパンティの隙間に殺されず
刑事を留置所にノン・ストップで叩きこみ
レールを曲げて拵えた店でジャズを聴き
床屋を密告してカミソリでコーヒーを沸かし
老人は蹴とばし眼鏡だけはこわさず
（中略）
すてきなスモッグのスタイルで
ぼくたちは出発したすてきな
スモッグのレストランから

この詩句について吉本は〈犬が人間に嚙みつ

くのではなく、人間が犬に嚙みつくのとおなじ逆叙が択ばれる。それが意味情景に与える異和が主眼だからだ。ある《否定》の意識をいいあらわすにはさまざまな修辞的な方法が可能だが、もっとも強固な方法のひとつは《犬が人間を嚙んだ》という修辞的な意味が想起される状態で《人間が犬を嚙んだ》といいかえることである。小が大を包む、弱が強をうち負かす、果が因に先行するといった概念的な転倒がいわば《否定》を表象する。この詩はそのもっとも単純で明快な模型のようなものだ。この意味での《否定》が《不可能》な意味の流れと協力して無限くりかえしの概念をあらわしている。一瞬ごとの日常体験の時間を掌握したいという極度の欲求を実現するために、いわば時間を一寸刻みにして、破片にしてしまった。そこでは破片の因と果が逆になり、概念的な順序が不同な部分もできてしまった。それがこの詩の表象するところである。休息と安堵をうけとるくらいならそれを感ずるいとまもないほど時間を刻んでこまかくしてしまったほうがいいという願望がこの詩人を衝き動かしている〉(211〜212頁)。そして吉本は、こういう解釈を三つの修辞的類型として具体的に提示している。その一つは、吉本が次のように天沢の詩句を各行の右の括弧内のように反転することで示される。

(1)出発した旗を旗竿に巻き（旗竿にかかげ）

小学校に顔そむけ（顔をむけ）

電車を轢き（に轢かれ）

刑事を（に）留置所にノンストップで叩きこみ（まれ）

老人は蹴とばし（いたわり）眼鏡だけはこわさず（こわし）〉

〈これは肯定的な意味の流れを容認した上でなされる《否定》の修辞である。「出発した旗を旗竿に巻き」というときに「出発した旗を旗竿にかかげる」ことの肯定性は前提になっている。「小学校に顔をそむけ」は「小学校に親し気な顔をむける」ことの常道性が前提になっているのだ〉(213頁)。

そして〈レールを曲げて拵えた店でジャズを聴き／床屋を密告してカミソリでコーヒーを沸かし〉のあたりについては〈このばあいの間に挿入された《不可能》の修辞である。どこかに西部劇映画のセットを幼児化したような形像があるが個性とまではいえない。あくまで修辞的類型なのだ〉(213頁)。

三つめは〈すてきなスモッグのスタイルで／ぼくたちは出発したすてきな／スモッグのレストランから〉という一連について〈さ行音にかかった縁語懸詞になっている。音韻と音数律の単純な類似と反復が表出の自由連想の引金になっているところにいつもあらわれる……修辞的な類型の半ば無意識的な組み合わせの結果はそれ自体が詩なのだ。個性という概念が詩の表現から死に絶えてしまったことを表象するのに、これほど見事な表われ方をしているものはない〉(214頁)。

また引用を省略した部分について次のようなコメントもある。〈ブルトンのいう「侯爵夫人は五時に出かけた」といったような「情報の文体」(アンドレ・ブルトン『シュールレアリスム宣言』)を拒否することに賭けられている。だから物象と出来ごとの童画化が思想だという主張もあるだろうが、それは勝手にさせておくべきものだ。「情報の文体」つまり、《朝おきて歯をみがき顔を洗った》という文体を拒否して、その代りに「郵便ポストの歯をみがいてやり」という表現を択んだとしても修辞的な日常性の拒否であり、日常性の現実の拒否ではない。だから思想ではなく弛緩の拒否なのだ。類的な差異を表象しているにとどまる〉(215頁)。

以上は、天沢にとっては受け入れがたいかもしれないが、一つの解釈としての一貫性は見事である。吉本隆明は同世代の詩人の作品に比して六〇年代詩を低く評価していることは確かだが、けっして否定はしていない。それに時代相を反映した必然性があることを明快に、ということは多くの人々を納得させるに足る言葉で指摘している。最小限でもそのことは認めなければならないだろう。

鈴木志郎康については「爪剥ぎの5月」という詩篇がとりあげられ、〈体験としていえば誰でもが生爪をあるひょうしに剥がしたときの痛みと、生爪の剝がれた部分に晒された過敏な空気のそよぎの生々しさ、恐怖だけが現実のものである。そしてこの現実の体験をそのまま実現化の意識の線に沿って《不可能》へと接続してゆく。万力に爪の端を締めつけておいて身体をくるりとまわして爪を剝ぐという架空の行為へとつくりあげてゆかれるときに、生爪を剝がしたという現実体験に拡大された体験という意味が与えられる。日常にたれでもが体験する生爪を剝がすという体験にさほどの意味がないとすれば《不可能》なところに拡大させた言葉の実現化には《意味》がうまれる。この詩人ほど日常生活のささいな体験や繰返される体験に固執している詩人は見あたらない。この意味ではブルトンの裏をかくことができているブルトン的な詩人である〉(203〜204頁)。鈴木の「妻塊《つまがたま》り組《ぐ》み」も全篇が引用され、同様に行き届いた解釈がなされている。〈啄木のようにいえば《放たれた女のごとくわが妻の振舞う日》の感情の波立ちと苛立ちが夫婦の性行為の具象的場面に形象をもとめられている。粗々しい性的な劣等感とジェラシイが障害をつき破りたいという詩人の意志の言葉によって切開される……人々の日常感情が露出過度と感じるところで、この詩人はむしろ適正露出で当然の描写をしたと思い込みたい願望が詩をかりて解決される。そのことが詩人にとっての《不可能》の意味なのだ。けれどもこの願望や欲求もまた日常性の世界から現われる。そして実現されてしまったらどうなるのだろう。つまり理想の妻や理想の日常世界がこの詩人にやってきてしまったら、日常性の意味は《不可能》から《可能》へ転換してゆくにちがいない。それが現在の永続的な課題につながっている。わかりきったものが不気味なものへ不気味なものが判りきったものへと変わりうるただひとつの世界かもしれない日常性は、いつ価値を放射するのかわからないとしても〉(208〜209頁)。

鈴木志郎康自身は『戦後詩史論』刊行直後の岩田宏、北川透との鼎談[*4]で「ぼくの同世代から後の人たちが主に取り上げられているわけですけど、それがみんな片ッ端からぼく自身も含めてコテンパンにやっつけられているのを読んでいくと、何か言葉のもっていき方が非常に断定的だし、言われてみるとその通りという感じに読めてきて、そこが非常に痛快な感じで読み終った」と発言しているが、これが対象にされた者の率直な感想を代表する言辞であろう。つまり「コテンパンにやっつけられている」と「痛快な感じ」との併存である。

6　縁語懸詞について

最後に私の詩篇についての吉本の解釈を記録しておく。作品は「ハードボイルド」で全篇が引用されている。少し長くなるが、吉本の解釈に対する異論を述べるために必要なので省略せ

＊4　『現代詩手帖』七八年十二月号

ずに再現する。

おびただしいメロドラマが気泡のように
たえず拡大しながら上昇しつづけるぼくたち
　の都会でも
世界の深さは時に誘惑的だ
おびえる暇はほとんどない
はげしく香る風は奥深くから
きらめく花粉を含んで立ちのぼり
きみをすばやく失神させる
なかばひらかれたきみの唇の後で
熱い舌にためされた記憶は急速に発酵し
苦痛とあまやかさが入れかわりながら泡立ち
　はじめ
輝く陶酔の卵はそこでかたゆでになる

ふりむかなくても
きみは知ったにちがいない
スポーツカーのボディのように
ただ輝くためにみがかれた陶酔の表面に
ぼくたちのつつましい快楽の姿態が
のこらず映しだされ　それが時々
死者のように　ぼくたちを見つめるのを

見えない軍隊を迎え入れるように
晴れ上った日曜日を埋めつくしてはためく
おびただしいシーツよ　しめったおしめよ
すてきなストッキングよ
だれよりもワイセツなワイシャツたちよ
ぼくたちのつかれはてた視野に　投げてくれ
色とりどりの花を罠を

どんな繊細な恋や戦争よりも非情な
ぼくたちの想像力によって
くりかえし犯された少女の
たまらなくねじくれた身体のまわりに
世界中の子守唄が遅れて到着する
けれど　シャンペンやハンペンや恋の断片は
もはや　ぼくを酔わせない
柔い光の暈《かさ》ももたずに　闇の中で
嗚咽する国家よ　気絶する閣下よ
あなたたちのためにぼくは眠れない
ぼくの見ているのはいつも
底なしの瞳孔に落ちていった
数知れぬ白い背中の花びら
その肩先に華麗な刺青のように
やきつけられた熱い日付

いつでも　どこでも
探偵の魂はかたゆででさびしいのに
いつでも　誰でも
かえるところがあるような気がする
勇気をふるいおこしてかえって行こう
かえることのできなかった卵が
おびただしくかたゆでになって整列する食卓へ
死んでいくギャングや娼婦の死体が
くちづけの数とつりあっている
ちいさな祭壇の前へ
細い指の娘たちが
即席コーヒーの聖盃をささげもって微笑する
蒼白い光の中へ
今こそ進め
進めひょっこりひょうたん島

今日も疑わしい啓示の光のひだをまとった空が
暗い海に向って
豪華な緞帳のように降りてくるとき
幾百もの寝台が　その下をくぐって
船出して行く　けれど
背後からの視線にまなざしかえすため
限りなく遠く行く船団に許された
わずかな積荷の中に　ぼくたちは
どれほどの追憶を
麻薬のように隠しもてるだろうか

この詩篇についての吉本のコメントを抜粋的に書きとめるなら、〈修辞的にいえばここでも言葉は《不可能》な概念の構成をもとめている。ただありうべき感性のありうべき喚起作用が信じられているために《不可能》さが、膜をへだてて中和されているだけだ。希望と沈降と喪失と静謐とがいつもこの詩人の主題だが、ここではこまぎれにされた都会の日常生活の諸断片が、掻き集められて《不可能》な言葉の意味のうえをスムーズに流れてゆくそのスムーズさに核心があるようにみえる……情緒的にだけいえばこの詩は抒情詩の新しいタイプを示している。ところどころに旧来のイメージで日曜日の休日に干された洗濯物や詩人が感じている国家に対する異和感や、性的な欲望やデカダンスへの憧れのようなものの断片が露出しそれらをつなぎあわせるように《不可能》な意味のスムーズな流れが継続する。そしてこの詩を抒情的にしているのは《不可能》という概念にどんな意味でも壁に直面したような断念とか、否認とかいうものがふくまれておらないこと、また現実への異和や不調和がのぞかれないこと、そして性的な含羞のようなもののイメージがおおっていることにもとめられる〉(186〜191頁)。

このコメントの中には、当然のことながら、詩作の基本的発想への言及はない。作者の立場から自己弁護になるうしろめたさを忍んで敢えて記せば、この詩篇は、題名の示す「ハードボイルド」が、卵の固茹でと、非情に行動する私立探偵=自由人の生き方とを共通に指すことから発想されている。固茹でになった卵は孵化しなかった、つまり〈孵《かえ》らなかった〉卵である。それに同音異義の「帰る」を懸けて〈いつでも誰でも/かえるところがあるような気がする/ことのできなかった卵が/おびただしくかたゆでになって整列する食卓へ〉という五行がこの詩篇の核心である。〈かたゆでになって整列する食卓〉は日常性の象徴でもある。つまり〈熱い舌にためされた記憶は急速に発酵し〉た結果、抱いた夢あるいは妄想が孵化しなかった日常性に、〈勇気をふるいおこして〉敢えて帰って行こうという意志が、この詩篇の思想的な重さといえば重さである(もちろんそれは、見方によっては「軽さといえば軽さ」でもあろう)。

吉本はこの詩の技法について〈古典的な縁語懸詞が多用されているのは、言語意識の拡大意志と生活事象の断片性を集合させようとするモチーフとかかわっている〉と指摘し、また縁語懸詞は〈その起源にあたる《古今集時代》にはげしい表現意識の拡大を導くために中世詩人たちが多用しはじめたものであった。この詩人に一典型をみられる戦後詩人たちも、いわば無作為のうちに多用している。本人たちは多少軽快な思い付きや機智のつもりでつかっているかもしれないが、これは詩人たちの表現意識の拡大と言葉のリズムに対する古典的意識とふかくかかわっている〉という。ほぼ正当な指摘だが〈軽快な思い付きや機智のつもりでつかっている〉という判断は、吉本がこの詩篇から採り上げた縁語懸詞が〈おびただしい　シーツよ　しめったおしめよ　すてきなストッキングよ　だれよりもワイセツなワイシャツたちよ〉〈けれど　シャンペンやハンペンや恋の断片は　もはや　ぼくを酔わせない〉〈嗚咽する国家よ　気絶する閣下よ〉(傍線は吉本による)に限られているのは残念である。つまり採り上げられたものは確かに〈《不可能》な意味のスムーズな流れが継続する〉ために使われた〈思い付きや機智〉でもあるが、懸詞はこの詩篇における「かえる」のように、同音で孵化と帰還を意味する二重性が詩の基本的発想に関わることもあるのだ。さらに言うなら「帰る」「帰れない」は対となって一貫して私の詩の語彙の中の核の一部であり、第二章註4に記したように、天沢の「眼と現在」の終行〈かえる道はもうわからなかった〉にいかに対処するかということが、長年にわたって私の詩作のモチベーションでもあったのだ。

　しかし以上は、先にことわったように〈うしろめたさを忍んで〉述べたことで、『戦後詩史論』への積極的批判ではない。思うに『戦後詩史論』、特にその中の「修辞的な現在」の功績の一つは、〈喰わず嫌いにならないで少し心をひらいて〉みない読者、あるいは〈自然の諧調に同化するところの感性〉だけを求める読者が、その怠惰な思い込みゆえに感じている六〇年代詩の表層的難解さを読み解く方法を、見事に開示したことにある。これは第三期の詩人たちに対するのと、基本的には、同じ手法による分析なので、その点には、ないものねだり的心情が尾を引かざるを得ない。しかし、次章に述べるように、六〇年代詩がそれなりの独自性を持つ一方、実は、技法的には五〇年代詩と連続している面もある、ということを考え併せつつ、個々の詩篇の作者にとっては必然的にありがちな不満をひとまずおいて通史的な観点に立つならば、修辞的現在という概念を六〇年代詩に適用することは、半ば以上正解でもあるのだ。

第十四章 "but the melody lingers on" とりあえずの結語

1 『凶区』解散決議

『凶区』は一九七〇年六月二十八日に解散した。ただしこの〝解散〟は必ずしも明確なものではなく、この日をもって凶区の終わりの日とすることには、旧同人の誰かから異論が出るかも知れない。だから、これはあくまで私自身の解釈であり、それは当然、私が自分たちのグループをどう考えていたか、ということに関連してくる。

この日は大安の日曜日で、『凶区』の同人たちは新築間もない私の両親の家の応接間で「総会」を開いた。六九年暮に鈴木志郎康が『凶区』を脱退することを宣言し、その他の同人たちの中にも、私自身を含めて、自分たちのグループのあり方を考え直そうという気分が生じていたので、たまたま私が設計した両親の家が竣工したのを機会に、新築披露のパーティを兼ねて集まりをもったのである。だから、この日の会合は一種お祭り気分もあって、総会の席では以下に書くように重要な意見の対立はあったものの、その雰囲気は終始なごやかであった。

この日、誰が出席していたかについての記憶は薄れているが、同人を脱退していた鈴木志郎康、オーストラリアに居た山本道子、自分の意見を書簡で伝えてきた秋元潔が欠席していたことは確かで、野沢暎も少し前から全く同人の会合に顔を出さなくなっていたので、欠席だったと思う。そう考えるとこの日の出席者は天沢退二郎、金井美恵子、菅谷規矩雄、藤田治、高野民雄、渡辺武信、それに金井久美子の七人であったようだ。[*1]

総会の討論とその結論を後に藤田治は次のように報告している。「その時点で結論として出た内容は、『凶区』の同人制に依る詩誌の発刊を一応中止すること、その間の内部事情として、

*1 **『凶区』解散決議の日** 彦坂については、本稿の素材となる雑誌連載執筆中に本人に問い合わせたら、出席しなかったとの確答を得た。

鈴木志郎康が脱けたこと、同人の一部が紙面に沈黙を守り続けていること、紀伊國屋等の書店で凶区がよく売れ発行部数が千部になり、次第に商業主義化してきたこと、『凶区』以外の紙面でも作品を発表する機会が多くなり、一部にはそれで生活する同人も出て、同人誌としての存在理由が稀薄になったこと等が、内部批判として説明された。次いで廃刊、休刊の話になり、『凶区』という同人誌を廃絶しても、又新たに同人誌を作るなら、このまま『凶区』という名を残し、同人制としての運営方法による詩誌の発刊はやめても、編集権を同人各人に保持させ《書く》という行為を純粋（!?）に持続する誌面としてメンバーに解放するという結論に、メンバー全員が同意した」*2。

　右の文章はこの日の討論の内容に関する限り、要を得た報告であって、私も異論はない（ただし、当時最も商業ジャーナリズムに登場する機会の多かった天沢、鈴木にしても、定職があってのことで、詩や詩論だけで食っていけるはずはもとよりないから「一部にはそれで生活する同人も出て」というのは誤りだと思う）。

　また結論についても右のとおりで、最終的には私も同意したのだが、そこに到達する以前に私が述べた少数意見を記しておきたい。それは今になってこの日の結論に異を唱えるつもりでは毛頭なく、ただ、この少数意見の発想が、先に書いた「私が自分たちのグループをどう考えていたか」ということの説明の一部をなすと思うからである。

　少なくとも途中の経過では、私は『凶区』の名を維持することに反対し、全面的な解散を主張した。それは鈴木の脱退後に出た二冊の『凶区』（26号と、事実上の最終号となった27号）の編集を担当した経験から、『凶区』がその何度かの停滞期をのり切ってきたときのエネルギーとなった、グループとしての実体感のようなものがもはや消滅したと判断したからである。これは現象的に言えば原稿の集まりが悪かった、ということになるが、それは状況の本質ではない（たしかに27号の原稿集めには苦労したが、その直前の26号は予定頁を大幅に上回り88頁にもなったのだ）。それに同人は数号にわたって執筆しなくても、書かない権利というものもあるのだから、そのことで非難されるべきではない、というのが創刊当時からの了解事項でもあったのだ（第四章註3参照）。

『凶区』メンバーの作品が同一の誌面に座を占

＊2　**『凶区』解散の意味**　後の本文に出てくる『凶区・廃刊宣言号』所載の藤田治の文章より引用。

めると、その結果として成立する一冊の雑誌が、同人のそれぞれにとって、一つの文学的世界――やや大げさに言えば、他のすべての古今東西の文学的営為の集まりと等量の重要さをもった世界――として現われた時期があった。私たちはそれぞれの作品に対して強い関心を持ち合っていて、他の同人の作品の良い読者、享受者であった。言い換えれば、自分以外の同人は最も怖い、それゆえ大切な読者であった。このことは同人たちの作品が共通した主張を持っていた、ということの正反対である。外から見れば、『凶区』の同人の作品には互いに似ている点があったかも知れないし、また私も、現在のように『凶区』から遠く離れると、かつての自分たちの作品を括る何らかの概念が見つかるかも知れないとさえ思う(もっとも、私はそれを見つけることにさして興味は持てないが……)。一つの世界であったということは、それが私たちの視野の端からもう一つの端までを覆う広がりがあった、ということである。当時の私の感じ方で言えば、たとえば、天沢退二郎と鈴木志郎康との間には互いに一つの極をなす遠い距離があり、一寸視点をずらすと彦坂紹男と天沢との間、あるいは鈴木との間にも同じような距離があった。そしてそれは、彼ら一人一人と私自身との間の距離でもあったのである。つまり同人たちはそれぞれ一つの極に座を占めつつ、全体として立体的に多極的な空間を張っていた。これが一つ

∧＜『凶区』解散決議の日(上図、右から菅谷、金井美恵子、金井久美子、渡辺、藤田[後むき]。左図、天沢)

の世界ということの意味である。客観的に見れば、これは世界のミニチュアに過ぎないものであったかも知れない。しかし、それが、六四年から六九年に至る六年間の『凶区』の活動期の私の感じ方だった。こういう状況が理想的に成立していることを想像すれば（もちろん『凶区』の活動期間中、すべてが理想的であったわけではないが）同人の誰かが、たまたま、しばらく原稿を書かないとか、会合に出てこないということが『凶区』全体の停滞の原因にならなかったことは了解されるだろう。それはたまたま、深沢七郎とかロス・マクドナルドの新作がしばらく出ないのでさびしいね、というのに似たことで、書かない同人は、さかんに書いている同人と同じように、お互いの関心の中に存在を主張していたのである。

先に私がグループとしての実体感が消滅したと書いたのは、つまり右のような一つの世界としての緊張した均衡が失なわれたことを意味する。たぶん私たちは世界のミニチュアールの内での仮想極としてのお互いを利用しつくし、一つの虚構を完全に消費しつくしつつあったのだ。

七〇年六月の総会の当日、私が『凶区』を解散すべきだと考えていたのは、決して個々の同人に友人として訣別したかったからではなく、『凶区』という名称を、右に長々と書いたような理想的な時期と堅く結びつけて考えていたからである。

それに対して大部分の同人は『凶区』という名を、もっと広義のいわば〝書かれたものの不思議さ〟の不変のひろがりの名と考えようとしていた。つまり『凶区』は私にとってはやや時間的歴史的に、他の同人にとっては空間的普遍的なウェイトを置かれていた。もっとも、私が解散を主張していた段階は、『凶区』の同人制を発展的に解消し、なにか別の形で、同じタイトルの印刷物を刊行していくということが曖昧に論じられていたに過ぎない。その中で出てくるいろんな刊行形態が私の解散論と競合していたのだが、話はしだいに『凶区』とはなにかという原則論により、そこで凶区の発展的継続派からわれわれ同人がなにかを書けばそこに『凶区』が出現するので、同人の一人一人は、すでに脱退宣言をした鈴木を含めて脱けようとしても脱けられず、否応なく『凶区』の中にいるのだ、という考え方が（たぶん高野民雄によって）述べられ、それが全員の気持をとらえた。誰も脱けられないのだ、というのは、『凶区』を空間的・普遍的にとらえる限り、もっとも包括的な説得力があり私もこの結論に賛意を表したのだった。そのことを取り消すつもりはないし、この〝『凶区』はつねに、書くことの中にある〟という思想の一面の真実は今も私の心をとらえ、ときに勇気づけてくれすらする。しかし、私がここに『凶区』についての回想めいた文章を綴ろうとするのは、そのような〝『凶区』はつねにある〟ことの一面をあえて切りすてることによってしか可能ではない。

　秋元は前記の『凶区』解散決議の日に欠席したが、次のような二つの文書を『凶区』同人全員に配布している。

①。《欠席届のかわりとして》／凶区は今やナンセンス。だから雑誌をやめたほうがいいと思う。／＊しかしその提案者が私でなかったことが残念だ――／＊で、〈無署名・矛盾撞着雑誌〉区凶（a painfull position）を私は出す。／＊それは終刊・創刊号であって、原稿締切は7月15日。／＊編集は私にご一任されたい――／＊発行負担金は徴収しない――／＊私なりの結末のつけ方としてご協力願いたい――／――書きものの送付先……藤沢市辻堂元町×―×―×／秋元潔。

（傍点は原文、送付先は電話番号も含むゴム印で自署なし）

②。《書きものを、お捨てください》／このたび、無署名矛盾撞着的私有雑誌とし区凶（a painfull position）をだします。それは創刊・終刊号です。あなたの書きものを此処にお捨て下されば幸いです。／とりあえず廃棄最終日は7月15日までとします。発行負担金のかわりに、ボロ新聞チリ紙交換的交代物質も差し上げかねます。あらかじめご了承の上、どうかご協力ください。／廃棄物投カン先＝藤沢市辻堂元町×―×―×／秋元潔。

（傍点、傍線は原文。「投カン先」は前掲と同じゴム印で自署なし）

　右の①、②は共に光文社『女性自身』の名入り二百字詰原稿用紙に縦書きし、二枚並べてA4版に縮小コピーされているが、二つは同趣旨ながら、ニュアンスが微妙に違うので、近接した期間に別々に書かれたものを思われる。

　そして秋元は、これに応じた彦坂、藤田と共に『区凶』ではなく『凶区・廃刊宣言号』を刊行したのだ。私はこの秋元のアッピールが、秋元自身が参加していて少なくとも一部の責任がある『凶区』の歴史を全面否定していることが不愉快だったので無視し《書きものを、お捨てください》に応じなかった。そして廃刊宣言号を受けとった当時は、その内容、特に「凶区日録」がパロディ化されていることに非常に不満を持った。しかし今になってみると、「二七号までとは分けて考える」という留保つきなら、先に引用した藤田の解散決議の日の報告も考え併せて、資料としては役立つものだという認識はある。天沢も「八七座談会」で〈「廃刊宣言号」が出たときはむくれたけどね、今思うとあれも『凶区』だったなぁと思うね〉と発言している。

『凶区』同人全員は、私を含めてそれに参加するという選択肢を秋元から与えられていたのだから、不参加はそれぞれの意志の表明であって、結果としてできた「廃刊宣言号」の内容を批判することはできても、刊行そのものを非難する権利はないという自覚はある。

　しかし時間の中に生起した現象としての『凶区』は、やはり七〇年六月二十八日に終わったのである。その後、同人たちが各々編集権を独断行使して刊行されるはずだった、新しい『凶区』は、天沢・金井編集の深沢七郎特集も、また別の誰かが編集すると宣言した少年小説特集も今日まで刊行されていない。私自身も七一年一月に映画特集を編集するという約束を果たしていない。つまり、誰にとっても雑誌の形をした〝現象としての凶区〟は必要ではなくなり、消滅したのである。唯一の例外は秋元、藤田、彦坂によって刊行された〝凶区・廃刊宣言号〟である。少なくともこの三人だけは、『凶区』の消滅の日を、この廃刊宣言号の刊行日である七一年三月五日まで引きのばして考える権利を有するだろう（先に一部の同人から、『凶区』解散の日について異論がでるかも知れぬと書いたのは主としてこの三人についてのことだ）。

『凶区』は書くことの中につねにある、という正論を一応離れて、回想的な姿勢を自分に許しながら言うと、私の描こうとする『凶区』は虚構的現象であったにしても、私たちそれぞれにとって大切な精神的喚起力のある——ちょうど詩がそうであるように！——虚構であった。

　あの七〇年六月に、天沢退二郎は私に向かって「刊行形態やメンバーが変わっていくからと言って凶区の名を廃棄しようとするのは、ややヒステリックだぞ」とからかい気味に言い、それに対して私は「ヒステリックではなくて、ややロマンチックなだけである」と言い返したことを覚えている。このやりとりは同席者の笑いの中に拡散していったが、この考え方の違いは今も残っている。つまり、ある時期の自分にとってのかけがえのなさを、その呼び名と厳密に一致させておこうという私の態度はややロマンチックに過ぎるのかも知れない。[*3]

　しかし天沢は、少なくとも一時期、『凶区』に代わる同人誌を作ろうとしたことがあった。というのは金井美恵子が〈天沢さんは、凶区とはまったく違う別のメンバー（確か四人）で新しい雑誌を作ろうか、と言ったが、私はまた、う、うーん、と答えるだけである〉と書いているからである（「ささやかな感情教育」資料Ⓜ）。しかし天沢は一方で、『凶区』解散の一年も経たぬうちに「共同討議・現代詩の主題を追う」（資料Ⓖ）で〈ただ『赤門詩人』という雑誌を出したのが、いわば堕落の始まりなわけです……こうして戦後詩とかかわってきて、ある意味では堕落の一途をたどっていくわけだけれども、『凶区』という雑誌を出したのはまさに堕落の大いなる第二段階なわけです〉などと発言しているのは、この座談会のやりとりの流れの中で読めば、そう言いたくなる天沢の心理は推察できるにしても、表層的には、一種の〝ええかっこ師〟的な偽悪性だと思わざるを得ない。なぜならこうした発言は、彼は一方で金井と新しい雑誌を作ろうかと考えていたことと矛盾するからである。

　天沢は彼の出発基地でもあった『舟唄』がいわゆる〝詩壇〟から全く注目されず、『赤門詩人』『暴走』『×』『凶区』から急にジャーナリズムの注目を集めるようになった現象に、半ば反発し、半ば照れているのだろうが、私も『×』の創刊のときの秋元の〈詩壇の退屈さをかきまわす〉という発言に多少の異和感を抱いていたし、それは『凶区』創刊時の菅谷の一種の政治性についても言える。私は既に第三章第一節に記したように〈何人かの戦後詩の俊秀たちの作品に魅せられて詩を書きはじめ、結局のところ、私の関心はそれらの詩人にしかなかったので、〝詩壇〟全体の存在感はきわめて稀薄であったのだ。そして雑誌をつくるとなれば、自分が心惹かれている同年輩の詩人と友人になれ、お互いの作品が一つの誌面にならぶことだけが楽しみで、その雑誌の反響は二の次という気持でいた〉。天沢と私が共に関わった雑誌の歴史を、この線に沿って回顧するなら、天沢も、

＊3　**『凶区』解散に関する同人の姿勢**　世代的に離れている金井美恵子は「ささやかな感情教育」（資料Ⓜ）の中で〈それから何年かして『凶区』は廃刊になり、むろん、言うまでもないことだが『凶区』は長く続ければ、それだけで意味があるというタイプの同人誌ではなかったから、それでかまわないのだが、私個人としては、何人かで集まって雑誌を作る、ということにもう大して期待することはなく、正直言って、ほっとした気分でもあった〉と、至ってクールな態度を示している。

お互いが選び合って成立し、その必然的解散までに功罪双方あるにせよ、一定の機能を果たした同人誌というもの、とくに『×』『凶区』の価値を、素直に認めるべきではないか。

2　対者としての鮎川信夫

以上で『凶区』解散の日までの歴史をたどり終えたが、最後に一つだけ書いておきたいのは、〝六〇年代詩〟という概念が、というよりそのボディがどれほどの耐久性を持つものか、ということである。実は私はこの連載を終える準備の一つとして、旧『凶区』同人八名（亡くなった菅谷と世代の違う金井と私自身を除く）に、吉増剛造、井上輝夫、会田千衣子、長田弘、清水哲男、北川透を加えた十四名に〝六〇年代詩〟に関わるいくつかの質問を記したアンケートを送ったのだが、『凶区』に属さない六名はすべて回答を寄せてくれたのに、旧同人である天沢、秋元、藤田からの返事はないので、その結果をここに発表することはできない。しかし受けとった回答から改めて印象づけられたのは〝六〇年代詩〟がたびたび論じられ、そこで対象とされることが多い書き手（それは右記十四名に私と早世した菅谷、岡田隆彦を加えた十七人と一応考えている）の中には、〝六〇年代詩〟という概念の耐久性を認める者が意外に少なく、また認めても自分は〝六〇年代詩人〟には属さないと考える人（高野、北川など）もいることだった。

もちろん私自身は〝六〇年代詩〟のボディを見極めることを一つの目標として、本稿を書きはじめたし、その考えは基本的に変わっていない。それは第四章に記したように、いま〝六〇年代詩人〟と呼ばれる者の大部分は、先行する五〇年代詩人に魅せられて詩の世界に誘拐されたが、六〇年安保闘争（より広く視野を開けば、それを通じての戦後左翼神話の崩壊）に関わることによって、五〇年代詩人の見なかった何かを見てしまった、という認識があるからである。

五〇年代詩人とは吉本隆明が既に五六年において定義した〈一九五〇年代に、自己表現を確立して登場した新しい世代の詩人は、多く戦争の体験を内面化し、反すうするという課題を強いられずに出発した詩人である……これら第三期以後の詩人の特長は、社会的主題をえらんでも、個的な体験を主題に撰んでも、詩の表現意識自体のなかに、内部世界と社会現実との接触する際の格闘があらわれない〉（「戦後詩人論」）

と定義された人々だが、私の考える〝六〇年代詩人〟とは〈詩の表現意識自体のなかに、内部世界と社会的現実との接触する際の格闘〉があらわれざるを得ない情況に陥ったのだ。

だから〝六〇年代詩人〟の一部は、五〇年代詩人に惹かれながらも、ひとときは批判していた。私も三分冊に分かれた『田村隆一詩集』について〈詩の主題の究極化の過程は、同時に詩の言葉の肉体性とでも言うべきものを喪失する過程であった〉[*4]と批判したこともある。

しかし歳月を経ると私たちは『荒地』の詩人、その中でも特に〝見てしまったもの〟としての戦中体験にこだわり続ける鮎川信夫を、とくに生活派に近接した黒田三郎と一種の訣別をした後の彼を再評価せざる得なくなった。菅谷もその一人であり、彼は〈鮎川氏は黒田三郎の詩から自らをきりはなしたとき、彼は《荒地》本来の批判的存在として、自らを保ちえたのである。戦後社会の表層的繁栄のなかにまぎれこみあるいは風化してゆくもののなかで、自らの正当性authenticityを証明しうる唯一の詩人としてとどまったのである〉と書き、鮎川の「浪曼主義と想像力」という文章から次の一節を引いて、知識人論としての詩人論を高く評価している。

〈ロマンティックな詩人たちの多くは、思想は詩的価値と何の関係もない、と考えているらしい。しかしそれは謬りであると私は思う。思想的優位を失っては、詩人にとってもはや想像力の独自性など、何ほどの意味も持っていないのである……想像力には多少の融通性と多大の自在性があるものだが、思想的優位は、一度うしなうと、もうかえってこないかもしれないのである〉[*5](傍点は菅谷による)。

しかしまた菅谷は鮎川が〈私は、安保反対運動には参加しなかった。その理由を言わせてもらえば、反対運動に反対だったからにすぎない。安保反対運動を支える理論的根拠も現実的根拠も、すこぶる薄弱なものにみえた〉と書くのを〈あまりにも正当である〉と認めたうえで〈そこでいわれる現実的根拠ということを、鮎川氏のいうところの薄弱な理論がさし示すかぎりでの現実的根拠というふうにとるならば〉と条件付けして、さらに〈だが、そこでいわれるジャーナリズムの左翼論調の薄弱さを、鮎川氏とほとんど同じ論理で批判しえたあるものが、そのときすでに反対運動のなかに自分がいることをも見出したとしたら、どういうことになるか——むろん、かれは安保反対運動を支える理論

＊4 **田村隆一批判** 「言葉の肉体性の喪失」。『現代詩手帖』六五年一月号（資料⑩所収）。

＊5 **思想的優位** 「鮎川信夫(iii)ふたつの知識人論」。『現代詩手帖』六四年七〜八月号、後に資料③所収。

的根拠が薄弱だから、反対運動に反対する、それゆえに安保反対運動に参加する、といったのである。そして、そのことに自らの思想によってどこまで耐えうるか、あるいは耐ええないかに、私たちの現在はある。おそらくここにいたってはじめて、戦後詩そのものをひとつの批判者たらしめようとする鮎川氏の意図は、本来的な対者をもちうるのである〉(傍点は原文)と書く。この持って回ったような屈折した表現の中に私と菅谷が、かろうじて共に幻視する〝六〇年代詩〟のボディがあるのではないか。

そしてその直後『鮎川信夫全詩集』に接した菅谷はこう記す。この一節にこそ私が共感し得る〝六〇年代詩〟のボディのヒントがあると思うので、やや長くなるが敢えて核心的論拠のすべてを引いておく。[*6] なお引用文に頻出する「アドレセンス」「フュジス」というのは菅谷が愛用する言葉なので、予め註釈をしておいたほうが、彼の文意が伝わりやすいだろう。

「アドレセンス」については菅谷自身が別の論考「アドレセンスの証明」[*7]で、『岩波小辞典・心理学』に依拠して次のように用語解説をしている。

〈青年期〔英 adolescence〕14、15歳から24、25歳ごろまでの時期であるが、何をもって《青年期》とするかはっきりしない。生理的には女子の初経、男子の精液分泌、声変りなど一次的および二次的性特徴による。しかし、心理的にみた《青年期》は、これと平行しない。異性への関心、興味の方向の変化、自我意識、内省的傾向などはだんだんに生じてゆくが、これは十一歳ごろから始まるので、これを《前青年期》とよぶことがある。青年期の前期、すなわち大体において中学から高校にかけての時期は精神生活の混乱期で、ケイレン生活の時期であり、シャルロッテ・ビューラーのいわゆる否定期であるが、ミードは青年期の混乱は生理的変化に伴なうものでないことを、サモアの土人の青年期の研究で示そうとした。青年期の心理的構造の本質として、ビューラーは《補充欲求》を、シュプランガーは《自我の発見》をあげ、また、オトナとコドモの中間にある周辺人的性質をあげるものもある。なお、思春期 puberty は青春期と同じイミに用いられるが、身体的な側面とくに性的活動の出現する場面のコトバである〉(表記は原典ではなく菅谷の引用による)。

一方「フュジス」は菅谷独特の用語で、しかも彼自身が解説をせずに使っているので、これ

*6 **六〇年代詩** 「鮎川信夫(ⅳ)鮎川信夫全詩集」。『現代詩手帖』一九六六年一月号、後に資料③所収。

*7 **アドレセンス** 『現代詩手帖』六八年一月〜二月号、後に資料②所収。

を気にしていると文章全体が難解に思える。これはギリシャ哲学時代から「自然」を意味するphysisで、日本では普通「フュシス」と清音で表記される。そしてソクラテス以前の哲学者たちはこの概念をメタフュシス（形而上学）やノモス（人為的な定めごと）、テクネ（技術）と一対として扱った場合が多い（以上、平凡社大百科事典八五年版より要約）。しかし私が愛用している『リーダーズ英和辞典』によるとphysis（発音記号はfáisəs、カタカナ書きの発音は「フェイサス」に近い）は「自然的成長（変化）原理」（ギリシャ語源）という訳語をあてている。私は菅谷の「フュジス」をこの訳語で理解して読み替えると、以下は別に難解な文章ではないと思う（／は改行を示す）。

〈鮎川氏の詩の本質は、その対自意識の厳密さにあるとおもう。いわゆる荒地派のなかで、そしてまた戦後詩のなかで、もっとも強烈な自己意識の表現者であると考えられる鮎川信夫、田村隆一の両氏は、この点で実に対照的である。田村氏の自己意識は、まさに《言葉のない世界》という即自性への脱出をついに可能にしてしまう。だが、この即自性への脱出は、それがまた脱自でもあるという自己矛盾を含んでしまう。それは、脱自でありうるかぎりにおいて、つまり対自意識の否定あるいは放棄によって、美である〉。〈思想詩人という概念は、対自意識のつよさがなによりも言語意識を美へおしあげてゆく、そのような詩のありかた、美を可能にする詩人を意味している。／詩のはじまりは、私たちのアドレセンスがそのフュジスにおいてあらわれるところにまず求められるべきである。私たちはそれ以外のところからは書きはじめることができない。けれどもまた私たちのアドレセンスはそのフュジスの総体そのものにおいては、つねにすぎさる現実の時間にすぎないことはあまりに明白な事実であり、したがってフュジスの総体において私たちのアドレセンスが証明されると考えることは、そのまま自己崩壊に導いてゆく。そしてもし、戦後詩がこの二十年間において、同時代的というより時代的な変化をしてきたとすれば、他ならぬこのフュジスの証明が、連続的といえるほどの自己崩壊をつづけてきた点にある。即自性としてのフュジスは、戦後世代としての私たちに至るまであたうかぎり熱をおび、さらに次のアドレセンスへと熱をおびつづけるだろうが、その過程としての私たちの詩は、どんな決定的なアドレセンスの証明もはたしえていない。それゆえ、『鮎川信夫全詩集』は、いままさに私たちの詩にとって、現在的な対者なのである。／いま私たちは、うばわれ欠落しているアドレセンスを詩のどんなモティーフとして意識すべき必然もないけれども、逆に、私たちのアドレセンスを否定する根拠をどこにつかめるか、となるとまったく手がかりがないも同然なのである。そこに至ってはじめて、私はこの一冊の詩集を、ひとつの全き仮構性、自律性として読むすべを得た、とおもう。そのために要した十年余り、荒地派という先行者をあらかじめ想定し、それに対してあとから来たものの優位をつねに信じて詩を書くことができた、いわばそれが私たちの詩のアドレセンスであったというべきだろうが、まさにそのようなアドレセンスの終りとして、私はこの詩集にとらわれている〉。

少し私なりのコメントを加えておけば、ここで菅谷は〈荒地派という先行者をあらかじめ想定し、それに対してあとから来たものの優位をつねに信じて詩を書くことができた〉という点で、自分たち＝六〇年代詩人と第三期の詩人＝五〇年代詩人（の少なくとも一部）を同じ側に置いて捉えるカメラ・アングルを選んでいる。もちろん私は、そして菅谷も多分、自分たちと五〇年代詩人を区別する指標を隠し持っているのだが（菅谷は別のところで大岡信と鮎川信夫を対比させて大岡批判も展開している）、それをひとまず脇に置き、直接の兄貴分、姉貴分である大岡、飯島、谷川、岩田、堀川らと一緒になって鮎川信夫を〈対者〉にしつつ、自らの位置を見定めようとしているのだ。

3 逸楽の感触

菅谷は私たち、つまり五〇年代詩人によって詩の世界に誘拐された六〇年代詩人、の初期、つまり私たちが〝なぜ書くのか〞という懐疑に侵される前の時期について、彼の苦渋に満ちた詩論とは全く違う、自らをも歌い上げるような調子で次のように書いている。〈一九五〇年代は、詩の逸楽の時期であった。書くもののアドレセンスと享受するもののアドレセンスが合してひびきあい、歌うことのまぼろしを、あざやかにうかびたたせた、数年があるからである。戦後詩において、はじめて詩が、享受するものを、しかもアドレセンスのなかに、つくりえたからである。戦後史のすべてをおおう（反体制運動とよばれるものでさえ）上昇志向が、そのままぼくらのアドレセンスであったとして、だれがそれを、歴史と内在性とに分離しえよう。感受は、イマージュへの信頼であり、それが世界のすべてとみえ、そうみえるものがいまそこにあることだけが、またすべてであった〉[*8](以下この節の引用に共通)。

言うまでもなくここで指示されている〈数年〉とは、私も共有したものであり、より具体的に言えば、書肆ユリイカ版『戦後詩人全集』が完結し、それを通じて、私たち＝六〇年代詩人の多くが、高校生または受験浪人の年齢で戦後詩に触れた一九五五年から、一九六〇年六月までのわずか五年弱のことである。

そして菅谷は逸楽の象徴として、谷川俊太郎の〈とまれ喜びが今日に住む／若い陽の心のままに／食卓や銃や／神さえも知らぬ間に〉を引きつつ、〈いわゆる荒地派のかくとくした、戦後詩の現在には、かれらのアドレセンスの空白がかけられており、モダニズムの崩壊、抒情のおわりもまた、その喪失感とべつのことではなかった。そのかぎりでは、中江俊夫、谷川俊太郎、大岡信、堀川正美、飯島耕一……といった人びとの初期作品は、おもいがけぬほどの内発性をもって、戦後詩への反措定をなしたといえるのである。おそらくこれら一九五〇年代の詩人に、四季派の抒情との対応をみることは当をえていない。またここに、詩の自由の本質があるのでもない。自由を感じさせるものと、自由とはちがうからだ。かちとられた自由が、ひとつの秩序をなすとき、ひとはそこでようやく自由を感じるにすぎない。かつて抒情派が、他者との対位を拒みまた回避し、ひたすら情念を圧縮しつつ、歌への執着を絶つまいとした息苦しさは、いわば抒情がアドレセンスのおわったところに位置することをしめしている。二十代のおわりになってようやく抒情詩を可能にした萩原朔太郎の例をみればいい。対自意識を即自的にうたいあげようとする絶望的な作業だったのである。それにたいして、さきにあげた詩人たちのオリジナリティは、なによりも詩がアドレセンスの持続のなかで可能であり、それをどのように切断する現在もまず感じないところで言葉のなかに住みえたところにある。歌おうとする抒情にとっては言葉はむしろ対立する抵抗体である。しかしこれらの詩人は、まず言葉のなかにいて、ときに歌うもののすがたをとるのだ〉。そして菅谷はこの〈まず言葉のなかにいる状態を大岡信の「詩人の死」の

＊8　**逸楽の時期**　「詩の逸楽・詩の苦痛」。『文芸』六七年六月号、後に資料③所収。

みよ　すべてが過ぎゆくものならば
先立つ者とおくれる者があるばかりだ
彼の死は時を超えたあらたな時への
出発にすぎぬ……
すべてのものが出発する
夥しい出発の群でふるさとはもう見分けがつ
　かぬ
空間だけがぼくらの所有　ぼくらは自由だ
かくてすべてがぼくらの腕に戻るだろう
すべてが過ぎゆくものなるがゆえに

という詩句に託しておいてから、こう書き継ぐ。〈なによりもアドレセンスは経過する時であり、過程にほかならない。さらにまたそれはみずからのフュジスを他者となしえないゆえに、本質的に対位を知らぬものである。そこに、すべてがあり自由がある――とはいえ言葉のなかにあらわれでることは、また言葉に烙印されることである。かくて大岡信のすべて、自由は、あらゆる空間にあらわれでる個々の時間であった。つまり現象がすべてとなった。現象から現象への、あくことを知らぬ飛翔がつづくかぎり、世界は魅惑であった。そして《世界》が《死の灰》におおわれるとき、現象の部分のひとつひとつが、マティエールの変質をもって、そのアドレセンスのおわりにひとしくなるのだ。大岡信「声のパノラマ」、堀川正美「太平洋」、飯島耕一「騒がしい鎮魂歌」などの作品は、感受のひろがりを最大限にひろげたまま、逸楽が様相をかえてゆくところに位置している〉（傍点は原文）。

　六〇年代詩の原点はまさにこの危うい逸楽のなかにあったと言えるだろう。たとえそれが後に苦痛に姿を変えてゆくにしても、である。その点で私が設定しようとしている六〇年代詩のボディは五〇年代詩と同じ根に発している。菅谷も〈一九五〇年代の詩の逸楽のなかに享受するもの（つまり書きはじめる前の私たち――引用者補足）のアドレセンスもわかちがたく根ざしていた〉として、私の「声の果実」全篇を引いている。

髪をほどくように
記憶の夜はほぐれはじめる　けれど
焼け崩れる砦の火に照らしだされる闇の中に
ぼくたちのとどまる場所はない
みずからの歴史を追いつめる時

視線は一瞬のうちに
未来の方角から
吹矢のようにぼくたちに突き刺さる
屈辱のガーゼの下で
稀薄な血を流しているぼくたちの額
視覚の内側で殖えつづける
無数の柔い翼　重なり合う舌は
街々の響きや陽射にそよぎ
葉ずれのような触れあいから
声を生もうとする
熟していく沈黙の重さは
遠い朝に死んだこどもたちのちいさなからだ
　と
かれらの残酷な微笑と
つりあったまましずかにゆれる

真昼
すれちがう少女の陽灼けしたすあしに
すばやくふりかえるぼくたちの眼の下にも
あかるく陥没したあしたがある

この作品について菅谷は〈逸楽のさいごのメルクマールと、そしてひきさかれる苦痛との、あざやかな二重像をえがきだすのである。いわば逸楽の相のうちにたどられる、ふしぎなパッションの逆立がある〉と記す。たまたま菅谷が引用したから、ここではそれを利用しているのだが、六〇年代詩の代表としては彼自身の作品や天沢や高野の初期作品を引いてもよかったであろう。菅谷も〈めざめの時が、あざやかに印象する一九六〇年に、ぼくらはアドレセンスからの脱出がゆきあたった偶然と歴史とのどちらを、よりおおくよむのがただしいか——渡辺武信への期待と、そののちにしばしば表明される不満足とのくいちがいのなかで、じつにくるしげな持続をしいられてきた。声の果実は、かれの詩のみによってはみのらないものだからである〉と記して、私への批判も留保している（傍点は引用者）。

　私のこの作品が菅谷にとって、まずはこの時期の詩の情況を示す適例と思われたのは、そこに見ること、つまり感受と、声を発すること、つまり書くこと、の裂け目を露呈しつつ、逸楽と苦痛の〈二重像〉を示しているからでもあるだろう。菅谷はこう書き継ぐ。〈かれのめざめの詩は、つねに眼と唇のふたつのイメージをもとめている。視線のすばやさと、声のゆるやかさとのあいだで、みられたすべてと、名づけられるただひとつのあいだで、ここ数年の渡辺武信は、眼と唇とがたがいにメタフォルをなすところの、予感の持続なのである。かれにとって、眼がひとつのメタフォルであり、唇がまたもうひとつのそれである。そのようにふりわけられる意味の暗喩がつくられるのではないのだ。まさしくそれはあるドイツの哲学者のいうように、《それ自体ひとつの予兆であるところのものの予兆なのである》。視野にひらけてくる事象が、最初の声とともにあふれる血にひたされて、その声をひとつの言葉にかえ、名づけることが、《ぼくたち》の実現であるような、声の果実、対位の結実となるまで、渡辺武信の詩は時代そのもののように、ゆるやかに移動する苦痛であるだろう〉。

一方で菅谷は〈戦後二十年あまりのあいだ、現代詩とよばれてきたものが、ほとんど飽和状態に達したところに、ぼくらの詩の現在はおかれている。その表層は、ときに過飽和のあらあらしいまでのいらだちを、乱反射を、亀裂をみせている。あらゆる戦後詩人が、ひとしく同時代的な困難におかれている。それゆえ、いまあらたな出発のオリジナリティをほこることよりも、原理をさぐりとるものにこそ、あらたに書きはじめることの意味があるのだ〉と、逸楽の後に来る苦痛の相を指摘する。

ある時期から現代詩の飽和が始まった、という状況認識は私にもあって、それは菅谷のこの文章に先立つ六五年末、「詩的快楽のゆくえ」と題された〝状況展望〟[*9]において、堀川正美の連作詩「ゆめは梵のまぼろし」の最後の一連について〈ここにはまさに書かれるものとしての詩そのものがこのわずか十六行の詩篇を通ることによって自らの限界に達して、沈黙の中へと終っていくような感じがある……これは単なる賞讃ではなくて、このような三行を書いてしまえば、詩にとってすべてはおしまいではないか、というような感じ、ぼく自身がそこへ到達するのをできるだけおくらせたい、と思うような一種のはげしい反発をともなっている。ここにぼくの堀川正美へのいわば必死のアンビヴァレンスのはじまりがある〉という一節に予兆として現われ、より具体的には、これは菅谷より後になるが、七九年に題名もきわめて直接的な「戦後的抒情の飽和」と題するエッセイ[*10]で〈私と同世代の詩人の内の何人かが七三年頃から作風の転換を行った〉ことを、鈴木のプアプア詩から一見平明な〝マリ詩〟への転換、天沢の〝譚〟

＊9 「**詩的快楽のゆくえ**」『現代詩手帖』六五年十二月号「現代詩年鑑66」、後に資料⑩所収。

＊10 「**戦後的抒情の飽和**」『現代詩手帖』七九年六月号、単行本未収録だったが現代詩文庫『続・渡辺武信詩集』に収録。

シリーズのおける擬物語性と速度感の欠如、吉増剛造の詩集『王國』におけるシャーマニズムの導入、清水哲男の『スピーチ・バルーン』『野に、球。』におけるライトヴァースへの転換、高橋睦郎の『動詞I』における方法意識の強化などを例示しつつ、飽和状況を論じている。

菅谷の文章に戻れば、彼は鈴木の「私は悲しみに液化した処女プアプア」の一節を引きつつ〈(鈴木においては――引用者補足)もはや詩にとって歌は幻でさえないかなたの後方であるといおう。名づけようとする声が、はぎとられた衣裳に絵模様をすかしだしても、言葉のからだはみえないようなところで書きつづけているのだ。声の果実さえ、おもいこみであるかも知れない。自由とは、虚の表象を実在にかえうるものなのだろうか〉と記し、続いて天沢の詩論から次の一節を引く。〈なるほど私たちは詩を書く。ところで詩を書くことはすでに書くことではない。そこにあるのは「語り」なのだ。ところがそのとき語るのは私たちではない。(中略) 詩人が、書かれる言葉でなく語られる言葉を書くのは、語ることができないものが問題となっているからである〉。

この一節は、菅谷が後にハイデッガー批判を通じて乗り越えようとした〈言葉が語る〉という問題設定を示していることは言うまでもない。菅谷のハイデッガー批判は『凶区』3号に遡るが、それが加筆訂正されて書物におさめられるのは七〇年、いま私が引いているこの文章が書かれた六七年の三年後である。それまでに菅谷が行った〝苦痛〟への対応の苦しい進捗をたどることは興味深いが、本筋を逸脱するので先へ進もう。

この時点の菅谷は、天沢の詩論に対して〈そこで語っているぼくらでないもの、渡辺の「声の果実」と、語りつつ遍在する他者とによってしめされる領域で、作品はまずあらあらしい表層をあらわにした。そしてもし、閉鎖と孤立の観を呈してきた戦後の詩が、にもかかわらず自律した展開と、かつてない充実とをなしとげてきたといえるなら、それは詩が、詩からの批評をつみあげじりじりとみずからの領域をひろげてきたところに、なによりもあきらかにされるであろう〉とコメントするにとどまっている。

4　響き続けるもの

私がいくらボディの手触りを求めても、『凶区』解散後から数えても四十年が経過した今日の視野に〝六〇年代詩〟がくっきりと浮かび上がってくるとは思えない。今日に至っても、私の判断は先に引いた「戦後的抒情の飽和」に記されたことにとどまる他なさそうだ。私はこう書いている。〈戦後的抒情のあり方を戦前のそれと分つものは、戦後、少なくとも観念的には解放された「私」にある。解放は同時に孤立につながる。この孤立した個が世界と零点から関わろうとするところに、「私」であり同時に「他者」であろうとする抒情的志向が尖鋭化したのだ。六〇年代の詩と先行する時代の詩との相違があるとすれば、それは個と現実の関わり方の差に起因する。（中略）「荒地」が〝意味の回復〟を通して、それに続く五〇年代詩人が（岩田宏が飯島耕一について言ったように）〝放心〟を通して関わった現実に、六〇年代の詩人たちは欲望の肯定を通して関わったのである。欲望の肯定はその極限において世界を所有しよう（私なりに言えば「都市を奪《と》ろう」）という欲望に至る。そして、六〇年六月の状況が六〇年代の詩に関わりをもつとすれば、それはこの状況が必然的挫折までを含めて欲望の全的肯定の象徴として機能し、私自身を含む一部の詩人をとらえきったことにおいてである。つまり六〇年六月の現実は欲望の肯定というモチーフの一分野であった。六〇年代の詩は先行する世代によってあり方を定められた戦後的抒情をこのモチーフと結びつけて、なにがしかの新しさをつくりだしたことは確かだ。しかしそれは決して戦後的抒情の核心を変えることはなかった。戦後的抒情はその定点を保ったまま、まっしぐらに飽和状態へ向っていったのである〉。[*11]

私は本書を『凶区』解散後も含めて、菅谷の〝無言〟における国家との対峙と、その熱い思いの生け贄にされた彼の生涯をたどることまで、すなわち〝『凶区』へ〟の道程だけでなく、〝『凶区』から〟の全貌までをカバーするものにしようとしていたのだが、菅谷の仕事の全貌をたどることは、詩作から離脱した私には不可能に近いと感じるに至った。私は私自身の〝『凶区』から〟を菅谷の批判に対する釈明として報告し、五〇年代詩が定めた戦後的抒情の定点は動かなかったという判断を示して終わるしかないようだ。

しかし菅谷は七〇年代に入っても、或る時期には〝無言〟から自らをひととき解き放って『散文的な予感』のような、のびやかな詩作をものした。つまり菅谷には、彼自身の言う〝苦

*11　同右。

痛〟の相においても、吉本隆明が弔辞で〈ときにわたしたちを愉しくさせたのは、あなたには天性の音楽があって、あなたの詩の意味論の難渋を和げていたことでした〉と表現しているような、〝逸楽〟の相が保持されていたと思う。それが菅谷をして、五〇年代詩人に対して、批判を保持し続けつつも、親近感を失わずにおかせたのだろう。

私は『あんかるわ』の菅谷追悼号（資料Ⓟ）に寄稿した短文の中で次のように述べている。〈別れてからも私は菅谷をいつも見ていたし、彼も私を見ていてくれたと思う。彼が折に触れて書く時評は、新しい詩人の詩をあまり読まなくなった私にとって詩の状況を覗く一つの重要な窓口であった。もっともこれは私が彼の見解のすべてに組したということではない。むしろ彼が刻々動いて行く詩の状況を全面的に引き受けつつ、力業のような文章を書くことには少なからぬ疑問を抱いてもいた。／こういう感じがしたのは、時評で提示する枠組が彼の詩作に跳ね返って、拘束を増すように思えたことがたびたびあったからだ。／私は詩集『散文的な予感』が、とくにその「風が現像する白紙に」や「指」や「痕跡」が好きだ。これらの作品には彼が『凶区』時代に書いたものに比べても言葉がのびやかであり、また自己、もちろん自然主義的な私ではなく発語の基盤としての自己、の像をうごきの中にとらえきった快さがある。たぶん菅谷は、書くのは苦しくても、これらの諸作を書きあげた時には大きな解放感を得たのではないか。この詩集の出版記念会で私が「自己にこだわることは、なんとエロティックであるか」と述べたのも、同じ根から発した感想である。／七七年の『北東紀行』にも、これとほぼ同様の詩作のあり方が感じられる。この詩集は長い「あとがき」に魅せられつつ読んだ。ここには彼が詩を書く現場の、一種生理的とも言える苦悩が巧みな比喩で語られているが、この苦しみは、一度書けてしまえば、たとえひとときでも、書いた者に解放感をもたらす形で存在するもので、その味わいは、かなりの程度、死をやり過ごす助けになったはずだ。これはたぶん彼が（そして私も）五〇年代の詩を読み込み魅せられることを通じて知った詩の逸楽の核心である。／そういうことを考えながら、彼の思想の究極に近い位置にある『現代詩手帖』一月号の「90年代の詩と言葉」を読むと、なにか痛ましい。わたしはこの〈　〉や、それを逆転した

＞『あんかるわ』82号（菅谷規矩雄追悼特集号・資料Ⓟ）書影

形の〉〈、それに（ ）や「 」を多用した難解な文章をすんなり理解したわけではないが、いま日本の詩が直面した状況を一手に引き受け、それに超論理とも言える文体で相渉ろうとする苦しい表現の中に彼の死の影の片鱗を見る思いがする。既に記したように、これは決して故人が選んだ道に対する批判ではあり得ないが、彼がこのように論理で全状況に相渉るのではなく、書く者の生理を拠点として局地戦をやっていたら、苦しみも少なかったのではないか。これは彼の死の謎を解こうとするための小さなきっかけにしか過ぎないだろうが、とりあえずそう思う、と記して鎮魂の一葉としたい〉。菅谷に晩年の仕事に対する、こうした感嘆と危惧とが併存する評価のアンチノミーは、私にとって依然として、考え続けるべき課題として残されている。

　終わりにあたって私は、六〇年代詩のボディが存在することを確信しつつも、それが結局、戦後詩史の巨視的な視野を覆う俯瞰ショット（それは断じて光学的ズームバックではなく、ハリウッド黄金時代の娯楽映画の終幕によくあったような広大な野外セットの上空をゆるやかに舞い上がるクレーン・ショットでありたいと思うが）の中では、五〇年代詩人が切り開いてみせた官能の全的解放と共に映し出されることを認めざるを得ない。しかしカメラがいくら引かれても、七〇年代以後の詩人たちは俯瞰ショットのフレームの外にある。なぜなら官能の全的解放は、彼らが享受し得なかった何かであるからだ。

　私たちは自分の才能によってでは決してないが、時代相に恵まれ、菅谷が指摘した〈書くもののアドレセンスと享受するもののアドレセンスが合してひびきあい、歌うことのまぼろしを、あざやかにうかびたたせた、数年〉を持てたがゆえに、七〇年代に自己表現を確立した荒川洋治や平出隆のように「技術の威嚇」を感じることなく、むしろ「技術の魅惑」の中に身をおいたし、「口語の時代はさむい」と感じるより、「自由律のリズムは暖かい」と感じる側にいることができた。私は詩作から離脱したが、今でも五〇年代詩人の詩に触れることを楽しんでいる。歌は終わったが、メロディは響き続ける。そして響き続けるのは五〇年代と六〇年代の詩が併せ持った戦後的抒情の核心である。

　[*12]“The song is ended, but the melody lingers on”。

＊12　words & music by Irving Berin

あとがき

本書は『現代詩手帖』一九七三年九月号から七四年三月号まで、十二月号の「年鑑」を除いて六回連載した「凶区へ・そして凶区から——移動祝祭日」、それより先に七二年八月号に掲載された「東大駒場文学研究会——『凶区』前史第一章」、及び同誌に二〇〇三年七月号から〇五年六月号まで、「年鑑」を除いて丸二年間、二十二回連載した「『凶区』とはなにか」を合体させ、加筆訂正を施したものである。七三年の連載中断は、三回程度という予定を超えて終わりそうもないので、編集部の要請で中断せざるを得なかったが、それは、七四年三月に連載を終えるときにも記したように、約束の期間を超えても論考を収束させ得なかったゆえで、責任は私の側にあるから不満はない。ただ「いつかは続きを」という当時の思いが実現するのに、およそ三十年の空白をおいたのは残念であった。しかし二〇〇三年になって思潮社から企画が提示され、どうやらまとまった記録を残せたのは本懐である。新たな連載も一年間程度という予定の倍になったが、その間、辛抱強く見守って誌面を提供し続け、励ましもしてくださった小田久郎氏、編集長・髙木真史氏に感謝する。

また加筆訂正中にさまざまな情報を提供してくれた高野民雄、彦坂紹夫、山本道子にもお礼を言いたい。必ずしも協力的でなかった旧同人もいるが、天沢、鈴木はまだバリバリ仕事をしている現役ゆえに、本書のような回顧録には気分的に同調しかねたのだろうし、秋元、藤田は健康を害しており、野沢は年の半分を海外で暮らしていて、金井は世代が違う……という風に一人一人のことを考えてみると、それなりに事情は了解できる。高野、彦坂、山本と私の四人はたまたま、この連載が始まる直前に、私たちの姐御であった吉原幸子を偲ぶ会で久しぶりに再会できたメンバーでもあり、彼らと彼女から協力を得られたのは、暇というと語弊があるが、比較的、時間にゆとりの持てる境遇にあったせいでもあろう。本書の内容、とくに事実の確認に関して高野、彦坂と交わした書簡やFAXは二人それぞれに分けてファイルしたらどちらも15ミリぐらいの厚みになった。また旧同人のスナップ写真は、私自身のものもあるが、多くは高野民雄の提供による。彼は写真のプロではないからいちいちクレディットしなかったが、半数以上は高野の撮影による写真であり、それらの膨大なネガを書庫を掘り起こして探しだし、新たに焼き付けしたポジを四十冊にもなる簡易アルバムとして持参してくれた努力には感謝と賛嘆を惜しまない。

三十年の空白は私の文体をも一変させ、とくに筆者の一人称が「ぼく」から「私」に変わった。本書刊行にあたって本文は「私」に統一したが、昔の自著の引用文には「ぼく」が残っている。また、二つの連載を合体する過程では、改訂やさらなる加筆も数多く、とくに本書の、菅谷の早世の謎を論じた第十二章の後半と吉本隆明の『戦後詩史論』を再考した第十三章は、新たに書き加えたものである。またそれ以外で加筆の必要を感じたことの多くは、本文の流れを滑らかに保つためもあって、多くの、そして長めの註によって補った。

本書の執筆意図についてはは序章でほぼ延べ尽くしたので、付け加えることは少ない。しかし私に本書を書き進めさせた動因の少なくとも重要な一部が、早世した畏友、菅谷規矩雄への思いにあることは献辞の追補として書いておきたい。

私の気持ちは単純な追悼や鎮魂の意識ではない。生前の菅谷とは厳しい議論もしたが、仲間と一緒に無邪気に楽しく遊びもした。その間に彼から教えられたことは多いが、一方、私の自負過剰に過ぎないにせよ、私が彼に教えたことも少なくはないと思う。

『凶区』解散前後の菅谷は、私に対して苛烈な批判者にもなった。それが個人的、感情的な断絶や怨恨に至らなかったのは、彼の人格のゆえでもあり、『凶区』の人間関係の特徴でもある。そういう状況が彼の早世によって失われたのは、残念であると同時に口惜しい。私はいつか、菅谷の批判に対して、感情的な反論ではなく、論理的でかつ楽しい対話の場を得て一矢を報いたい気持ちを抱き続けてきた。その矢が放たれるのを待たずに彼が「いなくなった」ことに対しては、「おいおい、それはないだろう」と言いたい気分なのだ。したがって本書は、生き残った者からの遅れた返信として菅谷規矩雄に宛てられた便りでもある。

私は死後の魂の存在を信じる者ではない。しかし故人が記憶を通じて後に残された者を動かすことは信じる。そういう意味で言えば、私たちが菅谷を記憶している限り彼は生き続けているのだ。私の返信は菅谷には届かないが、菅谷を覚えている人々には届く。そうした人々の中には「バッテン+暴走グループ」の仲間や、かつての『凶区』の読者もいるが、『凶区』を知らない若い世代には、晩年の菅谷の激しく厳しい生き方だけに崇敬の念を抱き、彼をカリスマ化している者も少なからずいるようだ。そうした若い菅谷ファンに対して、私は、一般に思われているよりも遥かに明るく陽気で、かつ楽しい友人であった彼の姿の一端を書き残したいという思いもあった。

　連載を加筆改訂した本書の完全稿を入稿したのは〇五年十一月であり、それから今日までの五年にわたる遅延は出版社側の〝諸般の事情〟によるとしか言いようがないが、めでたく刊行されることになったいま、野暮な不満は避けておく。ただし、遅延期間が本書に及ぼした影響については最小限しるしておきたい。第一は脚注に記された人物の経歴で、これは基本的には当時のままであり、改めて精査はしなかった。とくに大学の教職などには定年などの理由で変化が生じている可能性がある。また本書に登場する多くの先達、友人が入稿後に亡くなったことには「読んでもらうには間に合わなかった」という残念な思いがある。〇六年に茨木のり子、久世光彦、黒木和雄。〇八年には秋元潔、山下雄三、松永伍一、さらに一〇年に入って南条道昌が他界した。この中でもとくに「間に合わなかった」悔しさが大きいのは、〇八年一月十四日に亡くなった秋元についてである。彼は『×』創刊の主要なプロモーターであり、『凶区』になってから私と少なからぬ対立軸を持ったが、それだけに完成された本書に接すれば、批判も含めて、多くの意味深い感想をもたらしてくれたはずだ。

　既に七十歳代に入った私は、五十歳を過ぎてから、菅谷ばかりではなく、本書の中にバイプレーヤーとして登場する建築家、宮脇檀、宮内康、木島安史、山田学らをはじめ、多くの同世代の畏友を喪ってきた。幸い、現在の私は健康だが、自分自身に残された時間が限られていることを意識せざるを得ない年齢に達している。さまざまな媒体に書いた文章を集めて編集されたものは別として、一つのテーマについて一貫して論じる書物としては、たぶんこれが私の最後の著書になるだろう。そう思いつつ振り返ると、戦後詩に魅せられてからの五十年余は、私にとって“regret I had a few, and then again too few to mention”*であり、その期間の記録を世に問うことができたのは喜ばしい。

二〇一〇年六月

渡辺武信

* (Paul. Anka, Jacques. Revaux, Gilles. Thibault, Claude. François)

*

参考文献リスト

左記の詩人の著作は数多いがそれらは個人別のビブログラフィーに任せ本書で引用した文章を収録した書物のみを列記した。


資料①菅谷規矩雄評論集『無言の現在――詩の原理あるいは埴谷雄高論』(イザラ書房・七〇年五月刊)。

資料②菅谷規矩雄評論集『詩的60年代』(イザラ書房・七四年九月刊)。

資料③菅谷規矩雄評論集『餓えと美と』(イザラ書房・七五年七月刊)。

資料④菅谷規矩雄評論集『詩とメーロス』(思潮社・九〇年十月刊)。

資料⑤菅谷規矩雄評論集『死をめぐるトリロジイ』(思潮社・九〇年十月刊)

資料⑥天沢退二郎評論集『紙の鏡――言葉から作品へ　作品から言葉へ』(洛神書房・六八年十一月刊)。

資料⑥―2同右書復刻版(山梨シルクセンター出版部・七二年十二月刊)。

資料⑦天沢退二郎評論集『作品行為論を求めて』(田端書店・七〇年五月刊)。

資料⑧天沢退二郎評論集『夢魔の構造――作品行為論の展開』(田端書店・七二年十月刊)。

資料⑨天沢退二郎評論集『雪から花へ――風俗から作品へ』(思潮社・八〇年十月刊)。

資料⑩渡辺武信詩論集『詩的快楽の行方――戦後詩の状況とその詩人たち』(思潮社・六九年八月刊)。

資料⑪渡辺武信映画評論集『ヒーローの夢と死――映画的快楽の行方』(思潮社・七二年二月刊)。

資料⑫野沢啓評論集『方法としての戦後詩』(花神社・八五年九月刊)。

資料⑬野沢啓評論集『隠喩的思考』(思潮社・九三年十一月刊)。

資料⑭吉本隆明評論集『戦後詩史論』(大和書房・七八年九月刊)。

資料⑭―2同右書増補新版(思潮社・〇五年五月刊)。

資料⑮堀川正美評論集『詩的想像力』(小沢書店・七九年六月刊)。

参考文献・雑誌

資料Ⓐ『現代詩手帖』六八年三月号「特集・戦後詩をいかに評価するか」。

【対談】

大岡信・天沢退二郎「書くことの新しい視点」。

【戦後詩論】


松原新一「戦後文学における詩の位置」。

関根弘、渋沢龍彦「詩を殺すということ」。

磯田光一「現代への嗜好」。

川村二郎「きこえる詩、見える詩」。

日野啓三「私と現代詩」。

資料Ⓑ『現代詩手帖』六八年五月号「特集・鈴木志郎康」。


【鼎談】

鈴木志郎康・飯島耕一・入沢康夫「現場と至福への欲求」。


【詩人論】

高野民雄「鈴木志郎康に近づく」。

高橋睦郎「蜜月の終り」。

金井美恵子「如何なる星の下でプアプアは」。

望月昶孝「浴室で鰐は、そんな汚ない脚は食えないと云っている」。


資料Ⓒ『現代詩手帖』六八年七月号「特集・詩に何ができるか」。

講演と詩朗読とパネルディスカッションの会の記録。


【講演】

大岡信「声としての詩」。


【討論】

天沢退二郎・入沢康夫・岩田宏・大岡信・長田弘・鈴木志郎康・谷川俊太郎・富岡多恵子・中江俊夫・山本太郎・（司会、菅谷規矩雄・渡辺武信）「詩に何ができるか」。


【感想】

菅谷規矩雄、渡辺武信、入沢康夫、川崎洋、鈴木志郎康、中江俊夫。


資料Ⓓ『現代詩手帖』六八年九月号「特集・天沢退二郎」。


【詩篇】

天沢退二郎「血と野菜あるいは精進西部劇」。


【座談会】

『凶区』同人の秋元（紙上参加）、彦坂、藤田、菅谷、高野、山本、渡辺「退二郎錯誤」。


【対談】

天沢退二郎・野間宏「現代文学における詩の展開」。


【詩人論】

磯田光一「暴走者の論理と非論理」。

宇佐見圭司「天沢退二郎について」。

三木卓「離れた場所から」。

金井美恵子「序奏・天沢退二郎あるいは汁の導入部の手前で」。


資料Ⓔ『ユリイカ』七〇年八月号。

菅谷規矩雄「詩的情況論序章」。

天沢退二郎「〈読み書き〉の夢魔を求めて――死後譚の役割」。

鈴木志郎康・詩二篇「爪剝ぎの5月」「葉育ちの6月」。


資料Ⓕ『ユリイカ』七一年五月号「増頁徹底特集・六〇年代の詩と詩人」。


【共同討議】

川村二郎・大岡信・天沢退二郎・岡田隆彦「現代詩の危機――今日の作品と言語」。


【批評】

嶋岡晨「詩的モラリテの欠落――天沢・入沢・渋沢批判」。

高良留美子「六〇年代の詩とモダニズム――〈個〉と〈全体〉の亀裂から」。


【詩人論】

佐々木幹郎「想像力の関係――長田弘論」。

米村敏人「清水昶論」。

鈴村和成「清水昶と阿久根靖夫――古典的地方論私考」。

岡庭昇「われらの時代の詩と全体」（目

次には「岡田隆彦・鈴木志郎康論」となっている)。

飯吉光夫「吉増剛造をめぐるセンチメンタル・ジャーニィ」。

「六〇年代詩作品年表/作品・詩論・詩誌・状況」。


資料Ⓖ『ユリイカ』七一年十二月号「総特集・戦後詩の全体像」。

【戦後詩への視点】

饗庭孝男「戦後の死と言語」。

原子朗「試論・戦後詩の文体」。

鈴村和成「墓地から見た詩の現在」。

小海永二「混沌から混沌へ」。

飯吉光夫「鎮魂歌作者としての安東次男」。

渡辺広士「戦後詩と戦後の死」。

【共同討議】

吉本隆明・清岡卓行・大岡信・鮎川信夫「戦後詩の全体像」。

【共同討議】

天沢退二郎・吉増剛造・長田弘・清水昶「現代詩の主題を追う」。

【戦後詩への愛着】

粟津則雄「戦後詩への愛着」。

安東次男「詩を書かぬの弁」。

池田満寿夫「現代詩人との交流」。

石原吉郎「『ロシナンテ』のこと」。

茨木のり子「内省」。

入沢康夫「解散した三つの詩のグループのこと」。

遠藤利男「『放送詩集』のころ」。

駒井哲郎「戦争のあとに会えた詩人」。

長新太「出合い・その他」。

田村隆一「如矢」。

谷川俊太郎「戦後詩と私」。

富岡多恵子「戦後詩への愛着?」。

山本太郎「暗中有策」。

林光「戦後詩との私の一時期」。

吉岡実「『死児』という絵」。

渡辺武信「戦後詩から受けとったもの」。

【戦後詩の展開】

中桐雅夫「創造の地面——『荒地』の思い出」。

秋谷豊「闇の時代のひとつの前奏——『地球』とその周辺」。

長谷川龍生「『列島』その夢想」。

川崎洋「『櫂』の十八年・メモ」。

平林敏彦「『今日』の会」。

飯島耕一・大岡信「『鰐』とその周辺」。

北川透「《あんかるわ》発行の思想に関する資料数篇」。

吉増剛造「ドラムカン」。

高野民雄「はじまりのはじまり——凶区の十一人」。

【戦後詩アンソロジー】吉本隆明・清岡卓行・大岡信・鮎川信夫選。

【戦後詩年表】原崎孝編・解説。


資料Ⓗ『現代詩手帖』七二年八月号「増頁特集・戦後詩の27年」総展望。

【評論】

杉本春生「偽悪の系譜」。

星野徹「死者との連帯」。

花田英三「堕落の思想」。

高石四郎「意味と行為」。

澤村光博「意味場の構造」。

平井照敏「『現実の空間』から『虚の空間へ』」。

原崎孝「戦後詩における形式について」。

馬場あき子「律の回復——戦後詩と短歌」。

赤尾兜子「錯誤からの脱出——戦後詩と俳句」。

【座談会】菅野昭正・篠田一士・田村隆

一「定型と韻律のゆくえ」。

【わが戦後】

山本太郎「『零度』の頃」。

川崎洋「丸山豊と青木繁と」。

友竹辰「私小説風読物風詩的遍歴」。

辻井喬「在ることの証しとして」。

粒来哲蔵「カフカ、ミショウのおかげ」。

渡辺武信「東大駒場文学研究会」。

会田綱雄「一つの回想——私の8月15日」。

宗左近「すみわたる——敗戦の日の回想」。

江森国友「崖ぶちから振りむいて」。

丸山豊「谷底にて——8月15日」。

【座談会】鮎川信夫・粟津則雄・長田弘「戦後詩とは何か」。

【戦後詩年表・1945—1970】小川和佑編。


資料Ⓘ『現代詩手帖』七四年三月号「特集・六〇年代詩人のありか」。

鈴木志郎康「自分の言葉の現実を考える」。

岡庭昇「風俗と芸」。

藤井貞和「このブランコをくぐって」。

高橋睦郎「『杖』としての言葉」。


中上哲夫「ジャズから、そしてジャズへ」。

渡辺武信「詩的快楽の私的報告」。

北川透「河の溯行」。

辻征夫「曲芸師の棲り木」。

清水昶「雪見酒の錯覚」。

山本哲也「渇望からの問い」。

岡田隆彦「六〇年代の詩を考える」。

（なお本号には、本書の素材になった『凶区』回顧録の第一部「移動祝祭日」の最終回＝第六回が掲載されている）。


資料Ⓙ『現代詩手帖』七九年六月号「特集・詩はどこに行くか——現代詩この10年」。

【座談会】入沢康夫・安藤元雄・鈴木志郎康・郷原宏「〈退却〉からもう一つの展開へ——この10年の詩と状況」

【アンケート】「この10年、現代詩をどう捉えるか」（安西均、磯田光一、大野新、加藤郁乎、粒来哲蔵、三好豊一郎、那珂太郎、芹沢俊介、伊藤章雄、飯吉光夫、郷原宏、寺山修司、長谷川龍生、中江俊夫、杉本春生、渋沢孝輔、長谷川宏、藤富保男、山本哲也、山本太郎、渡辺武信、渡辺広士、黒田喜夫）。

【60年代詩人を論ず】

正津勉「この厄介な詩人——鈴木志郎康論」。

平出隆「道の倒立——天沢退二郎論」。

稲川方人「五月、中央線、吉増剛造の駅——吉増剛造論」。

荒川洋治「わるい日　旅立ち——藤井貞和論」。

山口哲夫「流人と射手——清水昶論」。

【60年代、その後】

天沢退二郎「詩の夜、第一の夜」。

渡辺武信「戦後的抒情の飽和」。

藤井貞和「地上の夕映え——『白鯨』の山『白鯨』の水」。

清水昶「希望という不治の病い」。

清水哲男「年録、この10年」。


資料Ⓚ『現代詩手帖』八四年七月臨時増刊号「詩的時代の証言」。

（註・本号は創刊二十五周年を記念して戦後詩史を概観し、過去の同誌からの再録を多く含むので、戦後詩の概要を俯瞰するのに好適な文献である）。

【討議】

金子光晴・鮎川信夫・吉本隆明・谷川雁・大岡信・谷川俊太郎・岩田宏「日本人の経験をめぐって」。

鮎川信夫・吉本隆明「崩壊の検証――〈反核〉をめぐる戦後理念の終焉」。

大岡信・谷川俊太郎・入沢康夫・中江俊夫・岩田宏・山本太郎・長田弘・天沢退二郎・鈴木志郎康・富岡多恵子（司会、菅谷規矩雄・渡辺武信）「詩に何ができるか」。

天沢退二郎・鈴木志郎康・菅谷規矩雄・清水昶・荒川洋治・吉田文憲「同時代としての戦後詩総体――現在という地平」。

【状況へ】

埴谷雄高「安保闘争と近代文学賞」。

茨木のり子「時代に対する詩人の態度」。

黒田喜夫「死者と詩法についての断章」。

大岡信「詩的伝統の裏にあるもの」。

渡辺武信「形成されつつある時代」。

鮎川信夫・岩田宏・大岡信・堀川正美「詩人の人間形成と時代――64年状況展望」。

北川透「戦後詩の転換は可能か――60年代の詩」。

鮎川信夫・大岡信・武満徹・安東次男（インタビューアー、渡辺武信）「詩はほろびたか――谷川雁の発言と今日の詩の問題点」。

入沢康夫・吉増剛造・天沢退二郎「悪い時代の詩的可能性――71年詩状況への問いから詩の根底へ」。

大岡信・安藤元雄・鈴木志郎康・清水哲男「詩意識の変容と言葉のありか――〈70年代の新鋭〉をめぐって」。

【原理へ】

入沢康夫「詩の図柄について」。

天沢退二郎「詩はどのように可能か」。

金子光晴「凡例」。

金子光晴「正月問答――ご祝儀」。

西脇順三郎「『月に吠える』」。

寺山修司「灰燼ノート――詩的行為とは何か」。

谷川俊太郎「発語の根はどこにあるのか」。

【レクイエム】

富岡多恵子「詩人の室生犀星氏――室生犀星追悼」。

会田綱雄「バクさんに会いに――山之口貘追悼」。

金子光晴「高見順『重量喪失』――高見順追悼」。

村野四郎「一穂について――吉田一穂追悼」。

草野心平「それが生きてる時の最后だった・火葬――村野四郎追悼」。

小野十三郎「悼詩――金子光晴追悼」。

清水昶「夜の恋唄――石原吉郎追悼」。

大岡信「西落合迷宮――瀧口修造追悼」

長谷川龍生「一本のこうもり傘――黒田三郎追悼」。

谷川俊太郎「五月の死――寺山修司追悼」。

新倉俊一「信濃川、静かに流れよ――西脇順三郎追悼」。

【書物のつくる回路】

天沢退二郎「瀧口修造の詩的実験」。

笠原信夫「寺田透評論」。

磯田光一「鮎川信夫著作集」。

清水昶「『詩の読解』『思想と幻想』――鮎川信夫・吉本隆明」。

飯島耕一「清岡卓行詩集」。

宮川淳「吉岡実詩集」。

三木卓「石原吉郎詩集」。

開高健「田村隆一詩集」。

粟津則雄「鵜原抄――中村稔」。

磯田光一「黒田喜夫詩集」。
谷川俊太郎「大岡信詩集」。
中村稔「谷川俊太郎詩集」。
寺田透「わが出雲・わが鎮魂——入沢康夫」。
山本太郎「宮沢賢治の彼方へ——天沢退二郎」。
石原吉郎「『幼年連禱』『夏の墓』——吉原幸子」。
高良留美子「富岡多恵子詩集」。
編集部編【『現代詩手帖』の25年】。

資料Ⓛ現代詩読本「現代詩の展望」八六年十一月刊。
【討議】
鮎川信夫・大岡信・北川透「戦後詩の歴史と理念——規範としての思想と技術」
【戦後詩100選】
【エッセイ】
寺田透「《戦後詩》——戦後詩に期待したもの」。
磯田光一「詩壇遠望——勝手な読み方の四〇年」。
内村剛介「『代表』したとき詩は亡んだのだ」。
川村二郎「戦後詩雑感——戦後詩の歴史的必然性」。
秋山駿「生の惨めな意識を輝かす——戦後文学と戦後詩」。
岡井隆「『……』も終るね——机のはしで揺れる言葉」。
安藤元雄「空腹感による時代区分——同時代としての精神史」。
三浦雅士「戦後詩の方法——鮎川信夫のこと」。
【証言】
北村太郎「ひとつのアスペクト——五〇年代の『荒地』」。
飯島耕一「五〇年代の証言——『詩行動』『今日』『鰐』『櫂』」。
長谷川龍生「戦後は残酷だった——『山河』『列島』『現代詩』」。
渡辺武信「歌から原理へ——『暴走』『バッテン』『凶区』」。
清水昶「ぼくらの出発——『現代詩』『現代詩手帖』『白鯨』」。
【論考】
岩成達也「戦後詩の表現について——世界認識の推移」。
荒川洋治「目で読む戦後詩——サクセス・イディオムにおける『私』」。
吉田文憲「『媒介者』としての詩人たち——入沢康夫と谷川俊太郎の交差」。
瀬尾育生「『戦後詩の路上』についての粗描——群衆の登場とその変貌」。
野沢啓「『戦後詩』の発端——実質化されたモダン」。
【わが戦後詩の10篇】
中村稔「読後感の鮮明な作品」。
清岡卓行「戦後性の確認」。
渋沢孝輔「風見鶏と永遠」。
関口篤「銀の匙をくわえた妖精たち」。
三木卓「戦後の詩の拡さと深さ」。
鈴木志郎康「すごくて、面白い戦後詩」。
天沢退二郎「ドラムのように音をたてた10篇」。
清水昶「極限の詩」。
藤井貞和「廃墟に見合ったところまで」。
芹沢俊介「食ふべき批評」。
稲川方人「未知の持続」。
神山睦美「『自己』回復の強迫」。
ねじめ正一「ぼくの好きなコトバたち」。
松浦寿輝「〈すばらしい〉詩篇」。
高橋源一郎「強烈な印象をうけた詩集」。
【戦後詩この一篇この一行】

三好豊一郎「生きている狼——鮎川信夫『繋船ホテルの朝の歌』」。

那珂太郎「青春期への思ひ——清岡卓行『白玉の杯』」。

安西均「干し椎茸と谷川雁と——谷川雁『ゲッセマネの夜』」。

宗左近「ほろ苦い昂揚感——清岡卓行『空』」。

粒来哲蔵「夢の飛翔——祝算之介『町医』」。

秋谷豊「人間の薄明のとき——鮎川信夫『橋上の人』」。

関根弘「隠された意味——宮崎譲『雛段異聞』」。

諏訪優「全世界的な時代への精神——吉本隆明『その秋のために』」。

茨木のり子「〈詩の正確さ〉——石垣りん『崖』」。

新川和江「化学を支配する感性——犬塚堯『石油』」。

青木はるみ「詩の肉離れ——鮎川信夫『死んだ男』」。

嶋岡晨「美しく残酷な《認識》——飯島耕一『他人の空』」。

中江俊夫「詩への遭遇——シュペルヴィエル『豫言』」。

小長谷清実「分けてもらいようがないもの——堀川正美『新鮮で苦しみおおい日々』」。

大野新「全部で一行いえる詩——石原吉郎『位置』」。

高橋睦郎「不幸の極み——事例なし」。

阿部岩夫「武器としての死や狂気——黒田喜夫『毒虫飼育』」。

佐佐木幸綱「撃ち抜かれた眼玉——塚本邦雄『日本人霊歌』」。

清水哲男「『勾配』だけではないけれど——森川義信『勾配』」。

粕谷栄市「覚醒と眩暈——石原吉郎『脱走』」。

立松和平「鮮烈な敗北の歌——清水昶『少年』」。

高梨豊「新たなる凝視——吉本隆明『ちいさな群への挨拶』」。

辻征夫「知らぬまに深い痕跡を——村野四郎『枯草のなかで』」。

佐々木幹郎「完成を放棄した一行——谷川俊太郎『鳥羽1』」。

井坂洋子「生きものの姿——富岡多恵子『静物』」。

朝吹亮二「紋切り型から遠く——吉岡実『竪の声』」。

四方田犬彦「非知の大きな拡がり——西脇順三郎『人間の記念として』」。

夏石番矢「一行の懸崖——吉岡実『死児II』」。

【詩論展望】

菅谷規矩雄「論理のエロスを求めて——戦後詩論概観」。

【資料】原崎孝編「戦後現代詩年表」。

資料Ⓜ『現代詩手帖』八七年九月号「特集・現象的六〇年代詩を『凶区』に読む」。

【討議】

天沢退二郎・菅谷規矩雄・鈴木志郎康・渡辺武信「パンドラの匣を開いた者は誰か?」。

【論考】

北川透「『凶区』の印象私記——書簡体で」。

清水昶「専門家は保守的だ」。

金井美恵子「ささやかな感情教育」。

荒川洋治「君が好きだ」。

菅谷規矩雄「『凶区』あるいは一九六〇

年代の思想的ゼロ準位」。

野沢啓「『凶区』的六〇年代詩論覚書」

横木徳久「六〇年代詩人の功罪――詩誌『凶区』の時代感覚」。

【資料】「凶区日録」抄 '64～'70。

【詩誌・詩書対談】吉田文憲・城戸朱理「七〇年以降、詩はどう変わり、八〇年代の詩は何を求めて書き継がれているのかを考える」。


資料Ⓝ『現代詩手帖』九〇年三月号「追悼・菅谷規矩雄」。

菅谷規矩雄「死をめぐるトリロジイ」。

菅谷規矩雄「ケリ」(未刊詩篇)。

吉本隆明「弔辞」。

天沢退二郎「弔辞」。

吉増剛造「弔辞」。

北川透「挨拶」「菅谷規矩雄の〈遺稿〉についての註」。


資料Ⓞ『現代詩手帖』九〇年四月号。

菅谷規矩雄「一、兄妹の物語」(遺稿。三月号掲載予定が紙幅の都合で分載された。「一」と頭記されているのは北川透によると〈おそらく彼が期していた宮沢賢治論の、新しい展開の端緒をなすもの〉だからである)。


資料Ⓟ『あんかるわ』82号(九〇年四月二十日刊)。

【追悼・菅谷規矩雄】

月村敏行「常に合掌である」。

新井豊美「『Zodiac Series』その痛恨の一年半」。

寺田操「あのとき菅谷さんは、」。

芹沢俊介「『月刊ばば』を出した頃の菅谷さん」。

山本道子「菅谷規矩雄さんを悼む」。

小川哲生「偉大な詩人の思い出のために」。

塩谷則子「夜光虫を見てしまったので」。

中森美方「生き易きこの世の中を――」。

村瀬学「『リンゴを食う』ことと、『酒を飲む』こと」。

渡辺武信「追悼」。

福間健二「最後の挨拶」。

八木忠栄「一九六八年七月二七日の夜のことなど」。

倉田比羽子「菅谷さんの思い出」。

坂井信夫「'89・12・8～'90・1・4」。


岡田啓「縄文の〈夢〉の源へ」。

小浜逸郎「むしろ拒絶をこちらがわへ」。

宗近真一郎「『詩的九〇年代』を捜して」。

神山睦美「菅谷さん安らかに」。

瀬尾育生「菅谷さんの分け前」。

樋口良澄「あるポジティヴな姿勢」。

長野隆「菅谷規矩雄のこと」。

田村雅之「テノールの声」。

小田久郎「喪失感」。

菅谷規矩雄「ことばとメーロス――詩の意韻に関する考察(Ⅵ)」。

菅谷規矩雄「音韻論についての草稿」。

北川透「菅谷規矩雄の〈遺稿〉について、〈もう一つ〉の註」(遺稿目録)。


資料Ⓠ『あんかるわ』83号(九〇年十月一日刊)。

【遺稿Ⅱ】

菅谷規矩雄「ハイデッガー　ことばへの道/無韻抄一九七五～七六年」。

菅谷規矩雄「詩論(四)――音韻の場面/泣き笑い(劇の考察)/詩稿ノート」。


資料Ⓡ『あんかるわ』終刊号(九〇年十二月三十日刊)。

【特集・菅谷規矩雄の世界】

山根貞男「アドレセンスからの脱出」。

神山睦美「愛の完成――菅谷さんへ」。

埴谷雄高「菅谷規矩雄追悼」。

村瀬学「『かんぞう／肝臓』論――菅谷さんの不死について」。

角谷道仁「菅谷規矩雄　詩的リズムについて」。

米沢慧「菅谷規矩雄――〈距離〉そのものの絶対化」。

岡田啓「菅谷規矩雄のエレボス――『六月のオブセッション』という文体の行方」。

中森美方「行きっぱなしの後姿」。

坂井信夫「菅谷規矩雄と〈死〉」。

倉田比羽子「(青、それだけの、それきりの、)光の中へ」。

野沢啓「菅谷規矩雄と批評のエロス」。

寺田操「ゾディアクの暗号――菅谷規矩雄論」。

城浩介「あの日もジャズだった――菅谷規矩雄氏のトウリビュート」。

塩谷則子「雨、やみたまえ――静かな断念」。

佐藤通雅「宮沢という呼称」。

新井豊美「オブセッションの流域――『菅谷規矩雄詩集一九六〇～一九六九』を中心に」。

月村敏行「オブセッションと方法」。

福間健二「ラディカルな空白――菅谷規矩雄の詩」。

宗近真一郎「音と原理の彼方へ――菅谷規矩雄の韻律論と音韻論をめぐる小さなスケッチ」。

細見和之「自同律のディナミーク――菅谷規矩雄とリルケ、ブレヒト、ハイデガー」。

堀部茂樹「菅谷規矩雄試論――〈青い虚無〉のエロティスム」。

天沢退二郎「菅谷規矩雄の『賢治論』をめぐって」。

成田昭男「から音韻論／音喩／普遍喩へ」。

岡井隆「『メーロス』ということばについての小感」。

瀬尾育生「遡行者の言葉」。

菅谷久子「プライベートな時間」。

北川透「菅谷規矩雄＝掲載〈全〉論文・作品一覧」「菅谷規矩雄年譜」。

北川透「ただ感謝あるのみ――編集ノート」。

『凶区』関連同人誌一覧

このリストには厳密には同人誌ではなく、現代詩関連の出版社が企画し『凶区』同人（「バッテン＋暴走グループ」が関わりを持った非同人誌も含まれる。時期的には、筆者が五七年に東京大学に入り、駒場の文学研究会で天沢退二郎に出会った後のことが中心で、それから順次知りあった同世代の詩人たちの同人誌、関連誌を列記したが、五七年以前の、つまり私が高校生や浪人していた時代に刊行されていた同人誌、つまり「バッテン＋暴走グループ」のメンバーがハイティーン時代に参加していた同人誌は伝聞だけなので目次を記載していない。しかしタイトルだけでも記録するに値するいくつかの同人誌、大学サークル機関誌がある。

・『**KOT**』『**NOAH**』高校生時代の秋元潔、彦坂紹男が参加していた同人誌。

・『**魚類の薔薇**』と、その後身である『**蒼い貝殻**』。寺山修司が全国の高校生俳人を結集して創刊した同人誌（彦坂、秋元、天沢退二郎が参加）。

・『**道程**』。天沢が中心になって刊行されていた千葉一高文学クラブの機関誌。

・『**麦**』。右記と平行して千葉一高で天沢が鵜沢勝雄、高野民雄と一緒に刊行していた同人誌。

・『**早稲田詩人**』。本来は「早稲田詩人会」の機関誌だが、彦坂が山形衛と同人誌的性格も与えようと企てた後、藤田治も参加した時期の号。

・『**舟唄**』。彦坂が個人誌として創刊し、2号から秋元が参加した同人誌。その1号〜11号（12号以降は後に目次記載あり）。

・『**青鰐**』。高野＋鈴木志郎康が在学中に創刊し『×』創刊以後も継続的に刊行された同人誌。その第一期（1号から24号）、高野が単独で継続した第二期（25号〜27号）。

・『**否定**』。菅谷規矩雄が『暴走』参加以前に最初の作品を発表した東大独文科系の文学同人誌（小説も含む）。

・『**図**』。菅谷が『暴走』参加後も、参加し続けていた同人誌。（主宰者は大滝安吉で、同人は菅谷の他、吉野弘、加藤四郎、荒井智子）。同誌との関係で菅谷は『凶区』に吉野弘との往復書簡、大滝安吉の逝去に際して追悼文を書いている（後述の『凶区』目次参照）。『図』は六二年六月に復刊1号が刊行され（通巻58号と記載あり）、六五年三月刊行の9号までが筆者の手元にあるが4号、6号、7号を欠いている。これらは菅谷から贈られたものなので、欠号には菅谷が執筆していなかったのではないかと思われるが、これはあくまで推測。また『凶区』の大滝安吉追悼文の掲載時期から見て、この雑誌は大滝の逝去により9号で廃刊になったものと思われる。

・『Voyant』。駒場文学研究会詩グループ機関誌のガリ版刷り冊子（五八～五九年、留年した渡辺武信、室井武夫と、そのため同級生となった当時の駒場文研詩グループの木村秀彦、西尾和子、宮川明子、大崎紀夫、その一年下の橘隆志、中川巌、長谷川陽一、鷹田重実などが執筆した）。全体の号数ははっきりしないが、私の一学年下の詩の書き手が（留年した私と室井と一緒に）本郷に進学した六〇年四月には主要メンバーが左記の『詩人派』に移行したので数号で終わったと思われる。

・『詩人派』。右記を継承し木村秀彦、西尾和子、宮川明子、大崎紀夫が中心となって六〇年初めに創刊された。筆者は六四年九月刊行の7号だけを保存してあったが、この年の四月に宮川、西尾は修士課程を終えて教職に就いているので、これが最終号と思われる。

・『ひとりぼっち』。秋元が『凶区』創刊後に旧『舟唄』の富川光夫、岩本敏男らの寄稿を得て刊行した（六五年四月の1号、同年五月の2号、同年七月の3号までが手元にあるが以後の経緯は不明）。

　また『凶区』解散以後には、以下のような同人誌が刊行されたことはわかっているが、本書の守備範囲を超えるので、誌名のみを記録するにとどめる。

・『眼光戦線』。鈴木が中心となって刊行した個人誌（噂のみで刊行年月日、号数など未確認）。

・『徒歩新聞』。鈴木が中心となって刊行した個人誌（八〇年十一月刊の25号までが確認されている）。

・『杣』。彦坂の個人誌（七三年八月刊の3号のみ筆者が所有）。

・『みみずく』。よしだひろこが彦坂、諏訪優らと企画し、七七年十月に創刊した同人誌、というよりよしだが本名、吉田ひろ子として経営していたスナック「みみずく」の常連客（秋元、八木忠栄、山形衛など）を中心とした寄稿誌（誌名はこの店に由来する）。刊行元は吉田ひろ子。七八年十一月刊行の3号で終刊。

・『横須賀軍港案内』。秋元が一九八七年に創刊し、鈴木、天沢が寄稿した、いわば〝地元探検誌〟で、天沢、鈴木が寄稿した。終刊年月、号数不詳。またその内容の一部が、これも年月不詳だが『詩学』に五回連載されたこともある。

・『蜻蛉句帳』。『舟唄』同人であった鳥巣敏之が中心になって九八年八月に創刊された俳句誌。これには秋元、天沢、彦坂、高野が参加した。私は秋元から誘われたが、その頃、雑誌『話の特集』の執筆者を中心とした月例句会に参加していたし、その経験を通じて、俳句の面白さも知ったが、同時に俳句と私が書くことを断念した現代詩との性格の差を認識していたので、俳句の同人誌という発想そのものが受け入れがたく、秋元宛に不参加の理由を詳しく書いた返信をした。その私信の一部が、創刊号に掲載されている。なお同誌は時々休刊しながらも〇八年七月刊の37号までの刊行が確認されている。しかしこれは菅谷の死までを扱う本書の守備範囲を超えた雑誌で、詳述の必要はなかろう。

＊

（以下、目次で特記がない場合の「　」内は詩篇の題名）

『駒場文学』（東京大学教養学部文学研究会の機関誌で、同人誌ではない）。

・『駒場文学』8号（五七年十一月刊）目次抄。天沢退二郎「白い道」／江頭正己「青い無頼」／渡辺武信「放送詩劇のためのエチュード…明日への別れ」

・『駒場文学』9号（五八年？月刊）内容は不明。

・『駒場文学』10号（五八年十一月刊）目次抄。渡辺武信「失われる街」／室井武夫「青い連帯」。

・『駒場文学』11号（五九年四月刊）目次抄。天沢退二郎「声あるいは「一すじのどうどうめぐり」」／渡辺武信「眠りたい」／室井たけお「反抗期」／木村秀彦「逆流」。

・『駒場文学』12号（五九年十一月刊）目次抄。渡辺武信　表紙、カット／渡辺武信「炎上」／室井たけお「麻である筈の朝」／木村秀彦「鉄石の閃き」／西尾和子「すべてを消してしまいたい」。

第十六次『新思潮』（この同人誌は晶文社が出版元となって4号まで発行されたが私と天沢退二郎は3〜4号には寄稿せず、自然退会の形になった）。

・第十六次『新思潮』創刊号（六一年二月刊）目次抄。渡辺武信　表紙、カット／天沢退二郎「この朝を生者に」／渡辺武信「涙」／木村秀彦「低い天井」。

・第十六次『新思潮』2号（六一年？月刊）目次抄。天沢退二郎（評論）「詩と小説試論」。

『赤門詩人』（天沢―天澤、室井武夫―室井たけお、渡辺―渡邊、大西広―大西廣の表記は当時のママ）。

・『赤門詩人』1号（五八年八月刊）。
「創刊の言葉」（無署名）／渡邊武信「不眠の時代」「夜」／内田弘保「河」／大西廣「あのとき遠ざかる太陽の中に」／江頭正己「時間」「美貌について」／天澤退二郎「五月の底の中の四月」「目醒める時」「褪道」／後記（江頭）。

・『赤門詩人』2号（五八年十一月刊、室井が同人参加）。
「同人主張」（江頭）／江頭正己「彼女と泳ぎに」「変身」／大西廣「空襲」「夢」「自殺」／天沢退二郎「虹」「白い呪縛」／内田弘保「夜」／室井武夫「乾いた滑車」／渡邊武信「伝説のはじまり」／後記（天沢）。

・『赤門詩人』3号（五九年一月刊、久世が同人参加）。
「同人主張」（渡辺）／天沢退二郎「わが時の挽歌」／久世光彦「筐の中のクリスマス」／大西廣「海は」／渡邊武信「凪と炎とぼくたちと」／江頭正己「街のなかの河」／後記（内田）。

・『赤門詩人』4号（五九年四月刊）。
「同人主張」（大西）／大西廣「壁」／江頭正己「はな・とり・かぜ・つき」／ジュリアン・グラック（天沢訳及び解説）「麻痺した庭園」「屋上庭園」／渡邊武信「黄昏を奪え」／久世光彦「蛍子Ｉ」／室井たけお「速度」／天沢退二郎「死の區域」／後記（江頭）。

・『赤門詩人』5号（五九年七月刊、内野が同人参加）。
「同人主張」（室井）／内田弘保「時」／江頭正己「黒い馬車」／内野祥子「木が」／

渡辺武信「夜の和音」／コラム「はんらん」（天沢、渡辺）／室井たけお「湿った風土」／天沢退二郎「朝の河・REVOLUTION」／大西広「子どもの終わり」／久世光彦「港へ——蛍子II」／ジュリアン・グラック（天沢訳）「アイーダのトランペット」「満潮」／後記（渡辺）。

・『赤門詩人』6号（五九年十二月刊）。「同人主張」（内田）／内田弘保（評論）「創作の一面」／天沢退二郎「港祭り」／江頭正己「メルヒェン」「もう一つのメルヒェン」／内野祥子「PRAJNA」／室井たけお「復活」／大西広「ある日　青い空」／渡辺武信「視線」／後記（天沢）。

・『赤門詩人』7号（六〇年二月刊）。内田弘保（評論）「創作の一面・2」／天沢退二郎「祭の男」「海の見えぬ町」／室井たけお「動機のない一つの言葉」／渡辺武信「風」「遠い街」／内野祥子「いる」／内田弘保「鳩」／作品ノート（天沢、室井、渡辺、内野、内田が自作にコメントを付す）／後記（室井）。

・『赤門詩人』8号（六〇年四月刊）。内田弘保（評論）「創作の一面・3」／渡辺武信「朝のために」／室井たけお「事件A」／天沢退二郎「臭いノア」／ジュリアン・グラック（天沢訳と訳注）「夜明けのパリ」／コラム「同人のプロフィル」（渡辺、天沢が二人で同人全員の私生活面をややユーモラスに紹介）／「作品ノート」（渡辺、室井、天沢が自作にコメントを付す）。

・『赤門詩人』9号（六〇年十二月刊、事実上の終刊号）。江頭正己「宿命的な神話——ぼく自身へ、そして一人の女に」／天沢退二郎「二つの顔」／渡辺武信「遠ざかる音たち——かえっていくのか、おまえたち」／内野祥子「湿地」「まなつ」／内田弘保（評論）「創作の一面・4」／後記（江頭、天沢）。

『暴走』

・『暴走』創刊号（六〇年八月刊）。渡辺武信「暗い朝」「呼ぶ唄」／天沢退二郎「太陽と街と鳥と」「星のないとき」／後記（天沢、渡辺）。

・『暴走』2号（六〇年九月刊）。天沢退二郎「眼と現在——六月の死者を求めて」「嫉妬」「夜の旅」／渡辺武信「つめたい朝——6・15の記憶のために」「恋唄」／後記（渡辺、天沢）。

・『暴走』3号（六一年二月刊）。渡辺武信「声」／木村秀彦「行進」／室井たけお「朝の問題」／天沢退二郎「空のさむい部屋」「広場の黒」／後記（渡辺、天沢。ゲストの室井、木村の紹介あり）。

・『暴走』4号（六一年四月刊、この号より「赤門詩人会発行」の記述が消える）。木村秀彦「町の死」／室井たけお「愛すなわち独占資本」／高野民雄「臭いラッパ」／天沢退二郎「旅の夜明けに」／渡辺武信「夜の旅」／後記（室井、天沢）。

・『暴走』5号（六一年八月刊）。渡辺武信「夏の街」／菅谷規矩雄「黒いミクロコスモス」／天沢退二郎「夜中から朝まで」「中世の夏（一九六一年七月）」／後記（天沢、六一年上半期ノンセクション・ベストテン）。

・『暴走』6号（六一年十二月刊）。室井たけお「海の発作」／天沢退二郎「死刑執行官——布告及び執行前一時間のモノローグ」「影」／渡辺武信「真昼のために」「うた」／後記（天沢）。

・『暴走』7号（六二年三月刊）。

天沢退二郎「水準器」／西尾和子「祖国」／野沢暎「砦で踊る――めぐってくる六月のために」「銛」／渡辺武信「もうすぐだ――plenty, plenty soul」「眠らないの？」／後記（渡辺、ゲスト西尾の紹介、及び野沢が室井の筆名であるとの説明あり）。

・『暴走』8号（六二年六月刊、特集・六月のオブセッション）。

菅谷規矩雄（エッセイ）「六月のオブセッション」／野沢暎「女たち」／天沢退二郎「反細胞」／宮川明子「モノローグ」／渡辺武信「六月の透視図」「旗――辛うじて若者であるぼくたちのためのマーチ」／菅谷規矩雄「背中の鏡」／後記（渡辺、天沢・野沢・菅谷・渡辺の四名による同人誌とする宣言、及びゲスト宮川の紹介あり）。

・『暴走』9号（六二年十月刊）。

野沢暎「豊漁」／菅谷規矩雄「卵胎生」／渡辺武信「長い長い芝居」／入沢康夫「季節についての試論」／天沢退二郎「旅の日常」「水」／後記（菅谷、天沢、ゲスト入沢の紹介あり）。

・『暴走』10号（六三年一月刊）。

天沢退二郎「胎内――あるいは聖者の行進」／渡辺武信「ポプコーンはねる時」／高野民雄「熱いまたは寒い記憶」／菅谷規矩雄「凹面の夜」／後記（天沢、ゲスト高野が寄稿作に付したメモランダムの引用あり）。

・『暴走』11号（六三年三月刊）。

菅谷規矩雄「象嵌術」／天沢退二郎「喜劇時代――二つのヴァリエーション」／渡辺武信「子守唄」／野沢暎「長い恋」「港男の死」／後記（野沢）。

・『暴走』12号（六三年四月刊、特集・BOSO＋1 IN MOKUBA 630328）。

「まえがき」（渡辺、ジャズ喫茶「木馬」で製作された作品の集まりであることの説明、ゲスト藤田の紹介）／天沢退二郎「異端糾問」／菅谷規矩雄「黒地図」／藤田治「子守唄」／野沢暎「無名戦士」／渡辺武信「出発進行」／後記（aとs、すなわち天沢と菅谷の対談形式）。

・『暴走』13号（六三年六月刊、特集・六月！六月！六月！）。

菅谷規矩雄（エッセイ）「記録者の幻想」／天沢退二郎「後遺」「反動西部劇」／渡辺武信「六月の問い」「どこにいるの――DON'T STOP THE CARNIVAL」／菅谷規矩雄「六月そして六月」／野沢暎「ある出会い」／後記（渡辺）。

・『暴走』14号（六三年十一月刊）。

扉に「暴走略年譜」／天沢退二郎「裏と表」／野沢暎「記憶と欲望のバラード」「眠り――記憶を眠らせる試み」／菅谷規矩雄「ヒエロニスムの悦楽」／後記（野沢）／裏表紙・新芸術社刊行「叢書・現代詩の新鋭」の既刊及び続刊予定リスト。

（なお渡辺が詩作品を発表していない『暴走』はこの号だけである）。

・『暴走』15号（六四年一月刊）。

渡辺武信「夜の終りあるいは最後の唄」／野沢暎「予兆のとき」／天沢退二郎「カーニバル」「シャンソン・ドール」／菅谷規矩雄「玄馬部落偽誌」／後記（野沢、菅谷、渡辺）／休刊の辞（天沢）。

『舟唄』（『赤門詩人』『暴走』と刊行時期が重なる号のみ記録）。

・『舟唄』12号（五八年六月刊）。

表紙絵（大野増穂）／秋元潔「野の花」

「こころについて」／天沢退二郎「祭」「リフレーン」「ぼくらの白いうた」／（エッセイ）秋元潔「犬のことば」、穴原きむ子「鴉」、天沢退二郎「花よ咲け咲け小論」、小川彰「Feste Lariane」、彦坂紹男「反撃」、榊原清「ボールの行くところ」／榊原清「出帆」「失脚」／彦坂紹男「つきとえだのものがたり」／家本稔「冬のよるのうた」「春のうた」／編集後記（榊原）／同人の相互紹介コラム。

・『舟唄』13号（五八年十一月刊）。表紙2、カット詩（無題）彦坂紹男、下欄に舟唄叢書1・彦坂紹男詩集『弱年』のPR／天沢退二郎「城《最後の歌　第一の歌》」／彦坂紹男「街でのおやすみ」／家本稔「夜明け」／藤田治「古靴」（下欄に藤田の紹介あり）／（エッセイ）雫石尚子「目下恋愛中」、小川彰「ゴンザレス雑感」、秋元潔「舟唄　遊べ遊べ」、彦坂紹男「武甲山にのぼる」、榊原清「秋のスナップ」／穴原きむ子「残された夜」／榊原清「この時」／秋元潔「星よ」「花と少年」「花家族」／編集後記（榊原）／同人住所一覧（この号の執筆者＋大野増穂）。

（註・『舟唄』はこの後しばらく休刊し、その間に『パテ』が刊行された）。

・『舟唄』2巻1号（六〇年五月刊）。表紙絵とカット（大野増穂）／家本みのる「炎の唄」／天沢退二郎（無題詩）／中丸盛二「季節」／富川光夫作品集「虹」「ロバになって」「花」「墓地」「蛍」「よる」「冬」（掲載頁の下欄に富川の紹介あり、無署名）／（短編小説）彦坂紹男「剣」／裏表紙、秋元潔詩集『ひとりの少女のための物語』PR及び引用詩／「あとがき」（Kとのみ記載）

・『舟唄』2巻2号（発行月記載なし）。天沢退二郎「INTERMEZZI」／家本みのる「仕打ち」／藤田治作品集「死」「花・洪水」、以下エッセイ「人形について」「鍵について」／彦坂紹男「春はいくどか」／秋元潔（短編小説）「兵助」／鳥巣敏行「なにげない話」／映画時評（天沢）、後記なし。

・『舟唄』2巻3号（六〇年八月刊）。カット詩（家本みのる）／ジャン・ケロール（天沢訳）無題詩／藤田治「HisとHerの二重奏」／家本みのる「海の唄」／天沢退二郎「恋文」／鳥巣敏行「五月のうた」／彦坂紹男「詩を読む必要」／秋元潔「みにくいあひるのこ」／家本みのる作品集〈一九五六～一九五七〉「学校」「鬼」「川」「フォマの食卓」「夜のうた」「はるらんまん」「さよなら」「かずこ」／映画時評（天沢）／仲間の頁（無署名）／編集後記（無署名だが秋元か?、通巻16号と記載あり、つまり2巻1号は通巻14号にあたり、1巻の13号と連続性を保っている）。

・『舟唄』2巻4号（六〇年九月刊）。題字・表紙（大野増穂）／家本みのる「唄」／彦坂紹男「小景」「マーチ」「生死」／長谷川清一「夏のおわりに……」／ジャン・ケロール詩抄（天沢訳）「鳥と人間の気晴らし」から無題詩四篇／藤田治「血について」／「BLUE AND SENTIMENTAL」／秋元潔「転向」／天沢退二郎「二人の世界」／家本みのる作品集「傷」「崖」「〇」「帰ってきて」「かぜ」「生涯」／小川彰（エッセイ）「葡萄酒の壺」／秋元潔・カットと無題詩／秋元潔作詞、小川雅弘作曲「恋」（楽譜付き）／映画時評（彦坂）／仲間の頁（無署名）／編集後記（無署名だが秋元か?）。

・『舟唄』2巻5号（六一年二月刊）。表紙絵（大野増穂）／JEAN. CAYROL（天沢訳）「PASSE - TEMPS DE L'HOMME ET DES OISEAUX」から五篇、個別には無題。（これは仏語を直訳すると前号の「鳥と人間の気晴らし」と同じ詩集からと思われる）／彦坂紹男「私達の私達」「サークルライン」／藤田治「原始時代のブルース――オーネット・コールマンの世界」／天沢退二郎「ロマンティーク」／家本稔「晩餐」「関係」／鳥巣敏行作品集「月」「花」「夕やけ小やけ」「人形の城」／秋元潔「微笑」「歌」（「歌には歌」「ひかり」「虹」の三部構成組詩）／天沢退二郎（短編小説）「薔薇少女」／後記なし。

・『舟唄』六一年七月号・NO. 18（これを前号に続く2巻6号とすると、3号にある通巻16号という記載にしたがって数えると通巻19号、つまりNO. 19であるべきだが原因不明）。岩倉憲吾「幼年」／富川光夫「海岸街」／鳥巣敏行「まど」／藤田治「ことばについて」／ジュリアン・グラック（天沢訳）「ロッス氷礁」／秋元潔「優しすぎる歌」「水たまり」／POETICAL ROMAN KIYOSHI AKIMOTO「寶石と少女」「誤解」／秋元潔（エッセイ）「エリヤの世界――優しさについて」／編集後記（無署名だが秋元か？）。

『パテ』（この雑誌は『舟唄』の休刊時の臨時増刊としてはじまり、後に天沢の個人誌となった）。

・『パテ』1号（五九年三月刊、舟唄の会刊行）。藤田治、無題カット詩／天沢退二郎「あなたのめのむこうにも」／藤田治「いつもここから」／秋元潔「歌」／家本稔「消失」／彦坂紹男「夜の電車は死のように思われた」／彦坂紹男（エッセイ）「おぼえ書き」／後架（編集後記にあたるもの、Aとのみ記載されているが筆者は天沢。〈三年余の間に十三冊の雑誌を出してきた舟唄は終わった〉と記され、奥付には「舟唄の会・パテ同人」として秋元潔、天沢退二郎、家本稔、正津房子、彦坂紹男、藤田治の名が記されている。もっとも前記のように『舟唄』は2巻という形でしばし復活した）。

・『パテ』2号（五九年五月刊、舟唄の会刊行）。天沢退二郎「異邦人」／藤田治「浅草小景」／彦坂紹男「謎（断片）」／秋元潔「歌」／家本稔「雪の夜の主題歌」／ジュリアン・グラック（天沢訳）「夜のつめたい風」「近よりがたいものは」／後架（Wとのみ署名あり）。

・『パテ』3号（五九年八月刊、舟唄の会の名が消え、奥付に「編集発行・天沢退二郎」と記載）。正津房子〈現代・にっぽん〉／家本稔「最後のうた」／彦坂紹男（エッセイ）「ポエジイについて」／天沢退二郎「こもりうた」／秋元潔「歌」「歌――壁のうたった」／訳詞二篇（天沢訳）、ジュリアン・グラック「ハンザ諸都市」、ルネ・シャール「みんな一緒」／後記なし。

・『パテ』4号（五九年十月刊、表紙に「天沢退二郎個人詩誌」と記載）。ジュリアン・グラック『大いなる自由』から（天沢訳）「ヨザファの谷」／天沢退二郎「旅の暮し」「風景」「ロンリーマン」／天沢退二郎（エッセイ）「告白的秋元潔論」／後記（天沢）。

（註・後記に天沢が〈3号が出る直前にパテ同人を解散したが、この4号から本誌は名実共にぼくの個人雑誌ということになる〉と記している）。

・『パテ』5号（六〇年二月刊、表紙に「天沢退二郎個人詩誌」と記載）。
天沢退二郎「血の日曜日」「陽気なパトロール」「分娩歌」「男の世界」「HISTOIRE」／後記（天沢）。（『舟唄』の復刊によりこの号で終刊）。

『×』

・『×』創刊号（六一年六月刊）。
高野民雄「死んだこどもたちへ」「陽気な床屋」／渡辺武信「夜の虹」／秋元潔「あなたの幻想・ぷれりゅうど」／彦坂紹男「夜ばなし」／天沢退二郎「旅の部分――親しい使者に」／後記（同人それぞれの連記）。

・『×』2号（六一年九月刊）。
秋元潔「No. 666・R01」「No. 666・R02」「No. 666・R09」／渡辺武信「夜の音たち」／ジュリアン・グラック（天沢訳）「トランスバイカリア」／彦坂紹男「いつのひに」／天沢退二郎「ソドム」／高野民雄「雨の街で」／後記（高野）。

・『×』3号（六二年二月刊）。
彦坂紹男「水の上の肉体」／渡辺武信「部屋」／天沢退二郎「タリム環状線――反オートマチスムの試み」／高野民雄「長い長い道」／秋元潔「No. 666・R-10」「忘れる生き方・青白い処箋」／後記（天沢）。

・『×』4号（六二年五月刊）。
山本道子「贈られた空洞」／天沢退二郎「姉・裂ける時」／高野民雄「脱出」／鈴木志郎康「旅行者」／藤田治「パレード」／秋元潔「ぼくのかあいい独裁者の唄」「No. 666・R-14」／渡辺武信「はじまり――断ち切られた夢のために」／彦坂紹男「Phantom」／後記（高野）。

・『×』5号（六二年八月刊）。
【本誌】天沢退二郎「弾機《バネ》なしラプソディー」／鈴木志郎康「穴」「新生都市」／渡辺武信「日蝕」／藤田治「寓話」／山本道子「仮眠」／彦坂紹男「出立」／高野民雄「眠り男の歌」／秋元潔「No. 666・R-12」「No. 666・R-15」／後記（高野）。
【別冊試論集「ぼくたちはどこにいるか」】渡辺武信「風の中から――書くことの位置づけの試み」／高野民雄「現実への回答――コクトー《オルフェの遺言》について／藤田治「創作ノートから」／秋元潔「わがパリサイ人への手紙」／彦坂紹男「この手に限るか」／山本道子「貝の剝き身的告白」／鈴木志郎康「砂漠の自動天秤」／天沢退二郎「不可能性の彼方――ぼくらが詩を書くことの意味」。

・『×』6号（六二年十二月刊）。
鈴木志郎康「壁の中」／秋元潔「ブルーブラック・マンボ」「聖なる自由」／藤田治「洪積層のベッド」／天沢退二郎「発声練習」／高野民雄「今日こそ死ぬんだと思われた日のこと」「独身者の部屋」／渡辺武信「叫び」／山本道子「わるい癖」／後記（高野）。

・『×』7号（仙台編集、六二年十二月刊）。
【本誌】高野民雄「こどもたちの眠りの歌」／山本道子「ひからびた屋根」／藤田治「洪水」／鈴木志郎康「部屋」／天沢退二郎「ECLIPSE」／渡辺武信「やさしいたくらみ」／秋元潔「屠殺人の恋唄」／彦坂紹男「行方不明」／後記（彦坂）。【別冊（「特集・SCREEN・STAGE・TV」）】高野民雄「すばらしい！」／秋元潔「谷啓型・真空マッス溶解装置」／鈴木志郎康「血液」／藤田治「新藤兼人〈人間〉について」／天沢退二郎「日常的日常」／渡辺武信「ひらかれた未来——『パラジ』『城塞』の舞台を見て」。

・『×』8号（六三年四月刊）。

【本誌】彦坂紹男「一部分」／渡辺武信「午前の視野」／鈴木志郎康「望遠鏡」／高野民雄「思い出す」／天沢退二郎「海抜ゼロ」／秋元潔「No666—姉妹に」藤田治「マダム・ドラキュラ」／山本道子「こんな関係」／後記（天沢、彦坂、渡辺）。【別冊評論集】高野民雄「芸術における創造行為についてのモノローグ」／秋元潔「八木重吉ノート」。

・『×』9号（六三年八月刊）。

【本誌】鈴木志郎康「闇の中でのことだった」「恋の歴史よ」／秋元潔「ワグナーの少年」／渡辺武信「声の果実」／藤田治「アラジンのランプ」／高野民雄「幼児ロビンソン」／山本道子「不在証明」／彦坂紹男「未分」「非域」／天沢退二郎「生きる」／後記（山本、天沢）。【別冊】モーリス・ブランショ「ヘルダーリンの《聖なる》言葉」（天沢退二郎試訳）。（なおこの号には秋元潔「ワグナーの少年」に脱字があったための全文再掲載と、別冊の誤植の正誤表から成る「バッテン第9号訂正刷」が付された）。

・『×』10号（六三年十二月刊）。

【本誌】天沢退二郎「白夜」／鈴木志郎康「深い感情」「ゆきずりの恋」「激しい恋愛」／彦坂紹男「聴耳」／山本道子「甘美な時」／藤田治「反男反女」「男の後光が禿げる時」／渡辺武信「暗視野」／高野民雄「幼児ロビンソン・鯨釣り」／秋元潔「空想旅行・幽霊島」／後記（天沢、彦坂、高野、渡辺、秋元、藤田）。【別冊評論集（「視覚芸術評論小特集」）】秋元潔「不可視の絵画——危機の芸術」／天沢退二郎「加納光於論おぼえがき」／鈴木志郎康「増村保造小論」

・『×』11号（六三年二月刊）。

「バッテン＋暴走グループ」として新雑誌創刊のため終刊宣言。年表と回顧録的後記のみで詩篇なし。

『エスプリ』（これは同人誌ではないが、第三章に登場する現代詩の印刷所兼出版社「新芸術社」の短命の終わった存在を象徴する点でも、そこに印刷を依頼した多くの同人誌に属する若い詩人たちの交流を記録した意味でも、記憶に価する雑誌だろう。事実、後述の七六年刊行『吟遊』2号ではこの雑誌が「幻の詩誌」と呼ばれて回顧特集されている）。

・『エスプリ』創刊号（六三年七月刊）。

扉・ポール・ハリスの写真とボードレールの引用（誰の発想によるものか不明）／カット・ケネス・パッチェン／（評論）渡辺武信「こどもたちのために——ぼくたちの世代についての一つの覚え書」／（詩篇）吉増剛造「平原」／白石かずこ「百合」／原田勇男「にがい夜の唄」／藤田治「その後」／安水稔和「そのまま」／ロバート・ブライ（鍵谷幸信訳）「十一月の午後降る雪」「仕事のあとで」「馬に水をやりながら」／（詩雑誌評）諏訪優「人生の冒険としての詩——『暴走』『悪徒』『ボアン』『DAKUON』『むむ』『バッテン』『ドラムカン』『長帽子』」／（エッセイ）秋山兼三「最近読んだ本・ヘンリー・ミラー『南回帰線』」／

ピイプル・ウィリアム・カーロス・ウィリアムズ／編集後記・諏訪優。

・『エスプリ』六三年八月号。

扉・ピカソの彫刻「スプーンを捨てる女」の写真とジェルマン・ヌヴォの詩句／（評論）菅谷規矩雄「メタフォールあるいは賓辞の魔力——埴谷雄高ノオト」／（詩篇）井上輝夫「想念の伝記」／天沢退二郎「遺言詩篇」／佐藤文夫「戦いの歌・ムワミの歌」／清水俊彦「暗闇がわれわれを取り巻く」／岩本隼「夏よ」／（評論）チャールズ・トムリンスン（徳永暢三訳）「パステルナークの主題について」／現代詩時評・松田幸雄「危機的状況とはどういうものか」／（書評）飯島耕一「岡田隆彦『われらの力19』以後」／（詩雑誌評）諏訪優「詩人はひとりぼっち——『ひとりぼっち』『青ひげ』『海』『新詩篇』『想像』『地球』『ずたぶくろ』『牧神』『GAY』」／（エッセイ）鎌田忠良「最近見た映画・マスコミとミニコミの周辺」／ピイプル・安藤一郎／編集後記・諏訪優。

・『エスプリ』六三年九月号。

カット・渡辺武信／扉・マルタ・デ・スペロの彫刻「貫かれた手」の写真とランボーの詩句／（エッセイ）鎌田忠良「若者の青い小鳥のための十円玉」／秋元潔「安楽死の方法・1」／岡田隆彦「形の羅列・反履《ママ》について考える」／（評論）菅谷規矩雄「詩あるいは背反への運動——埴谷雄高ノオト2」／（詩篇）山本道子「手がわたしを揺り起こす」／八木忠栄「島」／岡田兆功「うたの日」／会田千衣子「背景のために（抄）」／ジャック・ケラワック（井原秀治訳）「コーラス二三九番」／（エッセイ）岩浪洋三「最近聴いたジャズ」／（書評）菅谷規矩雄「エロティックな眠り——藤田治詩集『ブルー＆センチメンタル』」／（詩雑誌評）諏訪優「夏の日記」／ピイプル・Jack Kerouac／編集後記・諏訪優。

・『エスプリ』六四年五月号。

（評論）入沢康夫「幻想と詩の接点」／吉増剛造「若者よ身体を鍛えておこう」／（詩篇）堀川正美「トラヴァース」／井上輝夫「貴種流離譚・ランボーの墓に」／秋元潔「鎮魂歌」／（書評）大岡信「吉増剛造の詩についてひとこと」／（エッセイ）岡田隆彦「かいまみえる朱」／（小説評）八木忠栄「内面の問題」／（映画評）吉増剛造「関東無宿／花と怒濤／にっぽん昆虫記／男と女のいる舗道／第七の封印／悪徳の栄え」／（作品月評）・天沢退二郎「闇黒と太陽の間——鈴木作品『虹』をめぐって」／（美術評）井上輝夫「岡本太郎個展」／編集後記・諏訪優。

（註・行き当たりばったりで創刊されたこの雑誌は、七ヶ月の中断の後、天沢退二郎、井上輝夫、高野民雄、八木忠栄、吉増剛造、諏訪優の六人の編集委員会制度で刊行されることになり、再出発したが、それもこの一号限りで消滅した）。

『シネ』（これは前記の新芸術社を媒介とした交流の中で生まれた、同世代詩人による映画批評誌で、二号で終わったが、そういう交流があったことを記録しておくことに意味があろう）。

・『シネ・1』（六三年二月刊）。

渡辺武信「最近の日本映画から——〈雪之丞変化〉〈一心太助・男一匹道中記〉」／天沢退二郎「アントニオーニについて」／岡田隆彦「すべてに係りあう青春——〈怒りの葡萄〉」／吉増剛造「神・

コンピラサン――〈野いちご〉〈処女の泉〉〈尼僧ヨアンナ〉〈エルマー・ガントリー〉〈人間〉〈斬る〉」／「後記・おかえりはこちら」（岡田、吉増、渡辺）。

・『シネ・2』（六三年四月刊）。

岡田隆彦「〈何か面白いことないか〉への苦い讃」／菅谷規矩雄「意識の地形学――アントニオーニ序説」／渡辺武信「凝視の美学と行動のリズム――〈斬る〉と〈中山七里〉について」／吉増剛造「〈素晴らしい悪女〉頌」／天沢退二郎「作品評――〈地下室のメロディー〉〈新座頭市物語〉」／映画短評欄「シネマシネマ」〈非行少女〉S＋Y、〈影を斬る〉A＋S＋W、〈わんぱく戦争〉A＋W、〈何か面白いことないか〉Y＋A＋W、〈夜行列車〉S＋W、〈天国と地獄〉O＋W＋A＋Y、〈アラビアのロレンス〉W＋O、〈戦士の休息〉A＋W、〈金色の眼の女〉A、〈素晴らしい悪女〉O＋W、〈女系家族〉K、〈野獣の青春〉W／「後記・おかえりはこちら」（菅谷）。

『凶区』（装丁は特記なき限りすべて桑山弥三郎、刊行日は表紙記載と異なっても「凶区日録」を根拠に実際に印刷製本が完了し、予約購読者に送付した日付。ただし15号、27号は特記参照）。

・『凶区』創刊号（六四年四月二十二日刊）。

巻頭論文「オルフェの鏡――ぼくたちはどこへ行くか」（菅谷の編集による同人の文章のモンタージュ）／野沢暎「月蝕」／天沢退二郎「道行」／鈴木志郎康「襲われる私」／渡辺武信「深夜劇場」／高野民雄「夜の続き」／秋元潔「緑はるかに」／山本道子「真昼の側面」「どこへ行ってしまうの」／渡辺武信（映画評）「『赤いハンカチ』『砂の女』」／天沢退二郎「健康の逸楽――しかし掟への背反の魅惑」（アーサー・ランサムの少年小説連作への書評的エッセイ）／菅谷規矩雄「言いたい砲台」／後記――凶区日録（彦坂、菅谷）。（註「言いたい砲台」は他の雑誌やジャーナリズムにイチャモンをつけるためのコラムで毎号、同人が交代して担当するはずだったが、この1号だけで後は続かなかった）。

・『凶区』2号（六四年六月十八日刊）。

天沢退二郎（連載評論）「宮沢賢治の彼方へ〈1〉」／**【FOCUS 藤田治】**藤田治「コロンブスの気分」「飢餓胎児」、秋元潔＋渡辺武信（対談）「藤田治の世界あるいは乱交の至福」／彦坂紹男「島を離れる」／高野民雄「幼児ロビンソンの島」／秋元潔「だからもう誰れにも逢いたくない　きみにも」／菅谷規矩雄「恋唄」／鈴木志郎康（エッセイ）「定思考〈1〉」／彦坂紹男（エッセイ）「地区宣言歌」／渡辺武信「夜の帆」／山本道子「幽霊の現実」／鈴木志郎康「逆転する処女」／野沢暎「眼の現場」／天沢退二郎「辛酸」／モーリス・ブランショ（ゲスト保苅瑞穂訳）「ランボーと最後の作品」／渡辺武信（映画評）「『月曜日のユカ』『ラスヴェガス万才！』」／高野民雄（映画評）「『去年マリエンバードで』」／秋元潔（書評）「アンリ・トマ『岬、世捨て人』」／凶区日録／後記（藤田、渡辺）。

・『凶区』3号（六四年八月九日刊）。

菅谷規矩雄（連載評論）「詩の終り――ハイデッガー《言葉》についての批判的ノート〈1〉」／**【FOCUS 秋元潔】**秋元潔『未刊詩集屠殺人の恋唄・抄』「無題詩篇」「ひとりぼっち」「ぼくはいいた

い」、天沢退二郎「秋元潔未刊詩集屠殺人の恋唄のために――わが屠殺人への恋唄」／彦坂紹男「小さな白い星に」／鈴木志郎康「月」／高野民雄「夜の旅またはその他の太陽」／天沢退二郎「途中のカーニバル」／（凶区往復書簡）吉野弘・菅谷規矩雄／渡辺武信（演劇評）「『女中たち』『ノーストリングス』『努力しないで出世する方法』『イフィジェニー』『袴垂れはどこだ』」／渡辺武信（書評）「楽しさと辛さの共存――柴田恭子詩集『ニューヨーク37階のアパート』」／藤田治（ジャズ評）「歌う陽気な鯨と寝てみたい――ローランド・カークについて」／渡辺武信（ジャズ評）「不充足感の祭典――ジェリー・マリガン　コンサート」／野沢暎（評論）「槐多の遺書――村山槐多についての覚え書き(1)」／天沢退二郎（連載評論）「宮沢賢治の彼方へ〈2〉」／山本道子（連載 recit）「そこに蛇がいる〈1〉」／同人アンケート「ぼくたちは誰を支持するか――詩人、作家・評論家、画家・彫刻家、映画作家、ジャズミュジシャン、歌手・タレント、ノンセクション」／凶区日録／後記（天沢、高野）。なお本号は多数の誤植が事前に発見され、正誤表を挿入。

・『凶区』4号（六四年十一月六日刊）。【巻頭特集】高野民雄＋井上洋介絵本「鼻唄うたい」／【FOCUS 鈴木志郎康】鈴木志郎康「観葉植物は予言する」「バスの中」「放火」「開発委員会」「蛇口」、大岡信「鈴木志郎康についての断片的なことば」／野沢暎「恋の声」／天沢退二郎「濁流――スリーピーに」／藤田治「蔭歌」／天沢退二郎（書評）「『太平洋・詩集一九五〇～一九六二』堀川正美」／野沢暎（書評）「木原伸雄『かなしみのうた・からふと・中庭』」／【特集・愛について】渡辺武信「愛はぼくたちを現実化する」、彦坂紹男「愛は断崖の上で突きかかる」、鈴木志郎康「愛はマンホールの蓋を揚げる」、秋元潔「愛はおまえに侮辱を与える」、藤田治「〈愛しているよ〉」、菅谷規矩雄「恋についてのことばあそび――いくつかの自問自答」、高野民雄「《愛》について」／藤田治「下等遊民のオルゴール」／秋元潔「古都」／菅谷規矩雄「水中花」／天沢退二郎（連載評論）「宮沢賢治の彼方へ〈3〉」／鈴木志郎康（エッセイ）「定思考〈2〉」／藤田治（エッセイ）「不定思考」／菅谷規矩雄（連載評論）「詩の終り――ハイデッガー《言葉》についての批判的ノート〈2〉」／鈴木志郎康（映画評）「『沈黙』『赤い殺意』」／山本道子（連載 recit）「そこに蛇がいる〈2〉」／凶区日録／後記（野沢、秋元）。

・『凶区』5号（六四年十二月十二日刊）。【作品特集】天沢退二郎「旅の旅」／彦坂紹男「立ちどまりの路上」／鈴木志郎康「来訪者」／菅谷規矩雄「死者に苔」／高野民雄「旅の中断または奇妙な太陽」／藤田治「魔法の杖を抜かないで」「蜜の反世界」「こだまの生活」／秋元潔「別れ」／山本道子「罹っている」／渡辺武信「うごいていく飢えの内側でぼくらは……」／渡辺武信（演劇評）「『授業』『瀕死の王』『ジークフリート』」／藤田治（舞踏評）「マース・カニングハム『永劫・チェンジリング・叉流・諸説の断想』」／彦坂紹男（書評）「『奇跡の人・エドガー・ケーシーの生涯』」／渡辺武信（映画評）「『堕落』」／菅谷規矩雄（映画評）「『かくも長き不在』」／【FOCUS 野沢暎】野沢暎「秋のために」「都市の裸者」、菅谷規矩雄「快楽の背と腹と——野沢暎論」／アモス・トトオラ（ゲスト西江雅之訳・解説）『ヤシ酒飲んべ』／秋元潔（評論）「富永太郎ノート」／野沢暎（評論）「潜水夫の発見——菅谷規矩雄と六月のオブセッション」／鈴木志郎康（エッセイ）「定思考〈3〉」／山本道子（連載recit）「そこに蛇がいる〈3〉」／天沢退二郎「凶区書簡」／凶区日録／後記（高野、彦坂）。

・『凶区』6号（六五年三月十八日）。【FOCUS彦坂紹男】彦坂紹男「風吹く土地」「そうして」「同体」、秋元潔（彦坂論）「弱年をめぐって」、藤田治＋野沢暎対談「彦坂紹男の詩と日常」／高野民雄「夜明けの伝説」／渡辺武信「ミュージカルの予感」「ヒーローのいない朝」／野沢暎「はじめての泉」／山本道子「なにもない」／藤田治「情歌」「恋唄」「めざめ」／鈴木志郎康「女に向って位相せよ」／天沢退二郎「ある予言者の幼年時代」／鈴木志郎康（エッセイ）「定思考〈5〉」／菅谷規矩雄（連載評論）「沈黙と苦痛——詩の終り〈3〉」／天沢退二郎（連載評論）「風の又三郎とは誰か——宮沢賢治の彼方へ〈4〉」／山本道子（連載recit）「そこに蛇がいる〈4〉」／野沢暎（映画評）「記憶の崩壊——『パサジェルカ』」／渡辺武信（映画評）「虚像の役割——『黒い海峡』」／凶区日録／後記（渡辺）／巻末大特集「六四年映画ベストテン・凶区プラス2」（註　実際は郷原宏、池田信一に加えて長田弘が遅れて投票したのでプラス3になった。また「定思考〈5〉」は明らかに〈4〉の誤りであり、次の号外版を〈5〉と数えても7号以下一つずつ番号がずれる）／「ノンセクションベストテン」。

・『詩学』六五年四月号・『凶区』号外（雑誌内雑誌）〝これが『凶区』だ！〟扉・桑山弥三郎／〈凶区〉解題「私たちはどこへ行くか？」（無署名）／彦坂紹男「約束なし」／秋元潔「何にをかんがえているの　きみは」／野沢暎「森の意図」／藤田治「すてきな耳」／渡辺武信「首都の休暇」／菅谷規矩雄「ウィスキイの時間」／高野民雄「古い歌」／鈴木志郎康[digression]／天沢退二郎「帰らざる帰還のための二つの詩と補遺」／山本道子「そこに蛇がいる」／堀川正美「〈凶区〉への手紙」／入沢康夫「〈凶区〉への手紙」／無署名「言いたい砲台……ベトナム戦争」／天沢退二郎（映画評）「『柔らかい肌』『ジュテックス』」／渡辺武信（映画評）「池広一夫の新作をめぐって『若親分』」／鈴木志郎康（エッセイ）「定思考・号外版」／凶区日録／編集後記（渡辺、高野）／『凶区』予約購読者募集案内、第七号予告。

・『凶区』7号（六五年六月十二日刊）。【FOCUS高野民雄】高野民雄「タイム・トラベラー1・2・3」、渡辺武信「高野民雄あるいは胎児型時限爆弾の優雅——鈴木志郎康の手紙と対話しながら」／山本道子「パセリの花」／彦坂紹男「古恋」／天沢退二郎「呪婚の魔」／菅谷規矩雄（評論）「詩ののちの死——大滝安吉追悼」／藤田治「死亡宣言」／野沢暎「敵の敵」／鈴木志郎康（エッセイ）「定思考〈7〉」／秋元潔（美術評）「加納光於展ミラー33」／鈴木志郎康（映画評）「増村保造作品『兵隊やくざ』」／凶区日録／後記（野沢、彦坂）。

・『凶区』8号（六五年八月十七日刊）。

天沢退二郎（連載評論）「よだかはなぜみにくいか――宮沢賢治の彼方へ〈5〉」／秋元潔「宣言」「厭離島」／渡辺武信「二つの死者たちへの花々」／鈴木志郎康「MANDANT RESTAURÉ」／アンドレ＝ピエール＝ド＝マンディアルグ（天沢訳及び付記）「夜・愛」／天沢退二郎（映画論）「バッド・ボエティチャー頌」／（課題エッセイ「どこへ行きゃいいんだ」）渡辺武信「凶区とは絶え間ない現在である」、菅谷規矩雄「すでに凶区はひとつの位置である」／山本道子（連載recit）「そこに蛇がいる〈5〉」／（情報転載）「《カイエ・デュ・シネマ》誌による一九六四年ベストテン」「同誌による戦後二十年フランス映画ベストテン」／凶区日録／編集後記（藤田、彦坂）／後記の上段に6号「宮沢賢治の彼方へ〈4〉」に関する誤植訂正記事あり。

・『凶区』9号（六五年十月十四日刊）。表紙・久野暁宏（DOCCO）／【作品特集】鈴木志郎康「私小説的プアプア」／渡辺武信「恐怖への迂回路」／菅谷規矩雄「ゲニウスの地図」／彦坂紹男「湖廻り（うみめぐり）」／天沢退二郎「おまえの声は……à Tina」「ブルーエンジェル」／【特集・戦後　小エッセイ集】天沢退二郎「戦後二十年史への三つの独白とbis」、鈴木志郎康「欲望が委任統治される一九六五年」、渡辺武信「無題」、秋元潔「天皇は切腹しなかった」、彦坂紹男「風俗」／吉増剛造（ゲスト作品）「花・乱調子――凶区への日録」／山本道子「闇空はほんとうにいつか晴れるか」／高野民雄「海はどこ？――待っていてくれ、われわれのランデヴーを」／秋元潔「出発」／野沢暎「可能な限り昏に」／藤田治「エンディングテーマは愛I」／天沢退二郎（映画評）「『人間ピラミッド』（J・ルーシュ）」、鈴木志郎康（映画評）「増村保造作品『清作の妻』解説」、高野民雄（映画評）「『悦楽』（大島渚）について」、渡辺武信（演劇評）「ぼくたちが朝の微光を見る時――『ヴァージニア・ウルフなんかこわくない』NLT公演」「奇妙な目まいのたのしみ――『夜明け前』（民芸公演）」／鈴木志郎康（エッセイ）「定思考〈8〉」／凶区日録1・日本篇／凶区日録2・天沢篇／編集後記（高野）。

・『凶区』10号（六五年十二月三十一日刊）。表紙・久野暁宏（DOCCO）／【FOCUS渡辺武信】渡辺武信「眠りの海」「ハードボイルド」、秋元潔「ヒーローはなぜ死なないのだろう」、堀川正美「渡辺武信についての感想――一九六五年のお歳暮」／【特集・広島】鈴木志郎康（エッセイ）「ヒロシマの生命」／菅谷規矩雄「ゲニウスの地図――第二章第三章」／鈴木志郎康「続私小説的プアプア」／彦坂紹男「よるのうた」／天沢退二郎（連載評論）「七つ森から小岩井農場まで――宮沢賢治の彼方へ〈6〉」／山本道子（連載recit）「そこに蛇がいる〈6〉」／渡辺武信（演劇評）「虚構の中の熱狂――『ピーターパン』（木馬座）」／彦坂紹男（エッセイ）「良書紹介」／凶区日録／編集後記（彦坂）／【巻末綴じ込み付録・Kyoku à Paris】（執筆は演劇評以外すべて天沢退二郎）編集前記／「パリ娘に捧げる唄」／FOCUSドニ・ロッシュ（天沢訳）「ミス・エラニーズの百等分された思考（抄）」／同「試訳ノート」／（映画評）「ゴダール『気狂いピエロ』」／ゲスト保苅瑞穂（演劇評）「モンミーナはなぜ死ぬのか――ピランデルロ“Ce Soir, on improvise”」／（ジャズ評）「パリへ来たオーネット」／凶区パリ日録。

・『凶区』11号（六六年三月十四日刊）。表紙・久野暁宏（DOCCO）／鈴木志郎康（エッセイ）「カーラジオを越えて庄野潤三を越えて」／【FOCUS山本道子】山本道子「絵の中の絵」、吉原幸子「山本道子への手紙」、秋元潔「そこに何にがあるのか――山本道子の印象」／菅谷規矩雄「ゲニウスの地図――第四章第五章」／鈴木志郎康「続続私小説的プアプア」／（ゲスト）ミーム・ニシエ「泳ぐ手紙」／菅谷規矩雄（連載評論）「詩の原理あるいは埴谷雄高論〈1〉」／渡辺武信（演劇評）「見世物的と非劇場的――『椅子』『ゴドーを待ちながら』」／凶区日録／凶区パリ日録補遺／編集ノオト（神戸にて菅谷）。【補註】ミーム・ニシエは西江雅之のペンネームであることが「編集ノオト」に記されている。

・『凶区』12号（六六年四月二十九日刊）。【全巻特集・映画への異常な愛情】「一九六五年映画ベストテン・アンケート」「同・集計表」「ノンセクション・ベストテン」／天沢退二郎「パリで映画狂いの告白」／鈴木志郎康「私小説的映画体験談」／渡辺武信「走れ!マックィーン――『ハイウエイ』を中心にしたロバート・マリガン覚え書」／凶区日録／編集後記（渡辺）。

・『凶区』13号（六六年五月二十五日刊）。ロラン・バルト（保苅瑞穂訳、エッセイ）「『批評論集』序文」／菅谷規矩雄（連載評論）「詩の原理あるいは埴谷雄高論〈2〉」／天沢退二郎「小岩井から……小岩井へ……――宮沢賢治の彼方へ〈7〉」／鈴木志郎康「私小説的処女キキの新登場」／高野民雄「＊」／天沢退二郎「創世譚」／彦坂紹男（映画評）「『あるマラソンランナーの記録』」／凶区日録／編集後記（天沢）。

・『凶区』14号（六六年九月七日刊）。秋元潔（評論）「尾形亀之助試論」／野沢暎「海の果実」／渡辺武信「夏のうた」／藤田治「わが日常」／彦坂紹男「明日はそこに」／鈴木志郎康「売春処女プアプアが家庭的アイウエオを行う」／菅谷規矩雄「爪の月その余白――〈ゲニウスの地図〉より」／天沢退二郎「鬼言」／菅谷規矩雄（エッセイ）「北川透への手紙のかわりに――感想的断片」／渡辺武信（映画評）「サントロペを探せ――『非行少女ヨーコ』」「正調日活節の魅力――『骨まで愛して』（斉藤武市）」／鈴木志郎康（映画評）「私的感情としてのルイス・ブニュエル――『ロビンソン漂流記』を見て」／保苅瑞穂（エッセイ）「（演劇の演劇性とは……）」／凶区日録／編集後記（天沢）。

・『凶区』15号（六六年十月二十五日刊。日録に六六年十月後半から十一月末まで空白があるため、刊行日には日録の裏付けなし）。【プアプア詩特集】鈴木志郎康「羞恥旅行で処女プアプアは凍りそして発芽する」「私は悲しみに液化した処女プアプア」「プアプアが私の三十一才の誕生日を優しく」「法外に無茶に興奮している処女プアプア」「美しいポーズとして最後に私小説プアプアが死聳えて立つ」／菅谷規矩雄（連載評論）「詩の原理あるいは埴谷雄高論〈3〉」／天沢退二郎（連載評論）「とし子の死あるいは受難劇――

宮沢賢治の彼方へ〈8〉」／藤田治「男ざかり」／吉岡実（ゲスト）「ヒラメ」／彦坂紹男「町抜けI」／山本道子（連載recit）「そこに蛇がいる〈7〉」／天沢退二郎（書評）「D・ブッツァティ『タタール人の砂漠』」／天沢退二郎（映画評）『あなたの命』（斉藤武市）」／渡辺武信（映画評――彦坂への私信より）「『モーガン』（カレル・ライス）」／凶区映画採点表（8～9月封切）＋寸評（鈴木、桑山、高野）／凶区日録／後記（彦坂）。

・『凶区』16号（六七年六月三日刊）。
山本道子「空のなかにつれこもうとする」／藤田治「プー生活　その1」／【特集・宮沢賢治】菅谷規矩雄「無言とダイアローグ――詩の十字架」、入沢康夫（ゲスト寄稿）「『若い木霊』の問題」、鈴木志郎康「賢治詩への私的接点で」、天沢退二郎（連載評論）「宮沢賢治の彼方へ〈9〉（最終回として二回分を一部に）」、天沢退二郎「異本文《ヴァリアント》の問題」、秋元潔「不思議な交友――賢治と亀之助」／渡辺武信（演劇評）「柩のなかの彼（代々木小劇場公演）」／凶区日録／編集後記（無署名）／「お待たせしました・一九六六年凶区選出ベストテン――日本映画・外国映画・ノンセクション」「ベストテン編集後記」（渡辺）。

・『凶区』17号（六七年七月二十七日刊）。
天沢退二郎「芝居」／菅谷規矩雄「ゲニウスの地図（改稿）」／鈴木志郎康（エッセイ）「浴室にて、鰐が」／金井美恵子（ゲスト）「心臓乱舞」／彦坂紹男「連鎖劇」「顛末」／山本道子（連載recit）「そこに蛇がいる〈8〉」／凶区日録／後記（藤田）。

・『凶区』18号（六七年十月二十一日刊）。
表紙絵・やべ・みつのり＋鈴木悦子／山本道子（連載recit）「そこに蛇がいる〈9〉最終回」／彦坂紹男「町抜けIIの2」／渡辺武信「氷柱花」／菅谷規矩雄「両棲以後」／天沢退二郎（ラジオのための詩劇）「わが断食週間前の物語」／鈴木志郎康「白色の巨大紙抄」／菅谷規矩雄（連載評論）「詩の原理あるいは埴谷雄高論〈4〉」／鈴木志郎康（映画評）「増村保造作品『痴人の愛』」／鈴木志郎康（エッセイ）「極私的広島市案内」／凶区日録／「表紙について」／編集後記（鈴木）。

・『凶区』19号（六七年十二月二十九日刊）。
表紙・鈴木悦子＋桑山弥三郎／（目次下巻頭詩）天沢退二郎「あかんあかん」／高野民雄「眠り眠り」／彦坂紹男「寄せ書きが飾ってあった」／渡辺武信「球世界」／鈴木志郎康「股裂き」／藤田治「OH! BABY! BANG-BANG!」／山本道子「黙って見てて」／アンドレ・ピエール・ド・マンディアルグ（天沢訳「デリラは狂喜した」／保苅瑞穂（連載評論）「マルセル・プルースト〈1〉」／菅谷規矩雄（連載評論）「詩の原理あるいは埴谷雄高論〈5〉」／秋元潔（連載評論）「尾形亀之助試論〈2〉」／鈴木志郎康（映画評）「舛田利雄作品『血斗』」、高野民雄（映画評）「ウォーホル『ヴィニール』」／凶区日録／編集後記（高野、次号予告、凶区ポスター販売のPRあり）。

・『凶区』19・½号（六八年三月十四日刊。臨時増刊的な号ゆえに表紙は普通紙モノクロ活字印刷、目次をかね、桑山のデザイン関与なし）。
「一九六七年映画ベストテン」（日本映画

採点表、外国映画採点表、同人アンケート・映画ベストテン、ノンセクション・ベストテン）／菅谷規矩雄「若者たち――ブラウン管とスクリーン」／渡辺武信「侠客たちの夢――六八年一月封切全やくざ映画総評によるやくざ映画論」／抗議声明文「シネマテーク・フランセーズに対しアンリ・ラングロワの解雇について」／凶区日録なし／後記（渡辺）。

・『凶区』20号（六八年五月二十四日刊）。表紙・鈴木悦子＋桑山弥三郎／渡辺武信（劇評）「『バルコン』」、鈴木志郎康（映画評）「増村保造作品『大悪党』」、彦坂紹男「チャップリンに大いに笑って」（絵画評）「長谷川利光展寸感」、菅谷規矩雄（書評）「水から水へ――『大岡信詩集』」／山本道子「眠っている周辺」／菅谷規矩雄「音無川」／天沢退二郎「時間紀行のためのエスキス――第一群」／鈴木志郎康「乗り越えるべき殺戮」／金井美恵子（エッセイ）「西遊記論控　旅・たどりつくべき場所〈1〉」／秋元潔（エッセイ）「雑感の記」／ジャン・マリ・パパピエトロ（原作者との一問一答、プロフィル付き）「重力」（保苅訳）「夜明け」（天沢訳）／凶区日録／後記（菅谷の担当だったが彼は通常の後記ではなく「伝説」という詩篇を掲載）。

・『凶区』21号（六八年八月十六日刊）。表紙・鈴木悦子＋桑山弥三郎／金井美恵子「旅の夜風と朝開きのための三章」／鈴木志郎康「床抜き」／渡辺武信「出発延期のブルース」／天沢退二郎「男の勝負」／高野民雄「次の一分間へ」／山本道子「ほしいのは野の荊」／秋元潔「善良コンプレックス被虐の喜び（断片）」／保苅瑞穂（連載評論）「マルセル・プルースト〈2〉」／山本道子（連載レシ）「ピンキーはもう隠れたか〈1〉」／【演劇特集】（エッセイ）藤田治「ワンダフルうわあ！――重重人闇裡編」／ロラン・バルト（天沢、菅谷共訳）「ブレヒト批判の諸課題」／鈴木志郎康「極私的に岡惚れて、岡焼き――唐十郎のテント芝居に」／渡辺武信、保苅瑞穂、天沢退二郎（鼎談）「芝居についての二時間」／渡辺武信（劇評）「かれら自身の黄金の都市――六月劇場公演」／凶区日録／編集後記（天沢。金井がゲストではなく同人に加わったことを記載）。

・『凶区』22号（六八年十月二十四日刊）。鈴木志郎康「少女皮剝ぎ」／菅谷規矩雄「音無橋附近」／金井美恵子「視線のこだまのためのメモ」／渡辺武信「亡命幇助」／彦坂紹男「明け暮れ」／藤田治「花の流れ星」／山本道子「見えるのは影か死鳥か」／高野民雄「幼児ロビンソンの夕焼け」／天沢退二郎「Une Escale」／秋元潔（エッセイ）「幸福について――尾形亀之助の大きな空無を証明するために」／金井美恵子（連載評論）「西遊記論控　旅・たどりつくべき場所〈2〉」／菅谷規矩雄（連載評論）「詩の原理あるいは埴谷雄高論〈6〉」／鈴木志郎康（映画評）「増村保造作品『セックスチェック第二の性』」／天沢退二郎（書評）「『宮沢賢治　友への手紙』」／藤田治（ステージ評）「肉体にとって暗黒とは何か」／渡辺武信（映画評）「『昭和のいのち』」／凶区日録／後記（高野）。なお本号には藤田の詩篇、秋元のエッセイについての正誤表挿入あり。

・『凶区』23号（六九年二月七日刊）。表紙・鈴木悦子＋桑山弥三郎／【特集深沢七郎】菅谷規矩雄「笛吹川に沿っ

て」、金井美恵子「深沢七郎に向かって一歩前進二歩後退——作品論のための控え書」、天沢退二郎「深沢七郎論〈1〉」、秋元潔「階級に独占された文学を解放せよ！——実感的深沢七郎論として」／高野民雄「水の微笑」「樹木の微笑」／彦坂紹男「試み1」／菅谷規矩雄「(そして私はもう一度　音無橋へ?)」／渡辺武信「反・道行序奏」／天沢退二郎「予言使(定稿)」／藤田治「物語詩☆月よりの使者譫劇の旅へ」(連載第一回)／鈴木志郎康「躍躍握手して、n項行く友よ、私たちはこの子の双父《ふたおや》だ」／鈴木志郎康（エッセイ）「躍躍握手して取る極私的方向——最近の自分自身の詩について」／保苅瑞穂（連載評論）「マルセル・プルースト〈3〉」／渡辺武信（演劇評）「芸能の精が去る時——花道の引込みについて」／天沢退二郎（舞踏評）「中嶋夏『全国少女戯場』」／凶区日録／編集後記（天沢）。

・『凶区』24号（六九年五月二十七日刊）。菅谷規矩雄（エッセイ）「情況論または無言の現在をふきあげる拒否の生活」／天沢退二郎「姫づくし——中嶋夏に」／彦坂紹男「旗思い」／藤田治「料理人」／渡辺武信「ラストコーラス」／高野民雄「背後の海鳴り」／菅谷規矩雄「ESSAY IN BLUE」／特集「一九六八年映画ベストテン」「ノンセクションベストテン」、鈴木志郎康（エッセイ）「無光映画館」／【映画演劇コラム特集】鈴木志郎康「ファニーガール」、彦坂紹男「テレビ・映画雑感／涙について」、渡辺武信（演劇評）「『狂人なおもて往生をとぐ』」、木朽さよこ（映画評）「ジョージ・ペパード讃江」、高野民雄（映画評）「『アポロンの地獄』」／凶区日録／編集後記（渡辺）。

・『凶区』25号（六九年十月三十日刊）。菅谷規矩雄（連載評論）「詩の原理あるいは埴谷雄高論〈7〉」／鈴木志郎康（エッセイ）「極私的夜行列車は暁を迎えて」／保苅瑞穂（連載評論）「マルセル・プルースト〈4〉」／天沢退二郎（評論）「いわゆる『イーハトヴ宣言』の一箇の助詞について」／高野民雄「赤い夕日を背にうけて——眠り男の旅の歌」／渡辺武信「お家へ帰ろう」／天沢退二郎「風呂屋譚」／金井美恵子「春の画の館(II)」／鈴木志郎康「実践十円家族の皆様」／藤田治「シルバーにいちゃんに海を」／秋元潔「遠くはなれて」／彦坂紹男「子守唄から」渡辺武信（映画評）「『私の棄てた女』」／凶区日録／編集後記（鈴木）。

・『凶区』26号（七〇年二月九日刊）。秋元潔小詩集「恐慌論あるいは死の余白(未完の断片として)」「おかえりなさい総理閣下」「恋の騒乱罪あるいは金曜日のブルース」／高野民雄「娘は　まるで」／藤田治「耳暮し」／菅谷規矩雄「無言録〈I〉」／渡辺武信「連続大活劇——continued to next decade」／彦坂紹男「人路歴巡　I」／天沢退二郎「取経譚」／鈴木志郎康「家庭教訓劇」／四谷シモン（ゲスト）「ねつれつポエムとオムレツぽえじい」／木朽さよ子（コラム）『少女仮面』をめぐって——見られる肉体の不在」／金井美恵子（エッセイ）「作家の声《ヒューマンボイス》——歌手野坂昭如について」／凶区日録／後記（渡辺、高野、彦坂、藤田）。

・『凶区』27号（七〇年三月二十日刊、事実上の終刊号。したがって刊行日は裏表紙記載により日録の裏付けなし）。

【映画特集】「一九六九年映画ベストテン」「一九六九年ノンセクションベストテン」／渡辺武信（映画評）「『ジョンとメリー』」、木朽さよ子（映画評）「『千羽鶴』」、山田宏一（映画評）「南部の夏の牧歌――『イージーライダー』について」／彦坂紹男「ことば変り　2」／天沢退二郎「続・取経譚」／菅谷規矩雄「無言録（Ⅱ）」／菅谷規矩雄（エッセイ的書簡）「編集長への手紙」／鈴木志郎康（手記）「凶区同人を止める私の事情」／金井美恵子（書評的エッセイ）「書評と付記――野坂昭如の二つのエッセイ集」／凶区日録／編集後記（渡辺、高野、彦坂）。

・『凶区』廃刊宣言号（七一年三月五日刊）。

「廃刊宣言」（秋元潔、藤田治、彦坂紹男がそれぞれ執筆）／藤田治「マリリン・モンロー詩抄」（藤田治訳と記されているが、パロディと思われる）「おやすみ」「手紙」「想い出」「絵」／彦坂紹男（評論）「どうしても題――歌会始論小序」／無署名詩篇「誘惑」／藤田治（未完短編小説）「おだやかな男」／秋元潔（評論）「私小説的歌謡論――別れをめぐって」／無署名短文「確信の共有関係を確立するために」／彦坂紹男（紀行的小説）「旅はずれ旅の日記」／凶区日録／編集後記（tu・とのみ記載）。（註　秋元、彦坂、藤田の三名のみによる企てゆえ、本書の論考対象外。またこの号の日録は明らかにパロディで事実と関わりない）。

『季刊・現在』（駒込書房刊行、秋元潔編集の非同人誌）。

・『季刊・現在』創刊0号（七九年六月刊）。

高野民雄（コラム）「怠惰で気楽な読書、あるいは詩を書くための言葉の練習帳〈その1〉蛸」／菅谷規矩雄（連載評論）「堀辰雄（1）――事件《旅の絵》の背景」／長光太（連載評論）「原民喜――『少年詩人』」／神山睦美（連載評論）「藤村試論（一）――〈漂泊〉と〈定住〉」／高橋新吉「雀と星」／岡田哲也「牛追いさわらびの頃」「きのみきのまま」／彦坂紹夫「橋の発見」「火の見の発見」／松永伍一（スケッチと随想）「ガウディへの献辞」／永沢孝治（組詩）「譚」／松井啓子「誕生日」「間違えて」「シンメトリー」／鳥巣敏行「黙っている道」「朝」「ゆめ」「西の空」「せめて」「色」「あめ」／羽生槙子「十六ささげ」「枝豆」「ねぎ」「日常」／寺原信夫「つつがなきや」／深原道典（シナリオ風短編）「鶏――私の動物図鑑（一）」／鈴木志郎康（連載エッセイ）「往復思考（1）――生き抜ける時間のこと」／高橋徹（評論）「慷慨詩について・1」／天沢退二郎（小説・一章～七章）「夜の道」／匿名コラム「現在時評」／編集後記（「K」「蟬」の筆者名あり、Kは潔か？）

・『季刊・現在』1号（七九年十二月刊）。

秋山清（評論）「ある未完とある完成――中野重治について」／高野民雄（コラム）「怠惰で気楽な読書、あるいは詩を書くための言葉の練習帳〈その2〉餓え」／菅谷規矩雄（連載評論）「堀辰雄（2）父――《聖家族》の図式」／三好豊一郎（スケッチと随想）「桐の実」／神山睦美（連載評論）「藤村試論（二）――〈漂泊〉と〈定住〉」／鈴木志郎康（連載エッセイ）「往復思考（2）――自分という別のいきもの」／高田みつ子（評論）「砺波の女〈生かされとる〉という思想」／【現在通信（地域別随想集）「にっぽん縦断報告」】加賀谷圏太郎（鉾岡）「東北三大祭りに割り込みたいサンサ踊り」、柴田正夫（秋田）「類句か盗作か、言訳つきの立派な句碑」、原田勇男（仙台）「人出一九五万、迷子三六二人、住民不在の七夕祭り」、寺原信夫（新潟）「乾燥機普及で消えていく稲架木のある風景」、安宅夏夫（金沢）「兼六公園有料化で閉めだされた地元民」、鶴岡善久（幕張）「江戸時代発掘、どろめんこの畑から」、筧槇二（横須賀）「海は好き　軍港は嫌ひ　アメリカは怖い」、天野茂典（八王子）「大東京の薄い光をあび　ほの暗く沈む盆地」、辻征夫（小岩）「引退した怪人二十面相は招き猫に似てる」、彦坂紹夫（千駄木）「抜られそうもない道も抜けられる下町」、小長谷清実（駒込）「猫のノミ取り粉を買いに出たところ　事件は起きた」、杉山平一（宝塚）「橋上公園の彫刻撤去運動その他」、岡田哲也（出水）「西南より──都は目恥かし　田舎は口うるさし」、鳥巣敏行（長崎）「出島界隈には漂流物のように観光客で溢れている」、富川光夫（福岡）「福岡県朝倉郡朝倉町堀川の重連水車は停るか」／春木一端（エッセイ）「再生雑談・夏の午後は戦争の話が尽きないの巻」／松井啓子「くだもののにおいのする日」／岡田哲也「ウルトラマン・かっぺ」／本田晴光「裂けた記憶」／羽生槇子「日常」「さやえんどう」／松井真資「残暑日記から」／永沢孝治「小譚詩──消しゴム、屑籠、独楽、扉、教室」／鳥巣敏行「海の村」／深原道典（シナリオ風短編）「蜩虫──私の動物図鑑（二）」／渡辺武信（エッセイ）「しかしそこに映画は在る──ある小さな町の小さな映画祭」／「BOOK STAND　まがじん・れびゅう」（筆者匿名の詩の同人誌評）／高橋徹（評論）「慷慨詩について・2」／浄明寺一晃（内外詩人についての連鎖エッセイ）「招魂集」／編集後記なし。次号予告あり。

・『季刊・現在』2号（八〇年四月刊）。杉浦民平（エッセイ）「地方の時代というけれど」／【小特集・自分史】木村迪夫「私の農民史──非農民的なる者の彷徨」、岡田哲也「鶴小景」、安倉昭典「地主の末として」、鈴木志郎康「自分の中の天皇を辿る──私の天皇史」／tento mi-shima（イラストレーション）「MOMOE」／アンドレ・ピエール・ド・マンディアルグ（天沢退二郎訳）「黒い巡洋艦」／高橋徹（評論）「慷慨詩について・Ⅲ」／神山睦美（連載評論）「藤村試論（三）──〈漂泊〉と〈定住〉」／菅谷規矩雄（連載評論）「堀辰雄（3）婚約──《風立ちぬ》の空間」／佐々木昭一郎（テレビドラマ評論）「四季・ユートピア　サブノート」／宮田童仙坊（日記風エッセイ）「O君への手紙。トーキング・ぷぁ・いえろー・ブルース」／村上善男（エッセイ）「仙台戦後屋台誌①喧噪と臨時灯」／春木一端（エッセイ）「再生雑談②イノウチへ行く道」／花田英三「単騎待ちなど」／高野民雄「コマまわし」／永沢孝治（組詩「幻」）「鋏」「傘」「幻」／彦坂紹夫「ベネシアンブラインド」／鳥巣敏行「帆船」「公休日」／よしかわつねこ「メルバとラルボー」／薦田光恵「ともだち」「ひとり暮らし」／道木三枝「空」／松井啓子「冬瓜」／岡田哲也「ここより極へ」／深原道典（シナリオ風短編）「飛行機──私の動物図鑑（三）」／高野民雄（コラム）

「怠惰で気楽な読書、あるいは詩を書くための言葉の練習帳〈その3〉〈眠り〉」／稲垣真美（エッセイ『尾崎翠全集・全一巻』）「尾崎翠に思うこと——全集を編纂して」／柳澤通博（書評）「一穂の少年少女文学——定本『吉田一穂全集（全三巻）』」／粕谷栄市（書評）「完結と悲惨——『石原吉郎全集・全三巻』」／辻征夫（エッセイ）「騎兵隊とインディアン」／高野公彦（評論）「放蕩排すべし——現代詩批判」／編集後記（「A」とのみ署名、おそらく秋元潔）／駒込書房刊の詩集の広告／『季刊・現在』3号の予告はあるが刊行は未確認。

『四次元・詩と詩論』（矢立出版刊の非同人誌。2号の編集人として「清水哲夫」と記載があるが、これは、同誌に詩篇を寄稿している「清水哲男」の誤植か？）。

・『四次元・詩と詩論』創刊号（七五年十一月刊）。

【小特集・金子光晴】（旧作詩篇の再録・篇数不詳）金子光晴、（特集関連評論）鶴岡善久、郷原宏、中島可一郎／（詩作品）高橋睦郎、清水哲男、吉原幸子、三沢浩二、臼田稔、浦辺明彦／（評論）磯田光一、渡辺石夫／【シリーズ】石原吉郎、白石かずこ、芝山幹郎、芦原修二／【同人詩誌の頁】『異神』（同誌からのアンソロジー数篇）

（この創刊号については、筆者が所持している2号掲載のバックナンバー内容紹介によっているので、執筆者名は正しいと思うが、評論やエッセイのジャンル別や題名、詩作品の題名は不詳、【シリーズ】という目次項目の意味や【同人詩誌の頁】『異神』の内容も、現物がある2号から推測するしかない。また、創刊号刊行日も2号に隔月刊と傍記してあるのを根拠に推定した結果）。

・『四次元・詩と詩論』2号（七六年一月刊）。

表紙絵・藤林靖晃、カット・大手拓次／【特集・現代詩の倫理】井手則雄（評論）「七〇年代詩の倫理——詩と思想の位置から」、渡辺武信（インタビューアー渡辺石夫に答える形の談話）「六〇年代の状況と詩人——詩的快楽を語る」、一色真理（評論）「倫理の変容——鮎川信夫素描」、加藤典洋（評論）「立身出世という無垢——中原中也の場所について」／（詩作品）長谷川龍生「衒商、女をつけていく」、黒部節子「エスキス」、粒来哲蔵「流砂」、高橋秀一郎「ひまわりの道」／【小特集・大手拓次】大手拓次（詩作品）「藍色の蟇」「河原の沙のなかから」「妬心の花嫁」（特集関連評論）原子朗「彼岸の詩人と此岸の読者」、桜井作次「詩人と風土」／中村文昭（評論）「清水昶の…について」／【新鋭詩人集・詩作品】石毛拓郎「路傍の人々（三）」、高木秋尾「明日も雪だろうか」、佐々木洋一「ゆりさんは小さな耳をもっている」／【シリーズ】山口哲夫（短篇小説）「銀世界」、永井善次郎（小詩集「葬歌」「ぬれて」「におう泥」「爪で」／藤富保男（エッセイ）「私と古典・わがもの顔をしないわがままな寺男」／相沢啓三（エッセイ）「処女作の頃・河の底の記憶」／【同人誌の頁〈ぷれいす〉特集】井原修（『ぷれいす』紹介文）、以下同誌詩作品アンソロジー安藤典明「残滓の光」、井原修「石のなかで」、春日久男「行きの舞い」、清水和子「河を捨てる」、坂井信夫「樹と風」、北川透「夢の聞書＊めざめた姫の独白」、日野研一郎「二月」、／〈表紙の言葉〉藤林靖晃「青の状況」／編集後記（無署名、奥付に「編集人・清水哲夫」と記載）
なお2号の矢立出版の広告欄に『四次元・詩と詩論』3号の予告（【特集・土着】【小特集・山之口貘】）があるが刊行は確認されていない。

『季刊・吟遊』（詩書出版の吟遊社が刊行した非同人誌。奥付に編集発行人・北村博史と記載）。

・『季刊・吟遊』創刊号（七五年秋刊行）。【特集・ドラムカンの詩人】（座談会）井上輝夫＋岡田隆彦＋鈴木伸治＋吉増剛造、（特集関連評論）天沢退二郎「ドラムカン論考」、江森国友「三田詩人からドラムカンへ」／（詩作品）安西均、永瀬清子、中江俊夫、片桐ユズル、金井直、秋山基夫、上野芳久、高野喜久雄、辻征夫、風山瑕生、坂井信夫、三好豊一郎／（連載評論）鶴岡善久「現代詩人論1・大岡信」、山崎行太郎「小林秀雄論1」／森武生（短篇小説）「もう一匹の生物」。
（この雑誌も2号のみを所持しているので、右記1号目次は2号のバックナンバー紹介による。したがって詩作品の題名などは不詳、刊行年月日も2号が冬と記載されているので前年秋と推測した結果）。

・『季刊・吟遊』2号（七六年二月刊）。【特集・現代詩2・幻の詩誌をもとめて】（対談）諏訪優＋八木忠栄「嗚呼同人誌・黄金狂時代」、（特集関連論考）渡辺武信「東片町に集う詩人たち」、原田勇男「エスプリとその時代」、井上輝夫「エスプリ誌と諏訪さん」、（特集関連巻末資料〈エスプリ〉アンソロジー詩篇）吉増剛造「平原」、白石かずこ「百合」、原田勇男「にがい夜の唄」、井上輝夫「想念の伝記」、天沢退二郎「遺言詩篇」、佐藤文夫「たたかいの歌・ムワミの歌」、山本道子「手がわたしを揺り起こす」、八木忠栄「島」、岡田兆功「うたの日」、堀川正美「トラヴァース」／新芸術社版ペーパーバックス広告再録、『エスプリ』総目次一覧／諏訪優（詩雑誌評）「人生の探求と冒険としての詩」／『不快指数』（編集後記・無署名）
（なお2号巻末には次号予告として次の内容が記されている。私自身が失念していたが、本書の素材になった七三年における『現代詩手帖』連載回顧録が、いったん中断した後、この雑誌で再開する企画があったわけだ。しかし実際に私は書いていないので、3号の刊行は確認されていない）。

・『季刊・吟遊』3号（七六年四月刊）【特集・現代詩3　幻の詩人たち】60年に出現し詩を逸脱した藤森安和、間宮瞬二郎ら〈亜〉に依った詩人をはじめ杉克彦編集〈銀河〉の詩人たちに焦点を当てる。（座談会）原崎孝＋安宅夏夫＋望月昶孝予定、（論考）郷原宏、高橋秀一郎、原崎孝／（詩作品）渡辺武信他／渡辺武信「移動祝祭日」連載開始。

『凶区』関連年表(1)

1945〜1970

年代	凶区関連（特記なき書名は詩集、*は評論及びエッセイ集、#は小説集）	現代詩の状況	映画・TV（☆は邦画、★は洋画）	政治・経済
1945	8・15敗戦。鈴木康之（35年5月、東京生まれ、後の筆名＝志郎康）国民学校四年生（集団疎開していたが栄養失調で帰京し亀戸在）。彦坂紹男（36年4月、東京生まれ、後の筆名＝紹夫）国民学校三年生（浦和に引越中）。菅谷規矩雄（36年5月、東京生まれ）国民学校三年生（川越に疎開中）。天沢退二郎（36年7月、東京生まれ）国民学校三年生（満州国長春在）。山本道子（36年12月、東京生まれ）国民学校三年生（徳島に疎開中）。秋元潔（37年1月、横浜生まれ）国民学校三年生。藤田治（37年2月、東京生まれ）国民学校三年生（山梨に疎開中）、渡辺武信（38年1月、横浜生まれ）国民学校二年生（山梨県甲斐常磐に疎開中、9月に帰京）。桑山弥三郎（38年1月、柏崎生まれ）国民学校二年生。室井武夫（38年3月、東京生まれ、後の筆名＝野沢暎）国民学校二年生。高野民雄（38年8月、千葉市生まれ）国民学校一年生（幕張に疎開中）。	清水哲男（38年2月、東京生まれ）国民学校二年生。吉増剛造（39年2月、東京生まれ）国民学校一年生（和歌山に疎開中）、岡田隆彦（39年9月、東京生まれ）5歳。長田弘（39年11月、福島生まれ）5歳。井上輝夫（40年1月、兵庫生まれ）5歳。		8・15終戦の詔勅。9・2降伏文書調印。連合軍プレスコード発表。10・国連成立。11・財閥解体指令。11・中国で国共内戦始まる。12・第一次農地改革。
1946	天沢、新潟県新発田市に引揚げ。	3・『純粋詩』（秋谷豊、福田律郎ら）創刊。3・『新詩派』（平林敏彦、鮎川信夫、田村隆一、三好豊一郎ら）創刊。9・『ゆうとぴあ』（城左門ら）創刊。12・	☆『大曽根家の朝』『わが青春に悔いなし』『わが恋せし乙女』★『運命の饗宴』『疑惑の影』『我が道を行く』『黄金狂時代』『カサブランカ』	1・1天皇人間宣言。2・公職追放令。5・極東軍事裁判。10・第2次農地改革。

		『VOU』復刊。		
1947	4・彦坂、東京に戻る。 11・3金井美恵子、高崎市に生まれる。	4・『母音』（丸山豊、安西均、谷川雁ら）創刊。7・『歴程』（草野心平ら）復刊。8・『詩学』（『ゆうとぴあ』改題）創刊。9・『荒地』（鮎川信夫、田村隆一、中桐雅夫、三好豊一郎）創刊。	〃ハリウッド・テン〃追放。E・ルビッチ歿。 ☆『安城家の舞踏会』『素晴らしき日曜日』『銀嶺の果て』 ★『断崖』『荒野の決闘』『心の旅路』	2・1スト、GHQ命令で中止。5・3新憲法施行。9・コミンフォルム結成。
1948	4・鈴木、日大一中入学。 天沢（小6）、冒険小説「怪しい怪人」を書く。	太宰治入水自殺。 4・北川冬彦『夜陰』。 4・金子光晴『落下傘』。5・草野心平『日本砂漠』。6・『荒地』廃刊。6・村野四郎『予感』。7・『マチネ・ポエティク詩集』。	東宝争議（4・15～10・19）「来なかったのは軍艦だけ」といわれた米軍協力の弾圧。 ☆『酔いどれ天使』『わが生涯の輝ける日』 ★『黄金』『逢いびき』『失われた週末』『姉妹と水兵』	戦争協力の文筆家追放。ベルリン封鎖。 4・極東軍事裁判判決、12・岸信介、巣鴨プリズンから釈放。
1949	4・彦坂、開成学園中学に入学。 山本、少女小説『矢車草』を書く。 渡辺、綴り方の時間に「早く出せば教室を出て遊べる」という理由で詩を書く。一方、まだ大衆的人気を得る前の手塚治虫を発見し、友人と共に手塚を模倣した長篇漫画をさかんに書く。	田中英光自殺。 4・日本詩人クラブ発足。『純粋詩』廃刊。 5・三好豊一郎『囚人』。三島由紀夫『仮面の告白』。	☆『青い山脈』『野良犬』『破れ太鼓』『お嬢さん乾杯！』 ★『駅馬車』『大いなる幻影』『裸の町』『ママの想い出』『仔鹿物語』『打撃王』『哀愁』	4・1 1ドル＝360円の単一為替レート。 7・下山、三鷹事件、 8・松川事件。10・中華人民共和国成立。 12・湯川秀樹ノーベル賞受賞。
1950	4・渡辺、東京教育大学付属中に進学。美術研究会に入会する。中学、高校では詩作は全くせず、ただ吉田精一編のアンソロジー『私たちの詩集』（筑摩書房の中学生全集の一巻）でいわゆる近代詩を	1・『草野心平詩集』。 3・現代詩人会創立。 8・安東次男『六月の	☆『また逢う日まで』『暁の脱走』『帰郷』『羅生門』『醜聞』 ★『腰抜け二丁拳銃』『自転車	6・朝鮮戦争勃発・朝鮮特需。レッドパージ。8・警察予備

1950	読み、三好達治、萩原朔太郎、立原道造、北原白秋、室生犀星、佐藤春夫などの詩に親しむ。	みどりの夜わ』。9・中村稔『無言歌』。10・高村光太郎『典型』。11・高見順『樹木派』。	泥棒』『無防備都市』『虹を掴む男』『ジョルスン物語』『白雪姫』『イースター・パレード』『わが谷は緑なりき』	隊設置。10・戦犯追放解除。日共で国際派が主導権を握り武装解放闘争へ。
1951	4・鈴木、日大一高入学。	6・安東次男『蘭』。8・平林敏彦『廃墟』。8・『荒地詩集1951』（「Xへの献辞」所収、以後58年まで全8集刊行）。9・白石かずこ『卵のふる街』。9・『北川冬彦詩集』。9・『原爆詩集』。12・『詩行動』（平林敏彦、飯島耕一ら）創刊。	非米活動委員会・第2回映画人聴聞会で計324人が追放。『羅生門』ヴェネチア映画祭でグランプリ受賞。☆『麦秋』『偽れる盛装』『カルメン故郷へ帰る』（国産初のカラー映画）。★『黄色いリボン』『アニーよ銃をとれ』『レベッカ』『摩天楼』『踊る大紐育』『イヴの総て』『サンセット大通り』『バンビ』『白い恐怖』	4・食料配給公団廃止。7・朝鮮休戦会談はじまる。9・9サンフランシスコで講和条約、日米安保条約調印。
1952	4・天沢は千葉一高に、秋元は逗子開成高校に、彦坂は開成学園高校に入学。その後、秋元、彦坂は文芸部、天沢は文学クラブに入る。彦坂は文芸部機関誌『暁光』に俳句を発表。山本、藤田も高校入学。金井、聖光幼稚園に入園。映画とくに西部劇を見はじめ、ジョン・フォードの名前を覚える。秋元は後に『ひとりの少女のための物語』に収録される詩を書きはじめる。天沢の初公表詩篇「夕立」（『学燈』12月号）。	3・『列島』創刊。6・『荒地詩集1952』。6・谷川俊太郎『二十億光年の孤独』。8・吉本隆明『固有時との対話』。9・中江俊夫『魚のなかの時間』。12・『安東次男詩集』。	『西鶴一代女』ヴェネチア映画祭で国際賞受賞。☆『お茶漬けの味』『生きる』『本日休診』『カルメン純情す』『稲妻』★『真昼の決闘』『風と共に去りぬ』『赤い河』『巴里のアメリカ人』『殺人狂時代』『第三の男』『アフリカの女王』『陽のあたる場所』	2・岸信介、公職追放解除。5・1血のメーデー。7・破防法施行。米、水爆実験成功。
1953	4・渡辺、東京教育大学付属高に進学。美術研究会に属し後期印象派風油絵を描きつつ、映画を見まくる。	6・『櫂』（茨木のり子、大岡信、川崎洋、谷川	2・NHKテレビ本放送へ。8・日本テレビ放送開始。	1・アイゼンハウアー米大統領就任。

	8秋元（高校二年生）、俳句中心の同人誌『KOT』創刊。10・逗子開成高文芸部が開校50周年を機に催した高校生俳句コンクールで1位が青森高校の寺山修司、2位が秋元。	俊太郎、友竹辰、吉野弘）創刊。6・『氾』（堀川正美、江森国友ら）創刊。6・『荒地詩集1953』。7・関根弘『絵の宿題』。9・吉本隆明『転位のための十篇』。12・谷川俊太郎『六十二のソネット』12・飯島耕一『他人の空』。	12・シネマスコープ第1作『聖衣』日米同時公開。阪東妻三郎歿。☆『君の名は』『ひめゆりの塔』『東京物語』『雨月物語』『日本の悲劇』★『バンド・ワゴン』『雨に唄えば』『地上より永遠に』『見知らぬ乗客』『禁じられた遊び』『ライムライト』『静かなる男』『シェーン』	3・スターリン死去、マレンコフ首相就任。3・「バカヤロー解散」による選挙で岸信介が政界復帰。4・内灘闘争。7・朝鮮休戦協定。
1954	3・鈴木、日大一高卒業、浪人。4・高野、千葉一高に入学、文学クラブで二学年上の天沢と出会う。高野作品を見た天沢が「ついに本格的詩人あらわる！」と嘆賞した伝説あり。4・金井、高崎市立東小学校に入学。「小公女」を読み感激。4・逗子開成と東京の開成の文芸部に交流があったことから秋元が彦坂に手紙で『KOT』への寄稿を誘う。彦坂は俳句ではなく詩を寄稿した。4・彦坂は秋元宅を訪問、初対面。逗子海岸における『KOT』の集まりで再会。この席には早大一年生の寺山修司が参加した他、後の『舟唄』同人雫石尚子も参加。天沢はこの頃、寺山修司が青森高校時代に投稿少年のエリートを糾合して創刊した詩誌『魚類の薔薇』（後に『蒼い貝殻』と改題）、及び童話誌『ふくろうの赤い眼』の同人にもなる。	6・黒田三郎『ひとりの女に』（55年H氏賞）。6・『今日』（平林敏彦、飯島耕一、大岡信、清岡卓行、入沢康夫、岸田衿子ら）創刊。9・ユリイカ版『戦後詩人全集』刊行開始。10・平林敏彦『種子と破片』。11・『歴程』復刊。11・『死の灰詩集』。11・谷川雁『大地の商人』。	日活が映画製作再開、五社協定と対立。ヴィスタヴィジョン第1作『ホワイト・クリスマス』日米同年公開。☆『七人の侍』『二十四の瞳』『ゴジラ』『女の園』『山椒太夫』★『麗しのサブリナ』『雨に唄えば』『グレン・ミラー物語』『略奪された七人の花嫁』『恐怖の報酬』『波止場』『ローマの休日』『ダイヤルMを廻せ！』『素晴らしき哉、人生！』	3・福竜丸ビキニ水爆実験被災。6・防衛庁＋自衛隊発足。5・ディエンビエンフー陥落。7・ジュネーヴ協定によりベトナム南北分割。12・鳩山内閣成立。公職追放経験者が要職を占め、岸信介が与党幹事長。
1955	4・秋元、逗子開成高を卒業し、寺山修司の呼びかけに応じて、河野典生、くろかわよしのりらと共に『NOAH』創刊に参画（この雑誌は1号だけで終わる）。千葉一高を卒業して浪人中の天沢、『NOAH』に誘われたが、受験勉強のため参加を辞退。彦坂、開成	石原慎太郎『太陽の季節』で芥川賞。4・鮎川信夫＊『現代詩作法』。6・大岡信＊	『地獄門』米アカデミー外国映画賞受賞。52年製作の『これがシネラマだ』が日本公開。J・ディーン歿（享年24歳）。	4・アジア・アフリカ会議。5・砂川闘争。7・日共六全協。神武景気。10・南べ

	高卒、早稲田大学教育学部社会学科入学、『NOAH』からの誘いを辞退。『早稲田詩人』に作品を発表。菅谷、東京教育大学文学部に入学、詩のサークル「橋の会」に参加。山本、跡見学園短期大学入学。藤田、浪人。鈴木、二浪。渡辺は高3で受験勉強に追われながら、「詩なら短時間で読める」という幼い誤解から、神保町東京堂で新しい詩集を購入、ユリイカ版『戦後詩人全集』の大岡信、飯島耕一の詩に接して衝撃を受け、自分も詩を書き出す。6・『KOT』を出さなくなった秋元が、彦坂と詩の同人誌・仮題『チャム』を企画するが進展せず。彦坂が一人で『舟唄』と題名を変え、手書きガリ版刷り4頁の雑誌を創刊し自作を掲載すると、秋元は非常に喜び参加を表明。秋元は『蛍雪時代』8月号に詩「恋」を実在する懸想の少女、金木照美の名で発表（秋元潔著『篋底餘燼』巻末の「初出一覧」による）。山本（19歳）、河出書房「文芸」の学生小説コンクールで「蜜蜂」が佳作入選。	『現代詩試論』。6・入沢康夫『倖せそれとも不倖せ』。8・吉岡実『静物』。10・飯島耕一『わが母音』。10・谷川俊太郎『愛について』。11・茨木のり子『対話』。11・『鮎川信夫詩集』。12・辻井喬『不確かな朝』。	☆『紅孔雀』『夫婦善哉』『浮雲』 ★『泥棒成金』『裏窓』『七年目の浮気』『いつも上天気』『ヴェラクルス』『オズの魔法使い』『エデンの東』『洪水の前』『スタア誕生』『埋もれた青春』『旅情』『鉄路の斗い』	トナム、ゴ・ディン・ジェム政権が南北分割の恒久化を図る。10・社会党統一。12・自由党と民主党合併→55年体制確立。
1956	3・藤田、渡辺、高校卒業、浪人。鈴木、三浪。渡辺は予備校に行かず、映画を年40本見る一方、詩作に熱中、「詩学研究会」に投稿し続けて二回掲載になる。『舟唄』第2号より、秋元及び『KOT』メンバーの一部が合流。秋元は56～59年『薔薇科』の同人でもあった。4・天沢、東京大学入学。駒場文学研究会に参加。5・天沢、東京駅で秋元、彦坂と初対面、その後しばらくして『舟唄』同人となる。12・第1回『舟唄』展（横浜アメリカ文化センター）。	3・田村隆一『四千の日と夜』。4・岩田宏『独裁』。5・谷川雁『天山』。7・大岡信『記憶と現在』。8・金井直『飢渇』（57年H氏賞）。9・谷川俊太郎『絵本』。10・『ユリイカ』創刊。10・安水稔和『愛について』。10・井上俊夫『野にかかる虹』（57年H氏賞）。	『太陽の季節』で裕次郎デビュー。トッドAO方式の『オクラホマ！』日本公開。溝口健二歿。 ☆『真昼の暗黒』『夜の河』『ビルマの竪琴』『流れる』『あなた買います』 ★『黄金の腕』『王様と私』『ベニー・グッドマン物語』『必死の逃亡者』『ヘッドライト』『上流社会』『知りすぎていた男』『三つ数えろ』	2・ソ連でフルシチョフがスターリン批判。4・コミンフォルム解散。5・砂川基地闘争激化。7・エジプトがスエズ運河国有化。10・ハンガリー動乱。10・日ソ国交回復。12・日本、国連加入。
1957	3・山本、跡見学園短期大学国文科卒。高野、千葉一高卒業。4・渡辺、室井（後の筆名野沢暎）東京大学入学。桑山、武蔵野美術学校入学。鈴木、高野、早稲田大学文学部仏文専修入学。藤田、早稲	大江健三郎『奇妙な仕事』。開高健『パニック』。	『ヒッチコック劇場』放映開始。H・ボガート歿。E・フォン・シュトロハイム歿。	2・岸内閣成立。3・公定歩合引き上げ→デフレ政策。

田大学文学部国文専修入学。彦坂は早稲田大学教育学部の学籍を放棄し再受験して文学部国文専修に入学。渡辺は駒場文学研究会で天沢、江頭正己と、美術サークルで室井と出会う。（駒場文学研究会における渡辺の同級には福田章二＝後の小説家、庄司薫、堀川敦厚＝後のTVディレクター&映画監督、ほりかわとんこう、がいた）。鈴木、高野は早稲田大学国文専修の級友として出会い、彦坂、藤田は早稲田大学国文専修のクラス雑誌に共に詩を掲載した縁で出会う。9・彦坂『弱年』（舟唄叢書1）。11・天沢『道道』（舟唄叢書2）。12・第2回『舟唄』展（横浜アメリカ文化センターにて天沢作のミュージカル・メルヘン『春のうた』上演）。高野は天沢に誘われて「舟唄展」に行き、秋元、彦坂と初対面、藤田は「舟唄」参加前なので会えず。山本、『歴程』同人となる。

1・寺山修司『われに五月を』。5・吉野弘『消息』。6・長谷川龍生『パウロウの鶴』。7・寺山修司『はだしの恋唄』。8・『安東次男詩集』。9・安藤元雄『秋の鎮魂』。10・富岡多恵子『返礼』（58年H氏賞）。11・中江俊夫『暗星のうた』。11・飯島耕一『ミクロコスモス』。12・関根弘『死んだ鼠』。

☆『幕末太陽伝』『嵐を呼ぶ男』＝裕次郎の人気爆発。『俺は待ってるぜ』『鳳城の花嫁』『明治天皇と日露大戦争』（日本初のシネスコ）『挽歌』『米』『純愛物語』『喜びも悲しみも幾歳月』『蜘蛛巣城』『爆音と大地』★『OK牧場の決斗』『道』『宿命』『翼よ！あれがパリの灯だ』『戦場にかける橋』『素直な悪女』

5・公定歩合再引き上げ。12・一万円札発行。

1958

4・天沢、仏文学科へ進学。『駒場文学』を離れたため渡辺を誘って同人誌創刊を企て、8・季刊『赤門詩人』第1号（同人は天沢、江頭、内田弘保、大西広）。藤田は彦坂の誘いで『舟唄』同人となった後、早稲田詩人会にも入会。7・19菅谷、久子さんと結婚。11・『赤門詩人』第2号（室井武夫が参加）。11・『舟唄』第13号刊行、以後中断。12・第3回『舟唄』展（横浜「まどか」）。12・菅谷卒業論文「時祷書とリルケの地下の世界」。

大江健三郎『飼育』で、開高健『裸の王様』で芥川賞。1・『吉本隆明詩集』。2・『あもるふ』（入沢康夫、岩成達也ら）創刊。2・入沢康夫『夏至の火』。5・大岡信＊『詩人の設計図』。6・寺山修司歌集『空には本』。7・「現代詩の会」結成。11・吉岡実『僧侶』。11・茨木のり子『見えない配達夫』。12・谷川雁＊

映画観客数十一億二千七百で、史上最高を記録。タイロン・パワー歿。5・『光子の窓』開始。☆『陽のあたる坂道』『隠し砦の三悪人』『任侠東海道』『楢山節考』『彼岸花』『炎上』『夜の鼓』『無法松の一生』『張り込み』『巨人と玩具』★『めまい』『大いなる西部』『老人と海』『死刑台のエレベーター』『悲しみよこんにちわ』『くたばれ！ヤンキーズ』『女優志願』『情婦』『魅惑の巴里』

3・フルシチョフ、ソ連首相就任。6・なべ底不況。6・反代々木三派が全学連の主導権を把握し全自連と対立。10・警職法審議に国会混乱。勤務評定反対闘争。

		『原点が存在する』。12・『荒地詩集1958』（最終号）。		
1959	1・『赤門詩人』第3号（久世光彦＝後のTBSディレクター、小説家が参加）。2・高野、鈴木、『青鰐』を創刊（以後月刊で61年4月の24号まで刊行し目標達成）。3・渡辺、室井、留年。3・『舟唄』第14号が頓挫し、「舟唄の会・パテ同人」と名乗る秋元、天沢、家本稔、正津房子、彦坂、藤田によって『パテ』第1号が刊行される（後記で天沢が「舟唄は終わった」と記す）。3・山本『壺の中』（書肆ユリイカ）。3・菅谷、東京教育大学独文科卒、4・東京大学独文科に学士入学。大西、室井、渡辺、留年。4・『赤門詩人』第4号。7・『赤門詩人』第5号（内野祥子が参加）。8・『パテ』第3号が刊行されたが、その直前にパテ同人は解散。10・『パテ』第4号が天沢の個人誌として刊行。12・『赤門詩人』第6号。	三島由紀夫『鏡子の家』。2・清岡卓行『氷った焔』。2・吉本隆明＊『芸術的抵抗と挫折』。5・飯島耕一＊『悪魔祓いの芸術論』。5・ユリイカ版『現代詩全集』刊行開始。6・『現代詩手帖』創刊。6・岩田宏『いやな唄』。6・吉野弘『幻・方法』。6・吉本隆明＊『抒情の論理』。7・『鰐』（飯島耕一、岩田宏、大岡信、清岡卓行、吉岡実）創刊。9・谷川俊太郎＊『世界へ！』。12・黒田喜夫『不安と遊撃』（60年H氏賞）。	NHK教育テレビ、日本教育テレビ（現テレビ朝日）、フジテレビ開局。4・10皇太子結婚パレード。TV受信契約二百万超。G・フィリップ歿。☆『にあんちゃん』『独立愚連隊』『暗黒街の顔役』『愛と希望の街』『南国土佐を後にして』（〃渡り鳥シリーズ〃の端緒）。★『十二人の怒れる男』『灰とダイヤモンド』『いとこ同志』『北北西に進路を取れ』『リオ・ブラボー』『お熱いのがお好き』『二十四時間の情事』『恋人たち』『南太平洋』	1・全学連、国会構内突入。2・公定歩合引き下げ、岩戸景気到来。
1960	2・『パテ』第5号。2・山本『みどりいろの羊たちと一人』（書肆ユリイカ）。2・『赤門詩人』第7号。3・藤田、早稲田大学国文科中退。4・秋元『ひとりの少女のための物語』（薔薇科社）。4・渡辺、建築学科に進学。室井、水産学科に進学、農学部自治会の副委員長を務める。大西、留年。天沢、留年。内田、文部省に就職（後年、文化庁長官となる）。4・『赤門詩人』第8号。5・秋元の編集により『舟唄』第2巻第1号（同誌は60年内に第4号まで刊行）。	1・『飯島耕一詩集』。2・橋川文三＊『日本浪曼派批判序説』。3・『谷川雁詩集』（あとがきで詩から離れる宣言がなされる）。3・安東次男＊『幻視	長篇劇映画本数547本。第二東映発足で邦画は六社七系統化。松竹ヌーベルバーグ台頭。C・ゲーブル歿。☆『おとうと』『悪い奴ほどよく眠る』『豚と軍艦』『日本の夜と霧』『太陽の墓場』『青春	1・日米安保条約改訂調印。1・三池炭坑無期限スト突入。6・アイゼンハウアー米大統領訪日中止。6・15樺美智子の死。6・18改訂安保条約

7・30『ひとりの少女のための物語』出版記念会（銀座米津風月堂）において渡辺が秋元、藤田、高野と初対面。高野と藤田も初対面。8・『赤門詩人』の刊行の目処がたたなくなり、天沢、渡辺が『暴走』（赤門詩人会発行）第1号を刊行。9・『暴走』第2号。12・『赤門詩人』第9号刊行、終刊は宣言されなかったが、これが最終号となる。桑山、武蔵野美術学校三年在学中、第1回創作パッケージ展に出品、日宣美賞受賞。この年の秋、天沢、渡辺は第16次『新思潮』創刊準備のために催された東大内の文学青年たちの集まりで菅谷と出会う。天沢、渡辺は『新思潮』同人となったが菅谷は不参加。

者の文学』。3・石川逸子『狼・私たち』（61年H氏賞）。4・谷川俊太郎『あなたに』。4・安東次男『CALENDRIER』。5・黒田三郎『小さなユリと』。7・長谷川龍生『虎』。9・白石かずこ『虎の遊戯』。9・大岡信＊『芸術マイナス1』。11・山本太郎『ゴリラ』。12・『大岡信詩集』。

残酷物語』『暗黒街の対決』『殿様弥次喜多』『拳銃無頼帳・抜き撃ちの竜』『大草原の渡り鳥』『闘牛に賭ける男』＝裕次郎・三枝、最後の共演作。
★『独裁者』『甘い生活』『太陽がいっぱい』『大人は判ってくれない』『勝手にしやがれ』『サイコ』『ベン・ハー』『アパートの鍵貸します』『オーシャンと11人の仲間』『真夏の夜のジャズ』『激しい季節』

自然成立。7・池田内閣成立。10・浅沼稲次郎刺殺。12・『所得倍増計画』閣議決定。

1961

1・室井『宿題』（私家版、ガリ版刷）。2・『暴走』第3号（室井たけお、木村秀彦＝『駒場文学』の後輩がゲスト参加）。2・『舟唄』第2巻第5号。菅谷、渡辺に詩を二篇同封した書簡を送り『赤門詩人』への参加を希望、渡辺は天沢、室井に回覧、三人は菅谷を同人に受け入れることに異論はなかったが、『赤門詩人』がまだ続刊の可能性を探っていた時期ゆえ、返事を保留。3・31高野、鈴木、早稲田大学仏文科卒業、4・高野は博報堂にTVCM制作者として、鈴木はNHKにTVカメラマンとして入社。3・山本『籠』（書肆ユリイカ）。3・天沢『朝の河』（国文社）。3・秋元が天沢に新同人誌創刊を提案する書簡を書く。天沢は高野、渡辺と個別に会談、秋元が渡辺宛書簡を書くなどの経過を経て、4・秋元、天沢、高野、彦坂、渡辺が有楽町「オパール」で会談し、誌名を『×（バッテン）』と決定。4・『暴走』第4号（高野民雄がゲスト参加）。天沢、渡辺は菅谷を「ルオー」における『暴走』第4号の合評会に招く（ゲストの高野は欠席し菅谷と出会わず）。高野は不定期で『青鰐』

2・『ユリイカ』終刊。3・山本太郎『単独者の愛の唄』。4・大岡信＊『抒情の批判』。4・谷川雁が「断言肯定命題」（『詩学』）で〈詩は滅びた〉と記す。6・藤富保男『正確な曖昧』。7・辻井喬『異邦人』。8・富岡多恵子『物語の明くる日に』。10・『試行』（谷川雁、吉本隆明ら）創刊。10・入沢康夫『古い土地』。

映画観客数、前年の10億から8・6億に急減、以後凋落が続く。第二東映は本体に合併、新東宝倒産。2・21赤木圭一郎事故死（享年21歳）。アート・ブレーキー来日公演。『夢であいましょう』『シャボン玉ホリデイ』放送開始。G・クーパー歿。
☆『不良少年』『用心棒』『黒い十人の女』『飼育』『紅の拳銃』『地平線がぎらぎらっ』『小早川家の秋』『妻は告白する』『暗黒街の弾痕』『宮本武蔵』『悪名』＝シリーズ第1作

1・米、ケネディ大統領就任。8・13東独がベルリンの壁構築。11・通産省、各地に石油コンビナート設置許可の方針決定→日本の高度経済成長時代始まる。

	を続刊し63年3月の27号に至る。6・『赤門詩人』の続刊予定がたたない状況を知った菅谷は前記二篇を独文科の学生中心の同人誌『否定』創刊号に発表。6・『×（バッテン）』第1号（創刊同人は上記「オパール」会談の五名）。6・鈴木、悦子さんと結婚。6・『朝の河』出版記念会（神楽坂出版クラブ）。8・『暴走』第5号（本号から赤門詩人会の名を外し、天沢、渡辺二人の編集責任による同人誌とし、これまで参加した者も含め随時ゲストを招く形となった。菅谷がゲスト参加）。7・『舟唄』第2巻第6号が〃61年7月号・NO. 18〃という表記で刊行、終刊となる。9・『×』第2号。12・『暴走』第6号（室井たけおがゲスト参加）。		『ろくでなし稼業』＝宍戸錠の主演第1作。★『土曜の夜と日曜の朝』『馬上の二人』『ラインの仮橋』『草原の輝き』『ウエストサイド物語』『地下鉄のザジ』『荒馬と女』『ナバロンの要塞』『女は女である』『ティファニーで朝食を』『荒野の七人』	
1962	1・渡辺『まぶしい朝・その他の朝』（国文社）（奥付は61年12月）。2・『×』第3号。3・『暴走』第7号（西尾和子＝仏文科三年、及び筆名・野沢暎となった室井がゲスト参加）。3・『まぶしい朝・その他の朝』を贈られた山本が渡辺に若い世代の同人誌を作ろうと呼びかける手紙を書き、渡辺は天沢を誘って、お茶の水「レモン」で山本と初対面（山本は『×』の創刊を知らなかった）。3・菅谷は独文科を卒業、渡辺は建築学科を卒業、それぞれ大学院に進学。室井＝野沢は水産学科を卒業、日本水産に入社。彦坂、一年遅れで早大卒業、学生社に入社。4・『まぶしい朝・その他の朝』出版記念会（銀座米津風月堂、この会で『×』グループ全員が山本に会う）。5・『×』第4号（藤田、鈴木、山本を同人として迎え入れる）。6・菅谷『谺』復刊第1号（通巻58号）に参加。6・『暴走』第8号（本号より菅谷、野沢を正式に同人として迎え入れる。宮川明子＝仏文科三年がゲスト参加）。8・『×』第5号（試論集「ぼくたちはどこにいるか」を別冊添付）。10・『暴走』第9号（入沢康夫がゲスト参加）。8・12～17『×』同人は南軽井沢の山本山荘で合宿。8・高野は仙台営業所、鈴木は広島局へ転勤。11・山本『飾る』（思潮社）、高野『長い長い道』（国文社）。	1・『あんかるわ』（北川透）創刊。2・『ノッポとチビ』（清水哲男、大野新、有馬敲ら）創刊。6・吉本隆明＊『擬制の終焉』。7・『ドラムカン』（会田千衣子、井上輝夫、岡田隆彦、吉増剛造）創刊。7・入沢康夫『ランゲルハンス氏の島』。7・岩田宏『頭脳の戦争』。7・八木忠栄『きんにくの唄』。9・吉岡実『紡錘形』。9・谷川俊太郎『21』。11・M・ブランショ／粟津則雄訳『文学空間』。12・田村隆一	テレビ受信契約千二百万超。『てなもんや三度笠』放映開始（日曜夜6時からTBS『てなもんや』、6時半から日テレ『シャボン玉』という視聴が定着）。M・モンロー歿。大河内傳次郎歿。☆『キューポラのある街』『誇り高き挑戦』『椿三十郎』『銀座の恋の物語』『憎いあンちくしょう』『座頭市物語』＝シリーズ第1作『雁の寺』★『ニュールンベルグ裁判』『怒りの葡萄』『情事』『尼僧ヨアンナ』『ハスラー』『ハタリ！』『私生活』『史上最大の作戦』『血とバラ』『リバティ・バランスを射った男』『ワン・ツー・スリー』	2・東京推計人口一千万超。3・18仏・アルジェリア停戦協定。6・ラオス停戦。10・「全国総合開発計画」閣議決定。10・キューバ危機。

『言葉のない世界』。12・黒田喜夫『地中の武器』。12・大岡信『わが詩と真実』。

川島雄三歿。

1963

1・『暴走』第10号（高野民雄がゲスト参加）。新芸術社社長、山崎悟が天沢、渡辺に接触、「叢書・現代詩の新鋭」の企画を持ちかける。新芸術社は『ドラムカン』『ぎゃあ』の同人たちとも接触したので、『×』同人は同社を訪れる岡田隆彦、吉増剛造、井上輝夫、八木忠栄らと交流する機会が増える。1・秋元、個人誌『ひとりぼっち』創刊。2・『飾る』『長い長い道』合同出版記念会（神楽坂出版クラブ）。この頃、菅谷は松下昇と出会う。3・『暴走』第11号。3・28『暴走』は藤田をゲストに新宿のジャズ喫茶「木馬」で書いた詩を即日入稿、第12号として4月に刊行。4・天沢は千葉の実家を出て東京に転居。4・15『×』第8号（高野、秋元の詩論を別冊添付）。この号より『×』は新芸術社に印刷を依頼し、文京区東片町にある同社への経路にあたる「アミー」「カナロ」「ルオー」が編集、校正の場となる。4・野沢『海の発作』（国文社）。6・25「叢書・現代詩の新鋭」の第1冊として藤田治詩集『ブルー&センチメンタル』。6・15『暴走』第13号。7・10前記叢書第2冊・鈴木志郎康詩集『新生都市』。7・新芸術社より諏訪優を編集顧問とした月刊誌『エスプリ』が創刊され、『×』『暴走』『ドラムカン』の同人たちが主要な執筆者となる。同誌は8月号、9月号を刊行したが、以降中断。8・高野、仙台より東京へ帰任。8・3〜7『×』同人は南軽井沢の山本山荘で二回めの合宿。8・10前記叢書第4冊（順序が前書と逆転しているが）菅谷規矩雄詩集『六月のオブセッション』。8・15『×』第9号（天沢訳のM・ブランショ論文を別冊添付）。9・10前記叢書第6冊・天沢退二郎詩集『夜中から朝まで』。9・25前記叢書第5冊・渡辺武信詩集『熱い眠り』。11・25前記叢書第3冊・彦坂紹男詩集『行方不明』（この叢

1・『詩人会議』（壺井繁治ほか）創刊。1・『吉本隆明詩集（新版）』。2・会田千衣子『鳥の町』。3・清水哲男『喝采』。3・岡田隆彦『われらのちから19』。3・鮎川信夫『橋上の人』。3・白石かずこ『もうそれ以上おそくやってきてはいけない』。3・飯島耕一『何処へ』。6・『長帽子』（郷原宏ら）創刊。7・『ぎゃあ』（八木忠栄ら）創刊。7・『エスプリ』（諏訪優ら）創刊。8・谷川雁＊『工作者宣言』。11・山本太郎『西部劇』。12・中江俊夫『20の詩と鎮魂歌』。12・飯島耕一＊『日本のシュールレアリスム』。

☆『天国と地獄』『にっぽん昆虫記』『拝啓天皇陛下様』『江分利満氏の優雅な生活』『女系家族』『真田風雲録』『十三人の刺客』『非行少女』『野獣の青春』『夜霧のブルース』『狼の王子』『競輪上人行状記』『関東無宿』
★『アラビアのロレンス』『酒とバラの日々』『大脱走』『あなただけ今晩は』『シャレード』『エヴァの匂い』『シベールの日曜日』『地下室のメロディー』『いぬ』『女と男のいる舗道』『ピアニストを撃て』『スパイ対スパイ』『夜行列車』『007は殺しの番号』（リバイバル公開時の邦題は『007／ドクター・ノォ』）『アラバマ物語』

2・日本がGATT11条国に移行。3・吉徳ちゃん誘拐事件。7・16建築基準法改正→超高層時代の端緒。7・18ケネディ、ドル防衛政策を打ち出す。11・12ケネディ暗殺。この年、日本は3回に渉る輸入の自由化。

書は予定順の番号とは違う順序で刊行され、第7冊以降に秋元、山本、高野の詩集が企画されていたが、64年の新芸術社の消滅により未刊に終わる）。11・1『暴走』第14号。12・15『×』第10号（視覚芸術論集を別冊添付）。12・菅谷、修士論文「ベルトルト・ブレヒトの文学 1937～1945」。

1964

1・天沢、長田弘、岡田隆彦と三人で「合評形式による現代詩十一人論」を『現代詩手帖』1～11月号に連載。1・20『暴走』第15号（末尾に「休刊の辞」掲載）。1・24お茶の水「アミー」にて上京中の鈴木夫妻を含めて新雑誌同人総会、仮題『詩空間』をとりやめ、百数十の候補の中から渡辺提案の『凶区』が採用され、渡辺の友人の桑山にロゴ・デザイン、表紙の装丁などを一任することに決定。2・15本郷「ルオー」にて『暴走』『×』合同の『暴走』15号の合評会及び『凶区』創刊号編集会議。2・2『×』第11号（年譜と休刊の辞のみで詩作品の掲載なし）。2・25井上洋介漫画集『箱類図鑑』が新芸術社より刊行（高野が編集、装丁、レイアウトを担当し「あとがき」も書く）。2・29山本、日本楽器PR課を退職。3・17同人有志が千駄ヶ谷の「DOCCOデザイン研究室」を訪問、桑山と創刊号表紙の打ち合わせ。3・31菅谷、東京大学大学院修士課程修了。4・5高野、千葉から杉並区成宗に移転。これを機に家主・津田桂子が『凶区』のプレイメイツに加わる。4・菅谷、神戸大学独文科助手として赴任地へ向かう。4・22『凶区』第1号（編集発行＝バッテン＋暴走グループ）。印刷製本は新芸術社担当だったが、ミスが多く対応に誠意が感じられないので、次号より同社と絶縁を決定。新芸術社は「同盟商事・ペーパーバックス・センター」と名を変え住所も中野区文園町に移った。中断していた『エスプリ』は、諏訪優に天沢、井上輝夫、高野民雄、八木忠栄、吉増剛造を加えた六人の編集委員会によって編集され、5・1に5月号が刊行されたが、その後、同盟商事の破綻によって消滅した。6・17『凶区』第2号（FOCUS・藤田治。ゲスト保苅瑞穂がM・ブラン

『現代詩』廃刊。『ゔぇが』（吉原幸子、山本道子、工藤直子、渋沢道子、新藤涼子、村松英子、吉行理恵）創刊。吉原幸子はネイヴィ倶楽部事務局長就任。吉増剛造『出発』、岩田宏『グアンタナモ』、吉原幸子『幼年連禱』、堀川正美『太平洋』、片桐ユズル『専問家は保守的だ』、谷川俊太郎『落首九十九』、高見順『死の淵より』、富岡多恵子『女友達』、吉原幸子『夏の墓』、『中桐雅夫詩集』、吉野弘『10ワットの太陽』、岡田隆彦『史乃命』。＊『鮎川信夫詩論集』、吉本隆明＊『初期ノート』、吉本隆明＊『模写と鏡』。

佐田啓二歿。A・ラッド歿。☆『砂の女』『赤い殺意』『飢餓海峡』『五辨の椿』『乾いた花』『非行少年』『ああ爆弾』『夫が見た』『卍』『黒い太陽』『執炎』『馬鹿が戦車でやって来る』『人生劇場・新飛車角』↓東映任俠路線の端緒、『御金蔵破り』『赤いハンカチ』『花と怒濤』『夕陽の丘』★『かくも長き不在』『突然炎のごとく』『去年マリエンバードで』『パサジェルカ』『軽蔑』『山猫』『五月の七日間』『博士の異常な愛情』『マイ・フェア・レディ』『シャイアン』『007／危機一発』（リバイバル公開では『007／ロシアから愛をこめて』）『マーニー』『マンハッタン物語』『トム・ジョーンズの華麗な冒険』『7人の愚連隊』

6・中国で文化大革命始まる。8・10ベトナム戦争反対集会。9・名神高速全通。10・東海道新幹線改行。10・東京オリンピック。10・15フルシチョフ辞任。

	1965
ショの翻訳を寄稿）。今号より表紙は桑山弥三郎の馴染みの印刷所、本文は『暴走』の印刷をした東大前の千葉タイプに依頼。7・天沢、千葉の実家に戻り留学に備える。8・9『凶区』第3号（FOCUS・秋元潔。未完詩集『屠殺人の恋唄・抄』掲載）。8・12〜16南軽井沢の山本山荘にて第3回夏期合宿（『凶区』としては初めて）。8・20ネイヴィ・クラブにて天沢歓送会（大岡信、堀川正美、飯島耕一、清岡卓行、入沢康夫、吉岡実、吉増剛造、吉原幸子、正津房子、林のり子、榊原清、大野増穂、小川彰、桑山、及び在京同人。9・15堀川正美『太平洋』出版記念会（私学会館）に野沢暎、山本道子、渡辺武信出席。堀川氏曰く「俺も気をつける、お前も油断するな」。10・天沢、訳詩集／J・グラック『大いなる自由』（思潮社）。11・2『凶区』第4号（FOCUS・鈴木志郎康。ゲスト大岡信による「鈴木志郎康についての断片的言葉」、及びゲスト井上洋介の絵と高野の詩で構成された「絵本・鼻唄うたい」掲載）。12・24『凶区』第5号（FOCUS・野沢暎。早大フランス文学研究会で鈴木、高野と交友があったゲスト西江雅之がアモス・トトオラの小説の翻訳を寄稿）。12・30上野ハイツで『凶区』忘年会と『ゔぇが』例会が九時まで平行開催。忘年会には桑山、井上洋介、守屋千恵子、船戸（菅谷規矩雄の友）、吉原幸子がゲスト参加、深夜「ユニコン」の謙ちゃん、松本くん来る。12・31高野の下宿に藤田治、彦坂紹男、野沢、渡辺集まり『てなもんや三度笠・超ワイド版1時間45分』と紅白歌合戦。この年、金井美恵子（高2）は『凶区』の予約購読者になる。	1・渡辺、『現代詩手帖』1〜11月号に岡田隆彦、長田弘との鼎談形式による「ポエム・アイズ・今月の問題作合評」を連載。1・31秋元＋河口登志子結婚披露宴（逗子なぎさホテル）へ高野、野沢、彦坂、藤田、山本、渡辺。2・27吉原幸子詩集出版記念会（ネイヴィ・クラブ）に高野、山本、渡辺出席。3・13「〃ゔぇが〃と一緒に遊びましょう」の会（ネイヴィ・クラブ）に在京同人及び桑山参
	『現代詩論体系』全6巻（思潮社）刊行開始。3・清水昶、正津勉『0005』創刊→『首』に発展、2号から余村昭光が参加。
	夏、ミニスカート流行。11『11PM』放送開始。☆『赤ひげ』『東京オリンピック』『日本列島』『巌流島の決斗』『兵隊やくざ』（シリーズ第1作）、『太平洋奇跡の作
	2・米ベトナム内戦に軍事介入、北爆開始。4・ベ平連結成。日本経済はベトナム特需により活況化。6・水俣病発生。授

加。3・18『凶区』第6号（FOCUS・彦坂紹男。64年度映画ベストテン）。3・27「乗合馬車」でパリ留学の天沢、広島勤務の鈴木以外の同人八人集まり、関西から上京した正津勉、清水昶と会い、向かいの「ラ・セーヌ」の弘田三枝子のステージに接してから堀川正美宅を訪問、朝までしゃべる。『詩学』4月号「特集・これが凶区だ！」が6号と7号の間の号外となる。4・12「ロミ・山田ショー」でロミが山本の詩「なんでもない」を朗読。4・17津田桂子、上野ハイツに山本、高野、野沢、藤田、渡辺、彦坂、桑山を召集して結婚宣言。5・6山本、上野ハイツに転居、在京同人集まって祝賀会。6・3彦坂、第3回「歴程」フェスティバルに行き山本に柴田恭子、吉行理恵を紹介され、結婚した荒木桂子（旧姓津田）と夫にも会う。6・12『凶区』第7号（FOCUS・高野民雄。裏表紙には5・25発行と記載）。6・28〈詩と祈りとポイポイの会〉に高野、山本、渡辺。終会後、詩の朗読をした大岡信、三木卓、堀川正美、岩田宏及び劇団の人々と「石の家」で歓談。7・彦坂、学生社を辞し家業の一粒社へ入社。7・15守屋千恵子個展（オープニングの日は不詳だが、8号日録に7・21が個展のラク日との記載あり）。8・17『凶区』第8号（裏表紙に6・10発行と記載）。10・14『凶区』第9号（ゲスト・吉増剛造、裏表紙には8・25発行と記載）。10・26ルナミ画廊で鈴木悦子個展オープニング。11・13中江俊夫詩集出版記念会へ渡辺、山本出席。11・15渡辺『夜をくぐる声』（思潮社）。11・27渡辺、同志社大の現代詩シンポジウムに招かれ、飯島耕一、大岡信、清岡卓行と共に京都へ。11・28引き続き前記メンバーが京大のシンポジウムへ、神戸から渡辺に会いに来た菅谷も急遽シンポに参加。12・18上野ハイツの〈夜をくぐる会〉に同人他桑山、守屋千恵子、堀川正美、岩田宏、小田久郎、山口洋子、新藤凉子、吉原幸子、八木忠栄が出席、総勢17名。12・25『凶区』第10号（特集・広島＋凶区パリ版。裏表紙には10・25発行と記載あるも12・17にパリ版日録を追加入稿しているから、それ以後で、正確な

『谷川俊太郎詩集』、茨木のり子『鎮魂歌』、高橋睦郎『眠りと犯しと落下と』、新川和江『ローマの秋・その他』、『鮎川信夫全詩集』、入沢康夫『季節についての試論』、黒田三郎『時代の囚人』、長田弘『われら新鮮な旅人』、白石かずこ『今晩は荒模様』。

長田弘＊『抒情の変革』、大岡信＊『眼・言葉・ヨーロッパ』、吉本隆明＊『言語にとって美とはなにか』、安東次男＊『芸術の表情』、鮎川信夫＊『戦中手記』、大岡信＊『超現実と抒情』、寺山修司＊『戦後詩』（『凶区』批判論収録）。

谷川雁が『鮎川信夫全詩集』の書評で〈詩がほろんだことを知らぬ人が多い〉と書く。

戦・キスカ』『日本侠客伝』（シリーズ第1作）続いて『日本侠客伝・浪花篇』『日本侠客伝・関東篇』を連発、『網走番外地』（シリーズ第1作）、『昭和残侠伝』（シリーズ第1作）、『黒い賭博師』（シリーズ第1作）、『泣かせるぜ』『春婦伝』『明治侠客伝・三代目襲名』

★『8½』『野望の系列』『柔らかい肌』『サウンド・オブ・ミュージック』『素晴らしきヒコーキ野郎』『水の中のナイフ』『グレートレース』『ねぇ！キスしてよ』『大いなる野望』『道化師の夜』『HELP！四人はアイドル』

業料値上げ反対運動から学生運動再燃。

11・戦後初の赤字国債発行、均衡財政から国債依存への転換。

発行年月日不明）。12・31上野ハイツで『凶区』忘年会。

1966

1・渡辺、『現代詩手帖』1～11月号に映画、テレビ、コンサートなどの時評コラム「Hungry Eyes」を連載。1・15・20時20分羽田着で天沢フランスより帰国、梅花亭ギャラリーの〈井上洋介エロティシズム展〉経由の秋元、彦坂、山本、高野、別経路の野沢、渡辺、空港で出迎え。1・17『凶区』在京メンバー全員による天沢帰国歓迎会（藤田は三次会の「一力」から）。1・31渡辺、一級建築士資格取得。3・12桑山＋和田みえこ結婚披露宴（新宿厚生年金会館）に高野、山本、渡辺出席。3・14『凶区』第11号（FOCUS・山本道子。ゲスト・吉原幸子の「山本道子への手紙」掲載、裏表紙に65・12・25発行と記載あるがこの日まで遅れた）。3・31、金井、高崎女子高校卒業。4・5長田弘出版記念会（富貴）に天沢、渡辺出席。4・16天沢、目黒に移転。4・25『凶区』第12号（全巻特集・映画への異常な愛情。65年映画ベストテンに桑山、吉増剛造、郷原弘がゲスト参加）。5・1天沢『時間錯誤』（思潮社）。5・5藤田、田町駅近傍の公団住宅に移転。これを機に守屋千恵子と結婚か？5・6藤田宅で鈴木を除く同人全員集まり総会。5・9山本＋古屋結婚披露宴に秋元、天沢、高野、野沢、彦坂、渡辺出席。5・25『凶区』第13号。6・18天沢、詩人たちの神津牧場遠足に参加して、予約購読者・金井美恵子に初対面。7・1入沢康夫H氏賞受賞祝賀会へ天沢、渡辺出席。7・2藤田宅で〈『時間錯誤』の会〉、入沢康夫、吉行理恵、八木忠栄、蓮實重彦、大崎紀夫・明子夫妻、赤嶋静子（守屋千恵子の妹）、カトリーヌ、桑山、金井をゲストに同人では藤田の他、彦坂、野沢、渡辺のみが参加（金井はこの日、多くの凶区同人より蓮實重彦に強い印象を受けた、と後に記している）。7・31渡辺留学のため、渡辺は天沢と共に自宅に預かっていた『凶区』在庫を藤田宅へ運ぶ。彦坂、高野も藤田宅へ来て5人揃って有楽町へ行き天沢誕生日を祝う夕食会。8・25『凶区』第14号。9・4藤田宅で渡辺留学歓送会（秋元、天沢、野沢、高野、彦坂）。

「日本詩人全集」全34巻（新潮社）刊行開始。『現代詩大系』全7巻（思潮社）刊行開始。4・『あんかるわ』14号で休刊。『田村隆一詩集』、『岩田宏詩集』、『黒田喜夫詩集』、清岡卓行『四季のスケッチ』、渋沢孝輔『不意の微風』、『北村太郎詩集』、高橋睦郎『汚れたる者はさらに汚れたることをなせ』、三木卓『東京午前3時』。北川透＊『詩と思想の自立』、大岡信＊『文明の中の詩と芸術』、清岡卓行＊『手の変幻』、吉本隆明＊『自立の思想的拠点』、長田弘＊『青春の発見』、鮎川信夫＊『詩の見方』。

3・31人口1億人超。6・29ビートルズ来日。B・キートン歿、M・クリフト歿、W・ディズニー歿。☆『人類学入門』『他人の顔』『白昼の通り魔』『二人の世界』『帰らざる波止場』『夜霧よ今夜も有難う』『嵐来たる』『遊侠一匹・沓掛時次郎』『なつかしい風来坊』『893愚連隊』『あこがれ』『非行少女ヨーコ』★『市民ケーン』『幸福』『パリは燃えているか?』『ドクトル・ジバゴ』『小間使の日記』『魂のジュリエッタ』『テキサスの五人の仲間』『エル・ドラド』『ナック』『ビバ！マリア』『レッドライン7000』『唇からナイフ』『動く標的』

7・4新国際空港建設地を三里塚＝成田に閣議決定。8・18中国で文化大革命祝賀大集会。紅衛兵活動始まる。10・21ベトナム反戦統一スト。

9・13渡辺、アメリカ留学に出発。天沢、野沢、彦坂、羽田へ見送りに。10・菅谷、名古屋大学に転任、名古屋に転居。10・11同志社大学のシンポジウムに天沢、菅谷参加。長田弘も一緒。菅谷は清水昶と夜を徹して飲む。10・25『凶区』第15号（プアプア詩特集）。12・20渡辺、留学を中断し帰国。12・28渡辺結婚披露宴（ホテル・オークラ）、山本を除く在京全同人出席。鈴木、この年から個人映画を撮りはじめる。

1967

1・3藤田宅で『凶区』新年会、野沢は婚約者・津曲礼子同伴。2・28ルナミ画廊で鈴木悦子個展オープニング。3・13鈴木『罐製同棲または陥穽への逃走』（限定330部書肆季節社・在広島）。3・31天沢、東京大学大学院博士課程満期退学。4・1明治学院大学仏文科専任講師となる。4・17小島屋における編集会議に金井美恵子初参加（17号ゲストとして）。5・13野沢＋津曲礼子結婚披露宴に秋元、天沢、桑山、彦坂、藤田、高野出席。『現代詩手帖』5月号に金井美恵子「ハンプティに語りかける言葉についての思いめぐらし」掲載（投稿詩が選者・関根弘の推薦によっていきなり本欄に掲載されたもの）。5・20『凶区』第16号（宮沢賢治特集、ゲスト・入沢康夫）。6・11野沢、八王子の新居に落ち着く。6・19金井美恵子、短篇小説「愛の生活」が第3回太宰治賞候補として「展望」8月号に掲載されるが受賞は逸す。7・20『凶区』第17号（ゲスト・金井美恵子）。8・25鈴木、東京へ帰任。8・26～28天沢、藤田、高野、彦坂、菅谷、渡辺、志賀高原（天沢が仕事でカンヅメになっていた「熊の湯」）にて久しぶりの夏期合宿、保苅瑞穂参加。10・21『凶区』第18号（広島版）。10・菅谷＊『ブレヒト論＝反抗と革命』（思潮社）。11・3早稲田詩人会主催のシンポジウムに行った彦坂、「長帽子」の郷原宏、望月昶孝、高橋秀一郎らと交歓。11月の草月会館ホールにおける実験映画祭に同人は頻繁に通い、日本読書新聞勤務の山根貞男、天沢がパリで知り合った映画評論家・山田宏一（ユニ・フランス勤務で、日本人で唯一の『カイエ・デュ・シ

「日本の詩」全31巻（中央公論社）刊行開始。『詩の本』全3巻（筑摩書房）刊行。『あんかるわ』第15号より北川透の個人編集で復刊。

飯島耕一『夜あけ一時間前の五つの詩』、『長谷川龍生詩集』、『石原吉郎詩集』、『富岡多恵子詩集』、『辻井喬詩集』、田村隆一『緑の思想』、『吉岡実詩集』、『瀧口修造の詩的実験』、吉行理恵『夢の中で』。桶谷秀昭＊『土着と情況』、長田弘＊『探究としての詩』、大岡信＊『現代芸術の言葉』、北川透＊『情況の詩』。

S・トレーシー歿。V・リー歿。轟夕起子歿。A・マン歿。C・レインズ歿。

☆『拳銃は俺のパスポート』『日本の一番長い日』『日本春歌考』『殺しの烙印』『みな殺しの拳銃』『解散式』『ある殺し屋』『縄張りはもらった』

★『アルジェの戦い』『欲望』『昼顔』『気狂いピエロ』『夜の大捜査線』『昼顔』『冒険者たち』『ラブド・ワン』『華氏451』『恋人よ帰れ！わが胸に』『いつも二人で』『墓石と決斗』『獲物の分け前』『まぼろしの市街戦』『特攻大作戦』『夕日のガンマン』

2・11初の建国記念日。4・15東京都美濃部知事誕生。5・15ケネディ＝ラウンド（関税一括引き下げ交渉）調印。6・5中東戦争始まる。9・1四日市喘息患者、石油コンビナート六社を提訴（初の大気汚染公害訴訟）。10・8第一次羽田闘争。66年のベトナム特需五億六千万ドル（通産省の推定発表）。米国でもベトナム反戦運動高揚。11・13べ平連は横須賀の空母から脱走した米兵四人の声明を発表。12・4ギンズバーグ、スポック博士ら逮捕。

	ネマ」同人）との親交を深める。なお山田は鈴木、高野と同時に早稲田大学文学部仏文専修に入学したが退学して東京外語大に入ったので十年ぶりの再会。12・29『凶区』第19号。12・30渡辺宅で『凶区』忘年会、名古屋から菅谷上京した他、桑山、西江雅之夫妻、山田宏一ゲスト参加。			自動車保有台数1千万超。
1968	1・金井、第8回現代詩手帖賞受賞、同誌1月号に「受賞の言葉」を寄稿。1〜12・菅谷『現代詩手帖』の時評を担当（後に『詩的60年代』に収録）。1・15天沢＊『宮沢賢治の彼方へ』（思潮社）。2・4新宿アサヒ・ビヤホールにおいて、社命で北洋航海に出る野沢の歓送会。天沢、鈴木、高野、彦坂、藤田、山本参加、渡辺は「一力」を経た「やまき」の三次会のみ参加。2・在京同人は草月シネマテークにしばしば通い、「アドリブ」「サンドリア」で山田宏一と歓談する機会多し。2・9パリ・シネマテーク理事会でラングロワ更迭決定。3・14『凶区』第19½号（巻末にラングロワ事件に対する抗議声明掲載）。渡辺がこの号に書いた「侠客たちの夢——68年1月封切り全やくざ映画総評によるやくざ映画論」を読んだ『映画芸術』編集長・小川徹が同誌に〝若山富三郎論〟を依頼。渡辺にとって映画雑誌への初執筆。4・25思潮社主催のシンポジウム「詩に何ができるか」（新宿・厚生年金会館小ホール）にて菅谷、渡辺が司会を務める（ロビーで『凶区』バックナンバー売れ行き好調）。4・27「アドリブ」で凶区総会、21号の編集企画と共に金井を同人に迎え入れることを決定。鈴木『罐製同棲または陥穽への逃走』により68年度H氏賞受賞。5・10紀伊國屋ホールでH氏賞授賞式、その後アサヒグラフ記者・大崎紀夫（天沢、渡辺の『駒場文学』の後輩）による取材と撮影あり。5・22鈴木、生まれ育った亀戸の高層団地に移転。5・24『凶区』第20号（ゲスト金井、「西遊記論控」連載開始）。5・25〜27軽井沢合宿。7・1現代詩文庫11『天沢退二郎詩集』（思潮社）。7・27鈴木宅で同人による座談会「退二郎錯誤」開催（『現代詩手帖』9月号掲載）。7・31『凶区』	思潮社より「現代詩文庫」刊行開始。『大岡信詩集』、『白石かずこ詩集』、『関根弘詩集』、入沢康夫『わが出雲・わが鎮魂』、『川崎洋詩集』、黒田喜夫『詩と反詩（全詩集全評論集）』、吉岡実『静かな家』、黒田三郎『ある日ある時』、安宅夏夫『シオンの娘』、谷川俊太郎『旅』、石垣りん『表札など』。入沢康夫＊『詩の構造についての覚え書』、鮎川信夫＊『日本の抒情詩』、富岡多恵子＊『ニホン・ニホン人』、鮎川信夫＊『一人のオフィス』、粟津則雄＊『詩人たち』、吉本隆明＊『情況への発言』、北川透＊『詩の自由の論	6・19カンヌ映画祭でゴダール、トリュフォーらが学生、労働者のストを支持し、レネ、ルルーシュ、レスターが出品作撤回、映画祭中止。6・12日比谷で鈴木清順解雇反対集会。10・17川端康成ノーベル賞受賞。☆『博奕打ち・総長賭博』『神々の深き欲望』『肉弾』『絞死刑』『黒部の太陽』『初恋地獄篇』『人生劇場・飛車角と吉良常』『燃え尽きた地図』『吹けば飛ぶよな男だが』『白昼堂々』『犯された白衣』『艶歌』『斬る』『毛の生えた拳銃』★『俺たちに明日はない』『ロミオとジュリエット』『質屋』『マラー／サド』『2001年宇宙の旅』『卒業』『男性・女性』『召使』『招かれざる客』『暗くなるまで待って』『猿の惑星』『ポイント・ブランク』	116校で全共闘運動高揚。3・22フランス・ナンテールで活動家逮捕され〈3・22運動〉が5月革命の導火線に。3・27東大安田講堂を学生が占拠。4・20日大紛争開始。5・3ベトナム和平会談開催地パリに決定。5・8イタイイタイ病の原因が三井金属からのカドミウムと認定。6・中核派、社学同、社青同解放派による三派が全学連主導権を握り日共系全自連と対立。6・6ロバート・ケネディ暗殺。6・13フランスでゼネスト始まる。6・15東大医学連、安田講堂占拠。6・19日

第21号（演劇特集、編集後記に金井が同人になったことを記載）。8・金井、短篇小説集『愛の生活』（筑摩書房）。9・10ルナミ画廊で金井久美子個展オープニング。9・29秋元、辻堂へ移転。10・鈴木は早大フランス文学研究会の仲間で職場も同じＮＨＫだった戸田桂太と月刊同人誌「眼光戦線」を刊行（鈴木も戸田も名を出さず多くの筆名を使って「二人のうちの誰のものでもないと同時に全く二人のものである得るような思想体を虚構しようとした」）。10・天沢の勤務先・明治学院大学で学園紛争はじまる。10・10『凶区』第22号。10・12藤田宅で〈『愛の生活』の会〉（名古屋から上京した菅谷は金井と初めて対面）。10・山本、連作小説集『そこに蛇がいる』（思潮社）。10・23野沢、北洋航海から帰国。10・26上野ハイツで〈山本送別パーティ〉、一部限定肉筆16頁の『凶区』22½号を贈呈。10・31山本夫妻オーストラリアへ赴任。11・天沢、批評論集『紙の鏡』（洛神書房）。渡辺は『季刊FILM』のために山田宏一、矢島翠と共に大島渚（12・7）、今村昌平（12・18）にインタビュー。

理』、寺田透＊『詩のありか』、田村隆一＊『若い荒地』、飯島耕一＊『詩について』、吉本隆明＊『共同幻想論』。

『サムライ』『暴力脱獄』『バーバレラ』『さらば友よ』『華麗なる賭け』『刑事マディガン』『ローズマリーの赤ちゃん』

大芸術学部全共闘により学園封鎖。6・20東大で全学スト、駿河台を三派全学連が占拠。9・4日大へ機動隊導入、占拠学生を排除。9・5日大共斗会議三たび神田校舎を占拠。10・8羽田闘争一周年集会が新宿で開催、全学連電車を止める。10・12東大法学部が無期限ストに突入、十学部全てがストに。10・16明学大全共斗、本館をバリケード封鎖（1日間だけで退去したが30日に再占拠）。10・21国際反戦デーに新宿騒擾事件。10・23明治百年記念式典。11・1東大・大河内総長辞任。11・4加藤一郎が総長代行に。11・7上智大全共闘が学園封鎖。11・1日大芸術学部、機動隊により封鎖解除。12・21上智大、機動隊により封鎖解除。

1969

1・天沢バリケード封鎖中の本館教室で全共闘主催の連続自主講座〈いわゆる暴力と言語〉第1回を行う（入沢康夫も参加）。1・11桑山の著書『レタリング・デザイン』出版記念会（日航ホテル・スカイルーム）。1・渡辺、大学院在籍のまま、後に「館の幻影」として発表される親兄弟の四世帯住宅を設計するため、アトリエ〝渡辺武信設計室〟を目白・川村学園裏に開設。ここはしばしば『凶区』の会合場所となる。1・明学大・団交で天沢は教授たちに学長と同席しないようにと発言。2・10『凶区』第23号（深沢七郎特集）。2・渡辺、研究室の先輩である高橋靗《てい》一氏の要請により、大阪芸術大学の講師に就任、4月より隔週集中講義で大阪通いとなる。2・11高野、藤田、渡辺、不動産屋巡りをした結果、四谷左門町のアパートを高野の住居兼「四谷凶区」として賃借契約。2・14明学奪還総決起集会が品川駅構内で開催、天沢も参加。2・15菅谷上京、ただしこの日から2週間、イザラ書房刊行のE・ブロッホの翻訳原稿構成のために都内某所にカンヅメとなり、すぐには同人達と会えず。2・18カンヅメから脱出した菅谷、「イーグル」で高野、渡辺と会い、引越前の「四谷凶区」を見て喜び、10月から都立大に移る予定を発表（菅谷は法政大学からの誘いで帰京の決断をしたが、法政の「学内の事情」で採用を拒まれた）。2・23高野引越。2・25天沢、大崎明子（旧姓宮川）らと連名で入試業務非協力回答。3・19渡辺、東京大学大学院博士課程満期退学。4・10『凶区』第24号（特集68年映画ベストテン）。4・15現代詩文庫22『鈴木志郎康詩集』（思潮社）。4・27金井、姉の久美子と目白に移転（目白の住人である西江雅之が不動産屋巡りにつきあい決定）、入居したのが渡辺の友人であるグラフィック・デザイナー高田修地・千枝子夫妻と同じアパートで、金井姉妹と高田夫妻はお隣同士として親しくなる。5・5

『ユリイカ』青土社から復刊。『都市』（田村隆一）創刊。『ドラムカン』終刊。

中江俊夫『語彙集』、清水昶『少年』、渋沢孝輔『漆あるいは水晶狂い』。

G・バシュラール／岩村行雄訳＊『空間の詩学』、大岡信＊『現代詩人論』、大岡信＊『蕩児の家系』、大岡信＊『肉眼の思想』、長田弘＊『二重の思考』。

ソニー、カセット・ビデオを開発。ヒッピー・ブーム。市川雷蔵歿、成瀬巳喜男歿。日活、撮影所を売却。

☆『男はつらいよ』（長期シリーズの第一作）、『新宿泥棒日記』『栄光への5000キロ』『人斬り』『緋牡丹博徒・花札勝負』『緋牡丹博徒・鉄火場列伝』『盲獣』『御用金』『あらくれ』『野獣を消せ』『地獄の破門状』『広域暴力・流血の縄張』

★『真夜中のカーボーイ』『ウィークエンド』『ジョンとメリー』『さよならコロンバス』『おかしな二人』『中国女』『ワイルド・バンチ』『ブリット』『若草の萌える頃』

1・9東大経済学部に機動隊導入。1・14明治学院大、大学側主催の全学集会が全共闘により粉砕される。1・16長崎大に機動隊導入。1・18〜19東大が機動隊導入、安田講堂落城。1・東大入試中止。1・18ベトナム和平パリ会談。1・21東大教養学部（駒場）も機動隊により占拠学生排除。1・23京大で教職員により学生部の封鎖解除。1・22明学大で学長代理が学生側新議長団と大衆団交に応じる。1・24明学大、療養中の学長が現れ学長代理を解任、それまでの確認事項が白紙に。同日中大に機動隊導入。1・26神田

「四谷凶区」開設記念＋金井姉妹上京慶賀＋菅谷歓迎＋天沢・藤本衆子婚約祝賀の大宴会。5・高野は山本の紹介でNHKラジオ第一放送の深夜番組「夢のハーモニー」の朗読詩を隔月毎日曜に書くことになる（これは76年1月まで続き、後に詩集『あいうえお』『木と私たち』になる）。6・渡辺、『季刊FILM』第3号にスラプスティック喜劇論「パイ投げから世界の崩壊まで」を執筆。6・29渡辺の妻、実家へ帰り別居。7・渡辺、復刊された『ユリイカ』7月号より翌年6月号まで映画演劇テレビなどを報じるコラム「イメージ・オデッセイ」を連載。7・13天沢＋藤本衆子、昼に横浜中華街で公式の結婚披露宴の後、夜は桜上水のバッハ合唱団練習所で『凶区』主体の実行委員会による〝退衆団交退成パーティ〟。新郎新婦の白ヘルメット・白覆面姿での入場ではじまり、鈴木演出撮影のご成婚映画『アマタイ語録』が解説付きで上映され、藤田コック長による料理が供される。7・31高野が結婚に備えて実家に帰るため「四谷凶区」閉鎖。8・15渡辺＊『詩的快楽の行方』（思潮社）。9・菅谷帰京、百草団地に移転。10・1菅谷、都立大学助教授となるが、同大は学園封鎖中で、菅谷も学園闘争に参加。10・14高野、村上良子と結婚、椿山荘で披露宴。10・20『凶区』第25号。10・25渡辺『首都の休暇・抄』（思潮社）。10・鈴木＋戸田の『眼光戦線』第13号で終刊。10・菅谷『六月のオブセッションおよびそれ以後の詩篇』（革命の学校＋8・23救対委）。12・渡辺、楠本憲吉編『任侠映画の世界』（荒地出版社）に長篇任侠映画論「死と象徴の均衡」を書き、任侠映画年表を作成し事実上の編者となる。12・27天沢宅における『凶区』忘年会に、風邪で来られない鈴木が電話してきて『凶区』脱退を宣言。

解放区事件について警視庁は明大中大日大を一斉捜索。1・28明学大に敷石剥がしの工夫導入。2・4東大学内で集会を催そうとした学生排除のため機動隊出動。2・8明学大に機動隊導入。芝浦工大に警視庁立入り捜索。2・11日大闘争勝利労学市民五万人集会。2・12東大に再度機動隊導入。2・18日大バリケード全て落城。この後、中大、立命館大、阪大、関西学院大などに学園封鎖広がる。2・21日比谷公会堂で東大闘争報告集会。東外大仏語全教官が全共闘支持を表明。2・26明学大入試強行実施。6・10南ベトナム臨時政府樹立。7・21アポロ11号月面着陸。

1・20『凶区』第26号（秋元潔小詩集。ゲスト四谷シモン）。2・2渡辺、離婚成立。2・7渡辺の詩句を桑山がタイポグラフィック・デザインした『夜をくぐる声・抄』（私家版）刊行、渡辺、桑山は新宿松竹パーラーに行き、集まっていた同人及びプレイメイツに配布。2・19渡辺、山田宏一（天沢がパリで知り合った映画評論家で『凶区』のプレイメイツの一人）と共に羽仁進とフェアモント・ホテルで仮題『大失恋』のシナリオ改訂について討論（これは羽仁進が〝ピンキーとキラーズ〟を使う条件で監督を引き受けた東宝映画で、初めてのミュージカル・コメディゆえに、夫人の左幸子の妹である額村喜美子のボーイフレンド、山田に相談したところ、前年『季刊FILM』に掲載された渡辺の喜劇映画論を評価した山田が渡辺を推薦して仲間に加えた。この打ち合わせは2・21〜22、3・8、3・10、3・15とホテルで徹夜して続いたが、途中からこの映画のタイトル、部分アニメーション担当の和田誠も参加、渡辺、山田は初対面だったが、彼の映画に関する記憶の豊かさに驚く。以後、山田、渡辺は一番大きいカラーテレビのある和田の住まい兼仕事場を訪れて一緒に映画放映を楽しむことが多くなる（ちなみにこの当時は三人とも独身で暇、ビデオは開発初期でソニー製のみ、弁当箱大の一時間用テープが一万円だったから映画を録画することは至難であった）。3・14山田の友人で映画狂の伊藤勝男がスナック「Speak Low」を開店。ここは『凶区』のたまり場の一つとなった。3・20『凶区』第27号（結果的に最終号となる）。3・22天沢夫妻、高野夫妻、藤田、彦坂、渡辺、金井久美子は田園調布から聖跡桜ヶ丘へピクニック。4桑山、「桑山デザイン室」創設。5・25天沢＊『作品行為論を求めて』（田畑書店）。5・30菅谷＊『無言の現在――詩の原理あるいは埴谷雄高論』（イザラ書房）。6・28渡辺の設計による渡辺の両親・兄弟の三世帯住宅の新築披露を兼ねた『凶区』総会（脱退した鈴木、書簡で欠席を表明した秋元、オーストラリア在住中の山本、暫く前から詩作を絶った野沢、及び

高良留美子『見えない地面の上で』、吉増剛造『黄金詩篇』、飯島耕一『私有制に関するエスキス』、佐々木幹郎『死者の鞭』、清水哲男『水の上衣』、寺山修司『地獄篇』、富岡多恵子『厭芸術反古草紙』、白石かずこ『聖なる淫者の季節』、堀川正美『枯れる瑠璃玉』、岡田隆彦『海の翼』、『吉行理恵詩集』。飯島耕一＊『シュルレアリスムの彼方へ』、北川透＊『詩と思想の自立』、長田弘＊『開かれた言葉』、清岡卓行＊『抒情の前線』、遠丸立＊『死者もまた夢をみる』、寺山修司＊『暴力としての言語』、田村隆一＊『詩と批評B』、北川透＊『幻野の渇き』、吉本隆明＊『情況』。

3・14大阪万博。映画館観客数二五五〇万（最盛期の20%）。6日活、大映と組んでダイニチ映配を発足。日活、本社ビルを売却。内田吐夢歿。円谷英二歿。月形竜之介歿。エノケン歿。L・アームストロング歿。☆『東京戦争戦後秘話』『緋牡丹博徒・お竜参上』『反逆のメロディー』『昭和残侠伝・死んで貰います』『非行少年・若者の砦』『新宿アウトロー・ぶっ飛ばせ』『女番長・野良猫ロック』『野良猫ロック・セックスハンター』『野良猫ロック・ワイルドジャンボ』『座頭市と用心棒』『斬り込み』★『イージーライダー』『明日に向かって撃て!』『M★A★S★H』『地獄に堕ちた勇者ども』『ひとりぼっちの青春』『ウッドストック』『素晴らしき戦争』『影の軍隊』『カラビニエ』『彼女について私の知っている二、三の事柄』『大空港』『仁義』『幸せはパリで』『空かける強盗団』『い

3・31赤軍派「よど号」ハイジャック。6・23日米安保条約自動延長。7・17家永教科書裁判、東京地裁にて教科書検定違法判決。11・25三島由紀夫、自衛隊にクーデターを呼びかけ割腹自殺。

都合が悪かった彦坂を除く同人）で解散を決定。7・13渡辺、久世光彦（元「赤門詩人」同人で、当時ＴＢＳテレビ・ディレクター）、鴨下信一（久世の上司でプロデューサー）に招かれホテル・ニュー・ジャパンのロビーで会見、秋からはじまる日曜夜8時枠のヴァラエティ番組企画を手伝うよう要請され、渡辺は山田宏一を推薦して共にブレーンとなった。この仕事は堺正章を中心とする『笑っていただきます』という番組となり70年9月から71年3月まで一年続いた（二人の役割は構成の概要が決まった台本にギャグを入れること、台本の直接担当者は豊原氏）。7・18仮題『大失恋』は『ピンキーの恋の大冒険』というタイトルで封切られた。9・現代詩文庫35『渡辺武信詩集』（思潮社）。9・10金井＃『夢の時間』（新潮社）。9・天沢『血と野菜』（思潮社）。9・鈴木＊『純粋桃色大衆——空想への迷走』（三一書房）。9・秋元潔・尾形優・草野心平編『尾形亀之助全集』（思潮社）。10・菅谷『菅谷規矩雄詩集1960～1969』（岡田書店・あんかるわ叢書4、限定400部）。12・4渡辺は前年の『季刊FILM』の評論を読んだ小林信彦（当時の筆名・中原弓彦）から連絡を受け、ワーナー試写室で一緒に『大脱獄』を見てから打ち合せ、『映画評論』61年2～6月号に連載された「喜劇映画の衰退」を中心にした評論集『笑殺の美学』（大光社）の解説を依頼される。この原稿は「ギャグの総和を超えるもの」の題で年内に入稿。

ちご白書』

『凶区』関連年表(2) 1971〜1991

年代	凶区関連（特記なき書名は詩集、＊は評論及びエッセイ集、＃は小説集）	現代詩の状況	映画・TV（☆は邦画、★は洋画）	政治・経済・世相
1971	1・渡辺、『デザイン』（美術出版社）1〜12月号に映画論連載（後に『映画は存在する』に収録）。2・13渡辺、『朝日ジャーナル』天野氏の仲介によりフジテレビ前「ラ・ポルト」で宍戸錠にインタビュー（同誌に宍戸錠論を書くための取材＋ファンとしては役得）。2・中原弓彦『笑殺の美学——映像における笑いとは何か』が渡辺の解説付きで刊行。3・5『凶区』（廃刊宣言号。これは秋元、彦坂、藤田の三名のみによる編集・刊行で、他の旧同人は全く関わっていない）。3・渡辺、大阪芸術大学講師を辞任。渡辺「Speak Low」で山田宏一に『キネマ旬報』編集長・白井佳夫を紹介され、同誌の4月上旬号に随想を寄稿したのを端緒に同誌の常連執筆者となる。4・鈴木、NHK退職、東京造形大学非常勤講師となる。4・渡辺、大塚デザイン学院の講師となる。4・1山田宏一、目白に引っ越す（以後、目白に住む金井姉妹、高田夫妻と親しくなり、渡辺も含めて文芸座の週末オールナイトに通う仲間となる）。4・26渡辺設計室が下落合三丁目の田沼アパートに移転。山田宏一が家賃の一部を負担し専	吉増剛造『頭脳の塔』、茨木のり子『人名詩集』、入沢康夫『声なき木鼠の歌』、岡庭昇『魂の行為』、入沢康夫『続・倖せそれとも不倖せ』、高橋睦郎『頌』、吉野弘『感傷旅行』、荒川洋治『娼婦論』、『飯島耕一詩集』、山本太郎『死法』、清水昶『朝の道』。鮎川信夫＊『歴史におけるイロニー』、岡庭昇＊『抒情の宿命』、＊『鮎川信夫詩人論集』、大岡信＊『言葉の出現』、吉本隆明＊『心的現象論』。	9・ダイニチ映配解散、日活アクションは8・25封切りの『八月の濡れた砂』『不良少女・魔子』の二本立てで終焉。大映倒産、日活は11月よりロマンポルノ路線に転換。『映画芸術』休刊。P・アンジェリ歿。☆『儀式』『真剣勝負』『書を捨てよ町へ出よう』『博奕打ち・いのち札』『女渡世人・おたの申します』『任侠列伝・男』『博徒外人部隊』『緋牡丹博徒・お命戴きます』『昭和残侠伝・吼えろ唐獅子』『野良猫ロック・暴走集団'71』★『ベニスに死す』『小さな巨人』『哀しみのトリスターナ』『ある愛の詩』『ファイブ・イージー・ピーセズ』『キャッチ22』『エルビス・オン・ステージ』『袋小路』『リオ・ロボ』『白い肌の異常な	6・30イタイイタイ病訴訟で住民側勝訴。7・1環境庁発足。8・15ニクソン・ドクトリン、ドルの金兌換停止。8・16米のドル防衛で日本の株価急落。12・20 1ドル＝308円の新為替レート採用（〜73・2）。

年	『凶区』関連	詩	映画	社会
	用電話を引いて机一つの間借り事務所を開設。電話番として渡辺が伊藤某、山田が渡辺順子を雇用、二人が隔日に電話番を務める。6・菅谷、東京都立大学を懲戒免職。6・15金井『マダム・ジュジュの家』(思潮社)。7・30鈴木♯『oh today 嘔吐泥』(青土社)。10・25鈴木『家庭教訓劇怨恨猥雑篇』(思潮社)。11・渡辺設計室と山田事務所双方の秘書兼電話番として、思潮社の小田氏の紹介により細田祐子(元・思潮社社員)を雇用。山本、オーストラリア在住中に短篇小説「魔法」を新潮社新人賞に応募。年末、古屋(山本)家帰日。この年半ばから渡辺は毎週金曜夕方に和田誠邸に集まり、そこを着替え場所として明治記念館前の1周1kmのコースを数周走る「中年肥りを解消する会」に参加、永六輔、中山千夏、山下雄三、石岡瑛子、山口はるみ、小池一子、矢崎泰久などと知り合う。山田宏一もジョッギングはしないが夕食後の飲み会にしばしば参加。		夜』『コールガール』『真昼の死闘』	
1972	1・『天沢退二郎詩集』(青土社)。渡辺『キネマ旬報』2月上旬・決算特別号から映画ベストテンの選考者となり現在に至る。2・3渡辺『キネマ旬報』71年度表彰式(新宿文化劇場)で女優賞を藤純子に渡す役割を与えられ〝緋牡丹のお竜〟と握手して感激。2・渡辺、映画評論集『ヒーローの夢と死』(思潮社)。3・天沢、長篇詩『取経譚』(普及版、他に特製限定版20部あり。共に山梨シルクセンター出版部)。3・渡辺『キネマ旬報』に「日活アクションの華麗な世界」連載開始(79年7月まで長期連載)。3・山田が設計室秘書、細田祐子と結婚。その代わりとして映画評論家・三木宮彦のもとで『キ	『白鯨』(清水昶、藤井貞和、佐々木幹郎、倉橋健一、鈴村和成ら)創刊。岩田宏『最前線』、安藤元雄『船とその歌』、中江俊夫『語彙集』新版(72年高見順賞)、岡田隆彦『わが瞳』、一丸章『天鼓』(73年H氏賞)、大岡信『透視図法・夏のための』、辻井喬『誘導体』、吉原幸子『オンディーヌ』、中桐雅夫『夢に夢みて』。大岡信*『彩耳記』、黒田喜夫*『彼岸と主体』、谷川俊太郎*『散文』、清	M・シュヴァリエ歿。☆『軍旗はためく下に』『関東緋桜一家』(藤純子引退記念作)『故郷』『約束』『一条さゆり・濡れた欲情』『白い指の戯れ』『エロスの誘惑』『女囚701号・さそり』『らしやめんお万・彼岸花は散った』『昭和女博徒』『日本暴力団・殺しの盃』『不良番長・突撃一番』★『ラスト・ショー』『フェリーニのローマ』『時計仕掛けのオレンジ』『わらの犬』『真夜中のパーテ	2・3札幌冬季オリンピック大会。2・28連合赤軍あさま山荘事件。5・15沖縄返還。6・11田中角栄通産相『日本列島改造論』を発表⇩土地投機がさかんとなる。6・17米「ウォーターゲート事件」。7・7田中内閣成立。9田中首相、中国訪

ネマ旬報』の外国映画シナリオ採録の見習いをしている佐藤葉子を斡旋して共同秘書役とする。5・菅谷＊『ブレヒト論・改訂増補』（イザラ書房）。6・1渡辺『歳月の御料理』（思潮社）。渡辺『新建築』8月号に「白い中庭の家」、『近代建築』8月号に「大屋根の家」を発表。9・5鈴木＊『純粋身体』（思潮社）。10・天沢＊『夢魔の構造』（田畑書店）。10・菅谷、発言集『不可視の拠点から――1972.6.24解放大学拡大自主講座における菅谷規矩雄、松下昇、北川透による発言と討論の記録集』（解放学校）。12・渡辺『蜜月・反蜜月』（山梨シルクセンター出版部）。12・天沢＊『紙の鏡』（山梨シルクセンター出版部・68年洛神書房版の復刻）。山本♯『魔法』で新潮新人賞受賞。山本♯『ベティさんの庭』を『新潮』に執筆。この年、鈴木は悦子さんと離婚。悦子さんは木葉井という姓を名乗る（旧姓ではなくアフリカで親しんだキバイ族に由来する筆名のようなもの）。

水昶＊『詩の根拠』、田村隆一＊『詩と批評C』。

ィ』『ゴッドファーザー』『キャバレー』『フレンチ・コネクション』『ダーティー・ハリー』『暗殺の森』『ラムの大通り』『恐怖のメロディー』『早春』『ブラック・エース』『フレンジー』『オメガマン』

問、日中国交正常化。この年、世界各地でパレスチナ・ゲリラの活動が激化。

1973

1・山本♯『ベティさんの庭』で芥川賞受賞、同題の短篇集刊行（新潮社）。2・菅谷『自己組織への序――菅谷規矩雄表現集1964～1972』（菅谷規矩雄表現編集委員会）。2・7渡辺、佐藤葉子と結婚。東京会館における披露宴（同人代表祝辞は天沢）。6・天沢『夢でない夢』（大和書房）。7・現代詩文庫55『金井美恵子詩集』（思潮社）。10・鈴木、麻理さんと再婚。12・菅谷『菅谷規矩雄〈解体新書〉第1冊・あんかるわ別号《深夜版》3』（あんかるわ発行所）。12・金井『春の画の館』（思潮社）。12・金井♯『兎』（筑摩書房）。この年、彦坂は個人誌

『現代思想』創刊。正津勉『惨事』、『入澤康夫〈詩〉集成』、田村隆一『新年の手紙』、吉原幸子『昼顔』（『オンディーヌ』と併せて73年高見順賞）、吉増剛造『王國』、三木卓『子宮』、佐々木幹郎『水中火災』、諏訪優『アメリカ・その他の旅』、黒田三郎『ふるさと』、長田弘『メランコリックな怪物』、田村隆一＊『詩と批評D』、入澤康夫＊『詩の逆説』、岡田隆彦＊『言

映画観客数が1億8760万、前年比100.2%で15年ぶりに下降止まる。東映が任侠路線から実録路線へ転換。ソニーが家庭用ビデオレコーダーUマチック発売（テープは一時間録画で一万円）。J・フォード歿。J・P・メルビル歿。早川雪洲歿。E・G・ロビンソン歿。R・ライアン歿。
☆『仁義なき戦い』（シリーズ第1作）『赤い鳥逃げた?』『日本侠花

1・27ベトナム和平協定。米軍撤退。2・14円が変動相場制に移行。国際通貨危機、為替市場閉鎖相次ぐ。3・20水俣病訴訟患者側勝訴。8・8金大中誘拐事件。10・6第4次中東戦争勃発。11・16オイルショックによ

（1973）	『杣』創刊。	葉を生きる』、鮎川信夫＊『厭世』、渋沢孝輔＊『極の誘い』。	伝』『㊙女郎責め地獄』『反逆の報酬』『四畳半襖の裏張り』 ★『ロイ・ビーン』『お熱い夜をあなたに』『ボギー！俺も男だ』『ゲッタウェイ』『フォロー・ミー』『激突！』『ポセイドン・アドベンチャー』『ジョニーは戦場に行った』『探偵――スルース』	りトイレットペーパー買いだめ起こる。
1974	2・金井＊『夜になっても遊びつづけろ』（講談社）。3・金井♯『岸辺のない海』（中央公論社）。5・菅谷＊『埴谷雄高』（三一書房）。6・渡辺・建築評論集『大きな都市小さな部屋』（鹿島出版会ＳＤ選書90）。6・渡辺、日本建築家協会に入会。7・渡辺、『都市住宅・臨時増刊・住宅第4集』に「館の幻影」を自作解説論文と共に発表。7・天沢『夜々の旅』（河出書房新社「叢書・同時代の詩II」、詩の他、巻末に日誌「非日常的日常 1972～1973」収録）。7・渡辺設計室は高田馬場・中島ビルに移転、渡辺を含めて五名のスタッフを擁する法人設計組織となる。8・天沢『譚海』（青土社）。9・菅谷＊『詩的60年代』（イザラ書房）。10・鈴木『やわらかい闇の夢』（青土社）。10・渡辺の設計による佐藤允彦＋中山千夏夫妻の伊東別荘『花林舎』竣工（設計期間は73・1～8。『新建築』76年9月号に掲載）。山本♯『裸像』（新潮社）。鈴木、8 mm film『胸をめぐった』。鈴木、個人誌『徒歩新聞』を創刊、同誌は80・11・1刊行の第25号まで刊行が確認。	『唄』（清水哲男、正津勉）創刊。石原吉郎『禮節』、郷原宏『カナンまで』（74年H氏賞）、新川和江『土へのオード13』、渋沢孝輔『われアルカディアにもあり』、飯島耕一『ゴヤのファースト・ネームは』（74年高見順賞）、高橋睦郎『動詞1』、清水哲男『水瓶座の水』（75年H氏賞）、北川透『反河のはじまり』、吉増剛造『わが悪魔祓い』、清水昶『野の舟』、岡田隆彦『零へ』、正津勉『帰去来散稿』、清水哲男・詩画集（絵・木田レイ）『涙のカルタ』、清水哲男『〈喝采〉＋〈水の上衣〉』、菅野昭正＊『詩の現在』、関根弘＊『機械的散策』、長田弘＊『現代詩の戦後』、吉増剛造＊『朝の手紙』。	映画観客数1億8550万で、やや上向き。入場料千円時代に入る。宝塚『ベルサイユのばら』ヒット。大映再建。『映画評論』休刊。V・デ・シーカ歿。田坂具隆歿。山本嘉次郎歿。 ☆『妹』『秘本・袖と袖』『㊙色情めす市場』『赤ちょうちん』『仁義なき戦い・頂上作戦』『仁義なき戦い・完結編』『寅次郎恋やつれ』『サンダカン八番娼館・望郷』『華麗なる一族』『竜馬暗殺』 ★『エクソシスト』『映画に愛をこめて・アメリカの夜』『ペーパー・ムーン』『スティング』『ブルジョワジーの秘かな愉しみ』『デリンジャー』『突破口！』『おかしなおかしな大冒険』『セルピコ』	戦後初のマイナス経済成長。学生運動内部に内ゲバ多数発生。8・8ニクソン米大統領辞任。8・15韓国朴大統領狙撃事件。12・9田中内閣総辞職、三木内閣へ。この年、長島茂雄現役引退。
1975	1・渡辺、映画評論集『映画は存在する』（サンリ	『書紀』（稲川方人、平出隆ら）、	邦洋比率逆転して洋画優位に。	3・10新幹線、博多

オ出版）。2・秋元、研究誌『尾形亀之助』を創刊（78・6・30の第13号で終刊。その終刊号は草野心平、大岡信、小田久郎、天沢、彦坂を含め五十数名執筆）。6・菅谷＊『詩的リズム——音数律に関するノート』（大和書房）。6・鈴木＃『闇包む闇の煮凝り』。7・菅谷＊『飢えと美と』（イザラ書房）。7・山本＃『海と砂糖黍』（文藝春秋）。この年の夏、『野』創刊（秋元、彦坂、他。なおこのときから彦坂は「紹男」を「紹夫」に改めた）。8・鈴木＊『極私的現代詩入門』（思潮社）。10・鈴木『完全無欠新聞とうふ屋版』。11・渡辺、訳書／B・ルドフスキー『建築家なしの建築』（鹿島出版会『都市住宅・別冊』）。山本、訳書／ドリス・ランド『エリック・1640日の青春』（三笠書房）。鈴木、16 mm film『日没の印象』『夏休みに鬼無里に行った』『記憶の土手』『極私的魚抜け』。「鈴木志郎康写真展」（第1回・清水画廊）。

『吟遊』（鈴木伸治ら）創刊。『三好豊一郎詩集』、石原吉郎『北條』、山本太郎『鬼文』、清岡卓行『固い芽』、大岡信『遊星の寝返りの下で』、荒川洋治『水駅』、谷川俊太郎『定義』、谷川俊太郎『夜中に台所でぼくはきみに話しかけたかった』（二冊を対象に高見順賞）、那珂太郎『はかた』、清水哲男『スピーチ・バルーン』、『吉本隆明新詩集』。清水昶＊『石原吉郎』、飯島耕一＊『萩原朔太郎』、清水昶＊『詩の荒野より』、清水昶＊『夜の詩人たち』、岡庭昇＊『冒険と象徴——60年代詩の運命』。

『タワリング・インフェルノ』37億、『エマニュエル夫人』17億。ソニーが家庭用ビデオ（ベータマックス）発売（テープは一時間録画で三千円）。S・ヘイワード歿。三隅研次歿。☆『新幹線大爆破』『寅次郎相合い傘』『宵待草』『昭和枯れすすき』『新・仁義なき戦い』『祭りの準備』『化石』『田園に死す』『県警対組織暴力』★『ザッツ・エンタティンメント』『ヤング・フランケンシュタイン』『フロント・ページ』『チャイナタウン』『愛の嵐』『ジョーズ』『サブウェイ・パニック』『ガルシアの首』『ブラニガン』『ハリーとトント』

まで延長。レバノン内戦勃発。4・30ベトナム戦争終焉。7金大中事件に政治的決着。7沖縄海洋博。9・17政府が不況対策として東北・上越新幹線等、公共事業費8000億円を追加。

1976

1・鈴木『見えない隣人』（思潮社）。2・金井＃『アカシア騎士団』（新潮社）。3・山本『日曜日の傘』（思潮社）。7・金井『文藝展望』第14号から＃「単語集」連作を連載（〜78・7第22号）。8・金井＊『添寝の悪夢　午睡の夢』（中央公論社）。10・天沢『les invisibles——目に見えぬものたち』（思潮社）。12・現代詩文庫69『山本道子詩集』（思潮社）。12・天沢＃『闇の中のオレンジ』（筑摩書房）。彦坂、早稲田詩人会の先輩・山県衛の詩集『じゅうさんの愛のうた』（青磁社・76・7刊）の出版記念会で司会の吉田ひろ子（＝よしだひろこ）に出会う。鈴木、

『早稲田文学』復刊。『邪飛』（平出隆ら）創刊。清水昶『新しい記憶の果実』、北村太郎『眠りの祈り』、平出隆『旅籠屋』、田村隆一『死語』、中村稔『羽虫の飛ぶ風景』（77年読売文学賞）、飯島耕一『ウイリアム・ブレイクを憶い出す詩』、小長谷清実『小航海26』（77年H氏賞）、吉岡実『サフラン摘み』、飯島耕一『バルセロナ』、清水昶『夜の椅子』、稲川方人

角川書店映画製作に進出、書籍との連携宣伝により『犬神家の一族』ヒット。白井佳夫『キネマ旬報』編集長解任。J・ギャバン歿。R・ヴィスコンティ歿。C・リード歿。F・ラング歿。☆『大地の子守歌』『暴行切り裂きジャック』『新仁義なき戦い・組長最後の日』『やくざの墓場・くちなしの花』『大阪電撃作戦』『犯す！』『青春の殺人者』『不毛地

2・ロッキード疑獄事件。4・5中国天安門事件。7・2南北ベトナム統一。7・27田中元首相逮捕。9・9毛沢東歿。華国鋒、主席就任。江青ら文化大革命指導者逮捕。

造形大講師を辞し、イメージフォーラム付属映像研究所講師となる。鈴木、16 mm film『景色を過ぎて』

『償われた者の伝記のために』、田村隆一『詩集 1946～1976』。大岡信＊『年魚集』、北村太郎＊『パスカルの大きな眼』、吉増剛造＊『わたしは燃え立つ蜃気楼』、岡田隆彦＊『日本の世紀末』、清水昶＊『抒情遠景』、中村稔＊『詩・日常のさいはての領域』、寺山修司＊『鉛筆のドラキュラ』、北川透＊『熱ある方位』、鮎川信夫＋吉本隆明＋大岡信＊『討議近代詩史』、平出隆＊『破船のゆくえ』。

『帯』『あにいもうと』『さらば夏の光よ』
★『バルカン超特急』『さらば愛しき女よ』『王になろうとした男』『ナイトムーブス』『ファミリー・プロット』『がんばれ！ベアーズ』『ブレージング・サドル』『タクシー・ドライバー』『カッコーの巣の上で』『トリュフォーの思春期』『バリー・リンドン』『狼たちの午後』『ナッシュビル』『大統領の陰謀』『アウトロー』

1977

3・渡辺設計による平林敏彦の網代別荘『海の見える家』の竣工パーティーで岩田宏ピアノを弾きまくる。6・鈴木『家族の日溜り』（詩の世界社）。6・鈴木『日々涙滴』（河出書房新社）。8・天沢『死者の砦』（書肆山田）。10・『みみずく』創刊号（発行人である吉田ひろ子が経営する酒場「三三九＝みみずく」を拠点とする雑誌。吉田の他、店の常連客を含め、彦坂、山県衛、諏訪優、中上哲夫、秋元潔ら執筆）。10・菅谷＊『戦後社会と詩の帰趨――1977年中央大学現代詩研究会における芹沢俊介・菅谷規矩雄による講演集』（現代詩研究会）。11・鈴木＊『机上で浮遊する』（思潮社）。12・鈴木NHK退職。？鈴木 16 mm film『草の影を刈る』。金井『文藝展望』に『単語集』連作連載を継続。

吉野弘『北入曽』、清水哲男『野に、球』、岡田隆彦『生きる歓び』、松下育男『榊さんの猫』、茨木のり子『自分の感受性くらい』、入澤康夫『「月」そのほかの詩』、吉増剛造『草書で書かれた、川』、北村太郎『おわりの雪』、長田弘『言葉殺人事件』、粒来哲蔵『望楼』（77年高見順賞）、大野新『家』（78年H氏賞）、会田綱雄『遺言』（78年読売文学賞）、岡田隆彦『何によって』、『平出隆詩集』、北川透『遥かなる雨期』、石原吉郎『足利』、飯島耕一『next』。高橋睦郎＊『詩から無限に遠く』、飯島耕一＊『塔と蒼空』、岡田隆彦＊『夢見る力』、大

『八甲田山』『八つ墓村』のヒットで邦画一本立て傾向進展。田中絹代歿。豊田四郎歿。R・ロッセリーニ歿。G・マルクス歿。E・プレスリー歿。B・クロスビー歿。C・チャップリン歿。H・ホークス歿。
☆『北陸代理戦争』『日本の首領』『日本の仁義』『レイプ25時・暴姦』『悶絶!!どんでん返し』『実録不良少女・姦』『はなれ瞽女おりん』
★『パニック・イン・スタジアム』『ギデオン』『上海から来た女』『カバーガール』『ザッツ・エンタティメント・PART 2』『ビッグ・アメリカン』『大陸横断超特

1・カーター米大統領就任。5・20対米カラーテレビ輸出自主規制条約調印。9・28日本赤軍が日航機乗取り。10・円高基調でドル250円割れ。中国で鄧小平再復活、文化大革命終結宣言。11・4第3次全国総合開発計画閣議決定。

岡信＊『昭和詩史』、清水哲男＊『唄が火につつまれる』、吉原幸子＊『花を食べる』、大岡信＊『詩への架橋』、吉本隆明＊『初期歌謡論』、佐々木幹郎＊『熱と理由』。

急』『カプリコン・1』『ロッキー』『惑星ソラリス』『ネットワーク』『自由の幻想』

1978

3・『みみずく』第2号（吉田の他、磯村英樹、香川紘子、井上輝夫、小長谷清実、粒来哲蔵、難波田龍起、彦坂、山県衛などが執筆）。3・菅谷＊『詩的リズム・続篇——音数律に関するノート』（大和書房）。6・天沢＃『オレンジ党と黒い釜』（筑摩書房）。6・10山本のシアトル行を歓送宴に高野、菅谷、木葉井悦子、井上洋介（山の上ホテル旧館ビヤガーデン）。7・彦坂『ことば変り』（詩学社）。8・金井＊『書くことのはじまりにむかって』（中央公論社）。この年の夏、彦坂、鶴岡ひろ子（＝筆名・よしだひろこ）と結婚。7・26彦坂は『ことば変わり』出版記念会の発起人の高野、小長谷清実と神保町ラドリオで打ち合わせ、その後「三三九」へ。8・古屋氏の転任により山本はシアトルに移住（シアトルには82・6まで滞在）。8・31『ことば変り』出版記念会（日比谷公園松本楼）。旧『凶区』同人は発起人の高野の他、秋元、鈴木、藤田が出席。司会は彦坂の早稲田詩人会における先輩の山県衛。10・金井、『海』10月号より「言葉と〈ずれ〉」連載（～82・9月号）。11・『みみずく』第3号（吉田の他、秋元、嶋岡晨、諏訪優、難波田龍起、彦坂、八木忠栄、山県衛等が執筆）。同誌はこの号で消滅。12・山本＃『少年の声』（実業之日本社）。12・8彦坂、よしだひろこ、結婚披露宴（日比谷公園松本楼）。媒酌人

『カイエ』（冬樹社）創刊。『現代批評』（ねじめ正一、古賀忠昭ら）創刊。田村隆一『誤解』、『荒川洋治詩集』、石原吉郎『満月をしも』、北村太郎『あかつき闇』、『正津勉詩集』、吉原幸子『夜間飛行』、三好豊一郎『林中感懐』、入澤康夫『かつて座亜謙什と名乗った人への九連の散文詩』、伊藤比呂美『草木の空』、佐々木幹郎『百年戦争』、『堀川正美詩集』、『定本・那珂太郎詩集』、谷川俊太郎『タラマイカ偽書残闕』、青木はるみ『ダイバーズクラブ』、川崎洋『海を思わないとき』、鮎川信夫『宿恋行』、北村太郎『冬を追う雨』、松下育男『肴』、大岡信『春 少女に』。清水哲男＊『ダグウッドの芝刈機——現代感覚ノート』、大岡信＊『うたげと孤心』、北村太郎＊『詩を読む喜び』、飯島耕一＊『島の幻をめぐって』、谷川俊太郎＋大岡信『批評の生理』、吉本隆明＊『戦後詩史論』、大岡信＊

9・日活は「にっかつ」と改名。大島渚『愛の亡霊』でカンヌ映画祭最優秀監督賞受賞。量産システムの東映が年間17本と大幅減産。C・ボワイエ歿。R・ショー歿。J・セバーグ歿。中平康歿。佐野周二歿。田宮次郎歿。
☆『事件』『帰らざる日々』『サード』『人妻集団暴行致死事件』『危険な関係』『曽根崎心中』『最も危険な遊戯』『エロチックな関係』『柳生一族の陰謀』『鬼畜』『ダイナマイトどんどん』『冬の華』
★『ジュリア』『グッバイガール』『未知との遭遇』『家族の肖像』『アニー・ホール』『クワイヤボーイズ』『ミスター・グッドバーを探して』『愛と喝采の日々』『真夜中の刑事』『ナイル殺人事件』『ピロスマニ』『結婚しない女』『白夜』『スター・ウォーズ』

3・26成田空港開業が反対運動のため延期。5・成田空港開業。6・30平電炉、アルミ精錬などを「構造不況産業」に指定。9・5米、イスラエル、エジプト、中東和平合意。12・11米中国交正常化。

	は山県衛、披露宴司会は小長谷清実。	『日本詩歌紀行』。		
1979	2・渡辺設計の『エントランス・コートの家』(東大駒場文研時代の仲間・堀川敦厚邸)竣工(『新建築』79年8月号に掲載)。4・秋元＊『評伝・尾形亀之助』(冬樹社)。5・鈴木『家の中の殺意』(思潮社)。5・渡辺、映画評論集『映画的神話の再興——スクリーンは信じ得るか』(未來社)。5・菅谷＊『萩原朔太郎 1914』(大和書房)。6・秋元編集の『季刊・現在』創刊ゼロ号。7・秋元、詩＋エッセイ集『篋底餘燼』(七月堂)。7・渡辺『キネマ旬報』の長期連載「日活アクションの華麗な世界」を165回で完結。7・金井＃『プラトン的恋愛』(講談社)→10・泉鏡花賞受賞。11・金井＃『単語集』(筑摩書房)。12・高野『眠り男の歌』(駒込書房)。12・『季刊・現在』創刊1号。鈴木、16 mm film『玉を持つ』『Landscape of Wind』	『清水昶詩集』、岸田衿子『明るい日の歌』、犬塚堯『折り折りの魔』、黒田喜夫『不歸郷』、吉増剛造『熱風』、石垣りん『略歴』、小長谷清実『玉ネギが走る』、飯島耕一『宮古』、入澤康夫『牛の首のある三十の風景』、吉増剛造『青空』、一色真理『純粋病』(80年H氏賞)、荒川洋治『あたらしいぞわたしは』、渋沢孝輔『廻廊』(79年高見順賞)、吉岡実『夏の宴』、中桐雅夫『会社の人事』。北川透＊『詩的火線』、黒田喜夫＊『一人の彼方へ』、堀川正美＊『詩的想像力』、富岡多恵子＊『さまざまなうた』、飯島耕一＊『田園に異神あり』、清水昶＊『自然の凶器』、北川透＊『詩的弾道』、黒田三郎＊『赤裸々にかたる』、鮎川信夫＋吉本隆明＊『文学の戦後』、荒川洋治＊『アイ・キューの淵より』、入澤康夫『詩的関係についての覚え書』。	J・ルノワール歿。J・ウェイン歿。N・レイ歿。D・ティオムキン歿。R・ロジャース歿。植草甚一歿。☆『もっとしなやかに、もっとしたたかに』『もう頬づえはつかない』『十八歳、海へ』『十九歳の地図』『復讐するは我にあり』『赫い髪の女』『太陽を盗んだ男』『その後の仁義なき戦い』『絞殺』『さらば映画の友よ』『衝動殺人・息子よ』『天使のはらわた・赤い教室』『戦国自衛隊』★『リトル・ロマンス』『アガサ』『エイリアン』『インテリア』『イノセント』『プロビデンス』『ガールフレンド』『ファール・プレイ』『ディア・ハンター』『旅芸人の記録』『ビッグ・ウエンズディ』『チャイナ・シンドローム』	2・3イラン、ホメイニ師が臨時政府樹立。4・ECによる「うさぎ小屋」論議。5・3英、サッチャー首相。6・28東京サミット。10・7衆院選で自民惨敗。10・26韓国、朴大統領暗殺。12・21衆参両院で消費税反対決議。12・27ソ連アフガニスタン侵入、新政権樹立。江川、巨人にゴリ押し入団。
1980	鈴木、『ホームドクター』1~12月号に次男・野々歩の受胎から誕生までの経過に添った詩を連載。1・彦坂『迷図』(駒込書房。粕谷栄市、遠山信夫による彦坂論掲載の栞挿入)。2・新選現代詩文庫	『石原吉郎全集』、北村太郎『ピアノ線の夢』、田村隆一『水半球』、諏訪優『谷中草紙』、吉岡実『ポール・クレーの食卓』、黒田三郎	黒澤明『影武者』カンヌ映画祭グラン・プリ受賞。山口百恵が引退し三浦友和と結婚。映倫廃止。12・NHK衛星放送試験的に開始。	4・日米自動車交渉開始。5・ユーゴスラヴィア・チトー大統領歿。6・12大平

117『鈴木志郎康詩集』。4・30『季刊・現在』創刊2号。5・天沢『フランス詩への招待』（思潮社）。5・天沢『乙姫様』（青土社）。6・鈴木『わたくしの幽霊』（書肆山田）。7・1鈴木、詩論集『穂先を渡る』（思潮社）。7・1菅谷『神聖家族〈詩篇と寓話〉』（あんかるわ別号《深夜版》4・あんかるわ発行所）。8『住宅建築』8月号、「渡辺武信特集」に〝館の幻影〟シリーズと同名の論文掲載。9・金井＊『既視の街』（写真・渡辺兼人、新潮社）。10渡辺の設計により山中湖畔に飯島耕一別荘『晴烟舎』竣工（『新建築』81・11月号他に掲載）。10・20天沢＊『雪から花へ——風俗から作品へ——』（思潮社）。10・25渡辺『過ぎゆく日々』（矢立出版）。10・30高野、放送詩集『あいうえお』（駒込書房）。11金井『水の城』（『書紀書林』刊行の『書紀』第8号として）。11・菅谷＊『宮沢賢治序説』（大和書房）。鈴木、16 mm film『15日間』『肉声のこと——詩人正津勉』。

『流血』、中村稔『空の岸辺』、岡田隆彦『瞳で泳ぐ』、ねじめ正一『ふ』（81年H氏賞）、長谷川龍生『バルバラの夏』、『伊藤比呂美詩集』、小松弘愛『狂泉物語』（81年H氏賞）、安藤元雄『水の中の歳月』（80年高見順賞）、川崎洋『食物小屋』、谷川俊太郎『コカコーラ・レッスン』、『鮎川信夫全詩集』、荒川洋治『醜仮盧』、粟津則雄＊『文学の内面』、郷原宏＊『立原道造』、山本太郎＊『山の彼方に』、吉岡実＊『「死児」という絵』、大岡信＊『宇滴集』、吉野弘＊『詩への通路』。

A・ヒッチコック歿。稲垣浩歿。渋谷実歿。L・マイルストン歿。嵐寛寿郎歿。S・マックィーン歿。G・ラフト歿。J・レノン歿。R・ウォルシュ歿。
☆『ヒポクラテスたち』『ツィゴネルワイゼン』『純』『神様のくれた赤ん坊』『復活の日』『海潮音』『古都』『五番町夕霧楼』『薔薇の標的』『遥かなる山の呼び声』『四季・奈津子』『狂い咲きサンダー・ロード』
★『ブロンコ・ビリー』『マンハッタン』『ハンター』『クレーマー・クレーマー』『あきれたあきれた大作戦』『悲愁』『フェーム』『結婚ゲーム』『ルードウィヒ・神々の黄昏』『地獄の黙示録』『大理石の男』『マリア・ブラウンの結婚』『テス』『オール・ザット・ジャズ』

首相急逝、6・22衆参同日選挙で自民党圧勝。7・17、鈴木内閣成立。9・22イラン・イラク戦争。ポーランドで自主労組「連帯」発足。王貞治、現役引退。

1981

3・5渡辺、訳書／B・ルドフスキー『驚異の工匠たち』（鹿島出版会）。3・10菅谷＊『迷路のモノローグ』（白馬書房）。3〜7金井、フランスに滞在。5・山本＃『天使よ海に舞え』（新潮社）。6・天沢『帰りなき者たち』。6・天沢＊『幻想の解読』。8・金井＃『くずれる水』（集英社）。10・15鈴木『水分の移動』（思潮社）。10・25鈴木『生誕の波動——歳序詩稿』（『ホームドクター』連載を加筆したもの／

『マチネ・ポエティク詩集・思潮社版』、石川淳＋丸谷才一＋大岡信＋安東次男『歌仙』、鷲巣繁男『行為の歌』（81年高見順賞）、『吉野弘詩集』、吉増剛造『静かな場所』、『吉原幸子全詩集』、ねじめ正一『下駄履き寸劇』、小長谷清実『ナフタリンの臭う場所』、

7・石原裕次郎、動脈瘤のため緊急入院。勝プロ倒産。R・クレール歿。W・ワイラー歿。W・ホールデン歿。N・ウッド歿。五所平之助歿。中村登歿。伊藤大輔歿。
☆『遠雷』『駅』『青春の門』『狂った果実』『スローなブギにしてくれ』『陽炎座』『近頃なぜかチャー

1・20米レーガン大統領就任。5・1対米自動車輸出規制合意。5・10仏ミッテラン大統領就任。5バングラディッシュ・ラーマン大統領暗殺。10エジプト・

年	事項	詩書	映画	社会
	書肆山田)。11・20渡辺・映画評論集『日活アクションの華麗な世界・上巻』(未來社)。?鈴木16mm film『比呂美——毛を抜く話』	入澤康夫『駱駝譜』、大岡信『水府』、清岡卓行『西へ』、荒川洋治『チューリップ時代』、北村太郎『悪の花』、北川透『情死以後』、青木はるみ『鯨のアタマが立っていた』(82年H氏賞)、吉野弘*『遊動視点』、鮎川信夫+吉本隆明*『詩の読解』、鮎川信夫+吉本隆明*『思想と幻想』、清水昶*『詩人の肖像』、北川透*『中野重治』、大岡信*『萩原朔太郎』。	ルストン』『泥の河』『獣のようにもう一度』『風の歌を聴け』『嗚呼!おんなたち・猥歌』★『スターダスト・メモリー』『天国の門』『グロリア』『レイダーズ・失われたアーク』『郵便配達は二度ベルを鳴らす』『昔みたい』『レイジング・ブル』『殺しのドレス』『ブリキの太鼓』『秋のソナタ』『普通の人々』『エレファント・マン』『チャンス』	サダト大統領暗殺。11・5ロッキード裁判で小佐野賢治被告に有罪実刑判決。12・13ポーランドで戒厳令。「連帯」のワレサ軟禁。12・28次年度予算政府案は26年ぶりの緊縮予算で、防衛費のみ突出。
1982	1・菅谷『現代詩手帖』1~12月号に時評を連載。3・鈴木*『映画の弁証』(フィルムアート社)。4・鈴木、早稲田大学文学部文芸科非常勤講師となる。5・天沢『眠りなき者たち』(中央公論社)。6・古屋(山本)家がシアトルより帰任。6・金井*『手と手の間で』(河出書房新社)。6・22渡辺・映画評論集『日活アクションの華麗な世界・中巻』(未來社)。7・金井『別冊婦人公論』夏号より#『恋愛〈小説について〉』連載開始(~83春号)。7・渡辺、『叢書・文化の現在13・文化の活性化』(岩波書店)に「共同性の夢?——私たちはどこに住むか」を寄稿。8・金井『すばる』8月号より『絵のあるエッセイ・原色図鑑』(絵・金井久美子)を連載(~12月号)。10・菅谷『近代詩十章』(大和書房)。11・渡辺・映画評論集『日活アクションの華麗な世界・下巻』(未來社)。9・思潮社主催のシンポジウム「詩はこれでいいのか」(渋谷・西武劇場)で菅谷は司会、天沢はパネラーの一員。?鈴木	高橋睦郎『王国の構造』、田村隆一『スコットランドの水車小屋』、瀬木慎一『愁』、谷川俊太郎『SOLO』、清岡卓行『幼い夢と』、飯島耕一『夜を夢想する小太陽の独言』、新井豊美『河口まで』、田村隆一『5分前』、伊藤比呂美『青梅』、荒川洋治『遣唐』、入澤康夫『死者たちの群がる風景』、平出隆『胡桃の戦意のために』、谷川俊太郎『日々の地図』、荒川洋治『針原』、谷川俊太郎『わらべうた・上』、大岡信+トマス連詩『揺れる鏡の夜明け』、北村太郎『犬の時代』。山本太郎*『白秋めぐり』、飯島耕一*『女と男のいる映画』、大岡信*『加納光於論』、滝口修造*『余白に書く』、北川透	E・パウエル歿、志村喬歿、衣笠貞之介歿、藤村有弘歿、江利チエミ歿、R・シュナイダー歿、H・フォンダ歿、I・バーグマン歿、G・ケリー歿。W・オーツ歿。☆『ウィークエンド・シャッフル』『疑惑』『蒲田行進曲』『ダイアモンドは傷つかない』『キャバレー日記』『野獣刑事』『水のないプール』『転校生』『鬼龍院花子の生涯』『化石の荒野』『さらば愛しき大地』『ニッポン国・古屋敷村』『TATOOあり』『遠野物語』★『四季』『黄昏』『鉄の男』『終電車』『フランス軍中尉の女』『E・T』『白いドレスの女』『カリフォルニア・ドールズ』『わたしは女優志願』『シャーキーズ・マシー	1・26ロッキード裁判で全日空・若狭被告に有罪判決。4・3英・アルゼンチン、フォークランド戦争。6東北新幹線開通。8イスラエル軍西ベイルート侵略。11・上越新幹線開通。10・12鈴木首相辞意表明。11・26中曽根内閣成立。この年、貿易摩擦による対日批判高まる。

16 mm film『手くずれ』。

＊『未明の構想』、鮎川信夫＊『失われた街』。

ン」『1900年』『炎のランナー』『メフィスト』『レッズ』

1983

2・山本＃『ヴィレッジに雨』（新潮社）。4・25金井『花火』（書肆山田）。5金井＊『言葉と〈ずれ〉』（中央公論社）。7・1菅谷＊『詩とメタファ』（思潮社）。7・25鈴木『融点ノ探求』（書肆山田）。8・25渡辺、住宅論集『住まい方の思想』（中公新書）。10・金井＊『映画・柔らかい肌』（河出書房新社）。10・金井＊『私は本当に私なのか・自己論講義』（木村敏との対談、朝日出版社）。11・15鈴木、書き下ろし詩集『二つの旅』（国文社）。12・金井『海燕』12月号より＃「文章教室」を連載（～84・12月号）。鈴木、16 mm film『眺め斜め』。

『ラ・メール』（新川和江、吉原幸子ら）創刊。寺山修司歿。小長谷清実『スクラップ、集まれ』、山本太郎『スサノオ』、吉原幸子『花のもとにて 春』、北川透『魔女的機械』、正津勉＋谷川俊太郎『対詩』、三好豊一郎『夏の淵』、吉増剛造『大病院脇に聳えたつ一本の巨樹への手紙』、正津勉『エヴァ』、清水昶『片目のジャック』、吉野弘『陽をあびて』、青木はるみ『大和路のまつり』、諏訪優『田端事情』、渋沢孝輔『薔薇・悲歌』、吉岡実『薬玉』、福島泰樹『中也断唱』。大岡信＊『言葉という場所』、大岡信＊『詩歌の読み方』、北川透＊『荒地論』、長田弘＊『詩人であること』、寺山修司＊『闘技場のパロール』、黒田喜夫＊『人はなぜ詩に囚われるか』。

『E・T』『南極物語』のヒットで映画観客数が1億7000万人台に復帰。一方で映画館数は減り続ける。『楢山節考』カンヌ映画祭グランプリ受賞。片岡千恵蔵歿。安田公義歿。山本薩夫歿。D・ニーヴン歿。G・スワンスン歿。J・キューカー歿。L・ブニュエル歿。R・オルドリッチ歿。☆『天城越え』『細雪』『十階のモスキート』『草迷宮』『探偵物語』『時をかける少女』『ションベン・ライダー』『戦場のメリー・クリスマス』『俺っちのウエディング』『もどり川』★『評決』『ソフィーの選択』『目撃者』『氷壁の女』『48時間』『スター・ウォーズ／ジェダイの復讐』『トッツィー』『ガープの世界』『エボリ』『フィッツカラルド』

中曽根「民活」政策による地価高騰始まる。中曽根「日本不沈空母化」宣言。8・21フィリピン・アキノ大統領暗殺。9・1ソ連による大韓航空機撃墜。10・12田中元首相に懲役4年、追徴金5億円の実刑判決。この年、パソコン、ワープロ急速に普及。

1984

1・25渡辺、訳書／B・ルドフスキー『建築家なしの建築』（既訳をSD選書184として復刊）。4・鈴木＊『メディアと〈私〉の弁証』（三省堂）。6・金井＃『愛のような話』（中央公論社）。5・30鈴木『身立ち魂立ち』（書肆山田）。8・天沢『〈地獄〉にて』

瀬尾育生『らん・らん・らん』、郷原宏『冬の旅・その他の旅』、吉増剛造『オシリス、石ノ神』、清岡卓行『初冬の中国で』（85年現代詩人賞）、佐々木幹郎『音み

日劇跡にマリオン竣工。日比谷映画、有楽座、丸の内ピカデリー閉館。観客数1億5000万人台に減。他業種監督、和田誠、伊丹十三の成功。長谷川一夫歿。大川橋

1・東証ダウ1万円突破。2・イラン・イラク戦争再燃。国民の90%が自分を「中流」と意識。

（思潮社、84年高見順賞）。10・1菅谷『散文的な予感』（砂子屋書房）。10・20鈴木＊『いま、詩を書くということ』（思潮社）。10・金井＊『おばさんのディスクール』（筑摩書房）。12・15高野、自宅の改築落成（平屋を二階建てにした。間取りは渡辺が私信に付したスケッチによる）。山本『ひとの樹』（『文学界』7月号）で女流文学賞受賞。鈴木、16mm film『荒れ切れ』。この年、渡辺が設計中の「池田病院」がSD Review（建設が確定している設計のコンクール）に入選、『SD』に掲載（この建物は85・12に竣工、『建築画報』86・7月号に掲載）。

な光り』、谷川俊太郎『日本語のカタログ』、荒川洋治『倫理社会は夢の色』、川崎洋『悪態採録控』、鮎川信夫＊『私のなかのアメリカ』、清水昶＊『書斎の荒野』、北川透＊『現代詩前線』、渋沢孝輔＊『詩のヴィジョン』、谷川雁＊『無の造形――60年代論草補遺』、北村太郎＊『ぼくの女性詩人ノート』、大岡信＊『ミクロコスモス瀧口修造』。

蔵歿。内田良平歿。中川信夫歿。J・ワイズミュラー歿。J・メイスン歿。J・ロージー歿。S・ペキンパー歿。R・バートン歿。F・トリュフォー歿。

☆『お葬式』『海燕ジョーの奇跡』『Wの悲劇』『麻雀放浪記』『AGAIN・アゲイン』『おはん』『海に降る雪』『伽耶子のために』『上海バンスキング』『風の谷のナウシカ』『廃市』

★『再会の時』『ナチュラル』『カメレオンマン』『殺意の香り』『インディ・ジョーンズ・魔宮の伝説』『ワンス・アポン・ア・タイム・イン・アメリカ』『ライトスタッフ』

1985

1・山本＃『ひとの樹』（文藝春秋）。1・金井＃『文章教室』（後に〝目白四部作〟とされる小説の第一部、福武書店）。5金井＊『ながいながいふんどしのはなし』（筑摩書房）。8・15秋元＊『三島由紀夫――《少年》述志、感傷主義の仮構と死』（七月堂）。10・金井『あんさんぶる』10月号より「小春日和」連載開始（～87・4月号）。10・20菅谷＊『ロギカ／レトリカ』（砂子屋書房）。11・金井＃『セリ・シャンブル3・金井美恵子・久美子の部屋』（書き下ろし小説『砂の粒』を含む画文集、旺文社）。11・20鈴木『姉暴き』（思潮社）。9・鈴木＃『身抜き、光

ねじめ正一『いきなり愛の実況放送』、『ねじめ正一詩集・詩・生成1』、辻井喬『たとえて雪月花』、『松浦寿輝詩集』、『黒田喜夫全詩』、谷川俊太郎『よしなしうた』、大岡信『詩とは何か』、谷川雁『海としての信濃』、伊藤聚『羽根の上を歩く』、『嵯峨信之全詩集』、正津勉『死ノ歌』、『吉田文憲詩集』、岡田隆彦『時に岸なし』（85年高見順賞）、清水昶『楽符の家

シネマ・サンシャイン開場。宮口精二歿。加藤泰歿。天知茂歿。坂本九歿。夏目雅子歿。大友柳太朗歿。浦山桐郎歿。A・カラス歿。O・ウエルズ歿。H・ハサウェイ歿。Y・ブリナー歿。R・ハドソン歿。A・バクスター歿。『北の国から』放送開始。

☆『さびしんぼう』『ドレミファ娘の血は騒ぐ』『夜叉』『友よ、静かに瞑れ』『ひとひらの雪』『乱』

3・10ソ連チェルネンコ書記長歿、後任にゴルバチョフ。4電信電話公社、専売公社民営化、NTT、JT発足。8・13三光汽船、戦後最大の倒産。学校の「いじめ」問題化。ファミコン流行。エイズの恐怖広がる。阪神タ

る』（書肆山田）。12・1菅谷、倉田比羽子、新井豊美と『Zodiac Series』第1号「白羊宮」を刊行（同誌はA2変形版一枚の紙を折り畳んだもので、黄道十二宮に因み、87・5・30刊行の第12号「双魚宮」で終了）。鈴木、16 mm film『あじさいならい』『風を追って』。

族』、高橋睦郎『分光器』、清水哲男『東京』、稲川方人『封印』、新藤涼子『薔薇ふみ』（85年高見順賞）岩田宏『ぬるい風』、寺山修司＊『パフォーマンスの魔術師』、寺山修司＊『時代のキーワード』、谷川俊太郎＊『ことばを中心に』、北川透＊『詩的メディアの感受性』、鮎川信夫＊『擬似現実の神話はがし』、吉本隆明＊『重層的な非決定へ』、野沢啓＊『方法としての戦後詩』、谷川俊太郎＊『「ん」まであるく』、鮎川信夫＋吉本隆明＊『全否定の原理と倫理』。

『恋文』『生きてるうちが花なのよ死んだらそれまでよ党宣言』『タンポポ』『春の鐘』『それから』『火まつり』『台風クラブ』

★『或る上院議員の私生活』『ペイルライダー』『ブロードウェイのダニー・ローズ』『日曜日が待ち遠しい!』『火山のもとで』『バック・トゥ・ザ・フューチャー』『コクーン』『女と男の名誉』『刑事ジョン・ブック／目撃者』『ハメット』『コーラスライン』

イガース19年ぶりの優勝。

1986

2・山本♯『蛇苺』（新潮社）。5・天沢＊『中島みゆきを求めて』（創樹社）。5・鈴木、絵本詩『手と手をこするとあつくなる』（ひくまの出版、絵・飯野和好）。8・金井『婦人公論』臨時増刊号に連作「道化師の恋」を連載開始。9・30天沢＊『《宮澤賢治》鑑』（筑摩書房）。11・10渡辺、住宅論集『現代家相学』（日本建築学会編・彰国社・共著）。12・金井♯『あかるい部屋のなかで』（福武書店）。12・山本＊『わたしの選んだ幸福主義』（海竜社）。

10・17鮎川信夫歿。俵万智『八月の朝』角川短歌賞受賞。『月光亭』（八木忠栄、高橋順子、桑原茂夫、大泉史世）創刊。荒川洋治『ナインチンゲールの嫌い好き』、ねじめ正一＋井上洋介『あーちゃんちはパンヤさん』、谷内修三『あれだね』、小長谷清実『くたくたクッキー』、吉原幸子『ブラックバードを見た日』、荒川洋治『ヒロイン』、田村隆一『毒杯』、吉原幸子『樹たち　猫たち　こどもたち』、『山本陽子遺稿詩集』、藤井貞和『遊ぶ子供』、長谷川龍生『知と愛と』、八木忠栄『雨はおび

レンタル・ビデオ産業急成長で地方では映画興行を圧する。にっかつロマンポルノの興行低迷で一般映画製作を再開。和田浩治歿。増村保造歿。D・リード歿。G・マクレー歿。R・ミランド歿。C・グラント歿。J・キャグニー歿。D・リード歿。O・プレミンジャー歿。V・ミネリ歿。

☆『ウホッホ探検隊』『片翼だけの天使』『火宅の人』『極道の妻たち』『ジャズ大名』『野ゆき山ゆき海辺ゆき』『キャバレー』『鹿鳴館』『化身』『天空の城ラピュタ』『夢見るように眠りたい』

4・1男女雇用機会均等法施行。4・28ソ連チェルノブイリ原子力発電所事故。7・6衆参同時選挙で自民党圧勝。8・円高でドル152円。経企庁、景気後退宣言。12・9ビートたけし『フライディ』襲撃事件。地価高騰が都心から郊外へ波及。

ただしい水を吐いた』、佐々木幹郎『風の生活』、青木はるみ『詩と人形のルフラン』。茨木のり子＊『ハングルへの旅』、吉増剛造＊『緑の都市、かがやく銀』、清水昶＊『ぼくらの出発』、八木忠栄＊『詩人漂流ノート』、吉本隆明＊『白熱化した言葉』。

★『ホテル・ニューハンプシャー』『シルバラード』『エイリアン2』『カイロの紫のバラ』『イヤー・オブ・ザ・ドラゴン』『スペースキャンプ』『ラウンド・ミッドナイト』『未来世紀ブラジル』

1987

2・渡辺、住宅論集『住まいの収納101章』（鹿島出版会、林田研と共著）。3・20渡辺、住宅論集『書斎——想像空間の設計』（現代新書編集部編・現代新書850・共著）。4・山本＃『ひとり幽けき』（文藝春秋）。5・菅谷＊『モードの都市——風俗の話法』（洋泉社）。6・秋元『横須賀軍港案内』創刊号（秋元の他天沢、鈴木の寄稿あり）。9・5鈴木『虹飲み老』（書肆山田）。10・金井＊『小説論——読まれなくなった小説のために』（岩波書店）。11・金井＃『タマや』（〃目白四部作〃の第三部、講談社）。11・30現代詩文庫91『菅谷規矩雄詩集』（思潮社）。12金井『リュミエール』第10号より「ジャン・ルノワールの映画についての覚え書」連載開始（～88・12第14号まで）。鈴木16 mm film『枯れ山搦めて』。

俵万智・歌集『サラダ記念日』が話題になり130万部突破。磯田光一歿。澁澤龍彦歿。辻井喬『鳥・虫・魚の目に泪』、大岡信『ぬばたまの夜、天の掃除機せまつてくる』、渋沢孝輔『緩慢な時』、渋沢孝輔『星夜／施術者たち』、飯島耕一『四旬節なきカルナヴァル』、長田弘『食卓一期一会』、辻征夫『天使・蝶・白い雲などいくつかの瞑想』、辻征夫『かぜのひきかた』、朝吹亮二『*opus*』、松浦寿輝『冬の本』、鮎川信夫『難路行』、吉岡実＊『土方巽頌』、高橋睦郎『兎の庭』、井坂洋子『バイオリン族』、中江俊夫『就航者たち』、高良留美子『仮面の声』、平田俊子『アトランティスは水くさい!』、平出隆『家の緑閃光』、吉本隆明＊『ハイ・イメージ論』、北川透＊『萩原朔太郎〈詩の原理〉論』、吉

NHK、BS-1が24時間本放送開始。日比谷に東宝シャンテ・ビル竣工。7・17石原裕次郎歿（享年52歳）。鶴田浩二歿。川口浩歿。F・アステア歿。R・ヘイワース歿。D・ケイ歿。J・ヒューストン歿。V・ミネリ歿。M・ルロイ歿。R・スコット歿。L・マーヴィン歿、L・ヴァンチュラ歿。B・フォッシー歿。
☆『マルサの女』『永遠の½』『家庭教師』『女衒』『塀の中の懲りない面々』『ゆきゆきて、神軍』『1000年刻みの日時計・牧野村物語』『BU・SU』『光る女』『ちょうちん』
★『ハンナとその姉妹』『スタンド・バイ・ミー』『ハートブレイク・リッジ』『モナ・リザ』『冬の嵐』『アンタッチャブル』『マネー・ピット』『男たちの挽歌』『プ

4・国鉄民営化、JR7社発足。5・13朝日新聞阪神支局襲撃事件。10・19ニューヨーク株価大暴落、その影響が世界に波及。ソ連ペレストロイカ始まる。11・6竹下内閣成立。

1988	
	2・金井、『家庭画報』2月号より「連作掌編・軽いめまい」を連載開始（～12月号）。6・金井、『すばる』6月号より「恋愛太平記」連載開始（～94・9月号まで）。7・30渡辺・訳書／ポール・ゴールドバーガー『摩天楼』（鹿島出版会）。9・鈴木＊『現代詩の理解』（三省堂）。9・金井『タマや』が第27回女流文学賞受賞。10・25渡辺、住宅論集『住まい方の演出』（中公新書）。11・金井＃『小春日和インディアン・サマー』（目白四部作の二、中央公論社）。11・天沢、訳詩集・アンリ・ボスコ『シルヴィウス』（新森書房）。鈴木16 mm film『オブリク振り』。
増剛造・対話集『打ち震えている時間』、『詩と時代の水際へ――北川透全対話』、北川透＊『侵犯する演戯』、＊『吉本隆明全対談集1』。	草野心平歿。山本太郎歿。山口哲夫歿。北村太郎『港の人』、安西均『チェーホフの猟銃』、宗左近『おお季節』、田村隆一『生きる歓び』、よしかわつねこ『カラカス』、吉原幸子『新編花のもとにて春』、安藤元雄『夜の音』、飯島耕一『虹の喜劇』、入澤康夫『水辺逆旅歌』、北川透『ポーはどこまで変れるか』、清水昶『学校』、正津勉『冬の旅』、倉田比羽子『夏の地名』、『山口哲夫全詩集』、稲川方人『アミとわたし』、瀬尾育生『HI-LILI, HI-LO』、清岡卓行『円き広場』、谷川俊太郎『はだか』、阿部恭久『S盤アワー』、福間健二『急にたどりついてしまう』、平林敏彦『水辺の光・一九八七年冬』、川崎洋＊『桟橋にぶち当たったオコゼ』、安水稔和『記憶めくり』、谷川俊太郎『メランコリーの川下り』。瀬尾育生＊『文字所有者たち』、佐々木幹郎＊『中原中也』、辻征夫＊『ロビンソン、この詩はなに?』。
ラトーン』『ラジオ・デイズ』	にっかつロマンポルノ終焉。セルビデオ廉価化（¥3500）。消費税導入と共に入場税撤廃、89年正月興行から入場料1700円に。『芙蓉鎮』などアジア映画の劇場公開が一般化。荻昌弘歿。清水俊二歿。宇野重吉歿。小沢栄太郎歿。加藤嘉歿。T・ハワード歿。J・ローガン歿。H・コスター歿。J・ハウスマン歿。J・キャラダイン歿。☆『この胸のときめきを』『となりのトトロ』『リボルバー』『優駿』『異人たちとの夏』『華の乱』『マルサの女・2』『快盗ルビィ』『木村家の人々』『TOMORROW／明日』『上海バンスキング』★『セプテンバー』『ラスト・エンペラー』『マカロニ』『月の輝く夜に』『インテルヴィスタ』『フランティック』『プレシディオの男たち』『フルメタル・ジャケット』『八月の鯨』『黒い瞳』『ザ・デッド』『存在の耐えられない軽さ』『グッド・モーニング・ベトナム』
	3・青函トンネル開通。4・瀬戸大橋開通。4・アフガニスタン和平協定成り、ソ連軍撤退。7・10リクルート関連会社株取得の疑惑が政財官界に広がる。8・20イラン・イラク戦争停戦。9・19天皇、吐血後重態に。11・円高でドル121円、東証株価ル121円、東証株価3万円超。11・8米ブッシュ大統領就任。

1989	1・渡辺設計室は目白・新倉マンションに移転。1・鈴木『少女たちの野』（思潮社）。2・天沢『ノマディスム』（青土社）。6・山本＊『鳥のいる談話室、スィング・スィング・スィング』（新潮社）。9・金井『マリ・クレール』9月号より「愉しみはTVの彼方に」連載（～91・12月号）。11・金井＊『本を書く人読まぬ人とかくこの世はままならぬ』（日本文芸社）。12・30菅谷規矩雄歿（享年53歳）。『現代詩手帖』90年1月号の「90年代の詩と言葉」が絶筆となった。鈴木8mm『風の積分』。鈴木写真展・第2回（FROG、『風の積分』上映）。	清岡卓行『ふしぎな鏡の店』、大岡信『故郷の水へのメッセージ』、吉岡実『ムーンドロップ』、白石公子『Red』、田村隆一『昏頭の灰』、『鮎川信夫全集・第1巻・詩集』、入澤康夫『歌――耐へる夜の』、藤井貞和『ハウスドルフ空間』、野村喜和夫『わがリゾート』、正津勉『暦物語』、福間健二『結婚入門』、川崎洋『愛の定義』、長谷川龍生『泪が零れている時のあいだは』、吉野弘『自然渋滞』、藤富保男『大あくび』、佐々木幹郎＊『河内望郷歌』、清水哲男＊『今朝の一句――イラスト歳時記三六五日』、＊『鮎川信夫全集・第Ⅵ巻・時評Ⅱ』、『鮎川信夫全集・第Ⅷ巻・鮎川・吉本全対談』、吉増剛造＊『スコットランド紀行』、横木徳久＊『北原白秋――近代詩のトポロジー』、藤井貞和＊『口誦さむべき一篇の詩とは何か』、平出隆＊『ベースボールの詩学』、芹沢俊介＊『愛』。朝吹亮二『密室論』、入澤康夫『夢の佐比』、小長谷清実『脱けがら狩り』、辻井喬『ようなき人の』、『山本陽子全集・第1巻』	ソニーがアメリカの大手映画会社コロムビアを買収。NHK衛星放送開始。松田優作急逝（享年39歳）。渋谷に東急BUNKAMURA開場。映画館数2000館割れ。手塚治虫歿。殿山泰司歿。美空ひばり歿（享年52歳）。森一生歿。辰巳柳太郎歿。S・レオーネ歿。R・クワイン歿。L・オリヴィエ歿。A・バーリン歿（享年101歳！）。☆『激突・将軍家光の乱心』『その男、凶暴につき』『どついたるねん』『誘惑者』『あ・うん』『利休』『悲しきヒットマン』『黒い雨』『キッチン』『釣りバカ日誌』（シリーズ第1作）。★『君がいた夏』『バード』『アトランティック・シティ』『ワンダとダイヤと優しい奴ら』『カクテル』『誰かがあなたを愛している』『リーサル・ウェポン・2』『インディ・ジョーンズ／最後の聖戦』『メジャーリーグ』『ブラック・レイン』『ダイ・ハード』『紅いコーリャン』『レインマン』『ニュー・シネマ・パラダイス』『恋恋風塵』『恋人たちの予感』『セックスと嘘とビデオテープ』	1・7昭和天皇歿。年号は平成に。4・消費税施行。6・北京、天安門広場の民主化運動に軍隊が出動、武力弾圧。ベルリンの壁消滅。東欧諸国の民主化進む。

1990

1・3菅谷の通夜。1・4菅谷密葬。2・2菅谷、本葬及び告別式（埼玉県富士見市鶴間の来迎寺）。葬儀委員長は北川透、弔辞は吉本隆明、天沢、吉増剛造。『現代詩手帖』90年3月号に菅谷の本当の遺稿である詩「ケリ」掲載。4・鈴木、多摩美術大学第二部芸術学科教授となる。5・天沢＊『詩はどこに住んでいるか』（思潮社）。6・30鈴木『タセン（躲閃）』（書肆山田）。7・山本＃『透明な鳩』（講談社）。7・10渡辺・住宅論集『作法と建築空間』（日本建築学会編・彰国社・共著）。9・金井＃『道化師の恋』（〝目白四部作〟の第四部・中央公論社）。9・28菅谷、遺稿評論集＊『詩とメーロス』『死をめぐるトリロジイ』（共に思潮社、前者は評論集、後者は詩篇を含むエッセイ集）。10・山本＃『闇の燭台』（新潮社）。11・金井『波』11月号より＊「遊興一匹――かつぶし太平記」連載（～91・12月号）。12・16菅谷遺稿集出版記念会兼一周忌（思潮社主催で神楽坂・日本出版クラブ）。旧『凶区』同人は天沢、鈴木、高野、彦坂、山本、渡辺、他には正津勉、小田久郎などが出席、「鮒忠」で二次会。山本、トロントで開催された「インターナショナル文学者大会」に参加。鈴木、16 mm film『隠喩の手』。鈴木写真展・第3回（FROG、『風の積分』上映）。

吉岡実歿。北川冬彦歿。『新潮』増刊号「日本の詩101年」。「現代詩文庫」100冊で第一期完了。飯島耕一の定型詩論につき清水哲男（『飾粽』）、谷内修三（『象形文字』）が論理的な批判を書き、飯島も誠実に反論。長田弘『物語』、『中桐雅夫全詩』、吉岡実＊『うまやはし日記』、『北村太郎の仕事・1・全詩』、井坂洋子『Marmalade days』、那珂太郎『幽明過客抄』、辻征夫『鶯――こどもとさむらいの16篇』、新川和江『はね橋』、清水昶『百年』、木島始『遊星ひとつ』、藤井貞和『ピューリファイ、ピューリファイ！』、福間健二『地上のぬくもり』、辻征夫『ヴェルレーヌの余白に』、絓秀実＊『詩的モダニティの舞台』、神山睦美＊『家族という経験』、『北村太郎の仕事・2・散文1』、平林敏彦『環の光景 1990』、守中高明『砂の日』、中村稔＊『中原中也』、川崎洋＊『ひととき詩をどうぞ』、安東次男『風狂余韻』。吉増剛造『螺旋歌』、福間健二『地下帝国の死刑室』、吉本隆明＊『ハイ・イメージ論II』、柄谷行人＊『終焉をめぐって』。

黒澤明が米アカデミー特別名誉賞受賞。『夢』がカンヌ映画祭でオープニング上映。『死の棘』カンヌ映画祭グラン・プリ受賞。松下電器産業がユニヴァーサル映画を傘下に持つMCAを買収。東映Vシネマの成功で各社がオリジナルビデオ映画路線に参入。A・ケネディ歿。B・スタンウィック歿。E・ガードナー歿。藤田進歿。成田三樹夫歿。G・ガルボ歿。S・デーヴィス・ジュニア歿。高峰三枝子歿。木暮実千代歿。I・ダン歿。A・ブレーキー歿。J・マクリー歿。R・ハリスン歿。J・ベネット歿。

☆『われに撃つ用意あり』『桜の園』『宇宙の法則』『バタアシ金魚』『鉄拳』『少年時代』『さわこの恋』『あげまん』『夢』『浪人街』『つぐみ』

★『フィールド・オブ・ドリームズ』『ウディ・アレンの重罪と軽罪』『レッド・オクトーバーを追え』『恋のゆくえ・ファビュ－ラス・ベイカー・ボーイズ』『ローズ家の戦争』『ゴースト・ニューヨークの幻』『アビス』『トータル・リコール』『悲情都市』『ドラ

2・株価暴落。3・ソ連初代大統領・ゴルバチョフ就任。8月頃よりバブル崩壊現象。8・イラク、クウェート侵攻、中東危機。10・東西ドイツ統一国家に。

1991

3・鈴木＊『写真有心』（FROG）。5・山本＃『愛の遠景』（中央公論社）。6・天沢、長篇詩『欄外紀行』（思潮社）。12・天沢＊『謎解き・風の又三郎』（丸善ライブラリー）。12・22菅谷三回忌（来迎寺）。旧『凶区』同人は高野、渡辺が参列、菅谷の墓を見た後、マイクロバスで川越に行き会食（山本は久子さん作成の「ご出席者名簿」に載っているが欠席）。11・1彦坂紹夫『影唄』（砂子屋書房）。鈴木16 mm film『戸内のコア』。鈴木写真展・第4回（Mole『風の積分』上映）。

『あんかるわ』84号で終刊。湾岸戦争に対する詩人の立場について藤井貞和と瀬尾育生の間に論争。谷内修三『グリーナウェイからの手紙』、小長谷清実＋宮園洋・詩画集『東京あっちこっち』、伊藤聚『世界の終わりのまえに』、稲川方人『2000光年のコノテーション』、井坂洋子『地に堕ちれば済む』、谷川俊太郎『詩を贈ろうとすることは』、北村太郎『路上の影』、宗左近『夕映え連禱』、荒川洋治＊『ブルガリアにキスはあるか』、高橋睦郎＊『球体の神話学』、平田俊子『夜ごとふとる女』、吉田文憲＊『「さみなしにあわれ」の構造』、入澤康夫＊『宮沢賢治・プリオシン海岸からの報告』、瀬尾育生＊『われわれ自身である寓意』、福間健二『行儀の悪いミス・ブラウン』、渋沢孝輔『啼鳥四季』、八木忠栄『酔いどれ舟』、『氷見敦子全集』、佐々木幹郎『蜂蜜採り』、中村稔『浮泛漂蕩』、清岡卓行『パリの五月に』、清水昶『さ迷える日本人』、荒川洋治『一時間の犬』。

イビング・ミス・ディジー」

『無能の人』ヴェネツィア映画祭で国際批評家連盟賞受賞。渋東シネタワー開場。『ドラえもん』等アニメ作品の興行的優位が目立つ。小川徹歿。八木正生歿（享年58歳）。D・リーン歿。D・シーゲル歿。竹中労歿。ディック・ミネ歿。L・レミック歿。中村伸郎歿。F・キャプラ歿。M・ディヴィス歿。F・マクマレイ歿。今井正歿。J・アーサー歿。Y・モンタン歿。上原謙歿。T・リチャードソン歿。山根成之歿（享年55歳）。☆『ふたり』『泣きぼくろ』『大誘拐』『よるべなき男の仕事・殺し』『グッバイ・ママ』『女が一番似合う職業』『江戸城大乱』『息子』『あの夏、いちばん静かな海』『12人の優しい日本人』『王手』『遊びの時間は終わらない』『喪の仕事』★『ミラーズ・クロッシング』『グリフターズ・詐欺師たち』『テルマ&ルイーズ』『ダンス・ウィズ・ウルブズ』『羊たちの沈黙』『愛と哀しみの旅路』『結婚記念日』『ルーキー』

1～4・中東湾岸戦争。3・牛肉オレンジ市場自由化。7・ワルシャワ条約機構解体。12・ロシア共和国大統領選でエリツィン圧勝。ソ連でクーデターが鎮圧され、ゴルバチョフが共産党解散を勧告し辞任。ソ連邦消滅、独立国家共同体へ。

人名索引

う

え

お

か

き

く

け

こ

さ

し

ち

つ

て

と

な

に

ぬ

ね

へ

ほ

ま

み

む

も

や

渡辺武信・わたなべたけのぶ

一九三八年横浜生まれ。六〇年『暴走』、六一年『×（バッテン）』創刊。両誌が合流し、六四年『凶区』創刊。六九年、東京大学建築学科博士課程単位取得満期退学。大学院在籍中よりアトリエ事務所、渡辺武信設計室を開設、現在に至る。詩集に『まぶしい朝・その他の朝』、『熱い眠り』、『夜をくぐる声』、『首都の休暇・抄』、『歳月の御料理』、『蜜月・反蜜月』、『過ぎゆく日々』、『現代詩文庫・渡辺武信詩集』（正・続）。詩論集『詩的快楽の行方』、映画論集『日活アクションの華麗な世界』、住宅論集『住まい方の思想』など著書多数。

移動祝祭日《いどうしゅくさいび》——『凶区《きょうく》』へ、そして『凶区《きょうく》』から

著者
渡辺武信《わたなべたけのぶ》
発行者
小田久郎
発行所
株式会社 思潮社
〒一六二―〇八四二 東京都新宿区市谷砂土原町三―十五
電話〇三（三二六七）八一五三（営業）・八一四一（編集）
FAX〇三（三二六七）八一四二
印刷所
三報社印刷株式会社
製本所
小高製本工業株式会社
発行日
二〇一〇年十一月二十五日